應用文
公私文書寫作要領

▶【第六版】

楊正寬◎著

六版序

　　大家都說這是一個溝通的時代，也是一個行銷的時代。」很多衝突都起源於溝通障礙，但是要如何溝通？如何行銷？才會是處在這個高失業率的職場，充滿高競爭力的常勝軍呢？

　　溝通的方式有語言溝通、肢體溝通，以及文字溝通。比較起來，文字溝通可以補語言及肢體溝通之不足。因為白紙寫黑字，字斟句酌，寫完簽名又蓋章，光明磊落，責任交代清楚又可存檔。只不過應對進退是否知書達禮？格式是否正確？用語稱呼是否得體？有錯別字或臺灣國語的成語嗎？文字溝通，最重要的是要透過文字表達，能有效解決自身周遭發生的各項問題。特別是處理公共事務問題的公文，絕不能因為您的一紙文書，吹皺一池春水，甚至於治絲益棼，引起民眾抗爭，結果當追究起責任時，癥結常不是因為您的工作能力，或您的操守廉節有問題，而是您的文字處理與表達能力生病了，以致於表錯情、會錯意。

　　復鑒於各級行政機關一波波退休潮，又迎接一波波的新進公務人員，雖經公務人員高、普考試公文測試，也完成職前訓練，但可不像馬路上常看到在車後掛著「新手開車」的牌子，大家都會包涵一樣，對新進公務人員從報到上崗開始，除了要求對公文的「信、達、雅」之外，也要透過各類公文及文書處理解決問題，否則如因而不小心被申誡、記過，那就充滿挫折感了。

　　因此，第六版特別加強公文寫作要領，將原來只有一章的「公文」，將之規劃成為第一至第八章的「公文概說」、「令、呈與咨」、「函與書函」、「公告、公示送達與啟事」、「簽與報告」、「法規」、「會議文書」、「文書處理」等，都是屬於公務人員日常處理公務必須嫻熟，且足堪現職及新進公務人員參考的公文種類，予以專章深入加強介紹其格式、用語及寫作要領，並彙整成「上篇公文寫作要領」，與「下篇私文書寫作要領」並駕齊驅，全面更新各類案例及其分析說明，以及增刪歷年各類公務人員考試，包括公文及作文考古題，除幫助精進新進或現職公務人員的公文寫作能力之外，並提供應考公務人員高等、普通及特種考試各類科考生準備之參考，以期收事半功倍之效。

　　至於「下篇私文書寫作要領」，則包括分列於第九至第十四章的「書信」、「便條、名片及網路文書」、「契約」、「柬帖與慶弔文」、「對聯與題辭」、「履歷表及自傳」等六章，堪供現代社會交際應酬之需。特別是應用

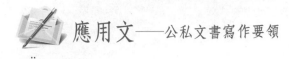
文學界鮮少注意但卻已經被廣泛使用的「電子書信」及「網路文書」，六版特別針對其定義、發展、特性、種類、寫作注意事項，加以著墨敷衍，冀能提供愛好悠遊網路人士上網書寫時之參考。

事實上，應用文也是「行銷」的文字工具，溝通最基本的目的，不論是行銷「產品」、宣導「政令」，或是互動相互的「理念」，一定要讓溝通的對方因為瞭解而認同，甚而接受。基於這個理念，第六版的《應用文》特別注重並留意到該如何幫忙讀者藉著文字溝通做好行銷，沒有老套、沒有八股；緊扣時代步調、結合政府機關及社會需要，目的就是希望它能真正成為大家職場的好幫手、工作的好夥伴。

特別要感謝長期選用本書的老師先進們，大家的指教已經採納入本版適當章節中，很佩服各位先進為應用文教育不遺餘力的精神；還有揚智文化忠賢兄及其堅強的團隊，多年來就像換帖兄弟一樣，始終無怨無悔地照單全收；湘渝的催稿，沒有她緊迫盯人，我看就沒有第六版了，謝謝大家！祝福大家！

楊正寬 謹識

民國107年9月於四知堂

目　錄

六版序　i
目　錄　iii

緒　言　1

上篇　公文書寫作要領　9

第一章　公文概說　10

第一節　公文的定義　10
第二節　公文的種類　11
第三節　公文撰擬原則　16
第四節　公文的結構　20
第五節　公文的用語用字　22

第二章　令、呈與咨　29

第一節　令　29
第二節　呈　46
第三節　咨　49

第三章　函與書函　53

第一節　函　53
第二節　書函　66
第三節　函稿撰擬演練　74

第四章　公告、公示送達與啟事　79

第一節　公告　79
第二節　公示送達　89
第三節　啟事　95

第五章　簽、報告與便簽　111

　　第一節　簽　111
　　第二節　簽與稿之關連　121
　　第三節　報告　126
　　第四節　便簽　129

第六章　法　規　131

　　第一節　法規的意義與特質　131
　　第二節　法規的種類與內容　132
　　第三節　法規的用語　135
　　第四節　法規的作法　139
　　第五節　法規舉例　141

第七章　會議文書　163

　　第一節　會議文書的意義　163
　　第二節　會議文書撰擬原則　163
　　第三節　會議文書的種類與內容　164

第八章　文書處理　187

　　第一節　文書處理的重要性、意義與流程　187
　　第二節　一般文書處理　188
　　第三節　特殊文書處理　190
　　第四節　電子文書處理　191

下篇　私文書寫作要領　195

第九章　書　信　196

　　第一節　書信的意義與用途　196
　　第二節　書信的構造與作法　197
　　第三節　信箋與信封的處理　199

第四節　電子書信　207

第五節　書信常用術語　209

第六節　書信例釋　213

第十章　便條、名片與網路文書　233

第一節　便條及名片的意義與用途　233

第二節　便條及名片的構造與作法　234

第三節　便條及名片例釋　235

第四節　網路文書及其特性　244

第五節　網路文書的種類與寫作注意事項　246

第十一章　契　約　251

第一節　契約的意義與法律條件　251

第二節　契約的種類及其用途　253

第三節　契約的構造與作法　258

第四節　契約舉例　262

第十二章　束帖與慶弔文　285

第一節　束帖概說　285

第二節　束帖的用語與例釋　290

第三節　慶弔文概說　308

第四節　慶弔文舉例　313

第十三章　對聯與題辭　321

第一節　對聯概說　321

第二節　對聯的作法與格式　322

第三節　對聯的種類與實例　330

第四節　題辭概說　338

第五節　題辭的種類與作法　339

第六節　題辭舉例　343

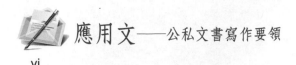
第十四章　履歷表與自傳　349

第一節　履歷表及自傳的意義與用途　349
第二節　履歷表的構造與作法　350
第三節　自傳的構造與作法　352
第四節　履歷表及自傳的格式與舉例　355

附　錄　389

附錄一　公文重要法律　390
附錄二　標點符號用法表　400
附錄三　法律統一用字與用語表　401
附錄四　公文常用語彙釋例　404
附錄五　書信稱謂與常用術語用法一覽表　409
附錄六　歷年公務人員考試公文題目　426
附錄七　歷年公務人員考試作文題目　441
附錄八　歷年公務人員考試國文（應用文部分）測驗題目　453
附錄九　高普特考作文準備要領　473

參考文獻　481

緒　言

壹、文以致用為尚

　　語言和文字都是供人們用來表情達意的工具，雖然還有所謂「肢體語言」之類，但是流傳最久遠的仍以文字為主。人們生存在社會上，過著分工合作的群棲生活，觸目所及，不外是「人」與「事」的問題，為了酬應這些人或事，因而產生了一種應酬之用的文字，我們將它通稱為「**應用文**」。由於應用文這類體裁的文字是治事的工具、酬世的津梁，所以應用文在本質上，與擁有流利外文、電腦資訊及專業知識一樣，可說是一門實用性的學問，也是任何人想服務社會、發展抱負不可或缺的本能。

　　如果按用途來分，大體上可將文章分成「**載道**」、「**言志**」、「**致用**」三類。闡明哲理、移風易俗的是純理論性的**載道之文**；緣情寫景、怡情悅性的是純文藝性的**言志之文**；而治事酬世、禮尚往來的則是純實用性的**致用之文**。事實上這種分類方法亦有待商榷，因為中國人自古原是最重視實用的民族，中國古代文學作品林林總總，但質言之，不難發現大多與應用文合而為一。譬如《昭明文選》所蒐錄的詔、冊、令、教、文、表、啟、牋、書、檄、辭、序、頌、贊、符、命、箴、銘、誄，以及碑文、墓誌、行狀、弔祭之文等，不但都是非常典雅的古文學作品，而且也是代表各時代最實用的應用文。甚至最古老的《尚書》所記載的典、謨、誥、誓、命等各類文體，無一不是當時的應用文或官書。

　　要是讓我們再追究應用文的起源，那麼應該可推溯至有文字之前的「結繩」記事了。所謂大事大結，小事小結，多事多結，少事少結，做完一事、解去一結，這便是最實用、最原始的應用文了。由此可見，應用文是因應人類生活需要而生；或說文字是為應用文而存在，當不為過。

貳、應用文的重要性與功能

　　有人以為應用文只具實用性，而不重文采、排比及涵蘊，因而評之為「小道文學」，這種論斷甚難持平。文學家朱自清曾不以為然的說：「大概文學的

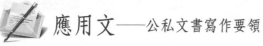
標準和尺度的變換，都與生活配合著」，而且是「為了生活的高度、深度或廣度」去求新求變。準此以觀，則小道文學之說純屬無稽，且讓我們再舉一些古今事例，即不難瞭解應用文不但不是小道文學，而且是非常具有實用性、時代性與社會性的文學；不但不能輕易藐視，而且必須嫻熟，有時候肯定一個人「**人情練達**」、「**知書達禮**」、「**有辦事能力**」等評語，常常都是從應用文的能力中表現出來，若疏忽了，則吃虧的是自己。以下這些小故事，雖於市井傳談不絕又無可查考，但正足以說明了**學習應用文的重要性**：

1、相傳曾國藩有位部將鮑超，勇而無文，除了驍勇善戰之外，根本不知道公文為何物。有一次，鮑超給敵人圍困了，情勢萬分火急，連忙差幕友擬文向曾國藩求救，那知幕友先生愈情急愈擬不好，咬文嚼字良久，因而惹急了鮑超，於是顧不了官書規格，拿了他自己的一面軍旗在「鮑」字四周連畫了許多同心圈，叫人飛馬衝出重圍送給曾國藩。眾將官正感大惑不解時，幸而曾國藩反應快，馬上會意到：「鮑將軍一定被敵人團團圍住了，趕快派兵去營救。」這才解了危局，而這種圈兒旗也就被譏為是鮑超式的公文。

2、從前有某軍閥，不但不諳案牘，而且認字不多。有一次，有位他的同鄉老友家境貧苦，特地寫一封陳情書，求其接濟並賜一差役。基於情分，他只批准為其安置工作。但半載後有次巡視牢房時，卻猛然發現其同鄉老友也被關在牢中，對他怒目嘶叫：「你老兄不接濟我，不給我工作都可以，為何這般無情無義地把我關起來？」軍閥甚感詫異，連忙下令徹查原委。結果竟然是軍閥自己在「陳情給予接濟補助銀圓若干並給予安置工作」的陳情書上，批示了：「半照准，抓」。原來他把兩件事只批准了一件事，而把「派」字錯寫成「抓」字了，無怪乎同鄉老友慘遭無辜牢災。可見當長官的人也要懂公文，才能正確批閱公文，否則批個「閱」或「悉」字卸責，甚至批得不知所云，都會造成日後困擾。

3、從前有一位出遠門很久的人，有天突然收到他妻子寄自家鄉的來信，拆開一看，只見上面圈了些圈子，開頭畫了兩個單圈，下面一個雙圈，再畫一個圓圈，又畫一個破圈，接下去便圈了若干圈子，其形狀是：「○、○、◎、○、◯、○○○○○○○」。這人看了，莫名其妙，便就近請教一位秀才先生。秀才先生雖也不懂，但看了這位憨

厚的癡情漢，不忍讓他失望，於是為滿足他的思念心情，很幽默的做一道圈兒詞說：「相思欲寄從何寄？畫個圈兒替。話在圈兒外，心在圈兒裡，我密密加圈，你須密密知儂意。單圈兒是我，雙圈兒是你，整圈兒是團圓，破圈兒是別離，還有那說不盡的相思意，把一路的圈兒圈到底。」這封圈兒信，也就成為這位婦人的情書了。

4、據說光復初期，中文還不很普及，社會上很多有名望的民意代表，為了應付各界索取題辭的需要，紛紛預先寫了很多備用的宣紙。有次有位民意代表為了題贈某一歌仔戲團的公演成功，急忙中誤將央人早就寫好供喪事用的宣紙「音容宛在」，落個款就送出去了。據云還有某位名牙醫開業，自己對應酬文字認識不多，碰上了不懂此道的地方士紳，希望對其精湛醫術頌讚一番，於是題了「沒齒難忘」，結果害慘了這位牙醫，牙科診所生意清淡，因為病患入門一望這龍飛鳳舞的匾額，不免心生疑懼，因而覺得：「寧可牙痛一時，也不可當上無齒之徒」。這就是表錯情的題辭了。

除了上述列舉的故事，強調學習應用文的重要性之外，還有下列**應用文的功能**：(1)開展人際關係，做好文字溝通；(2)參加各項職業考試，拓展前程；(3)從應用文的應對進退中，學習知書達禮；(4)溫故知新，復習傳統文化倫理禮節的精華，落實心靈改革；(5)處理公共事務，做好文字溝通之良方。所以本書曾被中華民國公共事務學會推薦列為「公共事務叢書」。

參、應用文的特性

應用文，也稱「**實用中文**」，為了要方便溝通，故有其特具的性質。所以吾人經常見到文思敏捷、下筆千言的文人墨客，卻往往寫不出一張契據；很有社會地位的名人，甚或搞錯了稱謂用語的書信；明明已是分秒必爭的時刻，仍然寫了一張冗長的便條；長官急著要承辦員解決複雜的問題，卻擬了一份不知所云的公文，這些都是不瞭解應用文特性的緣故。然而**應用文的特性**有那些呢？一般說來有如下數點：

1、**要有對象**：應用文必須要有一定的對象，專指某一個人、某一些人、某一機關團體，或某些機關團體有特定對象的應用文，如果換了另一對象，所有的格式、稱謂、用語、禮貌等就不適用了。這與一般的載

道、言志之文，只要有價值、有內容，任何人都可以看、可以讀的文字大不相同。

2、**認清時空**：應用文必須受特定的時間和空間限制，在某一時間某一空間，才可適用某種應用文，也就是大家熟知的「場合」或「時效」，所以甲地的應用文未必適用於乙地；今年所擬的應用文也許到明年就失效了。不像論語、孟子、大學、中庸或唐詩、宋詞、元曲等文學作品，時至今天仍被傳誦不已。

3、**注重格式**：應用文為方便溝通，幾乎都有約定俗成的固定格式，公告有公告的格式，慶弔文有慶弔文的格式，就是書信、便條、契據等也都有其特定格式，不可混雜，必須依照規定的格式去製作。雖然目前為適應時代，例如電腦網路、國際事務等的需要，格式或有改變、簡化，但這種改變是漸進的，必須經大家共同認可採用之後才能確定，不能像普通文章一樣沒有固定格式，而只有抒情、論說或記敘等體裁限制。

4、**範圍一定**：應用文的內容大多是取材於實際生活上的交際、應酬、簽約、婚喪喜慶及公共事務等，因此有一定的範圍。資料必須完整，敘事要求翔實，文句則務必簡捷切題，表達要肯定明確，符合情節。斷不能一如其他文章，可憑個人思想，海闊天空，任意發揮。

5、**用語固定**：各類應用文都有其特殊固定的用語，表示特定意義。必須在認清對象、時空、格式和範圍後妥慎引用，切忌語意含混，以詞害意，或類似e世代網路的新鮮人，毫無章法地自創新詞。目前有些用語因為語體化之後大多簡化或白話化，就是傳統嚴肅的公文，依照「公文程式條例」規定，也只要簡、淺、明、確，讓人明白曉暢即可。

肆、應用文的種類

社會變遷愈速，人事愈繁，人際關係也愈密切，為應付頻繁的活動與忙碌、有限的時間，因而產生了形形色色的應用文。大至國際間的憲章條約；小至菜館的菜單、商店的收據、乘車的車票等，都是應用文。若**依使用者主體區分**則有：(1)人民與人民間往來交際的應用文，像「書信」、「柬帖」、「便條」、「名片」、「契約」、「題辭」等是；(2)政府與人民彼此交往的應用

文，如「函」、「書函」、「公告」、「陳情書」、「訴願書」、「通知單」等是；(3)政府間彼此往來的應用文，像「公文」、「規章」等是；(4)國際間遵守採用的應用文，如「條約」、「協定」等。又若依公私性質言之，也可將前者稱為「私文書」，後三者稱為「公文書」或「政府文書」。

此外也可**依行業範圍區分**，有商用、工業用、農用等應用文；有政治或外交上的應用文；有軍界、學界或婦女界的應用文。因此各行各業，下自販夫走卒，上至公卿大夫、工商鉅子、達官顯要，亦不分男女老幼，只要隨緣接觸，需要溝通，圓滿處理事務時，就必須選擇自己適用的應用文體撰擬。

其實，應用文的分類見仁見智，廣泛一點的還可**依應用文功能區分**為：(1)書信、便條、啟事、名片、柬帖、自傳及履歷表等**應酬類**；(2)平行、上行、下行公文，以及會議紀錄、工作報告、文告、演講辭等**公牘類**；(3)買賣、贈與、租賃、僱傭、和解、離婚契約，以及協議書、同意書、領養證書、遺囑、聲明等**契約類**；(4)喜幛、鏡屏、花燭詩、喜聯、出閣詩等**婚嫁類**；(5)訃文、祭文、誄文、墓誌、像贊、輓聯、碑記、輓額、輓詩等**喪葬類**；(6)賀生子詩詞、喬遷、落成、榮升、開業等**題詞類**；(7)壽序、壽啟、壽詞、壽聯等**祝壽類**；(8)祈雨、上香、齋詞、醮章、蘭譜等**廟會類**。林林總總不下四、五十類，不但可以由此看出我國是繁文縟節的禮儀之邦，而且更可領悟到應用文學習之難，窮究一生很可能仍難以得心應手。

事實上，是以上所列舉的，並不一定都派得上用場。因此，本書針對現代人繁忙的社交生活需要，將目前社會上最常用、最通用、最適用的體例選擇並介紹出來，期能達到「文以致用」的學習目的，這些選擇原則是：

1、**選擇應用機會最多者**：一般日常生活上應用較多的厥為書信、便條、名片、啟事、柬帖、對聯、題辭及網路文書等類，其餘少用或不用的應用文只好省略。

2、**選擇較有固定格式者**：例如公文書、契約、規章、會議文書等都有一定習用的格式，我們儘量列舉目前熟悉的例子加以說明，其餘可以別出心裁，不拘一定形式的應用文格式，如傳單、演講稿、海報等略而不提。

3、**選擇比較合乎時代需要者**：例如書信、慶弔文，不乏歷代名賢深富哲理之作，但因體例不容或不適現代，甚或已歸為「載道」、「言志」

之文，因此略而不提，只提目前社會上適用的範例來講。

　　按照以上三個選擇原則，本書除緒言外，依序又將公文書與私文書併列為上、下兩大篇，分別為上篇「公文書寫作要領」，包括：(1)公文概說；(2)令、呈與咨；(3)函與書函；(4)公告、公示送達與啟事；(5)簽、報告與便簽；(6)法規；(7)會議文書；(8)文書處理等八章，適用於政府機關、公共事務機構使用。下篇「私文書寫作要領」包括：(1)書信；(2)便條、名片與網路文書；(3)契約；(4)柬帖與慶弔文；(5)對聯與題辭；(6)履歷表與自傳等六章。

　　以上各類由淺入深，除了先簡述意義、用途、構造、用語及寫作方法外，並就平常蒐集及工作上研擬且實用的體例，柬選出來說明，藉以共同提升應用文的水準。

伍、應用文的寫作要領

　　撰寫應用文除了要有一般文學創作的修辭基礎之外，在實際寫作或擬稿時更要掌握下列要領：

1、要認清對象，例如長輩、平輩、晚輩；男性、女性；上行文、平行文、下行文；政界、軍界、商界、宗教界、婦女界或教育界等。尤其對親、疏；尊、卑；長、幼等不同對象，更要注意文字排列、遣字措詞等修辭技巧。

2、要遵從格式，各體應用文格式都是約定俗成，方便溝通之用，大概除了網路文書之外，其餘不能擅自標新立異。

3、要查證內容事實，語氣要謙沖平實，知識及人生經驗要豐富廣博。

4、文筆、體裁要通順、一致，不要文言、白話夾雜；公、私場合不分；尊、卑禮節不明。

5、確實使用標點符號，留意防範錯別字。除非傳統民俗對聯、題字，書寫時要儘量遵守由右而左，中式直行書寫的規矩，否則公私文書都可改為橫式書寫。

6、瞭解並活用中國文化對語言文字的避諱、禁忌、謙虛、尊敬及委婉等表現方法。

7、正確使用中國文字的側書、抬頭、排序，以及各類應用文體的起、

承、轉、合或段落的寫法。

8、由於東西方文化不同，因此橫式書寫時，挪抬往右移一字，平抬自下
　　行左起；排序時尊者在左，卑則在右；側書如尊人名則縮小字側上
　　方，如謙自稱則縮小字側下方，但無論尊人或謙己一般都已側上方。
　　惟目前公文，包括上行函、簽等均已不用挪抬。

　　綜上得知，應用文洵為中國文學的應用，亦即將中國文學的修辭與創作技
巧，應用到人類生活的文字溝通之中。所以「**應用文**」除可稱為「**應用中文**」
或「**實用中文**」之外，也可稱為「**應用修辭學**」。

上篇　公文書寫作要領

■公文概說

■令、呈與咨

■函與書函

■公告、公示送達與啟事

■簽、報告與便簽

■法規

■會議文書

■文書處理

第一章　公文概說

第一節　公文的定義

「公文」一詞可分為最廣義、廣義、狹義，說明如下。

壹、最廣義

行政院《文書處理手冊》所稱「文書」，**指處理公務或與公務有關，不論其形式或性質如何之一切資料**。因此，凡機關與機關間或機關與人民間往來之公文書，或機關內部通行之文書，以及公文以外之文書而與公務有關者，均包括在內。

由此以觀，**最廣義公文**，係除處理公務或與公務有關之全部文書外，尚包括一切紀錄之資料，其形式包括文件、書籍、圖說、磁片、光碟、錄音帶、錄影帶；而其性質包括一般公文書或司法裁判、行政答辯書、訴願決定書、外交文書、軍事文書、會議文書或其他適用特定業務性質之文書，均應包括在內。

貳、廣義

公文程式條例第1條規定，稱「**公文**」者，謂**處理公務之文書**，它須具有一定之名稱與程式，而其名稱、程式須依據本條例或相關法律之規範為之。但是**公務**，亦即**公共事務**，除了**政府機關**之外，舉凡黨部、農會、漁會、協會、公會、工會等各級人民團體，所處理的業務或工作都屬公共事務，也就都屬於公文，因此概念上還是很廣泛。

參、狹義

刑法第10條第3項規定：「**稱公文書者，謂公務員職務上製作之文書。**」第2項規定：「**稱公務員者，謂下列人員：(1)依法令服務於國家、地方自治團體所屬機關而具有法定職務權限，以及其他依法令從事於公共事務，而具有法**

定職務權限者。(2)受國家、地方自治團體所屬機關依法委託,從事與委託機關權限有關之公共事務者。」

是以,凡屬上述所稱之公務員,包括公務人員、公職人員;政務官、事務官;聘用人員、派用人員;文官、武官,甚至約聘人員、約僱人員等,基於其職務上之需要所製作之文書皆屬刑法之「公文書」。

綜上可知,「公文」是處理公務的文書,即因公務而往來或溝通所使用之意思表示或記錄事實之一切資料皆包括在內,無論其為「公務員或非公務員身分」,只要是處理公共事務所為之文書皆可稱之。准此,「公文」是隨著政府機構及社會團體乃至人民各種活動而存在,亦是政府機關相互之間、政府機關與社會團體之間、政府機關與人民之間,甚至是整個社會團體與個體之間,因推行公務、相互溝通意見之重要工具。

因此,所謂「公文」是泛指機關相互間的公部門或公、私部門與人民間或公部門彼此內部單位間,為處理公務,而相互溝通所使用或記錄事實之一切資料、檔案均屬之。而公文一詞,也自然就與前述**文書**、**公文書**,甚至**政府文書**,或與早期慣稱的**官書**,其實都是同意語。

第二節　公文的種類

公文類別可依其功能或性能進行區分,說明如下。

壹、依法律規定分

公文依據法律規定可區分下列幾種:

1、**依公文程式條例**分為:**令、呈、咨、函、公告、其他公文**。
2、**依特種法律(令)而分**:(1)**行政救濟文書**,如請願文書(請願法);(2)**訴願文書**:如訴願法;(3)**司法文書**:如民事訴訟法、刑事訴訟法、行政訴訟法;(4)**爭議處理文書**:如仲裁法的仲裁書、鄉鎮市調解條例的調解書;(5)**外交文書**:如條約、協議;(6)**法制文書**:如中央行政機關法制作業之應注意事項;(7)**會議文書**:如會議規範。

貳、依對內外意思表示分

公文依意思表示之內外性質不同可區分為：

1、**對外意思表示之公文**：即以發文機關名義行文至其他機關或團體、人民之公文，可分為令、呈、咨、函、公告；其他公文如書函、開會通知單、會勘通知單、公務電話紀錄或其他定型化之文書。

2、**對內意思表示之公文**：即機關內部使用之文書，有簽、報告、便簽、手令、手諭等。

參、依行文系統分

公文依行文系統分為上級機關、同級機關、下級機關及不相隸屬機關等四種不同行文方式，從而有上行文、平行文、下行文之分，說明如下：

1、**上行文**：指有隸屬關係之下級機關對其上級機關所使用之公文書，如對直屬上級機關使用「函」；行政院、司法院、考試院及其所屬機關對總統使用「呈」。

2、**下行文**：指有隸屬關係之上級機關對其下級機關所使用之公文書，如公布法律、發布命令、人事任免、獎懲之「令」；上級機關對下級機關使用之「函」屬之。

3、**平行文**：指無隸屬關係之同級機關及不相隸屬機關相互往來之公文書，如總統和立法院相互使用「咨」；同級機關相互往來使用「函」及「書函」；機關給人民、社團、民間機構、團體之「函」、「書函」；及人民、社團、民間、機構團體對政府之「申請函」；無隸屬關係之不同級機關往來之公文書，不問其層級如何，其相互行文所使用之「函」、「書函」均屬之。例如臺北市政府與立法院相互往來之公文。

肆、依發文動機分

公文依發文之動機有：

1、**主動公文**：指機關或團體基於本身權責，主動對他機關或團體發出之

公文，又稱為「創文（稿）」。

2、**被動公文**：指機關或團體接到其他機關或團體來文後，採取對策而被動回應之公文，又稱為「復文」或「轉文」。

伍、依公文電子交換機制分

公文依公文電子交換機制可加以區分為：

1、**電子公文**：經由電子交換予以傳遞之公文，其使用比例逐年上升，目前約達90%以上。

2、**紙本公文**：使用A4紙張予以列印方式處理之公文，其使用比例逐年下降中。

陸、依電子交換公文分

公文依其電子交換公文可區分為：

1、**第一類電子公文**：屬經由第三者（公文電子交換服務中心）集中處理，具有電子認證、收方自動回復、加密（電子數位信封）等功能，並提供交換紀錄儲存、正副本分送及怠慢處理等加值服務者。

2、**第二類電子公文**：屬點對點直接電子交換，並具有電子認證、收方自動回復、加密（電子數位信封）等功能者。

3、**第三類電子公文**：屬發文方登載於電子公布欄，並得輔以電子郵遞告之，不另行文者。各機關得視安全控管之需要自行選用。

柒、依簽與稿之關係分

公文依「簽」與「稿」之關係可區分如下：

1、**只簽不稿**：屬於簡單性、例行性、告知性、副知性、存查性之案件或來文，承辦人員辦理後，經機關首長或授權人員批示後，就可移送檔案單位歸檔並予結案銷號，因只有寫簽沒有撰稿，故不必以機關名義對外發文。

2、**先簽後稿**：有關政策或重大興革案件、重要人事案件、其他須先行簽

請核示之案件、牽涉較廣會商未獲結論案件，或擬提決策會議討論等案件，應先簽報首長或授權人員核准後，再行辦理公文稿後，依發文程序以機關名義對外發文。於公文稿面上加註「先簽後稿」。其**置放順序**為：對方來文置於最下面，經首長或授權人員核准之簽或佐參之法規、歷史檔案等資料置於中間，上面再置放「公文稿」。

3、**簽稿併陳**：簽與稿同時往上陳，其文稿內容屬於須另作說明或對以往處理情形必須酌加析述之案件、依法准駁但案情特殊須說明之案件、須限時辦理不及先行請示之案件。此時將「簽與文稿」同時陳閱，方便長官瞭解案情，據以判發，以提升公文處理效率，稱為「簽稿併陳」。其**置放順序**為：對方來文置於最下面，所辦之「公文稿」置於中間，最上面置放「簽」，於簽之主旨或紙面適當處加註「簽稿併陳」。

4、**以稿代簽**：案情簡單，文稿內容毋須另作說明，或例行承轉之案件，直接就辦「公文稿」經陳核判發後繕發，不必另行上簽，稱為「以稿代簽」，應在稿面註明「以稿代簽」字樣。其**置放順序**為：對方來文置於最下面，最上面置放所辦之「公文稿」。

捌、依保存期限分

公文尚可依保存期限加以區分為：

1、屬於**永久保存者**有：
(1)涉及國家或本機關重要制度、決策及計畫者。
(2)涉及國家或本機關重要法規之制（訂）定、修正及解釋者。
(3)涉及本機關組織沿革及主要業務運作者。
(4)對國家建設或機關施政具有重要利用價值者。
(5)具有國家或機關重要行政稽憑價值者。
(6)具有國家、機關、團體或個人重要財產稽憑價值者。
(7)對國家、機關、社會大眾或個人權益之維護具有重大影響者。
(8)具有重要科技價值者。
(9)具有重要歷史或社會文化保存價值者。
(10)屬重大輿情之特殊個案者。

(11)法令規定應永久保存者。

(12)其他有關重要事項而具有永久保存價值者。

2、**定期保存**之公文有：分三十年、二十五年、二十年、十五年、十年、五年、三年、一年；各機關應就主管業務，依檔案保存年限及銷毀辦法、機關共通性檔案保存年限基準及其他相關法令規定，編訂檔案保存年限區分表。

玖、依機密等級分

公文依機密等級進行的分類有「**機密文書**」與「**非機密文書**」。「機密文書」共有四種密等，使用**黃色卷宗**或**機密卷袋**傳遞，前三種為**國家機密保護法**所規定、第四種為各機關一般公務機密。

1、**國家機密**：國家機密保護法的規定有下列三種：

(1)**絕對機密**：凡具保密價值之文書於其洩漏後，有足以使國家安全或利益遭受非常重大之損害者。

(2)**極機密**：凡具保密價值之文書於其洩漏後，有足以使國家安全或利益遭受重大之損害者。

(3)**機密**：凡具保密價值之文書於其洩漏後，足以使國家安全或利益遭受損害者。

2、**一般公務機密**：一般公務機密文書列為「**密**」等級，亦即指本機關持有或保管之資訊，除**國家機密**外，依法令或契約有保密義務者。

拾、依公文處理時限分

公文依公文處理時限可分為：

1、**最速件公文**：指特別緊急，限**一日內**辦畢之公文，使用**紅色**卷宗傳遞。

2、**速件公文**：指須從速處理，限**三日內**辦畢之公文，使用**藍色**卷宗傳遞。

3、**普通件公文**：指一般例行案件，限**六日內**辦畢之公文，使用**白色**卷宗傳遞。

4、**限期公文**：指來文主旨段內或依其他規定，而訂有期限之公文。

5、**專案管制公文**：指涉及政策、法令或需多方會辦、分辦，且需三十日以上，六個月以下方可辦結之複雜案件，經申請為專案予以管制之公文。

拾壹、依公文之屬性及適用範圍分

公文依其屬性及適用範圍可分為：

1、**稿本**：即草本、草稿或草底，為機關團體對外發文前所撰擬，並依各機關核判程序發出所留下之公文草稿。

2、**正本**：指收受文件之主體機關、團體或個人，其相對名詞為「副本」。

3、**副本**：針對「正本」而言，即將公文之同一內容，照抄並送給與本案有間接性相關，或者必須瞭解本案情況之機關或人民。副本雖無拘束力，但機關在收到副本時，應視副本之內容作適當處理。

4、**抄本**：公文正本發給受文者，其他相關機關或承辦單位如擬作為參考或留作查考時，可加發抄本，由於抄本**不需用印**處理，較為便捷，《文書處理手冊》特別規定，機關內部存參最好發抄本，少用副本，可節省用印手續。

5、**影本**：公文承辦單位或其他相關機關除正、副本單位外，如需留作查考時，可將正、副本影印，以資便捷。

6、**譯本**：外文之文件或報告、古代文件（如文言文），內容不易為一般人瞭解，得以本國現代通用文字予以翻譯，供作參閱之文件謂之，譯本原則上可不加蓋印信或章戳。

第三節　公文撰擬原則

壹、基本認識

公文為處理公務之重要溝通工具，故須注重**效率**，要讓對方迅速且容易看懂，現行公文已不太重視文采，只要合乎**程式**，內容**合法**、**合理**、**合情**，並具

備行文之原因、依據、目的與立場之基本認識，說明如下：

1、**行文之原因**：撰擬公文是要告訴對方「人、事、時、地、物」的問題，因此不論是主動或被動行文，均應就全案加以審察，徹底洞悉全案之真相，才能確定行文之對象，及如何處理有關情節與事實。

2、**行文之依據**：行文要依據來文、事實、法令、前案、理論，且所持之依據必須真實而有效，絕不可虛構事實、杜撰、引據過時失效之法令，致使公文失其效用，甚至構成違法失職之行為。

3、**行文之目的**：公文是處理公務之行為，必須在文中有明確之意思表示，使對方能明確認識行文主旨，始能發生公文之效力。

4、**行文之立場**：撰擬公文時，必須斟酌本機關或本身所處之地位關係和職責權限之範圍，然後就事論事、依法、依理寫作，並且不亢不卑、不越權、不推諉、不卸責，保持本身應有之立場，使對上能得信任採納，對下能收預期之效果。

5、**行文之布局**：撰擬公文，猶如撰寫文章，須層次清楚，段落分明，使人易於瞭解和接受。如有必要，應就綱目分別冠以數字，以清眉目。

貳、基本態度

1、**公正和平**：寫作公文，態度要公正，心情要平和，正直負責，誠懇堅定，不作情緒化反應，不流於意氣用事，本諸「**對事不對人**」之原則，在合法前提下，處處為雙方立場著想，才能免於偏激或武斷。

2、**立場穩妥**：寫作公文時的語氣，上行文宜**謙遜恭謹**；平行文宜**不卑不亢**；下行文宜**不驕不縱**。身在公門好修行，不論身為官員抑或人民，均應站在本身立場，為對方設想，相互尊重，使公文書中充滿愉悅溫馨之氣氛，斯為良好公文之表現。

3、**行政倫理**：製作公文，旨在處理事情、解決問題、完成任務。所面對者，可能是長官、同事、部屬或人民，可能是上級、同級、下級機關或其他團體，在民主、平等的今天，於撰擬公文過程中，如何秉持行政中立、依法行政、客觀嚴謹，並且設身處地，禮貌得體，才不失行文之旨。

參、基本要求

公文製作基本要求依公文程式條例第8條之規定，**公文文字應簡淺明確，並加具標點符號**。說明如下：

1、**簡**：就是簡單明瞭、化繁為簡、整齊劃一，其文字、用詞、句型、結構及程式，以求撰擬者及閱讀者均可節省時間及精力。
2、**淺**：就是淺近易懂、用語通達、詞句曉暢，專門用語、艱澀文詞、累贅字詞和重複資料愈少愈好。
3、**明**：就是明白清晰、文義清楚、條理分明，使收文者一看就知道發生何事？要如何去做？故儘量用主動句，不用無關的假設語。
4、**確**：就是明確肯定、主旨明確、語氣肯定，故多使用直接句、肯定語氣，避免模稜兩可或偏差歪曲。

行政院104年4月28日修正《**文書處理手冊**》第十六點之(一)「文字使用應儘量明白曉暢，詞意清晰，以達到**正確、清晰、簡明、迅速、整潔、一致、完整**之基本要求」。

肆、基本原則

公文製作可分為簽辦、會辦、撰稿及會銜，製作時應把握下列基本原則：

1、**嚴謹之依據**：對於該案之發生經過、原有文卷、演變及現況，必須審查詳盡，然後將有關文卷或資料檢附或摘錄主要內容，把握問題重心，依據有關法規、原理、原則、成例、習慣或主管之意旨，決定該案之處理辦法與措辭。
2、**會辦決定之案件不得變更原決定**：公文經送有關機關或單位會簽或經商討決定之案件，簽擬時不得變更或遺漏原決定，或隱蔽原有意見。
3、**應力求語意肯定清晰**：公文製作應力求語意肯定、內容清晰，不可模稜空泛、游移不定，或陳腐虛套、晦澀不明之文字，應避免地方俗語，更不可僅簽擬「陳核」或「請示」等不負責任之字樣。
4、**須注意雙方之身分**：應依行文系統，使用適當稱謂用語及體裁。特別是發文者是機關，受文者是個人時，宜特別留意其性別、職業的身

分，給予得體的稱呼。

5、**要把握時限處理**：承辦人員擬辦案件，應視事情之輕重緩急，**急要案件**提前簽擬，如須調卷或徵求其他機關意見或會商決定而不能立即簽辦者，可將原因先行函復。**普通案件**亦應依照時限辦理，不得積壓。

6、**段落要條理分明**：公文製作原則上採三段活用式之結構，即正文內容應段落分明，不得前後夾雜敘述。例如「主旨」段已敘明者，「說明」段或「辦法」段不宜再重複；說明段已敘明者，在辦法或擬辦段，只須提出具體辦法或方案即可，不可再重複。

7、**儘量使用語體文**：製作公文要留意所用文字應合乎時宜，儘量使用國人日常習用之語體文字，使一般人都能迅速正確理解。

8、**正確使用標點符號**：公文使用標點符號，能使句讀清楚，便於閱讀，免除誤解。公文程式條例第8條已有明定，惟有加具標點符號，才能使公文更臻明確易解。

9、**承轉公文不可層層套敘來文**：引敘來文或法令條文，以扼要摘述足供參證為度，不可於稿內層層套敘，或寫「照敘原文」、「照錄原文，敘至某處」，而自圖省事；如必須提供全文，應以電子文件、抄件或影印附送。

10、**其他應注意之原則**：

    (1)寫作公文，應以**一文一事**為原則，來文如係**一文數事**者，得以「**雙稿**」、「**三稿**」等**分為數文**答覆。如果一文之受文者有數個機關而內容相同時，可僅辦一稿。數個機關之內容大同小異時，則可以「**同稿併敘**」，加註某處文字係對某機關所用，將不同之文字分別列出，以不同文號發出。

    (2)對於相同或同類案件，需經常答覆者，可先撰擬**定型稿**或稱「**例稿**」，經主管長官核定後，請文書單位打印備用。以後每次簽辦此類案件時，只要填寫幾個字，即可送判，簡化作業，並方便核判。

    (3)依分層負責或授權判行之公文，承辦人員應建議決行層次；決策者應書明**代判**字樣，或加蓋**代為決行**章。

    (4)**彙總**公文，需要各單位提供資料或意見時，可先影印分送各單位簽復，並可事先製作統一格式及用紙，以免事後重新整理，耽擱時間及浪費人力、物力。

(5)儘量利用副本代替已辦核轉案件之簽復，承辦人員也可視需要在稿上加列抄發承辦單位抄本，以便查考，免除以後調卷之煩。

(6)紙本公文送判時，**公文夾**應標明承辦單位及送往單位，以加速公文傳遞。如屬最速件或限期案件，應在稿面上旁註「**請於某日某時以前發出**」，以促請有關人員把握時限。

第四節　公文的結構

壹、公文結構

公文結構包括公文**整體結構**與**本體結構**，說明如下：

1、**整體結構**：亦稱為**行款**，即指公文行文款式，即一篇完整公文所應記載之各項目。包括**本別、檔號、保存年限、發文機關全銜、文別、機關地址、聯絡方式**（承辦人、電話、傳真、e-mail）、**受文者郵遞區號及地址、受文者、發文日期、發文字號、速別、密等及解密條件或保密期限、附件、本文、正本、副本、署名或蓋章戳、頁碼**等。其標準規格如表1-1：

(1)**書寫與裝訂方式**：文字由左而右，由上而下，靠左對齊。如使用不同規格之紙張時要對左、對上靠齊後再裝訂。

(2)**分項條列標號**：《文書處理手冊》規定僅有前四層，各機關可依需求增列第五層、第六層或更多層。分項標號應另列縮格以全形書寫，「（ ）」以半形書寫。其層次如下：

第一層：　　一、　　　　　中文全形字元。

第二層：　　（一）　　　　中文全形字元；（ ）半形字元。

第三層：　　　1、　　　　阿拉伯數字形字元。

第四層：　　　　(1)　　　阿拉伯數字形字元；( )半形字元。

(3)**字型**：一律中文標楷體。

表1-1 公文行款填寫方法說明表

本別
（稿本時加先簽後稿、簽稿併陳、以稿代簽）

檔　號：（12號字）
保存年限：（12號字）

機關全銜（文別）

（20號字，置中）（會銜公文機關排序：主辦機關、會辦機關）

地址：（12號字）（會銜只列主辦
　　　機關，令、公告不需此項）
承辦人：○○○（12號字）
電話：（02）12345678（12號字）
傳真：（12號字）
電子信箱：（12號字）

（郵遞區號）□□□□□（數字依郵局規定）
（地址）（12號字）

受文者：（令、公告不需此項）（16號字）
發文日期：中華民國107年○月○日（12號字）
發文字號：○○字號○○○號（12號字）（會銜機關排序：主辦機關、會辦
　　　　　機關）
速別：（12號字）（令、公告不需此項）
密等及解密條件或保密期限：（12號字）（令、公告不需此項）
附件：（12號字）（令不需此項）

本文：（16號字）（令：不分段。但人事命令可例外。公告：
　　　　主旨、依據、公告事項三段式。函、書函等：主旨、
　　　　說明、辦法三段式）

正本：（12號字）（要全銜，自稱本，注意排序。令、公告不需此項）
副本：（12號字）（要全銜，自稱本，注意排序。如含附件者，要註明：含
　　　附件、不含附件或含○○附件）

署名或蓋章戳　　（不限號字）
會銜公文：按機關排序蓋用機關首長簽字章
令：蓋用機關印信、機關首長簽字章
公告：蓋用機關印信、機關首長簽字章
函：上行文—署機關首長職銜姓名蓋職章
平行文—蓋機關首長職銜簽字章或職章
下行文—蓋機關首長職銜簽字章
書函、一般事務性之通知等：蓋機關（單位）條戳

頁碼（10號字）

資料來源：參考整理自行政院《文書處理手冊》。

2、**本體結構**：亦稱為**本文**，係指公文主要內容，包括下列兩者：

(1)**內容結構**：即指公文主要內容分為以「引據、申述及歸結」之推理
方式或按順序敘述，或採因果關係等方式予以說明。

(2)**形式結構**：即指公文主要內容表達方式。如：

①**令**之形式結構不分段，但人事命令可例外。

②**函**之形式結構分為「主旨、說明（原因、經過）、辦法（建議、
請求、擬辦、核示事項）」等三段式。

③**公告**之形式結構分為「主旨、依據、公告事項（說明）」等三段
式。

④**簽**之形式結構，包括「主旨、說明、擬辦」等三段式。

⑤**其他公文**形式結構，如**書函**比照**函**之結構、**公示送達**比照**公告**之
結構、**報告**比照**簽**之結構。

公文本文之內容以下以「引據、申述、歸結」三部分為例說明：

1、**引據**：即公文行文之依據，主要有法令、案例、事實、理論、來文
等；引據要詳明正確，不能草率。

2、**申述**：係依引據而加以詳細申述意見或理由，使下文得以歸結。簡單
的公文在引據後即可寫歸結，提出辦法或具體意見，亦可略作申述，
加強歸結力量。

3、**歸結**：即提出處理辦法或要求，亦是本文之結束。

第五節　公文的用語用字

公文製作之前，必須瞭解「相約俗成」之公文用語用字、法律統一用字
表、法律統一用語表、公文書橫式書寫數字使用原則及相關之解釋、標點符號
之用法等五種規範，也是文書作業之準據。

壹、一般公文用語用字

公文之撰寫除遵守其特有之程式及結構外，更應瞭解公文專門用語。故公
文應依受文對象、立場及性質，使用簡潔得體之用語。常用之一般公文用語，

經歸納可分為：**起首語、稱謂語、引述（敘）語、經辦語、准駁語、請示語、期望及目的語、抄送語、附送語、結束語**等十類，茲列表1-2說明如下：

表1-2　一般公文用語用字表

編號	語別	用語	適用範圍	備註
1	起首語 （正文或主旨開頭慣用之發語詞）	1.通用：為、關於、有關 2.下行文：所詢、檢送、檢附、檢發 3.平行文：函詢、檢送 4.上行文：檢陳 5.上行簽：**簽陳、奉、奉交下**		
		制定（法律）、**訂定**（法規命令、行政規則）、**修正、廢止、核釋**	公布法律或發布法規命令或發布解釋性規定或裁量基準。	
		特任、特派、任命、派、茲派、茲聘、僱	任派用或聘僱人員用。	
2	稱謂語 （彼此禮貌上之代稱詞，不必挪空一格）	鈞	有隸屬關係的下級機關對上級機關用之，如鈞院、鈞部、鈞府。	稱「**機關**」用。
		大	無隸屬關係的較低級機關對較高級機關用之，如大院、大部。	
		貴	有隸屬關係及無隸屬關係之上級機關對下級機關、或無隸屬關係之平行機關，或上級機關首長對下級機關首長，或機關與社團間用之，如**貴院、貴府、貴部、貴縣長、貴科長、貴會、貴公司**。	
		鈞長、鈞座	屬員對長官，或有隸屬關係之下級機關首長對上級機關首長用之。	
		臺端	機關或首長對屬員，或機關對人民用之。	

（續）表1-2　一般公文用語用字表

編號	語別	用語	適用範圍	備註
		先生、女士、君	機關對人民用之（如：○○○先生）。	稱「人」用。本、職、本人、生、名字等自稱，不必側書偏小，與名字同一列。
		本	機關學校社團或首長自稱，如本縣、本校、本府。	
		職	屬員對長官，或有隸屬關係的下級機關首長對上級機關首長自稱時用之。	
		本人、名字	人民對機關自稱時用之。	
		生或學生	學生對學校老師自稱。	
		全銜（簡銜）、職稱、該	間接稱謂時首次用機關全銜，如一再提及，則稱簡銜或該。	間接稱人時稱先生、女士、君或職稱。
3	引述語或引敘語（引據來文之起敘語，於發文時對其來龍去脈作一交代）	奉	接獲上級機關或首長之公文，於引敘時用之。	1.奉、准、據等字儘量少用。准、據亦可改用接。2.如：奉交研議或奉鈞院……函辦理。3.如：准依貴會○○○函辦理。4.如：據臺端○○○申請書辦理。
		准	接獲平行機關或首長之公文，於引敘時用之。	
		據	接獲下級機關或首長或屬員或人民之公文，於引敘時用之。	
		奉悉	接獲上級機關或首長之公文，於引敘完畢時用之。	如：鈞長○月○日手諭奉悉。或鈞院……函奉悉。
		敬悉	接獲平行機關或首長之公文，於引敘完畢時用之。	如：貴委員○年○月○日華翰敬悉。
		已悉（接悉）	接獲下級機關或首長之公文，於引敘完畢時用之。	如：臺端○年○月○日陳情書已悉。

（續）表1-2　一般公文用語用字表

編號	語別	用語	適用範圍	備註
		案陳（為「案件陳報」之簡稱）	係下級機關或所屬內部單位將案件陳報給上級機關或首長核定後，再以上級機關或首長名義對外行文。	1.對外行文時如正本機關有兩個以上，為通案性之處理時之用。 2.如：依本府人事處案陳○○○函辦理。 3.如：依○○部案陳○○○函辦理。
		復（來文機關發文年月日字號及文別）函	於復文時用之。	復文。
		依（依據、根據）（來文機關發文年月日字號及文別或有關法令）辦理	告知辦理的依據時用之。	轉文。
		（機關發文年月日字號及文別）鑒察、鈞察	對上級機關發文後續函時用之。	第二次復上行文時：本部○○○函諒蒙鈞察。
		（機關發文年月日字號及文別）諒達、計達	對平行或下級機關發文後續函時用之。	1.第二次復平行文：本部○○○函諒達。 2.第二次復下行文：本部○○○函計達。
4	經辦語（處理案件之聯繫詞）	遵經、遵即、遵查	對上級機關或首長用之。	須視案情及時間為適當之運用。
		業經、經已、均經、迭經、旋經、茲經、爰經、即經、前經、並經、嗣經、歷經、續經、又經、復經	平行及下行通用。	
5	准駁語（決定可否之衡量詞）	應予照准、准予照辦、准予備查、未便照准、礙難照准、應毋庸議、應從緩議、應予不准、應予駁回	上級機關對下級機關或首長用之。	准駁要明確。
		敬表同意、同意照辦、不能同意辦理、歉難同意、無法照辦、礙難同意	對平行機關用之。	
		如擬、可、照准、准如所請、如擬辦理	機關首長對屬員或其下屬機關首長用之。	僅用於簽或報告。

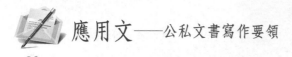
（續）表1-2　一般公文用語用字表

編號	語別	用語	適用範圍	備註
6	請示語（請問之衡量詞）	是否可行、是否有當、是否允當、可否之處、如何之處	下級機關或屬員對上級機關或首長請示用之。	僅用於簽或報告。請示完記得加「？」。
7	期望或目的語（要求對方之祈使詞暨表示行文主旨之希求詞）	請鑒核、請核示、請釋示、請鑒察、請核轉、請核備、請核准施行、請核准辦理、復請鑒核	對上級機關或首長用之。	鑒字不可寫成鑑字，鑒或核字之前不必挪抬。
7		請查照、請查照辦理、請查核辦理、請查照見復、請查照辦理見復、請惠允見復、請查照轉告、請查照備案、請查照見復、復請查照	對平行機關用之。	
7		希查照、希照辦、希辦理見復、希轉行照辦、希切實辦理、希查照轉告、希查照轉行照辦、希照辦並轉行所屬照辦、希轉告所屬切實照辦	對下級機關用之。	（惟目前各機關對下級機關常見請，少見用希字。）
8	抄送語（致送抄件之用語）	抄陳	對上級機關或首長用之。	有副件或抄件時用，如「副本抄陳行政院，屆時恭請長官蒞臨致詞指導。」
8		抄送	對平行機關、單位或人員用之。	
8		抄發	對下級機關或人員用之。	
9	附送語（致送資料文件之用語）	附陳、檢陳	對上級機關或首長用之。	有附件時用。
9		附、附送、檢附、檢送、檢發	對平行及下級機關用之。	
10	結束語（全文之總結詞）	謹呈	對總統簽用。	僅用於呈或簽。
10		謹陳、敬陳	於簽末對長官使用。	
10		此致、此上	於便簽用。	

註：1.參考整理自行政院《文書處理手冊》。

　　2.依行政院104年3月25日臺綜字第1040127907號函規定，有關公文之期望或目的及稱謂用語，均無須挪抬（空格）書寫。

貳、法律統一用語用字

有關法律統一用字，經民國62年3月13日立法院（第1屆）第51會期第5次會議及第78會期第17次會議認可之「法律統一用字與用語表」則列如**附錄**三。

參、實務上常用的公文語彙

除法律統一用字、用語之外，在實務上也有為數可觀的「公文常用語彙釋例」，為增強溝通效果，列如**附錄四**。

第二章　令、呈與咨

　　令、呈與咨三者都是屬於憲政層次的公文，依據公文程式條例第2條第1項規定，三者的用途如下：

1、令：公布法律、任免、獎懲官員，總統、軍事機關、部隊發布命令時用之。

2、呈：對總統有所呈請或報告時用之。

3、咨：總統與立法院、監察院公文往復時用之。

茲分別介紹如下：[i]

第一節　令

壹、令之意義

　　令之本義是上級對下級指示、告誡，所以有強制性和拘束性，令之受文者應遵照辦理。現行公文中，凡總統公布法律、發布命令，一般機關發布法規命令，解釋性規定與裁量基準之行政規則，地方自治機關（直轄市政府、縣市政府、鄉鎮縣轄市公所）公布自治條例或發布自治規則，各機關之人事命令。故「令」屬下行文。

　　令可刊登於政府公報或新聞紙，並得於機關電子公布欄公布；必要時亦可以公文分行各機關，其格式於《文書處理手冊》規定如下：

1、令文不分段，敘述時動詞一律在前，例如：

　　(1)制定○○○法（法律）；訂定○○○法施行細則（法規命令）；制定○○縣○○自治條例（自治條例）；訂定○○縣路邊停車收費標準（自治規則）；訂定○○縣私立老人福利機構履行營運擔保能力認定基準（裁量基準之行政規則）。

---

[i]　參考行政院民國104年7月出版《文書處理手冊》及國家文官學院民國106年11月編印《公文寫作及習作》頁87至122。惟《文書處理手冊》僅於頁4介紹令、呈、咨類別說明及頁8至9介紹令之作法。

(2)修正○○○法（法律）第3條（中文數字）；修正○○○辦法（法規命令）第○條（中文數字）。

    (3)廢止○○○法（法律）；廢止○○○辦法（法規命令）。

    (4)核釋○○○法第5條（阿拉伯數字）所稱之○○○之疑義，茲規定如下：（解釋性規定之行政規則）。

2、多種法律、法規命令之制（訂）定、修正或廢止，同時公布時，可併入同一令文處理。

3、各機關人事命令：總統依法任免文武官員之人事命令採不分段；至於一般機關之**常任文職人員**，其人事命令可採**分段式**（通常為二段式），格式由人事主管機關定之。

貳、令之適用範圍

令之適用範圍包括總統、一般機關、地方自治機關及各機關常任人員之任免、遷調、獎懲等人事命令。列舉說明如下：

一、總統

1、公布法律（制定、修正、廢止）：

    (1)憲法第170條規定：「本憲法所稱之法律，謂經立法院通過，總統公布之法律」。

    (2)中央法規標準法第2條規定：「法律得定名為法、律、條例或通則」。

    (3)憲法第37條規定：「總統依法公布法律，發布命令，須經行政院院長之副署，或行政院院長及有關部會首長之副署」。

    (4)故凡屬於「法」、「律」、「條例」、「通則」等法律，須經立法院「制定」，且經總統以「令」公布之，公布時還須經行政院院長或行政院院長及有關部會首長之副署。

2、宣布解（戒）嚴令。

3、大赦令、特赦令、減刑令、復權令。

4、任（免）文武官員令。

5、授予榮典令。

6、緊急命令。

7、褒揚令、追晉令、授勳令、治喪令。

二、一般機關

(一)發布法規命令

1、中央法規標準法第3條規定，各機關發布之命令，得依其性質稱**規程**、**規則、細則、辦法、綱要、標準**或**準則**。

2、行政程序法第150條規定，本法所稱**法規命令**，係指行政機關基於法律授權，對多數不特定人民就一般事項所作抽象之對外發生法律效果之規定。

3、行政程序法第152條規定，法規命令之訂定，除由行政機關自行草擬者外，並得由人民或團體提議為之。第157條第3項規定，法規命令之發布，應刊登政府公報或新聞紙。

4、故凡屬於規程、規則、細則、辦法、綱要、標準、準則等或法律授權名稱之**法規命令**，必須經一般機關訂定後再由一般機關以**令**發布之。

(二)解釋性規定與裁量基準之行政規則

1、行政程序法第160條第1項規定，行政規則應下達下級機關或屬官。第2項規定，行政機關訂定前條第2項第2款之行政規則，應由其首長簽署，並登載於政府公報發布之[ii]。

2、行政規則係由行政機關所訂定後下達給下級機關或屬官時以函檢發。但屬行政程序法第159條第2項第2款之行政規則，依規定應發布者，按《文書處理手冊》所定法規命令之發布程序辦理，應以**令**發布[iii]。

3、行政程序法第159條第2項第1款之行政規則，依規定應訂頒者[iv]。

4、常使用之行政規則其名稱很多，有要點、原則、規範、注意事項、須知、基準、作業程序、方案、章程、範本、補充規定等，亦即除前述所稱之「法、律、條例、通則」（四種名稱）、「規程、規則、細則、辦法、綱要、標準、準則」（七種名稱）、「自治條例（一種名

[ii] 屬於為協助下級機關或屬官統一解釋法令、認定事實及行使裁量權，而訂頒之解釋性規定及裁量基準之行政規則。

[iii] 同上註。

[iv] 關於各機關內部之組織、事務之分配、業務處理方式、人事管理等一般性規定，應以「函」來檢發。

稱）、自治規則（七種名稱）」等十九種名稱以外之其他任何名稱皆為行政規則。

5、關於行政規則之生效及失效方式，依據行政機關法制作業實務規定如下：

(1)第1類行政規則：行政程序法第159條第2項第1款，關於機關內部之組織、事務之分配、業務處理之方式、人事管理等一般性規定之行政規則，其訂定後以函**分行**之，於不再適用時，亦以函「停止適用」，並均於分行函中敘明其生效日期，例如[v]：

○○部函

主旨：訂定「○○○要點」，並自中華民國○年○月○日（中文數字）生效（或「自即日生效」），請查照。

說明：檢送「○○○要點」一份。

部長○○○

---

(2)第2類行政規則：行政程序法第159條第2項第2款，為協助下級機關或屬官統一解釋法令、認定事實、行使裁量權，而訂頒之解釋性規定及裁量基準之行政規則，其訂定後**以令發布**之，於不再適用時，亦**以令廢止**，並均於令中敘明其生效日期。至其發布或廢止令，均參照法規之發布或廢止令為之，例如：

○○部令

訂定「○○○要點」，並自中華民國○年○月○日（中文數字）生效（或「自即日生效」）。

附「○○○要點」。

部長○○○

---

[v] 以下各例為節省篇幅，部分只摘錄發文機關全銜、本文、發文機關首長署名等舉例內容，其餘機關地址、連絡方式、受文者、發文日期、發文字號、速別、密等及解密條件或保密期限、附件、正本、副本等均省略，以節省篇幅。

> ### ○○部令
> 廢止「○○○要點」，並自中華民國○年○月○日（中文數字）生效（或「自即日生效」）。
> 部長○○○

(3)兼具第1類及第2類行政規則內容者：應視同第2類行政規則辦理。

三、地方自治機關

　　包括直轄市政府、縣市政府及鄉鎮縣轄市公所**公布自治條例**或**發布自治規則**。地方制度法第25條規定，直轄市、縣（市）、鄉（鎮、市）得就其自治事項或依法律及上級法規之授權，制定自治法規。自治法規經地方立法機關通過，並由各該行政機關公布者，稱**自治條例**；自治法規由地方行政機關訂定，並發布或下達者，稱**自治規則**。

1、地方制度法第26條第1項規定，自治條例應分別冠以**各該地方自治團體之名稱**。

2、地方制度法第27條項規定，直轄市政府、縣（市）政府、鄉（鎮、市）公所就其自治事項，得依其法定職權或法律、基於法律授權之法規、自治條例之授權，訂定自治規則。前項自治規則應分別冠以**各該地方自治團體之名稱**，並得依其性質，定名為**規程、規則、細則、辦法、綱要、標準**或**準則**。

四、常任人員之人事命令

　　指**各機關常任人員之人事命令**，包括如**任免、遷調、獎懲**等。

參、令之製作要領

1、公布法律、發布法規命令或解釋性規定與裁量基準之行政規則，其「令」的文字要簡明，不分段，即不標示主旨及說明等段名，敘述時**制定、訂定、修正、廢止、核釋**等動詞文字**一律在前**。

2、如有附件則另起一列並縮一格書寫。

3、令應蓋機關印信（右上角）及首長職銜簽字章（左下角）；刊登政府

公報、新聞紙或公布於機關電子公布欄者，無須蓋印。

4、總統公布法律、發布命令需經行政院院長之**副署**，或行政院院長及有關部會首長之**副署**。

5、多種法律之制定或廢止，同時公布時，可併入同一公文處理；法規命令之發布，亦同。

6、公（發）布應以刊登政府公報或新聞紙方式為之，並得於機關電子公布欄公布；必要時，並以公文分行各機關。

7、發布令文，因其內容為令知所屬各級行政機關共同遵照，故不特別標示「受文者」及「副本收受者」，而由收發單位分送相關機關。

8、**人事命令**如部分項目必須留空時，應加註「空白」，以防被加列；另對於重要數字應以中文書寫，以防被變造。並須列明機關全銜、職稱、姓名等項。

肆、令之範例[vi]

一、總統適用

(一)制定法律

```
                                        檔    號：
                                        保存年限：
                         總統令
發文日期：中華民國○年○月○日
發文字號：華總一義字第0000000000號
茲制定地質法，公布之。
總      統  ○○○
行政院院長  ○○○
經濟部部長  ○○○
```

[vi] 各例均摘自各級政府公報。

(二)廢止法律

```
                                          檔　　號：
                                          保存年限：

                        總統令

發文日期：中華民國○年○月○日
發文字號：華總一義字第0000000000號
茲廢止國家公園管理處組織通則，公布之。
總　　　　統　　○○○
行政院院長　　○○○
內政部部長　　○○○
```

(三)增訂並修正法律

```
                                          檔　　號：
                                          保存年限：

                        總統令

發文日期：中華民國○年○月○日
發文字號：華總一義字第0000000000號
茲增訂刑事訴訟法第三十四條之一條文；並修正第三十四條、第
四百零四條及第四百十六條條文，公布之。
總　　　　統　　○○○
行政院院長　　○○○
```

(四)增訂、刪除並修正法律條文

```
                                          檔　　號：
                                          保存年限：

                        總統令

發文日期：中華民國○年○月○日
發文字號：華總一義字第0000000000號
茲增訂社會救助法第四條之一、第九條之一、第十五條之二、第
十六條之一至第十六條之三、第四十四條之二及第四十四條之三條
文；刪除第三十七條條文；並修正第一條、第三條、第四條、第五
條至第五條之三、第八條、第九條、第十二條至第十五條之一、第
十六條、第十七條、第十九條、第二十一條、第三十條至第三十二
```

條、第三十六條、第三十八條至第四十一條及第四十六條條文，公
布之。

總　　　統　○○○

行政院院長　○○○

內政部部長　○○○

(五)刪除並修正部分條文

<table>
<tr><td colspan="2">檔　　號：
保存年限：</td></tr>
</table>

檔　　號：

保存年限：

總統令

發文日期：中華民國○年○月○日

發文字號：華總一義字第0000000000號

茲刪除簡易人壽保險法第三十條條文；並修正第七條、第八條及第
四十三條條文，公布之。

總　　　統　○○○

行政院院長　○○○

交通部部長　○○○

(六)修正法律名稱及條文

檔　　號：

保存年限：

總統令

發文日期：中華民國○年○月○日

發文字號：華總一義字第0000000000號

茲將「電腦處理個人資料保護法」名稱修正為「個人資料保護
法」；並修正條文，公布之。

總　　　統　○○○

行政院院長　○○○

(七)任免文武官員

1、總統聘書

檔　　號：

保存年限：

總統令

發文日期：中華民國○年○月○日

敦聘副總統○○○為中華民國建國一百年慶祝活動籌備委員會主任委員，行政院院長○○○、立法院院長○○○為中華民國建國一百年慶祝活動籌備委員會副主任委員。

敦聘總統府秘書長○○○、敦聘○○○先生等一百二十一員為中華民國建國一百年慶祝活動籌備委員會委員。

總　統　○○○

2、任免

檔　　號：

保存年限：

總統令

發文日期：中華民國○年○月○日

特派○○○為104年公務人員特種考試身心障礙人員考試典試委員長。

總　　　統　○○○

行政院院長　○○○

檔　　號：

保存年限：

總統令

發文日期：中華民國○年○月○日

行政院政務委員○○○已准辭職，應予免職。

特任○○○為行政院政務委員。

此令自中華民國○年○月○日生效。

總　　　統　○○○

行政院院長　○○○

檔　　號：
保存年限：

總統令

發文日期：中華民國○年○月○日

任命○○○為○○部政風處簡任第十一職等專門委員。

任命○○○為○○○國大使館簡任第十四職等大使。

任命○○○為財政部○○關稅局簡任第十職等關務監稽核。

總　　　統　　○○○

行政院院長　　○○○

(八)褒揚令

檔　　號：
保存年限：

總統令

發文日期：中華民國○年○月○日

發文字號：○○字第0000000000號

總統府前國策顧問、銓敘部前部長○○○，忠誠篤實，才識閎遠，早歲卒業陸軍軍官學校，精嫻韜略，曉暢戎機。抗日軍興，馳援豫鄂戰役，拱衛鄉土，屢建殊功。勝利後，迭膺重寄，累擢至國防部人事行政局局長、人事參謀次長等職務，奮武揆文，勳績卓著。嗣轉任行政院人事行政局局長，建制培才，強化組織，提昇人員素質，增進行政效能，殫精竭慮，靖獻孔昭，為人事行政制度，縈下堅實根基。復洊升考試院銓敘部部長，嘉猷碩畫，殊多建樹，尤以設立退休、撫卹基金制度，革新銓政，厥功至偉。晚歲膺聘總統府國策顧問，翊贊樞機，聲華益懋。遽聞溘逝，軫悼良殷，應予明令褒揚，以示政府篤念耆賢之至意。

總　　　統　　○○○

行政院院長　　○○○

(九)授予勳章

檔　　號：
保存年限：

總統令

發文日期：中華民國○年○月○日

發文字號：華總二榮字第0000000000號
茲授予○○○總理○○特種大綬景星勳章。

總　　　統　○○○
行政院院長　○○○
外交部部長　○○○

(十)緊急命令

總統令

發文日期：中華民國○年○月○日
發文字號：華總一義字第0000000000號

　　查臺灣地區於民國88年9月21日遭遇前所未有強烈地震，其中臺中縣、南投縣全縣受創甚深，臺北市、臺北縣，苗栗縣、臺中市、彰化縣、雲林縣及其他縣市亦有重大之災區及災戶，民眾生命、身體及財產蒙受重大損失，影響民生至鉅，災害救助、災民安置及災後重建，刻不容緩。爰經行政院會議之決議，依中華民國憲法增修條文第二條第三項規定，發布緊急命令如下：

一、中央政府為籌措災區重建之財源，應縮減暫可緩支之經費，對各級政府預算得為必要之變更，調節收支移緩救急，並在新臺幣八百億元限額內發行公債或借款，由行政院依救災、重建計畫統籌支用，並得由中央各機關逕行執行，必要時得先行支付其一部分款項。
　　前項措施不受預算法及公共債務法之限制，但仍應於事後補辦預算。

二、中央銀行得提撥專款，供銀行辦理災民重建家園所需長期低利、無息緊急融資，其融資作業由中央銀行予以規定，並管理之。

三、各級政府機關為災後安置需要，得借用公有非公用財產，其借用期間由借用機關與管理機關議定，不受國有財產法第四十條及地方財產管理規則關於借用期間之限制。各級政府機關管理之公有公用財產，適於供災後安置需要者，應即變更為非公用財產，並依前項規定辦理。

四、政府為安置受災戶，興建臨時住宅並進行災區重建，得簡化行政程序，不受都市計畫法、區域計畫法、環境影響評估法、水土保持法、建築法、土地法及國有財產法等有關規定之限制。

五、中央政府為執行災區交通處公共工程之搶修及重建工作，凡經過都市計

畫區、山坡地、森林、河川及國家公園等範圍，得簡化行政程序，不受各該相關法令及環保法令有關規定之限制。

六、災民因本次災害申請補發證照書件或辦理繼承登記，得免繳納各項規費，並由主管機關簡化作業規定。

七、中央政府為迅速執行救災、安置及重建工作，得徵用水權，並得向民間徵用空地、空屋、救災器具及車、船、航空器，不受相關法令限制。衛生醫療體系人員為救災所需而進用者，不受公務人員任用法之限制。

八、中央政府為維護災區秩序及迅速辦理救災、安置、重建工作，得調派國軍執行。

九、政府為救災、防疫，安置及重建工作之迅速有效執行，得指定災區之特定區域實施管制，必要時並得強制撤離居民。

十、受災戶之役男，得依規定徵服國民兵役。

十一、因本次災害而有妨害救災，囤積居奇、哄抬物價之行為者，處一年以上七年以下有期徒刑，得併科新臺幣五百萬元以下罰金。

以詐欺、侵占、竊盜、恐嚇，搶奪、強盜或其他不正當之方法，取得賑災款項、物品或災民之財物按刑法或特別刑法規定，加重其刑至二分之一。

前二項之未遂犯罰之。

十二、本命令施行期間自發布日起至民國89年3月24日止。此令。

總　　　統　○○○

行政院院長　○○○

(十一)中央政府總預算

檔　　號：

保存年限：

總統令

發文日期：中華民國○年○月○日

發文字號：華總一義字第0000000000號

茲依中華民國○年度中央政府總預算案附屬單位預算營業及非營業部分案審查總報告（修正本），公布中華民國○年度中央政府總預算附屬單位預算營業及非營業部分。

總　　　統　○○○

行政院院長　○○○

(十二)中央政府總決算

```
                                          檔  號：
                                          保存年限：

              總統令

發文日期：中華民國○年○月○日
發文字號：華總一義字第0000000000號
茲將中華民國○年度中央政府總決算（含附屬單位決算及綜計表）
最終審定數額表，以歲入歲出決算審定數簡明比較表、審定後收支
簡明比較分析表、融資調度決算審定表、營業基金損益計算審定數
額綜計表、非營業特種基金收支餘絀審定數額綜計表－作業基金、
非營業特種基金來源用途及餘絀審定數額綜計表－債務基金、特別
收入基金及資本計畫基金公告之。
總      統  ○○○
行政院院長  ○○○
```

二、一般機關適用之法規命令

(一)訂定法規命令

```
                                          檔  號：
                                          保存年限：

             教育部令

發文日期：中華民國○年○月○日
發文字號：臺參字第0000000000C號
訂定「大陸地區人民來臺就讀專科以上學校辦法」。
   附「大陸地區人民來臺就讀專科以上學校辦法」。
部長   ○○○（簽字章）
```

(二)修正法規命令

```
                                          檔  號：
                                          保存年限：

         行政院○○○○管理委員會令

發文日期：中華民國○年○月○日
發文字號：金管證券字第0000000000號
修正「證券商管理規則」部分條文。
```

附修正「證券商管理規則」部分條文。

主任委員　○○○（簽字章）

授權單位主管決行

(三)廢止法規命令

檔　　號：
保存年限：

教育部令

發文日期：中華民國○年○月○日

發文字號：臺參字第0000000000C號

廢止「教育部海外青年講習會講習實施辦法」。

部長　○○○（簽字章）

(四)發布法律生效之命令

檔　　號：
保存年限：

行政院令

發文日期：中華民國○年○月○日

發文字號：院臺陸字第0000000000號

中華民國○年○月○日修正公布之臺灣地區與大陸地區人民關係條例第二十九條之一，定自○年○月○日施行。

院長　○○○（簽字章）

(五)會銜令

檔　　號：
保存年限：

考試院、行政院令

發文日期：中華民國○年○月○日

發文字號：○○字第0000000000號

　　　　　○○字第0000000000號

1（考試院
印信位置）

訂定「政務人員退職撫卹條例施行細則」。

　　附「政務人員退職撫卹條例施行細則」。

院長　○○○（簽字章）
院長　○○○（簽字章）

會銜公文機關印信蓋用續頁表

2（行政院 印信位置）	3

說明：兩個以上機關之會銜公文張貼機關公布欄需用印時，得依本表蓋用。

(六)解釋令

<table>
<tr><td colspan="2" align="right">檔　　號：
保存年限：</td></tr>
<tr><td colspan="2" align="center">### 司法院令</td></tr>
</table>

檔　　號：
保存年限：

司法院令

發文日期：中華民國○年○月○日
發文字號：○○字第0000000000號
公布本院大法官議決釋字第六五五號解釋。
　附釋字第六五五號解釋。
院長　○○○（簽字章）

三、直轄市政府、縣市政府、鄉鎮市公所公布自治條例

(一)制定自治條例

檔　　號：
保存年限：

○○縣政府令

發文日期：中華民國○年○月○日
發文字號：府民自字第00000000000A號
制定○○縣公民投票自治條例。
　附○○縣公民投票自治條例條文。
縣長　○○○（簽字章）

(二)廢止自治條例

```
                                              檔    號：
                                              保存年限：

                    ○○市政府令

發文日期：中華民國○年○月○日
發文字號：○市府人企字第0000000000號
廢止○○縣政府組織自治條例，自中華民國○年○月○日生效。
市長  ○○○（簽字章）
```

(三)修正自治條例

```
                                              檔    號：
                                              保存年限：

                  ○○縣○○鎮公所令

發文日期：中華民國○年○月○日
發文字號：玉鎮行字第0000000000號
修正○○縣○○鎮公所規費自治條例第三條條文。
    附修正○○縣○○鎮公所規費自治條例第三條條文。
鎮長  ○○○（簽字章）
```

四、直轄市政府、縣市政府、鄉鎮市公所發布自治規則

```
                                              檔    號：
                                              保存年限：

                    ○○市政府令

發文日期：中華民國○年○月○日
發文字號：府法三字第0000000000號
訂定「○○市產業發展獎勵補助辦法」。
    附「○○市產業發展獎勵補助辦法」。
市長  ○○○
法規委員會主任委員○○○決行
```

檔　　號：

保存年限：

○○市政府令

發文日期：中華民國○年○月○日

發文字號：○市府教一字第0000000000號

修正「○○市籍學生就讀私立高級中等學校學雜費補助辦法」第二
條條文，名稱並修正為「○○市就讀私立高級中等學校學生學雜費
補助辦法」。

　附修正「○○市就讀私立高級中等學校學生學雜費補助辦法」第
　二條條文。

市長　○○○（簽字章）

檔　　號：

保存年限：

○○市政府令

發文日期：中華民國○年○月○日

發文字號：府法三字第0000000000號

廢止「○○市國民住宅基金收支保管及運用辦法」。

市長　○○○（簽字章）

法規委員會主任委員○○○決行

五、主管機關解釋性規定之行政規則

檔　　號：

保存年限：

財政部令

發文日期：中華民國○年○月○日

發文字號：台財稅字第0000000000號

中華民國期貨業商業同業公會舉辦期貨商、期貨顧問事業及期貨經理
事業業務員在職訓練等課程，如經查明受訓業務員所屬公司為公會之
會員，且其課程費用係由該公司會員支付，則公會舉辦在職訓練課程
所收取之收入，應認屬其依法經營銷售與會員之勞務，得依加值型及
非加值型營業稅法第八條第一項第十一款規定，免徵營業稅。

部長　○○○（簽字章）

六、主管機關所為裁量基準之行政規則

檔　　號：
保存年限：

○○縣政府令

發文日期：中華民國○年○月○日

發文字號：北府城更字第0000000000號

修正「○○縣都市更新單元劃定基準」第八點、第九點，並自即日生效。

　　附修正「○○縣都市更新單元劃定基準」第八點、第九點。

縣長　○○○（簽字章）

七、《文書處理手冊》所附之範例

檔　　號：
保存年限：

行政院令

發文日期：中華民國○年○月○日

發文字號：○○字第0000000000號

修正「自由貿易港區申請設置辦法」第十條。

　　附修正「自由貿易港區申請設置辦法」第十條。

院長　○○○（首長職銜簽字章）

第二節　呈

壹、呈之意義

　　呈之本義是呈現、顯露、奉上，公文之「呈」係表示下級機關對上級機關或屬官對長官奉獻之文書，民國61年時下級機關對上級機關行文使用「呈」，現行公文程式條例規定「呈」，僅對「總統」有所呈請或報告時用之，以行政院、司法院、考試院或所屬各部會或各地方政府對總統有所呈請或報告時用之，故「呈」屬上行文之一。

貳、呈之製作要領

因為總統是國家元首,故呈之受文者「總統」之左,理應挪空一格(即空一格)以示尊敬,但行政院104年3月25日臺綜字第1040127907號函規定自即日起有關公文之期望、目的及稱謂用語,**均無須挪抬(空格)書寫**。

呈之作法,《文書處理手冊》未規定,因此,除受文者一定是「總統」之外,其餘本文原則上依「函」之「主旨、說明、辦法」三段式活用即可。「辦法」之段名亦可隨「呈」之內容改用「建議」或「請求」。

參、呈之署名及用印

用機關首長全銜(機關全銜加職銜)、姓名、蓋職章。

肆、呈之標準格式

參照函之標準格式製作。

伍、呈之製作

1、主旨:起首語(用呈請或恭請)、本案案情、期望語(於「請」之前加「恭」,如恭請睿鑒、敬請鑒核)。
2、署名及用印:機關首長全銜(機關全銜、職銜)、姓名、職章。

陸、呈之範例

一、行政院呈

檔　號:
保存年限:

行政院呈
地址:00000臺北市○○路000號
聯絡方式:(承辦人、電話、傳真、
e-mail)

受文者:總統
發文日期:中華民國○年○月○日

發文字號：○○字第0000000000號

速別：最速件

密等及解密條件或保密期限：

附件：

主旨：呈請特任○○○為內政部部長並為政務委員。

說明：

　　一、依中華民國憲法第五十六條規定處理。

　　二、原政務委員兼內政部長○○○，以社會治安日壞，未能力挽沉疴，主動請辭，應予照准。

正本：總統

副本：內政部、本院秘書處

行政院院長　　○○○（蓋職章）

二、考試院呈

檔　　號：

保存年限：

考試院呈

地址：00000臺北市○○路000號

聯絡方式：（承辦人、電話、傳真、e-mail）

受文者：總統

發文日期：中華民國○年○月○日

發文字號：○○字第0000000000號

速別：最速件

密等及解密條件或保密期限：

附件：

主旨：呈請特派○○○為○年特種考試地方政府公務人員考試典試委員長，恭請核派。

說明：依典試法第四條規定暨本院典試委員遴派作業要點辦理。

正本：總統

副本：考選部

考試院院長　　○○○（蓋職章）

第三節 咨

壹、咨之意義

咨與諮同意，屬平行文，本義是**諮詢、諮議、商量、商請**之意。為總統與立法院、監察院公文往復時使用之公文，乃因雙方均為民選，均具民意基礎，為符合民主精神及表示相互尊重，故以較客氣且無強制力或拘束力行文之。

貳、咨之適用範圍

公文程式條例第2條第1項第3款規定，**咨：總統與立法院、監察院公文往復時用之。** 其立法意旨，乃三者均以選舉產生，具民意基礎，為表示民主與尊重，故行文以咨為之。但憲法增修後，監察院已非民意機關，對總統行文應改為呈才正確。[vii]

參、咨之使用時機

1、**徵求性**：總統提名司法院院長、副院長及大法官；考試院院長、副院長及考試委員；監察院院長、副院長及監察委員暨審計長，徵求立法院同意時用之。

2、**答復性**：立法院對總統所提之司法院院長、副院長及大法官；考試院院長、副院長及考試委員；監察院院長、副院長及監察委員暨審計長等人選咨徵同意案，經立法院行使同意權投票後，將投票結果答復總統時用之。

3、**洽請性**：總統提請立法院召集臨時會議時用之。

4、**移送性**：立法院法律案於通過後，依憲法之規定得移請總統公布法律時用之。

[vii] 依中華民國憲法增修條文第7條第2項規定，監察院設監察委員，由總統提名，經立法院同意任命之。故憲法增修後監察院已非民意機關，因此監察院與總統間之行文，應改為「呈」始為正確，僅因公文程式條例迄今未配合其屬性而予修正，故嚴格而言，「咨」之用途應僅限於總統與立法院間公文往復時使用之。

肆、咨之製作要領

1、咨於《文書處理手冊》並未規範，於行政機關不適用之，通常咨多採用主旨、說明、辦法三段式活用，惟事實上也有採用條列式或敘述式，因屬平行文，故在文字運用上只要彼此相互尊重即可。

2、總統所發咨文於文末署名與用印時，僅蓋用總統簽字章即可，因其乃一國之元首。至於立法院之咨文，其文末由機關首長署名。

3、咨之製作可簡化為：

(1)多採用主旨、說明、辦法三段式。

(2)總統對立法院所用之咨文，亦可採用條列式或敘述式。

伍、咨之範例

一、立法院咨請總統公布法律（二段式）

檔　　號：

保存年限：

立法院咨

地址：00000臺北市○○路000號

聯絡方式：（承辦人、電話、傳真、e-mail）

受文者：總統

發文日期：中華民國○年○月○日

發文字號：○○字第0000000000號

速別：最速件

密等及解密條件或保密期限：

附件：○○○○法一份

主旨：制定「○○○○法」，咨請公布。

說明：

一、行政院○年○月○日○○字第00000號函請本院審議。

二、經提本院○年○月○日第○○次會議審議通過。

三、附「○○○○法」一份。

正本：總統

副本：行政院

院長　　○○○（簽字章）

二、總統咨請立法院同意人選（三段式）

檔　　號：

保存年限：

總統咨

地址：00000臺北市○○路000號

聯絡方式：（承辦人、電話、傳真、

e-mail）

受文者：立法院

發文日期：中華民國○年○月○日

發文字號：○○字第00000號

速別：最速件

密等及解密條件或保密期限：

附件：如說明三

主旨：茲提中華民國第○屆監察院院長、副院長及監察委員人選
　　　二十九人，請同意見復。

說明：

　一、查第○屆監察院院長、副院長暨監察委員將於中華民國○年
　　　○月○日任期屆滿懸缺在案。

　二、依中華民國憲法增修條文第七條第二項之規定提名，經貴院
　　　同意後任命之。

　三、檢送前述人選名冊一份及自傳、履歷表各二十九份。

辦法：

　一、本項徵求同意案，請優先排入本會期議程。

　二、請將同意權投票後，立即復知投票結果。

正本：立法院

副本：監察院

總統　○○○（簽字章）

第三章　函與書函

　　函與**書函**除了平行之外也可以上行、下行，用途很廣，特別「函」是公文寫作基礎，為公務人員日常處理公務及國家各項高等、普通及特種考試公務人員考試常見體例；「書函」則是公務處理中須要進一步協調、溝通或簡單通知的常用體例，也都非常重要。茲就其意義及寫作要領介紹如下：

第一節　函

壹、函之意義

　　函為目前應用最廣、最多之公文，依公文程式條例第2條第1項第4款規定，函：**各機關間公文往復，或人民與機關間之申請答復時用之。**故其適用範圍包括：有隸屬關係之上下級機關之間、無隸屬關係之同級機關之間、不相隸屬機關之間及人民與機關之間申請與答復均用之。

貳、函之種類與用途

　　按發文者與受文者的關係，其行文系統有四種，用途如下：

1、**上行函**：有隸屬關係之下級機關對上級機關有所請示、報告、請求時用之。

2、**平行函**：無隸屬關係之同級機關或不相隸屬的機關互相洽辦、諮商、通報、答復時用之。

3、**下行函**：有隸屬關係之上級機關對下級機關有所交辦、指示、批復時用之。

4、**申請函與答復函**：申請函為人民對機關或團體有所建議、請求、洽詢或申辦時用之；答復函為機關或團體對人民有所答復時用之。

參、函之製作要領

1、應儘量使用明白曉暢，詞意清晰之文字敘述，以達到公文程式條例第8條所規定「簡、淺、明、確」之要求，且文句應正確使用標點符號。

2、文句避免層層套敘來文，若須引述來文，只摘述要點，而且應敘明來文機關之發文日期及字號與文別，以方便查考。

3、承轉公文時，只須摘敘來文要點，不宜在「稿」內書「照錄原文（來文），敘至某處」字樣，來文過長仍請儘量摘敘，無法摘敘時，可列為附件處理。

4、應絕對避免使用艱深費解、無意義或模稜兩可之詞句。並應採用語氣肯定、用詞堅定、互相尊重之語氣。

5、函的結構依內容、繁簡及需要分為一段式（主旨）、二段式（主旨、說明或主旨、辦法）、三段式（主旨、說明、辦法），案情簡單可用「主旨」一段完成，勿硬性分割為二、三段；「說明」段之段名，可因事、因案改用「原因」、「經過」等名稱；「辦法」段之段名，可因事、因案需要改用「建議」、「請求」、「擬辦」、「核示事項」或「公告事項」等名稱。

肆、函之分段結構

一、一段式

即以「主旨」一段完成之公文。「主旨」為全文精要，應力求具體扼要，故不分項，一段完成。內容應包括目的及期望用語、請示或指示用語，以及公文重要關鍵用語，以五十至六十個字為原則。

二、二段式

即以「主旨」、「說明」二段完成之公文。「主旨」段一如前述；「說明」段內容重點在於為敘述下列內容：

1、「說明」段是當案情必須就事實、來源或理由作較詳細之敘述，無法於「主旨」之內容納時，用本段說明，內容包括：

(1)引敘語或引述語（即對本案之來龍去脈作一交代）。

(2)依據現況作說明分析。

(3)分析利弊因素。

(4)發函單位見解，採用「引據、申述、歸結」之推理方式來說明，無法推理時則採因果關係或按事實之順序予以敘述。

2、上述因素不必每項都列，須視情況需要而定。但當案情必須就事實、來源、法規、理由、原則、前案、經過等作較詳細之敘述，無法於「主旨」內容納時，用「說明」段分項列舉，並注意因果主從關係，將整體性列前，細節個別事項列後；每一分項的起首字注意不宜相同。

三、三段式

即以「主旨」、「說明」、「辦法」等三段完成公文，各段都有其屬性及內容，不能重複。「辦法」段是向受文者提出具體要求，無法在「主旨」內簡述時，用本段列舉。製作時各段文字長短不拘，但以能段落分明，表達完整意見為準。

四、各段規格

1、每段均標明段名，段名之左不冠數字，段名之右加冒號「：」，即「主旨：」、「說明：」、「辦法：」。

2、「主旨」段不分項敘述，其文字應緊接於冒號之右書寫，第二行起均不可超過冒號。

3、「說明」及「辦法」段如無項次，文字緊接段名冒號之右書寫；如須分項條列，應另列右移一格書寫，依序為一、二、三、……(一)(二)(三)……1、2、3、……(1)(2)(3)……。

4、「說明」、「辦法」段中，其分項條列內容過於繁雜，或含有表格型態時，應編列為附件。

5、行政規則應以「函」發送，多種規則同時發送時，可併入同一函內處理，其方式以公文分行、登載政府公報或機關電子公布欄。但應發布之「行政規章」，依法規命令之發布程序，以「令」來辦理，並登載政府公報。

6、行文時如訂有辦理或復文期限者，應在「主旨」內敘明。

7、概括性之期望語或目的語：如「請核示」、「請查照」、「請照辦」

等應列入「主旨」之最末，不能在「說明」、「辦法」段內出現或重複；至於具體詳細之要求或方案，則列入「辦法」段內。

8、須以副本分行者，在「副本」欄位列明，如要求副本收受者有所作為時，則在「說明」段最後一項內列明。副本欄位機關全銜之後用括號僅可加註（含附件）或（不含附件）。

9、如有附件，應在「附件」欄述明附件名稱及份數。亦可因敘述須要在「主旨」或「說明」段內敘明，「附件」欄則須標明「如主旨」或「如說明二或三」。

10、「受文者」指正本或副本收文機關或團體，如為機關或團體，應書寫其「全銜」，而非「簡銜」，例如「農委會」為簡銜，而「行政院農業發展委員會」則為全銜。在擬稿時得以概括式敘述稱呼以求速捷。如：「本縣各機關學校」、「各縣市政府」等，受文者單位較多時，亦可以「行文表」列舉；但正式公文發文時，受文者欄須一文列一個，以資明確責任。

11、函末機關首長署名用印，因行文對象或狀況不同而有差異。

(1)上行文：署機關首長職銜、姓名、蓋職章。

(2)平行文：蓋機關首長職銜簽字章或職章。

(3)下行文：蓋機關首長職銜簽字章。

(4)會銜公文：依序署機關首長職銜、姓名、蓋職章（上行文）或簽字章（平行或下行文）。

12、文末首長簽署，擬稿時，為避諱起見，首長職銜下僅書「姓」，名字則以「〇〇」表示，以示對長官之禮貌。

五、公文各段之簡化

(一)一段式（主旨）

起首語＋案情摘要或本案處理情形＋期望語或目的語。

(二)二段式（「主旨、說明」或「主旨、辦法」）

1、主旨：起首語＋案情摘要（人、時、事、地、物、經費等）＋期望語或目的語。

2、說明：

(1)第一項「起」：說明第一項宜將行文依據或來源敘明，如：

① 復文：復來文機關○年○月○日字號、文別。

② 轉文：依（依據、根據）來文機關○年○月○日字號、文別辦理。

③ 轉文與復文兼有：依（依據、根據）來文機關○年○月○日字號、文別辦理，並兼復來文機關○年○月○日字號及文別。

④ 創文：依憲法或○○法第○條規定辦理。

⑤ 復文：奉交研議或奉鈞院○年○月○日○函辦理。

⑥ 復文：准貴會○年○月○日○函申請設立案辦理。

⑦ 復文：據本府行政處○年○月○日簽辦理。

⑧ 復文：鈞長○月○日手諭奉悉或鈞院○年○月○日○函奉悉。

⑨ 復文：貴委員○年○月○日華翰敬悉。

⑩ 復文：臺端○年○月○日陳請書已（收）悉。

⑪ 復文：臺端○年○月○日申請書或致本部部長電子信箱接悉。

⑫ 轉文：依本府○○處案陳○○（機關或內部單位）○年○月○日○函辦理或依交通部案陳○○部（機關）○年○月○日○函辦理。

(2)第二項以後的「承」、「轉」：採用「引據、申述、歸結」之推理方式來說明，無法推理時則採因果關係或按事實之順序予以敘述，當然也可以用比較、援用或沿用等解決問題方式來寫作。

(3)起、承、轉、合是一般文章的寫作要領，但「說明」段在起、承、轉之後不能有「合」，也就是結論。**公文的結論都是重點，為了說清楚、講明白，都由「主旨」段呈現**，因此不可重複。如果還須交代附件，可以接續承、轉之後以「檢陳（送、發）○○○○一份。」表示，但千萬不能再加上「請鈞（參）閱」等，因為期望目的用語只能在主旨段出現；如果對副本收受者有要求配合事項，就在說明最後一項表示，不可以在副本欄加註，如「副本抄陳（送、發）○○局，屆時請派員踴躍參加。」副本欄只能在收受者全銜之後加註（含附件、不含附件）字樣。

(三)三段式：（「主旨、說明、辦法」）

三段式就是在**主旨、說明**之後再加「**辦法**」段，通常是對受文者有具體要

求配合事項時用，如果案情複雜到說明、辦法段太過冗長，就要考慮改以「附件」方式處理；若要求配合事項簡短，則可於說明處，或於主旨段一併敘明即可，但別忘了要在主旨段敘明（例：詳如說明二）。辦法段還要留意要求事項要採分條列舉，並注意不能逾越現有法令規定。

　　如果是「簽」，第三段要改為「**擬辦**」；如果是「公告」，除第二段是「**依據**」外，第三段要改為「**公告事項**」；如果是下行文，視須要也可改為「**指示事項**」。

伍、函之格式

一、一般公務生涯或公職考試最常用之三段式公文格式例

```
                                    檔    號：
                                    保存年限：

                          ○○部函
                            地址：00000臺北市○○路000號
                            聯絡方式：（承辦人、電話、傳真、
                                       e-mail）

00000
臺北市○○路000號
受文者：○○部
發文日期：中華民國○年○月○日
發文字號：○○字第0000000號
速別：最速件
密等及解密條件或保密期限：
附件：
主旨：發語詞＋具體扼要案情（人＋時＋事＋地＋物＋經費等關鍵
      語）＋請示用語（簽）＋目的與期望用語。（原則不要超過
      五十至六十個字）
說明：（如無須分項，直接從「說明：」開始，段名可依需要改為「經
      過」、「原因」）
  一、（起）。〔如：復貴（鈞）府○年○月○日字第○○號000函（文
      別）〕
  二、（承、轉）。（詳細分析、說明案情之事實、來源或理由，並依引
      據、申述、歸結方式辦理）
```

三、檢送○○○○○一份。

辦法：（段名可依需要改為「建議」、「請求」、「擬辦」、「核復
　　　（示）事項」、「公告事項」，另注意內容要條列及不能逾越現行
　　　法規效力）

　一、‧‧‧‧‧‧‧‧‧‧‧‧‧‧‧‧‧‧‧‧‧‧‧‧‧。

　二、‧‧‧‧‧‧。（向受文者提出具體要求或方案）

正本：

副本：

部長　○○○（上行文姓名之後蓋職章；平行文蓋簽字章或職章；下行文
蓋簽字章）

二、申請函例

　　依公文程式條例第5條規定，人民之申請函，應署名、蓋章，並註明性
別、年齡、職業及住址：

申請函　　　　　中華民國○年○月○日

受文者：

主旨：‧‧‧‧‧‧‧。（簡要提出為什麼要提出申請）

說明：（段名可依需要改為「經過」、「原因」）

　一、‧‧‧‧‧‧‧‧‧‧‧‧‧‧‧‧‧‧‧‧‧‧‧。

　二、‧‧‧‧‧‧‧‧‧。（詳細陳述為什麼理由提出申請）

建議：（或改為「請求」）

　一、‧‧‧‧‧‧‧‧‧‧‧‧‧。

　二、‧‧‧‧‧‧‧‧。（具體提出期望如何解決或處理）

申請人：○○○　（蓋章）　　[印]

性別：

年齡：○○歲

職業：○

住址：○○市○○路○○號

電話：（00）00000000

陸、函之範例

一、一段式函（上行文）

```
                                        檔   號：
                                        保存年限：

              行政院人事行政總處函
                        地址：00000臺北市○○路000號
                        聯絡方式：（承辦人、電話、傳真、
                                    e-mail）

00000
臺北市○○路000號
受文者：行政院
發文日期：中華民國○年○月○日
發文字號：○○字第0000000000號
速別：普通件
密等及解密條件或保密期限：
附件：如主旨
主旨：為配合行政院組織改造，因應機關名稱及機關代碼異動，於
      院授權代擬代判事項沒有變更部分，申請異動發文代字號，
      並檢附申請表及附件各一式二份，請鑒核。
正本：行政院
副本：
人事長　○○○（蓋職章）
```

二、二段式函（上行文）

```
                                        檔   號：
                                        保存年限：

              行政院環境保護署函
                        地址：00000臺北市○○路000號
                        聯絡方式：（承辦人、電話、傳真、
                                    e-mail）

00000
臺北市○○路000號
受文者：行政院
```

發文日期：中華民國○年○月○日

發文字號：○○字第0000000000號

速別：最速件

密等及解密條件或保密期限：

附件：發布令（含法規命令條文）影本、修正總說明及條文對照表

主旨：飲用水水質標準第○條業經本署於○年○月○日以○○字第
　　　0000000000號令修正發布，茲檢陳發布令影本（含法規命令
　　　條文）、修正總說明及條文對照表各一份，請備查。

說明：

　一、旨揭條文草案業經本署於○年○月○日公告於行政院公報，
　　　踐行法規預告程序。

　　二、本案經檢討後，無須辦理英譯。

正本：行政院

副本：

署長　○○○（蓋職章）

三、二段式函（平行文）

行政院函

地址：00000臺北市○○路000號

聯絡方式：（承辦人、電話、傳真、
　　　　　　e-mail）

00000

臺北市○○路000號

受文者：立法院

發文日期：中華民國○年○月○日

發文字號：○○字第0000000000號

速別：最速件

密等及解密條件或保密期限：

附件：如說明三

主旨：函送公文程式條例第○條、第○條、第○條修正草案及中央
　　　法規標準法第○條修正草案，請查照審議。

說明：

一、鑑於國際間交往日愈密切，文書資料來往頻繁，歐美文字都是由左至右橫式排列，國內目前直式書寫如遇引用外文或阿拉伯數字時，往往形成扞格。為與國際接軌，並兼顧電腦作業平臺屬性，使公文製作更具便利性，進而提升公文處理效率，爰擬具公文程式條例第〇條、第〇條、第〇條修正草案及中央法規標準法第〇條修正草案。

二、經提本（〇）年〇月〇日第〇〇〇〇次會議決議：「通過，送請立法院審議。」

三、檢送公文程式條例第〇條、第〇條、第〇條修正草案及中央法規標準法第〇條修正草案條文對照表（含總說明）各三份。

正本：立法院

副本：

院長　〇〇〇（簽字章）

四、二段式函（下行文）

檔　　號：
保存年限：

〇〇市政府函

地址：00000臺北市〇〇路000號
聯絡方式：（承辦人、電話、傳真、e-mail）

00000
臺北市〇〇路000號
受文者：〇〇市政府〇〇局
發文日期：中華民國〇年〇月〇日
發文字號：〇〇字第000000000號
速別：最速件
密等及解密條件或保密期限：
附件：
主旨：「〇〇市環境美化會報設置要點」自〇年〇月〇日廢止，請查照。
說明：依據本府人事處案陳貴局〇年〇月〇日〇〇字第0000000000號函辦理。
正本：〇〇市政府〇〇局
副本：〇〇市政府〇〇局〇〇處
市長　〇〇〇（簽字章）

五、三段式（下行函）

檔　　號：

保存年限：

行政院函

地址：00000臺北市○○路000號

聯絡方式：（承辦人、電話、傳真、

e-mail）

00000

臺北市○○路000號

受文者：如行文單位

發文日期：中華民國○年○月○日

發文字號：○○字第0000000000號

速別：最速件

密等及解密條件或保密期限：

附件：

主旨：為杜流弊，節省公帑，各項營繕工程，應依法公開招標，並
　　　不得變更原設計及追加預算，請轉知所屬照辦。

說明：

　一、依本院○年○月○日第○次會議決議辦理。

　二、據查目前各級機關學校對營繕工程仍有未按規定公開招標之
　　　情事，或施工期間變更原設計，以及一再請求追加預算，致
　　　弊端叢生，浪費公帑。

辦法：

　一、各機關學校對營繕工程應依法公開招標，並按「政府採購
　　　法」及相關法令辦理。

　二、各單位之工程應將施工圖、設計圖、契約書、結構圖、會議
　　　紀錄等工程資料，報請上級單位審核，非經核准，不得變更
　　　原設計及追加預算。

正本：臺灣省政府、福建省政府、臺北市政府、高雄市政府

副本：○○○

抄本：○○○

院長　○○○（簽字章）

柒、會銜函例

一、三個機關會銜上行函

<table>
<tr><td></td><td>檔　　號：
保存年限：</td></tr>
</table>

教育部、國防部、內政部函

地址：主辦機關（00000臺北市○○路
　　　000號）
聯絡方式：主辦機關（承辦人、電
　　　話、傳真、e-mail）

00000
臺北市○○路000號
受文者：行政院
發文日期：中華民國○年○月○日
發文字號：○○字第0000000000號（主辦機關）
　　　　　○○字第0000000000號（會銜機關）
　　　　　○○字第0000000000號（會銜機關）
速別：普通件
密等及解密條件或保密期限：
附件：修正條文、修正總說明及修正條文對照表
主旨：「全民國防教育軍事訓練課程折減常備兵役役期與軍事訓練
　　　期間實施辦法」第○條，業經教育部會銜國防部、內政部於
　　　中華民國○年○月○日以○○字第0000000000號、○○字第
　　　0000000000號、○○字第0000000000號令修正發布施行，除
　　　另函立法院查照外，謹檢陳修正總說明、修正條文對照表及
　　　修正條文各一份，請備查。
說明：
　　一、本案無須英譯。
　　二、旨揭辦法依行政程序法第一百五十一條第二項準用第
　　　　一百五十四條第一項規定，公告刊登於○年○月○日行政院
　　　　公報第○卷第○期，完成預告。
正本：行政院
副本：○○○、○○○
部長　○○○（蓋職章－上行文）
部長　○○○（蓋職章－上行文）
部長　○○○（蓋職章－上行文）

二、兩個機關會銜上行函

```
                                              檔　　號：
                                              保存年限：
          行政院○○委員會、○○部函
                          地址：主辦機關（00000臺北市○○
                                路000號）
                          聯絡方式：主辦機關（承辦人、電
                                  話、傳真、e-mail）

00000
臺北市○○路000號
受文者：行政院
發文日期：中華民國○年○月○日
發文字號：○○字第00000號（主辦機關）
         ○○字第00000號（會銜機關）
速別：最速件
密等及解密條件或保密期限：
附件：如主旨
主旨：檢陳「農民退出農民健康保險加入國民年金專案補貼實施計
      畫」草案，請鑒核。
說明：依據鈞院○年○月○日○○字第000000號函辦理。
正本：行政院
副本：
主任委員　○○○（蓋職章－上行文）
部　　長　○○○（蓋職章－上行文）
```

捌、承辦之平行函稿

```
                                              檔　　號：
                                              保存年限：
          行政院○○○○委員會函（稿）
                          地址：00000臺北市○○路000號
                          聯絡方式：（承辦人、電話、傳真、
                                    e-mail）
受文者：如正、副本欄所列機關（也可以空白）
```

發文日期：中華民國○年○月○日
發文字號：○○字第0000000000號
速別：普通件
密等及解密條件或保密期限：
附件：議程資料一份
主旨：本會訂於本（○）年7月14日（三）、15日（四）分梯次辦理
「推動公文橫式書寫資訊作業研習營」，請派員參加。
說明：
一、依據「公文橫式書寫資訊作業實施計畫」第五點實施方式暨
推動時程之（三）辦理。
二、檢附本次研習營議程資料詳如附件，請貴機關依規定梯次指
派文書、檔案主管人員及研考、資訊主辦人員各一名，至電
子化公文入口網最新消息中，點選「推動公文橫式書寫資訊
作業研習營」，填寫報名資料。
正本：總統府第二局、行政院秘書處、立法院秘書處、司法院秘書處、考試
院秘書處、監察院秘書處、行政院各部、會、行、處、局、署暨各直
轄市政府、各縣、市政府
副本：本會檔案管理局、本會資訊管理處、公文G2B2C資訊服務中心（以上
均含附件）
主任委員　○○○

第二節　書函

壹、書函之意義

書函之用語、用字與「函」相同，僅款式、結構較具彈性，當公務尚在未決階段，需要**磋商**、**徵詢意見或通報**時；舉凡**答復**內容無涉准駁、解釋之簡單案情；或**寄送**普通文件、書刊或一般**聯繫**、**查詢**等事項而須行文時，即可使用簡便之「書函」。故書函用途很廣，不受行文系統與層級之限制，應用起來靈活方便。書函之屬性，上行文、平行文、下行文均可。

貳、書函製作要領

書函之結構可採用「三段式」，也可採用「條列式」及「短文式」，作法

如下：

1、比照「函」之作法，其本文以「主旨、說明、辦法」三段式來敘述。

2、說明段之引述語或引敘語時文句最後可加上「敬悉」、「已悉」、「接悉」、「收悉」等接件語。

3、書函也可以不分段，直接用條列式或短文式敘述。

4、書函皆應以機關或單位名義發文，文末蓋「機關或單位條戳」。

參、書函與函之區別

1、**使用時機**：公務已達成熟階段或已依法核准，定案時使用「函」；尚在磋商、協調、溝通、通知，正在進行而未定案的階段時使用「書函」。

2、**署名用印**：「函」因受行文系統之不同，蓋用機關首長職章或簽字章；「書函」大都只蓋機關條戳。

3、**分段格式**：函一定要分段，但書函可視案情需要採分段式、條列式或短文式，較為靈活。

肆、書函之規格

一、採分段式之書函

如果案情複雜，採用分段式表達更能段落分明，則比照「函」的格式分段敘述。

檔　　號：

保存年限：

○○部書函

地址：00000臺北市○○路000號

聯絡方式：（承辦人、電話、傳真、e-mail）

00000

臺北市○○路000號

受文者：

發文日期：中華民國○年○月○日

發文字號：○○字第0000000000號

速別：最速件

密等及解密條件或保密期限：

附件：

主旨：（具體扼要地說明行文目的與期望）

說明：

　一、（引述語或引敘語）‧‧‧‧‧‧‧。

　二、（詳細說明案情之事實、來源或理由，並依引據＋申述＋歸結方式辦理）‧‧‧‧‧‧‧。

辦法：（向受文者提出具體要求或方案，惟注意不得超越法規效力）

　一、‧‧‧‧‧‧‧‧‧‧。

　二、‧‧‧‧‧‧‧‧‧‧。

正本：

副本：

○○○（機關條戳）

二、採條列式之書函

如果案情簡單，或只是通知、說明或協調，可以不用分段，用條列式，依**起、承、轉、合**的邏輯，據事直書。可以條列式敘述的公文，除了**便條**外，就只有**書函**。

檔　號：

保存年限：

○○○書函

地址：00000臺北市○○路000號

聯絡方式：（承辦人、電話、傳真、e-mail）

00000

臺北市○○路000號

受文者：

發文日期：中華民國○年○月○日

發文字號：○○字第0000000000號

速別：最速件

密等及解密條件或保密期限：

附件：
　　一、（引述語或引敘語）‧‧‧‧‧‧。
　　二、（詳細說明案情之事實、來源或理由，並依引據＋申述＋歸結方式
　　　　辦理）‧‧‧‧‧‧。
　　三、（具體扼要地說明行文目的與期望）。
正本：
副本：
○○○（機關條戳）

伍、書函之範例

一、《文書處理手冊》所附之範例

檔　　號：
保存年限：

○○市立○○國民中學書函

地址：00000臺北市○○路000號
聯絡方式：（承辦人、電話、傳真、
　　　　　　e-mail）

00000
臺北市○○路000號
受文者：○○市立動物園
發文日期：中華民國○年○月○日
發文字號：○○字第0000000000號
速別：普通件
密等及解密條件或保密期限：
附件：
主旨：本校○年級學生計○人，訂於○年○月○日（星期○）上午
　　　10時前往貴園參觀，屆時請派員指導，請查照。
說明：本案本校聯絡人：○○○，電話(00)00000000。
正本：○○市立動物園
副本：○○市政府教育局
○○市立○○國民中學（條戳）

二、例行性

```
                                        檔    號：
                                        保存年限：
                    ○○部書函
                        地址：00000臺北市○○路000號
                        聯絡方式：（承辦人、電話、傳真、
                                    e-mail）

00000
臺北市○○路000號
受文者：
發文日期：中華民國○年○月○日
發文字號：法檢決字第0000000000號
速別：普通件
密等及解密條件或保密期限：
附件：
主旨：檢送○○○律師違反律師法懲戒案之律師懲戒覆審委員會
      ○○○年度臺覆字第○號決議書影本一份，請刊登行政院公
      報。
說明：依律師懲戒規則第二十五條辦理。
正本：
副本：
○○部（機關條戳）
```

三、需要磋商、徵詢意見、協調或通報

```
                                        檔    號：
                                        保存年限：
                    ○○部書函
                        地址：00000○○市○○路000號
                        聯絡方式：（承辦人、電話、傳
                                    真、e-mail）

00000
臺北市○○路000號
受文者：
```

發文日期：中華民國○年○月○日

發文字號：○○字第00000000000號

速別：速件

密等及解密條件或保密期限：

附件：

主旨：有關臺端對陞遷不公平疑義一案，復請查照。

說明：

　　一、復臺端民國○年○月○日陳情書。

　　二、查公務人員陞遷法第二條規定：「公務人員之陞遷，應本人與事適切配合之旨，考量機關特性與職務需要，依資績並重、內陞與外補兼顧原則，採公開、公平、公正方式，擇優陞任或遷調歷練，以拔擢及培育人才。」準此，各機關辦理公務人員之陞遷，應確實依上開規定辦理。至對各機關實務執行其陞遷之作業及結果倘有疑義，宜逕向各該機關洽詢，較為妥適。

正本：○○○君（臺北市○○路○段○○號○樓）

副本：

抄本：本部○○司

○○部（機關條戳）

四、一般聯繫時使用

檔　　號：

保存年限：

○○○○局書函

地址：00000臺北市○○路000號

聯絡方式：（承辦人、電話、傳真、e-mail）

00000

臺北市○○路000號

受文者：○○部

發文日期：中華民國○年○月○日

發文字號：○○字第0000000000號

速別：最速件

密等及解密條件或保密期限：

附件：如主旨

主旨：「檔案閱覽抄錄複製收費標準」修正條文業經本局於○年○
　　　月○日以○○字第0000000000號令修正發布，檢送發布令影
　　　本及修正條文各一份，請惠予刊登貴部公報。
正本：法務部、法務部全國法規資料庫工作小組
副本：行政院法規委員會、行政院研究發展考核委員會、本局應用服務組、
　　　本局秘書室（均含附件）
○○○○局（機關條戳）

五、處理通報性、簡單性使用

(一)通報性

　　　　　　　　　　　　　　　　　　　檔　　號：
　　　　　　　　　　　　　　　　　　　保存年限：
　　　　　　　　　　　○○部書函
　　　　　　　　　　　地址：00000臺北市○○路000號
　　　　　　　　　　　聯絡方式：（承辦人、電話、傳真、
　　　　　　　　　　　　　　　　e-mail）

00000
臺北市○○路000號
受文者：
發文日期：中華民國○年○月○日
發文字號：○○字第0000000000號
速別：最速件
密等及解密條件或保密期限：
附件：如說明

主旨：○○部觀光局函轉中華民國旅館商業同業公會全國聯合會
　　　函，為該會第三屆第二次理事會決議，請公務人員於出差或
　　　旅遊時，應投宿合法旅館或民宿一案，請查照轉知。
說明：
　　一、依○○院○○○○局民國○年○月○日○○字第000000號書
　　　　函辦理
　　二、檢附原函及附件影本各一份。
正本：○○府秘書長等○○院以外十七個主管機關
副本：○○院○○○○局（不含附件）、○○○○○會（含附件）
○○部（機關條戳）

(二)簡單性

<table>
<tr><td colspan="2" align="right">檔　號：
保存年限：</td></tr>
</table>

○○部書函

　　　地址：00000臺北市○○路000號
　　　聯絡方式：（承辦人、電話、傳真、
　　　　　　　　e-mail）

00000
臺北市○○路000號
受文者：財團法人○○保護協會
發文日期：中華民國○年○月○日
發文字號：○○字第0000000000號
速別：最速件
密等及解密條件或保密期限：
附件：
主旨：有關貴會函請釋示「受刑人依法院認罪協商確定判決支付本
　　　會或所屬分會之金額，該金額收入是否為捐助款」一案，復
　　　如說明二、三，請查照。
說明：
　一、復貴會本（○）年○月○日○○字第0000000000號函。
　二、按受刑人依法院認罪協商確定判決支付貴會之金額，係法院
　　　依法命被告所為之給付金，性質上非屬捐贈款，故無敘獎問
　　　題。
　三、本款項係新增收入來源，請貴會於「收支餘絀計算表」中現
　　　行收入科目項下自行增列「認罪協商判決金收入」之會計科
　　　目名稱。
正本：財團法人○○保護協會
副本：財團法人○○更生保護會、財團法人○○更生保護會（以上請照
　　　辦）、本部秘書室（請刊登公報）、本部檢察司、本部會計處、本部
　　　保護司
○○部（機關條戳）

第三節　函稿撰擬演練

　　鑑於本章**函**與**書函**是政府機關間來往最頻繁，最常使用之公文種類，而函又是各類考試命題頻率最高之題型，因此特專節就近年來公務人員考試考古題，擇舉提供密集練習。特別是同一案情不同行文系統之函稿，應如何注意案情需要，審慎使用稱謂、格式、期望或目的用語等練習，每道練習情境又都有不同行文系統的四個假設角色，反覆思考、演練，期盼有助於公務人員在職場工作上之熟練，以及考生在考場之得心應手。

壹、練習一

【情境說明】

　　落實推動生涯與技藝教育，可增進學生自我認識，也能對多元的技藝職群有所瞭解；透過課程的實作與體驗，可讓學生探索自己的性向、興趣，有助於未來生涯發展。因此臺中市政府教育局依據教育部國民及學前教育署○年○月○日國字第00000號函，研擬「推動國民中學學生生涯與技藝教育方案」，以符因材施教、多元進路、適性揚才的教育目標，案經市政會議討論通過。該府復於○年○月○日府教字第00000號函，致所屬各公私立國民中學（含高級中學附設國中部），請其依該方案研提實施計畫，據以執行並報府備查。

【練習題】

一、假如你是教育部國民及學前教育署承辦人員，請擬上述該署○年○月○日國字第00000號致各直轄市及縣（市）政府函，請貴府研擬並實施「推動國民中學學生生涯與技藝教育方案」。

二、假如你是臺中市政府教育局承辦人員，請擬上述該府○年○月○日府教字第00000號致所屬各公私立國民中學（含高級中學附設國中部）函，請各校依據該方案研提實施計畫，據以執行並報府備查。

三、假如你是臺中市立東海國民中學承辦人員，請擬陳該校依據該方案研提實施計畫之「簽」給校長核定。

四、假如你是臺中市立東海國民中學承辦人員，請依據校長核定之簽，擬復臺中市政府檢陳該校依據該方案研提之實施計畫一份，請市政府備查函。

註：1.附件「推動國民中學學生生涯與技藝教育方案」及「實施計畫」均不必研擬出來。

　　2.本練習題係參考106年公務人員高等考試三級考試各類科試題推演。

貳、練習二

【情境說明】

　　根據統計，全國平均每天都有學生因安全事故死傷，其中高比率是由於危機意識不夠，自我救護能力不足所致。青少年是國家未來的希望，是建設社會的重要人才資源，也是將來政治、文化建設的積極參與者，青少年的身心安全應受到重視，安全教育應該深化。學校是安全教育建構的重要場域，學校教育有必要提升國民自我保護與救助的能力。作為人生的必修課，安全教育是一門幫助學生認識生命的學問，透過整合與滲透的方式，使生命的尊嚴和無上價值得到應有的尊重。當前中小學安全教育理念，還沒有真正落實到實踐活動中；安全教育課程缺乏系統性，在教育階段銜接上存在明顯不足；安全教育形式單一，多為理論課程，缺乏活動實踐；學校、家庭與社會安全教育尚未有效結合，使得中小學社會、健康領域課程已經遠遠不能適應社會環境的發展和學生健康成長的需要。

【練習題】

一、假如你是某市教育局承辦人員，試擬該局致全市所屬學校函，請各校加強生命安全教育，並提出具體的辦法。

二、假如您是教育部承辦人員，試擬教育部致全國各直轄市、縣（市）政府教育局（處）函，請各直轄市、縣（市）依據各轄區教育環境，研提青少年學生安全教育計畫報部憑辦。

三、假如你是某市立國民中學承辦員，試擬該校致該校家長會轉請全體學生家長提供加強生命安全教育具體辦法之建議或意見之書函。

四、假如你是某市立國民中學學生事務處承辦員，試擬致函該市教育局（處）陳報該校加強生命安全教育具體辦法。

註：1.附件「加強生命安全教育具體辦法」不必研擬出來。

　　2.本練習題係參考106年公務人員高等考試二級考試各類科試題推演。

參、練習三

【情境說明】

　　現今電腦網路與通訊行動載具普及，霸凌行為得以透過網路媒體傳遞，例如：電子郵件、網路貼文、手機簡訊等方式，在校園中蔓延。這種透過現代網路科技而進化的霸凌行為，即稱為「網路霸凌（Cyber-bullying）」，又稱「電子霸凌」、「簡訊霸凌」、「數位霸凌」、「線上霸凌」或「網路暴力」。有別於傳統霸凌恃強凌弱、以大欺小的面對

面威嚇，霸凌者以匿名方式寄送，免除面對面的對峙壓力，讓霸凌者更快速、更輕易地傷害他人。這種欺壓行為，常為校園莘莘學子身心帶來極大傷害，其嚴重性有時更勝於傳統校園霸凌。對霸凌者而言，若不加以防範、矯治其行為與態度，最後極有可能惡化成觸法行為。

【練習題】

一、假如你是教育部承辦人員，試擬該部致各直轄市、縣（市）政府教育局（處）函：請轉知所屬，加強「防杜網路霸凌」教育，營造健康友善的校園學習環境，讓學生安心就學。

二、假如你是某直轄市政府教育局承辦人員，試擬復致教育部加強「防杜網路霸凌」教育，營造健康友善的校園學習環境，讓學生安心就學具體作法函。

三、假如你是某直轄市政府教育局承辦人員，試擬致函轄內各級學校加強「防杜網路霸凌」教育，營造健康友善的校園學習環境，讓學生安心就學，並提出具體作法報局核備函。

四、假如你是某市立高級中學承辦人員，試擬致每位學生家長宣導加強「防杜網路霸凌」教育，營造健康友善的校園學習環境，讓子弟們安心就學之書函。

註：本練習題係參考105年公務人員高等考試二級各類科考試公文試題推演。

肆、練習四

【情境說明】

一、本（○）年○月○日新北市坪林山區發生民眾溯溪時遭瞬間暴雨侵襲，造成重大意外事件，由於現行相關法規，尚無有關溯溪活動之明文規範，嚴重影響民眾溯溪遊憩之安全。

二、假設針對上開情事，教育部體育署承辦單位經詳慎檢討結果，為加強宣導民眾參與溯溪活動之安全認知，建置完善之防護機制，認為有函請各地方政府配合辦理之必要，爰於該署○年○月○日第○次署務會議決議，擬函請各直轄市政府及縣（市）政府於公文到達後二十日內，研訂溯溪活動之具體作法及相關規定公告周知，以避免再發生溯溪意外。

三、前項溯溪活動之具體作法及相關規定，教育部體育署建請各地方政府積極研訂溯溪自治條例，並將製作警告標語、設置預警裝置、定期舉辦教育訓練及防災模擬演練、相關禁止措施及罰則等應行注意事項納入規範，俾供參與溯溪活動之相關業者及遊客共同遵循。另各地方政府辦理

本項業務，如有經費需求，得專案向該署申請補助，執行成效優良者，將列入爾後補助經費之重要參考。

【練習題】

一、假如你是教育部體育署承辦人員，請依上述情境敘述，試擬教育部體育署函，將該署希望各地方政府辦理之有關事項，以最速件請各直轄市政府及縣（市）政府配合辦理。

二、假如你是新北市政府承辦人員，試擬該府研訂溯溪活動之具體作法及相關規定，以最速件報體育署備查函。

三、假如你是新北市政府承辦人員，試擬該府檢送研訂之「新北市溯溪活動自治條例」草案，送請該市議會審議並副知教育部體育署之函。

四、假如你是新北市議會承辦人員，試擬檢送議會通過之「新北市溯溪活動自治條例」，送請該府公布函。

註：1.附件「臺中市溯溪活動自治條例」及「溯溪活動之具體作法」不必研擬出來。

　　2.本練習題係參考105年公務人員高等考試三級考試各類科試題推演。

第四章　公告、公示送達與啟事

公告、公示送達與**啟事**三者都屬於廣為週知大眾，沒有特定受文者，也不需要速別、密等及機關地址與聯絡方式，都方便政府機關推動政令宣導、公開招標或招募人才之用。

公告規定於公文程式條例；**公示送達**是比照司法民事訴訟文書，於**行政程序法**有具體規定；而**啟事**一般應用文書籍都將之列為私文書，但因其構造、格式、用語等較為簡化，功能卻與公告相同，可說公私兩便，因此逐漸被政府機關使用，本章也將之一併介紹。

第一節　公告

壹、公告之意義

公告乃**公開告示**之意，為公部門將訊息公開告示或公諸於眾的意思，凡機關、團體對人民宣示之文書均謂之，屬平行文，其宣達方式有：

1、張貼機關公布欄（此種公告應署機關首長職銜簽字章及蓋用機關印信）。
2、登在報章或政府公報（可免署機關首長職銜簽字章，免蓋機關印信）。
3、載於機關電子公布欄（可免署機關首長職銜簽字章，免蓋機關印信）。

貳、公告之適用範圍

1、公眾宣布事項並有所勸誡或工程招標或物品採購。
2、法規命令訂定修正草案之預告或廢止之公告。
3、法人、團體、公司、企業之設立或變更註（撤）銷登記。

參、公告之製作要領

1、公告一律使用通俗、簡淺易懂之文字製作，避免使用艱深費解之詞彙。

2、公告文字必須加註標點符號。

3、公告內容應簡明扼要，非必要者，如各機關來文日期、文號及會商研議過程等，不必在公告內層層套用敘述。

4、公告之結構以**主旨**、**依據**、**公告事項**三段為主；**公告事項**也可因事實需要，改為**說明**。其分段數應加以活用，可用**主旨**一段完成者，不必勉強湊成二段、三段。

肆、公告之分段要領

1、**主旨**應扼要敘述，公告之目的和要求，其文字緊接段名冒號之右書寫。主旨不分項一段完成，簡要表達全文精義，使人一目了然公告的目的或要求。主旨段中之起首語可以「公告」兩字帶出全句，或於最後面出現**特此公告**或**特以公告**等文字，不必有目的語或期望語，故不要出現**請周知**或**請查照**等文字；公告登載媒體時，得用較大字體簡明標示公告之目的，不署機關首長職稱、姓名。

2、**依據**應將公告事件之原由敘明，如引據有關法規和條次時，請用阿拉伯數字，如引據有關機關來函字號時，請用阿拉伯數字，不敘來文日期。有兩項以上「依據」者，每項應冠以一、二、三等數字，並分項條列，另列縮格書寫。故段中不須出現「依……規定辦理」等文字。

3、**公告事項**（或**說明**）應將公告內容分項條列，冠以一、二、三等數字，另列低格書寫。使層次分明，清晰醒目。**公告事項**段之內容僅就**主旨**作補充說明事實經過或理由者，則改用**說明**為段名。公告如另有附件、附表、簡章、簡則等文件時，僅註明**參閱某某文件**，公告事項內不必重複敘述。

4、一般工程招標或標購物品等公告，得用公共工程委員會之**統一規格**或**定型化格式**處理，免用三段式。

5、公告除登載於機關電子公布欄者外，張貼於機關公布欄時，必須蓋用

機關印信，於**公告**兩字右側空白位置蓋印，以免字跡模糊不清。

6、公告是向民眾或特定群體宣告所用，無秘密可言，故公告無須**受文者、速別、密等及解密條件或保密期限**。

7、行政院頒布之格式中公告並無**正本、副本**，如為免相關單位疏忽未見公告，造成權益受損，可另以發「**函**」方式發送。

8、兩個以上同級機關，共同針對某事聯合發布公告，稱為**會銜公告**，製作時由主辦機關在前面並整合業務，其他會銜機關依序具名，使用一個發文日期，惟文號各機關依序併列，會銜公告除刊登公報或新聞紙外，如以紙本張貼公布欄，須用續頁紙蓋會辦機關印信同時張貼，以昭公信。

9、依行政程序法規定，法規命令**訂定修正草案之預告**或**廢止**可使用公告徵求意見；對於法人、團體、公司、企業之**設立或變更註（撤）銷登記**均可使用公告。

伍、公告之格式

檔　　號：
保存年限：

○○部公告

印信

發文日期：中華民國○年○月○日
發文字號：○○字第0000000000號
主旨：……………………………，特此公告。（扼要敘述公告目的，不分項，一段完成）
依據：（引據有關法規及條文名稱或機關來函，要留意順序）
　一、……。
　二、……………………………。
公告事項：（段名可依需要改為「說明」，可條列式或表格式呈現）
　一、………………………………………………。
　二、…………。（將公告內容分項條例，冠以數字，另列縮格書寫）
　（一）………………………。
　（二）…………………………………。

```
┌─────────────────────────────────────────────────┐
│                                                   │
│     1、……………………………… 。                          │
│     2、……………………………… 。                          │
│     3、……………………………… 。                          │
│  部長　○○○（簽字章）                              │
│                                                   │
└─────────────────────────────────────────────────┘
```

陸、公告結構

公告可分為**主旨**、**依據**、**公告事項**（或**說明**）三段，其要領如下：

1、**主旨**：「公告_____案。」；或「_____案，特此公告。」或「_____案，特以公告。」

2、**依據**：法規和條次或某某機關來函。有兩項以上「依據」者，應依序冠以數字，並分項條列，另列縮格書寫。

3、**公告事項**（或**說明**）：應將公告內容分項條列，冠以數字，另列縮格書寫。倘公告內容僅就**主旨**補充說明事實經過或理由者，則本段改用**說明**為段名。除條列式呈現外，也可以視須要改用表格式，或兩者兼用的折衷式寫作。

4、一般工程招標或採購物品得用定型化格式處理，免用三段式。

5、公告是向民眾或特定群體宣告所用，其對象頗多，故公告之行款通常無**受文者**及**速別**，且因無秘密可言，故亦無**密等**及**解密條件**。又既然廣為週知，故無**正本**、**副本欄**，惟為免相關機關疏忽未見公告，造成權益受損，故除一般公告方式外，可另以「函」方式發送。

柒、公告範例

一、登報用三段式免署機關首長職銜、姓名

```
┌─────────────────────────────────────────────────┐
│                                    檔　　號：       │
│                                    保存年限：       │
│                  ○○部公告                         │
│  發文日期：中華民國○年○月○日                       │
│  發文字號：○○字第0000000000號                      │
└─────────────────────────────────────────────────┘
```

主旨：公告民國〇年出生之役男應辦理身家調查。
依據：徵兵規則第〇條。
公告事項：
　一、民國〇年出生之男子，本年已屆徵兵年齡，依法應接受徵兵
　　　處理。
　二、請該徵兵及齡男子或戶長依照戶籍所在地（鄉、鎮、市、
　　　區）公所公告的時間、地點及手續，前往辦理申報登記。

註：1.如張貼機關公布欄，須蓋用機關印信及署機關首長職銜、姓名。
　　2.登報用或登載於機關電子公布欄之公告，免蓋用機關印信、免機關首長
　　　職銜、姓名。

二、當然廢止之公告（張貼於機關公布欄）

檔　　號：
保存年限：

〇〇院公告

| 印信 |

發文日期：中華民國〇年〇月〇日
發文字號：〇〇字第0000000000號
主旨：公告嚴重急性呼吸道症候群防治及紓困暫行條例施行期間已
　　　於中華民國〇年〇月〇日屆滿，當然廢止。
依據：中央法規標準法第二十三條。
院長　〇〇〇

三、登報用表格式採購公告

檔　　號：
保存年限：

〇〇院〇〇〇〇署採購公告

品名及規格
環保署中壢辦公園區餐點採購
案號：〇〇〇〇〇〇〇
廠商資格
1.公司合夥或獨資之工商行號及自然人、法人、機構或團體。
2.國內登記有案之餐飲業者。

押標金（無）
保固期限（無）
開標日期及地點：○月○日上午○時○分；本署秘書室。
資格審查時間：○年○月○日○時於本署會議室。
電子領標：本署網站 http://www.epa.gov.tw/b/b0100.asp:Ct_Code=02X0000002X000121 【○○市○○路○○段○○號○○樓　電話：00-00000000】
備註
一、廠商資格、規格開標前審核。 二、政府採購法最有利標方式辦理。 三、嚴禁圍標等不法行為，若有發現除依規定廢標外，並依政府採購法 　　處理。

四、張貼機關公告欄用

(一)二段式公告

> 檔　　號：
> 保存年限：
>
> **行政院○○○○委員會公告**
>
> 印信
>
> 發文日期：中華民國○年○月○日
> 發文字號：○○字第號0000000000號
> 主旨：核准○○工程顧問股份有限公司申請換發工程技術顧問公司
> 　　　登記證，並變更登記事項之營業範圍之科別，特此公告。
> 公告事項：
> 　一、公司名稱：○○工程顧問股份有限公司。
> 　　　所在地：○○市○○區○○路○段○號○樓。
> 　　　公司統一編號：○○○○○○○。
> 　二、董事長或代表人姓名：○○○。
> 　三、營業範圍：○○工程技術顧問業（以土木工程科、水利工程
> 　　　科結構工程科之工程技術事項為限）。
> 　四、工程技術顧問公司登記證字號：工程技顧登字第○號。
> **主任委員　○○○（簽字章）**

(二)三段式公告

```
                                            檔　　號：
                                            保存年限：
              ○○院○○○○署公告　┌──┐
                                  │印信│
                                  └──┘
發文日期：中華民國○年○月○日
發文字號：（○○）環署廢字第0000000000號
主旨：公告一般事業廢棄物－廢鑄砂（殼模）得以安定掩埋處理。
依據：事業廢棄物貯存清除處理方法及設施標準第三十八條第一
　　　項。
公告事項：
　　一、經認定為一般事業廢棄物之廢鑄砂（殼模）得以安定掩埋法
　　　　處理。
　　二、其設施應符合事業廢棄物貯存清除處理方法及設施標準第
　　　　三十八條第一項各款規定。
　　三、實施日期：自中華民國○年○月○日起實施。
署長　○○○（簽字章）
```

(三)三段表格式公告

```
                                            檔　　號：
                                            保存年限：
              ○○部○○○國稅局公告　┌──┐
                                    │印信│
                                    └──┘
發文日期：中華民國○年○月○日
發文字號：○○字第0000000000號
主旨：公告核准○○○會計師在○○市執業之登錄。
依據：會計師法第十三條。
公告事項：
```

會計師 姓　名	會計師登記 證書字號	事務所名稱	事務所地址	核准日期
○○○	金管會證字第 ○○號	○○聯合會計 師事務所	○○市○○區○○ 路○○號○樓	同發文日期

局長　○○○（簽字章）

(四)三段式會銜公告

○○院、○○院公告

印信

發文日期：中華民國○年○月○日
發文字號：○○字第0000000000號
　　　　　○○字第0000000000號

主旨：公告政務人員退職酬勞金給與條例已因施行期滿廢止。

依據：中央法規標準法第二十三條。

公告事項：政務人員退職酬勞金給與條例至中華民國○年○月○日
　　　　　施行期滿當然廢止。

院長　○○○（簽字章）

院長　○○○（簽字章）

註：會銜機關印信蓋在續頁紙，張貼在公告右旁。

五、研訂修正法規命令草案或廢止法規命令之預告

(一)修正法規命令草案之預告

○○部公告

印信

發文日期：中華民國○年○月○日
發文字號：○○字第號0000000000號

主旨：預告修正「死亡資料通報辦法」第六條條文。

依據：行政程序法第一百五十一條第二項及第一百五十四條第一
　　　項。

公告事項：

一、修正機關：內政部。

二、修正依據：戶籍法第十四條。

三、「死亡資料通報辦法」第六條修正草案如附件。本案另載於
　　內政部戶政司全球資訊網站（網址http://www.ris.gov.tw）網
　　頁。

四、對於公告內容有任何意見或修正建議者，請於本公告刊登公
　　報之日起十日內陳述意見或洽詢：

(一)承辦單位：○○部○○司。
(二)地址：臺北市○○區○○路5號6樓。
(三)電話：02-00000000。
(四)傳真：02-00000000。
(五)電子郵件：000000@moi.gov.tw。
部長　　○○○（簽字章）

(二)研訂法規命令之預告

```
                                          檔　　號：
                                          保存年限：
              ○○府公告
                                        ┌──────┐
發文日期：中華民國○年○月○日              │ 印信 │
發文字號：華總參字第0000000000號          └──────┘
主旨：預告訂定總統府法規委員會組織規程草案。
依據：行政程序法第一百五十四條第一項。
公告事項：
　一、訂定機關：總統府。
　二、訂定依據：中華民國總統府組織法第十四條之一。
　三、「總統府法規委員會組織規程」草案總說明及逐條說明如附件。
　四、對於本公告事項內容如有意見或修正建議者，請於本公告刊
　　　載之日起七日內以郵寄、傳真、電子郵件等方式送○○府參
　　　事室參考（郵寄地址：○○市○○區○○路○段○號；傳
　　　真：02-00000000；電子郵件信箱：000000@oop.gov.tw）。
秘書長　　○○○（簽字章）
```

六、一段式地方政府總預算公告

```
                                          檔　　號：
                                          保存年限：
              ○○縣政府公告
                                        ┌──────┐
發文日期：中華民國○年○月○日              │ 印信 │
發文字號：府主歲字第0000000000號          └──────┘
```

主旨：公告中華民國○年度○○縣總預算第二次追加（減）預算
「歲入歲出簡明比較分析表」、「歲入歲出性質及餘絀簡明
比較分析表」暨「收支簡明比較分析表」。

縣長　○○○（簽字章）

七、三段式調整利率公告

檔　　號：
保存年限：

○○銀行公告

印信

發文日期：中華民國○年○月○日

發文字號：臺央業字第0000000000號

主旨：公告本行重貼現率及其他融通利率調整事項。

依據：中央銀行法第二十一條。

公告事項：本行重貼現率、擔保放款融通利率及短期融通利率分
別由年息1.5%、1.875%、3.75%，調整為年息1.625%、
2.0%、3.875%，自○年○月○日起實施。

總裁　○○○（簽字章）

八、公告事項改為說明之公告

檔　　號：
保存年限：

○○院公告

印信

發文日期：中華民國○年○月○日

發文字號：考臺組壹字第0000000000號

主旨：公告撤銷○年專門職業及技術人員普通考試華語導遊人員考試
及格人員○○○之考試及格資格，並吊銷其考試及格證書。

依據：專門職業及技術人員考試法第二十三條。

說明：○○○未具專門職業及技術人員考試法第十條及專門職業及
技術人員普通考試華語導遊人員考試規則第五條規定之應試
資格，依專門職業及技術人員考試法第二十三條第四款規
定，經本院第○屆第○次會議決議，撤銷其考試及格資格並
吊銷其考試及格證書。

院長　○○○（簽字章）

第二節　公示送達

壹、公示送達之意義

　　公示送達屬平行文,是法律名詞,其意義為「在法定情形下,將應送達於當事人之文件或書狀公開表示,經過法定期間後,無論當事人已否知悉或於何時知悉,均已完成送達效力之送達方法。」這種送達書狀文件之方式本為**民事訴訟**所用,其後為**行政程序法**予以詳為規範。

　　由於政府機關處理公務常常會影響到民眾之權利義務,所以要充分告知相關資訊,尤其是行政程序法所規定之行政行為或申請案件。但在告知過程中往往有難以將文書送達當事人之情況,承辦人不能因為文書無法送達就置之不理,因為**行政責任**無法了卻,故以**公示送達**來完成**行政上送達程序**。

　　行政程序法第78條至第82條詳為規定行政上之公示送達之事由、方式、效力,所以一般行政機關對人民致送公文,如逢無法傳達予當事人時,便採用公示送達方式行之。公示送達方法可黏貼於**布告欄**,亦可刊登於**政府公報**或刊載於**新聞紙**。

　　準此觀之,公示送達之性質及效力與**公告**相同。其不同之處僅在於「公示送達」之對象是**少數個人**;而「公告」之對象是**多數群眾**,故兩者文別不同,但其形貌和撰作方法完全相同。

貳、公示送達之適用範圍

1、當事人居所不明,無法尋覓時。
2、無法透過外交部送達有治外法權人(如外交部領事人員)之住居所或事務所時。
3、無法透過駐外大使、公使、領事或外國管轄機關送達居留於外國之當事人時。

參、公示送達之製作要領

1、「公示送達」之性質與公告相同,形式與製作要領也相同。
2、「公示送達」對象是少數個人,「公告」對象則是多數群眾。

3、「公示送達」方法可張貼於公布欄，刊登於政府所發行公報或刊載於新聞紙上。

肆、公示送達處理模式

因行政程序法未予統一規定，各機關實務上約有五種處理模式，惟皆應於「主旨」段內出現「公示送達」、「送達」、或「以公示代替送達」等字樣，實務上公示送達為各機關普遍使用，依104年4月28日新修正《文書處理手冊》規定，增列公示送達之製作方式及範例，於辦理公示送達時使用：

1、依「函」之規格辦理（主旨、說明、辦法）。
2、依「公告」規格辦理（主旨、依據、公告事項或說明）。
3、採「條列式」辦理。
4、以「公示送達」為文別，但採公告規格辦理。
5、以「公示送達公告」為文別，但採公告規格辦理。

伍、公示送達格式

```
                                        檔   號：
                                        保存年限：
                    ○○部公示送達
                                        ┌──────┐
發文日期：中華民國○年○月○日              │ 印信 │
發文字號：○○字第0000000000號             └──────┘
主旨：公示送達…………………………………… 。〔或「………案，
      特此（以）公示送達。」〕
依據：…………………………………………… 。
公告事項：
  一、………………………………………… 。
  二、………………………………………… 。
  (一)………………………………………… 。
  (二)………………………………………… 。
部長  ○○○（簽字章）
```

註：文別之公示送達亦可改為公告。

陸、公示送達範例

一、104年4月28日《文書處理手冊》改以公告例

> 　　　　　　　　　　　　　　　　　　檔　　號：
> 　　　　　　　　　　　　　　　　　　保存年限：
>
> 財政部公告　　　┌─────┐
> 　　　　　　　　　　　　　　　　　│　印信　│
> 發文日期：中華民國○年○月○日　　└─────┘
> 發文字號：○○字第0000000000號
> 主旨：公示送達本部通知○○○君承受訴願之○年○月○日○○字
> 　　　第0000000000號函。
> 依據：訴願法第四十七條第三項與行政訴訟法第八十一條及第
> 　　　八十二條。
> 公告事項：
> 　　一、公告期間：二十日。
> 　　二、○○○君住居所他遷不明，致主旨所列之○年○月○日○○
> 　　　　字第0000000000號通知承受訴願函無法送達。
> 　　三、○○○君得於公告期間內，逕向本部訴願審議委員會（地
> 　　　　址：○○市○○路○號○樓，電話：02-00000000分機0000）
> 　　　　承辦人員領取該函正本。
>
> | 訴願人姓名及身分證字號 | 訴願人最後戶籍地址 | 公文書日期及文號 |
> | --- | --- | --- |
> | ○○○
A123456789 | ○○市○○區○○里○○
鄰○○路○○巷○號 | ○年○月○日○○字
第0000000000號 |
>
> 部長　○○○（簽字章）

二、依「函」之規格採主旨、說明、辦法例

> 　　　　　　　　　　　　　　　　　　檔　　號：
> 　　　　　　　　　　　　　　　　　　保存年限：
>
> ○○縣政府函
> 　　　　　　地址：00000○○縣○○路000號
> 　　　　　　聯絡方式：（承辦人、電話、傳真、
> 　　　　　　　　　　　e-mail）

00000

○○縣○○路000號

受文者：○○工程有限公司

發文日期：中華民國○年○月○日

發文字號：○○府勞條字第0000000000號

速別：最速件

密等及解密條件或保密期限：

附件：如主旨

主旨：貴公司違反勞動基準法罰鍰處分案，本府○年○月○日○○
　　　府勞條字第0000000000號函暨罰鍰處分書各一件，因無法投
　　　遞，特予公示送達。

說明：

　　一、貴公司因違反勞動基準法第二十八條第二項規定之事件，業
　　　　經本府○年○月○日○○府勞條字第0000000000號函暨罰鍰
　　　　處分在案。

　　二、因該罰鍰處分書依貴公司地址以雙掛號郵寄，郵局以「招領
　　　　逾期」之郵件退還，該罰鍰處分書暫存於本府勞工局，請於
　　　　公示送達刊登本縣公報之日起十日內，攜帶貴公司印章向本
　　　　府勞工局承辦人員領取，並於十五日內繳納。

正本：○○工程有限公司（○市○路○巷○弄○號）

副本：本府勞工局

縣長　○○○

三、依公告規格採主旨、依據、公告事項例

檔　　號：

保存年限：

○○院○○○○委員會公告

發文日期：中華民國○年○月○日

發文字號：○○字第0000000000號

印信

主旨：○○電訊網路股份有限公司違反公平交易法第二十一條規定
　　　一案，業經本會處分，茲以處分書經郵局投遞，因該公司他
　　　遷不明及代表人招領逾期，致無法送達，特此公示送達。

依據：行政程序法第七十八條及第八十條。

公告事項：本會〇年〇月〇日〇〇字第0000000000號函及更正後之
　　　　　（〇）〇〇字第0000000000號處分書正本，現由本會秘
　　　　　書室保管，被處分人得隨時備具身分證明文件（如國民
　　　　　身分證、公司職員證或委任書等）向本會領取。
主任委員　〇〇〇（簽字章）

四、採用「爰以公告代替送達」例

檔　　號：
保存年限：

〇〇〇公告

印信

發文日期：中華民國〇年〇月〇日
發文字號：〇〇字第0000000000號
主旨：香港〇〇〇有限公司經本部〇年〇月〇日〇〇字第
　　　0000000000號函廢止認許一案，惟因無從送達，爰以公告代
　　　替送達。
依據：公司法第二十八條之一。
公告事項：本部〇年〇月〇日〇〇字第0000000000號函（如附件）。
部長　〇〇〇（簽字章）
依照分層負責規定授權單位主管決行

五、採用「公示送達如附表」例

檔　　號：
保存年限：

〇〇〇〇局公告

印信

發文日期：中華民國〇年〇月〇日
發文字號：〇〇字第0000000000號
主旨：公示送達如附表所列逕行退保投保單位之通知函。
依據：行政程序法第七十八條及第八十條。
公告事項：附表所列之投保單位，因違反勞工保險條例相關規定，
　　　　　業經本局依職權逕行退保在案，惟遭郵局退件而無法送
　　　　　達，正本現由本局（文書科）保管，投保單位得於本公
　　　　　示送達公告發文日起一年內領取。

局長　○○○（簽字章）

投保單位名稱	保險證號	應送達處所	發文日期	發文字號
○○實業股份有限公司	0000000000	○○縣○○鄉○○村○○路○號	○年○月○日	保承工字第0000000000號
○○科技股份有限公司	0000000000	○○市○○路○號	○年○月○日	保承工字第0000000000號

六、依「公告」規格採主旨、依據、說明三段例

> 檔　　號：
> 保存年限：
>
> ○○部公告
>
> 印信
>
> 發文日期：中華民國○年○月○日
> 發文字號：○○字第0000000000號
> 主旨：香港○○○有限公司經本部○年○月○日○○字第0000000000號函廢止認許一案，惟因無從送達，爰以公告代替送達。
> 依據：公司法第二十八條之一。
> 說明：本部○年○月○日○○字第0000000000號函（如附件）。
> 部長　○○○（簽字章）
> 依照分層負責規定授權單位主管決行

七、採條列式公示送達例

> 檔　　號：
> 保存年限：
>
> ○○院公示送達公告
>
> 印信
>
> 發文日期：中華民國○年○月○日
> 發文字號：院臺訴字第0000000000號
> 一、本院受理○○○君因廢止依親居留許可事件訴願案，業經本院作成訴願決定。茲將應送達○○○君之本院院臺訴字第0000000000號訴願決定書公示送達。

二、該訴願決定書正本現由本院訴願審議委員會承辦人員保管，訴願人得隨時來院領取。

三、特此公告。

○○院（條戳）

八、以「公示送達」為文別，但採公告規格辦理

檔　　號：

保存年限：

○○縣政府公示送達

印信

發文日期：中華民國○年○月○日

發文字號：府經工字第0000000000號

附件：本府○年○月○日府經工字第0000000000號函影本

主旨：公示送達本府○年○月○日府經工字第0000000000號函之行政處分書。

依據：行政程序法第七十八、八十及八十一條。

公告事項：

一、旨揭函經雙掛號郵寄，惟該函無法投遞。

二、查貴公司於本縣○○鎮○○里○○路○○號設立工廠，並領有經濟部工廠登記證00-00000-00號在案，現經該土地所有人表示已無製造加工行為，請貴公司於本府刊登縣府公報之日起二十日，辦理工廠註銷登記，否則將依「工廠管理輔導法」規定公告註銷。

縣長　○○○（簽字章）

第三節　啟事

壹、啟事的意義與用途

　　凡是個人或機關團體對於社會大眾，或某些特定機關、團體有所陳述，在一定的時間內用公開的方式，登載於報紙、雜誌或其他大眾傳播媒體的應用文字，就稱為**啟事**。因此啟事有開陳其事的意思，所以又稱之為「招貼」，一般**具有五項特性：**(1)具有公開性；(2)啟事者可以是個人，也可以是機關、學校或

團體;(3)訴求對象的多寡,視內容而定;(4)具應用文的五個特性;(5)可刊登於報章、雜誌;也可透過電視或廣播傳達,或張貼於公共場所。廣告、海報及標語因不具固定格式、構造與用語等特性,故不屬於應用文範疇。

　　啟事的種類依其用途可分為通知、聲明、婚嫁、唁悼、鳴謝、介紹、徵求、尋找、懸賞、警告、道歉等類,因其具有公開性又容易影響人類行為,所以啟事具有法律責任及效力,如該法第309條第1項規定:「公然侮辱人者,處拘役或三百元以下罰金。」第310條規定:「意圖散布於眾,而指摘或傳述足以毀損他人名譽之事者,為誹謗罪,處一年以下有期徒刑、拘役或五百元以下罰金。散布文字、圖畫犯前項之罪者,處二年以下有期徒刑、拘役或一千元以下罰金。對於所誹謗之事,能證明其為真實者,不罰。但涉於私德而與公共利益無關者,不在此限。」第312條及313條又規定,「對於已死之人公然侮辱者」、「對於已死之人犯誹謗罪者」、「散布流言或以詐術損害他人之信用者」都定有罰則,所以必須謹慎行事,以免觸法。

　　至於**啟事的法律效力**又如何呢?根據民法第95條第1項規定:「非對話而為意思表示者,其意思表示,以通知達到相對人時,發生效力。」民法第94條也規定:「對話人為意思表示者,其意思表示,以相對人瞭解時,發生效力。」所以啟事雖是公告文書,但即使相對人看到了,而表示不瞭解,也仍然不具絕對效力。

貳、啟事的構造

一、標題

　　報紙為了節約篇幅及節省顧客廣告費,一般都在分類廣告中設有不同標題,如婚友、人事、房地、尋人、營業、搬家、招生、裝潢、遺失、小啟等,既方便讀者查尋,也可以在統一的標題下節約篇幅,一舉數得。

　　標題字數宜簡明,例如謝啟、稿約等;但也有省不得而必須詳細標明的,如「陳母劉太夫人八秩雙壽徵文啟」。

二、本文

　　本文為啟事的內容,應明確、具體,一般必須注意以下三項:

　　1、**顧及事實**:例如祝賀榮獲博士學位,必先查明是否確已獲得,否則不

顧事實，以訛傳訛，易被誤為挖苦他人或拍馬屁。

2、**標明目的**：例如結婚啟事中的「謹此敬告諸親友」、聲明啟事中的「恐傳聞失實，特此聲明」，或徵才啟事中的「合則約談，恕不退件」等，均為啟事者的具體目的所在。

3、**須具訴求對象**：啟事的訴求對象視內容而定，可能是某一個人，如警告逃妻。也可能是某一群人，如前述結婚啟事中的「諸親友」或社會大眾；如懸賞啟事中的「仁人君子」；開業啟事中的「敬請各界惠顧指導」。

三、啟事者

啟事應由啟事人具名：一示負責；二則使人知道啟事人是誰，可增強啟事的效果。但實際狀況中並不一定每一則啟事都有啟事者具名，一般常見的啟事者具名方式有：

1、**本名方式**：通常涉及法律問題較密切者用本名，如聲明、婚姻、鳴謝、辭行、遺失、祝賀、警告、通知、道歉、更改、請願、喪祭、更正、邀請等均採此方式。

2、**略名方式**：即不用全名，只用本姓或本名中一字或二字具名的啟事，較常見的是徵婚或讓售啟事中只用「王太太」、「孫小姐」或「李君」等。

3、**隱名方式**：啟事人為保持個人隱私的心理，或啟事機關為避免人情關說的困擾，通常不具名以「某」字代之。前者見之於尋訪啟事，後者如徵求啟事中的「某機關徵才」、「北部某高職徵專任教師」等。

4、**化名方式**：亦即另具假名，頗有不負法律及道德責任的作法，是正直的君子所不為，正派經營的出版品所不願刊載的。

參、啟事的寫作法

啟事由於要考慮到引起大眾注意又要節省刊登費用，因此依據撰寫方式有**短文式**、**條列式**、**表格式**及**折衷式**等四種，各有利弊；依據刊登啟事內容，則又分為**詳登**及**簡登**，但均必須把握如下撰擬原則：

1、**寫作態度嚴謹**：啟事法律責任已如前述；但仍要負起道德責任。所以如涉及他人隱私或未經證實的事都不可提；妨害公序良俗或洩漏國家機密的事更必須避免。

2、**措詞簡淺明確**：啟事的主要目的在公告大眾，因此如何明白而又簡單的表達啟事內容，使之因果分明、脈絡清楚，正是撰擬啟事的技巧所在。

3、**注意時空效果**：啟事效果的大小須注重「時間」與「空間」效果，要注意是否為合法張貼場所，否則易遭環保單位取締。

肆、啟事例釋

一、聲明啟事

所謂**聲明啟事**，是啟事者將本人或本機關團體的事，如闢謠、解僱、辭職、開除、表明身分、調整售價、終止委託、呼籲注意仿冒等必須公諸社會而刊登報刊雜誌者。例一係將啟事者以不同字體或套紅標明，一般都屬聲望人士；例二之啟事者則具名於後，以示負責。

(一)聲明例一

> ○○○啟事
>
> 日來常有電話詢問關於參加高爾夫球俱樂部為會員之事，不勝詫異，本人雖偶作高爾夫球運動，但從未擔任任何高爾夫球俱樂部之職務，恐傳聞失實，特此聲明。

(二)聲明例二

> 本公司前聘外務員○○○先生，因另有高就，已於○年○月○日離職。嗣後○先生在外之往來，概與本公司無關，恐未周知，特此登報聲明。
>
> ○年○月○日
>
> ○○公司　敬啟

二、徵文啟事

機關團體或報刊為推動其組織活動目標，常以徵文啟事，設定內容範圍，

廣徵佳作，共襄盛舉。除前舉之例外，亦可採用簡章式，設定名次及獎金；或劃分組別，如社會組、大專組、高中組等，以擴大效果。

(一)徵文例一

> ### 慶祝九九體育節出版專刊徵文啟事
> 凡各界人士對體育節感言及推展體育之重大貢獻、優良事蹟、運動指導之經驗心得、教學方法等均請惠示專稿，共襄盛舉，文體不拘，以一千字至四千字為原則，請用稿紙撰寫，8月20日截稿（以郵戳為憑）。請寄送○○市○○街○○號○○○體育會，一經採用，稿費從優。

(二)徵文例二

> ### 兩百萬徵文，還有二十天截稿！
> 提升文藝風氣，拓深文化內涵，獎勵創作，為更多悲憫人生、刻劃人性的優秀作品催生。○○日報文學獎，詩、散文、中、短篇小說期待各方好手踴躍參加！（詳情請參閱4月25日本刊）

(三)徵文例三

> ### ＊徵稿啟事＊
> 為擴大讀者參與，輿情版將不限定話題，歡迎讀者對公共事務及社會公益事項，提出具體意見、看法。文限五百字以內。內文註明真實姓名、聯絡電話、地址（未用有格稿紙者恕不予刊用），經刊登者即給稿酬，恕不退稿。來稿請寄○○市○○區○○街○○號「輿情版」收。

三、徵才啟事

前二例為隱名方式，例三則為本名方式。本名方式較易受人情困擾，但只要將資格條件、工作內容、待遇、地點及應徵方式嚴格交代清楚，加上執事者公平處理，如人數多，必要時可加以測驗，則更易羅致優秀人才。

(一)徵才例一

> ### 徵高職教師
> 臺北市某大私立高職誠徵汽車、資訊、電子科專任教師兼導師，意者簡歷附電話寄臺北○○○號信箱，合者約談，不合密退。

(二)徵才例二

　　某機關誠徵

1、秘書人才：大學或研究所畢，男女均可，三十五歲以下，諳電腦，中英
　　　　　　　文說寫流利，具公文撰擬、應酬文稿處理經驗者優先。

2、工　　友：男，高畢，三十歲以下，役畢，體健，誠實善良，自備機
　　　　　　　車，工讀生可。

※待優、環境佳、福利制度完善、穩定性高。

※意者歷照、自傳（應徵秘書須附英文自傳），註明聯絡電話，於9月11日
　前寄臺中郵政○○號信箱人事室收。

(三)徵才例三

　　　　○○部○○○○局徵求人才啟事

一、徵求項目

類別	名額	資格條件	工作內容	待遇	工作地點
約聘資訊高級技術員	5	35歲以下，大學以上資訊相關學系畢，男性須役畢（性別不拘）	資訊處理	月薪約4萬8,000元左右	臺北
約聘電機高級技術員	1	35歲以下，大學以上電機工程學系畢業，男性，役畢	檢（試）驗工作	月薪約4萬8,000元左右	基隆
約僱機械技術員	1	32歲以下，專科以上機械工程科系畢業，男性，役畢	檢（試）驗工作	月薪約3萬7,000元左右	新竹
約僱文書人員	1	32歲以下，專科以上法律相關科系畢，男性須役畢，性別不拘	文書資料處理	月薪約3萬5,000元左右	臺北

二、有意應徵者，請於9月9日前（以郵戳為憑），將簡歷表（貼最近三個月
　　內照片），親筆自傳，成績單正本，掛號郵寄○○市○○路○段○○號
　　人事室收，經初審合格者通知約談，否則原件退回。

四、徵婚啟事

　　徵婚啟事大多刊登於分類小廣告，為節省費用故省略標點符號。因為此類
啟事騙局極多，故以「非介」表示並非媒合，而係由啟事者直接徵求。

(一)徵婚例一

> 婚　男四十八歲大學畢公職忠厚純樸富愛心經濟基礎甚優誠徵三十五歲以下未婚佳麗為偶意者請函臺北郵政○○號信箱劉（非介）。

(二)徵婚例二

> ☆代母徵老伴☆女醫退休體健獨立無家累六十六至七十歲左右大專畢善良健康自主無家累附歷照電話寄新竹○○號郵政信箱吳小姐。

五、招生啟事

　　招生啟事為昭公信，不宜化名或隱名。例一雖名稱為公告，但卻以啟事方式處理，例三為分類廣告之例，啟事未盡事宜可備簡章供有意報名者索閱。

(一)招生例一

> 　　　　○○大學○○○學年度選讀生登記公告
> 1、系別：外文、經濟、社會、企管、國貿、會計等六學系。
> 2、資格：(1)高中（職）畢業或同等學力者。(2)具專上程度者。
> 3、登記註冊日期：9月2日（星期日）上午8時10分至12時，下午2時至5時（額滿為止）。
> 4、登記註冊地點：本校行政大樓。
> 5、簡章備索：請附書寫姓名、地址，貼足郵資之回郵信封，寄○○市○○大學郵局○○號信箱本校教務處教學組函索即寄。

(二)招生例二

> 　　　　○○文化運動推行委員會文藝研究班第二十一期招生
> 本期以講授「中國文學之美——韻文研究（絕句、詞、曲、歌謠）」為範圍，定於本年10月27日開課，每週一、四下午7時至9時上課，授課十二週屆滿結業。歡迎有志研究人士踴躍參加，一切免費。請於10月24、26、27日上午9時至11時30分。下午2時至5時，帶二吋半身相片三張，至○○市○○路○段○○號○○會一樓，向金小姐報名（電話或代理報名恕不受理），名額有限，額滿截止。

(三)招生例三

> ⊙八字推廣講座⊙7月9日下午2時門票50元免費印證請洽00000000然盧。

六、祝賀啟事

祝賀方式很多，除賀函、賀電、花籃外，刊登啟事效果最大，兼具宣傳、道賀性質，其他還有祝賀得獎、賀大會成功、賀開業等（於第十三章「題辭」有詳細說明）。啟事者有二人以上時要須注意排序，藉表尊卑。

(一)祝賀例一

> **祝賀○○大學校慶啟事**
> 一、本（○）年○月○日（星期○）上午9時，於母校中正堂舉行本校成立○○○週年校慶，歡迎校友踴躍返校，共申祝賀。
> 二、當日上午8時，在○○市○○街○○號本校臺北聯絡處備有交通車供校友搭乘。
>
> 　　　　　　　　　　　　　　　　　　　　　○○大學校友會　啟

(二)祝賀例二

> 祝賀 ○○○先生 令郎　○○○君榮獲美國紐約州立大學公共行政學博士。
> 　　 ○○○將軍 令婿
>
> 　　　　　　　　　　　　　　　○○○　○○○
> 　　　　　　　　　　　　　　　○○○　○○○　同賀

(三)祝賀例三

> 恭賀○○○先生當選○○黨主席
> 眾 望 所 歸　兆 民 賴 之
>
> 　　　　　　　　　　　　　　○○公司董事長○○○　敬賀

(四)祝賀例四

恭賀○○○先生蟬聯立法委員

為　民　喉　舌

○　○　鎮公所
○○鎮民代表會　　同敬賀

七、道歉啟事

　　道歉啟事是啟事人為自己加諸他人的不道德或冒失、違法等行為，表示歉意的啟事，為表誠意，不得化名、隱名或略名，必要時要附註身分證字號。

(一)道歉例一

本廠第一重油脫硫工場於10月20日凌晨發生火警，為控制事故擴大，緊急釋放高壓蒸汽，致產生巨大響聲而驚擾附近居民睡眠，本廠深感不安，除已請同仁挨家逐戶登門深致歉意並慰問外，特登報再向鄉里鄰居公開致歉，敬請鑒諒

○○石油公司○○煉油廠　敬啟
10月21日

(二)道歉例二

茲因鄙人未將支票存入○○銀行○○分行，而誣指該行行員○○○先生疏忽職責，未予支票入帳，純係本人疏失錯誤所致，有損○先生聲譽，深感歉疚，特登報道歉。

道歉人　○○○　敬啟
身分證字號：○○○○○○○○○○

八、鳴謝啟事

　　鳴謝啟事是啟事者對他人加諸自己的恩惠表示感謝，可登報也可張貼在布告欄。除如下三例外，尚有謝救火、醫病、祝壽、賀婚、拾金不昧等；所舉三例均為登報用，例一係喜事，也可用紅字，具名啟事者以母公司居最上，依次為其設立先後之關係企業；例二喪事，用黑字，具名啟事者依倫理輩分排序，「矜鑒」是親友的事，為表禮貌，除放大字體，尚要套紅字；例三不論當選、落選均適用，特別是落選者登報銘謝，更見風度。

(一)鳴謝例一──謝道賀

謝啟

日昨本公司創業三十週年紀念，承各級長官、學界大雅、同業先進
貴臨指導、厚賜嘉貺，謹申謝悃。

　　　　　　　　　　　　　　　　　　○○書局
　　　　　　　　　　　　　　　　　　○○圖書股份有限公司　敬啟
　　　　　　　　　　　　　　　　　　○○圖書

(二)鳴謝例二──哀感謝

謝啟

先夫○公諱○○之喪渥蒙

○總統　○前總統　○前副總統題頒輓額，長官戚友親臨弔唁，寵賜隆儀，
或函電慰唁，

雲天高誼，歿榮存感，謹申謝悃，伏維

矜鑒

　　　　　　未亡人　○○　　泣啟
　　　　　　率子　○○　　○○　○○　○○　○○　敬叩
　　　　　　女　○○

(三)鳴謝例三──銘謝賜票

銘　謝　賜　票
　　　　　　　○　○　○鞠躬

九、更正啟事

　　更正啟事是對已刊布的文章、啟事中的錯誤加以更正。例二是借自己刊物勘誤，故不須具名啟事者。

(一)更正例一

本會日昨刊登本版「徵求優良歌曲創作」廣告，歌詞獎金12,000元誤植為
1,200元，譜曲18,000元誤植為1,800元，特此更正。

　　　　　　　　　　　　　　　　　　○○音樂學會　敬啟

(二)更正例二

> 訂正
> 本刊二十六期所登出席名單，衍植○○○、○○○、○○○、○○○，特此
> 訂正。

十、遷移啟事

　　機關團體或商店遷出（入），致辦公地點及聯絡電話改變，刊登啟事公告周知時，稱為遷移啟事。此二例亦可書成海報張貼舊址門首示眾。

(一)遷移例一

> 遷移啟事　　　　　　　　　　　民國○年○月○日
> 　　　　　　　　　　　　　　　中○○字第○○號
> 本公司臺南通訊處自本（○）年○月○日起遷移至○○市○○路○號○樓辦
> 公，服務電話改為○○○○○○○號，敬請
> 各界繼續光臨指導
> 　　　　　　　　　　　○○產物保險股份有限公司　謹啟

(二)遷移例二

> 本店因改建大樓，經於本月○日遷入本市○○路○○號新址營業，敬請
> 舊雨新知，繼續惠顧，並
> 蒞臨指教。
> 　　　　　　　　　　　　　　　　　　○○商店　敬啟

十一、遺失啟事

　　一般均屬報紙分類小廣告，目的在聲明並藉資申請新證之用。

(一)遺失例一

> 遺失國民身分證○○○○○○○○○○○作廢○○○

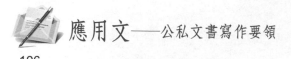

(二)遺失例二

遺失○○縣政府工務局核發○年○月○日○○字第○○○號使用執照一份起造人○○○等七人聲明作廢

(三)遺失例三

遺失國軍官兵福利品配點卡證編號軍○○○○○○聲明作廢　○○○啟

十二、讓售啟事

讓售啟事是專為有財產或物品轉讓出售的啟事，如售屋、售地；此外如讓售鋼琴、寵物等亦可登啟事徵求買主。如果自己徵求他人讓渡或賣出某物所登之啟事，如「高價買屋，公寓、大樓、店面均可71758920王小姐」，則屬**徵求啟事**性質，以上常見於報紙分類廣告。由於論字計酬，所以刊登時為節省廣告費，大多省略標點符號且緊接著排字。

(一)讓售例一

【出國急廉】○○路套房20坪二房一衛住家辦公95萬交屋50738440訊中

(二)讓售例二

金店面○○路○○南路旁86坪餐廳新裝潢可24小時營業現600萬另貸78151780甲子房屋

(三)讓售例三

墓○○安樂園風水佳交通便利價錢公道電70733230

十三、尋訪啟事

所謂**尋訪啟事**，是將失去聯絡的親友或寵物加以描述，希望他人提供線索，幫助尋找，可登報，如例一；也可發送傳單或張貼布告，如例二。又如啟事者承諾達成目的給予報酬，則為**懸賞啟事**，如例三。

(一)尋訪例一

> 大哥見報速與家人朋友聯絡，日內即須入伍，一切事父母已諒解，希勿自誤。

(二)尋訪例二

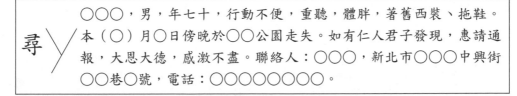

> ○○○，男，年七十，行動不便，重聽，體胖，著舊西裝、拖鞋。本（○）月○日傍晚於○○公園走失。如有仁人君子發現，惠請通報，大恩大德，感激不盡。聯絡人：○○○，新北市○○○中興街○○巷○號，電話：○○○○○○○○。

(三)尋訪例三

> 本公司職員○○○，於○月○日捲款潛逃。該員現年○○歲，○○市人，身分證號碼為○○○○○○○○○○。除報警查緝外，如有仁人君子發現行蹤報警捕獲者，酬賞新臺幣○○萬元。
>
> 　　　　　　　　　　○○公司董事長○○○　敬啟
> 　　　　　　　　　　　地址：○○市○○路○○號
> 　　　　　　　　　　　電話：○○○○○○○○

十四、辭行啟事

　　辭行啟事大多用在出國前登報向親朋好友、長官同僚等辭行的啟事。除了個人辭行外，亦可以團體名義，如「○○回國致敬團」、「○○代表隊」等具名；啟事者末署「偕眷」，表示偕同行回國的家人一啟的意思。

> ○○此次奉召回國參加國建會期間，辱承各位長官友好親至機場迎接，或設宴款待，或陪同參觀各項經濟建設，隆情盛意，不勝感篆。茲因僑居地急事待理，臨行倉卒，未及一一踵辭，謹此申謝，敬希
> 荃詧。
> 　　　　　　　　　　○○○偕眷　同啟　○月○日

十五、喜慶啟事

喜慶啟事用途很廣，除如下二例外，開幕、榮升、膺選、訂婚等喜事都可刊登，不但可防通知疏漏，而且節省時間，頗為實用；例一啟事者按男女雙方主婚家長依序排列；例二由同鄉會具名，十年為一「秩」，如九十二歲可寫為「九秩晉二」，但「秩」因從禾從失，為求吉利，較考究者有以「豑」代替，取其音意同秩，蓋因從豐從弟，子孫滿堂，吉祥之故也。

(一)喜慶例一

長男○○
次女○○ 已於中華民國○○年○月○日在美國洛杉磯○○基督教會舉行結婚
典禮，謹此敬告
諸親友

　　　　　　　　　　　　　　　　　　　　　　○○○
　　　　　　　　　　　　　　　　　　　　　　○○○
　　　　　　　　　　　　　　　　　　　　　　○○○敬啟
　　　　　　　　　　　　　　　　　　　　　　○○○

(二)喜慶例二

慶祝○○先生九秩華誕籌備會啟事

本年○月○日（星期○），恭逢吾鄉前輩
○○先生九秩華誕，茲以先生躬行勤儉，堅辭祝壽，未便拂其謙沖雅意。爰經決定，不徵詩文，不受賀禮，謹訂於是日上午9時至11時，假○○路○○堂設置壽堂，敬備茶點，屆時希我同鄉蒞臨祝嘏，共祝嵩壽，恕不另柬。

　　　　　　　　　　　　　　　　　　○○省旅臺同鄉會　謹啟

十六、喪祭啟事

喪祭啟事係包括報喪、告窆、公祭、追悼等喪儀，因恐不能一一通知時乃以啟事行之。「聞」之一字因不屬哀家之事，故將字體放大並改為紅字。下舉之例一啟事者由親朋好友發起，宜注意排序；例二由治喪委員會具名，也有列出主任委員全體治喪委員及總幹事大名，仍宜注意排序，一般可採姓名筆劃為序，較不失禮。

(一)喪祭例一

故 ^{陸軍少將}○○部次長 ○○○先生追思禮拜，訂於○月○日（星期○）下午○時假新生南路三段九十號懷恩堂，由○○○牧師主特，特此敬告

諸　親　友

發起人○○○　○○○啟
　　　○○○　○○○

(二)喪祭例二

○故○○先生不幸於中華民國○年○月○日逝世，享壽六十五歲，訂於○年○月○日（星期○）上午9時30分在臺北市民權東路市立第一殯儀館福壽廳舉行喪禮，10時30分安葬南港墓園，謹此訃

聞

○故○○先生治喪委員會　敬啟

十七、其他

　　啟事分類方法很多，如依功能來分，尚有辯駁、通知、開業、陳情、募捐、邀請、警告等啟事。其構造與作法均大同小異，不外要把握啟事的事實、目的對象、啟事人等要件；惟均應注意刊登啟事的法律責任與效力，嚴謹將事，負起道德教化的使命。

第五章　簽、報告與便簽

　　公文處理時，經由承辦人員擬辦、送會相關單位、陳請各級長官核閱、並經各機關長官或依各機關分層負責表規定之授權長官核定後即可結案歸檔者，此種流程之公文稱為「對內意思表示之公文」，即不必以機關名義對外行文。包括機關內部溝通時所使用之文書，如陳報給長官核決之「簽或報告」；各單位相互間溝通或表示意見所使用之「便簽」。

第一節　簽

　　簽，又稱**簽陳**、**簽擬**、**簽案**，為各機關承辦人員對長官有所報告、請示或要求時使用，亦即承辦人員，基於其本身職責於處理公務時，就有關事項經查明案情後，依據法令規定簽註意見或報告案情，或研擬處理方案，提供給上級瞭解案情後，作為抉擇依據之文書。簽屬於上行文，又分為**制式簽**與**便條簽**兩種，說明如下：

壹、制式簽

　　制式簽，又稱**大簽**，採標準規格來簽辦，即主旨、說明、擬辦三段式；主旨、說明或主旨、擬辦二段式和主旨一段式等三種。

一、種類

1、內部單位簽辦案件之簽，又稱**內簽**，是給本機關內部單位主管及首長核裁之簽，依各機關分層負責授權之規定核判，簽末可不必敘明「敬陳○○長官」字樣。

2、具有幕僚性質之下級機關首長對其上級機關首長的簽，又稱**外簽**，屬於對外發出之上行文。此種簽須比照一般文稿處理，即簽經首長核裁後可另行繕發，並編列發文字號，原簽之稿則予存檔備查，簽末必須敘明「敬陳○○長官」。

二、各段內容

(一)主旨段

依照「起首語（有關、關於、為、為辦理、敬陳）＋扼要案情＋期望語（簽請鑒核、簽請核示、簽請鈞閱、簽請核閱、簽請鑒察、簽請鈞參）」句型，不分項，一段完成。

(二)說明段

1、引述語或引敘語（對本案之來龍去脈作說明或交代）。其句型為：

(1)依○○機關○年○月○日○號函辦理。

(2)依鈞長○年○月○日手諭或口頭指示辦理。

(3)依○○日報○年○月○日第○版刊載辦理。

(4)依憲法或法律第○條規定辦理。

2、按「引據、申述、歸結」之推理式要旨表達；無法依「引據、申述、歸結」之推理式表達時，則依事實順序予以說明，或依來文或主旨之緣由，採「事實、原因、結果」之因果關係方式研辦。

3、陳述現況及所衍生之問題，針對來文之觀點或現狀作利弊因素分析。

4、提出承辦幕僚見解。

5、其他補充說明或檢附相關附件及參考資料。

(三)擬辦段

為提出具體可行方案（即提出本案之具體處理方案），供長官核裁。

三、制式簽之撰擬要領與內容

使用A4簽稿紙（紙），按「主旨、說明、擬辦」等**三段式**進行書寫，每段都有其屬性及內容：

1、「主旨」段內容扼要敘述，概括簽之整個目的與擬辦，不分項，一段完成，原則上以五十至六十個字表明簽陳的目的及期望語，文字簡明。應包括「案由」及「目的或擬辦」之簡述。如「○○○函送民國104年政府機關辦公日曆表一案，擬轉知同仁，並提主管會議報告，簽請核示。」

2、「說明」段要說明「原因及理由」，並對案情之來源、經過與有關法規或前案，以及處理方法之分析與敘述，並視需要分項條列，邏輯上可如下處理：

(1)起：首先敘述由來（依據來文或業務之需要）。

(2)承：其次說明來文或主旨之緣由或訴求。

(3)轉：接著針對來文之觀點或就現狀作利弊因素分析，或採SWOT（優勢、劣勢、機會、風險）分析方式。

(4)合：最後提出承辦幕僚見解等，如需動支經費時，要敘明經費是如何估算？總計多少？由何科目動支？如有相關之附件時，應檢附的附件並按順序標示，因此說明段約三至五項完成。但「合」的內容不能跟「主旨」或「擬辦」重複，如有重複就不必有「合」。

3、「擬辦」段屬性要提出「具體可行方案」（即提出簽擬之具體處理方案），供長官核裁，本段不說明理由，亦不重複前二段內容，為「簽」之重點所在，意見較多時可分項條列。

4、能於「主旨」段完全表達擬辦意見者，即不必再列「擬辦」。故「簽」之各段應截然劃分，「說明」段不提擬辦意見，「擬辦」段不重複「說明」。而主旨之後的期望語，屬原則性、概括性或方向性之敘述；「擬辦」段，則提出具體作法，或細節之擬辦意見。

貳、便條簽

又稱**小簽**，遇案情較為簡單或例行性時，不需使用制式簽規格辦理，大部分機關直接於來文第一頁下半段空白角落處，以條列式或敘述式簽辦處理意見（即俗稱之角簽）；或使用A5空白紙（或便條紙）附於對方來文第一頁之上，直接用一、二、三……條例方式來簽擬處理意見（即俗稱之便簽），其表達順序為：

1、應先「敘明案由」，再就有關事項「予以說明」，最後提出「擬辦意見」。

2、應本著「引據、申述、歸結」之推理式要旨表達；無法依「引據、申述、歸結」之推理式表達時，則依事實順序予以說明，或依來文或主旨之緣由，採「事實、原因、結果」之因果關係方式研辦。可用一、二、三……條列方式來表達。

3、條列式之簽是在對方來文第一頁空白角落或用A4空白紙來簽辦，因此無主旨，其期望語或目的語多置於簽之結尾處。

參、簽之格式與範例

一、制式簽格式

又稱大簽,先簽後稿之公文應用此簽之格式簽辦。

檔　　號:
保存年限:

　　　　　（日期）

簽　　於○○（機關或單位）

主旨:起首語(有關、關於、為、為辦理、敬陳)＋扼要案情＋期望語
　　　(簽請鑒核、簽請核示、簽請鈞閱、簽請核閱、簽請鑒察、簽請鈞
　　　參)。」(扼要敘述、概括簽的整個目的與擬辦)

說明:(段名可依需要改為「經過」、「原因」)

　一、依○○機關○年○月○日○號函辦理。(引述語或引敘語)

　二、(按「引據＋申述＋歸結」之推理式要旨表達;無法依「引據、申
　　　述、歸結」之推理式表達時,則依事實順序予以說明,或依來文或主
　　　旨之緣由,採「事實、原因、結果」之因果關係方式研辦。)(即對
　　　案情之來源、經過、法規、前案或處理方法作簡要敘述分析)。

擬辦:(段名可依需要改為「建議」、「請求」)(針對案情,提出具體處
　　　理意見或解決問題之方案)

　　　　　敬陳

副○長
○　長
職○○○(簽名或蓋職章,或如蓋職名章時不加職字)謹簽

第　層決行		
承辦單位	會辦單位	決行

註:1.簽署原則由左而右,由上而下,對左靠齊。

　　2.本格式為具有幕僚性質之下級機關首長簽給上級機關首長;如為內部單
　　　位簽給本機關首長,則敬陳副○長、○長及職○○○可以免去,直接依
　　　承辦單位、會辦單位及決行陳核即可。

二、制式簽範例

(一)範例一

先簽後稿,為機關內部單位簽辦用。

檔　　號：
保存年限：

（日期）

簽 於民政處

主旨：有關○○科技有限公司申請延遲簽訂「○○縣戶役政資訊系統電腦軟硬體設備維護」勞務契約一案，簽請核示。

說明：

一、依據○○科技有限公司民國○年○月○日異議申請書辦理。

二、本契約於○年○月○日開標，由該公司得標，並應於○年○月○日前辦理簽訂契約手續。現該公司因戶役政資訊系統設備數量偏多及適逢公務人員週休二日及農曆年前，故無法於急促之時間內完全瞭解各戶役政單位設備使用的情形及維護前準備工作，申請延遲簽約。

三、本縣戶役政資訊系統現仍由○○股份有限公司依據原契約繼續維護（如附件），故延遲簽約，對本系統之維護，尚無不良影響。

四、綜上所述，考量其申訴理由，擬准予該公司延遲簽約。

擬辦：奉核後發函該公司於○年○月○日辦理簽訂契約手續及繳納履約保證金，違者將以政府採購法第一百零一條第一項第七款予以處分。

第＿＿＿層決行		
承辦單位	會辦單位	決行

(二)範例二

　　機關內部單位簽辦用，此範例節錄自民國104年4月28日公布之《文書處理手冊》附錄六、公文作法釋例。

檔　　號：
保存年限：

（日期）

簽 於資訊管理處

主旨：辦理推動公文橫式書寫資訊作業研習營，簽請核判。

> 說明：
> 一、依據「公文橫式書寫資訊作業實施計畫」第五點實施方式暨推動時程之(三)辦理。
> 二、擬訂於〇年〇月〇日假公文交換G2B2C服務中心辦理兩個場次研習營，如奉核可，擬函請各部會、縣市政府派員參加。

(三)範例三

具有幕僚性質之下級機關首長對上級機關首長簽辦用，此範例節錄自民國104年4月28日公布之《文書處理手冊》所附三段式之範例附錄六、公文作法舉例。

> 　　　　　　　　　　　　　　　　　　　　　檔　　號：
> 　　　　　　　　　　　　　　　　　　　　　保存年限：
>
> 　　　　　（日期）
> **簽**　於（機關或單位）
> 主旨：〇〇部為亞洲開發銀行請撥付亞洲蔬菜研究發展中心補助新臺幣〇〇元，擬准動支本年度第二預備金，簽請核示。
> 說明：〇〇部函為〇〇銀行以亞洲開發銀行自該行B帳戶我國繳付本國幣股本內支付亞洲蔬菜研究發展中心新臺幣〇〇元，業已先行墊撥，上項亞洲蔬菜研究發展中心補助費，本年度未列預算，既由〇〇銀行墊付，請准在〇年度第二預備金項下撥還歸墊。又本案事關涉外重要案件，特專案簽辦。
> 擬辦：准照〇〇部所請在本年度中央政府總預算第二預備金項下動支。
> 　　敬陳　　　　　　　　　　　　　　敬陳
> 副〇長　　　　　　　　　　　　　〇　長
> 〇　長　　　　　　　　　　　　　副〇長
> 職〇〇〇（蓋職章）謹簽　　　　職〇〇〇（蓋職章）謹簽

註：1.上述兩組敬陳其長官排序方式依各機關組織文化而定，惟104年4月28日之《文書處理手冊》所附之範例附錄六、公文作法舉例，係採第一組，即由小而大。

　　2.謹簽者如僅簽名時應加註：職〇〇〇謹簽。

(四)範例四

行政院研究發展考核委員會民國94年2月21日頒布，96年1月增訂。[i]

---

i　政府組織再造後，行政院研究發展考核委員會已併入國家發展委員會，以下皆同。

	檔　　號：
	保存年限：

（日期）

簽 於行政院研究發展考核委員會

主旨：擬具「推動文書版面標準方案（草案）」如附，敬請鑒核。

說明：

一、奉鈞長於○年○月○日鈞院第○○○○次會議提示：為建立各項文書標準化及規格化，請研考會統一各種文書之版面，包括字型、字體大小及行距等項，報核後頒行。

二、本會經蒐集國內外相關資料，並邀集相關主管機關開會研商後擬訂草案如附，重點臚陳如下：

(一)方案目標：整合電腦藝術與文件設計概念，強化政府文書，促使政府文件與國際及數位接軌，進行文書流程簡化及表單整併，傳達政府改革的形象。

(二)實施策略：訂定規範，分階段實施，籌組服務團提供諮詢服務，建立註冊機制，訂定文書交換標準。

(三)工作項目：94年度推動中央機關辦理，95年度推動縣市政府及中央所屬機關。

(四)計畫之執行與管考：各機關得依據本方案編訂推動計畫據以執行；並由本會負責協調工作，每季定期檢討執行成效。

擬辦：以院函分行各相關機關辦理。

　　敬請 秘書長 轉陳

副院長

院　長

職○○○（蓋職章）謹簽

(五)範例五

　　下級機關首長簽給上級機關首長之制式簽。

	檔　　號：
	保存年限：

（日期）

簽 於○○部

主旨：謹將本院第〇屆考試委員任期屆滿未再續任者，擬均頒給一等功績獎
　　　章事宜，簽請核示。

說明：

一、頒給對象：以本院第〇屆考試委員任期屆滿未再續任者為頒給對象經
　　　查計有〇委員〇〇、〇委員〇〇、〇委員〇〇、〇委員〇〇、〇委員
　　　〇〇、〇委員〇〇、〇委員〇〇等〇人。

二、頒給依據：（引據）依獎章條例第三條第一款規定「主持重大計畫或
　　　執行重要政策，成效卓著者」得頒給功績獎章。（申述）上述本院考
　　　試委員在任內均分別主持重大施政計畫、執行重要政策及擔任各類考
　　　試之典試委員長、主持各項法案之審查會等；對考銓業務建樹良多，
　　　功績卓著，符合上開條款之規定，（歸結）應可頒給功績獎章。（引
　　　據）又依同條例第八條：「功績獎章……，由各管院核定，並由院長
　　　頒給之。」（歸結）是以，本院所屬人員功績獎章之核頒，係屬鈞長
　　　權責。

三、頒給等別：（引據）另依獎章條例第六條規定：功績獎章分一等、二
　　　等、三等，初次頒給三等，但情形特殊者不在此限。（申述）本院考
　　　試委員均係特任官，功績卓著，情況特殊，（歸結）故依規定得頒給
　　　一等功績獎章。

擬辦：

一、為表彰〇考試委員〇〇等〇人，對考銓業務之貢獻，擬均頒給一等功
　　　績獎章。

二、有關頒獎事宜，謹研擬如次：

　　(一)時間：〇年〇月〇日（星期〇）〇午〇時〇分（即本屆最後一次
　　　　　院會前三十分）。

　　(二)觀禮人員：本院副院長、考試委員、秘書長暨所屬各部會正副首
　　　　　長、一級單位主管等共約〇人，另邀請各傳播媒體記者到場觀禮
　　　　　並報導。

三、有關頒獎地點、頒獎方式、受獎人功績事實之陳報、受獎人及觀禮人
　　　之通知、報到、接待、會場布置、攝影、新聞報導、襄儀及司儀人選
　　　等，擬請鈞院秘書處及人事室負責辦理。

　　　敬陳

副院長

院　長

職〇〇〇（簽名或蓋職章，如蓋職名章時不加職字）謹簽

(六)以制式簽辦理

簽稿併陳，函稿省略文書管理項目。

（日期）

簽 於○○局

主旨：有關「○○企業社」代表人○○○君於本（104）年4月25日提出「違反消防法案件改善計畫書」，申請依○○市辦理供公眾使用建築物消防安全設備改善期限展延審核基準規定，將改善期限展延至本年5月30日一案，簽請核示。

說明：

一、依「○○企業社」代表人○○○君民國104年4月25日「違反消防法案件改善計畫書」辦理。

二、（引據）查本市辦理供公眾使用建築物消防安全設備改善期限展延審核基準第八點規定，維修經費龐大且籌措困難或須分次改善者—缺失為一項系統設備，得以開具限改單之到期日期為起算日，准予45日以內期限改善。

三、（申述）本案位址○○區○○路○號，經本局安檢小組104年4月15日檢查開具期限改善通知單NO.○號，限改期限至104年5月9日止。茲因○君提出「違反消防法案件改善計畫書」，詳實填寫基本資料及相關缺失預定改善期程，並委由○○消防工程企業有限公司估價、維修。由於該場所排煙設備之閘門屬特殊規格，工廠訂貨需較久時間為由，提出申請展延改善期限至旨揭期限改善完成，本案申請展延改善期限至104年5月30日。

四、（歸結）以本局開具限改單之到期日（5月9日）僅計展延22日，未逾45日之限期，故符合展延審核基準規定。

擬辦：函發○君同意准予展延至104年5月30日，屆期複查後仍不符法令規定，將依消防法第三十七條規定處罰。

○○市政府消防局函（稿）

主旨：臺端申請「○○企業社」消防安全設備展延至104年5月30案，本局同意辦理，復請查照。

說明：

一、復臺端104年4月25日「違反消防法案件改善計畫書」。

二、本案經審核結果符合「本市辦理供公眾使用建築物消防安全設備改善期限展延審核基準」規定，同意改善期限展延至旨揭日期，屆期將派員至貴場所進行複查，如複查後仍不符法令規定，將依消防法第三十七條規定處罰。

三、改善期間請注意平時用火、用電安全並加強防制縱火等預防措施，以維護公共安全。

局長○○○

三、便條簽之範例

(一)非制式簽（簽稿併陳）

一、○○市民○○○先生○年○月○日致○院長函，檢送十份自製之時事封，請院長惠賜簽名，俾利保存一案。

二、查○君自製之時事封係將院長○至○年間出席相關活動之剪報黏貼於信封，並附郵票及○○郵局章戳。本案係○君首次以郵寄信函方式索取院長簽名，前兩次（○、○年）在院長至○○公開場合親向院長請求簽名。

三、鑑於民眾來函請求院長簽名之案件尚無例可循，如予簽名，嗣後類此案件恐將增加，且民眾身分難以查證，亦有流於詐騙案件使用工具之虞，爰擬予以婉復並檢還信封，可否？敬請

鈞核

(二)以條列式便條簽辦理

簽稿併陳，以第119頁之「(六)以制式簽辦理」例改為條列式便條簽，函（稿）相同者，從略。

一、有關「○○企業社」代表人○○○君「違反消防法案件改善計畫書」，申請消防安全設備改善期限展延至104年5月30日一案。

二、（引據）查本市辦理供公眾使用建築物消防安全設備改善期限展延審核基準規定，維修經費龐大且籌措困難或須分次改善者一缺失為一項系統設備，得以開具限改單之到期日期為起算日，准予45日以內期限改善。

三、（申述）本案場所位址：○區○○路○號，經本局檢小組104年4月15日檢查開具期限改善通知單NO.○號，限改期限至104年5月9日止。○君於4月25日提出「違反消防法案件改善計畫書」已詳實填寫基本資料及相關缺失預定改善期程，委由○○消防工程企業有限公司估價、維修。

由於該場所排煙設備之閘門屬特殊規格，工廠訂貨需較久時間為由，提出申請展延改善期限至旨揭期限改善完成，本案申請展延改善期限至104年5月30日，以本局開具限改單之到期日（5月9日）僅計展延22日，（歸結）故符合展延審核基準規定。

四、本案擬函發○君同意准予展延至104年5月30日，屆期複查後仍不符法令規定，將依消防法第三十七條規定處罰，當否？簽稿併陳，請核示。

○○市政府消防局函（稿）

（同第119頁，從略）

第二節　簽與稿之關連

壹、簽與稿處理方式

公文經由承辦人員擬辦（寫簽）、送會相關單位、陳請各級長官核閱、並經各機關長官或依各機關分層負責表規定之授權長官核定後即可歸檔結案者，實務上稱為「只簽不稿」；至於須以機關名義對外行文者，其簽與稿之關係如下：

1、**先簽後稿**：有關政策性或重大興革案件、重要人事案件、其他性質重要必須先行簽請核定之案件、牽涉較廣會商未獲結論案件，或擬提決策會議討論案件，應先簽報首長核准後，再行據以辦理公文稿後再發文，而於公文稿面上加註「先簽後稿」。其置放順序為：對方來文置於最下面，經首長核准之簽置於中間，上面再置放「公文稿」。

2、**簽稿併陳**：文稿內容須另為說明或對以往處理情形需酌加析述之案件、依法准駁但案情特殊須加說明之案件、須限時辦發不及先行請示之案件。此時將「簽與文稿」同時陳閱，方便長官瞭解案情，據以判發，以提升公文處理效率，稱為「簽稿併陳」。故須於稿面或主旨之請示用語之前，加註「簽稿併陳」。其置放順序為：對方來文置於最下面，所辦之公文稿置於中間，最上面置放「簽」。

3、**以稿代簽**：一般案情簡單或例行承轉之案件。此時直接辦稿陳核判後繕發，不需另行上簽者，稱為「以稿代簽」，應在稿面註明「以稿代簽」字樣。其置放順序為：對方來文置於最下面，最上面置放所辦之

「公文稿」。

貳、稿之撰擬要領

稿是承辦人所撰擬之公文「草稿」或「稿本」。撰擬各類公文，除表格化公文外，應使用「制式化公文稿」，依照各種文別格式與結構製作。如有來文（包括附件）、長官書面或口頭指示，或之前經核批之簽，應加附於文稿之後，依照分層負責規定授權，或由機關首長或被授權者判行（發）後，方可將簽據以轉化製發「公文稿」。稿之撰擬除應按「文別」應採之結構撰擬，並參考第三章函或書函外，其要領如下：

1、按行文事項之性質選用公文文別，如「令」、「函」、「書函」、「公告」或其他公文等。

2、公文稿除按規定結構撰擬外，應注意下列事項：

(1)訂有辦理或復文期限者，請在「主旨」內敘明（即公文流程管理所稱之「限期公文」）。

(2)概括之期望語「請核示」、「請查照」、「請照辦」等，須列入「主旨」段，不可在「辦法」段內重複；至具體詳細要求有所作為時，則列入「辦法」段內。

(3)「說明」、「辦法」分項條列時，每項表達一意。

(4)文末首長簽署，於敘稿時，為簡化及尊敬起見，首長職銜之右僅書「姓」，名字則以「○○」表示。

(5)須以副本分行者，在「副本」項下列明；如要求副本收受者作為時，則在「說明」段內最後一項列明，註明配合辦理何事；副本收受欄只能加註含附件或不含附件。

(6)如有附件，則敘述附件在何處或名稱及份數。

參、擬稿應注意事項

1、引敘原文其直接語氣均須改為間接語氣，如「貴」、「鈞」等字，請改為「本」、「該」等。

2、法律或法規命令之制（訂）定、修正，於發布或轉發時，須於法規名

稱之下註明公（發）布、核定或修正日期及文號。

3、擬辦復文或轉文之稿件，須將來文機關之發文日期及字號敘入，俾便查考。

4、文稿中正副本機關有多個機關名稱同時出現時，按照機關順序依序排列；中央機關與地方機關並列時，中央機關在前，地方機關在後；機關與人名並列時，機關在前，人名在後。本機關（單位）則殿後。

5、文或稿有兩頁以上者須裝訂妥當，並於騎縫處蓋（印）騎縫章或職名章，同時於每頁加註頁碼。

6、簽之「於○○○」字樣，要填入承辦單位或撰寫者所屬機關，勿將簽辦時之地點寫入。如「於內政部」、「於行政室」，而非「於臺北市」，簽辦時間應置於簽之首列。

7、對未曾處理過的案件宜先行瞭解，應以請教先進、調卷、會商、協調、請示等方式進行。重要案件應先向主管請示處理原則後再行簽辦。

8、簽辦案件應以法令、規章或成例為依據。無依據可循時，應衡情度理或會商協調有關單位擬議。

9、對案情應深入研究、縝密考慮，力求周詳、適切可行，重要參考文件應隨簽附陳，並加圈記標示；內容應避免錯誤遺漏、主觀和偏見。文字應肯定清楚，不可模稜兩可，更不可不做任何建議，僅用「請核示」等字樣，而將責任推給主管。簽辦時亦不可因主觀或偏見而意氣用事。

10、「擬辦」須研擬具體可行之意見或解決之辦法。若有兩個可行辦法，則應撰擬兩個以上建議，以便長官選擇；如果所提意見或辦法未獲主管同意，或另有指示時，應照指示辦理。但如果與法規政策有牴觸時，應向主管申述，提請主管裁示。

11、若會文對象為其他單位或其他單位同仁，應在簽紙會文欄內標示「敬會○○單位」或「敬會○○單位○○○先生（或職稱）」等字樣；會文對象為單位內同仁，可標示「內會○○○先生（或職稱）」。

12、應預估行文時效，使能在預定時間內完成。若會辦單位較多，可將公文影印同時分送，待收齊彙整後再作綜合簽陳（又稱綜簽或統簽）；收到會文應以「最速件」辦理，並應快速退回主辦單位，或送交下一

個會文單位。

13、簽妥後依行政系統陳判。簽稿送請核判,簽中所提及相關檔案、附件、附表、單據等參考資料均應隨附。如數量較多時,除依序排列外,還要用浮貼條(見出紙)在附件的上方依序黏貼「附件一」、「附件二」等,以利長官查閱。

14、首長對直屬上級機關首長所陳之簽,簽末所加「敬陳〇〇長」字樣,〇〇長應另行抬頭,以示尊敬;如有兩人以上,應依職務高低循機關文化,「先小後大」或「先大後小」依序排列。

肆、稿面應填列事項

承辦人員在擬稿時,必須依規定斟酌案情,審慎填妥下列各項:

1、**檔號及保存年限**:依檔案法規之規定填列。

2、**文別**:按照公文程式條例之類別及《文書處理手冊》規定填列。

3、**速別**:係指希望受文機關辦理之速別填「最速件」、「速件」、「普通件」等。

4、**密等及解密條件或保密期限**:屬機密案件有四種,分別填國家機密保護法之「絕對機密」、「極機密」、「機密」等三種,及一般公務機關業務機密之「密」,其解密條件或保密期限於其後以括弧註記;如非機密案件,則不必填列(留空)。

5、**附件**:書明名稱及數量或其他有關字樣。

6、**正本或副本**:分別依序書明全銜,或以明確之總稱概括表示;其地址非眾所周知者,要特別註明。機關內部得以加發「抄本」之方式處理。

7、**承辦單位**:於稿面適當位置註明與決策者最接近之承辦單位名稱。

8、**承辦人員**:由承辦人員於稿面適當位置簽名或蓋職名章,並註明辦稿之月日時分(例:1005/1530)。

9、**收文日期字號**:於稿面適當位置列明「收文日期字號」,如數件併辦者,應將各件之收文號一併填入(各收文亦一併附於文稿之後),如為無收文之創稿,則先取文號。

伍、稿面特殊註明事項

由承辦人員斟酌案情需要，於稿面適當處予以註明：

1、刊登電子公布欄、公報或通訊。
2、登報或公告，註明刊登報名、位置、字體大小、日期或揭示地點。
3、有時間性之文件，指明繕印發出或送達時間。
4、會銜稿件，書明各會銜機關抽存之份數。
5、發後補判或先發後會之註明。
6、指定寄遞方法或投遞人，並按公文內容、性質，選取電子交換方式。
7、指定公文收受人員或拆封之人員。
8、為提升公務溝通效率，承辦人員須於文稿中述明聯絡方式。

陸、擬稿其他注意事項

1、緊急事項得先以電話或電子郵件洽辦，隨即補具公文。
2、各機關如有請示案件，按其性質請主管單位研提意見。
3、簽稿送請核判如須附送參考資料或檔案且數量較多時，除標明附件號數外，並將重要處斜摺，露出上端或加籤條，以利查閱。
4、公文書或附件如係屬發文通報周知或需要收文機關轉發者，以登載於電子公布欄為原則，附件以電子文件方式處理，避免層層轉送。
5、登載於電子公布欄之資訊，如對某些特定對象有所影響，或需其有所作為者，可另以書函或電子郵遞方式告知訊息，以利其配合辦理，訊息中須明確告知登載之位址及內容概要。
6、承辦人員對適宜長期對外宣告之公文或其相關附件資料，應洽網站管理人員長期登載或定時更新。
7、來文內有極顯明之錯誤字句，應電洽改正，或於抄發時在文旁改正，如摘敘入稿，則應逕行改正或避免錯誤之字句。

柒、會稿應注意事項

1、凡先簽後稿之案件已於擬辦時會核者，於長官核定後，如稿內所敘與會核時並無出入，得不再送會，以節省時間及簡化公文流程。

2、各單位於其他單位送會之負責簽稿,如有意見應即提出,如未提出意見,一經會簽即認為同意,應共同負責。

3、會稿單位對於文稿有不同意見時,應退由主辦單位再綜合彙整修改後,再送長官決定,會銜者亦同。

4、非政策性之緊急文稿,為爭取時效,得先發後會。

捌、回稿、清稿應注意事項

1、稿件於送會或陳判過程中,如改動較多或較為重大,或有其他原因者,會核或核決人員宜回稿,將稿件退回原承辦人員閱後,再行送繕。

2、文稿增刪修改過多者,應送還原承辦人員清稿。清稿後應將原稿附於卷宗之左,再併同陳閱核判。其已會核會簽者,不必再會核簽。

3、承辦人員辦稿時,處理附件應注意事項:

(1)附件應檢點清楚,隨稿附送。

(2)附件有兩種以上時,應分別標以附件一、附件二、……。

(3)附件除附卷者外,如係隨文附送,辦稿時,依行文對象用「檢陳」、「檢送」、「檢附」等字樣。

第三節　報告

壹、報告之定義

　　機關所屬人員於處理公務時,以書面陳述事實真相或偶發事件(如調查報告、研究報告、評估報告),請求上級瞭解;或機關所屬人員請求該機關協助解決其私人問題時,得使用「報告」為之,故「報告」屬上行文。

貳、報告之適用範圍

1、公務用報告,如調查報告、研究報告、評估報告等。

2、機關所屬人員就個人私務有所陳報時使用,一般適用範圍如下:

(1)特殊長假,如留職停薪、出國進修、國外旅遊等使用。

(2)特殊事由,如申請調職、自願退休、發給證明、預支薪資、在職進修等。

參、報告之製作要領

1、公務有關之報告以採用制式簽所用之分段式為原則，即「主旨」、「說明」、「擬辦」或「請求」，但亦可採用便條簽之條列式。

2、私事有關之報告以採用便條簽之條列式為原則，亦可採用制式簽之分段式。

3、三段式之段名，「擬辦」段可依需要改為「建議」或「請求」。

4、若相關資料過多，可採附件方式隨附，重要證物亦須一併隨附。

5、報告亦可依性質、需要設計該項用途之格式填報（如會議報告）。

6、報告地點之「於」何處，是要填列與決策者接近之下一層機關或單位，並非所在地點或建築物名稱。

7、受文者（即報告對象之長官）不只一位時，各級長官排列順序，視機關組織文化而定，逐級平抬排列陳核。

8、簽署者如自稱為「職」時，自稱之「職」與名字應置於同列，並且要簽名；如蓋用報告人之職名章時，則不必加「職」。

肆、報告之標準格式

```
                                              檔　　號：
                                              保存年限：
            （日期）
報告　於○○○（所在單位）
主旨：‧‧‧‧‧‧‧‧‧‧‧‧‧‧‧‧‧。
說明：
  一、‧‧‧‧‧‧‧‧‧‧‧‧‧‧‧‧。
  二、‧‧‧‧‧‧‧‧‧‧‧‧‧‧‧‧。
請求：（段名可依需要改為「建議」、「擬辦」）
  一、‧‧‧‧‧‧‧‧‧‧‧‧‧‧‧‧。
  二、‧‧‧‧‧‧‧‧‧‧‧‧‧‧‧‧。
    (一)‧‧‧‧‧‧‧‧‧‧‧‧‧‧。
    (二)‧‧‧‧‧‧‧‧‧‧‧‧‧‧。
        敬陳
副○長
○　長
職○○○（簽名）敬陳　　或○○○（蓋職名章）敬陳
```

伍、報告之範例

一、三段式報告（公務用）

	檔　　號：
	保存年限：

（日期）

報告 於衛生局

主旨：報告奉派調查本縣腸病毒傳染情形，擬請對患者隔離治療，並加強防治宣傳及消毒，是否有當？請核示。

說明：

一、職會同各鄉、鎮、市衛生所醫師及保健員前往各醫院及學校調查，發現本縣現感染腸病毒共有十二名，年齡集中在一至三歲。

二、此腸病毒係由空氣傳播，大多是由小孩感染，有幼童之家庭，其小孩彼此間很容易傳染。

擬辦：

一、已染病者十二名，擬請衛生福利部新營醫院隔離治療，並由衛生所指派保健員加強訪視及協助。

二、速派衛生局及衛生所醫務人員至受感染家庭或國小、幼稚園進行宣導防治工作，並呼籲加強洗手習慣及少進出公共場所。

三、由本局派遣消毒人員，噴灑消毒水，並協調環保部門疏通各處水溝。

　　　　　敬陳

秘書長

副縣長

縣　長

○○○（蓋職名章）敬陳

註：如以簽名方式行之，其作法為「職○○○（簽字）敬陳」。

二、條列式報告（私事用）

```
              （日期）
報告 於教務處
一、請准職自民國○年○月○日起免兼○○中心主任一職。
二、荷承厚愛，自民國○年○月○日起，委以兼任○○中心主任之重任，距
    今已歷時○載。為報知遇，自認尚能戮力以赴，而不辱所託。
三、國立○○大學○○系博士班日前放榜，有幸名列其上，為免顧此失彼，
    並能早日貢獻所學，乃敢做此報告。
四、請儘早另覓賢能接任，以便有充裕之時間完成職務交接。請核示。
職○○○（簽名）敬陳    或○○○（蓋職名章）敬
```

第四節　便簽

壹、定義

　　便簽，指機關或組織內部單位間或機關相互間在簽辦業務相互會稿時，常以便簽或A5空白紙指陳案情，徵求意見、尋求同意或爭取支持，因尚在研商階段，且屬內部或機關相互間之磋商，尚未形成正式措施，因此通常採條列式，適用結構簡單，較不拘形式的便簽。單位間相互使用便簽故屬平行文，可採條列式或敘述式。用於公務的便簽與私文書便條之功能與作法均相似，可再參閱第十章。

貳、便簽之用途

1、機關內部單位間簽辦案件徵求同意或意見之相互研商時用。
2、次級機關向共同上級機關簽辦公文時，徵求意見、尋求支持之相互磋商或照會時使用。

參、便簽格式

一、……………………（本案是什麼？）
二、……………………（請你做什麼？）
　　　　此致
○○○（單位）

　　　　　　　　○○○　敬啟
　　　　　　　民國○年○月○日

肆、便簽製作範例

一、條列式

一、本校第○次校務會議，已修正通過貴中心組織規程，茲經整理完竣，特
　　檢附修正後規程如附件。
二、請惠予檢視，於本月○日以前交還本室，俾陳報教育部備查。
　　　　此致
○○創新育成中心

　　　　　　人事室○○○（或人事室圓戳）敬啟
　　　　　　　　　民國○年○月○日

二、敘述式

有關本府文書處理實施要點擬以加印本府公報（數量）本之方式分發各機關
學校參用，是否合於本府公報印製合約之規範，請惠示卓見，俾便憑辦。
　　　　此致
第○組

　　　　　　○○組○○○敬啟
　　　　　　　　民國○年○月○日

第六章　法　規

第一節　法規的意義與特質

「民主」與「法治」是一體的兩面，如影隨形，民主政治必須依法行政，而所謂依法，就是依照法律規章，共同遵守，藉以約束機關、團體、學校及人類社會間的行為。因此所謂「法規」就是指「法律」及「規章」，規章又稱「命令」，所以法規又稱「法令」。

根據「中央法規標準法」第2條規定：「法律得定名為法、律、條例或通則。」又第3條規定：「各機關發布之命令，得依其性質，稱**規程**、**規則**、**細則**、**辦法**、**綱要**、**標準**或**準則**。」又第4條規定：「法律應經立法院通過，總統公布。」因此所指法律規章，名稱繁雜，功能不一，廣義的法規，吾人可以大概分為**條約**、**法律**和**行政法規**三大類，總稱為「**法規**」。條約或國際公約須外交官員循國際社會外交途徑訂立；法律則由立法機關依立法程序制定，雖撰擬方法、原則、用語、結構類同，但為免篇幅太大，故均不列入本文討論範圍之內。

以法正人曰「規」，《書》〈胤征〉：「官師相規。」故規字有法度、成例之意。「章」就是章程，《國語》〈周語〉：「將以講事成章。」又做表明，如《書》〈堯典〉：「平章百姓。」《孔子家語》〈曲禮子貢問〉：「上下有章。」依據「行政程序法」第150條第1項規定：「本法所稱法規命令，係指行政機關基於法律授權，對多數不特定人民就一般事項所作抽象之對外發生法律效果之規定。」同條第2項又規定：「法規命令之內容應明列其法律授權之依據，並不得逾越法律授權之範圍與立法精神。」

由法規的意義，可以引申出**法規的特質**如下：

1、必須見諸文字，以書面記載並頒行於世。
2、必須分條列舉其內容，並依照法律統一用語、用字表達。
3、不得與國家憲法及法律相牴觸。
4、必須由機關、學校或團體按法定程序訂定或修改。
5、具有強制效力，一經通過並發布實施，則必須官師相規，一體遵行信守。

第二節　法規的種類與內容

　　法規的種類繁多，依「中央法規標準法」第5條規定：「下列事項應以法律定之：一、憲法或法律有明文規定，應以法律定之者。二、關於人民之權利、義務者。三、關於國家各機關之組織者；四、其他重要事項之應以法律定之者。」此外又依第3條規定及目前機關、學校或團體間較常應用的除法、律、條例、通則等四種之法律位階由立法院通過，總統公布者外，其餘由行政機關本於職權或法律授權的有下列兩大類：

壹、中央法規標準法的命令

一、規程

　　「規程」為命令之一種，兼有章程和規則二者之功能。最常見的有釐訂組織制度或處理行政程序法規，具有宣示性、指導性及紀律性，規定應為與不應為之事項，如「中央研究院研究所委員會組織規程」及「職業學校規程」。

二、規則

　　「規則」亦為命令的一種，其作用在規定應為及不應為的事項，具有嚴謹的紀律性，純粹立於上對下的關係。「規則」與前述「章程」或「規程」之性質有別，一般說來，「章程」與「規程」較注重積極性的施行事項；「規則」則兼顧消極性的避免事項，如「公務人員請假規則」及「旅行業管理規則」。

三、細則

　　「細則」為法、律、條例或通則的詳釋，係以詳細周密的條文，依據法律條文旨意，逐項說明其施行手續。又可分為兩種：(1)**施行細則**：如「公務人員任用法施行細則」，即係根據「公務人員任用法」逐項詳釋；(2)**辦事細則**：如「行政院農業委員會辦事細則」，即係依「行政院農業委員會組織條例」、「行政程序法」及相關規定訂定。辦事細則亦稱「職務規程」或「服務規程」，旨在規範機關、團體內部組織及辦事手續。

四、辦法

　　「辦法」係針對某事項，直接指示其辦理方法。凡各種法規中規定有施行

事項，而在法規中並未訂明詳細辦法者，皆可另訂「辦法」，此為行政命令之一，如「行政院禁止所屬公務人員贈受財物及接受招待辦法」及「機關公文傳真作業辦法」。

五、綱要

「綱要」又稱「綱領」或「大綱」，係將某種事項，提綱挈領，予以扼要概括之規定。其內容側重於重大條款而不及細目，與「細則」性質相反，如「○○○○黨現階段勞工政策綱要」、「十二年國民基本教育課程綱要」及「建國大綱」。

六、標準

「標準」係對某一特定事項，標明尺度、準繩，以為處理之依據的法規，如「山坡地土地可利用限度分類標準」、「專門職業及技術人員考試體格檢查標準」及「空氣品質標準」。

七、準則

「準則」是規定某種事項實施之準據、範式或程序的法規，與法律位階的「通則」有異曲同工之效，如「臺灣省鄉鎮縣轄市公所組織規程準則」、「工業安全衛生標示設置準則」及「臺中市行政規則準則」。

貳、行政程序法的行政規則

一、章程

「章程」為機關、團體為規定其基本事項，如組織、任務、權利、義務及全部計畫與進行程序的法規，對內具有規範指導性，對外具有宣示性，如「中華民國公共事務學會臺灣省分會章程」、「鴻海精密工業股份有限公司章程」。

二、規約

「規約」亦稱「公約」，為機關、團體中的成員，為了互相遵守某種規範，藉以平衡權利與義務而訂立的法規。規約與規則不同之處，係「規則」為立於上對下的關係；而「規約」則是訂立者雙方立於平等地位共同訂定、共同

遵守，如「國立○○高級中學教師服務規約」及「○○公寓大廈規約」。

三、簡章

「簡章」與「章程」性質相同，但時效不同，章程較具永久性，簡章則事寢即廢，可將「章程」的重要條文用簡單文字，摘要錄成簡單法規。如「私立○○大學○○學年度招考博士班研究生簡章」。

四、簡則

「簡則」係指簡單的章程或規則，是機關、團體或學校對某一單位的組織及職掌所訂的法規，如「國立○○大學員工福利委員會組織簡則」。

五、須知

「須知」係為使人對於某項事務之程序及辦法知所遵行者，與「辦法」有相輔作用，如「制定非都市土地使用分區圖及編定各種使用地作業須知」、「國民生活須知」及「地段圖印發須知」。

六、程序

「程序」係為規定辦事之手續，分別輕重緩急，決定先後秩序，以書面訂立之條款，如「農產專業區設置計畫提送與審核程序」、「○○大學新生入學註冊程序」。

七、要點

「要點」是明確列載某特定事項應行注意的重要關鍵及處理辦法的法規，如「綜合所得稅退稅實施直接劃撥作業要點」、「高爾夫球場使用農業用地審查要點」及「東部海岸國家風景特定區秀姑巒溪河域遊憩活動管理作業要點」。

上述前七種為「中央法規標準法」第3條規定之命令種類，後七種在性質上可歸類為「行政程序法」第159條所稱的「行政規則」，係指上級機關對下級機關，或長官對屬官，依其權限或職權為規範機關內部秩序及運作，所為非直接對外發生規範效力之一般、抽象之規定。行政規則包括：(1)關於機關內部之組織、事務之分配、業務處理方式、人事管理等一般性規定；(2)為協助下級

機關或屬官統一解釋法令、認定事實及行使裁量權而訂頒之解釋性規定及裁量基準。其種類除前述七種行政規則外，其他如「**規範**」、「**注意事項**」、「**實施計畫**」、「**實施方案**」、「**作業規定**」、「**實施原則**」、「**改革方案**」、「**改進事項**」等名稱，常見於政府文書，因事立名，不勝枚舉，公務人員如能明白法規用語與作法，自可隅反。

第三節　法規的用語

壹、法規用語詞性析釋

　　法規具有法律性、規範性的作用，其用語與法律相同，必須嚴謹、明確、肯定、具體，不可含糊，否則一字之差，經常產生曲解。茲將常用的術語列舉說明如下：

1、「**應**」：「應」作「應當」、「非如此不可」的意思，為肯定語氣，毫無通融餘地。例如山坡地保育利用條例：「在山坡地為下列經營或使用，其土地之經營人、使用人或所有人，於其經營或使用範圍內，應實施水土保持之處理與維護……。」

2、「**得**」：「得」是「可以」，有允許之意，即在某條件下，可以這樣做，但無強制性。例如公職人員選舉罷免法：「選舉人年滿二十三歲，得於其行使選舉權之選舉區登記為公職人員候選人。」

3、「**不得**」：「不得」是「得」的反面，為否定語詞，肯定「絕對不可以如此」。例如公務員服務法：「公務員應誠實清廉，謹慎勤勉，不得有驕恣貪惰，奢侈放蕩，及冶遊賭博，吸食菸毒等，足以損失名譽之行為。」

4、「**凡**」：「凡」是泛指一切人、事、物、時、地，或法規所指對象而言。例如中華民國公共事務學會章程：「凡贊成本會宗旨之公共團體，經理事會審查通過，得加入本會為團體會員，並派代表一人參加本會各種活動。」

5、「**均**」：「均」是「都」的意思，即凡是有幾種情形而產生一種結果予以同等看待時使用。例如印信條例：「形式：國璽為正方形，國徽鈕；印、職章均為直柄式正方形；關防、圖記均為直柄式長方形。但

牙質職章為立體式正方形。」

6、「各」：「各」對兩個或兩個以上的人、時、事、地、物等對象予以同等看待而個別敘述時使用。例如公務人員考試法：「中華民國國民，年滿十八歲，具有本法所定應考資格者，得應本法之考試。但有下列各款情事之一者，不得應考……。」

7、「但」：「但」表示「例外」的意思，通常稱為「但書」，即原則上已經規定，可是還有例外情況時使用。例如中央法規標準法：「法規定有施行期限者，期滿當然廢止，不適用前條之規定。但應由主管機關公告之。」

8、「除……外」：「除……外」為兩面俱到之規定用語。例如土地登記規則：「土地登記，除本規則另有規定外，應由權利人及義務人會同申請之。」

9、「須」：「須」是「必須」，與「應」相若，為語氣較為委婉之肯定語。例如機關公文傳真作業辦法：「各機關對於內容涉及重要事項，須迅予處理之公文，得以先行傳真，事後應即補送原件之方式處理，並於文面註明。」

10、「及」、「並」：「及」有「以及」之意；「並」有「並且」之意，凡連舉數個應備項目時用之。例如旅行業管理規則：「旅行業之設立、變更或解散登記、發照、經營管理、獎勵、處罰、經理人及從業人員之管理、訓練等事項，由交通部委任交通部觀光局執行之；其委任事項及法規依據應公告並刊登政府公報或新聞紙。」

11、「或」：「或」有「具此不必具彼」之意。例如文化資產保存法施行細則：「關於古物之評鑑、審議事項，教育部得委託文化學術機構或專家學者辦理之。」

12、「經」、「由」：凡是職權屬於某一特定人物或機關者用「由」，例如國家賠償法：「本法施行細則，由行政院定之。」也可用「經」，例如印信條例：「經總統府製發印或關防之機關首、次長，得製發職章……。」

13、「時」、「即」、「應即」：「時」、「即」、「應即」均為時間上用語。在指出某種情形用「時」，例如道路交通管理處罰條例：「前項汽車駕駛人肇事時……。」在事情不可拖延辦理時用「即」，例如學校教

職員退休條例施行細則：「應即退休人員，服務學校未代報請退休或未報請延長服務者……。」如時間上更為緊急時用「立即」或「應即」，例如道路交通管理處罰條例：「臨時停車：指車輛因上、下人、客，裝卸物品，其引擎未熄火，停止時間未滿三分鐘，保持立即行駛之狀態。」以及「汽車駕駛人，駕駛汽車肇事致人受傷或死亡，應即採取救護或其他必要措施。」

14、「**設**」、「**置**」：成立機構、組織用「設」，編制員額用「置」。例如交通部觀光局組織條例：「本局設人事室，置主任一人，職務列荐任第九職等至簡任第十職等，依法辦理人事管理事項。」

15、「**稱……者**」：定義某特定名詞時用之。例如「預算法」第5條前段：「稱經費者，謂依法定用途與條件得支用之金額。」

16、「**準用**」、「**適用**」：情形並不完全相同而比照引用時使用「準用」，例如公職人員選舉罷免法：「選舉、罷免訴訟程序，除本法規定者外，準用民事訴訟法之規定。」如情況完全適合應用此一法規時，使用「適用」，例如公務人員任用法：「依法應適用本法之機關，其組織法規與本法牴觸者，應適用本法。」第38條：「本法除第26條、第26條之1及第28條規定外，於政務人員不適用之。」

17、「**其他**」：凡列舉不盡或不能確定之事項，用「其他」概括之。例如公務人員任用法施行細則：「前項所稱各機關，指下列之機關、學校及機構……七、其他依法組織之機關。」

18、「**施行**」：「施行」即執行或實行的意思。例如機關公文電子交換作業辦法：「本辦法自發布日施行。」

19、「**遇**」、「**遇……時**」：「遇」、「遇……時」與「除……外」類似，惟可以規定例外及增加項目。例如勞工請假規則：「勞工請假時，應於事前親自以口頭或書面敘明請假理由及日數。但遇有急病或緊急事故，得委託他人代辦請假手續。」

20、「**必要時**」：「必要時」與「遇……時」類似，均屬前提假設。例如國民教育法：「國民小學及國民中學教師應為專任。但必要時，得依法聘請兼任教師，或聘請具有特定科目、領域專長人員，以部分時間擔任教學支援工作。」

21、「**視同**」：「視同」表示與所規定之事項予以同等看待。例如基層農

　　會章程範例：「本會總幹事及聘、雇人員……如有競選公職，一經當選就職，視同辭職，予以解任。」

貳、立法慣用語詞及標點符號

　　撰擬法規除須參考法律統一用字表與法律統一用語表（**附錄三**），以及標點符號用法表（**附錄二**）之外，下列兩點在實際作業時也須特別加以注意：

一、慣用語詞

1、條文中如僅有一連接詞時，須用「及」字；如有兩個連接詞時，則上用「與」字，下用「及」字；不用「暨」字作為連接詞。

2、條文中之「縣市政府」改為「縣（市）政府」；將「鄉、鎮公所」改為「鄉（鎮）公所」；將「鄉、鎮（縣轄市）公所」改為「鄉（鎮、市）公所」；將「鄉、鎮（市）、區公所」改為「鄉（鎮、市、區）公所」。

3、引用他處條文，其條次係連續者，則用「至」字代替中間條次，例如「第3條、第4條、第5條」，改為「第3條至第5條」。項、款、目之引用準此。

4、條文中「第○條之規定」字樣，刪除「之」字，改為「第○條規定」，項、款、目準此。

二、標點符號

1、標題不使用標點符號。

2、有「但書」之條文，「但」字上之標點使用句號「。」。

3、「及」字為連接詞時，「及」字上之標點刪除。又連續舉兩個以上之詞語時，「及」用在最後，其餘用頓號「、」，如「臺北、臺中及臺南等」。

4、「其」字為代名詞時，其上用分號「；」，如「……；其組織以法律定之」。

5、其他標點符號與其正確用法，請參見**附錄二**。

第四節　法規的作法

法規的作法，包括一般機關及地方自治機關的公布或發布，除參考第二章第一節之外，其餘還要注意下列五大要領：

壹、根據法令

草擬法規必須根據法令，方不致有所牴觸而窒礙難行。根據「中華民國憲法」第171條第1項：「法律與憲法牴觸者無效。」第172條：「命令與憲法或法律牴觸者無效。」「中央法規標準法」第11條：「法律不得牴觸憲法，命令不得牴觸憲法或法律，下級機關訂定之命令不得牴觸上級機關之命令。」所謂**不得牴觸**，其意思就是要絕對的遵行。因此擬訂法規需要有憑有據，要瞻前顧後，庶免頒布後頻頻修訂，或讓人有政出多門、無所適從之感。

貳、考慮周密

擬訂法規，目的在增進行政效率，因此草擬之前必須對下列各點詳加考慮；(1)**把握政策目標**；(2)**確立可行作法**；(3)**提列規定事項**；(4)**檢查現行法規**。根據行政院「中央行政機關法制作業應注意事項」第1章第2節第1款之規定：「法規應規定之事項，須有完整而成熟之具體構想，以免應予明定之事項，由於尚無具體構想而委諸於另行規定，以致法規施行後不能貫徹執行；草擬時，涉及相關機關權責者，應會商有關機關；必要時，並應諮詢專家學者之意見或召開研討會、公聽會；有增加地方自治團體員額或經費負擔者，應與地方自治團體協商；對於法案衝擊影響層面及其範圍，亦應有完整之評估。」

參、確定名稱

法規名稱要措詞簡練，音節響亮，體系分明，因此必須顧及以下四項要素：(1)**制定機關或團體**；(2)**施行的效用**；(3)**適用對象或範圍**；(4)**法規的類別**。法規種類繁多，其內容已如前介紹。為使法規名稱適當，茲再舉「中央行政機關法制作業應注意事項」之分類方法供作參考：

1、法律，有下列四種：

(1)**法**：屬於全國性、一般性或長期性事項之規定者稱之。

(2)**律**：屬於戰時軍事機關特殊事項之規定者稱之。

(3)**條例**：屬於地區性、專門性、特殊性或臨時性事項之規定者稱之。

(4)**通則**：屬於同一類事項共通適用之原則或組織之規定者稱之。

2、命令，又稱規章、行政命令、行政規章，有下列七種：

(1)**規程**：屬於規定機關組織、處務準據者稱之。

(2)**規則**：屬於規定應行遵守或應行照辦之事項者稱之。

(3)**細則**：屬於規定法律施行之細節性、技術性、程序性事項或就法律另作補充解釋者稱之。

(4)**辦法**：屬於規定辦理事務之方法、權限或權責者稱之。

(5)**綱要**：屬於規定一定原則或要項者稱之。

(6)**標準**：屬於規定一定程度、規格或條件者稱之。

(7)**準則**：屬於規定作為之準據、範式或程序者稱之。

肆、格式正確

草擬法規必須遵守法規固定格式，依據「中央法規標準法」第8條：「法規條文應**分條書寫**，冠以『**第某條**』字樣，並得分為**項、款、目**。項不冠數字，空二字書寫，款冠以一、二、三等數字，目冠以(一)、(二)、(三)等數字，並應加具標點符號。前項所定之目再細分者，冠以1、2、3等數字，並稱為第某目之1、2、3。」又同法第9條：「法規內容繁複或條文較多者，得劃分為**第某編、第某章、第某節、第某款、第某目**。」「編」之序數依法規首尾自成起訖；「章」之序數依「編」為起訖，無「編」者，「章」依法規首尾自成起訖；「節」之序數依「章」為起訖。任何法規的章節，不論分為多少層級，「條」的編號是依法規所有內容，從頭到尾，流水編列，連續不斷。

「中央法規標準法」第10條規定：「修正法規廢止少數條文時，得保留所廢條文之條次，並於其下加括弧，註明『刪除』二字。修正法規增加少數條文時，得將增加之條文，列在適當條文之後，冠以前條『之一』、『之二』等條次。廢止或增加編、章、節、款、目時，準用前二項之規定。」

也有將法規分為「**總則**」、「**分則**」、「**附則**」三部分，凡法規的根據、定名、宗旨及會址等共同事項，大多列在「總則」部分；各種特殊事項，必須

分別提列的如會員、組織、職權、任期、會期以及經費等個別事項，大多列在「分則」部分；本法規的通過、發布施行及修改程序等法規效用事項，大多在「附則」部分。內容簡短的法規，不必標明「總則」、「分則」及「附則」，但撰擬時仍須按此三者順序草擬。規劃法規格式或結構，應斟酌事實需要，其內容簡單者，用「條」之一級即可，如何編訂安排，務須在撰寫時先行規劃衡量，以條理清晰、脈絡分明為宜。

伍、語意簡明

立法用語與用字固定，已如前述，草擬時必須妥為引用。敘述內容要據事直書，言簡意賅，明確具體，只求觀者明瞭，不求藻飾典麗。語氣肯定，凡「或許」、「大概」、「容或」、「似宜」等模稜兩可文字，或鄉土俚語，皆不可用，否則影響公信力與公權力，失去訂定法規的效用。目前政府機關在電腦網路上都有專屬法規網站，應注意法規內容的更新與格式編排的正確，才能獲致法令宣導的效果。

第五節　法規舉例

壹、規程

臺灣省文獻委員會暫行組織規程已於民國91年12月11日刪除，臺灣省文獻委員會亦已於民國91年1月1日改隸為國史館，並更名為國史館臺灣文獻館，今以其組織規程為例，列舉說明。

臺灣省文獻委員會暫行組織規程

行政院民國○年○月○日臺○○內字第○○○號函核定

第1條　本規程依臺灣省政府暫行組織規程第十三條規定訂定之。

第2條　臺灣省文獻委員會（以下簡稱本會）設三組一室，分別掌理下列事項：

一、編輯組：檔案及珍藏史籍編譯研究出版；專題史與各種有關臺灣史主題研究、編輯、出版；辦理學術交流活動、研討會、座談

會；本會定期性刊物之編印發行及其他交辦事項。

二、採集組：圖書、期刊、手稿、古文書、圖片、地圖等史料採拓；採訪口述歷史、蒐藏、整理民俗文物等非文字史料及其他交辦事項。

三、整理組：檔案、圖書等文獻資料整理、登錄、編目、典藏、閱覽、諮詢服務；史料保存、裱褙、裝訂、維護與運用及其他交辦事項。

四、總務室：印信、文書、管考、庶務、出納、財產管理、事務、出版品管理、營繕、空調、水電維護、警衛、公共空間、工友管理及其他不屬各組、室之事項。

第3條　本會置主任委員一人，承省主席之命，綜理會務，並指揮監督所屬員工；置副主任委員一人，襄理會務。

第4條　本會置委員五人，負責研究發展工作；並得聘請學者、專家、有關機關人員若干人為兼任委員及兼任顧問，加強文獻史料之蒐集、研究。
前項兼任委員、兼任顧問均為無給職。但非屬本機關人員兼任者，得依規定支領交通費。

第5條　本會置秘書、編纂、組長、主任、專員、組員、辦事員、書記。

第6條　本會置人事管理員、助理員，依法辦理人事管理事項。

第7條　本會設會計室，置會計主任、佐理員，依法辦理歲計、會計及統計事項。

第8條　本規程所列各職稱之官等、職等及員額，另以暫行編制表定之。
各職稱之職等，依職務列等表之規定。

第9條　本會委員會議，每個月舉行一次，必要時得開臨時會議，由主任委員召集並擔任主席；主任委員因故不能出席時，由副主任委員擔任主席。

第10條　本會分層負責明細表由本會訂定，報請臺灣省政府備查。

第11條　本規程自中華民國八十八年七月一日施行。

貳、規則

公務人員請假規則

民國○年○月○日考試院考臺組貳一字第○○○號令、
行政院院授人考字第○○○號令會銜修正發布

第1條　本規則依公務員服務法第十二條規定訂定之。

第2條　本規則以受有俸（薪）給之文職公務人員為適用範圍。

第3條　公務人員之請假，依下列規定：

一、因事得請事假，每年准給五日。其家庭成員預防接種、發生嚴重之疾病或其他重大事故須親自照顧時，得請家庭照顧假，每年准給七日，其請假日數併入事假計算。超過規定日數之事假，應按日扣除俸（薪）給。

二、因疾病必須治療或休養者，得請病假，每年准給二十八日。女性公務人員因生理日致工作有困難者，每月得請生理假一日，其請假日數併入病假計算。其超過者，以事假抵銷。患重病非短時間所能治癒者，經機關長官核准得延長之。其延長期間自第一次請延長病假之首日起算，二年內合併計算不得超過一年。但銷假上班一年以上者，其延長病假得重行起算。

三、因結婚者，給婚假十四日。除因特殊事由經機關長官核准延後給假者外，應自結婚之日起一個月內請畢。

四、因懷孕者，於分娩前，給產前假八日，得分次申請，不得保留至分娩後；於分娩後，給娩假四十二日；懷孕滿五個月以上流產者，給流產假四十二日；懷孕三個月以上未滿五個月流產者，給流產假二十一日；懷孕未滿三個月流產者，給流產假十四日。娩假及流產假應一次請畢。

五、因配偶分娩者，給陪產假現為三日，得分次申請。但應於配偶分娩日前後三日內請畢，例假日順延之。

六、因父母、配偶死亡者，給喪假十五日；繼父母、配偶之父母、子女死亡者，給喪假十日；曾祖父母、祖父母、配偶之祖父母、配偶之繼父母、兄弟姐妹死亡者，給喪假五日。除繼父母、配偶之

繼父母，以公務人員或其配偶於成年前受該繼父母扶養或於該繼父母死亡前仍與共居者為限外，其餘喪假應以原因發生時所存在之天然血親或擬制血親為限。喪假得分次申請。但應於死亡之日起百日內請畢。

七、因捐贈骨髓或器官者，視實際需要給假。

前項第一款所定准給事假日數，任職未滿一年者，依在職月數比例計算，比例計算後未滿半日者，以半日計；超過半日未滿一日者，以一日計。

第一項所定事假、病假、產前假，得以時計。婚假、陪產假、喪假，每次請假應至少半日。

第4條　公務人員有下列各款情事之一者，給予公假。其期間由機關視實際需要定之：

一、奉派參加政府召集之集會。

二、參加政府舉辦與職務有關之考試，經機關長官核准者。

三、依法受各種兵役召集。

四、參加政府依法主辦之各項投票。

五、因執行職務或上下班途中發生危險以致傷病，必須休養或療治，其期間在二年以內者。

六、奉派或奉准參加與其職務有關之訓練進修，其期間在一年以內者。但公務人員訓練進修法規另有規定者，從其規定。

七、奉派考察或參加國際會議。

八、應國內外機關團體邀請，參加與其職務有關之各項會議或活動，或基於法定義務出席作證、答辯，經機關長官核准者。

九、參加本機關舉辦之活動，經機關長官核准者。

十、因法定傳染病經各級衛生主管機關認定應強制隔離。但因可歸責於當事人事由而罹病者，不在此限。

十一、依考試院訂定之激勵法規規定給假者。

第5條　請病假已滿第三條第一項第二款延長之期限或請公假已滿第四條第五款之期限，仍不能銷假者，應予留職停薪。

前項人員自留職停薪之日起已逾一年仍未痊癒者，應依法規辦理退休、退職或資遣。但其留職停薪係因執行職務且情況特殊者，得由機

關長官審酌延長之，其延長以一年為限。

第6條 依前條規定留職停薪人員，於留職停薪期間病癒者，應檢具合法醫療機構或醫師證明書，向原服務機關申請復職。但為辦理退休、退職或資遣者，得免附病癒證明書隨時向原服務機關申請復職，並於復職當日退休、退職或資遣。

第7條 公務人員至年終連續服務滿一年者，第二年起，每年應給休假七日；服務滿三年者，第四年起，每年應給休假十四日；滿六年者，第七年起，每年應給休假二十一日；滿九年者，第十年起，每年應給休假二十八日；滿十四年者，第十五年起，每年應給休假三十日。

初任人員於二月以後到職者，得按當月至年終之在職月數比例於次年一月起核給休假；其計算方式依第三條第二項規定。第三年一月起，依前項規定給假。

第8條 公務人員因轉調（任）或因退休、退職、資遣、辭職再任年資銜接者，其休假年資得前後併計。

因辭職、退休、退職、資遣、留職停薪、停職、撤職、休職或受免職懲處，再任或復職年資未銜接者，其休假年資之計算依前條第二項規定。

退伍前後任公務人員者，其軍職年資之併計，依前二項規定。

第9條 同一機關或單位同時具有休假資格人員在二人以上時，應依年資長短、考績等第或職務性質，酌定順序輪流休假。

第10條 公務人員符合第七條休假規定者，除業務性質特殊之機關外，每年至少應休假十四日，未達休假十四日資格者，應全部休畢。休假並得酌予發給休假補助。確因公務或業務需要經機關長官核准無法休假時，酌予獎勵。每次休假，應至少半日。

前項應休假日數以外之休假，當年未休假且未予獎勵者，得累積保留至第三年實施。但於第三年仍未休畢者，視為放棄。

政務人員及民選地方行政機關首長未具休假現為十四日資格者，每年應給休假現為十四日。但任職前在同一年度內已核給休假者應予扣除。其未休畢者，視為放棄。

第一項休假補助之最高標準，由行政院人事行政總處會商銓敘部定之。

第11條　請假、公假或休假人員，應填具假單，經核准後，始得離開任所。
　　　　但有急病或緊急事故，得由其同事或家屬親友代辦或補辦請假手續。
　　　　請娩假、流產假、陪產假、二日以上之病假及骨髓捐贈或器官捐贈
　　　　假，應檢具合法醫療機構或醫師證明書。

第12條　請假、公假或休假人員職務，應委託同事代理。機關長官於必要時，
　　　　並得逕行派員代理。
　　　　前項在假人員，應將經辦事項確實交代代理人。

第13條　未辦請假、公假或休假手續而擅離職守或假期已滿仍未銷假，或請假
　　　　有虛偽情事者，均以曠職論。

第14條　曠職以時計算，累積滿八小時以一日計；其於曠職期間連續之例假日
　　　　應予扣除，並視為繼續曠職。

第15條　本規則所規定假期之核給，扣除例假日。但因病延長假期者，例假日
　　　　均不予扣除。按時請假者，以規定辦公時間為準。

第16條　特殊性質機關人員之請假規定，得參照本規則另定之，並送銓敘部備
　　　　查。

第17條　公務人員在休假期間，如服務機關遇有緊急事故，得隨時通知其銷
　　　　假，並保留其休假權利。

第18條　各級機關首長之請假、公假及休假，均應報請上級機關長官核准。

第19條　本規則自發布日施行。

參、辦法

國立空中大學學生面授教學實施辦法

國立空中大學民國○年○月○日第○次校務會議決議

第1條　本辦法依據「國立空中大學設置條例施行細則」第四條訂定之。

第2條　本辦法適用於國立空中大學（以下簡稱本校）全修生、選修生。

第3條　面授教學為輔助施教方式，透過雙向溝通管道，指導學生研習，以達
　　　　成學習目標。

第4條　各學科面授教學之實施，以及面授教學之次數，由本校召集學科委
　　　　員，依學科之性質與需要，會商決定之。

第5條　面授教學由本校聘請面授教師，各學習指導中心安排面授教學時間，
　　　於各地區分別實施。

第6條　面授教學以四十五人編成一班為原則；全修生、選修生得混合編班，
　　　其施教與成績考核均相同。

第7條　各面授學科各次面授教學應分散實施，並於每學期開課後第四週起實
　　　施為原則。

第8條　各學科面授教學時間每次兩節，每節一小時，上課五十分鐘，休息十
　　　分鐘。

第9條　各學習指導中心應於每學期開課後兩週內填送面授教學時間表及面授
　　　教師授課時數統計表到校。

　　　前項資料如有異動應報核備查。

第10條　參加面授之學生因故無法參加面授教學，至遲需於面授後二日內，託
　　　人或親自提具證明辦理請假。

　　　學生面授曠課達該科面授時數二分之一（含）以上者，依本校學生成
　　　績考查辦法規定，不得參加該科期末考試。

第11條　本辦法經行政會議通過報請教育部核定後實施。

肆、綱要

○○○○黨現階段勞工政策綱要

○○○○黨中華民國○年○月○日○字第○○○號令發布

　　本黨審度國家社會與經濟之發展趨勢，針對勞工當前所面臨之問題，訂定
本綱要，以求達成維護勞工權益，增進勞工福祉，調和勞資關係，促進社會進
步之目標。

一、依據我國憲法並參酌國際勞工公約保障勞工權益。

二、積極倡導勞資合作，兼顧勞資雙方權益，共同努力發展經濟建設。

三、培養企業與職業倫理精神，發揚仁愛互助之傳統美德，建立和諧健康之理
　　想社會。

四、修正「工會法」健全工會組織，發揮工人組織之服務功能。

五、貫徹執行「勞動基準法」，尤對女工與童工之保護，應予重視，並衡酌國

家經濟及社會發展情況，適時加以修訂。

六、適時調整基本工資，保障勞工合理待遇，並推廣勞工分組、入股制度，確保勞工公平分享國家經濟建設發展成果。

七、重視職工福利，促使各事業單位依規定提撥職工福利金，並適時修訂「職工福利金條例」。

八、改進勞工保險業務，改善勞工保險給付，並研究逐步規劃實施勞工眷屬保險、退休勞工健康保險及失業保險。

九、強化勞工檢查功能，加強勞工職業病之研究及預防，確保勞工工作環境之安全衛生，及維護勞工合理之勞動條件。

十、辦理勞工教育，鼓勵勞工進修，加強職業訓練，增進勞工知能，實現勞工充分就業之目標。

十一、提倡勞工正當休閒活動，設立勞工休閒育樂場所，並充實其設備以滿足勞工之需要。

十二、舉辦長期低利勞工住宅貸款，協助勞工建購住宅，並於勞工密集地區興建單身勞工租用宿舍，解決其住宿問題。

十三、加強勞工諮詢服務功能，協助勞工就業、轉業，並提供生活輔導暨法律服務。

十四、完成「勞資爭議處理法」修訂之立法程序，設置勞工法庭，有效解決勞資爭議事件。

伍、標準

空氣品質標準

行政院環境保護署環署民國○年○月○日空字第○○○號令修正發布

第1條　本標準依空氣污染防制法第五條第三項規定訂定之。

第2條　各項空氣污染物之空氣品質標準規定如下：

項目	標準值		單位
總懸浮微粒（TSP）	二十四小時值	二五○	$\mu g/m^3$（微克／立方公尺）
	年幾何平均值	一三○	

粒徑小於等於十微米（μm）之懸浮微粒（PM10）	日平均值或二十四小時值	一二五	μg/m³（微克／立方公尺）
	年平均值	六五	
粒徑小於等於二・五微米（μm）之細懸浮微（PM2.5）	二十四小時值	三五	μg/m³（微克／立方公尺）
	年平均值	一五	
二氧化硫（SO_2）	小時平均值	○・二五	ppm（體積濃度百萬分之一）
	日平均值	○・一	
	年平均值	○・○三	
二氧化氮（NO_2）	小時平均值	○・二五	ppm（體積濃度百萬分之一）
	年平均值	○・○五	
一氧化碳（CO）	小時平均值	三五	ppm（體積濃度百萬分之一）
	八小時平均值	九	
臭氧（O_3）	小時平均值	○・一二	ppm（體積濃度百萬分之一）
	八小時平均值	○・○六	
鉛（Pb）	月平均值	一・○	μg/m³（微克／立方公尺）

第3條　本標準所稱之各項平均值意義如下：

一、小時平均值：指一小時內各測值之算術平均值。

二、八小時平均值：指連續八個小時之小時平均值之算術平均值。

三、日平均值：指一日內各小時平均值之算術平均值。

四、二十四小時值：指連續採樣二十四小時所得之樣本，經分析後所得之值。

五、月平均值：指全月中各日平均值之算術平均值。

六、年平均值：指全年中各日平均值之算術平均值。

七、年幾何平均值：指全年中各二十四小時值之幾何平均值。

第4條　空氣污染防制區及總量管制區細懸浮微粒濃度符合下列規定者，判定為符合空氣品質標準：

一、區內一般空氣品質監測站，各站每年二十四小時值有效監測值，由低到高依序排列，取第九十八累計百分比對應值，計算連續三年之平均值，再就區內各站該平均值平均後，須小於細懸浮微粒空氣品質標準之二十四小時值。

二、區內一般空氣品質監測站，各站年平均值計算連續三年之平均

值，再就區內各站該平均值平均後，須小於細懸浮微粒空氣品質標準之年平均值。

前項作為判定基礎之一般空氣品質監測站，指中央主管機關設置或認可者；監測站細懸浮微粒全年有效監測值比率未達百分之七十五以上者不予採計。

細懸浮微粒以外項目符合空氣品質標準之判定方法，由中央主管機關另定之。

第5條　細懸浮微粒（PM2.5）濃度監測之標準方法，以中央主管機關公告之空氣中細懸浮微粒（PM2.5）手動檢測方法為之。

前項監測中央主管機關得經評估，以自動監測數據經由與手動監測數據轉換計算後替代之。

細懸浮微粒以外項目空氣品質監測之標準方法，由中央主管機關另定之。

第6條　本標準自發布日施行。

陸、須知

地段圖印發須知

中華民國○年○月○日內政部臺內地字第○○○○○○號函訂頒

一、下列土地之所有權狀，應依土地法第六十二條及第七十五條之規定附發地段圖（附格式）：

　　(一)地政機關於六十四年七月一日以後辦竣地籍圖重測、農地重劃或市地重劃之土地。

　　(二)依「獎勵人民自行辦理土地重劃實施要點」辦理土地重劃之土地。

二、地段圖，除繪明本號地及相鄰土地之界址外，應註明下列事項：

　　(一)土地坐落。

　　(二)地號。

　　(三)比例尺。

　　(四)土地所有權狀字號。

　　(五)登記日期字號。

(六)方向。

(七)印發機關。

(八)印發日期。

(九)加蓋地政事務所印信。

三、地段圖上之本號地之地號下,應加劃紅線,以資區別。

四、一宗土地面積過大,地段圖無法容納時,得以另紙影印或謄繪貼附之,騎縫處加蓋「土地登記專用章」。

五、地政事務所印發地段圖所需設備、材料之支用,應核實編列預算支應之。

六、辦理土地所有權移轉、分割、合併、增減或消滅登記時,應換發地段圖。所需工本費,按地籍圖謄本收費標準向所有權人收取。

柒、要點

東部海岸國家風景特定區秀姑巒溪河域遊憩活動管理作業要點

中華民國○年○月○日交通部觀光局觀技字第○○○○○號函核定

一、為規範東部海岸風景特定區(以下簡稱本特定區)秀姑巒溪水域(瑞穗大橋至出海口)各項水上活動之秩序,維護遊客安全及保護區內自然資源,特依據「風景特定區管理規則」第二十三、二十四條有關規定訂定本要點。

二、本要點之管理對象包括經主管機關准核在本要點所稱水域經營各項遊憩設施之業者(以下簡稱業者)及其工作人員與遊客。

三、在本要點所稱河域經營遊憩設施業,應依法申請許可始得營業。一般非商業性之泛舟活動,應向交通部觀光局東部海岸風景特定區管理處(以下簡稱東管處)報備同意後始得進行。

四、經營急流泛舟遊憩設施業(以下簡稱泛舟業),其各項配備設施如下:

(一)至少有二十艘以上泛舟橡皮艇(以下簡稱泛舟艇)。

(二)泛舟艇在三十艘以下者,至少應配置動力救生艇四艘,三十一艘以上至一五○艘者,每增加十艘應配置動力救生艇一艘,未滿十艘以十艘計,但一五○艘以上者,每增加三十艘應加配置動力救生艇一艘,未滿三十艘以三十艘計。

(三)動力救生艇之引擎限採十五～三十匹馬力，並應在引擎葉扇設置安全護網。

(四)應配備經檢驗合格之救生衣、安全帽供泛舟遊客使用，數量不得少於擁有泛舟艇之八倍。

(五)泛舟艇、動力救生艇、救生衣等均應標明業者之公司名稱，泛舟艇及動力救生艇應標示限載人數及逐一編號。

五、於長虹橋水域以船具經營載客遊覽風光之業者（以下簡稱遊船業）其各項安全設備應符合下列規定：

(一)遊覽船上應置乘客座位及頂蓬，遊船首尾各應至少掛置二套附繩索之救生圈。

(二)遊覽船身應標明限載人數、檢驗合格標誌、出廠日期、承製廠商，氣囊型式並需標明作業壓力限度。

(三)三十人座遊覽船上應配置具小船駕駛執照駕駛員一人、領航解說員一人，並將姓名標示船上明顯處。

(四)每艘遊覽船應配置救生艇一艘與乘載人數相等之救生衣。

六、急流泛舟之收費標準由泛舟業同業公會擬訂；在長虹橋水域載客遊覽之收費標準由業者自行訂定。

收費標準應報東管處轉觀光局核定，變更時亦同。

七、遊客在秀姑巒溪急流泛舟或在長虹橋水域乘船遊覽風光應繳交環境清潔維護費，前者新臺幣三十元，後者新臺幣十元，由泛舟業同業公會及遊船業者併泛舟券或遊覽券收取後，按月報繳東管處。個別從事急流泛舟遊客之清潔費由東管處收取。

八、急流泛舟業者應為遊客辦理保險，每人保額訂為新臺幣八十萬元。

九、從事急流泛舟應事先提出申請，泛舟業者之申請單（如附件）應載明遊客數、泛舟艇數、救生艇數及救生員名單，經東管處管理人員同意後，始得下水泛舟。申請表應於下水泛舟前十五分鐘提出申請，非商業性泛舟亦同。

秀姑巒溪泛舟艇放行申報單（　　）　　　字第　　　　號
受文者：交通部觀光局東部海岸風景特定區管理處

放行時間	年　　月　　日 上 午　　時　　分 下		
放行橡皮艇	共　拾　艘	遊客人數	共　佰　拾　名
救生艇數	共　拾　艘	救生員人數	共　拾　名
救生員姓名			

附註：一、本放行申報單當日有效，泛舟結束即送還簽發單位報備註銷。
　　　二、泛舟業者應遵守「秀姑巒溪河域遊憩活動管理要點」之規定。
　　　三、泛舟業者提報遊客名冊之身分核對，放行橡皮艇數及救生人員如有虛報應負
　　　　　一切法律責任。

第一聯：業者存報　第二聯：管理站　第三聯：駐警隊

申請人：
身分證字號：

公司
印

中 華 民 國　　　　　　　　　　年　　　　月　　　　日

十、泛舟業者每日放行艇數不得超過其登記艇數，並應依下列標準配備救生艇
　　及救生員隨行擔任安全救助工作：

　　(一)救生艇數以每十艘泛舟艇配備一艘為準。但每批放行船數達六艘時至
　　　　少應配備二艘救生艇。超過二十艘時，每增加十艘應增加一艘救生
　　　　艇，未滿十艘以十艘計。

　　(二)每艘救生艇除駕駛員外至少應配置救生員一人，並配備醫藥箱。

十一、遊客從事急流泛舟應穿戴合格之救生衣、安全帽，未滿十二歲者不得泛
　　　舟。

十二、急流泛舟之放行時間，四月一日至十月三十一日止為上午七時至下午三
　　　時，十一月一日至翌年三月三十一日止為上午八時至十二時，其他時間
　　　應於放船當日前晚十時前報請東管處同意始得放行。

十三、秀姑巒溪水位超過警戒標準或有山洪暴發等其他危險因素影響泛舟之虞
　　　時，得禁止急流泛舟或遊覽船之行駛。

十四、業者之工作人員，應列名冊報請東管處備查，並發給識別證供工作時配掛。臨時工作人員，應向東管處瑞穗管理站報備並發給臨時識別證。離職時員工之識別證應由業者負責收回繳還東管處。

十五、泛舟業者及所屬員工應善盡照顧遊客之責，並注意服務品質，恪遵下列事項：

(一)泛舟業者應引導遊客於泛舟前，進入遊客服務中心聽取泛舟安全解說，並確實指導、檢查遊客穿戴救生裝備。

(二)應依公會訂定之標準收費。

(三)應在指定地點放船。

(四)不得超載。

(五)不得於航行途中棄置旅客不顧。

(六)不得有調戲女性遊客及其他騷擾遊客行為。

(七)嚴禁救生艇駕駛員、救生員於工作中飲酒。

(八)業者之更衣、淋浴、廁所等設施應經常保持清潔。

(九)不得任意拋棄垃圾雜物。

(十)應勸阻遊客下水游泳。

(十一)遵守其他規定事項。

十六、經營遊憩設施業者違反本要點所訂管理事項，東管處得依「發展觀光條例」第四十四條之規定處罰或依違規情節之輕重（依附錄標準）累計違規點數，點數達十點時即於該週日禁止放船一天處罰。

附錄

違反秀姑巒溪河域遊憩活動管理要點記點標準

一、下列各違規事項各記一點。

（一）未依規定提示放行申請單。

（二）超過指定放行時間一小時始放船下水。

（三）放行申報單所載內容與實際不符。

（四）各式泛舟艇、救生艇、遊覽船未標示「編號」、「公司名稱」，「限載人數」或標示不清者。

（五）遊憩設施業工作人員未配掛識別證。

二、下列各違規事項各記二點。

（一）放行時未依規定配備救生艇及救生員。

（二）救生艇或動力艇引擎葉片未設置安全護網。

（三）未經核准下水泛舟。

（四）超載或於航行途中棄置遊客。

（五）遊客穿戴之救生衣、帽未經合格檢驗。

十七、本要點自發布日起實施。

捌、準則

工業安全衛生標示設置準則

行政院勞工委員會○年○月○日臺（87）勞安二字第○○○○○○號令修正發布

第1條　本準則依勞工安全衛生法第五條規定訂定之。

第2條　雇主設置之標示，除勞工安全衛生相關法規另有規定者外，應依本準則之規定辦理。

第3條　本準則所稱安全衛生標示（以下簡稱標示）係指：

一、防止危害告知用者：

(一)禁止標示：嚴格管制有發生危險之虞之行為，如禁止煙火、禁止攀越、禁止通行等。

(二)警告標示：警告既存之危險或有害狀況，如高壓電、墜落、高熱、輻射等危險。

(三)注意標示：提醒避免相對於人員行為而發生之危害，如當心地面、注意頭頂等。

二、一般說明或提示性質用者：

(一)用途或處所之標示，如反應塔、鍋爐房、安全門、伐木區、急救箱、急救站、救護車、診所、消防栓、總務室等。

(二)有一定順序之機具操作方法、儀表控制盤之說明、安全管理方法等之標示。

(三)工作場所各種行動方向、管制信號意義等說明性質標示。

第4條　標示之圖形如下：

一、圓形用於禁止標示。

二、尖端向上之正三角形用於警告標示。

三、尖端向下之正三角形用於注意標示。

四、正方形或長方形用於一般說明或提示性質用之標示。

第5條　標示視設置之久暫，分固定式及移動式，並應依下列規定設置之：

一、大小及位置應力求醒目，安裝必須穩妥。

二、材質應堅固耐久，所有尖角銳邊，應予適當處理，以免危險。

第6條　標示應力求簡明，以文字及圖案並用為主。文字應以中文為主，不得採用難於辨識之字體。

文字書寫方式如下：

一、直式者由上而下，由右而左。

二、橫式者由左而右。但有箭號指示方向者文字依箭號方向。

第7條　標示之顏色，應依照國家標準（CNS 9328 Z 1024）安全用顏色通則使用之，其底色與外廓、文字或圖案之用色，應力求對照顯明，以便識別。

第8條　本準則自發布日施行。

玖、細則

國家公園法施行細則

內政部○年○月○日臺內營字第○○○○○○號令修正發布

第1條　本細則依國家公園法（以下簡稱本法）第二十九條規定訂定之。

第2條　國家公園之選定，應先就勘選區域內自然資源與人文資料進行勘查，製成報告，作為國家公園計畫之基本資料。

前項自然資源包括海陸之地形、地質、氣象、水文、動、植物生態、特殊景觀；人文資料應包括當地之社會、經濟及文化背景、交通、公共及公用設備、土地所有權屬及使用現況、史前遺跡及史後古蹟。其勘查工作，必要時得委託學術機構或專家學者為之。

前二項規定於國家公園之變更或廢止時，準用之。

第3條　依本法第七條規定報請設立國家公園，應擬具國家公園計畫書及圖，其計畫書應載明下列事項：

一、計畫範圍及其現況與特性。

二、計畫目標及基本方針。

三、計畫內容：包括分區、保護、利用、建設、經營、管理、經費概算、效益分析等項。

四、實施日期。

五、其他事項。

國家公園計畫圖比例尺不得小於五萬分之一。

第4條　國家公園計畫經報請行政院核定後，由內政部公告之，並分別通知有關機關及發交當地地方政府及鄉鎮市公所公開展示。

第5條　國家公園計畫實施後，在國家公園區域內，已核定之開發計畫或建設計畫、都市計畫及非都市土地使用編定，應協調配合國家公園計畫修訂。

通達國家公園之道路及各種公共設施，有關機關應配合修築、敷設。

第6條　國家公園計畫公告實施後，主管機關應每五年通盤檢討一次，並作必要之變更。但有下列情形之一者，得隨時檢討變更之：

一、發生或避免重大災害者。

二、內政部國家公園計畫委員會建議變更者。

三、變更範圍之土地為公地，變更內容不涉及人民權益者。

依本法第七條變更國家公園計畫，準用第三條及第四條之規定。

第7條　依本法第十條第一項但書規定事先通知該土地所有權人或使用人時，應以書面為之。無法通知者，得為公示送達。實施勘查或測量有損及農作物、竹木或其他障礙物之虞時，應於十日前將其名稱、地點及拆除或變更日期通知所有人或使用人。並定期協議補償金額。

第8條　依本法第十條第二項應交付所有人或使用人之補償金額，遇有下列情形之一者，應依法提存：

一、應受補償人拒絕受領或不能受領者。

二、不能確知應受補償人或其所在地不明者。

第9條　依本法第十一條第二項規定，由地方政府或公營事業機構或公私團體投資經營之國家公園事業，其投資經營監督管理辦法及國家公園計畫實施方案，由內政部會同有關機關擬定後報請行政院核定之。

第10條　依本法第十四條及第十六條規定申請許可時，應檢附有關興建或使用計畫並詳述理由及預先評估環境影響。其須有關主管機關核准者，由各該主管機關會同國家公園管理處審核辦理。

第11條　依本法第十五條第一款規定修繕古物、古蹟，應聘請專家及由有經驗者執行之，並儘量使用原有材料及原來施工方法，維持原貌；依同條第二款及第三款規定原有建築物之修繕或重建，或原有地形、地物之人為變更，應儘量保持原有風格。其為大規模改變者，應提內政部國家公園計畫委員會審議通過後始得執行。

國家公園內發現地下埋藏古物、史前遺跡或史後古蹟時，應由內政部會同有關機關進行發掘、整理、展示等工作，其具有歷史文化價值合於指定為史蹟保存區之規定時，得依法修正計畫，改列為史蹟保存區。

第12條　私人或團體為發展國家公園而捐獻土地或財物者，由內政部獎勵之。

第13條　本細則自發布日施行。

拾、法規修正作業舉例

依據現行法規修正作業，除新（訂）定法規外，凡是現行法規修正草案，依據法規修正作業相關規定，均必須附加修正草案總說明及條文對照表併送審議。條文對照表又必須分別按修正條文、現行條文及說明三欄羅列析述修正理由、新增條文、刪除條文或條次變更等理由。茲舉財政收支劃分法修正草案為例說明如下（因全文太長，僅節略部分格式、用語及撰擬要領供參考）：

一、財政收支劃分法修正草案總說明

財政收支劃分法前於八十八年一月間修正，迄今已逾八年，其間中央與地方之財政情勢已有所改變。為回應地方政府提高其財政自主程度之要求，行政院積極辦理該法之研修工作，經廣泛徵詢地方政府及學者專家意見後，擬具「財政收支劃分法」修正草案。

有關中央與地方財政收支劃分，經綜合各界意見，在「貫徹權力下放」、「提升地方財政自主」、「建構完善財政調整制度」三個政策目標及「錢權同時下放」、「地方實質財源增加」、「直轄市及縣（市）財源只增不減」、「公式入法取代比例入法」四個修法方向下，進行研修，其修正要點如下：

一、劃一直轄市及縣（市）稅課收入分成之基礎：

　　(一)遺產及贈與稅由目前直轄市分得百分之五十、市及鄉（鎮、市）分得百分之八十，修正為直轄市、市及鄉（鎮、市）均分得百分之六十。

（修正條文第八條第二項）

(二)土地增值稅目前在縣（市）徵起收入之百分之二十應繳由中央統籌分配縣（市）部分，改為全歸地方。（修正條文第九條第二項）

二、擴大中央統籌分配稅款規模：

(一)營業稅總收入減除百分之一‧五稽徵經費及依法提撥之統一發票給獎獎金後之全數，作為中央統籌分配稅款之財源。但若有超過法定最低稅率所徵收入，應由行政院訂定調高徵收率之用途並據以劃分歸屬。（修正條文第八條第三項）

(二)菸酒稅在直轄市及臺灣省各縣（市）徵起收入減除百分之一作為稽徵及查緝經費後之百分之十九，應按人口比例分配直轄市及臺灣省各縣（市），在福建省金門、連江二縣減除百分之一作為稽徵及查緝經費後之百分之八十分配各該縣，其餘收入全部納入統籌。（修正條文第八條第四項）

（以下略）

二、財政收支劃分法修正草案條文對照表

修正條文	現行條文	說明
第一章　總綱	第一章　總綱	章名未修正。
第1條 本法依中華民國憲法第十章及第十三章有關各條之規定制定之。	第1條 本法依中華民國憲法第十章及第十三章有關各條之規定制定之。	本條未修正。
第2條 中華民國各級政府財政收支之劃分、調劑及分類，依本法之規定。	第2條 中華民國各級政府財政收支之劃分、調劑及分類，依本法之規定。	本條酌作標點符號修正。
第3條 全國財政收支系統劃分如下： 一、中央。 二、直轄市。 三、縣、市〔以下簡稱縣（市）〕。 四、鄉、鎮及縣轄市〔以下簡稱鄉（鎮、市）〕。	第3條 全國財政收支系統劃分如下： 一、中央。 二、直轄市。 三、縣、市〔以下簡稱縣（市）〕。 四、鄉、鎮及縣轄市〔以下簡稱鄉（鎮、市）〕。	第三款及第四款酌作標點符號修正。

修正條文	現行條文	說明
第4條 各級政府財政收支之分類，依附表一、附表二之所定。	第4條 各級政府財政收支之分類，依附表一、附表二之所定。	本條未修正。
	第11條　　（刪除）	本條條次刪除之理由同現行條文第九條。
第44條 各級政府、立法機關制（訂）定或修正法律或自治法規，有減少收入者，應同時籌妥替代財源；需增加財政負擔者，應事先籌妥經費或於立法時明文規定相對收入來源。	第38-1條 各級政府、立法機關制（訂）定或修正法律或自治法規，有減少收入者，應同時籌妥替代財源；需增加財政負擔者，應事先籌妥經費或於立法時明文規定相對收入來源。	條次變更，內容未修正。
第四章　　附則	第四章　　附則	章名未修正。
第45條 為配合中央業務移撥地方機關，原屬中央機關、學校改隸地方機關，在組織法規未完成訂定或修正前，得由權責機關訂定暫行組織規程及編制表，並辦理現職人員移撥。 依前項規定移撥之現職人員，以與原任職務官等、職等相當之職務，辦理轉任或派職，並仍以原銓敘官、職等級敘薪；有關人員移撥、經費移撥及權益保障辦法，由行政院會同考試院定之。		一、本條新增。 二、本次財政收支劃分法修正，政策目標除提升地方財政自主程度及建構完善的地方財政調整制度外，尚包括貫徹權力下放。故為配合中央業務移撥地方機關，原屬中央機關、學校改隸地方機關，在組織法規未完成訂定或修正前，其組織編制及依規定移撥現職人員職務將有所變動，事涉現職人員權益，為符合法律保留原則，爰為本條規定，俾為人員移撥、經費移撥及權益保障之依據。

修正條文	現行條文	說明
	第38-2條 本法八十八年一月十三日修正之第八條、第十二條及第十六條之一之施行日期，由行政院以命令定之。	一、本條刪除。 二、本法八十八年一月十三日修正之第八條、第十二條及第十六條之一之施行日期，業由本院以命令定之，本法本次修正係全案修正，爰刪除本條規定。
第46條 本法施行日期，由行政院定之。	第39條 本法除已另定施行日期外，自公布日施行。	一、條次變更。 二、因本法本次之修正，將影響各級政府之稅課收入及補助收入預算之編列及稅款之劃解，如依常例於公布日施行，在執行上恐與年度預算無法配合，為維預算秩序，並利相關準備作業，上開條文之施行日期將由本院定之。

第七章　會議文書

第一節　會議文書的意義

　　由於現在是一個團隊工作的時代，故不管在政府機關處理公共行政或在人民團體處理社團公共事務，以及在公司行號處理商業事務，透過開會研商討論並尋求共識乃是常用且必要的方式。茲依據「會議規範」，為使會議得以順利召開、進行，達成目標，其所應用之文書，就稱為「**會議文書**」。因此，會議文書除了是公文書，也是企業組織、民間團體運作很重要的私文書。

　　目前會議文書較為常用的有**開會通知（會勘通知）**、**委託書**、**簽到簿**、**議事日程**、**開會程序**、**會議紀錄**、**提案**、**選舉票**等八種。

第二節　會議文書撰擬原則

壹、把握會議主題

　　任何會議都有主題，即開會通知單的主旨或開會事由，須予扼要指陳，使參加開會通知之出列席人員能一目了然，作為是否參加開會的評估及決定開會之前的準備。例如：「審查○○院函請審議『公務人員考績法部分條文修正草案』案」、「研商『紀念日及節日實施條例』草案」、「定期召開本（○）學年度第○次校務會議」、「召開本公司第○屆第○次理監事聯席會議」。

貳、注意會議時地

　　會議文書如開會通知、會議紀錄都必須詳細記載開會時間及地點，撰寫時不可疏忽。安排議事日程時，有時還要將每一程序所需使用之時間預為估計，並詳載於議程中，俾使與會者瞭解、掌握。對於具有時效性的會議，必要時須用「最速件」或「速件」來處理，甚至在寄發開會通知之封套上加蓋「**開會通知、提前拆閱**」戳記，藉以提醒受文者的注意。又目前視訊會議非常方便，尤其緊急狀況或與國外地區相互溝通時，是值得推廣方式。

參、合乎議事倫理

議事運作的規劃必須符合倫理，是否符合**議事倫理**，可從議事作業單位所撰擬的會議文書檔案看出。例如：**主持人**的洽請是否恰當、**出列席人員及單位的排列順序**是否得宜、**會議地點與時間**是否合乎大多數出列席人員以及開會事由的實際需要與方便、是否考慮會議的機密性、應否準備便餐或食宿、議事紀錄是否已由主席及紀錄人員分別簽署等。

肆、符合格式要求

會議文書各有獨特格式，不可混淆，如開會程序與議事日程不同，又會議紀錄與簽到簿雖同樣具有紀錄性質，且會議紀錄中亦有「出席」欄，但二者間仍不可混而為一，故撰擬時必須與規定相符，事先妥為準備。

第三節　會議文書的種類與內容

壹、開會（會勘）通知單

開會（會勘）通知單主要是告知開會（會勘）訊息之定型化文書，亦即通知開會（會勘）之文書，具有時效性，為提示收文單位之注意，應於通知封套上加蓋「**開會通知、提前拆閱**」戳記，以免延誤開會時間。其屬性為上行、平行、下行均可使用，而其適用範圍極為廣泛，邀請對象不拘。行政院104年4月的《文書處理手冊》已將召集各與會者到現場勘查的通知改為「會勘通知單」，有別於在會議室研商之「開會通知單」。

一、製作要領

1、開會（會勘）通知單係以表格化方式處理，蓋取其簡便，省時省力。
2、開會（會勘）通知單之本文必須詳載開會事由、開會時間、開會地點、主持人、出（列）席者、副本及備註。
3、開會（會勘）通知單一般都以最速件或速件處理，故行款中不列入「速別」。

4、開會（會勘）通知單之署名與用印是蓋「機關條戳」，不蓋印信。如以電子交換方式行之，得不蓋印章。

二、製作範例

(一)信封開窗式之定型化開會通知單

	檔　　號：
	保存年限：

○○○○會開會通知單

地址：00000臺北市○○路000號

聯絡方式：（承辦人、電話、傳真、e-mail）

00000

臺北市○○路000號

受文者：如行文單位

發文日期：中華民國○年○月○日

發文字號：○○字第0000000000號

速別：最速件

密等及解密條件或保密期限：

附件：

開會事由：推動公文橫式書寫資訊作業研習會議

開會時間：中華民國○年○月○日（星期○）上午○時○分

開會地點：公文G2B2C資訊服務中心（臺北市○○區○○路○號○樓）

主持人：○處長○○

聯絡人及電話：○分析師○○（02-00000000）

出席者：○○府第二局、○○院秘書處、○○院秘書處、○○院秘書處、○○院秘書處、○○院秘書處、○○院各部會行處局署暨省市政府、各縣市政府

列席者：○○○○局、本會資訊管理處、公文G2B2C資訊服務中心

副本：

備註：

○○○○○○○○○（機關條戳）

(二)信封不開窗之定型化開會通知單

檔　　號：

保存年限：

○○院開會通知單

地址：00000臺北市○○路000號

聯絡方式：（承辦人、電話、傳真、
e-mail）

00000

臺北市○○路000號

受文者：如行文單位

發文日期：中華民國○年○月○日

發文字號：考臺法字第0000000000號

速別：最速件

密等及解密條件或保密期限：

附件：會議資料一份

開會事由：研訂本院暨所屬機關○年度立法計畫會議

開會時間：○年○月○日（星期○）上午○時○分

開會地點：本院○○樓○樓會議室

主持人：○○○

聯絡人及電話：○○○（02-00000000）

出席者：本院○○○、○○○、○○○、○○○
　　　　○○部○○○、○○○
　　　　○○部○○○、○○○
　　　　○○○○○○○○○○○會○○○
　　　　○○○○○○○○○○○會○○○

列席者：

副本：本院院長辦公室、副院長辦公室、秘書長辦公室、副秘書長辦公室、
　　　秘書處（總務科）、○○樓九樓會議室、法規委員會

備註：本會議屬重要會議，請親自出席。

○○院（條戳）

(三)電子發文開會通知單

檔　　號：

保存年限：

○○○○○○會開會通知單

地址：00000臺北市○○路000號

聯絡方式：（承辦人、電話、傳真、

e-mail）

00000

臺北市○○路000號

受文者：如行文單位

發文日期：中華民國○年○月○日

發文字號：○○字第0000000000號

速別：最速件

密等及解密條件或保密期限：

附件：

開會事由：推動公文橫式書寫資訊作業研習會議

開會時間：中華民國○年○月○日（星期四）上午○時○分

開會地點：公文G2B2C資訊服務中心（臺北市○○區○○路○號○樓）

主持人：○處長○○

聯絡人及電話：○○○分析師02-00000000

出席者：○○府第二局、○○院秘書處、○○院秘書處、○○院秘書處、
　　　　○○院秘書處、○○院秘書處、○○院各部會行處局署暨省市政
　　　　府、各縣市政府

列席者：○○○○局、本會資訊管理處、公文G2B2C資訊服務中心

副本：

備註：

（機關條戳）

(四)開會通知單

檔　　號：

保存年限：

○○○○○○會開會通知單

地址：00000臺北市○○路000號

聯絡方式：（承辦人、電話、傳真、

e-mail）

00000

臺北市○○路000號

受文者：如行文單位

發文日期：中華民國○年○月○日

發文字號：○○字第0000000000號

速別：最速件

密等及解密條件或保密期限：

附件：

開會事由：推動公文橫式書寫資訊作業研習會議

開會時間：中華民國○年○月○日（星期四）上午○時○分

開會地點：公文G2B2C資訊服務中心（臺北市○○區○○路○號○樓）

主持人：○處長○○

聯絡人及電話：○○○分析師02-00000000

出席者：○○府第二局、○○院秘書處、○○院秘書處、○○院秘書處、
　　　　○○院秘書處、○○院秘書處、○○院各部會行處局署暨省市政
　　　　府、各縣市政府

列席者：○○○○局、本會資訊管理處、公文G2B2C資訊服務中心

副本：

抄本：

備註：

○○○○○○○○○○○○（條戳）

(五)書函式之開會通知單

檔　　號：

保存年限：

○○部書函

地址：00000臺北市○○路000號

聯絡方式：（承辦人、電話、傳真、e-mail）

00000

臺北市○○路000號

受文者：如行文單位

發文日期：中華民國○年○月○日

發文字號：○○字第0000000000號

速別：最速件

密等及解密條件或保密期限：

附件：

主旨：檢送本部「○○年度政府採購法研討會資料及參加人員名冊」一份，請轉知參加人員準時報到，請查照。

說明：

　一、研討日期：○年○月○日上午○時○分。

　二、研討與報到地點：本部大禮堂及川堂。

正本：本部所屬機關

副本：本部總務司、人事室、政風室

○○部（條戳）

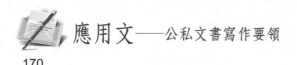
(六)會勘通知單（104.04.28修正《文書處理手冊》）

檔　號：

保存年限：

○○縣政府會勘通知單

地址：00000○○縣○○路000號

聯絡方式：（承辦人、電話、傳真、

e-mail）

00000

○○縣○○路000號

受文者：○議員○○

發文日期：中華民國○年○月○日

發文字號：○○字第0000000000號

速別：

密等及解密條件或保密期限：

附件：最速件

會勘事由：貴席提議為○○鄉○○路架設路燈照明現場勘查案。

會勘時間：中華民國○年○月○日（星期○）上午○時○分

會勘地點：○○鄉○○路

主持人：○處長○○

聯絡人及電話：王○○（○○○○○○○）

出席者：○○○、○○○、○○○、○○○

列席者：○○○、○○○、○○○、○○○

副本：

備註：

○○縣政府（條戳）

貳、委託書

　　會議出席人因故不能出席會議，委託他人代表出席時所使用之文書即為委託書，出席人與代表人關係如下：

1、出席人有發言、動議、提案、討論、表決及選舉等權利，若出席人不能親自出席而委託他人代表時，代表人依規定只有發言權，但是如各該會議另有規定者，從其規定。

2、除非另有規定，否則代表人必須是同一團體或身分之其他出席人。

3、必須有書面簽名或蓋章之委託。

4、委託書之製作範例：

委託書

　　茲委託本會會員○○○先生代表本人出席○年○月○日召開之第○次會員大會，並代表本人行使大會期間一切權利與義務。此致
○○學會
委託人○○○（蓋章）
　　　　　中華民國○年○月○日

參、簽到簿

　　簽到簿在統計開會額數及證明開會之合法性。依會議規範第4條之規定：「（第1項）各種會議之開會額數，依下列規定：一、永久性集會，得自定其開會額數。如無規定，以出席人數超過應到人數之半數，始得開會。前款應到人數，以全體總數減除因公、因病人數計算之。二、處理議案之委員會，應有全體委員通過半數之出席，始得開會。三、會員無定額者不受開會額數之限制。（第2項）開會時間已至，不足開會額數者，得宣布延長之，延長兩次仍不足額時，主席應宣告延會，或改開談話會。」由此可知，有定額會員之會議，最少要有應到人數過半之出席，始得開會。開會前可利用簽到簿清查人數：

1、簽到簿一般都置於會場門口報到處所，其內容應標明：

(1)會議全稱。

(2)時間及地點。

(3)主持人及記錄者。

(4)出席單位及出（列）席人姓名。

2、簽到簿之製作範例如下：

```
┌─────────────────────────────────────────────────┐
│              ○○院第○次會議簽到簿                 │
│  時　間：中華民國○年○月○日                      │
│  地　點：○○院第一會議室                          │
│  主持人：○○○                   記錄：○○○     │
│  出席人員：                                       │
│      ┌──────────┬──────┬──────────┬──────┐      │
│      │○委員○○  │      │○委員○○  │      │      │
│      ├──────────┼──────┼──────────┼──────┤      │
│      │○委員○○  │      │○委員○○  │      │      │
│      ├──────────┼──────┼──────────┼──────┤      │
│      │○委員○○  │      │○委員○○  │      │      │
│      ├──────────┼──────┼──────────┼──────┤      │
│      │○委員○○  │      │○委員○○  │      │      │
│      └──────────┴──────┴──────────┴──────┘      │
│  列　席：                                         │
│      ┌──────────┬──────┬──────────┬──────┐      │
│      │○部長○○  │      │○部長○○  │      │      │
│      ├──────────┼──────┼──────────┼──────┤      │
│      │○部長○○  │      │○部長○○  │      │      │
│      ├──────────┼──────┼──────────┼──────┤      │
│      │○部長○○  │      │○部長○○  │      │      │
│      └──────────┴──────┴──────────┴──────┘      │
└─────────────────────────────────────────────────┘
```

肆、議事日程

　　議事日程係開會前由議事作業人員預為編定之會議進行程序，並附於開會通知供出（列）席人員參考，主席則據以控制會議進行。

　　議事日程又稱為**會議程序**，簡稱**議程**。依會議規範第8條第1項規定，開會應於事先編制會議程序，其項目如下：

1、由主席或臨時主席（發起人或籌備人）報告出席人數，並宣布開會。

　　(1)推選主席（由臨時主席宣布開會者，應正式推選主席，但臨時主席得當選為主席）。

　　(2)主席報告議程，及各項程序預定之時間（已另印發議事日程者，此項從略）。

　　(3)主席報告議程後，應徵詢出席人有無異議，如無異議，即為認可；如有異議，應提付討論及表決。

2、報告事項：

　　(1)宣讀上次會議紀錄（如係第一次會議此項從略）。

　　(2)報告上次會議決議案執行情形（無此項報告者從略）。

　　(3)委員會或委員報告（無此項報告者從略）。

　　(4)其他報告（如有其他各種報告，應將報告之事或報告人，一一列

舉，無則從略）。

(5)以上各款報告完畢後，得對上次決議之情形，或其他會務進行情形，檢討其利弊得失，及其改進之方法。

3、討論事項：

(1)前會遺留之事項（如前會有未完之事項，或指定之事項，須於本次會議討論者，應將其一一列舉，如無此種事項者，從略）。

(2)本次會議預定討論之事項（應將各預定討論事項一一列舉）。

(3)臨時動議。

(4)選舉（如有必要，此項得移於討論事項之前）。

(5)散會。

4、議事日程之製作範例：

○○院第○次會議議事日程（議程）

時間：中華民國○年○月○日（星期○）上午○時○分至○時○分

地點：本院○○樓○會議室

報告事項：

一、宣讀第○次會議紀錄。

二、○○處簽報「公元2000年資訊年序危機緊急應變方案」賡續辦理情形，請鑒核案。

三、○○部函送「中華民國政府與○○國政府間農業技術合作協定」，請鑒核案。

討論事項：

一、○○部擬具「臺灣省政府暫行組織規程」及暫行編制表草案，經○政務委員○○等審查整理竣事，請核議案。

二、……。

臨時動議

伍、議案之提案

提案乃是開會前與會單位準備提出會議中報告或討論的議案。依會議規範第34條規定：「動議以書面為之者稱提案，提案除依特別規定，得由個人或機關團體單獨提出者外，需有附署。其附署人數如無另外規定，與附議人數同。」第32條第1項規定，動議必須有一人以上之附議，始得成立。主席對動議得自為附議。各種會議，對附議另有規定者，從其規定。同條第2項規定，

下列事項不需附議：權宜問題、秩序問題、會議詢問、收回動議。提案內容包括：提案人、案由、說明、辦法（擬處意見）。提案可分為：

1、報告案：係在交待已發生及已處理過的事務，亦即已經做了或是已經發生並經過處理，或將應讓與會者知道之訊息於會中提出報告者均為「報告案」，只是說明，不作討論。

2、討論案：凡是職權涉及較廣泛，不是單一單位能處理或決定之事務，應加以提出，並於法定會議中去討論，俾集思廣益，作成決定的議案謂之「討論案」，討論案需要經過討論，必要時還要作表決。亦即藉由會議集思廣益和整合不同意見，尋得各方面都能接受而能解決的滿意方案。

一、提案之格式

提案之本文結構一如公文，亦採三段活用式，但首段以「**案由**」取代「**主旨**」，其寫作之方法也和公文相同。「**說明**」則是要清楚的說明完整之背景資料、依據或理由。「**辦法**（或擬辦、擬處意見）」須具體可行，若為修正案，必須檢附修正條文對照表。又提案事宜不管是報告案或討論案均尚未經會議確認或討論，因此均為「擬案」，所以報告案最後一欄為「**決定**」欄，而討論案則為「**決議**」欄，是空白的，留給與會者會後依結果（論）填註，供作查考及和會議紀錄去比對。

(一)報告事項

報告事項　　　提案單位：○○司（室）

案由：關於○○○○○○○○……一案，報請鑒察（核）（公鑒）。

說明：

　一、○○○○○○……。

　二、○○○……。

辦法（或擬辦、擬處意見）：○○○……。

決定：

(二)討論事項

```
                     討論事項          提案單位：○○司（室）
案由：○○○○○○○○……一案，提請討論（審議、公決）。
說明：（述明事實、經過、趨勢分析及本案相關各單位對本案之意見）
    一、○○○○○○……。
    二、○○○……。

辦法（或擬辦、擬處意見）：
（議決事項）
附件：
決議：
```

二、提案之製作範例

(一)報告事項

```
                     報告事項          提案單位：○○組
案由：○○部函陳註銷○年公務人員高等考試三級考試暨普通考試增額錄取
     尚未獲機關遴用人員○○○等○員名冊暨註銷訓練資格原因分析表一
     案，擬請核提院會報告後復部。
說明：
    一、依據○○部中華民國○年○月○日○○字第0000000000號函辦理。
    二、本案據部陳，依公務人員考試法及其施行細則規定，增額錄取列入候
       用名冊人員，於下次該項考試放榜之日前一日未獲遴用者，即喪失考
       試錄取資格。查○年公務人員高等考試三級考試暨普通考試業於○年
       ○月○日榜示，○年公務人員高等考試三級考試暨普通考試增額錄取
       人員至○年○月○日止尚未獲遴用者，依規定喪失其考試錄取資格。
擬辦：本案係依公務人員考試法第二條第二項、第六項，同法施行細則第三
     條第五項之規定辦理，擬請核提院會報告後復部。
決定：
```

(二)討論事項

> ### 討論事項　　　　　　　　　提案單位：○○組
>
> 案由：研擬○○部公務人員協會「會徽」及「會旗」徵選須知草案一案，請
> 　　　討論（審議、公決）。
>
> 說明：
> 　　一、依據本會第一屆第四次理事會議臨時動議，○常務理事○○提，關於
> 　　　　設計本會「會徽」及「會旗」，並對入選者酌予獎勵案之決議：「請
> 　　　　○○組會同○○組予以規劃，並廣徵會員意見，俟有結論，再提理事
> 　　　　會議討論。」辦理。
> 　　二、本案經會同○○組規劃並廣徵會員意見後，業已擬具「○○部公務人
> 　　　　員協會『會徽』及『會旗』徵選須知」草案各一種（如附件）。
>
> 擬處意見：本草案擬提請本次理事會議討論通過後，據以辦理相關事宜。
>
> 決議：

陸、開會程序

　　開會程序也稱為**開會秩序**或**開會儀式**，著重於儀式之推演，也就是開會儀式進行之秩序。大多用於機關學校團體之週會、動員月會、紀念會、成立大會及慶典活動之開幕與閉幕典禮，通常用大幅紅紙繕寫，張貼於會場，並由司儀逐項口呼，以控制大會之進行。與議事日程多用於討論案之會議略為不同。

一、開會程序之製作範例

> ### ○○部公務人員協會第○屆第○次會員大會開會程序
> 一、大會開始
> 二、全體肅立
> 三、主席就位
> 四、唱國歌
> 五、向國旗暨國父遺像行三鞠躬禮
> 六、主席致詞
> 七、貴賓致詞
> 八、會員大會
> 　(一)會務報告（工作報告及經費收支報告）
> 　(二)討論提案

```
　　(三)臨時動議
九、選舉第○屆理、監事
　　(一)通過第○屆理、監事選舉辦法
　　(二)投票選舉理、監事
十、散會
```

柒、會議紀錄

　　會議紀錄也稱為**議事紀錄**，是由記錄人員將會議經過情形及討論決議事項予以筆錄整理之文書。依會議規範第11條第1項規定：「開會應備置議事紀錄，其主要項目如下：（一）會議名稱及會次。（二）會議時間。（三）會議地點。（四）出席人姓名及人數。（五）列席人姓名。（六）請假人姓名。（七）主席姓名。（八）紀錄者姓名。（九）報告事項。（十）選舉事項，選舉方法，票數及結果。（無此項目者，從略。）（十一）討論事項，表決方法及結果。（十二）其他重要事項。（第2項）議事紀錄應由主席及紀錄分別簽署。」

　　會議時應由熟悉業務之專業人員將會中發言過程及結論加以錄音、錄影及記錄，紀錄應客觀、忠實，且簡潔扼要。所有結論均應加以處理，交由權責機關執行或向權責機關建議。開會是處理事情、解決問題的手段，紀錄則成為執行的依據，因此紀錄往往成為很重要的法定文件，應審慎、認真撰作。

　　通常紀錄方法有兩種：一是**詳載**。亦即將會中情況及發言全程一字不漏不改，忠實加以記載。二是**簡載**，即不記過程，只記結論。議事（民意）機關的會議紀錄需要詳載，作為查考每一位代表發言內容以負政治責任，一般會議則只記結論。會議內容如有保密需要，可就機密部分分開記錄，單獨管制。

○○○○第○次會議紀錄
（依需要分「普通部分」及「秘密部分」分別記錄）

時　　間：
地　　點：
出　　席：
列　　席：
請　　假：
主　　席：　　　　　　　　　　　　　　記　　錄：
一、報告事項

(一)宣讀上次會議紀錄。（追認）　　決定：備查。

(二)……………………………………。

決定：洽悉。

二、討論事項

(一)……………………………………。

決議：通過。

(二)……………………………………。

決議：擱置。

三、臨時提案

(一)（報告事項）

決定：………………………………。

(二)（討論事項）

決議：………………………………。

四、其他事項

（首長提示或選舉事項等）

一、會議（會勘）紀錄之製作範例

(一)行政機關

○○院第○次會議紀錄

時間：中華民國○年○月○日（星期○）上午○時○分至○時○分

地點：○○院第一會議室

出席：○○○、○○○、○○○、○○○、○○○、○○○、○○○

列席：○○○、○○○、○○○

請假：○○○、○○○

主席：○院長　　　　　　　　　　　　記錄：○○○

一、報告事項：

(一)宣讀第○次會議紀錄。

決定：備查。

(二)本院○○處簽報「公元2000年資訊年序危機緊急應變方案」賡續辦理情形，請鑒核案。

決定：准予備查。

(三)○○部函送「中華民國政府與○○共和國政府間農業技術合作協定」，請鑒核案。

決定：由院復准備查，並函請○○府秘書長查照轉陳。

二、討論事項：

(一)○○部擬具「○○省政府暫行組織規程」及暫行編制表草案，經○政務委員○○等審查整理竣事，請核議案。

決議：修正通過，由院發布，並函立法院查照；暨函請○○省政府將現行「○○省政府組織規程」及編制表發布廢止。

(二)○○部擬具「○○省諮議會組織規程」及編制表草案，經○政務委員○○等審查整理竣事，請核議案。

決議：通過，由院發布，並將現行「○○省議會組織規程」及編制表發布廢止，暨函立法院查照。

三、任免事項：

(一)院長提議：任命○○○為○○省政府委員兼主席；○○○、○○○、○○○、○○○、○○○、○○○、○○○為○○省政府委員；○○○為○○省政府秘書長。

決議：通過。

(二)……。

決議：……。

四、散會：上午○時○分

主席　　○○○

(二)立法機關

○○院第○屆第○會期○○委員會第○次全體委員會議議事錄

時　　　間：中華民國○年○月○日（星期○）上午○時○分至○時○分

地　　　點：本院○○樓○會議室

出席委員：○○○、○○○、○○○、○○○、○○○、○○○
　　　　　○○○、○○○、○○○（委員出席共○位）

列席委員：○○○、○○○、○○○、○○○、○○○、○○○
　　　　　○○○、○○○、○○○、○○○、○○○、○○○
　　　　　○○○、○○○、○○○、○○○、○○○、○○○
　　　　　○○○、○○○、○○○、○○○（委員列席共○位）

列席官員：○○部　　　　　部長　　　　○○○
　　　　　　　　　　　　　主任秘書　　○○○
　　　　　○○院　　　　　處長　　　　○○○
　　　　　　　　　　　　　科長　　　　○○○
　　　　　○○○○局　　　副處長　　　○○○

○○部	政務次長	○○○
○○部	科長	○○○
○○部○○署	科長	○○○
○○部	處長	○○○
○○部	參事	○○○
○○院○○署	副署長	○○○
	處長	○○○
○○○○○會	副處長	○○○

主　　席：○召集委員○○
專門委員：○○○
主任秘書：○○○
記　　錄：簡任秘書○○○　簡任編審○○○　科長○○○　專員○○○
討論事項：繼續併案審查委員○○○等三十四人擬具「專門職業及技術人員轉任公務人員條例部分條文修正草案」案及「考試院函請審議專門職業及技術人員轉任公務人員條例修正草案」案。

決議：
一、第一條及第二條，均照案通過。
二、第三條照考試院提案通過。
三、第四條至第六條，均照案通過。
四、○委員○○提案第六條之一，不予採納。
五、第七條至第十一條，均照案通過。
六、通過附帶決議一項，一併提報院會處理：
　　各港務局現職未具交通資位之佐級、士級人員，其資格取得及相關權益問題，請考選部協調銓敘部、交通部於三個月內研擬妥適解決處理方案，並函知本會。
七、委員○○○質詢要求提供之資料，請相關機關以書面答覆。
八、全案審查完竣，擬具審查報告，提請院會公決，毋須交黨團協商；院會討論本案時，由法制委員會召集委員○○○補充說明。

散會

捌、會勘紀錄

檔　　號：
保存年限：

○○市政府道路挖掘施工前會勘紀錄

一、道路挖掘核准案名：

二、道路挖掘核准文號：○年○月○日○○字第0000000000號函

三、會勘時間：民國○年○月○日（星期○）○午○時○分

四、地點：本市○○路○段

五、主持人：○○○

六、參加單位及人員：

單位／與會人員	簽　名	簽　名	簽　名
○議員○○			
○○處			
○○局			
○○區公所			

七、範圍內設施物及數量：

八、會勘紀錄：

九、結論：

○○市政府條戳

玖、選舉票

　　選舉之方式，依會議規範第89條規定分為兩種：(1)舉手選舉；(2)投票選舉。

　　使用投票選舉時，選舉人對候選人之選擇表達其意思所使用之文件，稱為選舉票，簡稱選票。目前較常使用之投票選舉方式，有下列四種：

1、無記名圈選法：「無記名」是指選舉人不在選票上署名。「圈選法」是由選舉人在選務單位預先印妥之選票上，使用規定之符號，表達其對候選人選擇意思之方法。

2、無記名書寫法:「書寫法」是由選舉人將所選擇之候選人姓名自行書寫於選票上之方式。使用本法時,選舉人亦不署名。

3、記名圈選法:「記名」是指選舉人須在選票上署名。本法採圈選方式,選舉人亦須署名。

4、記名書寫法:本法採書寫方式,同時選舉人亦須署名。

不論採行哪種方式,選舉票均應由選舉團體或主辦選務機關製作,以達到公平、公正、公開之目的。

選票應包括之項目為:(1)選舉名稱(必須詳印,以免滋生誤解);(2)候選人編號及姓名(使用書寫法者,選票上應留出空白,以供選舉人書寫),必要時可加印相片;(3)使用記名投票者,選舉人署名欄;(4)選舉日期(年、月、日);(5)蓋章:包括選務團體、主辦選務機關、監選員等。

一、選舉票之製作範例

(一)無記名圈選法

○○○選舉票　○○○選舉委員會印製　　中華民國○年○月○日	
圈　選	候　選　人
	○○○
	○○○
	○○○

(二)無記名書寫法

中	華	民	國	○	年	○	月	○	日
○○○○選舉票									
(此空欄由選舉人書寫所選的姓名)　　　　　　監選人(私章)									

拾、其他與會議相關之文書範例

一、出席會議簽派人員及擬議意見之簽

○○部出席會議簽派人員及擬議意見簽

一、○○部本（○）年○月○日開會通知單，為訂於同年○月○日（星期○）上午○時○分，假中央聯合辦公大樓南棟十八樓第二會議室召開由該部○常務次長○○所主持之研商「紀念日及節日實施條例」草案會議一案。

二、依案附會議資料說明，○○部前依據○○院第○次會議院長指示及決議事項：「有關紀念日及節日實施辦法提升為法律位階，請○○部儘速研擬草案報院。」及配合○○院○年○月○日三讀通過公務員服務法修正案時，併通過紀念日及節日實施辦法提升至法律位階之附帶決議（如附件一、二），爰擬具紀念日及節日實施條例草案報經○○院於○年○月○日函請○○院審議（以下簡稱原擬草案，如附件三）。嗣經○年○月○日○○院第○屆第○會期法制委員會第○次全體委員會議審查竣事，除原擬草案第二條經決議增列「第六款原住民族紀念日：○月○日。」，以及另加列○月○日為紀念日，惟其名稱於送院會二、三讀前，交由黨團進行協商外，餘條文均照案通過並作成附帶決議：「○○院○○○○○○會應於○年○月○日前決定原住民族歲時祭儀各族之節日日期。」（如附件四）；嗣後，原擬草案雖陸續於○年○月○日、○年○月○日、○年○月○日及○年○月○日計○次召開朝野協商會議（如附件五至八），惟除第○次朝野協商會議因到會人數不足隨即散會外，餘皆因部分黨團未簽字，致未能於第○屆立法委員任期結束前完成立法，依立法院職權行使法第十三條法案屆期不續審之規定，內政部爰經重新檢視原擬草案後，邀請本部等相關機關召開本次會議，合先陳明。

三、經酌案附重新研擬之紀念日及節日實施條例草案（計○條），除草案第一條至第六條及第九條因仍係維持原擬草案條文，且未涉及本部權責，擬尊重會議決議外，餘草案條文謹研擬意見如下（詳如附件九：本部對內政部會商紀念日及節日實施條例草案研議意見對照表）：

(一)草案第七條：查原住民籍公務員得以公假方式返回部落參加政府機關所主辦之豐年節歌舞活動，係本部於○年○月○日以○○字第0000000000號函所為之解釋（如附件十），故本條立法說明欄

「……○○○○○○○○……臺華法一字……」文字建議修正為「……○○○……○○字……」以符實際。

(二)草案第八條：

　　查○○院○○○○局○年○月○日就○年政府行政機關辦公日曆表（草案）會商本部各相關機關意見會議決議略以，本（○）年農曆除夕（○月○日，星期○）前一日（星期一）調整放假一日，於○月○日（星期○）補行上班，使農曆除夕及春節連續假期，併同週休二日，自○月○日至○日，計放假○日（如附件十一）。是以，為因應實務運作需要，將上開春節連續假期調移放假情形納入條文明文規範，使其成為固定之放假模式，應有助工商企業安排作業時程及公務員規劃休閒活動，爰擬建議採一案。

　　又本條如經會議決議採一案時，為免與公務員服務法第十一條第二項「公務員每週應有兩日之休息，作為例假。……」規定競合，致適用上恐生疑義，爰公務員服務法第十一條第二項擬配合修正為「公務員除法律另有規定外，每週應有兩日之休息作為例假。……」。

(三)草案第十條：說明欄「民國」文字建議依立法體例刪除。

四、以上擬議，如奉核可後，擬作為本部與會人員發言之依據。又本次會議擬指派本司＿＿＿＿＿＿出席，當否？敬請核示。

會辦單位

第＿＿層決行		
承辦單位	會辦單位	決行

二、出席會議情形之報告

○○部出席會議情形報告單

會議事由：○○院法案專案朝野協商○○法部分條文修正草案

召集機關及主席：○○院○召集委員○○

開會時間：○年○月○日上午○時

開會地點：○○院第十二會議室

參加機關：○委員○○、○委員○○、○委員○○及○委員○○等（詳如開
　　　　　會通知單）

本部參加人員：○○司○司長○○

會議情形：本次會議主席以院會尚有重大案件表決，囑與會機關代表等待至
　　　　　○時○分始到會。會中就審查會通過條文及○○部會中提供之一
　　　　　案進行逐條協商，至全案協商完竣後散會。

本部參加人員發言摘要：未發言。

決議事項：協商結果詳如後附。

處理（建議）意見：本案尚無本部應行配合辦理事項，擬陳閱後併案存參，
　　　　　　　　　當否？請核示。

承辦單位		審核
會辦單位	出席人員	批示
		本案請○長決行

第八章　文書處理

第一節　文書處理的重要性、意義與流程

壹、文書處理的重要性

文書處理的重要性有四：

1、行政機關新進公務人員遞補投入公務行列，雖然都有經過公務人員考試及格人員職前訓練，但實際上受限於上課時數，往往無法很快因應報到任職後忙碌的業務及掌握各種不可預知的狀況，因此在公文處理或追蹤管考上常見錯誤屢出，不知所措。

2、目前行政機關專業分工日趨精細，需要資訊處理、檔案管理，以及文書處理類科的公務人員職系及職缺日增，有興趣或計畫參加該等類科的「文書處理」考科應考人員，經常找不到可以準備的講義。

3、行政機關公務人員為民服務，除了熱心積極及依法行政之外，公文的製作品質與處理，會影響溝通效果與政府形象。而公文內容撰寫的要領已經在第四章詳述，一般公務人員高等、普通或特種考試也有試作，但是影響公文處理或行政效率的文書處理，則付之闕如。

4、除了政府必須重視文書處理外，近年來頗多處理公共事務的法人團體，如農、漁會、政黨，以及各級人民團體的工會、協會、公會、基金會，甚至大企業公司、行號等，為了順暢地與主管機關溝通無礙，也常見比照政府公文製作與處理方法，在各自組織內推動有紀律的「文書處理」。

貳、文書處理的意義

根據行政院《文書處理手冊》規定，所稱文書處理，指文書自收文或交辦起至發文、歸檔止之全部流程，分為下列步驟：

1、**收文處理**：簽收、拆驗、分文、編號、登錄、傳遞。

2、**文件簽辦**：擬辦、送會、陳核、核定。

3、**文稿擬判**：擬稿、會稿、核稿、判行。

4、**發文處理**：繕印、校對、蓋印及簽署、編號、登錄、封發、送達。

5、**歸檔處理**：依檔案法及其相關規定辦理。

關於文書之簡化、保密、流程管理、文書用具及處理標準等事項，均依該手冊之規定為之。

參、文書處理流程

行政機關內的任何一件公文，大要可以分為主動與被動的兩大來源，主動的稱為「創稿」，被動的稱為「來文」。無論是創稿或來文，其受文者或發文者一定有一方是政府機關處理法定職掌事項。行政院《文書處理手冊》結合公文製作，將文書處理流程繪如**圖8-1**。

第二節　一般文書處理

1、各機關之文書作業，均應按照同一程序集中於文書單位處理；惟機關之組織單位不在同一處所及以電子文件行之者，不在此限。

2、公文之機密性、時間性，由各機關依業務性質及實際需要自行區分，以作為公文處理作業之依據。

3、文書處理應隨到隨辦，隨辦隨送，不得積壓。

4、各機關得視實際需要，採用收發文同號，但以符合工作簡化為原則。

5、任何文書均須記載年、月、日、時；文書中記載年份，一律以中華民國紀元為準；惟外文或譯件，得採用西元紀年。

6、文書處理過程中之有關人員，均應於文面適當位置蓋章或簽名，並註明時間（例如11月8日16時，得縮記為1108/1600），以明責任。簽名必須清晰，以能辨明為何人所簽。

7、各機關於辦公時間外，若遇有公文收受，應由值日人員按照值日及值夜規則之規定辦理。

8、機關內部各單位間文書之傳遞，均應視業務繁簡及辦公室分布情形，

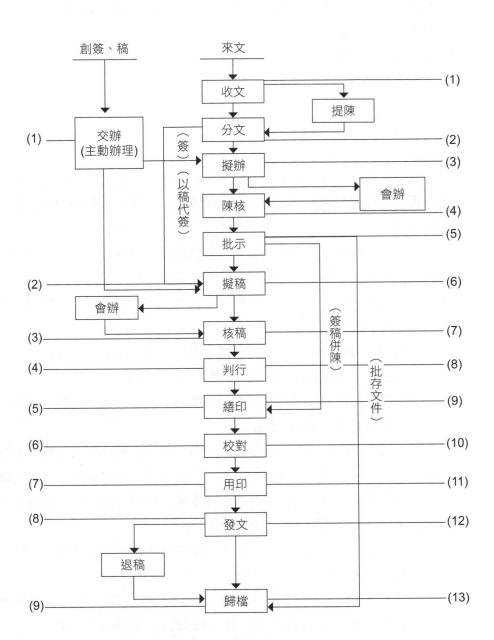

圖8-1 文書處理流程圖

資料來源：取材自行政院民國99年1月22日院臺秘字第0990091522號函修
正《文書處理手冊》，頁15。

設置送文簿或以電子方式簽收為憑;另公文之陳核流程並得以線上簽核方式處理。

9、組織龐大、所屬單位較多而分散辦公之機關,應設立公文交換中心,定時集中交換,以加速公文之傳遞。

第三節　特殊文書處理

1、總收文人員收件拆封後,如為機密件或書明親(密)啟字樣之文件,應用「密件送文簿」登記後,送由機關首長指定之密件處理人員或收件人收拆。

2、公文附件如屬現金、有價證券、貴重或大宗物品,應先送出納單位或承辦單位點收保管,並於文內附件項下簽章證明。

3、來文如有誤投,應退還原發文機關;其有時間性者,得代為轉送,並通知原發文機關。

4、來文屬緊急要件或案情重大者,應先提陳核閱,再照批示分送承辦單位;如認有及時分送必要者,應同時影印分送辦理。

5、機關內部絕對機密、最速件或附有大量現金、有價證券及貴重物品之公文,應由承辦人員親自遞送。

6、如遇下列特殊處理事項,承辦人員應斟酌情形,於稿面適當處予以註明:刊登公報;登報或公告;書法、印刷字體;有時間性,須指明繕印發出或送達時間;發後補判或先發後會之敘明;指定公文收受人員或拆封之人員;傳真或電子文件處理。

7、非政策性之緊急文稿,為爭取時效,得先發後會;緊急事項得先以電話或傳真洽辦,隨即補具公文。

8、利用公報或通訊刊登公文,不另行文,但以無機密性者為限。上級機關公報或通訊刊載之文件,下級機關應即照辦,毋庸逐級函轉。

9、稿件於送會或陳判過程中,如改動較多,會核或核決人員宜退回原承辦人閱後,再行送繕。文稿增刪修改過多,應送還原承辦人清稿,清稿後應將原稿附於清稿之後再陳核。

10、文書稽催,又稱「公文時效管制」,乃各級主管職責。「**最速件**」不超過一日;「**速件**」不超過三日;「**普通件**」不超過六日;「限期公

文」、「專案管制公文」等依規定期限辦理。人民申請案件，應按其性質，區分類別、項目，分別訂定處理時限，予以管制。

11、機密文書依解密條件，已失保密等級，或因有關機關建議，其機密等級應予註銷或變更者，先提出審查後，「絕對機密」、「極機密」者由機關權責長官核定，「機密」者由單位主管核定。

第四節　電子文書處理

1、機關公文以電子文件行之者，其交換機制、電子認證及中文碼傳送原則等，依「文書及檔案管理電腦化作業規範」辦理。

2、機關公文以電子文件處理者，其資訊安全管理措施，應依「行政院及所屬各機關資訊安全管理要點」及「行政院及所屬各機關資訊安全管理規範」辦理。各機關如有其他特殊要求，得依需要自行訂定相關規範。

3、機關對人民、法人或其他非法人團體之文書以電子文件行之者，除依「機關公文傳真作業辦法」及「機關公文電子交換作業辦法」辦理外，得視需要，另訂處理原則。

4、公文書或附件如係屬發文通報周知或需要收文機關轉發者，以登載於電子公布欄為原則，附件以電子文件方式處理，避免層層轉送。

5、登載於電子公布欄之資訊，如對某些特定對象有所影響，或須其有所作為者，可另以書函或結合電子目錄服務之電子郵遞方式，告知前述訊息，以利其配合辦理，訊息中須明確告知登載之位址及內容概要。另承辦人員對適宜長期對外宣告之公文或其相關附件資料，應洽網站管理人員長期登載。

6、機關公文電子交換「收文」處理程序：識別通行、電子認證、收文確認、收文列印、檢視處理、分文、編號、登錄、傳送等。

7、機關公文電子交換「發文」處理程序：列印全文、繕校、列示清單、識別通行、電子認證、發文傳送、發文確認、加蓋「已電子交換」章戳、檢視發送結果、處理失敗訊息等。

8、為推動電子交換之普及運用，確保電子交換之安全，促進電子化政府及電子商務之發展，政府特於民國90年11月14日公布「電子簽章

法」。有關電子文件、電子簽章、數位簽章、加密、憑證實務作業等文書處理，均須依該法及其施行細則規定辦理。

9、機關公文電子交換收發文處理原則如下：

(1)機關公文電子交換，係指將文件資料透過電腦及電信網路，予以傳遞收受者。各機關對於適合電子交換之機關公文，於設備、人員能配合時，應以電子交換行之。機關公文電子交換機制分為三類：

①第一類：屬經由第三者（公文電子交換服務中心）集中處理，具有電子認證、收方自動回覆、加密（電子數位信封）等功能，並提供交換紀錄儲存、正副本分送及怠慢處理等加值服務者。

②第二類：屬點對點直接電子交換，並具有電子認證、收方自動回覆、加密（電子數位信封）等功能者。

③第三類：屬發文方登載於電子公布欄，並得輔以電子郵遞告之，不另行文者。加密（電子數位信封）之功能，各機關得視安全控管之需要自行選用。

上述三類機制之選用由各機關視公文性質自行考量決定。

(2)各機關應由文書單位或單位收發負責辦理機關公文電子交換作業。但依公文性質、行文單位及時效，有適當控管程序者，可指定專人辦理。

(3)各機關應於機關網站上設置電子公布欄專區，供第三類電子交換機制公文登載之用，便利各界查詢、參考。

(4)登載電子公布欄之公文應註明登載期限，超過期限者，應自電子公布欄專區移除。

(5)各機關公文電子交換作業收文、發文、登載電子公布欄之相關紀錄及文稿，得視需要予以儲存。

(6)各機關對於其他機關電子公布欄所登載之資訊，應視內容性質自行下載使用並為必要之處理。

10、機關公文受文對象為人民、法人或其他非法人團體，其公文電子交換收、發文程序，由發文機關依業務需要與受文對象相互約定。但應採電子認證方式處理，並得視需要增加其他安全管制措施。

11、人民、法人或其他非法人團體於參加政府機關公文電子交換作業時，應符合「機關公文電子交換作業辦法」、「文書及檔案管理電腦化作

業規範」及相關規定。

12、線上簽核，係指公文以電子方式在安全之網路作業環境下，進行線上傳遞、簽核工作。文書之陳核採線上簽核者，應採用電子認證、權限控管或其他安全管制措施，以確保電子文件之可認證性。公文線上簽核應注意事項如下：

(1)可判別文件簽章人。

(2)可標示公文時效性。

(3)應提供代理人設定之功能。

(4)應翔實記錄各會簽意見。

(5)應翔實記錄各陳核流程人員之修改與批註文字。

下篇　私文書寫作要領

■書信
■便條、名片與網路文書
■契約
■柬帖與慶弔文
■對聯與題辭
■履歷表與自傳

第九章　書　信

第一節　書信的意義與用途

　　書信是人與人彼此間聯絡感情，溝通消息，表達情意的一種應用文，它是應用文中最重要且最普遍的一種私文書。社會關係愈複雜，往來愈頻繁，書信重要性就愈顯著，一個人如果連信都寫不來，那麼不但自己不方便，別人也無形中看不起或覺得交往上極感不便。尤其一位公務員為了推動業務，如果能在公事公辦、鐵面無私的公文往返之外，適度地佐以運用較富有感性的書信，必能使公事推動得稱心如意。同樣的，書信對於一位企業家來說也是一項溝通的利器。

　　「書信」是現代用語，因為時代的不同，書信的名稱亦有變化，如「尺牘」、「尺一」、「尺素」、「翰牘」、「書翰」、「翰札」、「書簡」、「書啟」、「簡札」、「簡牘」或「牋啟」等等不同字眼，說來各有來歷，這裡也就不擬一一考證了。劉勰《文心雕龍》〈書記篇〉云：「故書者，舒也。舒布其言，陳之簡牘。」因此，書信不外是個人將積存於心胸的思想與情感，與對現實生活之經歷體驗，淋漓盡致的表白於箋紙之上，向特定對象傾訴的應用文。

　　書信的用途至為廣泛，舉凡一般人際關係的應酬，諸如慶賀、唁慰、餽贈、借貸、催索、勉勵、通候、請託、薦介、稱謝、約會等等都可仰賴書信來成就事功。現在雖然電訊事業發達，也許會有人以為一通電話不就行了嗎？但是如果你有心一試，便會覺得書信的效果，透過用字遣詞之後的心靈意識，很容易感動對方，也很容易述說清楚，而且更具有備忘珍存價值，絕對不是行動電話所可替代得了。

　　歷史上頗多有名書信，例如：樂毅〈報燕惠王書〉、司馬遷〈報任少卿書〉、李陵〈答蘇武書〉、韓愈〈與陳給事書〉、曾鞏〈寄歐陽舍人書〉、林覺民〈與妻訣別書〉，以及《曾文正公家書》、《小倉山房尺牘》、《秋水軒尺牘》及《雪鴻軒尺牘》等有名書信可資研習。但是由於時代久遠，或因文言深奧難懂，或因內容背景與現代社會價值觀相去日遠，因此本章介紹之書信構造、作法與柬舉之例子，都求其與目前社會之實用性結合，藉增學習效果。

第二節　書信的構造與作法

書信與其他文藝作品最大不同之處在於形式構造與寫作方法。一般說來，文藝作品是個性與心境的表現，可以暢所欲言，盡情發揮；而書信固然也可以表現個性、思想和意志，但卻要注意到表現的形式，這種構造形式乍看極其繁雜，但常用之後自然習慣。正由於書信的構造，不論稱謂、提稱語、應酬語、署名、抬頭款別以及信封書寫樣式，每一細節都會影響受信人潛意識的評價，所以不可疏忽。用錯了形式不但易遭致受信人的納悶或非議，有時甚至無濟於事，得罪對方，還不如不寫信來得好。

書信從演進的情形來說，大概可分為**新式**與**舊式**兩種格式。新式書信多用語體文，其格式較簡單明白，可包括稱呼、本文、署名及月日等項；而舊式書信則用文言文，其構造受傳統禮節的影響因而顯得較為複雜，包括稱呼和敬稱語、開首的敬詞、開首的應酬、本文、結尾的應酬、結尾的敬詞、署名和月日、附候等八部分。可見新式書信略顯輕佻，而舊式書信又令人有繁文縟節之感，似均有不合乎現代人類生活緊張、時間寶貴的需求。

然而我們究應採用新式或舊式書信較宜呢？因為我國目前社會是「新舊並在，中西合流」，因此寫信時只要能審度受信人、時、地、事、物，靈活運用即可，這種新舊並存的書信格式，為了方便起見，我們不妨稱之為**折衷式**。其構造可分成三部分：第一部分叫做**前文**，包括稱謂和寒暄（開頭應酬語）；第二部分是**本文**，也就是書信最主要的部分；第三部分叫做**後文**，包括珍衛語（結尾應酬語）、請安、自稱、署名、敬辭、時間、附候（補述）等。茲分析如下：

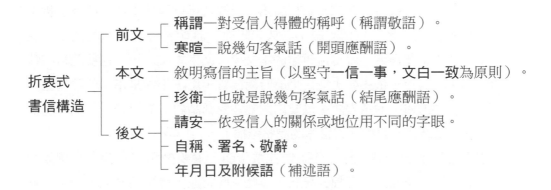

折衷式
書信構造

前文
　稱謂—對受信人得體的稱呼（稱謂敬語）。
　寒暄—說幾句客氣話（開頭應酬語）。

本文　　敘明寫信的主旨（以堅守**一信一事，文白一致**為原則）。

後文
　珍衛—也就是說幾句客氣話（結尾應酬語）。
　請安—依受信人的關係或地位用不同的字眼。
　自稱、署名、敬辭。
　年月日及附候語（補述語）。

為求分析詳明，茲舉中式直書傳統信箋為例，並說明如下：

〇〇校長吾兄道鑒：久未晤
教，時切馳念。頃奉十二月十四日
大函，荷蒙
般注，深慰渴念，尤感
盛誼。國家建設，百般待舉，備得全民參與，集思廣益，更易臻於完善
，承惠 卓見，彌足珍貴，除已分送本院有關單位研處外，肅此復謝。
今後仍祈時 錫教言，用匡不逮是幸！耑此，並頌
道祺

弟〇〇〇 謹啟

〇年〇月〇日

以上是一封隨機取材自目前上流社會通用的「折衷式」書信範例，屬於政界人士致學界大學校長之間的平輩復謝函。根據前述折衷式書信的結構解析：「〇〇校長吾兄道鑒」是稱謂語；「久未晤教，時切馳念」是寒暄語；而從「頃奉」到「肅此復謝」就是這封信的本文了；結束本文之後，還要記得婉轉有禮的結束這封信，依序如「今後仍祈時錫教言，用匡不逮是幸」的珍衛語；「耑此，並頌道祺」的請安語，以及斟酌並呼應稱謂對方的自稱、署名及寫信的年月日；這就是一封折衷式書信的完整結構了。

事實上寫信與談話一樣，除了要注重禮節，還要帶點交際藝術，例如我有一件事要跟人家商量，專程去拜訪，彼此見面時並不會單刀直入，一下子就談到主題，總免不了先說幾句客氣話，然後再轉到本文，等把事情述說清楚之

後，行將握手告辭時，又不免要再說幾句客氣話。從稱謂與寒暄語的份量與表情，可以觀察得出寫信與受信兩人間的交情與關係，因此對一位素昧平生的人來幾句客氣話，容易拉近距離；但對一位熟悉的好友，漫無節制的用些客氣話，反而讓人有不倫不類之感，而且拉遠了彼此的距離，這點必須注意。

寫信時，行文要縝密簡明，也就是要精細周密，應說的話，要說清楚，講明白，而且要堅守「一信一事，文白一致」的原則，不可掛一漏萬，補註連篇；但也要簡潔明確，不可拖泥帶水，模稜兩可，以至於使受信人覺得厭煩，或有語焉不詳之感。

第三節　信箋與信封的處理

書信貴在知書達禮，人情練達，因此不只講究修辭及內容，對於傳達信息的載體工具，以及文字排列組合與處理也必須考究計較，符合中華文化與禮儀的要求。為了方便說明，除分列「信箋」、「信封」及「摺信」加以敘述外，尚將英文書信與電子書信一併列入討論。

壹、信箋

一、信紙

信紙又分中式、西式。中式信紙依照行數有八行、十行、十二行者，鮮有奇數行者，或因中國人喜以雙數為吉之故。如依線條分，有朱絲箋與素箋，對於居喪者，通常不用朱絲箋，如不得已則在紅線條上註「代素」二字，藉表尊重。如依場合用途，可分公用及私用，如為公用則套印機關、學校名銜或徽章圖樣於信紙適當位置；如為私人專用，則套印私人名號或書齋名銜，如「永平用牋」、「四知堂」、「小倉山房」、「耕讀齋」等於信紙左下端。至西式信紙多半為素箋及橫式，行數則鮮有計較奇雙情事。

二、書法

書法又分用筆及字體。「用筆」，古人多用毛筆並以八行書配之；今人常用鋼筆、原字筆、簽字筆，可以十行、十二行書配之。鉛筆、色筆，特別是紅筆最好不用。「字體」要工整，對長輩或陌生貴賓之書信，要用正楷；對平

輩或晚輩用行書。草書宜少用，藉免遭致溝通障礙。如以電腦列印，要調整對齊，不可歪斜草率。目前因應政府文書及電子化趨勢，書信及私文書亦可配合改用橫式書寫。

三、起首與段落

信箋上、下端又稱天、地線，天線距信紙邊緣比地線距離寬，為應古時「抬頭」之需，常寬一倍，惟今已不用。書信起首由天線始，每行書寫至行底地線止，寓意頂天立地。分段可循現代文章及折衷式或敘述之需，每段低兩字開始，次行由天線始；亦可循古式文章，不分段，一氣呵成，但須正確使用標點符號並配合「側書」、「抬頭」等文字禮節。橫式書寫無天、地線，故起首自左端開始。本章書信舉例，除前述介紹折衷式書信之外，後面第五節書信例釋，為配合版面及社會實際使用趨勢，一律改用橫式排版。

四、抬頭

抬頭是為表示對受信者的尊敬，依照尊敬的程度又可分為挪抬、平抬、單抬、雙抬、三抬，甚至如古文書或官書奏摺亦有發現高於天線之四抬者，但目前除了私文書對平輩、公文書之上行文用挪抬，以及對長官及尊親用平抬之外，餘皆不用。所謂挪抬就如前例卓見及錫是受信人的事，所以往下挪移一個字再書寫；而平抬如前例大函、殷注、盛誼及道祺，為表尊敬，則另行由天線開始書寫。如為西式橫書，則挪抬就是往右移一字，平抬則是自下一行左端開始書寫。但不論是直書或橫書，都由於是尊敬受信人，所以抬頭之處要遵守「分辨人己」、「抬人不抬己」、「人重於己」、「人重於物」、「單字不成行」、「單行不成頁」、「忌行行吊腳」、「行底不成抬」，以及「首抬餘不抬」等中國文字的處理禮節。

五、側書

側書是將字體寫小些置於右側或上側，但橫式書寫時，則置於左上側。目的有二：一是自謙；另一是恭敬或避諱。如果謙虛之用時，一般都側「自稱」，如弟、舍弟、小兒、寒舍、敝校、拙著等。但如稱自己「家嚴」、「家母」等尊長也可不側，以及遵守「側自稱不側名字」、「側書不可抬頭」、「生側死不側」等規矩。反之，如果對受信人恭敬或避諱時，則側對方名字而不側對方稱呼。

六、排序

排序是指同時列舉人名、機關或相同詞彙等文字時，如公文正本、副本，開會通知單出、列席者，柬帖，啟事等，要分辨尊卑先後之用，也適用於其他應用文。尊時直式書寫置於右方、前方、上方，橫式書寫則置於左方、上方；卑時直式書寫置於左方、後方及下方，橫式書寫則置於右方、下方。如請柬具邀人有輩分較高者可列於主婚人右方並上提一字；如啟事者可依輩分、職銜、年齡等考慮排序，主辦人禮貌上常殿後；人數眾多，如治喪委員會委員，可依「姓氏」或「姓名」筆劃為序並夾註之，藉免失禮。

貳、信封

一、中式信封

為了說明方便，中式信封一般分成天間、地間、框右欄、框內欄及框左欄，如下頁左圖及說明：

1、**框右欄**：寫受信人地址及服務機構名銜，地址字體小些，低天間二字書寫，如太長可寫成兩行。服務機關要寫全銜，低天間一字於地址與框內欄之間書寫，字體可比地址大些。

2、**框內欄**：由上而下，依序工整均勻寫上受信人尊姓、稱呼、大名，挪抬及啟封詞。姓要「頂天」，稱呼要以送信人可稱呼的口氣為主。至於大名，因為中國人有避名諱的禮貌，所以必要尊敬時，可將受信人大名略側右書寫。啟封詞依受信人職業、輩分、年齡、社會地位及性別而定，最好與信內容的提稱敬語及請安語裡外呼應，如賜啟、道啟、勛啟、臺啟、麾啟、儷啟、安啟、啟等，而且書寫時要「立地」。如有「夫人」則視需要併列於大名之左，但如受信人為女性尊長，需要併列先生時，可以「全福」等字眼代啟封詞解困。明信片以「收」代「啟」，且不宜寄含有機密內容或給尊長。

3、**框左欄**：寫寄信人地址、服務機構名銜及姓名，並加一「緘」或「敬緘」，明信片以「寄」代「緘」。為表謙卑並方便貼郵票，書寫時可從天間之下三分之一或一半寫至地間，忌書「內詳」。郵票及郵務標識如「限時專送」或「掛號」等則標於框左欄上端。

　　如果是「轉交信」或「託帶信」，又與前述「郵遞信」有別。轉交信之框右欄包括第三者之地址、姓名、稱謂及轉交語，如第三者及受信人均為平輩，則姓名位置齊平；如果受信人是長輩，則高於第三者，反之則低，如下圖右：

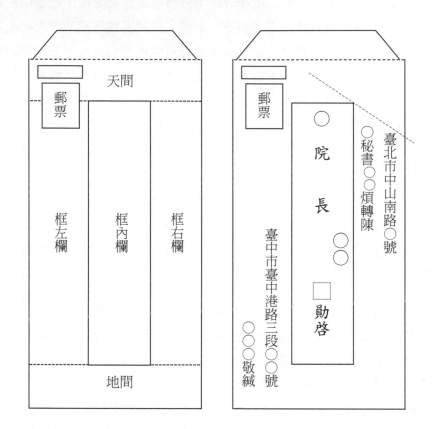

　　轉交信，如給尊長可用煩（請）轉陳（呈）；給平輩可用煩（請）轉交；給晚輩則用煩（請）擲（飭）交。

　　如果是託帶信，框右欄免書地址。請託詞，如對長輩則用「敬請吉便袖呈」、「敬請面呈（塵）」；對平輩用「敬煩吉便帶交」、「請面交」；對晚輩用「懇請（即）飭送」、「請擲交」等。框內欄可寫寄信人的稱呼，如「家父安啟」、「小兒拜啟」。框左欄亦不必書寄信人地址，但必須書寫對託帶者的自稱並側書，以及拜託詞，如「弟○○○敬託」等。

　　不論是郵遞、轉交或託帶，中國習俗的「三凶四吉五平安」，也適用在中式信封的行數布局，但只供參考而已。

二、西式信封

西式信封又分四種方式：

1、**直式寫法**：將橫封豎直，但無須加劃紅色框內欄，一如中式信封寫
　　法。

2、**橫封直式寫法**：

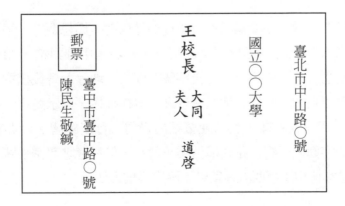

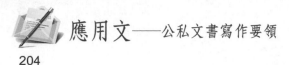

3、橫封中式橫寫：

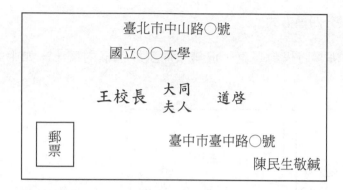

4、橫封西式橫寫：

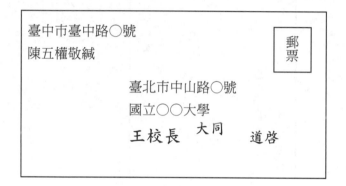

參、摺信

　　書信寫好後要摺疊，並將稱謂首行正放裝進信封，切忌倒放，很不禮貌。由於中式書信都是雙數行，因此要字面朝外，左右居中線對摺，如果信封太窄，可再往後直摺一行。如果信是寄給平輩，則天、地線對齊後橫摺，表示互相敬禮。如果是給長輩，則於靠地線三分之一處往後摺，表示跪拜。反之距天線三分之一往後摺是給晚輩，表示晚輩要向寄信人行下跪禮。除非報喪或絕交，否則信不能字面朝內摺。花式摺信雖花俏些，但只適宜親密平輩，對尊長或正式書信，不宜使用；而西式信箋較不講究摺信方法。

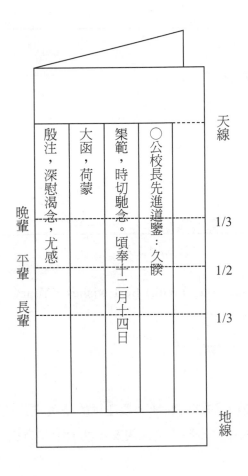

肆、英文書信與信封

在國際化或地球村的趨勢下，也許大家有很多外國朋友或至親好友旅居國外，需要寫信傳達情意時，也要留意規矩。由於中西文化的不同，稱呼、格式、用語與排序也不同，茲就最基本的信紙內容與信封寫法，扼要列舉並說明如下：

一、信紙內容格式

1、**日期**：非正式的信件，年代常被省略，但在正式的信件則會寫上，而且在日期的上面會將發信人的住址寫上。

2、**收信人姓名**：通常會先寫Dear。

3、**信件內容**：收信人姓名寫完後，常空一行再開始寫本文，一般以A4規格較常見，也有公私組織制式信紙，浮印上商標、地址、電話者。

		日期
收信人姓名		
	信件內容	

結尾語

簽名

信紙A4格式

4、**結尾語**：如See you、(With) Best wishes、Yours。較正式的信則常用
Your sincerely。

5、**簽名**：通常不加姓氏，較親切。

二、信封格式

1、左上角寫寄信人的姓名住址，須注意的是英文住址要由小單位開始寫
起。但如果用中文寄給中國人親友，就依中文方法，只有ROC, Taiwan
用英文即可。

2、寄信人不用寫稱謂，如Mr.、Mrs.、Miss或Ms.，但收信人要註明。

3、收信人的姓名住址要寫在信封的正中央或左上方，必要時在稱謂前標
示TO：。

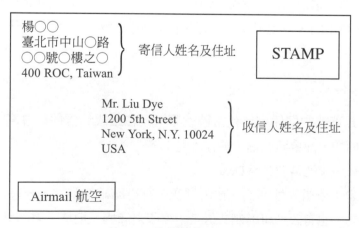

信封格式

4、信封上的郵遞區號（zip code）在美國的州名之後，以五位數表示，前三位表州或都市，後二位表郵局。

5、住址中的常用簡寫單字有：

樓：F（如2F）	路：Road; Rd（如Chunghua Rd.）
弄：Alley（如Alley 4）	街：Street; St（如Yangkwang St.）
巷：Lane（如Lane 62）	段：Section; Set（如Set. II）

第四節　電子書信

目前電子網路便捷，以電子書信（E-mail）互通信息，無遠弗屆，只要使用者接上網際網路，不論身在地球何處，都可以接收來自世界各地的電子郵件，甚至還可以附加檔案，不必擔心錯過任何重要信息，堪稱為「不打烊的郵局」，早已成為現代人互通書信的習慣，值得推廣。

然而正因為方便，常見很多人就流於隨便。所謂「方」就是規矩，因此使用E-mail千萬不能疏忽了書信應有的規矩，應該認識E-mail也是書信的一種，只不過是利用電子網路傳輸而已。所以為了因應電子網路特性，除了仍要遵守書信應有的規範之外，也須兼顧電子郵件的禮儀與信箱管理。特將書寫或處理E-mail時相關之注意事項臚列如下：

壹、遵守書信寫作規範

1、要認清電子書信也是書信，無論是中文或英文，都要遵守各該東、西方禮儀的寫作規範，例如中式書信的輩分、稱謂、用語，以及抬頭、側書、排序等中國文字或文化的固有禮節，都應講究與堅持。

2、要善用e世代的優勢，但千萬不要有e世代的迷失。例如常見E-mail 稱呼沒大沒小，不分對象，到處都是「Hollo！」「Hi！」的；還有一大堆的or、ex、我ㄉ、沒ㄌ、醬（這樣）就好、歹勢ㄋㄟ等千奇百怪的火星文字，腐蝕了自己的溝通能力，也重重創傷了新世紀中國文學的水準，切記！切記！

貳、寄信的禮儀與規範

1、**主題填寫明確**：主題或主旨務必要明確且一定要寫，扼要整封信的內容或目的，不要太冗長，以方便收信人辨識。

2、**內容應簡單明瞭與客觀**：信件內容應簡單明瞭，語意清楚，避免情緒化用詞。電子郵件可輕易轉給他人，因此對不同的意見、評論必須謹慎而客觀。

3、**文法與錯別字檢查**：在郵件寄出前最好再檢查一遍，查看有否文法錯誤、語意不通，或是錯別字的地方，特別是電腦文字輸入時，大多會有自動調整功能，但調整不一定會符合本意，要特別再確認。

4、**須註明寄件者**：對不同的收信對象可能會有不同的署名及稱謂，但無論如何，在信件最後一定要加上署名，以表示對收件人的尊重。

5、**須注意智財權**：必須尊重他人的智慧財產權，以免觸法而不自知。如想轉寄給他人分享，也要留意刪除原寄信人的個人資料。

參、回信的禮儀與規範

1、**標題不宜另起**：注意回覆相關主題的內容，不要另起標題，要就事論事，以免造成對方的混淆。

2、**謹慎處理郵件**：收到惡意中傷的郵件時應謹慎處理，避免在情緒高漲時立即回覆訊息，或避免傳送連鎖信及未經證實的謠言信件。

3、**保留適當「引言」**：保留適當的引言有助於提醒及延續收信人上次雙方談話的內容，讓溝通無礙。

4、**註明來源出處**：轉寄他人文章或網頁時，尊重智慧財產權，最好能註明來源出處，並說明取得方法。

5、**應保障他人隱私**：切勿在未經同意前將他人信函轉寄給第三者。

肆、信箱的管理

1、盡可能每天閱讀新收到的電子郵件並立即刪除不要的信件，以節省磁碟空間，減少信箱中信件的數量。

2、還要參閱的信件應立即收到自己的磁碟檔案中，做好分類及檔案管

理，方便日後查考之用。

3、E-mail地址要像一般郵局寄信一樣，確認收信人的姓名、地址，寄信人的姓名、地址，才能順利寄到收信人手中。最好建妥「通訊錄」檔案。

第五節　書信常用術語

　　書信用語依照**折衷式結構書信**寫作時表達禮節的需要而分為**前文**用的稱謂用語、提稱敬語、開頭應酬語，及**後文**用的結尾應酬語、結尾敬辭語、署名敬辭與附候語等，使用時必須依通信人雙方之身分關係，「**前呼後應，從一而終**」，親切得體，不可錯用，否則貽笑大方。至於**本文**，則務須因人、因時、因事、因地及因物等情境的不同，妥為撰擬，應堅守「**一信一事，文白一致**」的原則，故無所謂固定術語。時下一般書信大全之類的參考書，洋洋大觀列了很多用語，有些已經過時，有些根本派不上用場，甚至目不暇給，令人有無所適從之感，若確須引用時，務必真正瞭解，妥慎應用。茲為方便現代人繁忙生活，簡省提筆寫信困惑起見，特就較適合現代人常用的書信用語束舉如下：

壹、稱謂用語

　　對於尊長之稱謂，以前慣用「大人」兩字，現在除直系尊親如父母、祖父母仍沿用外，餘多廢除。對師長可逕稱「吾師」或「老師」較為親切。對比較疏遠之尊長，如有親戚或世誼關係者，可用「姻伯」、「姻叔」或「世伯」、「世叔」、「世兄」等字樣。對有職位之長官或賢達，有字號者宜用字號，並常於其名字加「公」或「老」字以尊稱之，如「某公院長」，或在職位之下再加先生或吾兄，如「某校長先生（女士）」、「某議員吾兄」等，但最好在名、號之後緊接著先稱**公誼**，後呼**私情**，如情感未夠及私情，則不宜隨便稱「吾兄」。至於平輩間可斟酌關係之深淺，使用「先生」、「學兄」、「吾兄」、「仁兄」等字樣。尊人之詞有「貴」、「令」、「寶」、「尊」等字，如貴處、貴公司、令尊、令郎、寶號、尊翁等。自謙之詞有「敝」、「小」、「家」、「舍」、「賤」、「微」等字，如敝鄉、敝校、小兒、家父、舍弟、舍親、賤體、微辰等。至於稱自己已故之尊長，加一「先」字；稱自己去世之小輩，加一「亡」字，如先父、先慈、亡兒等。或許由於受到傳統男尊女卑的

禮教影響,因此有「先夫」、「亡妻」之別。各種稱謂都有一定倫理,必須得體,不可誤用。至於對複雜家族親戚、世交、師友等之稱人、自稱、對人稱、對人自稱及歿後稱呼等之詳細稱謂,請參考書後**附錄五**,不擬再贅述。

貳、提稱敬語

稱謂用語之下就緊接著提稱敬語,必須與稱謂之尊卑配合,作為信中陳述發語之用,以適應收信人之身分。現行書信常有只書**提稱語**,而對**敬語**多予揚棄,有漸被淘汰之趨勢。惟向人請求之信函,為表誠懇拜託之意,亦偶見以「敬懇者」、「茲懇者」、「敬託者」等啟事語彙;對報喪之訃函,則以「哀啟者」、「泣啟者」等字以示哀傷之情。函末有所補遺則附以「再啟者」、「再陳者」,或以「又及」附於補述字句之後。一般提稱敬語,例如祖父母或父母用「祖父大人膝下:敬稟者」、「父親大人膝前:叩稟者」;尊長用「某某世伯大人尊前:謹肅者」、「某公吾師函丈」、「某公資政賜鑒」、「某某部長鈞鑒」。通常教育界與政界、軍界的提稱語又有別,在教育界常用「函丈」、「道鑒」;政界常用「鈞鑒」(有隸屬關係)、「勛鑒」;軍界常用「麾鑒」、「麾下」。至於平輩或同學可用「臺鑒」、「大鑒」、「偉鑒」、「惠鑒」、「足下」、「閣下」、「硯右」、「硯席」、「文席」;年幼平輩或晚輩用「如晤」、「青覽」、「英鑒」、「知之」、「知悉」;用於婦女時,長輩以「懿鑒」、「慈鑒」、「懿右」,平輩以「妝次」、「芳鑒」等提稱之;用於宗教界可依其教別使用「方丈」、「法鑒」、「壇次」、「道鑒」等字,惟為免不慎誤用,可通用「道鑒」。其他居喪者用「禮席」、「禮鑒」、「苦次」(居父母喪「寢苦枕塊」);哀啟用「矜鑒」;婚事用「吉席」、「喜席」。

參、開頭應酬語

開頭的應酬,必須斟酌事實,體察情境、輩分,婉轉寒暄,藉以拉近感情,故又稱**寒暄語**。由於這類套語本已欠合時宜,若再疏忽則未能反映效果,故最好能因事、因人、因地而自出心裁,如此較易於切合情境,真實自然。在舊式書信此一部分不可缺少,有時問候函中這些應酬語就是本文,但在現代書信已有改用白話語氣,甚至略而直敘本文之趨勢。以目前仍沿用頻頻,

唯恐不明就裡，胡抄襲錄，致以詞害義，貽笑大方，故特就常用者列供大家觸類旁通之參考：如意欲探詢對方已否收到先前寄來的信時用「前肅寸稟，諒已呈○鑒」（對長輩），「昨上蕪緘，諒邀惠察」（對平輩）、「昨寄一函，諒已收覽」（對晚輩）。如隨信提及已接獲來書，藉釋他人懷念時可用「頃奉○手諭，敬悉種切」、「展誦○瑤函，如親芝宇」、「頃得家書，知客中安好」等。如訪謁不遇用「日前走謁○崇階，適值公出未遇，臨風翹首，徒切依馳」。如晤面想念時可用「昨謁○崇階，面聆○清誨，仁風德化，仰慕彌殷」、「昨承○枉駕，把晤良歡，備領○教言，獲益良多」。如報幸時用「幸處事周詳，未貽隕越」、「幸賤體粗安，乞紓○錦注」、「幸全家平安，乞釋○遠懷」等。如問候時用「敬維○道履康綏，闔第安吉為頌」、「仰維○藎勞卓著，政祉翔華，為頌」、「恭維○福躬康泰，德履綏和，為頌」。如感謝贈文章時用「蒙賜○大作，寓理精闢，展誦之餘，獲益良多」；感謝贈物時用「迺承○厚惠，賜我○多珍，拜領之餘，感謝奚似」、「承○贈厚貺，辱荷○盛誼，敬領之餘，曷勝感激」（以上○表示斟酌輩分，採取挪抬或平抬書寫，藉表對受信人尊敬，以下亦同）。

肆、結尾應酬語

本文之後是**結尾應酬語**，或稱**珍衛語**，也就是在本文之後，結束寫信之前，再說幾句客套或關懷的話。較常用的有臨書語如：「謹此奉稟，不盡下懷」、「臨穎神馳，不盡欲言」。請教語如：「如蒙○鴻訓，幸何如之」、「乞賜○教言，藉匡不逮」。請託語如：「倘荷○玉成，感激無既」、「得蒙○照拂，永感○厚誼」。借貸語如：「如承○俯諾，實濟燃眉」、「倘荷○通融，永銘肺腑」。求恕語如：「統希○霽照，不勝感禱」、「不情之請，尚乞○見諒」。歉遜語如：「省度五中，倍增歉疚」、「心餘力絀，寤寐難安」。恃愛語如：「恃在愛末，冒昧直陳」、「誼屬知己，幸祈○曲諒」。餽贈語如：「謹具土產數包，聊申敬意」、「敬具菲儀，藉申賀（哀）悃」。祈收語如：「伏望○哂納」、「至祈○詧納」、「敬希○鑒納」。盼禱語如：「無任禱盼」、「不勝企禱」、「是所至盼」。感謝語如：「私衷銘感，何可言宣」、「感荷○隆情，非言可喻」、「銘感肺腑，永矢不忘」。保重語如：「秋風多厲，幸祈○保重」、「乍暖猶寒，尚乞○珍攝」、「寒暖不一，千祈

「〇珍重」、「伏祈〇節哀順變，勉抑哀思」。干瀆語如：「不憚煩言，有瀆〇清聽」、「敢冒〇崇威，上瀆〇鈞聽」。候復語如：「如遇〇鴻便，懇賜〇鈞復」、「懇賜〇示復，無任感禱」、「佇盼佳音，幸即〇裁答」、「敬希〇撥冗賜復，不勝切盼」。

伍、結尾敬辭語

結尾敬辭語大多是依書信性質及雙方關係的措詞，一般可分「致函語」與「請安語」兩部分，前者為結束全函語詞，例如對長輩可用「肅此奉稟」、「肅此」、「謹此」，對平輩可用「特此奉達」、「耑此布臆」、「專此」（耑此），對晚輩可用「草此」、「匆此布復」等。後者請安語如對祖父母及父母可用「敬請〇福安」、「叩請〇金安」。對其他長輩可用「敬請〇鈞安」、「恭請〇崇安」、「敬頌〇崇祺」。對師長用「敬頌〇道綏」、「恭請〇教安」、「祗請〇誨安」。對平輩用「順頌〇時祺」、「並頌〇臺祉」、「敬請〇臺安」、「敬候〇近祉」。對晚輩則用「即請〇刻安」、「順問〇近好」、「順問〇日佳」。對政界用「順頌〇勛祺」、「恭請〇鈞安」。對軍界用「敬請〇麾安」、「順頌〇戎祺」。對學界用「順頌〇道綏」、「祗請〇撰安」。對商界用「順頌〇籌祺」。對旅客用「敬請〇旅安」。於家居者用「敬頌〇潭綏」。夫婦用「敬請〇儷安」。賀年用「並頌〇年禧」。弔唁用「敬頌〇禮祺」。問疾時用「恭請〇痊安」。時節用「敬頌〇春祺」、「順候〇夏祉」、「即請〇秋安」、「並頌〇冬綏」，或以「敬頌〇時祺」涵蓋四時。邀請時用「祗候〇光臨」、「恭請〇闔府光臨」、「敬請〇臺光」、「潔治候〇光」。

陸、署名敬辭與附候語

信末的署名不但要很有禮貌告訴對方是誰寫信給他，同時也有表示負責的意思。除對家族及關係親近的人只寫名不寫姓之外，其餘署名必須寫全姓名，必要時還要蓋上私章。署名之上要按雙方關係加上自稱並側書，如對祖父母用「孫」、「孫女」。對父母用「兒」、「女」。對師長用「受業」、「學生」。對平輩用「弟」、「學弟」、「妹」、「學妹」等（餘請參考附錄五）。傳統的「愚」、「劣」或「竊」等自謙稱呼，如「愚兒」、「劣舅父」或「竊職」等，可揚棄不用。署名底下附有敬辭，如對尊親用「敬稟」、

「叩上」。對長輩用「謹上」、「拜上」、「敬上」、「鞠躬」。對平輩用「敬啟」、「大啟」、「臺啟」。對晚輩用「手書」、「手泐」、「手示」、「字」、「諭」。署名敬辭之後宜加上時間，書於署名右下、左下或正下方都可以，切忌自最後行天線寫下，而年月日宜俱書，便於查考。最後假如自己跟對方家屬親友相識，要附帶問候時可在適當位置附上「令尊（堂）前祈代叱名請安」、「某伯前祈代請安」、「某兄處請代致候」、「某某兄均此不另」、「某弟處希為道念」、「順候〇令郎佳吉」。如代長輩附筆問候時，可在署名及敬辭之後附上「家嚴囑筆問候」、「某某命筆問安」。代平輩問候時用「某兄囑筆問好」、「內子附筆問候」。代晚輩用「小女稟筆請安」、「小兒隨叩」等。附候語的位置有二，如附候長輩或平輩宜置請安語之後，署名之前；如附候晚輩宜置於署名之後，而且最好依輩分調整書寫高度，俾分尊卑。

第六節　書信例釋

壹、問候元首函例

```
總統鈞鑒：頃聞
鈞座以眼疾住院，手術順利，
政躬復泰，佳音恭聆，群情額慶，私衷仰戴，尤深祝禱。
鈞座一身繫國家安危，伏祈　為國珍重，安心調攝。謹代表全國同胞肅函致
敬，諸維
睿詧，恭請
崇安
                                    職〇〇〇　謹上
                                    〇年〇月〇日
```

【問候元首函例說明】

　　(1)對長官之稱謂語，照其職位而定，一般於職銜之上加名字，但因總統為全民仰戴之領袖，為表尊敬，只尊稱「總統」即可，呼名、稱「兄」或「公」，皆不宜；(2)本函省略提稱敬語及開頭應酬語，意表關切，顯現親切而自然關懷仰慕之忱；(3)署名要全部姓名皆署，自稱「職」，側書並略小字些，藉表恭敬。

貳、致學界請益函例

○○教授道鑒：敬啟者，此次○○奉命出主內政，自忖材輕任重，惶悚彌深，極思結合學界，革新觀念，藉資提高行政績效。適閱本月十日聯合報載大作「以企管觀念革新行政」一篇，內容珍貴，頗多創意。除對

讜論環誦再三，深致敬佩外，尤盼時

錫箴言，藉資匡迪是幸。耑此，並頌

道祺

　　　　　　　　　　　　　　　　　　○○○　敬啟

　　　　　　　　　　　　　　　　　　○年○月○日

【致學界請益函例說明】

　　(1)本函係政界人士初履新職，以望重之尊，主動於閱報拜讀好文章後，向專家學者請益函，頗有移樽就教、求治心切之風範；(2)本函與後函兩位發言人原是素昧平生，但因書信互動得宜，目前已都是政界成功人物。

參、作者復函例

○公部長勛鑒：○月○日

大函敬悉。吾　公才德兼具，不恥下問，較諸古之名相，其目光、其襟懷，未遑多讓，足為民賀、為國家賀。管理之道，在諸力行；力行之道，在諸方向；而方向之道，在諸賢能。吾

公就此著手，則事半而功倍。○一介書生，筆耕學界，迺蒙

關注，誠感激而思有以圖報，若能效命，則所欣然也。肅此，謹頌

勛安

　　　　　　　　　　　　　　　　後學○○○　敬啟

　　　　　　　　　　　　　　　　○年○月○日

【作者復函例說明】

　　(1)稱謂之上，大多避名用字，尤其單名者必須查明其字號，位尊或德高者更取字中第一字加「公」字，稱「某公」。但如第一字不適合，則改用第二字，如馬紀壯先生字「伯謀」，應稱「謀公」；谷正綱先生字「叔常」，宜稱「常公」，否則「伯公」、「叔公」，容有未妥。如地位相平，交往較密，則可逕稱「○○部長」；(2)稱「公」表示尊敬，也可稱「老」，兩者並沒有年

齡的區別，但只限用在男性，不適用女性尊長。女性除仙逝者才用「○媽」、「○母」，否則不宜擅作聰明，任意套用；(3)復函應針對來信內容及情境，作切中肯綮的答覆，不卑不亢，表達內心的感受與舉措。

肆、致軍界榮膺新命賀函例

○○司令吾兄麾鑒：欣聞
榮膺重寄，鎮戍前線，咸慶得人。重以吾
兄曉暢軍機，雄才韜略，必然更可運籌帷幄，制敵機先，使臺澎寶島，固若
金湯。以行色匆促，未及把歡，容俟北返得便，當另行致意。肅此奉賀，祇
頌
戎祺
　　　　　　　　　　　　　　　　弟○○○　敬啟
　　　　　　　　　　　　　　　　　　○年○月○日

【致軍界榮膺新命賀函例說明】

　　(1)本函屬於平輩致賀，且交情深篤，亟思再敘致意；(2)軍界用語較為特殊而少用，務須留意；(3)如為基層官兵，本例之提稱敬語及請安語等並不適用，可改一般對平輩或晚輩的用語。

伍、婉謝聘任教授函例

○○所長先進有道：○月○日
手教奉悉。辱蒙　關心，衷心感激！
先進博學多聞，不特對學術貢獻至鉅，而為當前政事，尤富卓見。承
示諸節，均極寶貴，自當奉為南針，以免有誤。至聘為　貴所兼任教授乙
事，因初履新職，一切尚在適應階段，甚感繁忙，一時實難分身，
盛意心領，至乞
鑒諒！君子之交，不在形式，今後
先進如有吩咐，定當盡力以赴，似不泥於表面虛名。特此掬誠奉聞，祇請
道安
　　　　　　　　　　　　　　　　後學○○○　敬啟
　　　　　　　　　　　　　　　　　　○年○月○日

【婉謝聘任教授函例說明】

　　不能順人雅意，函覆時的措辭宜委婉，要將困難處點明，謙遜坦誠，必獲心服。

陸、復藝文界謝函例

○○先生大鑒：頃奉○月○日
大函，欣悉臺中畫展，圓滿成功，曷勝欽佩！
先生畫風獨特，別具匠心，點染揮灑，自成一家，其意境之遠，誠非一般人
所能窺其堂奧。承
贈「竹報平安」翠竹一幅及活動相片多幀，俱已珍存，特此復謝，並頌
時祉
　　　　　　　　　　　　　　　　　　　○○○　敬啟
　　　　　　　　　　　　　　　　　　　　○年○月○日

【復藝文界謝函例說明】

　　(1)本函亦賀亦謝，獎飾平實，易讓受信人心領；(2)對不甚稔熟畫家可稱「先生」，但對望重藝文界者，可改稱「大師」。

柒、復勉學人早日學成蔚為國用函例

○○學棣文席：展誦○月○日
瑤書，欣悉榮獲威斯康辛大學教育碩士，復將續攻博士學程，捷報傳來，忭
頌奚似。蓋吾　棣積極進取之精神，實堪為士林之表率也。惟以歲暮天寒，
隻身旅外，務須於埋首研究之餘，妥為照顧自己，期早日學成返國，蔚為國
用，是所至盼！耑復，並祝
成功
　　　　　　　　　　　　　　　　　　　○○○　啟
　　　　　　　　　　　　　　　　　　　　○年○月○日

【復勉學人早日學成蔚為國用函例說明】

　　(1)師長對遊子學人增注關懷，則益增其對國家向心力，早作報國之計畫，此為獎勉之效果；(2)棣，通「弟」。「賢棣」、「學棣」，即指「賢弟」、「學弟」；「棠棣」則比喻兄弟。

捌、和詩相贈勉函例

○公鄉長賜鑒：久睽
榘範，時切慕臆，前奉吾
公賜詩藻頌，飾勉情殷，感愧交縈。想吾
公當年篳路藍縷，造福桑梓，勳著家邦。欽遲之餘，爰掬愚誠，聊以步和，
隨函附奉，敬祈
教正。肅此，祗請
履安

鄉弟○○○　謹啟
○年○月○日

【和詩相贈勉函例說明】

　　(1)此「鄉長」稱謂係對同鄉年高德劭之長者敬語，並非指鄉、鎮長；(2)和，音ㄏㄜˋ，聲音或韻腳相應，如「唱和」。「和詩」是指照別人的詩的格律與韻腳寫詩，跟他相和。

玖、復勉晚輩知足達觀函例

○○賢甥女如晤：展誦○月○日來信，得悉日內即將隨○○赴美進修，甚感
欣慰！天下事有當然、有自然、有偶然。凡事務望秉持盡其當然，聽其自然
而不惑於偶然，自能知足常樂，達觀厥成，希善自處之是幸！耑復，即祝
成功

舅父手示
○年○月○日

【復勉晚輩知足達觀函例說明】

　　「天下事……」一句見《菜根譚》書。復勉晚輩時若能依照來信內容贈予嘉言哲理作為奮鬥方向，比起惡言訓斥，效益較大。

拾、敬函復勉例

【小朋友上書省主席致敬函例】

敬愛的主席：您好！

　　老師上課常告訴我們：「現在當本省主席的〇〇〇先生，他的成功，完全靠自己的勤勞苦讀，是我們學習的好榜樣。」我們要向主席學習，努力讀書，將來也為國家服務。

　　您當主席才一個月，就不辭勞苦到海山、煤山慰問災變礦工家屬，真是辛苦！常在電視上看見您紅光滿面，和藹可親，一副福相，再聽您說話，就知道您是一位仁慈的長者，是位最好的主席，您為我們服務，真是我們的福氣。

　　我們將兩年來在報刊上發表的小作品出版了「春天」第三集，作為總統和副總統就任的獻禮，也送您一本，表示對您的敬意，希望您有時間翻翻它，願您喜愛它！敬祝您

身體健康，萬事如意

　　　　　〇〇縣〇〇國小「春天」第三集作者代表

　　　　　　　　〇小珠、〇曉萍、〇秀琴、〇春珠、〇桂紅、〇怡璇　敬上

　　　　　　　　　　　　　　　　　　　　　　　　〇年〇月〇日

【省主席復勉函例】

小珠、曉萍、秀琴、春珠、桂紅、怡璇小朋友：

　　各位寄來的「春天」第三集一書和來信都收到了，謝謝。你們辛勤好學，在師長的指導下，把純真的感情融注在作品上，並且印成專集作為慶祝　總統和副總統的就職獻禮，這種勤奮向學、忠愛國家的精神，使我深感佩慰！學如逆水行舟，不進則退，希望你們繼續努力，將來必有更豐碩的收穫。祝

身體健康，學業進步

　　　　　　　　　　　　　　　　　　〇〇〇　啟

　　　　　　　　　　　　　　　　　　〇年〇月〇日

【函例說明】

(1)政府長官復勉小朋友以語體文最好，較能傳達誠摯關愛之意。其用語亦避免俗套，親切自然即可，如此更易使幼小心靈領受平易近人的風範；(2)以上兩函，一往一復，一長一幼，供比較互動參考。

拾壹、復謝獎勉函例

○○教授吾兄道鑒：頃閱○○社會福利事業協進會第○○○號「社會建設」季刊，專文評介^{拙著}「社會福利與民生」，知乃係吾

兄所撰，獎飾有加，實不敢當！社會福利為民生主義重要政策之一，^弟以政務倥傯，惟恐學殖久荒，爰特就平日積存此類手稿，再為整理成書，聊以自遣而已，不意過蒙　存注推介，益增報愧。今後仍祈

教言時賜，藉資匡濟是幸！耑此復謝，並頌

道祺

弟○○○　敬啟
○年○月○日

拾貳、通函復謝例

○○○○○○大鑒：此次^{○○}蒙

總統提名，國民大會代表先進愛護，當選為中華民國第○任副總統，承函電賜賀鼓勵，至深感荷！今後當全心全力追隨

總統，善盡輔弼職責，為完成「三民主義統一中國」歷史使命，作最大奉獻，以期有副

厚望。敬函申謝，順頌

大祺

○○○　敬啟
○年○月○日

【「通函」函例說明】

(1)「通函」係指一函可同時發送極多之各界人士，蓋因各界人士或函或電，其目的均在道賀，故可以通函復謝，函中稱謂語可空白而大量印製後再填寫交寄。可使用在競選文宣、新產品推廣等，以通函處理廣大選民或與客戶的溝通方面；(2)通函也有以謝卡代之，只書信封交寄，不必再填寫稱謂語之謝

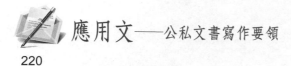

卡，可以避免書寫稱謂的錯誤，並節省時間。如以祝壽為例，可以紅色卡片，
印上金字，配以百壽框邊，免標點，一如賀年卡片，其格式如下：

壽壽

微辰辱蒙

寵賀拜領

雲情至深感篆謹此申謝並祝

百福

〇〇〇 拜啓

壽壽壽壽壽壽壽

拾參、通函支持例

敬愛的長官先進、鄉親父老兄弟姊妹們：大家好！

　　光陰似箭，歲月如流，^晚自民國〇年當選〇〇縣立法委員於今，忽易三個星霜，平時承蒙
愛護提攜，鞭策指導，堅守崗位，為民喉舌，莫不事事以人民利益為先，處處以地方建設為重。自問輸誠謀國，竭智盡忠，幸無隕越，不負所託。茲以任期將屆，特撰「自述」乙冊，略陳國會三年為民服務績效及建言，隨函檢奉，敬請

明察指教為荷。專肅，祗頌

時祺

晚○○○　拜啟

○年○月○日

拾肆、賀函函例

【同致○○大學董事長及校長函例】

○○董事長　惠鑒：○月○日
○○校　長

聯東敬悉。三十年來　貴校在戮力經營下，規範日具，作育益宏；教學有成，甄陶多士，同為國家目標負重任，貢獻良多。欣諗十月卅一日舉行珍珠嘉慶，迫其吉今，任重道遠；美景前途，無任忭頌！蒙邀參加慶典，至感光寵，惜是日正值　先君九九冥誕，弟在臺北公私均將繁忙，不克南下親往道賀為憾！特先此敬致歉謝之忱。即頌

校政日隆百吉

弟○○○敬上

民國○年○月○日

【賀報社社慶函例】

○○董事長　並轉○○日報全體同仁臺鑒：
○○社　長

貴報創刊六十週年以來，致力闡述國策，反映輿情，弘揚中華文化，激發士氣民心，貢獻良多，彌深嘉佩！值此國家建設日興月盛，民主憲政欣欣向榮之際，尚希秉承　貴報優良傳統，研究創新，充實精進，善盡社會責任，促進團結和諧，使以建設臺灣為綠色矽島之使命早日完成。

總統　○○○

民國○年○月○日

【賀函函例說明】

(1)賀函必須著重正面的肯定，以元首之尊道賀，除領受期勉之外，亦為一項榮寵；(2)元首信函略去寒暄、珍衛、請安語及敬辭；(3)比較前函例，「並轉全體同仁」數語，技法更勝一籌。

拾伍、唁慰函例

麗美老師惠鑒：

　　從報紙上得知陳益興老師，因奮勇救護學生而犧牲了自己生命，他這種偉大的愛心和義行，令我深深感動。人生自古誰無死，像陳老師這樣盡忠職守，捨身奉獻，真可以說是雖死猶生了。特寫此信，以表達我內心的哀悼和敬佩之忱，並對府上敬致慰問之意。在此艱難時刻，尚請多加保重，讓我們大家共同發揚陳老師的愛心，以慰他在天之靈。順祝

教安

　　　　　　　　　　蔣經國　敬啟
　　　　　　　　　　　　民國七十四年十月廿九日

【唁慰函例說明】

　　本函摘錄自報紙，以語體文寫信，情詞懇摯，益見偉人平實風範。

拾陸、梁啟超致胡適函例

嘗試集讀竟，歡喜讚歎得未曾有，吾為

公成功祝矣！然吾所尤喜者乃在小詞或亦夙昔結習未忘所致耶？竊意韻意最要緊的是音節，吾儕不知樂，雖不能為必可歌之詩；然總須努力使勉近於可歌。吾鄉先輩招子庸先生創造粵謳，至今粵人能歌之，所以益顯其價值，望

　　公常注意於此，則斯道之幸矣！厭京華塵濁，不欲數詣，何時得與　公再續良晤耶？惟日為歲，手此敬上

適之吾兄

　　　　　　　　　啟超　○月○日

【梁啟超致胡適函例說明】

　　(1)《嘗試集》是胡適提倡實驗主義，揚櫫文學革命後，以白話文寫詩的試驗，為文學史上的創舉；(2)本函為書信變體，其格式未如前述，一般常用於學術討論，單刀直入，免除客套敬語。

拾柒、邀請球藝活動函

○○理事長吾兄大鑒：時值初夏，中部景色倍覺宜人，茲誠邀
車駕於本（五）月十八（星期六）、十九（星期日）兩日在清泉岡及松柏嶺
兩球場作球藝活動，藉暢身心，並資請益。耑此奉訂，順附行程表一份，敬
祈
寵臨是幸！祇頌
崇祺

　　　　　　　　　　　　　　　　　　弟○○○　敬邀
　　　　　　　　　　　　　　　　　　　　○年○月○日

【邀請活動函例說明】

　　邀請參加活動務必敘明活動內容、時間、地點，最好附上詳細行程表俾供
受邀者斟酌參加與否。

拾捌、推薦函例

【請轉薦好友工作函例】

○○先生大鑒：日前匆匆一晤，未及暢談為悵。茲有懇者，舊友某君，大學
畢業後，因家境清寒，無力深造，即在某機關擔任書記。近因該處奉令緊
縮，即將裁員，故邇來急欲另謀一職，以資事畜。頃聞某處，籌備伊始，需
用書記數人。又悉
臺從與某某主任交誼深篤，用特函懇轉介，某君書法端正，文理通順，籤記
之職，當可勝任。檢陳某君履歷表一份，倘荷推愛吹噓，絕不至以不舞之
鶴，貽羞門下。專此奉託，敬請
大安

　　　　　　　　　　　　　　　　　　○○○　敬啟
　　　　　　　　　　　　　　　　　　　○年○月○日

【推薦同事報考母所博士班函例】

○公所長道鑒：拜別
絳帳，倏已數年，曷勝馳念！尤每憶昔在校期間，渥蒙吾
公諄諄教誨，濡沐

春風，倍感受益良多，至為感激，謹申謝忱！敬懇者，茲有何○○老師，係^{學生}在○○大學觀光學系之同事，積極向學，○○大學餐旅管理學系畢業後，繼續赴德國海德堡大學及英國倫敦Schiller International University深造，回國後進入飯店業服務，同時積極參與中華美食的推廣，在台灣美食節（前身為臺北中華美食展）擔任籌備委員多年。又參與各項訓練，取得中餐烹飪乙級證照。數年前本系以其豐富的業界經驗，聘請擔任飯店旅館管理課程老師，教學認真，深獲學生肯定。以何老師積極進取，有意繼續深造，且仰聞母校歷史悠久，教學認真；尤其母所在吾

公暨全體師長以學界泰斗之尊，素孚優越聲望，循循善誘，春風化雨，作育英才，教績斐然！因此亟思報考，求為荐介。^{學生}以深稔何老師教學認真，學植篤厚，兼以深具文學素養，又富濃厚興趣，特為力荐，如能幸蒙推愛，優予錄用，則感同身受，咸信應可為觀光學界增添一生力軍。肅此奉懇，祇請

誨安

^{學生}○○○謹上

【推薦函例說明】

(1)推薦函可因交情關係分為三種：自薦函（甲→乙）；推薦函（甲→乙→丙）；轉薦函（甲→乙→丙→丁）。惟均宜內不避親，外不避仇，誠懇推薦有為才俊之士始為上策；(2)舊時官吏有「正」、「從」之分，如正三品、從三品；(3)「臺從」係對受信人職務的尊稱，猶如「臺端」，但都指平輩；其他如尊人名字稱「臺甫」；動問別人的官階及名字的敬詞叫「臺銜」。

拾玖、邀請教授指導函例

○○教授道鑒：欣逢歲序更新，一元復始，敬維

道履綏和，諸事迪吉，為頌。謹啟者，本館為省政建設宣導中心，鑒於國內各界及國際人士經常蒞臨參觀，為藉收弘揚中華文化、擴大宣導效果計，本館擬於近期內將部分展覽場所重加布置。素仰

教授於詩、書、畫莫不造詣精湛，久享盛譽，為期布置內容臻於完美，因此亟思能有幸趨聆

教益之機，未悉可否蒙賞？特趁

令高足，本館同仁○○君返校拜望之便，代為請示，不期之請，敬祈

誓諒俞允，毋任盼禱。肅此，祇頌
年禧

　　　　　　　　　　　　　後學○○○　謹啟
　　　　　　　　　　　　　　　　○年○月○日

【邀請教授指導函例說明】

　　(1)致函素昧平生者，若非請熟人帶信，否則必須附上名片或註明身分，以免失禮；(2)年禧，新年吉利的意思。中國人從每年12月開始寄賀年卡，過新年元旦，又經過農曆春節，甚至元宵的小過年，此一長時間內的應酬用語，都可使用。禧也作釐（ㄒㄧ，福氣、吉祥），祝福年釐或年禧，不論輩分，相當實用又親切；(3)此一託帶信的信封可寫成如下樣式：

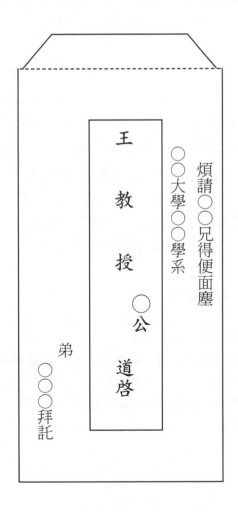

貳拾、以機關名義簡復個人函例

臺端○年○月○日上　總統函已收到轉陳。　大著「人生真義」以闡揚倫理
道德固有文化，改善社會不良風氣為主旨，用意甚善，特復致佩。
此致
○○○先生

　　　　　　　　　　　　　　　　　　　　　○○府○○局　啟
　　　　　　　　　　　　　　　　　　　　　　　　○年○月○日

○○○先生大鑒：奉　交下
臺端○月○日暨○月○日華翰暨附件均已誦悉。承
惠　尊著「人生真義」一書，闡揚倫理道德文化，改善當前社會不良風氣，
深入淺出，不無可取，除存參外，特函復謝。順頌
撰祺

　　　　　　　　　　　　　　　　　　　　　○○部訓育委員會　啟
　　　　　　　　　　　　　　　　　　　　　　　　○年○月○日

【簡復個人函例說明】

　　(1)簡復類同便條，雖短短數言，但仍須扼要將來龍去脈交代清楚，旨在讓
發信人明白信的下落，有簽收、處理、獎勉等含義；(2)代復單位須加蓋章戳或
印信，若有需要也可附上發文字號，可視同公文的一種；(3)下例是書信格式，
與前例便條格式不同；(4)上例的受信人是總統，而下例以「奉交下」表示，因
此可以是部長、院長，也可以是總統等長官交辦案件。

貳拾壹、復立法委員謝函例

○公委員吾兄大鑒：拜讀月之十八日
華翰，深感社會風氣之奢靡已亟，果不斷然暫停愛國獎券之發行，誠無以根
治。承蒙贊助鼓勵，至荷
盛誼。除已送請本府○○廳參處外，耑此復謝，順頌
議祺

　　　　　　　　　　　　　　　　　　弟○○○　敬啟
　　　　　　　　　　　　　　　　　　　　○年○月○日

【復立法委員謝函例說明】

　　決策受民意肯定、支持時更應復謝，以示謙沖。

貳拾貳、復議員告知託辦之事函例

○○議員吾兄大鑒：本（○）年○月○日奉上一函（地○字第○○○○○
號），諒邀
荃詧。承　囑為○○縣○○鎮○○段六一一四地號等五筆土地，位於第二高
速公路預定地，即將辦理徵收，主管機關故意變更都市計畫，致損害所有權
人權益，並於今年公告地價回復前年公告現值每平方公尺二千元一事，雖函
經○○縣政府查報，茲以尚須進一步瞭解，本處業經派員前往調查，一俟調
查竣事，當再奉告，知關
錦注，特再奉聞，順頌
議祺
弟○○○　敬啟

○年○月○日

【復議員告知託辦之事函例說明】

　　民主時代，議員為民喉舌，公僕為民服務，目標一致，因此有所託辦之
事，務必坦誠虛心研處，如有困難可委婉函復理由，否則應全力以赴。倘短時
間無法辦成，亦應不憚其煩函告進度，以示負責態度。

貳拾參、婉復民意代表歉難照辦函例

○○立法委員大鑒：四月十八日
大函敬悉。承　囑以○○稅捐處處長○○○將於本年十月屆齡退休，請准予
延長服務乙節，原應照顧；惟查該處目前多項計畫極待開展，內部管理亦須
加強，○○雖資深績優，但已於去年延長服務一年，如再予延長，不但影響
政府疏通人事管道，拔擢才俊之政策；而且恐將影響機關士氣，考慮至再，
實難照辦，方　命之處，尚請　諒察。專此奉復，並頌
時祺
○○○　敬啟

○年○月○日

【婉復民意代表歉難照辦函例說明】

　　有人認為機關首長最難處理八行書之人事關說請託書，實際不然，蓋若能坦誠析述理由，當可獲得諒解。只不過措詞宜婉轉，態度宜誠懇，理由宜正當，如是而已。

貳拾肆、邀畫家葉醉白先生餐敘函例

醉公將軍麾鑒：拜覽〇月〇日
華翰，以久仰　令名，得獲
教益，忭頌奚似！吾
公騎馬、愛馬、識馬、畫馬，洵為天馬行空，豪情飄逸，曷勝欽敬！為期進一步請益，俾有貢於文化建設，已請本府〇〇廳〇廳長安排餐敘，敬候屆時光臨指教，毋任企幸！肅此，敬頌
時綏

　　　　　　　　　　　　　　　　　　　弟〇〇〇　敬啟
　　　　　　　　　　　　　　　　　　　〇年〇月〇日

【邀畫家葉醉白先生餐敘函例說明】

　　葉醉白先生為國際聞名之畫馬將軍，所繪之馬或優閒、或盛怒、或緩行、或奔馳，各具神韻，蓋率皆源於長期獻身騎兵軍旅，與馬為伍，觀察交融有以致之。

貳拾伍、邀請出席國家經濟發展會議函例

〇〇大鑒：
　　國家經濟發展會議經籌備委員會兩月來之積極籌劃，決定於中華民國〇年〇月〇日至〇月〇日，假臺北市〇〇大飯店舉行，期能凝聚共識，研商開展國家前途方策，素仰
〇〇關心國是，用特專函奉邀，敬希
惠臨出席，共抒良謨，俾以完成此一歷史任務，無任企幸，順頌
時綏

　　　　　　　　　　　　　　　　　　　〇〇〇　敬啟
　　　　　　　　　　　　　　　　　　　〇年〇月〇日

【邀請出席國家經濟發展會議函例說明】

(1)國家經濟發展會議出席代表包括產、官、學各界人士，以邀請函方式較開會通知單或請柬更尊重而且親切，用語因係通函，故邀請人雖是院長或總統，但仍以一般平輩稱謂語較為客氣；(2)邀請函內容必須包括開會時間、地點、事由，以及邀請受信人出席會議的理由；(3)隨函附上出席證、汽車通行證、停車證及會議資料，更是周妥。

貳拾陸、邀請蒞臨臺灣光復〇十週年慶祝大會函例

〇公前總統鈞鑒：久違
教益，時切神馳，恭維　政躬綏和，萬事如意，為頌。茲以本（〇）年十月
廿五日「星期〇」為臺灣光復〇十週年紀念日，本省同胞感念政府德澤，為
示擁戴之忱，決定擴大慶祝。除於光復節前後舉辦包括省政建設成果展等多
項慶祝活動外，並於光復節當天上午九時在臺中〇〇體育場舉行慶祝大會；
下午三時在中興新村舉行酒會，謹函奉邀，請柬另陳，敬祈
撥冗蒞臨指導。肅此，恭請
鈞安

　　　　　　　　　　　　　　　　舊屬〇〇〇　敬上
　　　　　　　　　　　　　　　　　　　〇年十月十五日

貳拾柒、先總統蔣公家書例

經兒知之：去年顧先生清廉來上海時，言「汝已有啟悟之意，天資雖不甚
高，然頗好誦讀」云云，聞之略慰。以後在家，當聽祖母及汝母之命，說話
走路，皆要穩重，不可輕浮；在學堂當靜聽各教習講訓，時自細心領會，務
求明白，讀書總以嫻熟為度。
　　　　　　　　　　　　父字　二月九日

【先總統蔣公家書例說明】

此為民國9年先總統　蔣公親書給長公子經國先生之家書。函中未見寒暄與珍衛，只見叮嚀與期許，天下父母心，閱畢當可感受。

貳拾捌、胡適致蔣公謝函例

介公總統賜鑒：

　　十五日晨，黃伯度先生來南港，帶來
總統親筆寫的大「壽」字賜賀我的七十生日，伯度並說，這幅字裝了框，
總統看了不很滿意，還指示重新裝框。
總統的厚意，真使我十分感謝！回憶三十七年十二月十四日夜，北平已在圍
城中，十五日蒙
總統派飛機到北平接內人和我同幾家學人眷屬南下，十六日下午從南苑飛到
京，次日就蒙
總統邀內人和我到官邸晚餐，給我們做生日。十二年過去了，
總統的厚誼，至今不能忘記。今天本想到府致謝，因張岳軍先生面告今天
總統有會議，故寫短信，敬致最誠懇的謝意，並祝
總統與夫人新年百福

胡適　敬上

四九、十二、十九

【胡適致蔣公謝函例說明】

　　(1)胡適先生提倡白話文運動，身體力行，以白話文寫信，益見真實自然；
(2)函中稱謂、抬頭等仍然考究，不因新文學而否定舊傳統。

貳拾玖、學校家長會發起捐款通函例

各位親愛的家長：今年五月一日欣逢　貴我子弟就讀之光復國民小學創校
二十週年校慶，近半年來荷承學區各界人士及機關學校支持關愛，出錢出
力，成立「慶祝○○國民小學二十週年校慶暨社區基層文化活動籌備委員
會」，支援規劃，並訂於四月三十日（星期日）隆重慶祝，熱情感人，曷勝
忭幸！惟鑒於此次校慶活動內容豐富，且饒富教育意義，　貴我子弟同沾其
澤，為能自助人助，共襄盛舉，故本會決議誠懇籲請
貴家長屆時除撥冗熱烈參與各項親子聯誼活動外，並踴躍捐輸，多寡不拘，
藉表贊助之誠不落人後。如有捐款請惠交本會○幹事○○彙轉為荷。
耑此，順頌
時祺

光復國小家長會會長○○○

暨全體家長委員　敬啟

○年○月○日

參拾、人民團體來往文書例

財團法人海峽交流基金會：

　　十月二十八日至三十日，我會、中國公證員協會人員與貴會人員就海峽兩岸公證書使用問題進行了工作性商談，同時也就開辦海峽兩岸掛號函件遺失查詢及補償問題交換了意見。這次工作性商談，不但在具體業務問題上取得了相當大的進展，而且也在海峽兩岸事務性商談中表達一個中國原則的問題上取得了進展，這是有關各方共同努力的結果。

　　三月份北京工作商談結束後，我會一再聲明，海峽兩岸交往中的具體問題是中國的事務，應本著一個中國原則協商解決；在事務性商談中，只要表明海峽兩岸均堅持一個中國原則的基本態度，可以不討論「一個中國」的政治含義，在事務性商談中表述一個中國原則方式可以充分討論協商，並願聽取貴會及臺灣各界的意見。

　　在這次工作性商談中，貴會代表建議在相互諒解的前提下，採用貴我兩會各自口頭聲明的方式表述一個中國原則，並提出了具體表述內容，其中明確了海峽兩岸均堅持一個中國的原則，這項內容也已於日後見諸臺灣報刊。我們注意到，許惠祐先生於十一月一日公開發表書面聲明，表示了與上述建議一致的態度。十一月三日貴會正式來函表示已徵得臺灣有關方面的同意，以「口頭聲明方式各自表達」。我會充分尊重並接受貴會的建議，並已於十一月三日電話告知陳榮傑先生。

　　為使海峽兩岸公證書使用問題商談早日克竟全功，現將我會擬作口頭表述的要點函告貴會：海峽兩岸都堅持一個中國的原則，努力謀求國家的統一。但在海峽兩岸事務性商談中，不涉及「一個中國」的政治含義。本此精神，對兩岸公證書使用（或其他商談事務）加以妥善解決。

　　我會建議，在貴我兩會約定各自同時口頭聲明之後，在北京或臺灣、廈門或金門繼續商談有關協議草案中某些有分歧的具體業務問題，並由貴我兩會負責人簽署協議。

　　另外，在大陸「中新社」所發的新聞稿中，還特別提到：十月三十日下午，海基會代表提出的擬作為海基會口頭聲明的內容是：「在海峽兩岸共同努力謀求國家統一的過程中，雙方雖均堅持一個中國的原則，但對於一個中國的含義，認知各有不同，惟鑒於兩岸民間交流日益頻繁，為保障兩岸人民權益，對於文書查證，應加以妥善解決。」

海峽兩岸關係協會

一九九二年十一月十六日

海峽兩岸關係協會：

　　關於「兩岸文書查證」商談等事，十一月十六日及三十日大函均悉。

　　鑒於「兩岸文書查證」及「兩岸間接掛號信函查詢與補償」是兩岸中國人間的事務，問題懸宕多時，不但影響兩岸人民權益，且使人民對交流產生疑慮，誠屬遺憾！頃接　貴會上述二函，顯示「願以積極的態度，簽署協議」、「使問題獲得完全解決」，耑此，我方表示歡迎。

　　我方始終認為：兩岸事務性之商談，應與政治性之議題無關，且兩岸對「一個中國」之含義，認知顯有不同。我方為謀求問題之解決，爰建議以口頭各自說明。至於口頭說明之具體內容，我方已於十一月三日發布之新聞稿中明白表示，將根據「國家統一綱領」及國家統一委員會本年八月一日對於「一個中國」含義所作決議加以表達。我方此項立場及說明亦迭次闡明，香港地區、大陸地區及臺灣地區之媒體，對於雙方立場及說明，先後已有充分報導。

　　目前當務之急應在於解決事務性實質問題，我方已依在香港商談所得初步共識，並充分考慮　貴方之意見，整理協議草案，在香港面交　貴方商談代表，　貴會對於「兩岸文書查證」及「兩岸間接掛號信函查詢與補償」二草案若仍有「遺留的分歧」，請速函告，以利我方研究。

　　有關辜董事長與汪會長在新加坡之會談，我方至為重視。至於會談之相關事宜，本會當於積極研究後，另函相告。耑此，順致

時祺

　　　　　　　　　　　　　　　財團法人海峽交流基金會

　　　　　　　　　　　　　　　　　　十二月三日

海文陸（法）字第八一一一〇四五七號

【海峽兩岸關係文書往來函例說明】

　　(1)這是所謂的「一中各表，九二共識」，財團法人海峽交流基金會與大陸海峽兩岸關係協會於民國81（1992）年兩岸關係的重要歷史文獻；(2)取材自民國90年8月30日《中央日報》第三版；(3)海峽兩岸關係不以政府公文來往，委以兩會文書溝通，故以「書信」代替「公文」，雖關係微妙，但文書溝通仍具一定效果；(4)書信即「箋函」與「便箋」，目前已被列入公文程式條例之「其他」類中。

第十章　便條、名片與網路文書

第一節　便條及名片的意義與用途

　　今日工商社會，人人事務紛繁，為求兼顧並迅速處理日常生活中某些並不機密又不十分重要，但卻省不得的交際應酬，諸如請託、洽商、邀約、拜訪、餽贈、答謝、借款、購物、取件、通知、轉達、諭示，以及辭行致意、走訪不晤等單純事故，於是將書信縮短成為簡便的字條，用簡明扼要的文字表達出自己的意思，就稱作「**便條**」。因係簡化的書信，故前人又稱為「短箋」、「小簡」、「小柬」、「小牋」、「小札」，今人常稱「小字條」。便條不需長篇冗論，精工細琢，也不用浮文客套，而且字體不拘，格式單純，即可四平八穩地圓滿解決人際關係，因此逐漸為一般人所樂用。

　　「名片」，漢稱為「謁」，《史記》〈高祖本紀〉注：「謁謂以扎書姓名，若今之通刺。」原為書有姓名之木片，用以通報姓名，漢末稱「刺」，《釋名》〈釋書契〉：「書姓字於奏上曰書刺。」明末稱「寸楮」，後亦名「名紙」、「名帖」，日本沿唐稱「名刺」。今通稱「**名片**」，是比便條更簡單的應用文件，一般都是將自己的姓名、籍貫、住址、電話及職業身分等背景資料印在卡片上面，供通報姓名、求見、晉謁、拜會等自我介紹時呈遞之用。名片便於攜帶，使用時只要將你想寫的事情簡單寫出，再加上對方姓名即可，由於已印有自己姓名，因此不必再簽名。有的人閱歷豐富，可摘其一、二重要者印上即可，如果將全部頭銜以及無關緊要者皆印上，甚或以摺疊式名片見世，除非競選宣傳等特殊需要，否則不建議採行，一則因受片者難保存，二則取放或翻閱不便，易遭物議，不得不慎。

　　大體而言，便條是書信的變格，名片又是便條的變式，兩者與書信都屬於同一性質的應用文件。正因為有便捷、隨手可用之效，因此為免流於失禮、隨便、冒失，對於新交和尊長，除拜會、留言外，最好不用。交換名片時，為表客氣，最好先於對方，特別是尊長，而且雙手持陳，名字正向對方，微笑、欠身或鞠躬，如順口自然說出：「請多指教！」更是得宜。

第二節　便條及名片的構造與作法

　　便條雖然不像書信有固定的格式，但在簡短的紙片中仍然必須具備：(1)**簡要主題內容**；(2)**對方姓名稱謂**；(3)**自稱及署名**；(4)**敬辭及時間**等四項條件；就是名片，亦復如此。如果用名片代替便條，雖可省去自己的署名，但其餘三項仍須交代清楚。兩者都是求方便迅速，沒有餘裕時間讓我們充分構思與修飾詞句，但又不能過分草率，弄得語焉不詳，詞不達意。寫作時必須注意，方便而不隨便，應遵守下列各點：

1、文字貴簡潔，將要傳達的內容，簡練的寫出，所有開頭和結尾敬辭，以及應酬客套話俱免，內容忌空洞或蕪雜晦澀，除具機密性或需長篇描述文字，否則交代不清者之外，不宜援用。

2、用紙可靈活運用，封套亦可省卻。機關團體往往因為便條常具有公信力與時效性，為了檔案整理方便起見，大多印製署有各該機關全銜之便條紙，並統一規格大小，以便於用在各單位間於會簽意見或條示、簽陳時之用。以政府機關而言，目前便條紙統一採用A5規格紙張。

3、必要時加蓋私章或職章，以示負責，名片亦然。名片習慣用「名正肅」或「名正具」，即可不再簽名蓋章，其意思是說「名字在正面，向你敬拜」的意思，名正肅用於尊長，名正具用於平輩或晚輩。

4、便條都是派人專送或親自留交的多，很少郵寄。如需郵寄，則應該改用書信。派人專送時，其地址可寫在條末。名片大多親自留交，為防被人冒用，有時可在名片上印「專誠拜候」或「啟事蓋章」字樣，亦即如有啟事必須蓋章才算數。

5、對方姓名寫在事情內容之前或以後都可，寫在主題之後可斟酌雙方關係，用「此致」、「謹致」、「此上」、「此請」、「敬致」、「敬陳」等用語，以及於名號之下加一稱呼，如「兄」、「先生」、「女士」、「弟」。而自己署名之右上方加自謙詞，如「弟」、「晚」等，以及署名之下可以加上簡單敬辭，如「上」、「敬上」、「拜上」、「謹邀」、「謹約」、「敬留」、「拜復」及「鞠躬」等用語。時間大多寫在自己署名之下方偏旁，藉資查考。

6、便條也可以用在電子網路，如有簡訊溝通必要，亦應採取便條構造與作法，藉免流為輕浮隨便的粗糙文學。

第三節　便條及名片例釋

壹、請託例

下列便條請託例適用於世交，「得便」是指方便的時候，既請託他人，又不增加其行程負擔；是否暫墊慰問金則視代尋結果而定，數目亦委由受託人審度，此乃人情之常，真正請託目的則在盼知下落，俾取聯繫也：

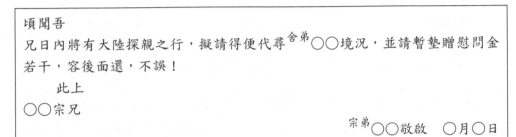

頃聞吾

兄日內將有大陸探親之行，擬請得便代尋^{舍弟}○○境況，並請暫墊贈慰問金若干，容後面還，不誤！

　　此上

○○宗兄

　　　　　　　　　　　　　　　　　　　　宗弟○○敬啟　　○月○日

貳、洽商例

下列便條洽商例常見用於機關首長審核公文，須進一步瞭解案情時，差人送便條邀關係人當面洽詢之用。一般宜訂定時間、地點，惟此一便條明顯可知是請關係人自行擇妥時間至首長辦公室報告，故免贅時、地。惟右例則不限定面洽，可以書面答覆長官：

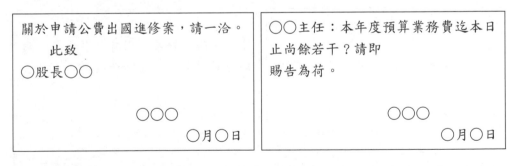

關於申請公費出國進修案，請一洽。

　　此致

○股長○○

　　　　　　　　　　　○○○

　　　　　　　　　　　　　○月○日

○○主任：本年度預算業務費迄本日止尚餘若干？請即

賜告為荷。

　　　　　　　　　　　○○○

　　　　　　　　　　　　　○月○日

參、邀約例

料理幾道拿手好菜邀姊妹淘促膝談心，人生樂事也，不一定要有堂皇事由。左例後附之「送光明路一號○○○女士」是供差送便條者送遞之用，務必書於自己署名之後。其右為應約例，因由送便條人持回，故不必書地址、姓名：

明晚六時，薄具菲酌，敬請
光臨^{寒舍}一敘，勿卻是幸！
　此請
○○姊
　　　　　　　　妹○○○謹邀
　　送光明路一號　　○月○日
○○○女士

荷蒙
寵邀，曷勝欣幸，謹當如約前往，奉
陪末座，尚先致謝。敬復
○○妹
　　　　　　　學姊○○○拜覆
　　　　　　　　　○月○日

肆、拜訪例

以名片用之於訪晤比便條方便。如為名片時，其例如下：

因有要事奉商，明晚七時趨府，務請
曲留是幸！
　此上
○○兄
　　　　　　弟○○留字
　　　　　　　○月○日

○○學長：日昨東瀛旅遊歸來，特奉
上紀念品一份，不成敬意，敬請哂納
是幸。

　　　　　學弟○○○　敬留
　　　　　　　　○月○日

下列正面係第一次擬訪，背面是訪後未晤。留名片表示再訪之意，益見事
情之急要也。名片也可以紅底印金字，於拜年或銘謝賜票等拜訪場合使用。

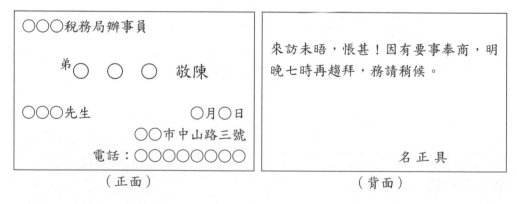

○○○稅務局辦事員

　　弟○　○　○　　敬陳

○○○先生　　　　　○月○日
　　　　　　○○市中山路三號
　電話：○○○○○○○○

（正面）

來訪未晤，悵甚！因有要事奉商，明
晚七時再趨拜，務請稍候。

　　　　　　　　名正具

（背面）

伍、餽贈例

本例為餽贈例，可於不同形式擇宜使用：(1)贈送對象如為數極多且各階
層人士都有時，可印成卡片夾於書卷內頁寄送，或上方留白，虛線上方往後

摺，夾於書冊封面，以信封交郵寄廣告型錄、競選文宣品等。其遣詞宜用各界通用語，不分尊卑、身分、地位。惟如為特定對象則必須斟酌兩方關係，慎重用語，否則贈人以物反遭失禮；(2)莞納：莞存笑納。小笑曰莞，《論語·陽貨篇》：「夫子莞爾而笑。」又作笑納、哂納。

【卡片例】

> 茲檢奉^{拙著}「從巡撫到省主席──臺灣省政府組織調適之研究」壹冊，敬請指正為感。
>
> 　　　　　○○○　敬贈
> 　　　　　　○年○月○日

【便條例】

> 頃養得洋蘭一種，不敢自珍，謹奉上一株，敬祈
> 莞納是幸。
> 　此致
> ○○○兄
> 　　　　　　　　弟○○○敬啟
> 　　送○○省旅遊局　　○月○日
> ○技正○○

【名片例】

> 欣逢
> 令堂八十華誕，以事不克拜賀，歉甚。茲奉上水蜜桃一盒，藉頌
> 福壽康寧，敬希
> 哂納是幸。
> 　　　　　　　　名正肅
>
> 　　　　　（背面）

> ○○大學○○學系教授
>
> 　弟○　○　○　拜賀
>
> ○○兄　　　　　○月○日○時
> 令堂萬壽無疆　○○市中山路一號
> 　　　　電話：02-○○○○○○○○
>
> 　　　　　（正面）

陸、答謝例

　　答謝又能附誌感言，真謝也，惟不宜吹噓過度。此為便條式，如答謝對象眾多，不克一一踵謝時，亦可印製謝卡寄發，如：

應用文——公私文書寫作要領

尊著內容豐富，析理精闢，洵屬佳
構，欽遲之餘，除珍存參考外，耑此
復謝。
　此致
○○學長　　　學弟○○○敬啟
　　　　　　　　　　○月○日

○○科長：此次業務會議，承蒙
鼎言支持，得以順利通過本科重要議
案，感篆彌深，以拜謁未晤，特此申
謝。順請
勛安　　　　　　弟○○○　拜留
　　　　　　　　　　○月○日

以下兩例為印製謝卡，惟右例禮金○○○元及○○○先生（女士）可空白
備填，如以名片亦可，如下例：

猥以賤辰，渥承　賜賀，
高誼隆情，至深感篆。肅申謝悃，敬
祈　垂詧，順頌
時綏
　　　　　　　　○○○敬啟
　　　　　　　　　　○月○日

承　賜禮金○○○元敬謹領

謝　　　　　○○○再拜

　　　　　回塵
○○○先生
　　　女士

璧還賀禮宜誠心實意，妥為說明理由，否則容易違拗送禮者的一片心意，
不可不慎。

蒙　賜厚貺，至感
盛情，惟遵慈訓，不稱壽，不受禮，
敬請璧謝，並請
曲宥為禱。
　　　　　　　　名正肅

（背面）

○○大學教授
　　　　屬○　○　○　拜謝
○校長○○　　○月○日○時○分
　　　　　　○○市○○路○○號
　　　電話：○○○○○○○

（正面）

柒、借款例

本例為借款例：(1)借款能略述理由，加蓋私章，可增加貸者信心；(2)唐朝
顏真卿為刑部尚書時，曾以便條陳曰：「拙於生事，舉家食粥來已數月。今又
罄竭，祇益憂煎，輒待深情，故令投告。惠及少米，實濟艱難，仍恕干煩也！

真卿狀。」乞貸米於李太保，不但理由堪憫，而其居官之清廉，可想而知；(3)
燃眉：喻事急也，《五燈會元》記載：僧問蔣山佛慧，如何是急切一句，慧
曰：「火燒眉毛」；(4)俞允：俞，答應，允也；愈允同義語，猶言「許可」。

匆促上班，未及備款，茲以事急，懇請惠借新臺幣五千元，以濟燃眉，準於
明日奉還不誤。如承　俞允，請即交來人帶下為荷。此請
○○兄
　送本局秘書室　　　　　　　　　　　弟○○○　印 拜啟
○專門委員○○　臺收　　　　　　　　　　　　　　　○月○日

捌、還款例

本例為前例之續，請原代借同仁送還款項，因已知對象，故不再贅地址、
人名：(1)俗云：「有借有還，再借不難」，言明日奉還即不得耍賴；(2)「朗照
點收」亦可作「查收」、「詧收」。朗照：明察也，形容月光的照射為「朗照
不宣」；亦作「霽照」，猶言明察。

昨承　惠借新臺幣五千元濟急，曷勝銘感！茲如數奉還，順致謝忱，敬請
朗照點收為荷。
　　此致
○○兄
　　　　　　　　　　　　　　　　　弟○○　拜啟
　　　　　　　　　　　　　　　　　　　　　　　○月○日

玖、購物例

如為機關便條，須蓋條戳或圓戳，以示負責，並便於開立發票之用。而私
人便條則如第二例：

茲需SKB「秘書」型原子筆五打，天鵝牌稿紙十刀，請速送○○路○○號三樓
會議室，並附發票。
　　此致
○○圖書文具公司
　　　　　　　　　　　　　　　　　　○○局事務股　啟
　　　　　　　　　　　　　　　　　　　　○月○日

> 頃聞　令尊日內有韓國之行，擬託代購高麗人參壹盒，敬先奉款五千元，容後面清，不誤。
> 　　此致
> ○○兄
>
> 　　　　　　　　　　　　　　　　　　　　　　　　　　弟○○○敬託　　○月○日

拾、通知例

遺物取件，必須署名身分、職別，代管者始能交給。第二例為旅客向車站領取失物，此種情況尤其必須敘明失物內容特徵，俾資代管人辨明是否為真正遺失者，如：

> 昨在　貴局洽公，遺留鑰匙一串，諒承代管，乞交來人帶下為感。此致
> ○○先生
>
> 　　　　　　　　　　　　　　　　　○○公司經理
> 　　　　　　　　　　　　　　　　　○○○印 拜上　　○月○日

> 貴站「失物招領」公告牌示第三號所載「紅色皮夾」一只，若為鱷魚皮製、雙層，內有署名○○○國民身分證、汽車駕駛執照、○○大學學生證各一張；現金約新臺幣一萬元及親友聯絡電話一小冊，即係本人遺失，敬請准予發還為荷。
> 　　此致
> ○○車站站長
>
> 　　　　　　　　　　　　遺失人：○　○　○　蓋章
> 　　　　　　　　　　　　身分證號碼：○○○○○○○○○○
> 　　　　　　　　　　　　住址：○○市○○路○號

通知亦可以名片代之，如：

> 來訪未晤，至以為悵。弟已抵臺，泊○○大飯店，懇即移駕一敘為荷。
> 　　此請
> ○○兄
>
> 　　　　　　　　弟○○○　謹上
> 　　　　　　　　　　○月○日

> 憑條請借○○○傳上、下兩冊，閱畢當即奉還不誤。
> 　　此致
> ○○圖書館○館長○○
>
> 　　　　　　　　後學○○○　敬啟
> 　　　　　　　　　　○月○日

吾　兄訂貨已到，請於日內掣據逕向 ○○行領取。 　　　　　　　　　　　名正具 （背面）	○○公司業務部經理 　弟○　　○　　○　　敬上 　　　　　　　　○月○日 ○經理○○　臺北市中山路○段○號 電話：○○○○○○○○ （正面）

拾壹、轉達例

此與前舉請託例（見第235頁）相呼應，即赴大陸探親後，尋得其弟，先以便條轉達，俟有優裕時間再詳談，乍見似「賣關子」，實則先解懸念也。而受條人應速詢代墊款若干，儘速如數奉還，切勿置若罔聞，失禮也。

此行於○○省○○縣晤及
令弟○○先生，爰依囑奉告，渠況平安，請釋念。特先奉達，餘俟機再詳告。
　　此致
○○宗兄
　　　　　　　　　　　　　　　宗弟○○　拜啟　○月○日

拾貳、諭示例

此諭示為先總統蔣公於民國42年8月29日致參謀總長周至柔、聯勤總司令黃鎮球之條諭，具見克難建軍之苦心。所謂「諭示」，為上對下的命令告語之便條，又稱「訓諭」、「手諭」、「條諭」。

周總長、黃總司令：
每星期全部軍隊自大元帥以下食番薯一餐，大元帥本人食兩餐，照此計算，每年可節省軍糧之經費幾何？希切實計算詳報。
　　　　　　　　　　　　　　　　　中正　八月廿九日

拾參、辭行例

此例為差人遞送名片辭行例，名片正面左下角宜再加註「○○○先生」：

^弟以事匆匆赴日，未遑趨辭，肅此奉聞，順候
刻安

名正具

（背面）

財團法人亞東關係協會

^弟○　○　○　敬候

○○○先生　　○月○日○時○分

（正面）

下例為送行人因故未能趕上時間，旅客因前行在即於車站備置之留言牌書寫辭行語代替便條，送行人可於閱畢後擦拭。「知名不具」旨在隱私，除非深交，互認得字跡，否則莫辨所云，宜少用。

○○姊：久候未至，^妹已搭原告知班車北上矣！多保重，再聯絡。

^妹○○　留字

即日　○時○分

連日辱蒙照拂，茲因任務所繫，不克再留，已動身往前告知之目的地，特此奉聞，並祈
亮詧！

知名不具

拾肆、其他例

便條亦可用之於即興抒感，如前駐日代表毛松年先生於民國74年12月22日卸任臨行，信筆寫下感懷詩：

乙丑冬至將別東瀛
秋去冬來景色清，富士山頭雪似銀；舊雨新交存知己，雖隔天涯若比鄰。

毛松年　草

以下為前省府委員蘇俊雄先生於民國76年12月間於省議會，以七十三位議員大名，編纂成四字一組的打油詩，即興之作，堪稱絕配，特錄之參考：

景星照郎，明通福來；月嬌雲杰，俏廷細滿；江淋滄淵，泉裕大清；
木村松輝，東春性榮；春木逢時，玉嬌宗男；雅景建年，鈞惠榮芳；
介雄明景，金德顯明；秀霞玲惠，木添仁福；子駿明正，慎克文政；
國棟文良，繼魯聯登；邦友榮祺，吉助貞昌；文德文來，錫堃明文；
聲鏞玲雅，兆釗鈴雄；金女秀惠，仙保盛義；文妃秀孟，姬美素芳；
醫良治明，水木火順；國龍鎮岳，志彬朝權；育仁炳偉，崇熙永欽。

便條用途至為廣泛，除前舉體例外，亦有嚴肅者，如民國59年1月30日先
總統蔣公書勉國人：

忍辱負重	沉著觀變	埋頭苦幹	強固基地
勿忘勿助	壹志帥氣	光復大陸	信心彌堅

又如蔣故總統經國先生於民國68年以便條書懷：

颱風甫過，秋夜深思，計自從政以來，已有四十年，從任縣長以至總統，從
未計及個人名位利害之私，但內心實無時不為國難民苦為憂，亦無時不以未
能為國為民盡心而慮，不論世變如何，報國赤忱，此心耿耿，永不稍渝。

經國　中華民國六十八年十月十六日深夜，臺北

此外，便條為公務員簽辦公文之慣用文書，舉凡請示、移會、解釋、答覆
等均常用到，如：

本案與第二組新風景區經營管理業務有關，擬移由該組核簽，是否可行？請
鈞示

第一組　職○○○　敬簽　○年○月○日

檢送「○○市政府○○年度施政計畫」乙冊，請
卓參。此致
○○局

○○處　敬啟
○ 年○月○日

本案有關「公共設施保留地」部分，事屬　貴管，特移請主政為荷。此致
○○廳

○○處○○○　敬啟
○年○月○日

前例可蓋第一組組長職章，加自稱「職」字側書；次例可蓋條戳或圓戳；
後例則由機關首長簽字後移送其他機關主政。

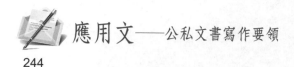

第四節　網路文書及其特性

壹、定義與發展

　　網路文書是一個應用文領域的新興名詞，主要是因應網際網路（www）興起以後，凡是以網際網路為載體，呈現在電腦、手機螢幕上所發表的文字溝通，其內容可以是書信、便條、公告、啟事等，將之用電子網路傳輸；此外，其性質、內容與功能都與應用文類似，只不過是**紙本**與**網路載體**之別而已。中文網路文書起源於1990年代初期，斯坦福研究所網路資訊中心（SRI－NIC）接受各國註冊登記域名，華文方面，中國為**CN**，臺灣為**TW**，香港為**HK**，開通了國際電子郵件，無遠弗屆的服務，頓時興起了嶄新的溝通革命。

　　與**網路文書**同時發展的是**網路文學**，兩者最大差別是溝通的內容。後者所發表的是詩歌、小說、古典詩詞或散文等文學作品。如1993年3月中國的詩陽透過電郵網路大量發表其詩歌作品，之後在中文新聞群組和中文詩歌網上，又陸續刊登了數百篇詩歌，成為史上第一位中國網路詩人。1998年臺灣作家蔡智恆（痞子蔡）其代表作《第一次的親密接觸》由網上而紙上，一時之間，洛陽紙貴；1998年香港作家黃易和臺灣作家莫仁分別在網路上發表《大唐雙龍傳》和《星戰英雄》。此後，中國文學各類入口網站及網頁如雨後春筍般冒出來，隨後又陸續出現旅遊文學、報導文學，蔚成網路文學的另一股風潮。

　　21世紀網站在多元模式和創新軟體技術的基礎上迅速發展，愈來愈多的人在網上作文字溝通，已經突破電子郵件（E-mail）一對一有限的發、受訊者，更變本加厲悠遊在寬頻世界中，舉凡臉書（Facebook）、微信（WeChat）、部落格（Blog）、推特（Twitter）、Line、Instagram或電子佈告欄（BBS）等任何所有透過網路的載具陸續出現，更加掀起了網路文書、在線圖片及視訊分享的熱潮。

　　總之，網路文學盡可浪漫、豪邁且無拘無束地暢所欲言；但是講究人際溝通、應對進退的應用文，在勢必接受此一網路熱潮的席捲與挑戰之下，一定要追求方便，但又不能隨便，才是成功的網路文書寫作。因此特別在六版加以著墨與強調，藉以迎合趨勢的需要。

貳、特性

一、方便性

　　網路文書在經歷了不斷的發展與改進之後，已然成為了現代人們溝通的主流之一，特別是智慧型手機問世，人手一機，不但取代室內電話，而且將行動電話拜網路科技研發之賜，集相機、電子信箱、FB、Line、WeChat、Map、Instagram，甚至網路銀行、支付寶於一機，其中也有很多必須運用文字或豐富俏皮的貼圖來簡單表示意思，因而讓應用文在網路世代起了不小顛覆性的革命。

　　然而，**方便不等於隨便**，發訊者與受訊者的應對進退，尤其是應有的稱謂、禮貌，如何才能表達得體，讓人感覺你是知書達禮，留下好印象，正是應用文在網路世界發展的新課題。

二、快速性

　　網路文書傳播速度的不斷加快和傳播空間的不斷擴大，是傳統紙本應用文所望塵莫及。一封書信還得寫封套、貼郵票，再去郵局交際；一件啟事，還得找公布欄張貼，否則隨便張貼還會被環保單位取締。不論是公文、書信、便條、請柬等的應用文寫作，再也不是真的都拿起紙筆來寫，而是指尖一彈，瞬間廣傳。

　　因此，當今的網路盛行，使得人們不必出門，便能在瞬間就得知天下事，爭取時效，非常方便。但一不小心，慮有未周，也很容易壞了很多美事，主要是因為傳送的快速已經是一「彈」既出，駟馬難追，而且影響層面，除非私訊，否則無邊無既的網路，雖有刪除、回收功能，但仍悔之莫及矣。

三、創新性

　　因為網路文書是透過安裝有Word、Excel、ppt、pdf等特殊套裝文書軟體在電腦或智慧型手機輸入，後者甚至更可以安裝多樣表情貼圖來傳達發訊者的意思，省去了逐個文字的輸入，而且這些貼圖也附加上了商人的廣告價值，也有與文字圖象、動畫、音響相結合的互動效果，這樣的文字平台效果是傳統的印刷出版所無法比擬的，也因此必須讓原本的書信、公文、啟事、便條、開會通知單等約定格式、用語從新洗盤。

網路文書的輸入方法除由手寫改用指尖彈字之外，甚至拼不出注音符號就用說的也可以顯示文字；形容不出場景、動作就附上照片；顯示不出歌舞、音樂就附上影像、錄音檔。幾乎一機在手，辦公室、公車上、站著、坐著、躺著，由「打」到「划」手機，創新出奇，已然成為網路文書創新的一大特徵，更是應用文發展的一大挑戰。

四、公開性

網路文書正因為具有方便性、快速性，因此很容易瞬間無遠弗屆，廣為周知，識與不識的眾多網路人士，也都很容易藉著這個平台，瞭解到發布的訊息，因此除非私訊，否則保密性很低，幾乎是公開透明，神速地、赤裸裸的展現在世人眼前，如果是要宣傳政治理念、行銷商品或推廣各項活動，當然確實是很不錯的行銷模式。然而這也正是憲法保障「人民有秘密通信自由」所無法達成的規範，所以無論使用FB或LINE等任何網路載體，在發布網路文書訊息之前都要三思而行，不能逞一時之快，鑄成悔之不及的憾事，特別是提及身分證ID、金融卡、手機號碼等與生命財產有關的個人資料或智慧財產，要特別小心，尤其在網路犯罪日新月異之際，更需謹慎處理。

第五節　網路文書的種類與寫作注意事項

壹、種類

網路文書是紙面文字的延伸，大多是紙面文字的應用文書將其上網，達成溝通目的，除部落格（Blog）比較適用在網路文學外，在臺灣地區目前較為流傳通行提供網路文書的載體約有如下各種：

一、電子信（e-mail）

電子信興起較早，約1990年代初期與中文網路文書起源同時，是要使用者個人先申請一組形同門牌地址的電子信箱（address）讓對方知道，很多會與通信地址、電話，同時印在名片方便使用。申請時要有專屬的帳號、密碼，才可以打開收發信件，一個人可以擁有很多電子信箱，猶如可以擁有很多房子地址一樣。電子信有回復、轉寄、存檔、列印、刪除、附加檔案、副本、密本、寄

件備份等多項功能，特別是照片、重視格式的公文等都可以用附加檔案傳送。政府機關大都已經將電子信改進成更具行政效率的電子公文，也發布很多規定，在本書的公文寫作已做介紹。至於私人E-mail的作法及規範可參閱第九章第四節。

二、電子布告欄（BBS）

早期由於電腦及用於連通網路的附屬商品或服務均屬於高單價商品，於是建構於學術網路（TANET）中的電子布告欄自然地就成為群組內意思溝通的利器，但卻僅止於意思短文傳輸，對於講究挪抬、側書等格式、用語的應用文較不適宜，目前也已較少見，尤其在智慧型手機盛行之後，已經幾乎見不到BBS。

三、臉書（Facebook）

臉書是由Facebook直譯過來，原名thefacebook，簡稱FB，中文名稱除臉書外，還有臉譜、面子書、面簿等（如圖10-1），是2004年2月4日由馬克・祖克伯（Mark Elliot Zuckerberg）與哈佛大學室友們創立，名稱的靈感，是來自美國高中提供學生包含相片和聯絡資料的通訊錄。除了文字訊息之外，使用者還可直播、打卡、傳送圖片、影片、貼圖和聲音媒體訊息，包括doc、docx、xls、xisx等訊息，使用者可以建立或加入相同興趣、同學、同事或摯友的群組。

臉書（Facebook）	Line	微信（WeChat）	推特（Twitter）

圖10-1　臺灣民眾較常用的網路文書載體

四、Line

中文有稱為「連我」（如圖10-1），是韓國Naver集團2011年6月開發並發表的即時通訊軟體，群組內的聊天成員可以透過網際網路在不額外增加費用的

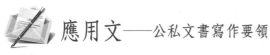

情況下，與其他成員傳送文字、貼圖、照片、動畫、語音、keep、live、TV、位置和影片等多媒體資訊，甚至語音通話及視訊。Line基本上須在智慧型手機或其他相容的平版電腦註冊才可以使用。

五、微信（WeChat）

微信是騰訊公司於2011年1月21日推出，可免費支援多種語言以及智慧型手機的即時通訊軟體，在中國市場占有率達93％。每個人都可以申請訂閱帳號，發布個人的文章。用戶可在列表中選擇聯絡人，將資料備份於雲端；也可以將有共同興趣的人邀入群組，相互聯絡。微信也有語音通話、貼圖、照片、拍攝、位置、個人名片及附加檔案等功能（如圖10-1）。

六、推特（Twitter）

推特又稱推文（Tweet），是由傑克・多西在2006年3月創辦，目前除中國大陸以外，風行世界很多國家，特別是歐美，被形容是「網際網路的簡訊服務」，已成為全球新聞、娛樂和評論的重要資料來源，是網際網路瀏覽量最大的網站之一，很多政治人物，如美國總統川普便常借著推特來說明或澄清他的施政理念，自然的推特也就成為新聞媒體記者競相挖寶的來源（如圖10-1）。

貳、網路文書寫作的注意事項

網路文書雲遊網際之間，方便、快速、公開、無遠弗屆的特性已如前述；但正因為方便，而易流於隨便；快速而易於駟馬難追，悔之莫及；公開而易於洩漏隱私及機密。這些特性是優點，但也是缺點，洵為一體兩面，因此如何發揮優點，防範缺點的發生，正是網路文書寫作時應該注意的事。茲就觀察所得，將網路文書寫作時應該注意的事項臚列如下：

一、格式

網路文書其實並沒有固定格式，是最隨性、隨意表示意見的平台，但問題是如要藉著上列任何一個平台傳達意見，除文辭通順之外，有時為了讓溝通效果更好，幾十或幾百個字的短文，常有遺漏之處，例如一篇「國父遺囑」你知道有多少重點嗎？所以如果要邀請群組內成員開會或活動，會發現不如依照「開會通知單」或「請柬」格式，建置成pdf檔案或掃瞄成圖檔附加上去，更為

清楚完整；其他公文、書信、啟事、契約，甚至訃文等亦是如此，打開檔案，既符合應用文格式，又清楚明瞭。

二、用語

網路文書沒有固定用語，只要達到一般寫作水平，通順即可，當然也要防範錯別字。可是如果詞不達意、錯字連篇，影響所及，不但閱讀者不懂，甚至壞了發表人的形象。特別是火星文、洋不洋、中不中的詞彙，如OMG、njhl、LKK、醬快、綠蛆、森七七等，讓人丈二金剛摸不著頭緒，甚至是不雅髒話，如TMD或臺灣國罵的三字經等都出籠，其實這正可凸顯其人格特質的弱點，務要小心措辭。建議多用文雅禮貌、肯定讚美的字眼，常說「請、對不起、謝謝您」，不但彰顯人格高超，令人敬佩，而且可以促進人際關係圓融、和諧。

三、稱謂

網路文書對人的稱謂很靈活，特別是公開場合，沒有固定對象時還可以鬆懈些。但在特定的群組內或者私訊時就要小心使用才得體，例如對班上群組宣布事情，無論是老師或同學，要記得加上「各位同學」、回應明顯的成員時，也記得加上○○同學、報告老師；要適時善用○○兄、○○學姐、前輩、老兄等；對你、妳、您、弟也要正確使用。最忌諱直呼名字，甚至連名帶姓，都是很不禮貌。

四、善用貼圖

無論是FB、WeChat或Line等，目前都提供很多不同貼圖，雖然是生意人置入式行銷技法，但確實是很實用，而且簡單明瞭，又很傳神，只不過要使用正確。有的廠商提供的貼圖附有簡單詞彙，如Thank you、Sorry、Let'Go、Welcome、Happy Birthday、Good Night、hen感動、OK等，還不易出錯，最怕的像FB附有讚（肯定）、大紅心、哈哈笑、哇（驚訝）、掉淚（感傷）及憤怒六種貼圖，提供看完訊息之後選擇一個按下，代表閱完的感受，偏偏有人像惡作劇般，明明家中有喪事卻給人按讚、有高興的事跟大家分享則按憤怒，幾乎是「按」非所問，貽笑大方，不可不慎。

五、已讀不回

這是網路文書的兵家大忌，一般會發表意見、分享心得的人，都是很想得

到大家的共鳴或回饋意見，那怕是按一個讚、大紅心、驚訝的「哇」或憤怒的迴響，都很容易讓發訊者獲得溫馨的滿足，「彈指」之勞，何樂不為？可是就是有人就像木頭人一般，看了「船過水無痕」似的，一點兒感覺都沒有。

大家應該知道，按讚或其他表情的符號及貼圖是會留下記錄的，也更要知道「已讀不回」也一樣會留下記錄的，尤其一對一的Line或FB的私訊更要留意，因為當發訊者知道你已讀不回的同時，已經開始在評估，後續友誼的發展態度。要知道如果網路文書可以廣結善緣，那麼對已讀不回的人，特別是講究「禮尚往來」的華人社會，就很容易變成讓發訊者覺得被人瞧不起，或是訊息內容不精彩，久而久之，也會對這個朋友累積不好的印象而慢慢疏遠。例如有人要在群組內邀請大家參觀畫展或餐敘，結果大家看了都沒人或很少人回應，設身處地，你的感受會如何？更何況一對一的私訊，情何以堪？因此特別提醒熱衷於網路世界的朋友，務必特別留意。

六、立場與態度

與已讀不回同樣是網路文書忌諱的是立場與態度的問題，特別是目前社會價值多元，意識型態當道的時候，包括按讚或反對，都有可能被染上顏色、被歸類為誰的「網民」。跟前面鼓勵大家不要「已讀不回」，似乎相互矛盾，但其實並不矛盾，這是個人理性、判斷是非的拿捏問題，例如「資源保育」與「經濟發展」、「廢核」與「擁核」，甚至於「統」與「獨」等針鋒相對的問題。

當然有些網站群組本身就標明某方面「立場」，你又是這個領域的專家學者或申請加入群組的支持者，甚至已經是這個群組的忠實成員，為了堅持是非，維護理想，當然要勇敢挺身而出，但是如果趨炎附勢，那就大可不必，所以並不矛盾。能夠不被意識型態套住，適度、正確又勇敢的表達是非、堅持理想，可說是網路文書表達的極致，也是網路文書寫作當下要慎思、拿捏的智慧與良心問題。

第十一章　契　約

第一節　契約的意義與法律條件

　　人類為遂行社會及經濟活動，確保各自權利義務，因而必須有共同信守之文書相互遵行，舉其大者如國家法律、規章；小者如契約，因此契約是**信守文書**的一種。

　　契約又稱為**契據、合約、合同、文契、契券、字據**等。《說文》：「契，大約也。」「約，纏束也。」《左傳》襄公十年：「使王叔氏與伯輿合要；王叔氏不能舉其契。」《戰國策》〈齊策〉：「載券契而行，辭曰：責畢收，以何市面反？」至晉楊紹有「買地券」，王褒有「僮約」，可見契約文書，由來甚古。**凡是二人以上當事人之間因彼此同意，根據法律或習慣，訂定權利義務內容，互相遵守，共同履行而用文字記載作為憑據的文書，便稱為契約。**

　　根據「民法」第153條第1項規定：「當事人互相表示意思一致者，無論其為明示或默示，契約即為成立。」也就是契約的成立，祇要實質上經當事人表示意思一致，而並不以書面字據的形式為必要，因此可分為**口頭契約**和**書面契約**兩種。惟恐空口無憑，所以一般重大事件的協議，或有關債權物權的設定，乃筆之於書，作成書面契約，以為憑據。

　　由於契約是法律行為，因此成立契約必須依法為之。一份契約能否有效，要看它訂立時是否符合法律條件，其法律條件又分為積極的和消極的兩種，積極的條件是契約必須具備才可成立；消極條件則是契約不得具有，否則便屬無效。茲列舉說明如下：

壹、積極條件

一、當事人雙方必須均有行為能力

　　「民法」第75條：「無行為能力人之意思表示，無效；雖非無行為能力人，而其意思表示，係在無意識或精神錯亂中所為者亦同。」又第79條：「限制行為能力人未得法定代理人之允許，所訂立之契約，須經法定代理人之承

認，始生效力。」所謂「**無行為能力人**」，綜合「民法」第13條第1項、第14條及第15條等規定，是指未滿七歲的未成年人；及因心神喪失或精神耗弱致不能處理自己事務，經法院宣告禁治產的人。所謂「**限制行為能力人**」，是指「民法」第13條第2及第3項規定，滿七歲以上而尚未結婚的未成年人。由此可知，由於契約是要雙方意思表示一致方能成立，如果當事人中有一方是未成年的兒童，或是禁治產人，在法律上屬於無行為能力人，他們所為的意思表示，在法律上都不發生效力，所訂立的契約，當然無效。

二、必須經過要約承諾之程序

契約之成立，是由一方要約，一方承諾，殆當事人互相表示意思一致，乃為同意。故「民法」第155條規定：「要約經拒絕者，失其拘束力。」又第156條規定：「對話為要約者，非立時承諾，即失其拘束力。」故契約之訂立，須經雙方同意之程序，並於契約書中敘明「上開契約事項係雙方同意，恐口無憑，特立本契約書」或「此係自願，絕無異言」一類字句。

三、必須具備法定方式

「民法」第73條前段規定：「法律行為，不依法定方式者，無效。」又第166條規定：「契約當事人約定其契約須用一定方式者，在該方式未完成前，推定其契約不成立。」準此觀之，所謂契約必須具備的法定方式，就是指契約書面上必須具備的項目，包括：(1)當事人姓名必須親筆簽押或蓋章；(2)約定原因或事項；(3)標的物的名稱及內容；(4)約定條件；(5)訂立日期；(6)證人及其簽章等。契約的實際內容，當然因事而異，有時不祇是限於這些項目，但以上列舉者，則是必須具備的法定方式。

貳、消極條件

一、不得違反法律強制或禁止的規定

「民法」第71條前段規定：「法律行為，違反強制或禁止之規定者，無效。」又第72條規定：「法律行為，有背於公共秩序或善良風俗者，無效。」契約為法律行為，故必須遵守。至所謂**強制**，是指法律規定非如此不可的事項，例如根據「破產法」第92條規定，破產管理人把所保管不動產物權讓與他

人，或向他人借款等行為時，都必須得到監查人同意。換言之，破產管理人若未得監查人同意，不可私自把所保管的不動產出售，否則其所訂立的買賣契約，便屬無效。所謂**禁止**，就是法律規定不准的事項，例如法律禁止販賣人口、禁止賭博等有背於公共秩序或善良風俗者，若因此而訂立契約，便屬無效。

二、不得以明知其為不能之給付為契約標的物

「民法」第246條前段規定：「以不能之給付為契約標的者，其契約為無效。」凡不能給付之標的物，或不可能履行的行為，都不能作為契約標的物，藉防詐欺或無謂之爭議，例如買賣人之肢體或出賣太陽，即屬不可能之給付，如以之為標的物，當然無效。

第二節 契約的種類及其用途

契約的種類繁多，其分類方法因當事人各種不同的事務及訂約用途而異，「民法」第二編債，明文列有契約之條款，從「民法」第153條到第166條所舉者外，其他如特別法上所訂的契約，保險法上的保險契約、海商法上的海上運送契約，可歸納為「**典型契約**」；其餘法律未規定的契約，如合會、存款、簽帳卡、融資性租賃、人事保證、合建、委建、廣告、旅店住宿、醫療住院等，歸納為「**非典型契約**」。茲就日常應用較廣的契約種類及其用途分述如下：

壹、買賣契約

「民法」第345條第1項規定：「稱買賣者，謂當事人約定一方移轉財產權於他方，他方支付價金之契約。」又該條第2項規定：「當事人就標的物及其價金互相同意時，買賣契約即為成立。」可見**買賣契約**就是一方出售財產權，以換取他方價金；或一方以價金購取他方財產權時所訂的契約。所指財產包括動產及不動產而言，如進出口貿易、土地買賣、房屋買賣等契約。由於契約完成後，標的物便和賣主永遠脫離關係，故一般又俗稱為「死契」、「絕契」或「杜絕契」。

貳、典權契約

「民法」第911條規定:「稱典權者,謂支付典價在他人之不動產為使用、收益,於他人不回贖時,取得該不動產所有權之權。」故**出典契約**又稱為**典權契約**,即將田地或房屋典與他人,而標的物之所有權仍歸出典人,所典得的價款不必支付利息,到了約定期限可備價贖回,與所有權永遠杜絕的「出賣」不同。典權有一定期限,「民法」第912條規定:「典權約定期限不得逾三十年,逾三十年者縮短為三十年。」由於出典契約有一定期限又可收回所有權,故一般又俗稱為「活契」或「活賣契」。

參、抵押契約

「民法」第860條規定:「稱普通抵押權者,謂債權人對於債務人或第三人不移轉占有而供其債權擔保之不動產,得就該不動產賣得價金優先受償之權。」故所謂抵押契約,是指當事人的一方以不動產作為擔保,向他方借款,他方對抵押品不移轉占有,但在債務人出賣其不動產時,有取其價金清償的權利之契約。在抵押期中,債務人對所借得的款項,須照約定支付利息,到債務清償後,才解除抵押權,最常見者如購屋貸款契約。

肆、質權契約

「質權」分為**動產質權**及**權利質權**兩種。前者如「民法」第884條規定:「稱動產質權者,謂債權人對於債務人或第三人移轉占有而供其債權擔保之動產,得就該動產賣得價金優先受償之權。」後者如「民法」第900條規定:「稱權利質權者,謂以可讓與之債權或其他權利為標的物之質權。」故所謂**質權契約**,就是指經當事人約定,一方以動產或權利向他方擔保債務的契約。

伍、租賃契約

「民法」第421條第1項規定:「稱租賃者,謂當事人約定,一方以物租與他方使用收益,他方支付租金之契約。」故凡是當事人約定一方以物租與他方使用(如房屋)或收益(如田地),他方支付租金之契約,稱之為**租賃契約**。所謂當事人有二,即出租人和承租人,而租賃物則包括動產與不動產。

陸、借貸契約

「民法」第464條規定：「稱使用借貸者，謂當事人一方以物交付他方，而約定他方於無償使用後返還其物之契約。」又第474條第1項規定：「稱消費借貸者，謂當事人一方移轉金錢或其他代替物之所有權於他方，而約定他方以種類、品質、數量相同之物返還之契約。」準此以觀，所謂「借貸」，可分為**使用借貸**及**消費借貸**兩種，前者指借用實物暫時使用，用畢原物歸還，因情況單純，交付方便，通常不必訂立契約；而後者是借用金錢或食品、物質等可能消耗之物品於他方，而他方於消費後用種類、品質及數量相同的物品歸還，其歸還並非原物，故關係較為複雜，所以要訂立契約。

柒、僱傭契約

「民法」第482條規定：「稱僱傭者，謂當事人約定，一方於一定或不定之期限內為他方服勞務，他方給付報酬之契約。」如僱用勞動契約，一般必須寫明：(1)僱傭期限；(2)勞務之條件；(3)報酬之數目及給付之日期。又通常為禮遇勞心者，常將僱傭契約改稱為「**聘請契約**」，如教師聘書。

捌、承攬契約

「民法」第490條規定：「稱承攬者，謂當事人約定，一方為他方完成一定之工作，他方俟工作完成，給付報酬之契約。」如承攬房屋建築工程、道路修築、水電裝修等工程，其中為人完成工作者稱為「**承攬人**」；俟工作完成給付報酬者，稱為「**定作人**」。承攬契約應特別注意品質保證、瑕疵修補、損害賠償、延遲完成及報酬給付之時期與方式等內容。

玖、合夥契約

「民法」第667條第1項規定：「稱合夥者，謂二人以上互約出資以經營共同事業之契約。」第2項規定：「前項出資，得為金錢或其他財產權，或以勞務、信用或其他利益代之。」故所謂**合夥契約**，即由二人以上共同出資經營事業的契約。又合夥契約以出資為成立要件，其出資之種類不必限於金錢，亦得以金錢以外之他物，或以勞務代之，以定出資之標準或股份之多寡。

　　除合夥外，另有所謂「**隱名合夥**」者。依「民法」第700條規定：「稱隱名合夥者，謂當事人約定，一方對於他方所經營之事業出資，而分受其營業所生之利益，及分擔其所生損失之契約。」由此可知，所謂隱名合夥者，當事人之一方約明對於他方所經營之事業出資，而分配其營業所生之利益，及分擔其所生損失之契約。

拾、出版契約

　　「民法」第515條第1項規定：「稱出版者，謂當事人約定，一方以文學、科學、藝術或其他之著作，為出版而交付於他方，他方擔任印刷或以其他方法重製及發行之契約。」故**出版契約**即書明著作人與印刷發行著作者之權利義務的契約，其內容包括出版權之轉移、版數、著作物之訂正或修改、著作物之報酬及給付時期、出版物翻譯權利與出版關係之消滅等。又出版契約訂定時，仍須注意並遵守著作權法及智慧財產權等相關法令規定。

拾壹、繼承契約

　　繼承契約包括**立嗣**及**析產**所訂之契約。「民法」第五編繼承，雖指繼承財產之權利及義務，並無立嗣之規定，但根據我國社會習慣，父母為子女析產及立嗣繼承宗廟仍有必要。「民法」第1147條規定：「繼承，因被繼承人死亡而開始。」第1148條前段規定：「繼承人自繼承開始時，除本法另有規定外，承受被繼承人財產上之一切權利、義務。」故所謂**繼承契約**即規定繼承人權利義務的契約。

拾貳、保證契約

　　「民法」第739條規定：「稱保證者，謂當事人約定，一方於他方之債務人不履行債務時，由其代負履行責任之契約。」保證又分為「**金錢保證**」和「**職務保證**」兩種，前者保證債務人的信用，如債務人不履行債務，保證人願負清償的責任；後者保證被保人的行為操守符合約定，並願為被保人一切行為負責。惟保證責任有「**有限**」及「**無限**」、保證期間有「**有期**」及「**無期**」之分，在保證契約中應寫明白，免招牽累。

拾參、委任契約

「民法」第528條規定：「稱委任者，謂當事人約定，一方委託他方處理事務，他方允為處理之契約。」如委任管理財產、委任出席會議等。委任契約**常無報酬**，為其特質，如有報酬之委任，祇能以僱傭、承攬等契約論之，非真正之委任。惟若先行委任，後酌給報酬，則委任性質不變。

拾肆、贈與契約

「民法」第406條規定：「稱贈與者，謂當事人約定，一方以自己之財產無償給與他方，他方允受之契約。」故所謂**贈與契約**，是指當事人之一方表示不索報酬將財產給與他方，並經他方允受之契約也。

拾伍、和解契約

「民法」第736條規定：「稱和解者，謂當事人約定，互相讓步，以終止爭執或防止爭執發生之契約。」如清償債務和解契約、傷害和解契約等皆涉及財產上、人事上之糾紛，目前各地籌組調解委員會和解爭端，其和解契約形同法院判決，可收息訟止紛之效。

拾陸、行政契約

「行政程序法」第136條規定：「行政機關對於行政處分所依據之事實或法律關係，經依職權調查仍不能確定者，為有效達成行政目的，並解決爭執，得與人民和解，締結行政契約，以代替行政處分。」依同法第139條前段規定應以書面為之，及第149條準用民法相關之規定。

拾柒、其他契約

不屬上列各種契約，而由當事人合意所訂立之契約；或由一方以意思表示，經他方允受的一切憑證，既非法律所禁止，且具契約效能者，如**認領同意書、子女結婚同意書、結婚證書、入贅協議書、離婚協議書、遺囑**等。

第三節　契約的構造與作法

　　《社會契約論》（*The Social Contract*）一書的作者盧梭（Jean-Jacques Rousseau）在其第一章即明白指出：「社會秩序乃是為其他一切權利提供基礎的一項神聖權利，這項權利絕不是出於自然，而是建立在約定之上，問題在於我們必須懂得這些約定是什麼？」可見社會秩序有賴契約之維繫，而訂定契約又是一種法律行為，所載內容莫不都是在合於法律及道德倫理條件下，關係到當事人的權利與義務，從前述林林總總的契約種類中，無一不與我們實際生活結合在一起。職是之故，我們在撰擬契約時就不得不格外注意其結構與作法。茲分述如下：

壹、契約的構造

一、契約名稱

　　契約書應於封面或首頁第一行標明契約名稱，使人一目瞭然，可以確定該契約書所規範的權利與義務性質，如「土地買賣契約」、「租賃契約」、「委託研究合約書」、「私立○○大學聘書」、「結婚證書」等。

二、當事人姓名

　　契約內容既經當事人互相同意，共同遵守，故契約書上必須在一開始引述或具結時就記載雙方當事人姓名。所謂**姓名**必須為戶籍登記的本名，不可使用藝名、筆名、乳名、化名或略名，藉以逃避責任。如當事人為機關、學校、團體或公司行號，均應書明全稱，惟可夾註書明以下各自簡稱甲方或乙方。

三、立契原因

　　所謂**立契原因**，即寫明訂定契約的合法正當理由，表示並未違反法律強制或禁止的規定。如買賣、借貸契約中常見的「今因正用」；繼承契約中的「今因年老力衰，難以督理家務」等是。但也有省去而不書者，如學校聘書一開始即「茲敦聘○○先生為本校○學院○○學系專任教授」，蓋因立契原因已隱含其中，再贅並無實質意義。

四、立契出於雙方當事人自願之表示

「要約」及「承諾」是契約成立必具過程，以兩意相合為要件，故在契約中必須明確表示係出自雙方當事人自願，如「經雙方同意」、「雙方議定」、「均係自願」等字樣，藉以表示並無威逼立契情事。

五、確定標的物

契約中所約定內容必有其標的，故標的物的稱謂必須確定，如標的物為土地、房屋等不動產，則該不動產之坐落（地段、地號），土地四至，有否包括地上物或其他附屬物，均應明確記載，必要時檢附地籍圖、照片作為契約附件；如為立嗣契約，亦須將標的「人」，即過繼者的姓名、性別、籍貫、出生地、出生年月日時及其親生父母姓名與同意等載明，以免日後滋生糾紛。

六、寫明價值數目

標的物要確實寫明當事人立契時議定的價值數目及交付情形，而且數字要大寫，並於其後加一「整」字，如「本件買賣總價金雙方當面議定為新臺幣壹仟陸佰捌拾參萬玖仟肆佰貳拾伍元整」。如為律師、教學等勞務費亦須議定並寫明數目及致送方式。如有分期付款，可於契約列明或另列附表履行之。

七、標的物權利的保證

依據「民法」第349條規定：「出賣人應擔保第三人就買賣之標的物，對於買受人不得主張任何權利。」又第350條規定：「債權或其他權利之出賣人，應擔保其權利確係存在。有價證券之出賣人，並應擔保其證券未因公示催告而宣示無效。」因此立契時，應有出賣人對於標的物權利保證的記載，如「日後如有第三人對該標的物主張權利時，概由賣主自行負責，與買主無干」，或「自賣之後，聽憑買主過戶、造屋、建廠，倘有爭端，均由賣主理落，與買主無涉」等語，以免日後產權有糾葛不清情事，致損及買主應得權益。

八、雙方應遵守之約束

如有於履約期間必須由當事人雙方共同遵守事項，均應不厭其煩地載明，假如項目過多，可分項書寫，寧備勿漏，預防糾紛。如出典契約「期滿之後，

原價贖回典物」、承攬契約「訂約後雙方不得因物價漲落而提出增減價之要求」等約束文字。

九、契約期限

任何契約皆有期限，藉供當事人雙方履行，權利義務生效之日至終止或繼續發生之日應於契約中明確記載，尤其典押、借貸、僱傭、合夥契約更必須注意。

十、雙方當事人簽名蓋章

雙方當事人在契約上簽名蓋章，是表示雙方願負起履行契約之責任。歐美以「簽名」為尚，我國則以「蓋章」為重，上自國璽，下自私章，皆代表權責所在，即令一時無印章，也須簽名畫押，捺上指印，甚至附註身分證字號、戶籍地址，確實負起雙方履約責任。假如訂約當事人為機關、團體、學校或公司行號，則除了蓋機關等關防圖記外，其負責人或代表人亦應簽名蓋章。此外，契約內容如經雙方當事人議定修改，其修改處為昭慎重，免增日後困擾，也須經雙方蓋章認定。

十一、其他關係人之會同簽章

所謂**契約其他關係人**，是指當事人雙方之外，與該契約有關的見證人、中人、介紹人、保證人、代書、調解人、主婚人及證婚人等均必須於契約中會同簽名蓋章，藉增該契約的公信力，日後如契約發生糾紛，則前述見證人須出面作證；保證人在被保證的當事人不履行契約條件時，須負履行的責任；如係由中人或介紹人撮合而成，契約中必須表明「三面言明」、「憑中言定」、「央中說合」等字句，其介紹人及中人亦必須會同於契約中簽名蓋章。

貳、契約的作法

契約屬法律行為，攸關雙方當事人權益，一份理想的契約務必兼顧雙方立場，以期永杜日後糾葛。坊間或有現成印妥之契約可供使用，如租賃契約、買賣契約等，但難免或因人、時、事、地、物的不同，而無法完全適用，因此撰擬時應該留意下列細節：

一、立契約動機必須心純意正

訂定契約大多與土地、房屋、金錢、財物，甚至與人類生命有利害關係，故切莫意圖不軌或心存貪染，否則所立契約無法平等互惠，形同騙局，難謂為一合乎公道之契約。

二、遣詞用字必須簡淺明確

契約因具有法律效力，故以合法、實用、明白、曉暢為撰寫目的，必須言必有物、據事直書、語氣肯定，而且周詳完備，特別應該注意法律特定用語，文詞不必求藻麗，總以界義清楚為主。

三、繕寫字跡必須工整清晰

契約以打字最好，若用手抄亦可，惟必須字體端整，不可龍飛鳳舞，滋生疑竇，或產生魯魚亥豕之誤會。遇有金錢、面積等數目字最好一律大寫，最後加一「整」字。

四、標點斷句要清楚

契約必須按照新式標點符號，使之句讀分明，藉免曲解與誤解。舊式契約，常不加標點，致橫生歧義；新潮文章，則常見標點符號，中西雜用，亦易引發爭端，故統一使用新式標點符號（請參考**附錄二**），有助於文理詮釋。

五、用紙以堅韌耐久，容易保存較長時間者為宜

用紙款式雖沒硬性規定，但仍須包括前述應有的各部分構造，最好參考規章體例，分條敘述，冠以數字，使之條理井然。其紙質宜堅韌耐久，俾較易保存持用。

六、刪改增補契約內容

契約如有修刪，經過雙方同意時，必須將塗改添註或刪去的字，由雙方當事人蓋章共同認定，並在文後註明「本件塗改若干字，增補若干字」，也有在每一行或每一頁上端註明「本行刪若干字」或「本頁增若干字」者。一般言之，好的契約沒有增刪條文字句，乾淨俐落，了無糾葛。倘修改增補太多，除非已履約多時，否則經雙方同意最好重新繕正，以杜紛擾。

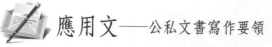

七、印花與契稅

契稅與印花乃對書立契約行為所課之稅，依財政部（46）臺財稅發字第3139號令釋：「查契稅是行為稅，其徵收除占有外，均以不動產有典、賣、交換、贈與、分割等行為之發生為要件，並不是以是否依法登記，取得所有權為要件……。」而納稅又是國民應盡之義務，所以必須依「契稅條例」規定繳交契稅及依「印花稅法」規定貼足印花以完成契約合法性。

八、公證

重要之契約最好經法院公證，因為公證有下列優點：

1、公證書有法院執行力。
2、公證契約最符法定格式。
3、公證具有強大證據力。
4、法院永久有案可查，可避免日久反悔訟累。

九、其他應注意事項

如契約在兩頁以上時，裝訂後要注意在接縫處蓋上當事人及保證人之印章，以防抽換。製作份數也必須在契約內敘明去處，如「本契約一式參份，雙方當事人及保證人各執乙份」。如有與契約有關之附件，如相片、地籍圖或家具、器物等亦均須於契約內不厭其煩地敘明，不能訂約時大而化之，履約後爭而吵之，甚至對簿公堂。假如不幸涉訟，亦須於契約內先言明指定第一審之地方法院名稱。

第四節　契約舉例

壹、買賣例

一、不動產買賣契約書

立買賣契約人 買主○○○／賣主○○○ 以下簡稱 甲／乙 方，關於乙方所有後開不動產與甲方

雙方協議訂立條件於後，以資遵守：

第1條 本買賣總價款：雙方議定為新臺幣○○○○○元整。

第2條 付款期限及移交不動產方法：

一、本約簽訂時，甲方應付給乙方新臺幣○○萬元整，雙方並將所有過戶證件交至委辦代書處並用印。

二、俟增值稅單契稅單皆核下三日內各自完稅同時，甲方支付乙方新臺幣○○萬元整。

三、貸款新臺幣○○○○萬元整，亦即尾款俟產權登記完竣時以甲方名義向銀行申請貸款，俟貸款核下同時支付，如貸款不足時甲方於貸款核下三日內補足現金，乙方並正式交屋。

第3條 乙方應於前條第一款付款時交付所有權狀，第二款付款時交付印鑑證明書、戶籍謄本等產權移轉應備全部證件及蓋妥辦理移轉登記等有關書表。日後如需乙方本人出面協辦或補蓋印鑑、補換證件等時，乙方應無條件即時交付，不得藉詞拖延拒絕或要求任何求償行為。甲方亦應於三日內交付配合代書作業及過戶所需一切證件，送至代書處憑辦，否則若因甲方之故而造成乙方受損害時，乙方一切損失概由甲方負責。

第4條 稅捐及登記費之歸屬：

一、本買賣不動產所應繳之各種稅費，如地價或房屋稅、工程受益費、管理費、銀行利息、地租或水電、瓦斯、電話等費至「交屋日」止概由乙方負責繳清，翌日起即歸甲方負擔。

二、有關買賣時，發生之土地增值稅歸「乙」方，契稅監證費歸「甲」方負擔，各不得推諉（本約土地按公告現值報繳增值稅，房屋按評定價格報繳契稅）。

三、對於甲方取得所有權登記所需付之辦理費、登記規費及應貼印花等費用，均歸甲方自理（上述如係乙方應負擔之稅費，而經甲方墊付者，得由甲方自應付款內逕扣之）。

第5條 特約事項：

一、辦理產權移轉登記時，有關權利人名義，得由甲方自定，乙方絕無異議。惟是項手續甲方至遲應於取得乙方交付之證件日起三日內提出辦理。逾期如遇提高稅捐，除約定期間內各應負擔之部分外，悉歸甲方負擔。

二、買賣價款如以票據給付，若經乙方提兌遭退票時，以甲方不按期付款論處外，乙方仍得就該票據求償，另甲方所申辦之貸款其不足額於交屋時以現金一次補足，甲方絕無異議。

三、本約所需之書面通知，以立約人所留之地址為通信地址，將來如發生無法送達或當事人拒收時，概以第一次郵遞時間視為已送達。

第6條　本買賣不動產權，乙方保證產權清楚，如有他人主張權利或設定他項權利及租賃關係，應由乙方負責於尾款付清以前速予理清，若甲方因此受有損害時，乙方應負完全賠償責任。為貸款順利確保甲、乙雙方之權益，甲方應於貸款手續中無條件提供必備之證件及足夠擔保貸款額度之擔保品。甲乙雙方並約定於「尾款付清日」將房屋騰空交與甲方。若因甲方裝修之需，經乙方同意先行借用鑰匙時，甲方仍應按期繳款，並保證不得遷入使用，否則概依違約論處，其裝修及固定物全部自願歸乙方沒收，絕無異議。

第7條　本買賣不動產未點交前，其室內外門窗廚廁及分享公共設施等定著物、移交前增築部分；乙方自本約成立日起均不得任意取卸破壞，依原狀移交與甲方，現有附屬水電衛生設備亦應恢復或保持正常使用。

第8條　本約簽訂後，倘甲方不買或不按約定日期付款時，願將既付價款全部由乙方無條件沒收，抵作違約金外，並即解除本約，其有關之稅費均由甲方負擔。如乙方不賣或不照約履行應盡義務時，亦應將已收價款於解約日起三日內加倍返還予甲方，雙方並同時申請撤銷已進行之產權移轉，若因此所發生之稅捐費用均由乙方負擔。

第9條　本契約如有未盡事項，悉遵有關法令或善良習慣行之，如有爭議致涉訟時雙方同意以○○地方法院為第一審法院。本契約書經雙方簽章同意訂立，各無反悔，恐空口無憑，壹式複寫兩份各執乙份為據。

第10條　本買賣之不動產未點交前，如有被人侵占或天災地變等由，乙方須負責排除或修復，不應使甲方遭受損累，俾使甲方完整取得。

第11條　本約第二條所定各項條款，如屆時未依約履行，經存證信函催告再不履行時以違約論處，本契約一切付款手續甲乙雙方合意以本代書處（○○市○○東路○段○○號○○樓）為付款地。又本契約所約定之交屋日乙方應確實依約履行，不得藉故拖延或遲延收受尾款及交屋，

如有遲延，乙方應賠償自交屋日起以每逾一日按買賣總價千分之一計付甲方以為賠償金。

第12條 本件買賣契約之簽約費計新臺幣○○元整，由甲乙雙方平均分攤，於本契約簽訂完竣之同時壹次付清。

立契約書人

買　主（甲方）：○○○　　（簽章）　　　身分證字號：

住　址：○○市○○路○○號　　　　　　電　　話：

賣　主（乙方）：○○○　　（簽章）　　　身分證字號：

住　址：○○市○○路○○號　　　　　　電　　話：

見證人：○○○　　（簽章）　　　　　　身分證字號：

本買賣不動產標示如下：

土地坐落○○縣市○○市區鄉鎮○○段○○小段○○地號　　　權利範圍：○分之○

建物坐落○○縣市○○市區鄉鎮○○路街○段○巷○弄○號○樓

建號○○○　　　權利範圍：○分之○　　　及共同使用部分建號：○○

中　華　民　國　○　年　○　月　○　日

二、國外旅遊定型化契約書範本

交通部觀光局2004年11月5日觀業字第0930030216號函修正

立契約書人

（本契約審閱期間一日，＿＿＿年＿＿＿月＿＿＿日由甲方攜回審閱）

（旅客姓名）　　　　　　　　　　　（以下稱甲方）

（旅行社名稱）　　　　　　　　　　（以下稱乙方）

第1條（國外旅遊之意義）

本契約所謂國外旅遊，係指到中華民國疆域以外其他國家或地區旅遊。

赴中國大陸旅行者，準用本旅遊契約之規定。

第2條（適用之範圍及順序）

　　甲乙雙方關於本旅遊之權利義務，依本契約條款之約定定之；本契約中未約定者，適用中華民國有關法令之規定。附件、廣告亦為本契約之一部。

第3條（旅遊團名稱及預定旅遊地）

　　本旅遊團名稱為

　　一、旅遊地區（國家、城市或觀光點）：＿＿＿＿＿＿＿＿＿＿＿＿＿

　　二、行程（起程回程之終止地點、日期、交通工具、住宿旅館、餐飲、遊覽及其所附隨之服務說明）：＿＿＿＿＿＿＿＿＿＿＿＿＿

　　前項記載得以所刊登之廣告、宣傳文件、行程表或說明會之說明內容代之，視為本契約之一部分，如載明僅供參考或以外國旅遊業所提供之內容為準者，其記載無效。

第4條（集合及出發時地）

　　甲方應於民國＿＿年＿＿月＿＿日＿＿時＿＿分於＿＿準時集合出發。甲方未準時到約定地點集合致未能出發，亦未能中途加入旅遊者，視為甲方解除契約，乙方得依第二十七條之規定，行使損害賠償請求權。

第5條（旅遊費用）

　　旅遊費用：

　　甲方應依下列約定繳付：

　　一、簽訂本契約時，甲方應繳付新台幣＿＿元。

　　二、其餘款項於出發前三日或說明會時繳清。除經雙方同意並增訂其他協議事項於本契約第三十六條，乙方不得以任何名義要求增加旅遊費用。

第6條（怠於給付旅遊費用之效力）

　　甲方因可歸責自己之事由，怠於給付旅遊費用者，乙方得逕行解除契約，並沒收其已繳之訂金。如有其他損害，並得請求賠償。

第7條（旅客協力義務）

　　旅遊需甲方之行為始能完成，而甲方不為其行為者，乙方得定相當期限，催告甲方為之。甲方逾期不為其行為者，乙方得終止契約，並得請求賠償因契約終止而生之損害。

　　旅遊開始後，乙方依前項規定終止契約時，甲方得請求乙方墊付費用將

其送回原出發地。於到達後，由甲方附加年利率百分之____利息償還乙方。

第8條（交通費之調高或調低）

旅遊契約訂立後，其所使用之交通工具之票價或運費較訂約前運送人公布之票價或運費調高或調低逾百分之十者，應由甲方補足或由乙方退還。

第9條（旅遊費用所涵蓋之項目）

甲方依第五條約定繳納之旅遊費用，除雙方另有約定以外，應包括下列項目：

一、代辦出國手續費：乙方代理甲方辦理出國所需之手續費及簽證費及其他規費。

二、交通運輸費：旅程所需各種交通運輸之費用。

三、餐飲費：旅程中所列應由乙方安排之餐飲費用。

四、住宿費：旅程中所列住宿及旅館之費用，如甲方需要單人房，經乙方同意安排者，甲方應補繳所需差額。

五、遊覽費用：旅程中所列之一切遊覽費用，包括遊覽交通費、導遊費、入場門票費。

六、接送費：旅遊期間機場、港口、車站等與旅館間之一切接送費用。

七、行李費：團體行李往返機場、港口、車站等與旅館間之一切接送費用及團體行李接送人員之小費，行李數量之重量依航空公司規定辦理。

八、稅捐：各地機場服務稅捐及團體餐宿稅捐。

九、服務費：領隊及其他乙方為甲方安排服務人員之報酬。

第10條（旅遊費用所未涵蓋項目）

第五條之旅遊費用，不包括下列項目：

一、非本旅遊契約所列行程之一切費用。

二、甲方個人費用：如行李超重費、飲料及酒類、洗衣、電話、電報、私人交通費、行程外陪同購物之報酬、自由活動費、個人傷病醫療費、宜自行給與提供個人服務者（如旅館客房服務人員）之小費或尋回遺失物費用及報酬。

三、未列入旅程之簽證、機票及其他有關費用。

四、宜給與導遊、司機、領隊之小費。

五、保險費：甲方自行投保旅行平安保險之費用。

六、其他不屬於第九條所列之開支。

前項第二款、第四款宜給與之小費，乙方應於出發前，說明各觀光地區小費收取狀況及約略金額。

第11條（強制投保保險）

乙方應依主管機關之規定辦理責任保險及履約保險。

乙方如未依前項規定投保者，於發生旅遊意外事故或不能履約之情形時，乙方應以主管機關規定最低投保金額計算其應理賠金額之三倍賠償甲方。

第12條（組團旅遊最低人數）

本旅遊團須有＿＿＿人以上簽約參加始組成。如未達前定人數，乙方應於預定出發之七日前通知甲方解除契約，怠於通知致甲方受損害者，乙方應賠償甲方損害。

乙方依前項規定解除契約後，得依下列方式之一，返還或移作依第二款成立之新旅遊契約之旅遊費用。

一、退還甲方已交付之全部費用，但乙方已代繳之簽證或其他規費得予扣除。

二、徵得甲方同意，訂定另一旅遊契約，將依第一項解除契約應返還甲方之全部費用，移作該另訂之旅遊契約之費用全部或一部。

第13條（代辦簽證、洽購機票）

如確定所組團體能成行，乙方即應負責為甲方申辦護照及依旅程所需之簽證，並代訂妥機位及旅館。乙方應於預定出發七日前，或於舉行出國說明會時，將甲方之護照、簽證、機票、機位、旅館及其他必要事項向甲方報告，並以書面行程表確認之。乙方怠於履行上述義務時，甲方得拒絕參加旅遊並解除契約，乙方即應退還甲方所繳之所有費用。

乙方應於預定出發日前，將本契約所列旅遊地之地區城市、國家或觀光點之風俗人情、地理位置或其他有關旅遊應注意事項儘量提供甲方旅遊參考。

第14條（因旅行社過失無法成行）

因可歸責於乙方之事由，致甲方之旅遊活動無法成行時，乙方於知悉旅

遊活動無法成行者，應即通知甲方並說明其事由。怠於通知者，應賠償甲方依旅遊費用之全部計算之違約金；其已為通知者，則按通知到達甲方時，距出發日期時間之長短，依下列規定計算應賠償甲方之違約金。

一、通知於出發日前第三十一日以前到達者，賠償旅遊費用百分之十。

二、通知於出發日前第二十一日至第三十日以內到達者，賠償旅遊費用百分之二十。

三、通知於出發日前第二日至第二十日以內到達者，賠償旅遊費用百分之三十。

四、通知於出發日前一日到達者，賠償旅遊費用百分之五十。

五、通知於出發當日以後到達者，賠償旅遊費用百分之一百。

甲方如能證明其所受損害超過前項各款標準者，得就其實際損害請求賠償。

第15條（非因旅行社之過失無法成行）

因不可抗力或不可歸責於乙方之事由，致旅遊團無法成行者，乙方於知悉旅遊活動無法成行時應即通知甲方並說明其事由；其怠於通知甲方，致甲方受有損害時，應負賠償責任。

第16條（因手續瑕疵無法完成旅遊）

旅行團出發後，因可歸責於乙方之事由，致甲方因簽證、機票或其他問題無法完成其中之部分旅遊者，乙方應以自己之費用安排甲方至次一旅遊地，與其他團員會合；無法完成旅遊之情形，對全部團員均屬存在時，並應依相當之條件安排其他旅遊活動代之；如無次一旅遊地時，應安排甲方返國。

前項情形乙方未安排代替旅遊時，乙方應退還甲方未旅遊地部分之費用，並賠償同額之違約金。

因可歸責於乙方之事由，致甲方遭當地政府逮捕、羈押或留置時，乙方應賠償甲方以每日新台幣二萬元整計算之違約金，並應負責迅速接洽營救事宜，將甲方安排返國，其所需一切費用，由乙方負擔。

第17條（領隊）

乙方應指派領有領隊執業證之領隊。

甲方因乙方違反前項規定，而遭受損害者，得請求乙方賠償。

領隊應帶領甲方出國旅遊，並為甲方辦理出入國境手續、交通、食宿、遊覽及其他完成旅遊所須之往返全程隨團服務。

第18條（證照之保管及退還）

乙方代理甲方辦理出國簽證或旅遊手續時，應妥慎保管甲方之各項證照，及申請該證照而持有甲方之印章、身分證等，乙方如有遺失或毀損者，應行補辦，其致甲方受損害者，並應賠償甲方之損失。

甲方於旅遊期間，應自行保管其自有之旅遊證件，但基於辦理通關過境等手續之必要，或經乙方同意者，得交由乙方保管。

前項旅遊證件，乙方及其受僱人應以善良管理人注意保管之，但甲方得隨時取回，乙方及其受僱人不得拒絕。

第19條（旅客之變更）

甲方得於預定出發日＿＿日前，將其在本契約上之權利義務讓與第三人，但乙方有正當理由者，得予拒絕。

前項情形，所減少之費用，甲方不得向乙方請求返還，所增加之費用，應由承受本契約之第三人負擔，甲方並應於接到乙方通知後＿＿日內協同該第三人到乙方營業處所辦理契約承擔手續。

承受本契約之第三人，與甲方雙方辦理承擔手續完畢起，承繼甲方基於本契約之一切權利義務。

第20條（旅行社之變更）

乙方於出發前非經甲方書面同意，不得將本契約轉讓其他旅行業，否則甲方得解除契約，其受有損害者，並得請求賠償。

甲方於出發後始發覺或被告知本契約已轉讓其他旅行業，乙方應賠償甲方全部團費百分之五之違約金，其受有損害者，並得請求賠償。

第21條（國外旅行業責任歸屬）

乙方委託國外旅行業安排旅遊活動，因國外旅行業有違反本契約或其他不法情事，致甲方受損害時，乙方應與自己之違約或不法行為負同一責任。但由甲方自行指定或旅行地特殊情形而無法選擇受託者，不在此限。

第22條（賠償之代位）

乙方於賠償甲方所受損害後，甲方應將其對第三人之損害賠償請求權讓

與乙方，並交付行使損害賠償請求權所需之相關文件及證據。

第23條（旅程內容之實現及例外）

旅程中之餐宿、交通、旅程、觀光點及遊覽項目等，應依本契約所訂等級與內容辦理，甲方不得要求變更，但乙方同意甲方之要求而變更者，不在此限，惟其所增加之費用應由甲方負擔。除非有本契約第二十八條或第三十一條之情事，乙方不得以任何名義或理由變更旅遊內容，乙方未依本契約所訂等級辦理餐宿、交通旅程或遊覽項目等事宜時，甲方得請求乙方賠償差額二倍之違約金。

第24條（因旅行社之過失致旅客留滯國外）

因可歸責於乙方之事由，致甲方留滯國外時，甲方於留滯期間所支出之食宿或其他必要費用，應由乙方全額負擔，乙方並應儘速依預定旅程安排旅遊活動或安排甲方返國，並賠償甲方依旅遊費用總額除以全部旅遊日數乘以滯留日數計算之違約金。

第25條（延誤行程之損害賠償）

因可歸責於乙方之事由，致延誤行程期間，甲方所支出之食宿或其他必要費用，應由乙方負擔。甲方並得請求依全部旅費除以全部旅遊日數乘以延誤行程日數計算之違約金。但延誤行程之總日數，以不超過全部旅遊日數為限，延誤行程時數在五小時以上未滿一日者，以一日計算。

第26條（惡意棄置旅客於國外）

乙方於旅遊活動開始後，因故意或重大過失，將甲方棄置或留滯國外不顧時，應負擔甲方於被棄置或留滯期間所支出與本旅遊契約所訂同等級之食宿、返國交通費用或其他必要費用，並賠償甲方全部旅遊費用之五倍違約金。

第27條（出發前旅客任意解除契約）

甲方於旅遊活動開始前得通知乙方解除本契約，但應繳交證照費用，並依下列標準賠償乙方：

一、通知於旅遊活動開始前第三十一日以前到達者，賠償旅遊費用百分之十。

二、通知於旅遊活動開始前第二十一日至第三十日以內到達者，賠償旅遊費用百分之二十。

三、通知於旅遊活動開始前第二日至第二十日以內到達者，賠償旅遊費

用百分之三十。

四、通知於旅遊活動開始前一日到達者，賠償旅遊費用百分之五十。

五、通知於旅遊活動開始日或開始後到達或未通知不參加者，賠償旅遊費用百分之一百。

前項規定作為損害賠償計算基準之旅遊費用，應先扣除簽證費後計算之。

乙方如能證明其所受損害超過第一項之標準者，得就其實際損害請求賠償。

第28條（出發前有法定原因解除契約）

因不可抗力或不可歸責於雙方當事人之事由，致本契約之全部或一部無法履行時，得解除契約之全部或一部，不負損害賠償責任。乙方應將已代繳之規費或履行本契約已支付之全部必要費用扣除後之餘款退還甲方。但雙方於知悉旅遊活動無法成行時應即通知他方並說明事由；其怠於通知致使他方受有損害時，應負賠償責任。

為維護本契約旅遊團體之安全與利益，乙方依前項為解除契約之一部後，應為有利於旅遊團體之必要措置（但甲方不得同意者，得拒絕之），如因此支出必要費用，應由甲方負擔。

第28-1條（出發前有客觀風險事由解除契約）

出發前，本旅遊團所前往旅遊地區之一，有事實足認危害旅客生命、身體、健康、財產安全之虞者，準用前條之規定，得解除契約。但解除之一方，應按旅遊費用百分之＿＿＿補償他方（不得超過百分之五）。

第29條（出發後旅客任意終止契約）

甲方於旅遊活動開始後中途離隊退出旅遊活動時，不得要求乙方退還旅遊費用。但乙方因甲方退出旅遊活動後，應可節省或無須支付之費用，應退還甲方。

甲方於旅遊活動開始後，未能及時參加排定之旅遊項目或未能及時搭乘飛機、車、船等交通工具時，視為自願放棄其權利，不得向乙方要求退費或任何補償。

第30條（終止契約後之回程安排）

甲方於旅遊活動開始後，中途離隊退出旅遊活動，或怠於配合乙方完成

旅遊所需之行為而終止契約者，甲方得請求乙方墊付費用將其送回原出發地。於到達後，立即附加年利率百分之____利息償還乙方。

乙方因前項事由所受之損害，得向甲方請求賠償。

第31條（旅遊途中行程、食宿、遊覽項目之變更）

旅遊途中因不可抗力或不可歸責於乙方之事由，致無法依預定之旅程、食宿或遊覽項目等履行時，為維護本契約旅遊團體之安全及利益，乙方得變更旅程、遊覽項目或更換食宿、旅程，如因此超過原定費用時，不得向甲方收取。但因變更致節省支出經費，應將節省部分退還甲方。

甲方不同意前項變更旅程時得終止本契約，並請求乙方墊付費用將其送回原出發地。於到達後，立即附加年利率百分之____利息償還乙方。

第32條（國外購物）

為顧及旅客之購物方便，乙方如安排甲方購買禮品時，應於本契約第三條所列行程中預先載明，所購物品有貨價與品質不相當或瑕疵時，甲方得於受領所購物品後一個月內請求乙方協助處理。

乙方不得以任何理由或名義要求甲方代為攜帶物品返國。

第33條（責任歸屬及協辦）

旅遊期間，因不可歸責於乙方之事由，致甲方搭乘飛機、輪船、火車、捷運、纜車等大眾運輸工具所受損害者，應由各該提供服務之業者直接對甲方負責。但乙方應盡善良管理人之注意，協助甲方處理。

第34條（協助處理義務）

甲方在旅遊中發生身體或財產上之事故時，乙方應為必要之協助及處理。

前項之事故，係因非可歸責於乙方之事由所致者，其所生之費用，由甲方負擔。但乙方應盡善良管理人之注意，協助甲方處理。

第35條（誠信原則）

甲乙雙方應以誠信原則履行本契約。乙方依旅行業管理規則之規定，委託他旅行業代為招攬時，不得以未直接收甲方繳納費用，或以非直接招攬甲方參加本旅遊，或以本契約實際上非由乙方參與簽訂為抗辯。

第36條（其他協議事項）

甲乙雙方同意遵守下列各項：

一、甲方□同意　□不同意乙方將其姓名提供給其他同團旅客。

二、

三、

前項協議事項，如有變更本契約其他條款之規定，除經交通部觀光局核准，其約定無效，但有利於甲方者，不在此限。

訂約人　甲方：

　　　　　住　　　址：

　　　　　身分證字號：

　　　　　電話或電傳：

　　　乙方（公司名稱）：

　　　　　註　冊　編　號：

　　　　　負　責　人：

　　　　　住　　　址：

　　　　　電話或電傳：

乙方委託之旅行業副署：（本契約如係綜合或甲種旅行業自行組團而與旅客簽約者，下列各項免填）

　　　　　公　司　名　稱：

　　　　　註　冊　編　號：

　　　　　負　責　人：

　　　　　住　　　址：

　　　　　電話或電傳：

簽約日期：中華民國○年○月○日

　　　　（如未記載以交付訂金日為簽約日期）

簽約地點：

　　　　（如未記載以甲方住所地為簽約地點）

貳、租賃例

租賃合約書

立合約人○○○○管理局　○○○○股份有限公司（以下簡稱甲方乙方），茲因甲方向乙方租用電腦

設備乙批，經雙方同意訂定條件如下：

一、設備名稱及數量：

　　(一)三○八三主機功能擴充：一部

　　(二)傳輸控制機：一部

　　(三)端末控制機：十部

　　(四)端末顯示機：七十二部

　　(五)端末印錄機：七十二部

二、交貨期限及罰款：

　　○○年○月○日前完成交貨，逾上述期限，每逾一日按貨品月租金總額罰違約金百分之五，超逾二十日則取消本合約並沒入全部保證金。

三、合約有效期限：

　　租用期限自驗收合格日起算，為期三年，租期屆滿時，非經甲方同意，乙方不得遽予拒租。如經甲方同意續租，乙方應以低於原訂租金辦理續租，租期另訂。

四、交機地點：甲方指定之地點。

五、租金及支付辦法：

　　(一)自驗收合格日起算，每月租金為新臺幣○佰○拾○萬○仟○佰○拾元整（含甲方應負擔之稅負）。

　　(二)每月付款一次，由乙方在每月五日前開立統一發票，交由甲方月底前支付。

　　(三)租用期間，乙方不得以任何理由提高租金，或加收其他有關費用。

六、設備之安裝與維護：

　　(一)乙方所供租之設備，應負責免費連接安裝於甲方所指定工作場所及機器，並免費測試與維護正常之使用，不得要求甲方另行加添其他設備、軟體及支付維護費。乙方應提供之機器維護時間為：

　　　　1、三○八三主機功能擴充：星期一至星期日每天二十四小時。

　　　　2、傳輸控制機：星期一至星期六每天十八小時（上午八時起）。
　　　　　星期日十一小時（上午八時起）。

　　　　3、端末控制機：星期一至星期六每天十一小時（上午八時起）。

　　　　4、端末顯示機：星期一至星期六每天十一小時（上午八時起）。

　　　　5、端末印錄機：星期一至星期六每天十一小時（上午八時起）。

(二)當機器發生故障時，乙方如非製造廠商或在臺之分公司，須授權甲方直接與製造廠或在臺分公司聯繫，進行維護，倘無法當天內完成修護時，乙方應主動更換設備供甲方使用，否則甲方得自該設備無法作業日起，每日按該設備應付月租金百分之十予以扣款，修護期間最多以十日為限，逾期乙方仍無法修護或更換設備提供甲方使用，甲方得逕行終止本合約，另租他廠設備使用，乙方並應賠償甲方因另行租用所生之費用。

(三)乙方若為租賃公司，應直接與其供租之電腦廠商或其在臺分公司或總代理商簽訂維護合約，負責本合約所訂之維護事項，甲方不另支付維護費，並將合約副本乙份，於安裝完竣日起一週內提供甲方存參。

七、乙方須出具承諾書，載明所供租之設備，不得轉讓或提供設定抵押權於他人，如違反承諾，乙方願賠償違約金新臺幣○佰萬元整，甲方並得終止租用合約，乙方不得異議。

八、乙方所供租之設備應為全新貨品及自行投保有關保險（如電子設備險附加天災、竊盜險），保費由乙方負擔，並提供保險單影印本於甲方，如乙方未予投保而致遭受任何損失，甲方概不負責。

九、本案投標須知內所載事項，視同本合約之一部分，與本合約具有同等效力。

十、本合約書正本兩份、副本肆份，除乙方執正、副本各乙份外，餘由甲方收執。

立合約人

甲　　方：○○○○管理局

負責人：局長○○○

地　　址：○○市○○路○段○○號

乙　　方：○○○○股份有限公司

負責人：董事長○○○

地　　址：○○市○○路○段○○號

身 分 證
統一編號：○○○○○○○○○○

中　華　民　國　○　年　○　月　○　日

參、借貸例

借款契約書

立借款契約書人〇〇〇（以下簡稱甲方）〇〇〇（以下簡稱乙方）訂立本契約，條款如下：

一、甲方願貸與乙方新臺幣〇佰萬元整。

二、借貸期限為〇年，自中華民國〇〇年〇〇月〇〇日止，期滿之日，乙方應連同本利壹次還與甲方。

三、利息每月新臺幣〇〇〇元，於每月〇日前付給甲方。甲方必須出具收據交乙方。

四、遲延利息及逾期違約罰金，依新臺幣每壹佰元日息壹角貳分計算。

五、乙方及保證人不依約履行時，願受法院之執行，不得異議，因此而發生之費用悉由乙方及保證人負擔。

六、恐空口無憑，特立本契約壹式參份，除請求法院公證存案一份外，當事人各執乙份存照。

甲　方：〇〇〇　（簽章）

身分證統一編號：

乙　方：〇〇〇　（簽章）

身分證統一編號：

保證人：〇〇〇　（簽章）

身分證統一編號：

中　華　民　國　〇　年　〇　月　〇　日

肆、僱傭例

一、〇〇股份有限公司僱傭契約書

立僱傭契約人〇〇股份有限公司（以下簡稱甲方）與〇〇〇（以下簡稱乙方），因僱傭事約定條款如次：

一、乙方受僱於甲方服行倉儲管理勞務，甲方按月給付乙方報酬新臺幣＿＿＿＿＿＿元整。

二、僱傭期限定為○年，自○年○月○日起，至○年○月○日止。

三、僱傭期間，乙方應勤勞服務，倘有怠工或不法行為，甲方得隨時解僱。

四、乙方應穿著甲方規定之制服，遵守甲方員工服勤規約。

五、甲方須按勞動基準法確保乙方應有權益，並得對乙方為必要之管理。

六、甲方不得加諸約定服務範圍以外之事務，或違反公序良俗之不正當行為。

七、僱傭期間乙方為甲方每日工作八小時，甲方因業務需要，要乙方延長工作時間者，其延長時間之工資，應按乙方平時每小時工資額加給三分之一。

八、乙方因特殊事故欲終止契約時，至少應於十日前預告甲方，並不得要求勞動基準法所定之資遣費；如不經預告逕行終止契約，致甲方生產或工作停頓時，乙方應負賠償之責。

九、本契約壹式貳份，由雙方各執一份存照。

　　　　　　　立契約人　甲　方：○○股份有限公司

　　　　　　　　　　　　代表人：總經理○○○　　　（簽章）

　　　　　　　　　　　　身分證統一編號：

　　　　　　　　　　　　乙　方：○○○　　　（簽章）

　　　　　　　　　　　　身分證統一編號：

　　　　　　　　　　　　住　　址：

中　華　民　國　○　年　○　月　○　日

二、教師聘書

○立○○大學聘書　　　　　　○○字第○○○號

　　茲　敬　聘

○○○先生為本校通識教育中心兼任副教授

並訂聘約如下：

一、聘約期間：自民國○年○月○日起至民國○年○月○日止，期滿如續聘另送聘書。

二、薪金：依照教育部規定按授課時數致送鐘點費。

三、如因故請假缺課時須定期補授或由本校代請適當教員代課，其鐘點費即移送代課人。

校長〇〇〇 （簽字章）

中華民國〇年〇月〇日

應 聘 書 〇〇字第〇〇〇號

　　茲應　貴校之聘擔任通識教育中心兼任副教授並同意履行聘書上之約定。

應聘人〇〇〇 （簽名蓋章）

民國〇年〇月〇日

伍、承攬例

〇〇股份有限公司〇〇工廠新建工程合約書

立契約書人〇〇股份有限公司（以下簡稱甲方）

〇〇營造廠（以下簡稱乙方）

茲就工程承攬事宜，訂立本契約，條款如後：

一、工程名稱：〇〇工廠新建工程。

二、工程地點：〇〇縣〇〇鄉〇〇路〇〇號。

三、工程範圍：廠房、警衛室及大門工程。

四、工程總價：新臺幣_____元整。

五、工程期限：本工程應於訂約後〇〇日內開工，除因颱風、地震、天災等不可抗力者得扣減日期外，並應於開工後〇〇日曆天內完成主要廠房工程，其他配合工程於〇〇日曆天全部完工。雙方同意以使用執照核發日期為完工日期。

六、付款辦法：

(一)本契約簽訂同時，甲方給付〇〇萬元整與乙方，以資進行各種施工購料事宜。

(二)本工程於每月計付一次，由乙方按實際進度申請該項完成部分工程款百分之六十。

(三)全部工程完工，經正式驗收合格後付清尾款。

(四)乙方支領工程款所用之印鑑，應與本合約所附之領款印鑑相符，此項工程款不得轉讓或委託他人代領。

七、圖說附件：本工程之圖樣、估價單、施工說明書均為合約之一部分，乙方
　　應詳細審閱，確實履行。如遇圖樣及說明書均未載明，而按工程慣例為應
　　做之工作者，承包人應遵照甲方或建築師之通知辦理，不得藉故推諉或要
　　求加價。

八、工程變更：甲方認為工程有變更之必要時，一經通知乙方，乙方應即辦
　　理。因工程之變更而有數量之增減者，其工程費之計算仍以原訂單價為
　　準；如有新增之工程項目，應由雙方共同議定合理單價，工作期限亦視實
　　際情形予以延長或縮短。是項增減工程價款及工程期限，經雙方議定後用
　　書面附入本契約內作為附件。

九、工程及材料監督：甲方所派主持工程之工程師有監督工程及指示乙方工作
　　之權。甲方工程師如發現乙方工人技能低劣、工作怠忽或不聽指揮者，得
　　隨時通知乙方更換之。一切工程材料，應經甲方檢查合格後，方准使用，
　　甲方如認為不合格時，乙方應立即調換。因調換而發生之搬運損耗及一切
　　費用，均由乙方負擔。倘所做工程草率、材料窳劣、不合規定，並得通知
　　乙方拆去重做，其損失概由乙方負擔。

十、工地管理：乙方應派富有工程經驗之全權代表人，暨具有工程經驗之工作
　　人員，常駐於工地，依照工程施工進度程序表，切實執行，並遵照甲方所
　　委託建築師之指示，照圖施工。

十一、災害防止：乙方應防範水災、火災及其他一切災害，如有損及甲方或第
　　　三者時，應由乙方負責賠償。工人如有逃、病、死、傷等情事，概由乙
　　　方自行處理之。

十二、逾期罰款：乙方倘不依照規定期限內竣工時，每逾一日償付甲方違約
　　　金，按照合約總價千分之貳計算。此項違約金，甲方得在乙方未領工款
　　　內扣除；如有不足，得向乙方保證人追索之，乙方保證人不得異議。

十三、工程驗收：本工程完竣後，乙方應將所有設備等一律遷移工地外，並清
　　　掃工地始得申請驗收，工程驗收時，如甲方驗收人員，認為有開挖或拆
　　　除一部分工作，以作檢驗之必要者，乙方不得推諉，並負責免費修復；
　　　如有與設計圖或說明書不符時，應在甲方指定限期內由乙方修復完成。

十四、保固期限：本工程自全部竣工正式驗收合格之日起，由乙方保固壹年及保
　　　證不漏壹年。凡在保固不漏期內，因乙方責任、工作不良或材料不佳，而
　　　致工程一部或全部走動、裂損、坍塌或發生其他損壞時，應由乙方照圖樣

負責無償修復；如延不照辦，則由保證人代為履行。

十五、保證責任：乙方應覓一殷實可靠之保證人，而且應經甲方對保及核可，如乙方違背本契約之規定或無力賠償時，保證人願放棄「民法」第七百四十五條規定之先訴抗辯權並與乙方連帶負賠償甲方所受之一切損失責任。

十六、合約解除：

　　(一)乙方有下列情事之一者，甲方得解除合約：

　　　　1、乙方不能依照規定日期開工者。

　　　　2、乙方開工後工程進行遲緩，作輟無常，工程不能按照甲方核定之施工進度程序表執行，或工作草率，偷工減料，不聽從甲方之指示改正者。

　　　　3、乙方違背本合約及其一切附件之規定，或發生變故不能履行合約責任時。

　　　　4、乙方工作能力薄弱，工人及材料設備不足，甲方認為乙方不能依限圓滿完成合約者。

　　(二)乙方如被解除合約時，應即停工，負責遣散工人，清理現場，並於甲方通知後五日內撤離工地，任憑甲方以任何方式，將全部或劃出一部分工程，改交他商承辦。

　　(三)乙方如被解約時，甲方因此所受一切損失，概由乙方及其連帶保證人負責賠償。

十七、轉包禁止：乙方如未得甲方之書面核准，不得將本工程整體轉包。

十八、附則：本合約正本兩份，甲乙雙方各執壹份。

　　　　　　　　甲　方：○○股份有限公司
　　　　　　　　代表人：○○○（簽章）
　　　　　　　　身分證統一編號：
　　　　　　　　乙　方：○○營造廠
　　　　　　　　代表人：○○○（簽章）
　　　　　　　　身分證統一編號：
　　　　　　　　保證人：○○○（簽章）

中　華　民　國　○　年　○　月　○　日

陸、保證例

保證書

　　立保證書人○○○，今願保○○○到
○○公司辦理推銷事宜，一切悉依公司辦事規則，倘有沾染不良嗜好，不守規則，敗壞公司名譽，甚至貪污舞弊等不法情事，惟保證人是問，並聽由公司隨時辭退。其經手銀錢帳目，如有舛錯，或有侵占、挪用或虧空公款等弊端，保證人願負全責，如數賠償。恐後無憑，特立此存照。
　　此致
○○公司

保證人：○○○（簽章）

身分證統一編號：

中　　華　　民　　國　　○　　年　　○　　月　　○　　日

柒、繼承例

繼承契約書

立繼承契約書人○○○（以下簡稱甲方）與族弟○○○（以下簡稱乙方）就繼嗣事宜訂立本契約，條款如下：

一、甲方及其配偶同意，過繼乙方之次子○○○（民國○年○月○日○時出生）為嗣。

二、雙方同意即日至法院公證存案，並至戶政機關辦理收養手續。

三、甲方對其繼嗣應負善良教養之責至長大成人。

四、本契約壹式肆份，除法院存案壹份外，雙方及見證族長○○○各執壹份為憑。

甲　　方：○○○（簽章）

身分證統一編號：

乙　　方：○○○（簽章）

身分證統一編號：

見證族長：○○○（簽章）

身分證統一編號：

中　華　民　國　○　年　○　月　○　日

捌、委任例

（機關全銜）委託研究合約書

甲方：（委託機關）

乙方：（受託單位）

本委託合約書經雙方同意訂立委託條款如下：

一、研究題目：＿＿＿＿＿＿＿＿＿＿＿＿＿＿＿＿＿＿＿＿＿＿＿。

二、研究計畫：由乙方擬訂，經甲方同意後作為本委託合約之附件。

三、研究經費：共計新臺幣＿＿＿＿＿＿＿元整，於本委託合約書簽訂之日起，由甲方分四期撥付乙方。

　　第一期：於合約書簽訂後，撥付總研究經費百分之＿＿＿。

　　第二期：期中進度報告提出後，撥付百分之＿＿＿。

　　第三期：研究報告初稿完後，撥付百分之＿＿＿。

　　第四期：研究工作全部完成時，撥付百分之＿＿＿。

四、研究期間：中華民國○年○月○日起至中華民國○年○月○日止。

五、研究報告：

　　(一)於研究期間屆滿時由乙方提出完整研究報告○○份交付甲方。

　　(二)研究報告內容應有縝密之檢討分析及創新可行之具體辦法，其引證數據應為最新近資料，建議事項除列為報告內容外，應另以摘要方式條列附送。

六、研究工作進行期間，甲方得依本約議定之研究計畫書隨時派員訪問查證，俾瞭解研究情況。

七、研究經費之支用，由受委託單位自行依照計畫核實支用，於研究期間終了時，乙方應將經費支出情形按原列預算項目，開列收支明細表備函送甲方。

八、研究計畫應在合約規定期限內完成，如有特殊原因無法在合約規定期限內完成者，應於合約期滿前說明原因，並檢附有關文件，函徵委託機關書面同意。如有延長所需各項費用，委託機關概不另行追加補助。

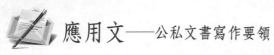
九、本委託合約書於必要時，得經甲、乙雙方會商同意後修改之。

十、本委託合約書經雙方簽妥，加蓋印信後，正本兩份，由甲、乙雙方各執一份，副本甲方〇份，乙方〇份，分別存轉有關單位。

十一、本委託有關其他事項，依照「〇〇〇政府暨所屬各機關（構）辦理委託研究實施要點」辦理。

委託機關（甲方）：〇〇〇〇〇〇〇

代表人：〇〇〇（簽章）

受託單位（乙方）：〇〇〇〇〇〇〇

研究主持人：〇〇〇（簽章）

中　華　民　國　〇　年　〇　月　〇　日

第十二章　柬帖與慶弔文

第一節　柬帖概說

壹、柬帖的意義與用途

　　「柬帖」亦稱「簡帖」，與便條及名片一樣，都是書信的變體，《說文》柬之本義「分別簡之」；帖之本義「帛書署」。後以書寫材料區分，因古時無紙，書於竹者謂之「簡」；書於帛者謂之「帖」，前者常用於私函，如柳宗元答貢士元公瑾〈論仕進書〉：「辱致來簡。」後者則是公文書一種，如〈木蘭辭〉：「昨夜傳軍帖，可汗大點兵。」相沿至今已將兩者合而為一詞，**凡是用在邀宴、餽贈、通報婚喪喜慶時所用的各種請柬、禮帖等簡短文書，概稱之為「柬帖」**。

　　我國為禮儀之邦，古時禮制，繁文縟節，尤以婚嫁、喪葬為最，一部禮記，雖窮畢生之力亦難盡悉。西風東漸後，社會結構變化甚大，尤以工商社會，民間習俗改進甚多，諸多陋習舊章已大事刪除，力求簡化，因而各種柬帖多所改進，並成為定式，以期適應時代。

　　若就形式而言，柬帖、便條與名片往往雷同，但因為具有下列**特質**：(1)格式比較固定；(2)辭句文字很少變化；(3)可大量印製寄發等，所以在應用文中自成一格，縱然同具有邀宴、餽贈、通報婚喪喜慶的內容及作用，但因不具柬帖形式，所以名片或便條仍然無法取代柬帖獨到的效果，其最大**功用**是能將同一件事情擬妥定式，先把它大量印好，或上電腦網路，或以電子郵件普遍發給親朋好友，使之短時間內完成通知，不致延誤時效而遭人責備為無禮。

貳、柬帖的種類

　　柬帖的種類很多，內容亦極為複雜，尤以我國崇禮社會為最。目前通行的柬帖，依其**用途**可分為四類，而每類之中又視其事情性質分為若干種。茲將其各類內容分述如下：

一、婚嫁柬帖

婚嫁柬帖指男女婚嫁所用之柬帖，我國民法對訂婚及結婚的法定條件雖有明文規定，如民法親屬編第972條規定：「婚約，應由男女當事人自行訂定。」以及第982條規定：「結婚應以書面為之，有二人以上證人之簽名，並應由雙方當事人向戶政機關為結婚之登記。」但婚禮的儀式，至今卻仍無定制。婚嫁當事人往往因家庭背景、宗教信仰、教育程度，甚至個人興趣而有公證、溜冰、跳傘、登山、旅行、宗教……等婚禮方式。但不管儀式如何，婚嫁柬帖不外訂婚、結婚與出嫁等三種，目前臺灣交通方便，且為了省事，出嫁柬帖常與結婚柬帖合併為一。茲將各種婚嫁柬帖的內容構造列舉如下：

1、**訂婚柬帖**：包括：(1)訂婚人雙方稱謂及姓名；(2)訂婚日期、地點，禮事；(3)介紹人姓名；(4)請候光臨；(5)具帖人姓名，禮告敬辭；(6)宴客地點、時間。若登報啟事目的僅限於周知，則第(4)、(6)兩項可免，而改為「特此敬告諸親友」。

2、**結婚柬帖**：包括：(1)結婚日期、地點，禮事；(2)結婚人雙方稱謂及姓名；(3)結婚方式或證婚人姓名；(4)宴客時間及地點；(5)請候光臨；(6)具帖人姓名，禮告敬辭。若登報啟事旨在周知，則第(4)及(5)兩項可免，而改為「特此敬告諸親友」。

3、**出嫁柬帖**：包括：(1)出嫁者稱謂、名字；(2)所適者姓名，禮事；(3)宴客時間、地點；(4)請候光臨；(5)具帖人姓名，禮告敬辭。如果結婚、出嫁一併舉行或請客，可由男、女雙方主婚人同時具名，既熱鬧又省事。

二、喜慶柬帖

婚、嫁以外各種喜慶所用之柬帖，約可分為六種：

1、**壽慶柬帖**：包括：(1)祝壽之年月日；(2)壽者稱謂、姓名、年歲；(3)祝壽方式、地點；(4)請候光臨；(5)具帖人姓名或具帖團體全銜，禮告敬辭。

2、**遷移柬帖**：包括：(1)遷移者自稱；(2)遷移日期，新地址；(3)宴會方式、時間、地點；(4)請候光臨；(5)具帖人職銜、姓名，禮告敬辭。

3、**彌月柬帖**：包括：(1)彌月之日期；(2)彌月者稱謂、名字，禮事；(3)宴

客方式、地點、時間；(4)請候光臨；(5)父母具名（如為長孫亦有由祖父母及父母一齊具名），禮告敬辭。

4、**開張柬帖**：包括：(1)行號自稱、開張日期；(2)慶祝方式、時間、地點；(3)請候光臨指教；(4)行號名稱，具帖人職銜、姓名，禮告敬辭。

5、**慶典柬帖**：包括：(1)慶典名稱、日期，禮事；(2)慶典方式、時間、地點；(3)請候光臨；(4)具帖人名稱、職銜、姓名（具帖者也可以是機關、團體或籌備單位），禮告敬辭。

6、**揭幕或落成柬帖**：包括：(1)禮事主體；(2)揭幕或落成時間、地點、方式，揭幕或剪綵人；(3)請候光臨指教；(4)具帖人或機關團體名稱、職銜、姓名，禮告敬辭。

三、喪葬柬帖

「喪」者亡也，「葬」則指掩埋死者，所謂喪葬是指人死後一切祭奠之禮。**喪葬柬帖**就是死亡及殯葬過程所使用的柬帖，分為報喪條、訃聞、告窆、公祭啟事、送禮帖、謝帖等格式。茲分述如下：

1、**報喪條**：報喪條為人死後，喪家立即通知親友死訊的紙條，內容載死者亡故及入殮的日期、時間。因厲行節約、簡化，且電話、電報方便，報喪條今已廢而不用。

2、**訃聞**：訃是報喪的意思，即將死者的噩耗以書面通知親友，稱為訃聞。通常分為親屬（遺族）具名與治喪會或機關團體代訃兩種，其內容應包括：(1)死者的稱謂及姓名字號；(2)死者死亡年、月、日、時；(3)死亡原因及地點；(4)死者出生年月日及享年（享壽）歲數；(5)親屬之善後禮事，移靈地點；(6)開弔日期、時間及地點；(7)安葬地點；(8)訃告對象；(9)主葬者及親屬具名、喪宅地址及電話號碼。訃聞除自行印製寄送外，也可以登報啟事，其內容、格式與訃聞完全相同。自印者多將死者遺照印在訃聞正面，並附死者傳略，詳敘行誼，供人憑弔追思，也可以作為撰寫祭文或輓額（聯）的參考。一般八十歲以下用白紙印黑字，八十歲以上用紅或淺紅紙印黑字，惟五代同堂未滿八十歲者，習俗上亦可以用紅色訃聞。「鼎惠懇辭」、「鄉學寅世戚友」、「聞」及框內欄等因非喪家之事，故皆印紅色。

3、**告窆**：窆是安葬的意思，告窆就是指安葬時通知親友的文書。習俗中在大殮後另定安葬日期，故必須告窆，但今人多在死者大殮後即發引安葬或火化，並且於訃聞中順便提及，故告窆甚少使用。其內容包括：(1)發端用「謹啟者」；(2)死者稱謂、姓名、靈柩暫厝地點；(3)安葬的時間、地點；(4)告窆，以聞（「聞」字套紅）；(5)治喪者姓名，禮告敬辭。

4、**公祭啟事**：凡機關、學校社團等集體向死者致祭，謂之公祭。一般由主辦公祭單位將公祭時間、地點通知各與祭人，以便準時參加，稱為公祭啟事，又稱為公祭通知。其方式有由內部員工傳閱或張貼於公告欄，而對外則刊登於報紙。

5、**送禮帖**：致送喪家禮品如花圈、輓聯、輓幛所用之柬帖，其格式與喜慶柬帖相同，但須用素色紙，計物不可成雙字樣。如致送禮金，則用白色信封，內裝現金，上書「賻儀」、「奠物」或「奠敬」若干元，通常較忌成雙。

6、**謝帖**：謝帖是喪家表示謝意的柬帖，分為領受禮物及感謝臨弔兩種，後者若刊登於報紙則稱為謝啟或哀感謝，其格式如下：

> 先嚴○公○○府君之喪，渥蒙
> 諸位長官戚友頒賜輓額，並親臨弔唁，寵錫隆儀，雲情高誼，歿榮存感。謹申謝悃，伏維
> **矜鑒**
>
> 棘人○○○率子女叩謝

如為前者領受禮物時，首先以「領謝」起行，但「謝」字抬頭，禮物必須全部收下，切不可用「璧謝」；其次將領受物品的名稱、數量逐項列明；第三為具謝帖人姓名；第四為敬使（臺力）數目、單位。具謝帖人之具名要與訃聞相同，自稱「棘人」，意即居父母喪的人。

四、一般應酬柬帖

為一般日常交際應酬如洗塵、餞行、季節、茶會、酒會或稱雞尾酒會（Cocktail Party）、觀禮等之柬帖，其內容包括：(1)宴會時間、方式、地點；(2)宴會事由；(3)請候光臨或指教；(4)受帖人姓名；(5)發帖人姓名；(6)回條。

此外還有**送禮帖**及**謝帖**，前者係婚嫁、喜慶所用，帖紙須用紅色，禮品忌用單數，如致送現金，則須加封套，禮金亦忌單數，帖上載明內容包括：(1)禮物的名稱與數量；(2)禮物性質，如祝壽稱「桃儀」，彌月稱「彌敬」；(3)送禮人自稱、姓名及敬辭。

謝帖可分兩種，領受全部禮品用「領謝」；懇辭或僅領受一部分禮品用「璧謝」或「領受○○物○件，餘璧謝」，其內容為：(1)領受與否；(2)表示謝意；(3)發帖人姓名；(4)敬使數量。

參、柬帖的作法

柬帖的作法視前述種類不同而異，惟寫作時宜詳加注意下列各點：

一、格式不宜輕易更改

柬帖格式為應用文中最固定的一種，最好不要標新立異，輕易更改。惟目前洋化日深，很多洋式柬帖被廣泛採用，例如結婚請帖以新郎新娘合照為主體，旁白夾註些濃情密意的詩句或話語，把羅曼史與即將結婚之時間、地點混合，具帖人亦由新郎新娘具名，雖然新潮，但對長輩親友或只認識主婚人的親友略顯生疏，甚或輕浮，故易遭致物議，必須慎重。雖然格式不建議輕易更改，但傳遞方式卻可以活用，除了對長者儘量親自陳送柬帖外，可以郵寄，也可以用電子郵件傳送給親朋好友。

二、用語要適當

柬帖成語多係套用，每一用語都有它的特定詞性與涵義，不可隨便引用。所謂適當，就是要注意柬帖的種類、用途、身分，採擇貼切妥當的用語。一份擬好的柬帖，字數不多，不妨多加考證，研究清楚，斟酌再三，才行定稿。不可盲目亂抄，否則帖子一發出去，貽笑大方，悔之莫及矣！

三、囑望之事要註明清楚

柬帖是雙向溝通中最直接引起互動效果的媒體，發帖人有所囑望之事，必須在帖中一一交代清楚，使受帖者不致持疑，甚至再四下打聽，或打電話到發帖人家中查詢。囑望之事要求圓滿，不外從人、事、時、地、物等關鍵因素去檢點，例如席設何處？入席時間何時？地址、電話有否備註？附有回帖者，回

帖上的文字有否明確？如不受禮者可用「鼎惠懇辭」，或「花圈花籃懇辭」，或「恕不另訃」等字樣，都要特別註明。

四、印刷卡片宜得體

以紅色帖子代表喜事，白色帖子代表喪事，是我國由來已久之傳統顏色，家喻戶曉，惟晚近受西化影響已不盡然。一般喜帖都採紅色燙金字，如為結婚則於封套左上方加一「囍」字，並於封底印龍鳳等圖案；如為祝壽，則加印「壽」字，並於封底印上「蟠桃獻壽」或「南極仙翁」、「松鶴延年」等圖案；如為訃帖，則於封面左上方加一「訃」字，其餘凡是言及陽世親友之事如「鄉、學、寅、世、戚、友」誼或「聞」、「鼎惠懇辭」等字眼均須套紅，又八十歲以下除五代同堂，否則不可用紅色紙印訃帖等等，已如前述，不可不慎。

第二節　柬帖的用語與例釋

壹、柬帖用語

柬帖用語，源自《禮記》者最多，如〈喪服小記〉、〈喪大記〉、〈緇衣〉、〈奔喪〉、〈問喪〉、〈婚義〉、〈燕義〉、〈冠義〉、〈聘義〉、〈喪服四制〉等篇，淵遠相沿習用，但也精簡改進甚多。目前通行之專門用語數目已大為減少，但仍必須認清詞性，明瞭意義，不可隨便套用，否則稍一不妥，即貽人笑柄，誤會百出。茲將柬帖常用詞彙列舉說明如下：

一、婚嫁用語

1、**嘉禮、吉夕、合卺**：都可用於結婚。《禮記》〈婚義篇〉：「先俟於門外，婦至，婿揖婦以入，共牢而食，合卺而酳，所以合體同尊卑以親之也。」以一瓠分為兩瓢謂之卺，新婚時夫婦各執一瓢以飲，故稱結婚為合卺。

2、**文定**：用於訂婚，文指聘禮，古婚禮於問名之後，卜而得吉，則納幣為定，故稱文定。

3、**于歸**：語出《詩經》〈周南・桃夭〉：「之子于歸，宜其室家。」女以男為家，故稱嫁為于歸。

4、**福證**：請人證婚之敬語。

5、**闔第光臨**：闔者合也，是請客人全家到來的敬語。

6、**賀敬**：婚嫁送禮金時封套用語，亦可用嘉敬、賀儀、疊儀；嫁女可用「花儀」、「妝儀」。

7、**成雙**：即一雙，因喜事忌單數，凡一幅、一件、一對等，皆改稱為成幅、成件、成對。

8、**喜聯**：賀婚嫁通用。

9、**喜幛**：送男家結婚典禮祝賀用，如祝壽用則稱壽幛。

10、**鏡屏、銀盾、銀鼎、銀盤**：婚嫁喜慶通用，一般都須先題妥賀詞再書寫或鐫刻上去。

二、喜慶用語

1、**桃觴**：指祝壽的酒席，亦稱「桃樽」。桃，指西王母所食用之蟠桃，相傳食後可長生不老。觴，酒杯也，比喻盛壽酒敬之。

2、**湯餅**：生兒三日宴客之酒席稱為湯餅筵。煮麵食，唐稱湯麵；宋稱湯餅，故沿稱之。

3、**彌月**：小兒出生滿月。

4、**弄璋**：璋，玉器也。語出《詩經》〈小雅・祈父之什・斯干〉：「乃生男子，載弄之璋。」比喻生男。

5、**弄瓦**：瓦，紡甎也，語出《詩經》〈小雅・祈父之什・斯干〉：「乃生女子，載弄之瓦。」比喻生女，宜習於紡織。

6、**彌敬**：賀人嬰兒彌月所送禮金套用語。

7、**雙慶**：賀人夫婦雙壽用語。

8、**壽敬、桃儀、壽儀、桃敬**：祝壽送禮金封套用語。

9、**喬儀、遷儀**：送遷居用語，語出《詩經》〈小雅・鹿鳴之什・伐木〉：「伐木丁丁，鳥鳴嚶嚶。出自幽谷，遷於喬木。」

10、**晬敬**：送他人子女週歲禮金封套用語。

三、喪葬用語

1、**先祖考、顯祖考、先王父**：對他人稱自己已去世的祖父。

2、**先繼祖考**：對他人稱自己已去世的繼祖父。

3、**先祖妣、顯祖妣、先王母**：對他人稱自己已去世的祖母。

4、**先繼祖妣**：對他人稱自己已去世的繼祖母。

5、**先嚴、先君、先考、顯考、先父**：對他人稱自己已去世的父親。

6、**先繼父**：對他人稱自己已去世的繼父。

7、**先慈、先妣、顯妣、先母**：對他人稱自己已去世的母親。

8、**先繼母**：對他人稱自己已去世的繼母。

9、**先夫**：對他人稱自己已去世的丈夫。

10、**先室、先荊**：對他人稱自己已去世的妻子。語見《禮記》〈曲禮〉：
「三十曰壯，有室。」及《列女傳》：「梁鴻妻孟光常荊釵布裙。」後
人謙稱己妻為荊室、荊妻、拙荊、寒荊，皆本於此。

11、**先兄（姊）**：對他人稱自己已去世之兄（姊）。

12、**亡弟（妹）**：對他人稱自己已去世之弟（妹）。

13、**亡兒（女）**：對他人稱自己已去世之子（女）。

14、**故媳**：對他人稱自己已去世之媳婦，也有稱「故寵媳」。

15、**壽終正寢**：男喪用。

16、**壽終內寢**：女喪用。不管男喪或女喪，如死於非命，則祇能用「終」
或「卒」。

17、**享壽**：卒年六十以上稱「**享壽**」；三十至六十用「**享年**」；三十以下
用「**得年**」或「**存年**」。

18、**含斂**：人死之後，整理其容顏服裝，然後掩首，以待入斂之意。

19、**小斂**：以衣衾加之死者的遺體，稱為小斂。

20、**大斂**：死者入棺稱大斂。

21、**成服**：大斂後，在服之人分別依規定戴孝，謂之成服。

22、**訃聞**：成服之後，訃告親友使其聞之。

23、**開弔**：出殯之前，親友可隨時往弔謂之開弔，但通常擇定一日為開弔
日，並辦理公祭或告別式。

24、**告窆**：窆指將棺木埋葬墓穴，凡墓地勘定並擇妥安葬日期而告知親
友，謂之告窆。

25、**反服**：兒子死，無孫，父在堂由父反為兒子之喪持服，稱反服。

26、**斬衰**：子女父母之喪，服三年，稱為斬衰，意指穿沒有緝邊的粗麻衣
服喪，如《禮記》：「斬衰，括髮以麻。」為五種孝服中最重者。

27、**齊衰**：喪服之次者，以其緝邊故曰齊衰，共分三等：

(1)對祖父母之喪，服一年，稱「齊衰期」，又稱「齊衰不杖期」。

(2)對曾祖父母之喪，服五月，稱「齊衰五月」。

(3)對高祖父母之喪，服三月，稱「齊衰三月」。

28、**期年**：謂周年也，指對兄弟及伯叔等之喪，服一年。

29、**大功**：指對出嫁姊妹及堂兄弟之喪，服九月，以熟布為之，較齊衰為細，較小功為粗。

30、**小功**：指對堂伯叔父母及堂侄等之喪，服五月，亦以熟布為之，較大功為細，較緦麻為粗。

31、**緦麻**：指對出嫁姑、堂姊妹及族兄弟等之喪，服三月。又斬衰、齊衰、大功、小功、緦麻等合稱「五服」。

32、**期服**：即齊衰期。

33、**功服**：即大功、小功之通稱。

34、**孤子**：母健在，父逝世，稱孤子。

35、**哀子**：父健在，母逝世，稱哀子。

36、**孤哀子**：父母親俱歿，子稱「孤哀子」。

37、**棘人**：居父或母喪時，兒子自稱棘人，引自《詩經》〈風素冠〉：「棘人欒欒兮」，意指極為哀傷之人也。

38、**降服孤哀子**：指被出繼或收養而其本生父母死時稱之。

39、**發引**：柩車啟行曰發引。引指附於柩車之索，亦稱「紼」，如執紼。

40、**杖期夫**：妻入門後，曾服翁或姑或太翁、太姑之喪，妻死，夫稱「杖期夫」或「杖期生」。

41、**不杖期夫**：妻入門後，未嘗服翁姑或太翁姑之喪，妻死，夫稱「不杖期夫」或「不杖期生」；若夫之父母健在，妻死，夫亦稱「不杖期夫」或「不杖期生」。

42、**未亡人**：夫死，妻之自稱，也稱「護喪妻」。

43、**承重孫**：本身及父俱屬嫡長，父先死，服祖父母之喪，長孫稱「承重孫」。

44、**抆淚**：泣而拭其淚也。《楚辭》〈九章悲回風〉：「孤子唫而抆淚。」抆，拭也。抆淚與拭淚意本相同；然世俗報喪用訃，親者用抆淚，疏者用拭淚。

45、泣血：居三年之喪者用之。

46、稽首：叩頭之敬禮。

47、稽顙：居喪時拜謝賓客之禮，即雙膝跪下，頭額觸地。

48、奠敬：弔喪禮金封套用語，亦可用「**奠儀**」、「**賻儀**」或「**楮儀**」。

四、一般應酬用語

1、**菲酌**：請人宴飲時對準備酒菜之謙詞，如「敬備菲酌」。

2、**恭候臺光**：請客人賞光的敬語，長輩宜用「恭候駕臨」。臺，指三臺，星名，引伸為三公之稱。臺光亦可稱光臨、賁臨等。

3、**祖餞**：祖，祭名，祭通路之神也。古有送行之祭，遠行出發前，必祭路神求福，故稱送行之宴為祖餞，或稱祖道、祖送、餞行。如改致送禮金，則封套宜書「程儀」或「贐儀」。贐，指贈送別的財物，語出《孟子》〈公孫丑篇〉：「予將有遠行，行者必以贐，辭曰餽贐，予何為不受。」

4、**光陪**：邀請陪客所用之敬語，但不可邀長輩陪晚輩。

5、**洗塵**：治酒席邀宴於遠方歸來之人，即俗稱「接風」。

6、**茗點**：即茶點，如「敬備茗點」，亦可改為「茗敘」。

7、**喬儀、遷儀、喬遷之慶**：均用於祝賀遷居之禮。

8、**節敬**：送節禮用，如過年時用「年敬」、中秋節用「秋敬」。

9、**贄儀**：送業師禮用，亦可稱「贄敬」。如致送學費則稱「脩儀」。脩，乾肉也，語見《論語》〈述而篇〉：「自行束脩以上，吾未嘗無誨焉。」

10、**觀儀、見儀**：均為送幼輩見面禮用語。

11、**哂納、哂存、莞存、莞納**：送禮用語。哂、莞皆為微笑，《論語》有「夫子莞爾而笑」。也可用「莞收」、「笑納」。

貳、柬帖例釋

一、婚嫁柬帖

(一)訂婚例

下面兩則訂婚例中：(1)「詹」，占卜也，指選擇良辰吉日之意。一般擇日以農曆為準，本省民間亦通行農曆，故也可將農曆與國曆併行列印；(2)如須換行排印，不管是男女方家長或介紹人姓名，最好不要拆開，避免失禮；(3)如男女雙方當事人無家長時，可將「並徵得雙方家長同意」字樣取消，另由兄長或伯叔長輩具名邀請亦可；(4)「恕邀」是指本該親自登門邀請，但因人數眾多，改寄柬帖，請受帖人原諒，惟不列亦可。

【由男女雙方家長具名例】

謹詹於中華民國○年○月○日（星期○）○午○時假臺北市中山堂為
三男○○
長女○○ 舉行訂婚典禮敬請

觀禮

囍

○○○
○○○ 謹邀
○○○
○○○

恕邀 ｛ 席設：○○大飯店○○廳
（○○市○○○路○○號）
時間：下午六時三十分入席

【由男女雙方當事人具名例】

茲承○○○先生介紹並徵得雙方家長同意謹擇於中華民國○年○月○日（星期○）在○○市訂婚敬備菲酌恭候

臺光

○○○
○○○ 鞠躬

敬邀 ｛ 席設：○○大飯店○○廳
時間：下午六時三十分入席

(二)結婚例

　　結婚請帖除分別寄送外，亦可刊登報紙，其格式請參閱第四章第三節。如為參加集團結婚可參考公證結婚例（參見第三例），其文字亦可修改為「謹訂於民國〇年〇月〇日上午參加〇〇局舉辦第〇屆員工集團結婚敬請　惠臨觀禮」。此外證婚人、介紹人為整個婚禮之重要人物，除當面延請外，例須另備請帖，以示鄭重。惟因數量少，故可以紅紙書寫，不必鉛印。

【由男方家長具名例】

謹詹於中華民國〇年 國曆〇月〇日 農曆〇月〇日 （星期〇）為 長男〇〇與臺南市〇〇〇
先生令次女〇〇小姐舉行結婚典禮敬備喜筵恭請
闔第光臨

〇〇〇
〇〇〇　鞠躬

恕邀 { 席設：〇〇〇餐廳
　　　　（〇〇市〇〇路〇段〇〇號）
時間：下午六時入席

【由男女雙方家長具名例】

謹詹於中華民國〇年〇月〇日為 三男〇〇 長女〇〇 舉行結婚典禮敬備喜筵恭候

光臨

囍

〇〇〇
〇〇〇　謹訂
〇〇〇
〇〇〇

恕邀 { 席設：〇〇國小禮堂
時間：下午六時觀禮六時三十分入席

【由自己具名公證結婚請帖例】

謹訂於中華民國〇年〇月〇日上午〇時在〇〇地方法院舉行公證結婚典禮
敬備菲酌恭請
觀禮

〇〇〇
〇〇〇　鞠躬

恕邀 { 席設：〇〇市〇〇路〇〇號自宅
時間：下午六時入席

(三)出嫁例

　　本省民間習俗常分由男方具名邀請參加婚禮，女方另發請柬為歸寧設宴，下列可供女方參考。惟目前均通行由男女雙方家長聯合邀宴雙方親友，既省事又熱鬧。

【由家長具名例】

謹訂於中華民國年○月○日（星期○）為三女○○與○○○先生令郎○○君結婚歸寧會親敬備喜筵恭請

閣第光臨

　　　　　　　　　　　　　　　　　　　　　　　○○○
　　　　　　　　　　　　　　　　　　　　　　　　　　謹訂
　　　　　　　　　　　　　　　　　　　　　　　○○○

　　　　　　　　　　　　　　　席設：○○○大飯店
　　　　　　　　　恕邀　　　　　（○○市○○路○○號）
　　　　　　　　　　　　　　　時間：下午六時入席

二、喜慶柬帖

(一)壽慶例

　　父壽用「家嚴」或「家父」；母壽用「家慈」或「家母」；雙壽則用「家嚴慈」並列。以下三例為替長（尊）者舉辦壽慶的例子：(1)子孫具名如兄弟眾多，可由長子或推兄弟中對外最有聲譽者代表具名，如數代同堂可於具名之後書「率子孫鞠躬」字樣，而無須全體連署；(2)「秩」為「秩」的古體，十年為一秩，如七十歲稱「七秩」。因「秩」字從「禾」從「失」，意思不詳，故多用「秩」字代之；(3)「晉」與「進」通，八秩晉一就是八十一歲。又「開」是開始的意思，七秩開一就是七十一歲；(4)「期頤大慶」即百歲華誕。語出《禮記・曲禮》：「人生十年曰幼，學。二十曰弱，冠。三十曰壯，有室。四十曰強，而仕。五十曰艾，服官政。六十曰耆（ㄑ），指使。七十曰老，而傳。八十、九十曰耄（ㄇ）。百年曰期，頤。」；(5)由親友或門生舊部同鄉等祝壽活動，亦可刊登報紙啟事，藉以周知。

【由子孫具名例】

> 民國○年○月○日（星期○）為　家嚴八豑開一壽辰潔治桃觴恭請
>
> **闔第光臨**
>
> 　　　　　　　　　○○○率子孫一同鞠躬
>
> 　　　　　恕邀 ｛ 席　設：○○市○○路○號本宅
> 　　　　　　　　 時　間：中午十二時入席

【父母雙壽請帖例】

> ○月○日為　家 嚴慈 ○秩雙壽敬治桃樽恭候
>
> **闔第光臨**
>
> 　　　　　　　　　　　　　　○○○鞠躬
>
> 　　　　　恕邀 ｛ 席　設：○○市○○飯店福壽廳
> 　　　　　　　　 時　間：是日下午六時入席

【門生舊部鄉親聯請公讌祝嘏帖例】

> 民國○年○月○日（星期○）欣逢
> ○○○先生期頤大慶，同人等或曾侍絳帳，或誼屬鄉親，或時蒙提攜，自應
> 同申賀悃，藉盡感德懷恩之至意。
> 茲謹訂是日○午○時假○○市○○大飯店簽名祝嘏，敬獻「仁者壽」鏡屏並
> 設壽席公讌，藉表微忱，務請
> **駕臨賞光**
>
> 　　　　　　　　1○○○　3○○○　5○○○ 同拜
> 　　　　　　　　2○○○　4○○○　6○○○

(二)彌月例

　　兒女彌月向由父母具名，惟若祖父在堂，初得長孫，亦可由祖父具名。如
為週歲，可將「彌月」改為「彌晬」。

> ○月○日為 小兒 ○○彌月之期謹訂是日下午六時假臺中市○○餐廳敬治潔筵恭候
> **臺光**
>
> 　　　　　　　　　　　　　　○○○
> 　　　　　　　　　　　　　　○○○ 謹訂

(三)遷移例

遷移柬帖最好由負責人具名，如為住所遷移，則由當事人具名。為了明白遷移新址位置，最好在柬帖另頁印上位置圖，亦可加印經營項目或特色，廣攬生意；本例中所書「舊雨新知」，指新交與舊識的朋友，語出杜甫詩小序：「臥病長安，旅次多雨，尋常車馬之客，舊雨來，今雨不來。」俗因謂故交舊識為「舊雨」，新交為「今雨」或「新知」。

本公司為擴大營業經於民國〇年〇月〇日遷至〇〇路〇號新址敬請舊雨新知務祈一本以往愛護之优惠多照顧茲謹訂於〇月〇日上午〇時在本公司會議室舉行慶祝酒會恭請

光臨指導

〇〇股份有限公司 董事長〇〇〇 謹訂
總經理〇〇〇

(四)開張例

本公司業經籌備就緒謹擇吉於民國〇年〇月〇日正式開張敬備酒會恭請

光臨指導

〇〇公司 董事長〇〇〇 敬邀
總經理〇〇〇

恕邀 ｛ 酒會時間：上午十時
地址：〇〇市〇〇路〇〇號
聯絡電話：〇〇〇〇〇〇〇

(五)慶典例

慶典如係大型場面，如國慶閱兵、光復節慶祝酒會等，必須再設計貴賓證；如實施交通管制，必須附寄車輛通行證或停車證；如果邀請外賓，宜依國際禮儀設計英文柬帖。

【畢業典禮例】

謹訂於民國○年○月○日（星期○）上午九時在本校中正紀念堂舉行第○屆
畢業生畢業典禮敬請

光臨指導

　　　　　　　　　　　　　　　　　　　○○高級中學校長○○○謹訂

【開工動土典禮程序例】

○○大廈新建工程開工動土典禮程序

　　（各位貴賓進入會場時，樂隊演奏迎賓曲）

一、典禮開始—鳴炮

二、奏樂

三、主持人請就位

四、主持人致詞

五、主持人介紹來賓

六、來賓致詞

七、工程簡介

八、開工祝禱，主祭者就位，陪祭者就位

九、上香

十、宣讀祝禱詞

　　「中華民國○年○月○日吉時為○○大廈新建工程開工動土，○○○等
　　人敬備牲果，恭請天上聖母、清水祖師、土地公、四方神明、本基地地
　　基主，協助幫忙，使工程動土後，一切平安順利，早日完工，所有人
　　員、機具平安順暢，身體健康，萬事如意。」

十一、收香

十二、獻果

十三、動土

　　(一)請主典長官、陪典長官就位

　　(二)動土　第一劍：開地平安　第二劍：動土順利

　　　　　　　第三劍：一切圓和吉祥

十四、動工拆除舊屋

十五、禮成—鳴炮、燃金

十六、奏樂

(六)揭幕例

本例中的「高軒」者，為尊稱他人之車駕也。據《唐書·李賀傳》：「李賀，七歲能詞章，韓愈、皇甫湜未信，過其家，使賦詩，援筆輒就，自目曰：『高軒過』，二人大驚。」其後劉迎借用賀事賦詩曰：「正以高軒肯相過，免教書客感飄蓬」。揭幕柬帖通常可於另頁附印「○○○先生簡介」或揭幕主題特色介紹，以更能增加「高軒」蒞臨之意願。

為宏揚中華文化促進書法教育，謹訂於中華民國○年○月○日（星期○）至○月○日在○○市立文化中心第一、二展覽室舉辦「○○○書法展」，並於首日下午二時舉行揭幕儀式暨茶會，敬請

高軒蒞臨指導

　　　　　　　　　　　　　　　　　　　　　　　　○○市市長○○○敬邀

三、喪葬柬帖

(一)籌備治喪會啟事例

由於電訊發達，報喪條式微。惟類似報喪條之籌備治喪事宜之通知啟事仍極實用。

　　　故○○○上將治喪委員會籌備處會議通知

故○上將○○先生不幸於○年○月○日病逝中心診所，為籌備治喪事宜，謹訂於本（○）月○日（星期○）上午十時假臺北市○○路○○號○○俱樂部「明德廳」召開治喪委員會議，敬請

故○將軍生前親朋舊部撥冗參加，共商治喪事宜。

　　　　　　　　　　　　　聯絡處：台北市○○路○○號
　　　　　　　　　　　　　電　話：○○○○○○○○

(二)訃聞例

【由家族訃告例】

顯考○公諱○○府君慟於中華民國○年○月○日上午一時壽終正寢距生於民國前○年○月○日農曆○年○月○日享壽○歲不孝男○○、○○、○○、○○、○○、○○、○○、○○不孝女○○、○○、○○等隨侍在側親視含殮遵禮成服謹擇於民國○年○月○日(星期○)上午八時移靈○○市○○路○○公墓設奠家祭九時至十一時三十分舉行公祭隨即發引安葬於○○縣○○鄉墓園叨在

世姻戚寅
誼誼族族 哀此訃
友

未亡人 ○○○ ○○○ ○○○
孝男 ○○ ○○ ○○ ○○ ○○ ○○ ○○
孝媳 ○○○ ○○○
孝女 ○○ ○○(適○) ○○(適○) ○○(適○)
孝女婿 ○○○ ○○○
孝孫 ○○ ○○ ○○ ○○
孝孫媳 ○○○
孝孫女 ○○ ○○ ○○
孝孫婿 ○○○
孝外孫 ○○○ ○○○
孝外孫媳 ○○○
孝曾孫女 ○○
孝曾孫婿 ○○○
孝曾外孫 ○○○
孝曾外孫女 ○○ ○○○

聞

鼎 恕 不 另
奠 惠 慇 訃
弔

胞兄 ○○ ○○ ○○ ○○ ○○ ○○ ○○ ○○
胞弟 ○○
胞姊 ○(適○) ○(適○)
胞妹 ○(適○) ○(適○)
親戚代表

及族繁不載備

泣啟

喪居:○○市○○路○○號 電話:○○○○○○○○

【由治喪委員會訃告例】（登報用）

總統府資政
國民大會代表
中國國民黨
中央評議委員會　主席團主席
光復大陸設計研究委員會委員
○○○先生於中華民國○年○月○日病逝享壽○歲謹定於○年
○月○日（星期○）上午八時三十分在○○市○○路市立第一
殯儀館○○廳舉行公祭暨覆蓋黨國旗典禮十時追思禮拜隨即啟
靈火化安葬於陽明山第一公墓
謹此奉
聞
　○○○先生治喪委員會
　主任委員
　副主任委員
　總幹事
　副總幹事
　　　　　　　謹啟

【由機關團體訃告例】（登報用）

本院董事長
○○○字○○○先生慟於中華民
國○年○月○日逝世享壽○歲
謹定於○年○月○日（星期○
）上午八時三十分在臺北市民
權東路市立第一殯儀館○○廳
舉行公祭十時四十分啟靈火化
下午二時三十分發引安葬陽明
山第一公墓
謹此奉
聞
　財團
　法人○○○○○董事會謹啟

(三)公祭啟事例

【由生前友好具名發起例】

> 故○○部次長○○○先生追思禮拜於○月○日（星期○）下午三時假新生南路三段九十號懷恩堂由○○○牧師主持特此敬告
>
> 諸親友
>
> 發起人○○○　○○
> 　　　　○○○　○○○　啟

【由故人生前服務單位發起例】

> 本公司董事長○○○先生不幸於中華民國○年○月○日○時○分逝世謹擇於中華民國○年○月○日星期○上午九時起至十一時止假○○市第一殯儀館○○廳舉行公祭隨即發引安葬○○墓園敬此奉
>
> 聞
>
> ○○企業股份有限公司　謹啟

【由遺族具名例】

> 先嚴○公諱○○府君月前赴大陸探親不幸於○月○日病逝故鄉○○省並已於○月○日在○○縣發喪謹擇於○月○日（星期○）上午○時○分至○時○分在○○市○○街○○號○○寺誦經追薦哀此訃告
>
> 諸親友
>
> 棘人　○○○　泣啟

(四)謝帖

　　泣領禮物除如本例列舉再由受付人員打勾註記外，也可空白，視禮金或禮物再填上；此外，「謝」字應套紅；左上角所加上的「敬使臺力」字樣，意思是哀家已恭敬地使用你送來的禮金（物）。「臺力」兩字也應套紅。

【領受禮物謝帖例】

謝

泣領

奠儀　元正
花籃　三寶糕
花圈　水果
花車　罐頭
輓聯　樂隊

敬使　辣人○○○　揮淚叩首

臺力　○○○先生　寶號

中華民國○年○月○日

【感謝臨弔謝帖例】

　　感謝臨弔謝帖除可登報致謝外，還可以如本例製成明信片郵寄。

先嚴○公○○府君之喪渥蒙　惠臨弔唁或寵賜隆儀或函電馳慰高情雲誼歿榮
存感守制期間未克踵謝伏祈
矜鑒敬申謝悃　並頌
時祺

　　　　　　　　　　　　　　　　　　　　　孤女○○○　泣叩

四、一般應酬柬帖

(一)國宴例

　　由總統具名邀請屬國宴，為增進國際友誼，除前述宴會時間、地點、事由
外，特別規定服裝，用示隆重。

為歡宴○○○○共和國總統○○○閣下
謹訂於中華民國○年○月○日（星期○）下午七時三十分潔樽候
光

　　　　　　　　　　　　　　　　　　　　　　　○○○　謹訂

　　　　　　地　　點：總統府
　　　　　　服　　裝：文職：國服或深色西服
　　　　　　　　　　　軍職：軍常服佩勳表
　　　　　　　　　　　女士：長旗袍或晚禮服

(二)酒會例

如係國際性會議，可將請柬中英對照排印：

茲訂於○月○日（星期○）下午五時至六時半假○○大飯店○○廳為○○○
國際學術交流基金會開始作業舉行酒會

　　　恭候

臺光

○○○
○○○ 敬邀

聯絡電話：○○○○○○○○

Mr. Kwoh-ting Li, Chairman

and

Mr. Yih-yuan Li, Director-General

of

Chiang Ching-kuo Foundation for

International Scholarly Exchange

request the honor of your presence

at the reception announcing

the inauguration of the Foundation

on the sixth of September

at five o'clock in the afternoon

International Reception Room, Grand Hotel

Taipei

Tel (02)0000.0000

(三)聯誼會例

> 本縣○○年中小學校學生家長會會長聯誼會訂於○月○日（星期○）上午○
> 時假○○市○○國民中學舉行會後餐敘聯歡敬請
> **光臨指導**
>
> 　　　　　　　　　　　　　　　　　　　　　　○○縣縣長○○○敬邀

(四)謝師宴例

> 謹訂於本（○）月○日（星期○）為感謝師恩敬備菲酌恭候
> **臺光**
>
> 　　　　　　　　　　　　○○國小家長會　謹訂
>
> 　　　　　　　　敬邀 { 席設：○○餐廳
> 　　　　　　　　　　　時間：中午十二時入席

(五)茶會例

　　此例亦可於柬帖另頁加印候選人簡歷、政見及賜教地址、電話，可收文宣效果。

> 謹訂於本（○）月○日（星期○）上午○時○分於○○市○○路○○號為成
> 立競選第○屆○○委員服務處舉行茶會敬請
> **蒞臨指導**
>
> 　　　　　　　　　　　　　第○屆○○委員候選人○○○敬邀

(六)開館典禮及○○展覽聯名邀請柬帖例

　　活動太多可以整合，以避免興師動眾。可邀請貴賓亦或較重視而樂於應邀前往者，惟請柬於對折後，另一邊可印活動流程表；背面一邊可以設計印上建築物相片，另一邊則印上簡明位置地圖，附上通行證及停車證，更可展現主辦單位之誠意。

謹訂中華民國○年○月○日（星期○）上午十一時於○○○○舉辦「臺灣民俗文物館」開館典禮暨「木雕風情」與「○○道卡斯族古文書特展」開幕儀式恭請

蒞臨指導

○○市政府　市長○○○
○○市文化局局長○○○　敬邀

活動流程表

地址：○○市○○區○○一路○○號臺灣民俗文物館
電話：009-0000000

時間	活動項目	地點
AM10:30	舞獅民俗表演	民俗文物館廣場
AM11:00	民俗文物館開館剪綵	民俗文物館二樓中廊
AM11:10	第○屆傑出臺灣文獻獎頒獎	同上
AM11:20	館名柱揭幕、啟鑰	同上
AM11:30	「回顧老臺灣展望新故鄉」大匾額揭幕	民俗文物館大廳

參觀動線	第一展示室　臺灣歷史與文化導論
	第二展示室　臺灣民俗源流
	第三展示室　日常生活起居、聚落與建築、風水
	第四展示室　臺灣民間工藝文化
	第五展示室　民間信仰、祭儀、藝能、戲曲
	第六展示室　生命過程：過去、現在、未來
	蓬萊鄉情特展室　木雕風情特展
	福爾摩沙特展室　中部道卡斯族古文書特展

第三節　慶弔文概說

壹、慶弔文的意義與撰擬原則

所謂**慶弔文**，是指對人或事表達慶賀祝頌之忱的「**慶賀文**」，以及告語鬼神或奠祭哀悼死者之意的「**弔祭文**」之總稱。人際關係要維繫得通情達禮，除了平日的交情友誼之外，就是在婚喪喜慶，即婚嫁、壽誕、添嗣、遷居、開業、喪葬、祭祀等場合，亦即俗稱的「紅」、「白」事之際，能適切地表達自己恭賀或哀悼的心情，這也就是慶弔文的功用所在。

慶弔文有廣、狹兩種意義，**廣義的慶弔文**是指凡是婚喪喜慶時可用來表達忭頌與哀悼之忱的書信、電報、啟事、柬帖、對聯、題辭等應用文字都是；而**狹義的慶弔文**則專指被現代工商社會仍然使用的壽誕與哀祭文字的慶弔文。

　　慶弔文雖有上述不同種類的差異，但因這是面對人生歷程中最莊嚴肅穆的心境，包括喜、怒、哀、樂、愛、惡、慾，因此撰擬時，還要共同注意下列原則：

一、心誠意敬

　　慶弔文最忌虛情假意，敷衍應付，甚至勞人代筆，否則寫出的慶弔文不是言不及義，就是無病呻吟。《文心雕龍》〈祝盟篇〉：「祈禱之式，必誠以敬；祭奠之楷，宜恭且哀……」就是提醒大家要心誠意敬，出於肺腑，才會撰擬出流傳千古、傳誦感人的慶弔文。

二、重視倫理

　　撰擬時要得體，無論是歌頌慶賀或為文哀悼，都要顧及與死者彼此之間的身分、地位、性別及倫理親疏關係。若同時具有公誼及親戚關係時，以親戚私情慶弔之，並且必須留意輩分親疏及稱謂，如果不加注意，一語不當，即使文筆再怎麼雋永感人，也是枉然。

三、根據事實

　　引述對方的道德文章、事功，要根據事實，不可任意渲染。如果模稜，必須想辦法打聽，考證清楚，絕不可省略或杜撰，否則語意不實，易引起讀者的反感。

四、條理清晰

　　撰擬時務必要有條不紊的按照格式鋪陳，使人一目了然受慶弔者一生的豐功偉業及奮鬥歷程，也自然流露出慶賀與哀悼之意。如果自己覺得才華不足、認識不深、關係不夠，則寧缺勿濫，可以改用其他簡便的表達方式，表示自己的心意。

貳、慶弔文的種類

我國因係禮儀之邦，長期受到繁文縟節的薰陶，影響所及，慶弔文的體例特多，以梁劉勰《文心雕龍》而言，有頌、贊、祝、盟、銘、箴、誄、碑、哀、弔、啟等十一種；蕭統《昭明文選》所錄的頌、贊、銘、箴、誄、碑文、哀、弔文及啟等九種，迄清朝姚鼐《古文辭類纂》始精簡為贈序、傳狀、碑誌、頌贊、哀祭等五類。時至今天工商社會，人人真正去講究禮「節」的結果，的確將繁文縟禮改變並節省不少，因此目前較通行的慶弔文，實際只有**徵啟、壽序、頌辭、哀啟、行狀、祭文、墓誌銘**及**追悼文**等八種，茲將其內容介紹如下：

一、徵啟

徵啟是向他人徵求詩文之啟事，以徵求壽詩、壽文較為常見。《文心雕龍》〈書記篇〉：「啟，開也，開陳其事也。」一般都是親友師長壽誕時，由子孫、門生、舊部具名廣為向人說明某人年高德劭或功在黨國等斐然著績，今逢華誕，希望大家撰寫祝壽詩文、賀聯作為壽禮，並輯印成冊以資紀念。除了祝壽詩文之外，也可徵求悼念、感懷等紀念性文字，作為追懷先賢先人紀念文集之用。目前電子網路留言板，也可設計成專為徵集某人懷念感言之用的園地，頗為實用。

二、壽序

「贈序」源於古人贈別詩、歌而作短文之序言，姚鼐《古文辭類纂》輯有「贈序類」，考其目的原是為「致敬愛，陳忠告之誼」，又「唐初贈人，始以序名」，如韓退之〈送孟東野序〉。蘇洵因其父名序，為了避諱，一度曾改為「引」或「說」，如蘇明允送石昌言為北使引、仲兄文甫字說。惟蘇洵父子之後又改為「序」，並逐漸演變專為祝壽詩、歌、詞之序言，元、明之後又發展至無詩、詞之序文，稱之為**壽序**，如明歸有光〈周弦齊壽序〉、清方苞〈張母吳孺人七十壽序〉。

三、頌辭

「頌」本來是《詩經》六義（風、雅、頌為詩的性質，賦、比、興為詩的體裁）之一，《文心雕龍》〈頌贊篇〉：「頌者，容也，所以美盛德而述形容

也。」所以，**頌辭**是歌功頌德、褒揚讚美的文辭，在古代是用來對賢哲偉人建功立德告慰於神明，也就是歌頌成功之容狀。頌辭有兩種，即有序文與沒有序文，頌辭本文概用韻文，即四字一句、四句一韻，或一韻到底。頌辭序文是為了說明之用，近人也有用語體散文撰寫頌辭，或以新詩為之，別具親切自然之感。

四、哀啟

　　哀啟與書信近似，是以「哀啟者」發端，接著敘述死者生平經歷、奮鬥經過、子孫成就、病情診治經過、卒歿時間和地點，最後以「伏乞　矜鑒」作結，子女具名前，冠以側書「不孝子（女）」、「棘人」等稱謂。**哀啟**目的在訃告親友，使親友詳知死者生平言行，以便悼祭者撰擬祭文、輓聯或輓額時之參考，因此文詞宜平鋪直敘而戒誇飾。近年來喪家大多撰「行狀」或「生平事略」夾附訃聞內頁代替之，因此「哀啟」已較少人用了。

五、行狀

　　姚鼐《古文辭類纂》〈序目〉：「古之為達官名人傳者，史官職之；文人作傳，凡為坊者種樹之流而已。」又說：「其人既稍顯，即不當為之傳，為之行狀。」可見傳、狀雖同類文體，但古時候只有史官才能撰「傳」，不是史官，只能作「狀」。實則傳記與行狀的寫作方法與內容相似，名異實同，並沒有固定格式。內容有褒無貶，但亦不能離事實太遠。**行狀**主要包括敘述死者的姓名、字號、官銜、年齡、祖籍、學歷、經歷、事功、嘉言、善行、學術著作、道德文章、年壽、家庭遺族狀況，有條不紊，一一敘述。可用散文，也可用語體文，惟駢文或韻文並不適用，蓋因難以達意也。

六、祭文

　　祭文是用來對死者表示哀悼之情。古代祭文，不限於對死者，凡上下神祇，歲時俎豆者皆用之，如《文心雕龍》〈祝盟篇〉：「若乃禮之祭祀，事止告饗而中代祭文，兼讚言行，祭而兼謙，蓋引神而作也。」現今多用以祭人了。祭文的內容至少要包含四項：第一是起文，即敘述祭祀的日期、祭祀人及其與死者的關係、祭品、死者姓名或稱謂；第二是頌述死者德業、事功；第三是敘述彼此交情或與其後代某人交情，及死者逝世後對世人如何損失或影響；

第四是表達自己哀悼的心情，兼祈望受祭者來饗之辭。祭文可用韻文，也可用散文。用韻文時，也可用駢文、四六、四言體、六言體；用散文時，也可用文言散文、語體散文。

此外，另有「哀辭」及「誄辭」之弔祭文字。前者為年幼者夭折，由其尊親撰表哀悼之文字，《文心雕龍》〈哀引篇〉：「短折曰哀。哀者，依也，悲實依心，故曰哀也。以辭遣哀，蓋不淚之悼，故不在黃髮，必施夭昏。」如曹植之金瓠哀辭。後者起初是用來表揚死者德行，以定謚號，《文心雕龍》〈誄碑篇〉：「誄者，黑也。累其德行，旌之不朽也。」《典論論文》曰：「銘誄尚實。」《文心雕龍》〈誄碑篇〉又說：「賤不誄貴，幼不誄長。」準此以觀，誄辭為文，旨在蓋棺論定功過。惟後世則不論貴賤長幼，皆可為誄，其結構作法與祭文類似。

七、墓誌銘

墓誌銘為墓誌、墓銘之合稱。誌，記也；銘，記而刻之。目的在記述死者生平事實，刻於墓石，納之壙中，以備年代久遠之後，陵谷變遷時辨識、追思之用，是為墓誌。而刻記死者世系、名諱、里籍、年壽、卒葬年月、功德，與其子孫大略，刻於墓石、納置壙中，稱為墓銘。其後合二者為一，故稱墓誌銘，其寫作內容和行狀、傳記相似，只是清峻謹樸些，誌文應詳敘死者世系、名諱、生平及子孫概況，不必押韻。銘辭則為死者生平事蹟之濃縮，並加以誇飾褒揚，其體以四言最為通行，間亦有三言、五言、六言，惟偶數句均須押韻，可一韻到底，亦可換韻。

八、追悼文

追悼文並沒有固定格式，古代可用韻文，也可用散文，現代可用文言文，也可用語體。其內容主要是對死者的哀慟懷念，或對死者的感恩，或記憶生平發人深省的軼聞舊事，或宣揚死者的崇高人生觀及偉大思想，可說範圍最廣、最能表達追思悼念的文字。若嚴格地說，追悼文在事實上已經超出了純粹應用的範圍，可說是文藝作品，因為目前對死者逝後的哀思錄或紀念文集蒐錄以追悼文最多，故亦藉此一提。

第四節　慶弔文舉例

壹、徵啟

何上將敬之先生百齡嵩壽徵文啟

　　蓋聞歲寒松柏，凌霜雪而益勁；天降士師，為邦家以百年。惟我陸軍一級上將興義何應欽敬之先生，夙嫺韜略，契雲龍於風虎；胸有甲兵，繼北伐於東征。揮戈返日，受降書於白下；護憲組閣，阻和義於羊城。巍巍豐功，不亞於渭水；皇皇盛績，尤過於汾陽。八十杖朝，猶主五權憲法民主政治之大計；九秩行健，益張三民主義統一中國之宏規。國有元良，卜中興之勝算；世聞人瑞，存革命之典型。茲以中華民國七十七年四月二日，為

上將期頤嵩壽之吉辰，同仁等誼屬至友，或列姘幪，緬懷盛德，曷勝距躍。爰發起徵文及詩詞書畫，為

上將祝嘏。敬希

飛毫染翰，共彰伏波之威烈；擒辭振藻，同祝大樹之長青。

　　附徵文說明一件

羅　光
發啟人：陳立夫　同敬啟　七十六年八月十五日
孔德成

貳、壽序

陳立夫先生九十壽序

蕭繼宗

　　天下之事莫難於創造；而踵事增華者次之；補偏救弊者又次之；其下，襲蹈故常、謹守繩墨而已。蓋創始之者，必知足以周物，學足以濟時，識足以鑒遠，誠足以服眾，然後能由無以之有，轉虛而為實。是其人者，殆亦不世出者焉。

　　吳興陳立夫先生幼有異稟，系出恆流。早歲治礦冶之學於美邦，歸而承父兄之志，赴國家之急，獻身於革命建設。當軸重其英特宏通，乃令內參密勿，入告謨猷；外接賢豪，周旋叢劇。迨歷試諸艱，既泛應而曲當，且在在皆有所創建。慮前人之所未及，發前人之所未言，肇前人之所未作。卓識覃思，異功讜論，蓋千百其端。求之並世，洵亦不數數覯者矣。惟是閱歲既深，中復迭更禍亂，曏所樹立，事遠難追；即有功施到今，或未少衰，而人莫能盡知，知亦莫能一一而列舉之也。

　　竊嘗諏訪耆賢，稽徵紀述，稍稍聞其餘緒，試綜其概略言之：如究天人之際，斥心物之偏，則有創論；貫孔孟之道，通中西之郵，則有創說；棄眾論之紛繁，釋儒家之真諦，正名定義，要言不煩，則有創解；建言獻策，陳治道之得失，制禍患於機先，則有創見；因時因事，應變通持，特衡正軌，俾利興而弊寢，則有創制；開辦學校、報刊、電臺、書局，以宏揚文化，則有創業；定撿字之新方，以惠士林，變治中之舊式，以利公務，則有創法；乃至節植字之勞；省鈔胥之費；利電訊之傳，亦有創器焉。凡此皆向之所無，得所創而有；向之所苦，得所創而利；向之所蔽，得所創而明；向之所塞，得所創而通；向之所難，得所創而易。以視守一藝一得以自專者，其功烈之大之遠，豈可同日而語哉？

　　今歲之七月，先生年九十矣。神明朗澈，體氣充盈如壯盛之年，而日孳孳惟著書教學為務。盛德日新，若源泉之不舍，以知創造力之正未有艾，而遐齡之如日方中也。校友等，或屬及門，或嘗私淑，莫不仰　先生為嵩岱，將及攬揆之辰，壽　先生以言，以瓊富美於萬一，亦不敢以世俗禱頌瀆　賢者，僅略疏創造之功以為之辭焉。

參、祭文

一、恭祭蔣故總統經國先生文

　　　維
中華民國七十七年一月三十日，總統李登輝敬率治喪大員，謹以至誠，恭祭於
蔣故總統經國先生之靈前曰：

　　嗚呼！自古名世之誕生也，以大任之將降其身，天必厄之以橫逆，增

益其所不能。然後歷百艱而懼，處極困而終亨。維公之少也，夙受教於
嚴父；旋遠學于俄京。羈棲北國越十有二載，吞旃齧雪，曾不異乎子卿。
壯歲遄歸，牧民南贛，猶復布衣芒屬，糲食而藜羹。清慎勤能，郡以大
治，而民仰之若神明。洎夫大盜移國，樞府播越臺澎。隨侍　領袖，再造
成平。建立中興基地，以振復國先聲。於時生民困瘁，實慘澹以經營。初
裕農以足食；並飭旅以精兵。戰則躬冒矢石，鼓舞先登；暇則教之樹藝，
嫻習工程。俾進可以戰，而守可以生。旋復號召青年，樹之以信仰，結之
以精誠。揭救國之大纛，招才俊以弓旌。集思殫力，道與魔爭。且復以
其暇豫，窮峻嶺、濟滄溟、宿僻壤、履危阮、訪漁牧、勸農耕、恤孤寒、
友編氓。其求民之隱，急民之急，每旦發而宵征。及其總庶政，秉國鈞，
乃力克萬難，從事十項建設，畢大功於一舉，使百堵而皆興。於是家饒戶
給，府充庫盈。崇樓蔽野，肩車接衡。稽之前史，我國家之富彊康樂如今
日者，實千古所未曾。此非可以倖致，蓋出於畢生之淬礪，及所得於過
庭。其任勞怨也，能忍人之所不能忍；其赴事功也，敢行人之所不敢行。
嘔心瀝血者垂四十載，其所樹立，實來哲之典型。今國基丕固，民智日
升。遂及去閑弛禁，順應輿情。朝野日隆其謳誦；國際亦譽其開明。其公
忠體國之苦心，終已大信於天下，皦然有若日星。方將奮其智慮，滌瑕蕩
穢，攬轡澄清。詎復國之在望，竟棄眾而遐昇。嗚呼！公之一生，憂患備
更，澤流斯土，明德惟馨；崇功偉烈，永垂丹青；而前瞻遠略，則後死者
所宜服膺。敢竭股肱之力，繼之忠貞。精誠團結，推進民主憲政，以促統
一大業之完成。用副全民之望，報慰在天之靈。哀哉！尚饗！

二、家祭祭文

　　維

中華民國七十五年十二月二十六日妻趙蘭坤率子戰媳方瑀孫男勝文
勝武孫女惠心詠心謹以庶饈酒果奠致祭於
夫君定一先生之靈曰：

嗚呼夫君	英靈在上	老少何堪	遽失尊長	君本書生	遭逢世變
海外孤臣	回國靖獻	迢迢征途	自南徂北	三年淬礪	辛勤有得
洎至西安	再轉重慶	公爾忘私	寸陰是競	救國復臺	壯懷無忝
桑梓重光	家園再建	竭智盡忠	夙夜匪懈	功成不居	浮名是誡

澹定無爭	行止有度	國重老成	加恩眷顧	令譽孔彰	祿位日晉
壽逾八旬	天資弗吝	惟君才德	實獲我心	五十餘年	恩愛至今
佳兒佳婦	賢孝忠良	孫枝秀發	門庭鼎昌	皤然二老	樂此晚晴
奈何旦夕	竟判幽明	嗚呼夫君	復何言哉	人生幻影	化鶴歸來
嗚呼哀哉					
尚饗					

三、公祭祭文

維

中華民國七十八年七月十七日，南投市光復國民小學家長會會長
楊○○暨家長會全體委員，謹以香花清醴之儀，致祭於
張公○○老先生靈前曰：

懿維先生	南極降靈	生而岐嶷	學養出眾	獻身教育	功留鄉梓
黃汎賑災	積德無窮	攜領學子	追隨政府	實中任教	作育時英
子女超卓	繼志承業	一門師表	杏壇揚聲	有女竹青	志潔心高
撫孤孝親	久傳令名	任教光復	廿載功宏	眾家學子	長沐春風
先生退休	卜居本村	慈祥和藹	鄰里欽崇	書香門第	和樂協融
壽晉期頤	德高望隆	五福併臻	四德兼弘	遐齡登仙	長留典型
敬陳芻束	奠祭於靈	神靈不爽	來格來歆		
尚饗					

肆、墓誌銘

一、王雲五先生墓誌銘

　　王雲五先生號岫廬原籍廣東香山民國前廿四年陰曆六月初一生於上海
民國六十八年八月十四日卒於臺在此九十二年生命中值一非常之時代雲五
先生在人間作了一次極不平凡的壯遊他在文化教育學術政治各方面重大之
貢獻在世上留下深刻的跡印

　　先生出身寒素少時嘗為五金店學徒所受學校教育不滿五載然自十五
歲起半工半讀亦工亦讀至老不休曾謂寧一日不食不肯一日不讀書先生學問
皆來自苦讀勤修十九歲任中國公學教員時購大英百科全書一部窮三年光陰

通讀一遍其興趣之廣毅力之堅可見一斑先生於學無所不窺乃罕有之通人民四十三年講學政治大學政治研究所十三年間博士碩士出其門下者百餘人國人尊之為博士之父先生一生未進大學無一紙文憑而得此稱號可謂杏壇奇事

　　民國十年先生經其中國公學學生胡適之推薦出任商務印書館編譯所所長自是與商務結不解緣自壯至老凡四十年心血盡注商務先生掌館時實行科學管理開拓文化疆域發揚國故輸入新知網羅全國學術精英編印四部叢刊大學叢書萬有文庫等書氣魄宏偉識見深遠領導書界與新教育連成一氣出書之多與精為全國冠中國讀書人鮮有未讀商務書者商務曾四度毀於國難而先生四度使之復興故言商務必言先生先生誠商務之偉大鬥士與化身也先生不止為大出版家其論著多至百千萬言而中外圖書統一分類法之設計更屬創舉四角號碼檢字法尤戛戛獨造晚年主持中山與嘉新二文化基金會皆吾國前未曾有允為文化事業之新猷至於興辦私人圖書館之志民十三年東方圖書館已創其緒民六十一年以所藏書及房產設立雲五圖書館殆遂其素願耳

　　先生一介書生無黨無派不競選不求官惟於國是則言其所當言行其所當行卓見宏識英年早發宣統三年先生二十三歲以一席議論受　國父中山先生賞識邀其擔任臨時大總統府秘書民國成立蔡元培首任教育總長先生與之無一面緣以提改革建議蔡先生即馳書請其到部協助終成莫逆抗戰軍興國家多難先生以在野之身翼贊中樞讜論廟議風動四方民卅五年以還為報先總統蔣公知遇歷任經濟及財政部長行政考試兩院副院長行政改革委員會主任委員等職或應付時艱或調和鼎鼐或張立制度或舉考人才義之所在全力以赴毀譽無所縈於懷做第一等事先生固當仁不讓做第一等官則進退有度不矯情不戀棧五十二年謝政還其初服重返商務無論為官為商始終不脫書生本色若先生者真第一等人也

　　先生家庭美滿德配徐夫人淨圃馥圃生有七男一女皆有成就孫曾孫輩數十人各在海內外發展先生重親情但所遺子女者僅少許心愛字畫其餘一切悉獻社會

　　雲五先生自謂人生斯世好像一次的壯遊而今先生偉大之壯遊已止惟先生人間的遺愛無止無盡

中華民國六十九年四月　門人金耀基恭撰
達縣張光賓敬書

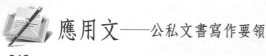
二、胡適先生墓碑文

　　這是胡適先生的墓。生於中華民國紀元前二十一年，卒於中華民國五十一年。這個為學術和文化的進步，為思想和言論的自由，為民族的尊榮，為人類的幸福而苦心焦思，敝精勞神以致身死的人，現在在這裡安息了！我們相信：形骸終要化滅，陵谷也會變易；但現在墓中這位哲人所給予世界的光明，將永遠存在。中央研究院胡故院長適之先生治喪委員會立石，中華民國五十一年十月十五日。

伍、追悼文

蔣緯國之悼兄念父文

蔣緯國

　　寶島冬日，寒流陣陣，陰晴交錯，冷暖時變。在這滿懷哀傷的時光中，您唯一的弟弟和您親愛的家人，強忍懷念追思的傷痛，度過這漫長、沉重的國喪家哀日子。

　　哥哥！您安息已一個月了。

　　人所期待之事，往往會比所望之時，來得慢些！但人所最不願見之事，卻往往來得太快！這次來得實在太快了。雖然您的健康已有一段時日令人關注，但您堅強的毅力始終勝過一切，您超乎常人的記憶力，敏捷的思維及堅強的意志，能立即做正確的判斷和指示，並繼承　領袖遺志領導國家渡過艱危困難而成長茁壯。您一直保持正常的作息，元月十二日還在總統府處理要公，次日（元月十三日星期三）上午我們大家還在中常會中等您來主持會議，後來宣布您因故不能來會，我們就習慣地按時在九點鐘開始由輪代者主持開會。下午我正在與友邦人士作學術與時事的座談討論，忽接電話，急忙趕至寓所。哥哥！你已經走了！您因大量嘔血，不支而逝；真可以「五內俱裂」來形容！您也已做到了「鞠躬盡瘁，死而後已」！怎不令親者心痛、情酸！但您留下的最後容態卻又如此安詳，因為您已盡了您能做的一切。

　　這一個月來，您先後安息在榮民總醫院懷遠堂，圓山忠烈祠，直至奉

厝到大溪陵寢，千千萬萬的軍民同胞隨著您的靈體匍匐膜拜，尤其老榮民及青年學子哀淒虔敬，黯然啜泣者有之；嚎啕大哭者有之；傷痛倒地者有之；扶老攜幼，百里趕悼者有之！數十年隨同　父親參與革命事業，民國六十四年　父親崩逝，正當以「長兄如父」，竭心忠孝之際，忽又失去了一位「父親」，孤臣孽子，痛何如是！

治喪大員在李總統兼執政黨代理主席登輝先生親自主持下，銜哀籌策，妥理國喪大事；全國軍公教職人員含淚奮勵，勤勉從公。您的靈體雖然安息，您的音容卻在煥發光大。社會在悲慟中的安定與融洽，國際人士之讚譽，大陸及海外同胞之認同，正您遺愛與成就的回響。這是您常年耕耘的收穫—凡是識者，無不對您極度的尊敬、愛戴與懷念。您的家人唯有以最虔誠的心，向同胞和國際友人回報最大的感激，並以今後的守份與努力，來追念和報答您。

您留給後人的印象，不僅僅是使人尊敬的國家元首，而且是親切和睦的好友。弟弟常說：「您不是我一個人的大哥，而是我們這一代人大家的大哥；不是一個小家庭的家長，而是整個國家社會的大家長。」您的崩逝，使國人感到失去一位可親可敬的大哥，失去一位仁慈寬厚的大家長。

在知您離世的一剎，知您因大量咯血而逝時，真是悲憤異常，恨那些無知與不義的一群，更恨不得親手討伐那一群無理之徒！上帝啊！請原諒我這一時間的氣惱和激動！哥哥！這絕不是您想要見到的！您一定會說：「原諒他們的無知！」您一定知道，他們自己會慢慢地反悔！直到想過來時，他們也會和我們併肩攜手，完成救國救世、救人救己之大業的！

沒有人不為國家的前途著想的；除非他是臥底的賣國賊！沒有人願意自掘墳墓自毀前途的；除非他另有陰謀！我們今後要努力的，正如您說的，必須為一貫的目標團結一致，來完成憲法所賦予我們的任務—以三民主義統一中國，凡個人的肉身總有盡期，而國家民族是億萬世之大業，我們中華民族中國之立國，自古即以「中道」相結合，道不同者不相為謀；同，則雖為碧眼黃髮亦中國之。自孤於中道之外者，則蠻夷之。吾族因中而華（多），因華而夏（大），故可大可久，此道自堯、舜、禹、湯歷文、武、周公、孔子，經秦始皇而被摧殘！至漢唐而後興，故吾中國人之後代，莫不以漢、唐人自居，其後復為北來之亂而漸消。至國父孫中山博士組興中會，創三民主義與五權憲法之宏規，其目的即在復興中華文化，

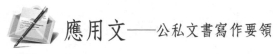

重建中道政體；劃軍政、訓政與憲政三時期，以建中華民國，以進大同世界。其後歷任政府，一貫據此道統而完成法統之建立；又據此法統而堅守政統之推行。自堯、舜以還，向無姚、姬、劉、李、趙、成（成吉思汗）、朱、愛（愛新覺羅）之觀念；而只認是否堅守中道之本耳。來臺後之蔣、嚴、李姓以及朝、野、軍、民，亦是皆以繼承並推行「執兩用中於民」之一貫政統；並求早日以三民主義普行於全國，使我十億同胞，皆能享受此一真正的中國式的仁政，而進入天下為公的大同世界！爹爹！哥哥！您們已經盡了最大的努力，今後我們全國上下，必仍追隨黨國繼此政統，奮力以赴，以報列祖列宗與國人，您們安息吧！

中華民國七十七年二月十二日於臺北

第十三章　對聯與題辭

第一節　對聯概說

壹、對聯的起源與發展

「**對聯**」為中國特有的應用文學之一，主要是因為中國的文字分成**形**、**音**、**義**三部分，並且每一個文字都是**獨體**、**單音**，甚至也有**多義**者，故在形式上易於講對偶、究聲律，經過文人雅士排比結果，遂蔚為我國文學如詩、賦、駢文、詞、曲及聯語等世界上最優美的文學。

對聯相傳起源於「桃符」和「春帖子」。據梁宗懍〈荊楚歲時記〉所載：「門旁設二板，以桃木為之而畫神荼，鬱壘像以壓邪，謂之桃符。」《馬鑑續事》始謂：「桃符即桃板」，而神荼、鬱壘是兩神名，據《風俗通》：「東海度朔山有大桃，蟠曲千里，其北有鬼門，二神守之，曰神荼，鬱壘（讀如伸舒、鬱律），主領眾鬼，黃帝因立桃板於門，畫二神以禦凶鬼。」及至五代時，蜀主孟昶始創於桃符上題聯語，據黃休復〈茅亭客語〉記載：「孟蜀太子自題策勳府桃符云『天垂餘慶，地接長春。』」又蜀檮杌云：「蜀未歸宋之前一年，歲除日，昶令學士辛寅遜題桃符板於寢門，以其詞非工，自命筆云：『新年納餘慶，嘉節號長春。』後蜀平，朝廷以呂餘慶知成都，而長春乃太祖誕節名也。」後人就將**孟昶**視為對聯的鼻祖。

然對聯的盛行約在宋朝，據朱熹《名臣言行錄》記述歐陽修文中說：「公在翰林，仁宗一日見御閣春帖子，讀而愛之，問左右，曰：『歐陽修之辭也。』及悉取宮中諸帖閱之，見其篇篇有意，歎曰：『舉筆不忘規諫，真侍從之臣也。』」當時皇帝閣的「春帖子」詞如：「萌牙資暖律，養育本仁心。顧彼蒼生意，安知帝力深。」這種**春帖子**詞在宋代其他大家文集也有不少記載，可見相當流行。

宋代雖已盛行春帖子，但大多限於皇宮內苑及官宦人家，真正將春聯推廣到民間卻是明太祖朱元璋。據清陳雲瞻在《簪雲樓雜話》中記載：「春聯之設，自明孝陵昉也。時太祖都金陵，於除夕前忽傳旨公士庶家，門上應加春聯一副。太祖微行出觀，以為笑樂，見一家獨無之，詢知為閹豕苗者，尚未倩人

耳。太祖為書曰：『雙手劈開生死路，一刀割斷是非根。』投筆竟去。嗣太祖復出，不見懸貼，因問故，知御書，高懸堂中，燃香祝聖，以為獻歲之瑞。太祖大嘉，賚銀三十兩，俾遷業焉。」

及至清代二百六十餘年間，可說是對聯文學鼎盛時期，人才輩出，如紀曉嵐、曾國藩、左宗棠、彭玉麟、胡林翼、王壬秋、康有為、梁啟超、林則徐等都是箇中好手，他們所撰對聯不脛而傳，令人神往吟誦，尤其朝野上下，競相研習，蔚為風尚。民國以後，白話文興起，民主科學日熾，對這繁瑣之學，視同小道，學者自然無暇也不屑於研習。目前由於交際應酬、婚壽賀慶、喪禮哀輓、名勝題誌、祠廟園林等仍需要對聯點綴，以資應景，並為使此一傳統特有優美文學得以傳承，共同致力研究、欣賞對聯更具意義與重要。

貳、對聯的意義與功用

「對聯」是通稱，對是相對，聯是併聯，既要文字相對，又要意義相聯，才可以稱為對聯，俗稱「**對子**」、「**對兒**」，其他還有許多不同稱呼，如：**楹聯、楹貼、門聯、門貼、春聯**，以及宋時八節內宴，翰苑所撰**帖子詞**，又簡稱「**帖子**」，立春時寫「宜春」二字貼在門楣預祝年豐，又稱「**宜春帖**」或「**春書**」，端午貼「端午帖子詞」等，還有各種不同場合使用的名稱如「壽聯」、「輓聯」、「賀聯」等顧名思義，即知其用途了。

對聯的功用很多，詩人陳香在其《楹聯古今談》歸納為：「**聯語的效用，約略有四：一、主觀的在抒懷述志；二、客觀的在警世諷人；三、狹義的在寫景紀事；四、廣義的在敦俗益民。**」可說概括得很恰當。而謝康在《詩聯新話》序言說：「好的對聯，多能兼備美術和應用兩種價值，是歷久不廢的。」因謝康認為藉著對聯「可通慶弔，作贈答，抒感情，點綴書齋，扢揚風雅，寫名山園林之勝，作紀念典禮之需，增言談諧隱之資，作座右箴銘之體，往往具備美用，不徒逸士高人之雅尚而已。」準此以觀，對聯是「**詩文的骨髓，裝潢的要件，攻心的利器**」，功用相當廣泛。

第二節　對聯的作法與格式

從前私塾老師教童子作對聯，經常從朗誦口訣開始學起，如：「雲對雨，雪對風，晚照對晴空；來鴻對去雁，宿鳥對鳴蟲。三尺劍，六鈞弓，嶺北對江

東，人間清暑殿，天上廣寒宮。⋯⋯」這種簡單的教法，就是讓學童瞭解作對聯必須物對物、數對數、動詞對動詞、名詞對名詞、虛對實、上對下⋯⋯。然而這雖是門徑之一，但終究易學難精。劉勰在《文心雕龍》〈麗辭篇〉也談到作對子的方法說：「故麗辭之體，凡有四對：言對為易；事對為難；反對為優；正對為劣。言對者，雙比空辭者也；事對者，並舉人驗者也；反對者，理殊趣合者也；正對者，事異義同者也。」儘管劉勰做如此解說，但仍無法窺其堂奧。茲就對聯的格式與作法，逐次介紹如下：

壹、辭意貼切

作對聯首先必須認清對象，其對象不外是人、事、時、地、物，以及由此而興起的感觸、抒懷、激勵等情境的表達，務使簡短的文字中獲致辭意貼切、鏗鏘有力的效果。就對「人」而言，應認清性別、年齡、職業、地位、人際關係；對「事」而言，必須瞭解事情起因、背景演變與影響；對「時」而言，要明白究竟為春、夏、秋、冬，抑或為白天、黑夜；對「地」而言，應知道是敘述高山、大川、平疇、綠野或宮殿、廟宇、寒茅、酒肆；對「物」而言，如日、月、鳥、獸、簫、笛、舟、車都必須透徹物性。然後多讀歷史典故，體驗人生，依著主旨，遣辭造句，那麼氣勢自然磅礡，文理自然流暢，韻味自然典雅。久練嫻熟，不難就會匠心獨運，因而締創千古聯句。

貳、對仗工整

所謂對聯，就是要詞性相對、字數相對、句數相對，也就是上、下聯的動詞、名詞、形容詞、副語等兩相對仗；虛字、實字或字數也要配合得當。事實上，中國從前文字只說虛字、實字，而沒有八大詞類之分，自從英文文法傳入之後，對習作對聯，方便不少。例如王維的〈觀獵〉：

> 草枯鷹眼疾，
> 雪盡馬蹄輕。

則草和雪是名詞，枯和盡是形容詞，鷹眼和馬蹄是名詞，疾和輕是副詞，如此上下聯詞性一致，又同為五字對，可見古今文法相通，對仗也就容易工整。

俗語說：「出對容易應對難」，為免重複上聯而犯了作對聯「合掌」（即

劉勰所稱的「正對」）的禁忌，以下法則可供參考：

(一)形名對

　　形名對又稱**正名對**，即形容詞對形容詞，名詞對名詞，如曾國藩《求闕齋日記》所載〈題石鐘山觀音閣〉：

> 長笛不吹江月落，
> 高樓遙吸好風來。

　　長笛、高樓是名詞；江月、好風是形容詞；不吹、遙吸是動詞。其他如「東西」對「南北」、「天地」對「日星」是也。

(二)單句對

　　單句對即上下聯各以一完整句子相對，如杜甫〈登高詩〉：

> 萬里悲秋常作客，
> 百年多病獨登台。

(三)偶句對

　　偶句對又名**雙句對**、**隔句對**，即第一句與第三句對，第二句與第四句對，如楊亮功先生〈輓先總統　蔣公聯〉：

> 道貫古今，德照六合；
> 學承周孔，澤被九州。

　　即第一句「道貫古今」對第三句「學承周孔」，第二句「德照六合」對「澤被九州」。

(四)長偶對

　　長偶對即二句以上相對者，如谷正綱先生題贈〈陳（啟川）母劉太夫人百齡壽聯〉：

> 德著蓬瀛，芬揚丸荻，積善裕家，勗子報國；
> 秀蔚芝蘭，澤潤珪璧，期頤上壽，百福天錫。

(五)運典對

　　運典對即運用古人典故作對聯，如某人賀女子學校校慶聯：

　　郝鍾禮法，歐孟義方，他日儀型，斯為基礎；
　　道韞解圍，班昭續史，自來巾幗，不讓鬚眉。

　　郝鍾禮法，指晉王渾妻鍾氏，與弟湛妻郝氏皆有德行，鍾雖門高，與郝相親重，郝不以賤下鍾。歐指宋歐陽修母鄭氏，與戰國孟軻母仉氏，俱以義方教子。道韞解圍，語出《晉書》〈列女傳〉：「王凝之妻謝氏，字道韞，聰識有才辯。凝之弟獻之嘗與賓客談議，詞理將屈，道韞遣婢白獻之曰：『欲為小郎解圍。』乃施青綾步鄣自蔽，申獻之前議，客不能屈。」班昭續史，係指東漢班昭博學高才，兄固著《漢書》，其八表及天文志未及竟而卒，和帝詔昭踵而成之。以上皆歷史上讚美女德典故，引用為聯語，意義更深遠。

(六)嵌字對

　　嵌字對即整個對聯的上下聯，將與聯的題材內容有關的人、時、事、地、物或典故等詞彙，嵌入聯內，如余俊賢先生為臺中縣大甲鎮瀾宮重建題贈楹聯：

　　「鎮」伏妖氛護國佑民昭「大甲」，
　　「瀾」安海域匡時濟世庇「湄州」。

　　鎮瀾宮所供奉媽祖，本名為林默娘氏，宋朝福建莆田人，相傳慈悲為懷，於福建湄州顯靈，保護閩海一帶生民，後移靈臺灣北港、鹿港及大甲，被奉為當地守護神，香火鼎盛。上下聯將「鎮」、「瀾」、「大甲」、「湄州」嵌入，天衣無縫，不見斧鑿痕跡。

　　也有以姓名作**嵌字聯**者，頗為有趣，如：

　　「施啟揚」投桃報「李」，
　　「李鍾桂」樂善好「施」。

(七)連珠對

　　連珠對也稱**疊字對**，即以連續相同的字相對，其聲腔似圓珠連串，如明儒顧憲成講學無錫東林書院，曾撰聯：

　　風聲、雨聲、讀書聲，聲聲入耳；
　　家事、國事、天下事，事事關心。

　　又如抗戰期間，軍民備嘗流離顛沛，當時有人撰聯自況：

年年難過年年過，
處處無家處處家。

(八)迴句對

迴句對即下聯字序為上聯字序之迴轉句子，如：

和風鳴泉落日幽林歸牧，
牧歸林幽日落泉鳴風和。

(九)雙聲對

凡字之聲母相同者互對，稱之**雙聲對**，如杜甫〈詠懷詩〉：

生涯已寥落，
國步尚迍邅。

按「寥落」、「迍邅」各為雙聲。

(十)疊韻對

凡字之韻母相同者互對，稱為**疊韻對**，如陸游〈月下自三橋泛湖歸三山〉詩：

山橫玉海蒼茫外，
身在冰壺縹緲中。

按「蒼茫」、「縹緲」各為疊韻。

(十一)白話對

白話對是以對聯作法與格式，用白話代替文言，如胡華輈其父胡適聯：

博士，急啥子，不待兒回，竟然撒手歸陰去；
先生，忙什麼，且念民憂，何妨掉期還陽來。

(十二)其他

其他有：**雙聲對疊韻、疊韻對雙聲、疑問對、數字對、虛字對、假對、當句對**等，大部分均係應用上述對仗法則。

參、平仄協調

對聯一如唐詩，必須平仄聲調相對，使之調和，而所謂**聲調**，就是「**平上去入**」四聲。「平」屬平聲，又分「**陰平**」及「**陽平**」，即國語的第一、二聲。「仄」屬上、去、入聲，即「上」是國語的第三聲；「去」是國語的第四聲；國語沒有「入」聲字，可參酌南方如湖、廣、閩、浙等地方言，**讀音如短促的就是「入」聲**，例如屋、沃、覺、質、月、合等，以上如果讀不出入聲字或其他聲，則要查韻書了。

至於句子的格律，一般通例，上聯末一字必須是「仄」聲；下聯末一字必須是「平」聲，這就是對聯「**仄起平收**」的原則。如果一聯之中，分為若干句，那麼上聯每句末一字，和下聯每句末一字，亦須互分平仄。本來上、下聯每個字都平仄相對才算工整，但有時為事實所限，如果過於考究格律，可能以辭害意，所以有「**一三五不論，二四六分明**」的變通辦法，稱為「**變格**」。但是五言聯，第五字正是末一字，那就非論不可了。茲依四言、五言、六言、七言、八言、九言、十言等對聯之**正格**，說明其平仄聲調對法如後：

(一)四言聯

「**平平仄仄，仄仄平平**」，如：

　一元復始，
　萬象更新。（朱熹）

(二)五言聯

五言對聯受了律詩的影響，即律詩中間二聯都要對仗。又可分為兩種平仄聲調：

1、「**仄仄平平仄，平平仄仄平**」，如：

　春入山中採，
　香宜竹裡煎。

2、「**平平平仄仄，仄仄仄平平**」，如：

　靜觀魚讀月，
　笑對鳥談天。

(三)六言聯

六言聯正格為「仄仄平平仄仄，平平仄仄平平」，如俞曲園題〈飛來峰冷泉亭〉之疑問對：

泉自幾時冷起？
峰從何處飛來？

(四)七言聯

七言聯也受到律詩影響，又可分為兩種正格，如：

1、「平平仄仄平平仄，仄仄平平仄仄平」，如：

竹因伴水情尤暢，
蘭以當風氣自和。

2、「仄仄平平平仄仄，平平仄仄仄平平」，如：

看巧匠無雙手段，
博兒童鎮日嬉娛。

(五)八言聯

「仄仄平平，平平仄仄；平平仄仄，仄仄平平」，如：

朝野一心，勵精圖治；
天地合德，雨順風調。

(六)九言聯

「仄仄平平，平平平仄仄；平平仄仄，仄仄仄平平」，如：

香桂一叢，賞古人明月；
長松百尺，對君子清風。

(七)十言聯

「平仄平平，平仄平平平仄；仄平仄仄，仄平仄仄仄平」，如張蝶庵題西湖〈林和靖墓聯〉：

雲出無心，誰放林間雙鶴，
月明有意，即思冢上孤梅。

肆、行款正確

對聯的寫作目的，不管是送人或自己張貼，一定要注意「**行款**」，行款又稱「**落款**」。對聯在行款上可分為「上款」、「聯語」、「下款」三部分，說明如下：

(一)上款

上款包括稱謂及標聯語。所謂「**稱謂**」和書信大致相同，可以參照使用，如　國父題贈先總統　蔣公「養天地正氣，法古今完人」對聯，即以「介石吾弟撰句屬書」。其他如「○○先生八秩嵩慶」、「○○先生千古」等。如送給朋友的晚輩，要用「雙稱謂」，如「○○先生令郎○○君新婚誌慶」。而所謂「**標聯語**」，如「撰句屬書」、「千古」、「八秩嵩慶」、「新婚之慶」等標明贈聯目的，緊接稱謂之後的語句均屬之。茲列舉常用標聯語供參考：

1、**一般對聯**：清玩、雅正、雅玩、雅屬、雅鑒、屬書、教正、正之、囑書。
2、**壽聯**：「幾」秩大慶（「秩」亦作「豑」）、「幾」秩晉「幾」榮慶、壽辰、壽誕、華誕、雙壽、嵩慶、壽慶、誕辰、米壽（八十八歲）誌慶、期頤之慶。
3、**婚聯**：新婚之喜、結婚之喜、嘉禮、吉席、燕喜、于歸之喜（女）、出閣之喜。
4、**生育**：弄璋之喜（男）、麟嘉（男）、弄瓦之喜（女）、孿喜（雙生）。
5、**落成、遷居或開業**：落成之喜、落成之慶、喬遷之喜、開幕之喜、新張之慶。
6、**輓聯**：千古、靈右、幃右、靈前。

(二)聯語

聯語即對聯的正文，其字體必須大於上款與下款，一般上、下聯各寫一紙，但亦可書於同一張紙。寫時一定要從上往下併排直書。惟長聯字多，可分列數行，上聯由右而左，下聯由左而右，除末一行外，皆須到底，而且上下聯每行字數要一樣；末一行必須空出相當地位，以便上下款書寫在這上下兩聯空

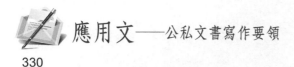

白位置上，此種寫法稱為「**龍門式**」。聯語不必標點，也少有橫書。除龍門式下聯外，尤忌由左向右排列致分不出上下聯。

(三)下款

下款包括**自稱、署名、敬辭、用印**四項。對聯的自稱與書信大致相同，可以參照使用，寫時要「側書」，如數人一同具名，則自稱可寫在全體署名中的正上方。署名大多是姓名連用，少用名字。署名上端也有人喜將自己籍貫、雅號或年歲一併記下。署名下的敬辭必須與前舉「標聯語」兩相呼應，如：

1、**一般對聯**：書、敬書、謹書、撰、敬撰、謹撰、拜撰、手書。
2、**壽聯**：祝、敬祝、謹祝、恭祝、拜祝、頌、敬頌、謹頌。
3、**喜聯**：賀、敬賀、謹賀、恭賀。
4、**輓聯**：輓、敬輓、謹輓、恭輓、拜輓、哀輓、泣輓、拭淚敬輓。

印章蓋在署名之下，約當一個字的間距。一般文人雅士常將印章分成很多種，藉以顯現書法藝術之美，用印時必須循下列原則：「姓」和「名」分開的印章，姓在上，名在下；有字號者，「姓名章」在上，「字號章」在下；備有陰陽篆刻式樣者，「陰文章」在上，「陽文章」在下。此外，如還有其他印章時，「引首章」蓋在上聯的右上角，「押腳章」蓋在上聯的右下角或下聯的左下角，「閒章」或「補白章」則覓空白適當地方蓋上。

第三節　對聯的種類與實例

清梁章鉅《楹聯叢話》，將對聯分為故事、應制、廟祀、廨宇、勝蹟、格言、佳話、輓詞、集句、雜綴（附諧語）等十大類。六合老人的《時代楹聯大觀》，也將對聯分成格言、歲時、居處、營業、廨宇、祠廟、慶祝、哀輓、投贈、集錦等十大類。今人范叔寒於《中國的對聯》一書將之分為春聯、名勝古蹟、宅第、書院學校、會館、社團、會場、戲臺、忠烈祠（墓）、投贈、格言、抒志、謔嘲、慶賀、哀輓、雜綴等十六類。以上分類皆有過與不及之慮，惟究應如何才恰當，則為見仁見智，實不須窮究。不妨徵引時下應用最多者來歸類舉例或較適切實用。準此以觀，吾人可將對聯分成春聯、楹聯、贈聯、賀聯、輓聯等五大類。茲各舉例如下：

壹、春聯

春聯多用於農曆春節：

國恩家慶，人壽年豐。

一元復始，萬象更新。（朱熹）

太平真富貴，春色大文章。（曾國藩）

普天開景運，大地轉新機。（張之洞）

三民新世紀，萬歲大中華。

花開春富貴，竹報歲平安。

春風榮草木，正氣耀山河。

爆竹幾聲除歲，桃花半畝迎春。（黃任）

花開萬年富貴，竹報四季平安。

天增歲月人增壽，春滿乾坤福滿門。（張襄惠）

中興氣象隨春至，積善人家納福多。

瑞日芝蘭光甲第，春風堂棣振家聲。

松竹梅歲寒三友，桃李杏春風一家。

一門天賜平安福，四海人同福壽春。

天開美景風雲靜，春到人間氣象新。（姚琛）

重逢春色，風光勝舊；一轉陽和，歲序更新。（彭玉麟）

禮樂詩書，陶成德性；鳥語花香，潤色山河。

爆竹二三聲，人間改歲；梅花四五點，天下盈春。

天意回春，春風柔大地；人心思漢，漢祚復中原。

親愛精誠，共護五千年文化；青天白日，重光九萬里山河。

臘盡人間，爆竹一聲除舊；春回寶島，梅花萬樹迎新。

貳、楹聯

楹者，柱也。**楹聯**又稱**楹帖**，已如前述，又可分為**第宅**、**祠廟**、**亭臺樓閣**、**機關學校**、**公司行號**等，各舉例如下；

(一)第宅例

山有煙雲千古秀，地無霜雪四時春。

平安即是家門福，孝友可為子弟箴。

門牆多古意，家世重儒風。（以上題大門）

傳家有道惟存厚，處世無奇但率真。

春申門下三千客，少杜城南尺五天。（杜月笙上海寓所）

立定腳跟翹起首，張開眼界放平心。（林庚白）

聖明報答期兒輩，風月婆娑讓老夫。（袁世凱題謙益堂聯）

三餐淡飯，數盞清茶，祇樂道安貧，不用向九天低首；

一院繁花，半窗明月，儘孤芳自賞，何須為五斗折腰。

　　（范叔寒）（以上題廳堂）

書有未曾經我讀，事無不可對人言。

圖書以外無他嗜，竹柏之間見古情。（清閩浙總督孫爾準）

要好兒孫須積德，欲高門第必讀書。（清江韻元）

千秋志節久彌著，萬古精神又日新。（蔣中正）（以上題書房）

(二)祠廟例

集群聖之大成，振玉聲金，道通中外；

立萬世之師表，存神過化，德合乾坤。（臺南孔廟）

大覺幻滄溟，雨順風調欣垂鎮；甲文溦瑞藹，人和歲稔慶安瀾。（蔡
　　鴻文題大甲鎮瀾宮）

大義千古，大忠千古；晚漢一人，晚宋一人。

（謝東閔題日月潭文武廟）

力戰殉疆場，軍前蔓草縈忠骨；報功昭俎豆，門外清波鑑烈魂。（陳
　　誠題圓山忠烈祠）

祖有德，宗有功，淵源一脈；修其廟，陳其器，俎豆千秋。

　　（關西羅氏宗祠）

塵世未除人自苦，江山無恙我重來。（國父題高要鼎湖寺）

(三)亭臺樓閣例

放眼看江山，無限白雲都過去；題詩問鸚鵡，何年黃鶴復歸來？（魯
　　蕩平題武昌黃鶴樓）

風物正淒然，望渺渺瀟湘，萬水千山皆赴我；江湖常獨立，念悠悠天
　　地，先憂後樂更何人？（楊度題湖南岳陽樓）

萬山不隔中秋月，百年復見黃河清。（左宗棠題蘭州拂雲樓）

煙籠古寺無人到，樹倚深堂有月來。（翁方綱題北平陶然亭）

水深魚樂民咸阜，雲起龍驤劍有花。

　　（許世英題臺北新公園大潛亭）

問世外桃源，眼前便是；尋仙宮妙境，足下常來。

　　（賈景德指南宮思恩亭）

(四)機關學校例（一般都配合慶典節日撰題）

開國四十年，獻歲欣逢新歲月；同心億兆眾，揮戈誓復舊山河。（40
　　年元旦總統府正門）

允文允武，報國精誠崇一念；獻身獻力，復興任務在雙肩。

　　（青年節）

同心一德，恢宏省政建設；繼志承烈，成中興大業。

　　（78年臺灣光復節中興新村大門）

版興慶重光，聽白叟黃童，到處謳歌樂土；

漢賊不兩立，看金戈鐵馬，指日收復神州。

　　（50年臺灣光復節慶祝大會會場）

看白日青天，九百兆大伸民氣；祝良辰佳節，億萬年永固邦基。（國
　　慶日）

仰豐功偉業，永懷領袖；承洪範明訓，建設國家。

　　（78年　蔣公誕辰中興新村大門）

育才閱三十餘年，共勵知行，永垂學統；　撥亂得六千君子，各憑忠
　　愛，再奠神州。（于右任題政治大學四維堂）

(五)公司行號例

經營不讓陶朱富，貿易常存管鮑風。

五湖寄跡陶公業，四海文遊晏子風。

鴻猷大展，駿業肇興。

根深葉茂無疆業，源遠流長有道財。

經商新世界，致富大中華。（以上各業通用）

藏古今學術，聚天地精華。

翰墨圖書，皆成鳳采；往來談笑，盡是鴻儒。（以上題書局）

紫白紅黃均悅目，絲綢毛葛總因時。（布店）

百貨經營，萬家福利；一門生意，四處春風。（百貨公司）

勝友常臨修食譜，高朋雅會飫珍羞。（餐廳）

隨地可安身，莫訝乾坤為逆旅；當前堪適意，且邀風月作良朋。

客來不速，賓至如歸。（旅館）

暢談中外事，洞悉古今情。（報社）

亙古皆憑農立國，生民咸以食為天。（米店）

滿室裝銀，匠心獨運；層樓聳翠，寶氣常凝。（銀樓）

體天地好生之德，存聖賢濟世之心。（診所）

憑我雙拳，打盡天下英雄，誰敢還手？

就此一刀，剃過世間豪傑，無不低頭。（吳稚暉題理髮店）

雨意雲情沛然下，利生財見事業興。（陳作舟題侯雨利商行）

參、贈聯

贈聯又稱**投贈聯**，是文人雅士賢達相互題贈勉勵、寄語、表情、言志及謔嘲之用，如：

安危他日終須仗，甘苦來時要共嚐。（國父贈先總統　蔣公聯）

以國家興亡為己任，置個人死生於度外。

（先總統　蔣公64年書贈蔣經國先生聯）

丈夫當死中圖生，禍中求福；古人有困而修德，窮而著書。

（曾國藩贈弟國荃聯）

有志者事竟成，濟河焚舟，十萬秦師終入晉；

苦心人天不負，臥薪嚐膽，三千越甲足吞吳。

（章太炎贈同盟會聯）

兩字聽人呼不肖，一生誤我是聰明。（張學良自題聯）

金榜題名曾永權，龍騰虎躍建屏東。

（李總統尊翁李金龍老先生贈勉屏東縣長候選人曾永權）

沈映冬長安乞米，王壯為臺北贈詩。

（王壯為78年12月贈臺北粥會秘書長沈映冬聯）

以中華文化替代四個堅持，為國家前途奠立萬世偉基。〔陳立夫（時年90）題聯斥中共舉行海內外學者曲阜論孔大會〕

肆、賀聯

工商經濟愈發達，社會變遷愈速，尤其婚喪喜慶禮儀愈明顯的改良與精簡。目前大多以題辭取而代之，真正用到賀聯的場合已不多見，此處僅就較常應用的**壽慶**、**婚嫁**及**落成遷居**例舉之：

(一)壽慶例

南山欣作頌，北海喜開樽。

九如天賜福，五福壽為先。

如岡如陵如阜，多福多壽多男。

海屋仙壽添鶴算，華堂春酒宴蟠桃。

天上星辰應作伴，人間歲月不知年。（以上男壽通用）

玉樹盈階秀，金萱映日榮。

瑤池春不老，壽域日方長。

慈竹蔭東閣，靈萱茂北堂。

寶婺輝聯南極曉，斑衣綵舞北堂春。

麻姑酒滿杯中綠，王母桃分天上紅。（以上女壽通用）

椿萱欣並茂，日月慶光輝。

白首相莊多樂事，朱顏並駐祝長生。（以上賀雙壽）

素行乎豐約夷險，斯錫之福壽康寧。（國父壽蔣母王太夫人聯）

憑咱這點切實工夫，不怕二三人是少數；

看你一團孩子脾氣，誰說四十歲為中年。

　　（丁文江壽胡適四十白話聯）

人間賢母曾推孟，天上仙姑本姓何。

　　（梁章鉅壽孟超然夫人何氏七十聯）

二十舉鄉，三十登第，四十還朝，五十出守，六十開府，七十歸田，

　　須知此後逍遙，一代福人多暇日；

簡如格言，評如隨筆，博如旁證，精如選學，巧如聯話，富如詩集，

　　累數平生著述，千秋大業擅名山。

　　（王叔蘭壽梁章鉅七十壽聯）

(二)婚嫁例

百年歌好合，五世卜其昌。

乾坤定矣，琴瑟友之。

二姓聯盟成大禮，百年偕老樂長春。

詠到毛詩風第一，畫來眉樣月初三。

齊家典則存三禮，經國文章在二南。

日麗風和門庭有喜，月圓花好家室咸宜。

願天下有情人都成眷屬，作人間才子婦也算神仙。

詞賦傳鸚鵡，笙歌引鳳凰。（丘逢甲）

穿花蝴蝶深深見，點水蜻蜓款款飛。（彭玉麟）

繡閣團圓同望月，香閨靜好對彈琴。（紀曉嵐賀牛姓友人結婚）

(三)落成、遷居例

門庭新氣象，堂構毓人龍。

樓臺凌碧宇，堂構煥朱門。

堂構鼎新垂世澤，箕裘晉步振家聲。

畫棟雕梁，齊稱傑構；德門仁里，共慶安居。

氣象高宏共美龍蟠虎踞，規模壯麗式瞻鳥革翬飛。

美奐美輪，大啟爾宇；肯堂肯構，聿觀厥成。

（以上賀新居落成）

松菊陶潛宅，詩書孟子鄰。

鶯遷仁是里，詩禮舊人家。

擇里仁為美，安居德是鄰。

日月煥光華，快樂盈門凝瑞氣；山川鍾秀麗，竚看奕葉啟人文。

（以上賀遷居）

伍、輓聯

輓聯乃古時候輓歌之變體。輓歌者，古喪家音樂，執紼者相和之聲也，後人變而為哀悼死者聯語。據《石林燕語》云：宋韓康公絳，參加考試，得解、過省、殿試，皆名列第三，後宰相四次遷調，皆在熙寧年間，蘇東坡輓以聯曰：「三登慶曆三人第；四入熙寧四輔中」，於是輓聯之風，自此開始。茲例

舉如下：

天不遺一老，人已足千秋。

大雅云亡，空懷舊雨；哲人其萎，悵望高風。

人間耆老逝，天上大星沉。

流水夕陽千古恨，淒風苦雨百年愁。

碧海潮空，此日扶桑龍化去；黃山月冷，何時華表鶴歸來。

　　（以上輓男喪）

蓬島歸仙駕，萱幃著母儀。

彤管芬提，久欽懿範；繡幃香冷，空仰徽音。

星沉寶婺，駕返瑤池。

慈竹臨風空有影，晚萱經雨不留香。

壼範咸欽，一夕瑤池返駕；坤儀足式，千秋彤管流芳。

　　（以上輓女喪）

學子失師表，老成有典型。（輓教育界）

當年幸立程門雪，此日空懷馬帳風。（輓業師）

一身肝膽生無敵，百戰威靈歿有神。（輓軍界）

政績應書循吏傳，謳歌早勒去思碑。（輓學界）

孝弟力田耕讀家傳貽爾穀，辛勤終歲老成仙去感鄰春。

　　（輓農界）

勞工神聖，盡其天職；老成典型，猶在人間。（輓工界）

忠厚在心，市井咸欽盛德；音容隔世，經營空惜長才。

　　（輓商界）

魂兮歸來，夜月樓臺花萼影；行不得也，暮天風雨鷓鴣聲。

　　（曾國藩輓弟國華戰死聯）

謀國之忠，知人之明，自愧不如元輔；

同心若金，攻錯若石，相期無負平生。（左宗棠輓曾國藩）

三百萬臺灣剛醒同胞，微先生何人領導；

四十年祖國未竟事業，捨我輩其誰分擔？

　　（民國14年北京大學臺灣同學會輓　國父聯）

天下不可無公，慟柱折維傾，淚雨寧惟溢江海；

至德難乎為繼，秉文謨武烈，精誠誓必復河山。

　　（民國64年嚴副總統家淦輓先總統　蔣公）

厚澤豈能忘，四十年汗盡血枯，注斯土斯民始有今日；

遺言猶在耳，億萬人水深火熱，誓一心一德早復中原。

　　（民國77年李副總統登輝輓蔣故總統經國）

潑墨揮毫每羨千鈞扛鼎，射球入網皆驚百步穿楊。

　　（鄭為元輓足球國手李惠堂）

念嚴親教孝教忠，音容宛在，恩德難忘，舉目望河山，對此倍增家國

　　責；

痛不肖陟岵陟屺，祿養終疏，幽明永隔，椎心揮血淚，從此廢讀蓼莪

　　詩。（民國71年邱副院長創煥輓其尊翁聯）

碩學宏修，看滿砌薰馥桂蘭，人稱盛德；

義方垂訓，佐中樞調和鼎鼐，同仰嘉猷。

　　（李登輝先生輓邱副院長創煥尊翁聯）

生我者父母，幼我者賢叔，舊事數從頭，感念深恩寧有盡；

從公為老師，在家為尊長，今朝俱往矣，緬懷遺範不勝悲。

　　（民國79年9月錢偉長輓其叔國學大師錢穆先生）

第四節　題辭概說

壹、題辭的意義

　　「題辭」亦作「題詞」。然按《說文》段注之說，詞與辭其義有別，即積詞而為辭；今文法上稱一字或二字以上之字表示一觀念者稱為詞，惟目前常通用。題辭源於古之頌、贊、箴、銘，為表達祝賀、褒獎、策勉、哀悼等應酬之精短文辭。《文心雕龍》頌贊云：「頌者，容也，所以美盛德而述形容也。……贊者，明也，助也，昔虞舜之祀，樂正重贊，蓋唱發之辭也。及益贊於禹，伊陟贊於巫咸，並颺言以明事，嗟歎以助辭也」。故頌、贊為稱美德容，贊嘆事功之文辭。又《銘箴》云：「故銘者，名也，觀器必也正名，審用貴乎盛德。……箴者，所以攻疾防患，喻鍼石也。」故銘、箴為古代聖賢用來鑒戒的文辭，如湯之盤銘，含有警戒和勉勵的意思。姚鼐《古文辭類纂》

〈序〉說：「箴銘類者，三代以來，有其體矣。聖賢所自戒警之義，其辭尤質而意尤深。」雖然「題辭」源於頌、贊、箴、銘，但是演變至今，已**由繁趨簡**，通常只有兩個字、三個字、四個字，多者亦不過數語即涵蓋其義。

貳、題辭的功用

　　題辭的功用一如對聯，可抒懷述志、警世諷人、寫景紀事、敦俗益民；也可以因為題贈者心意之「真」、題辭內容之「善」以及書法藝術之「美」，使受贈者有榮寵、砥礪、感懷之情，裱懸之廳堂、書室，怡情養性。然而應用最多的是慶賀和哀輓兩類，其次如著作、書刊題辭、評語、畢業紀念冊贈別等一般性的題辭，用途至廣。

第五節　題辭的種類與作法

壹、題辭的種類

　　題辭在應用文中為最便捷且吻合現代工商社會執簡馭繁的應酬文字，因此應用較廣，使用頻率也較高，而用來題辭的材料也日趨增多。茲以時下社交上常見者分類介紹如下：

1、**幛**：為長方形紡織品，可分為三類：**喜幛**用於祝賀婚嫁，**壽幛**用於祝壽慶生，以上兩種大多使用紅色或彩色織錦及綢緞；**祭幛**則使用於喪祭哀悼，多用藍色或白色綢緞、布幅。
　　幛上的題辭，喜幛及壽幛用金黃色紙，祭幛則用銀白色紙剪字浮貼，以便禮堂懸掛。

2、**軸**：即將題辭書於宣紙或紅紙，蓋章後將之裱褙，便於卷藏、展示，泰半用於祝壽、賀喜、開業以及贈勉。豎掛的為「立軸」，橫掛的稱「橫軸」，大幅立軸，懸掛在廳堂正中壁上的又稱之為「中堂」。

3、**匾額**：也單稱為匾或額，多用質地較佳的長方形木料刻製油漆而成，一般高懸於寺廟、宗祠、亭臺、樓閣的門楣上方，或廳堂醒目之高處。現在也常用來表揚傑出人才，祝賀開業、當選或懷德感恩之用。

4、**鏡屏**：鏡屏以宣紙、紅紙或綾絹題辭，裝裱後加鏡框。一般都用在賀

喜、祝壽、表揚、感謝、獎勵，以及祝賀開業、遷居之用。

5、**銀盾**：盾形木板上鑲配金屬片，大小不一。銀盾通常用作各種比賽的優勝獎品，也用於表提、感謝、祝賀，以及同事調遷，或致贈資深退休人員作紀念，較慎重的加玻璃箱框，以便置於案頭裝潢。

6、**錦旗**：原多用於競技、比賽頒獎之用，故亦稱為「錦標」，後來漸次用於致敬、感謝、祝賀以及留作訪問紀念。

7、**獎杯**：用於比賽、競技，在上下款之間，題些嘉勉讚譽的題詞，但大多數僅題冠軍、亞軍、季軍等名次。如果用作祝賀、獎勵或紀念，則必須加上適當的題辭。

8、**銅牌**：即以銅片鑲嵌在厚木板上，可以懸掛，也可以放置案頭，還有加配玻璃框的，形狀、大小不一。通常在題辭之外，並可附序、跋等，大多用在稱頌功德、表揚、獎勵，或同事調遷、退休紀念。

9、**石刻**：最近大理石工藝品發達，常以扁平圓形精雕石板，嵌夾在木座上，中間刻上題辭，其用途與銅牌相同。

10、**銀盤**：為一種盤形製品，質料有銀、不銹鋼、瓷器、塑膠等，可在中央題辭，用作祝賀、感謝、紀念。

11、**花籃**：花籃在目前交際應酬中用途最廣，例如賀喜、祝壽、慶賀就職、開幕、公演、展覽等，都可以使用。小型花籃附綴卡片可以題辭，大型花籃則僅附繫紅色帶兩條，供書寫上、下款之用。花籃如用在祭悼場合必須用素花籃，並書上、下款。若由於受空間限制，無法供大量致贈花圈、花籃，也可以改用盆花，並於附綴卡片上題辭。

12、**花圈**：花圈可分大小兩種，大的直徑盈米，高過人頭；小的直徑盈尺，高只及膝。大花圈中心裱糊紅紙者用於喜慶；裱糊白紙者用於弔喪，紙幅除上下款外，中間部分可題辭或僅寫一個「賀」、「壽」、「奠」等字樣。小花圈大多屬於素花圈，只有左右兩紙條書寫上下款，無處可供題辭。

13、**彩球**：一般用於喜慶較多，分為綢緞及塑膠紅布兩種，以手工裁摺而成，直徑約一尺左右，可懸於門楣或迴廊，垂穗有卡片可題辭。

14、**其他**：其他如師長於畢業紀念冊題勉畢業生、長官或導師於年度結束打考績下評語、相片題字等都是。

貳、題辭的作法

　　題辭用字雖短捷，但表達的意義卻非常深刻，因此要想應酬得體，就必須在撰擬時注意下列各點：

一、取材要適當

　　題辭必須先認清對象，包括注意對方是何人，身分、年齡、性別、職業、宗教及彼此間的關係都必須顧慮到，然後針對事件本質，撰擬適當句子，否則不但會鬧笑話，而且易讓接受者心理感到不悅。除了在前言已略舉一、二例子之外，茲再舉數例說明。例如「駕返瑤池」四字，原是虔信仰道教的老年女喪，若基督教徒或男喪就不可取用。又如祝六十年生日用「花開甲子」，祝七十年生日用「德壽古稀」，自可貼切其年齡；但如用「南極星輝」祝女壽，用「寶婺呈輝」祝男壽，那就錯誤了。又如用「業紹陶朱」頌商業界，用「班巧婁明」頌工業界，自可貼切其身分；但如用「譽滿杏林」頌農業界，用「細柳聲威」頌林業界，那就錯誤，所以對某一成語、典故不甚瞭解時，不可輕易含糊引用，以免失禮。

二、音韻要和諧

　　求真、求善、求美是處事應酬的不二法門，前面所提取材要適當，目的在求真；而音韻、措辭及書法即在求美。由於題辭用字極少，所以如何兼顧真善美三者，成為應用文學的壓軸。除了「囍」、「壽」、「奠」等單個字，「博愛」、「忠孝」等兩個字及高雄鳳山城隍廟門楣橫匾「你來了」所題三個字等特殊例子外，一般多是四個字。為了讀起來順口，久久繞梁，所以要一如對聯，協調平仄，也就是講究「**平開仄合，仄起平收**」。其法為：假如四個字中前兩字用平聲，則接下來兩字便要用仄聲；上面兩字用仄聲，接下來兩字便要用平聲。前者如「珠聯璧合」（平平仄仄）；後者如「美滿良緣」（仄仄平平）。不過有時也適用「**一三五不論**」的原則，對一、三兩字予以變通，如「宜室宜家」，本應為仄起平收的，卻變成為「平仄平平」，那是因為重點在「室」字，所以第一個字也就難以計較了。又如「良緣天定」，重點在「定」字，所以變成「平平平仄」，變通了第三個字，但基本上二、四兩字務必呼應，否則四字皆平聲；就沒有抑揚，音韻嫌軟；四字皆仄聲，字句又嫌急促，

皆非絕妙好辭。

三、措辭要雅馴

題辭贈人，大多是高懸大雅之堂，如廳堂、寺廟、門楣等，或勒石、或刻木，不易磨滅；縱或臨時懸掛，也是大庭廣眾的婚喪喜慶禮堂，所以措辭不可鄙俚庸俗，以免貽笑大方；或標新立異，自創新辭，招惹物議。因此除了前面所述的取材用典及和音韻外，尤其必須不卑不亢，雋永清新以及寓意深長，非但要貼切時空場合，而且必讓人吟之會心拍案，方為上乘之作，亦即姚鼐所說「其辭尤質而意尤深」的境界。

四、行款要正確

題辭行款和對聯一樣，分為上款、題辭正文及下款，可以參照援用，茲不再贅。惟題辭款式較對聯靈活，除了像對聯直書外，也可以橫書；或將上、下款一併落在題辭之後。也有將上款改撰成數行短序說明題辭用意者，類此大多見於褒揚、獎勵時用之，藉資彰顯著績。

題辭與對聯一樣，都必須於落款時加註年月以供紀念。其方法，除了可以「民國〇〇年〇月」表示外，在年代方面也可以用天干地支組合之傳統曆法表示，如民國七十九年可書為「庚午年」，以此類推，至甲子復始；又如民國八十九年，逢西元二千年，也可以「千禧年」誌之。但在月份方面比較複雜，特依其出處，將陰曆一年十二個月迭曾見到的代名彙整，列表如下，藉供落款參考：

月份	依孟仲季序	依爾雅釋天序	依禮記月令篇序	一般書法家常用月令序
一	孟春	陬月	律中太簇	端月；睦月；泰月；首陽
二	仲春	如月	律中夾鐘	花月；杏月；令月；仲陽
三	季春	寎月	律中姑洗	桃月；桐月；暮春；蠶月
四	孟夏	余月	律中中呂	槐月；卯月；清和月；梅月
五	仲夏	皋月	律中蕤賓	榴月；蒲月；姤月；重午
六	季夏	且月	律中林鐘	荷月；伏月；水月；暑月
七	孟秋	相月	律中夷則	霜月；瓜月；巧月；首秋
八	仲秋	壯月	律中南呂	桂月；葉月；中秋；仲商
九	季秋	玄月	律中無射	菊月；菊序；霜序；剝月

十	孟冬	陽月	律中應鐘	小陽春；神無月；坤月
十一	仲冬	辜月	律中黃鐘	葭月；復月；龍潛
十二	季冬	涂月	律中大呂	臘月；暮冬；嘉平

此外，上款常見題賀結婚幾週年誌慶時有所謂「珍珠婚慶」、「鑽石婚慶」者，乃沿西洋習俗而來，特列表如下，併供佐參：

結婚週年	紀念稱謂	英文	結婚週年	紀念稱謂	英文
一	紙婚	Paper Wedding	十四	象牙婚	Ivory Wedding
二	棉婚	Cotton Wedding	十五	水晶婚	Crystal Wedding
三	皮婚	Leather Wedding	二十	瓷婚	China Wedding
四	絲婚	Silk Wedding	二十五	銀婚	Silver Wedding
五	木婚	Wood Wedding	三十	珍珠婚	Pearl Wedding
六	鐵婚	Iron Wedding	三十五	珊瑚婚（碧玉婚）	Coral (Jade) Wedding
七	銅婚	Copper Wedding			
八	電婚	Appliance Wedding	四十	紅寶石婚	Ruby Wedding
九	陶婚	Pottery Wedding	四十五	藍寶石婚	Sapphire Wedding
十	錫婚	Tin Wedding	五十	金婚	Golden Wedding (Jubilee)
十一	鋼婚	Steel Wedding	五十五	翠玉婚	Emerald Wedding
十二	蔴婚	Linen Wedding	六十	鑽石婚	Diamond Wedding
十三	花婚	Lace Wedding			

第六節　題辭舉例

壹、慶賀類

一、賀新婚例

齊家報國	天作之合	百年好合	五世其昌	佳偶天成	良緣永締
美滿姻緣	琴瑟和鳴	珠聯璧合	花開並蒂	花好月圓	鸞鳳和鳴
海燕雙棲	永結同心	詩詠關雎	相敬如賓	相親相愛	愛河永浴
宜室宜家	琴瑟友之	情鍾比翼	神仙眷屬	同心同德	乾坤定矣
龍鳳呈祥	天緣巧合	天賜良緣	長發其祥	良緣夙締	福祿鴛鴦

詩詠好逑　大道之始　鳳凰于飛　唱隨偕老　鴻案相粧　才子佳人
愛情永固　良緣天定

二、賀嫁女例

詩詠于歸　淑女于歸　之子于歸　妙選東床　屏雀中選　鳳卜歸昌
宜其室家　天定良緣　雀屏妙選　祥徵鳳卜　鳳卜協吉　祥徵鳳律
標梅迨吉　甥館宏開　跨鳳乘龍

三、賀生子例

誕育寧馨　天賜石麟　芝蘭新茁　夢熊徵祥　喜叶弄璋　玉種藍田
德門生輝　麟趾呈祥　蘭階吐秀　喜聽英聲　國民先聲　長發其祥
積善餘慶　百子圖開

四、賀生女例

弄瓦徵祥　明珠入掌　增輝彩帨　綵鳳新雛　誕育千金　螽麟衍慶
華堂凝祥　蘭心蕙質　小鳳新聲　慶叶弄瓦　弄瓦徵祥

五、祝男壽例

松鶴長春　靈椿益壽　福海壽山　南極星輝　大德必壽　福壽康寧
松柏長春　耆英望重　壽考康強　椿庭日永　貞固康強　庚星永耀
天錫純嘏　壽比岡陵　齒德俱尊　花開甲子　德壽古稀　壽添八百
頌獻九如　壽慶期頤

六、祝女壽例

婺煥中天　瑤池益算　萱堂日永　晉祝慈齡　壽徵坤德　瑤島春長
愛日延釐　錦帨呈祥　慈竹長春　綵帨延齡　萱茂北堂　懿德延年
壽添萱綠　萱庭集慶　婺宿騰輝　萱開周甲　懿德古稀　八仙獻壽
瑞兆期頤　大齊衍慶

七、賀新居落成例

美輪美奐　華廈鼎新　瑞集華堂　長發其祥　氣象高宏　君子攸居
新居鼎定　宏基永固　肯堂肯構　堂構增輝　雕樑畫棟　潭第鼎新

氣象維新　瑞靄朱軒　華堂毓秀

八、賀開業或吉慶例

(一)商店例

鴻圖大展　富國裕民　以義取利　展布日新　駿業宏開
萬商雲集　駿業肇興　鴻猷丕煥　陶朱媲美　業紹陶朱
福國利民　利濟民生　大業千秋　生財有道

(二)醫院例

仁心仁術　心存濟世　妙手回春　杏林之光　功同良相
得心應手　華陀再世　濟世功深　扁鵲復生　博愛濟眾
醫德可風　功著杏林

(三)報社例

一言興國　為民喉舌　立論公正　振聾發聵　暮鼓晨鐘
夕揚正義　興論導師　啟迪民智　淑世牖民　激濁揚清
社會明燈　春秋筆法　博採輿情

(四)學校例

樂育菁莪　功宏化育　百年樹人　絃歌不輟　德溥春風
春風廣被　廣栽桃李　為國育才　桃李馥郁　黌舍巍峨
功著士林　誨人不倦　敷教明倫　春風化雨

(五)其他

法界之光（律師）　金融樞紐（銀行）　五穀盈倉（糧行）
神機妙算（相士）　平步青雲（鞋行）　錦繡光華（布行）
功侔計相（會計師）　光同金鏡（電器行）　不舍晝夜（鐘錶行）
材儲梁棟（木材行）　洞鑒乾坤（眼鏡行）

九、賀當選例

(一)行政首長例

山斗望重　才德咸欽　公正廉明　鄉邦瓌寶　鴻猷丕展
邦國楨幹　造福桑梓

(二)民意代表例

民之喉舌　言重九鼎　讜言偉論　眾望所歸　光大憲政
克孚眾望　實至名歸

十、賀升遷例

鵬程發軔　才堪濟世　長布其才　新猷丕著　鶯遷喬木　平步青雲
國脈是寄　德業日新　鵬翼博風　友誼永固　鵬程萬里　經濟匡時
更上層樓　任重道遠

貳、哀輓類

一、輓老年男喪例

大雅云亡　哲人其萎　音容宛在　碩德永昭　歸真返璞　五福全歸
北斗星沉　一朝千古　千秋永訣　典型足式　明德流徽　讜論流徽
高風亮節　斗山安仰　騎鯨西去　行誼可師　老成凋謝　痛失老成
歌興薤露　盛德揚芬　望重鄉邦　泰山其頹　梁木其壞　山頹木壞
南極星沉　跨鶴仙鄉　遽返道山　露冷椿庭　懋績永昭　國喪耆賢

二、輓青少年男喪例

英風宛在　痛失英才　愴懷忠勤　修文赴召　天不假年　命厄華年

三、輓老年女喪例

溫恭淑慎　彤管流芳　勤儉可風　淑德常昭　義方淑範　清芬裕後
芳徽足式　母儀足式　母儀垂範　懿德永昭　懿範長留　懿德貽徽
寶婺星沉　瑤島仙遊　西池駕返　教子義方　孟母風高　徽音遠播
母儀宛在　北堂春去　坤儀足式　壺範永存　女宗安仰　慈竹風淒
萱堂露冷　萱幃月冷　鸞馭遐升　閫範猶存　駕返瑤池　相夫有道

四、輓師長例

立雪神傷　風冷杏壇　教澤長存　永懷師恩　桃李興悲　道範永昭
碩學高風

五、輓政界例

勛猷共仰　邦國精華　萬姓謳思　甘棠遺愛　耆德元勳

六、輓工商界例

端木遺風　貨殖流芳　陶朱風高　頓失繩墨　公輸巧著

七、輓宗教界例

天路揚靈　精誠不滅　天國神遊　適彼樂土　道範永昭

參、其他題贈類

一、題畢業紀念冊例

學無止境　業精於勤　鵬程萬里　士先器識　士必弘毅　任重道遠
青雲直上　精益求精　慎獨存誠　再接再厲　自強不息　學以致用
好古敏求　居仁由義　壯志凌雲

二、題比賽優勝例

鐵畫銀鉤　秀麗遒勁（書法）　筆力萬鈞　含英咀華（作文）
依仁游藝　藝苑之光（戲劇）　懸河唾玉　口若懸河（演講）
衛生第一　強身之本（清潔）　玉潤珠圓　餘音繞梁（歌唱）
出類拔萃（通用）　積健為雄　健身強國　自強不息（體育）

三、題評語例（供老師、長官判定學生及部屬優劣的斷語）

(一)性格特質例

不卑不亢　冰清玉潔　多才多藝　才大心細　文質彬彬
澹泊明志　謙沖自牧　宅心忠厚　秀外慧中（以上為優）
不識時務　優柔寡斷　剛愎自用　因循苟且　妄自菲薄
怙惡不悛　雙重人格　玩世不恭　嬌生慣養（以上為劣）

(二)學習能力例

博古通今　才思敏捷　孜孜矻矻　以勤補拙（以上為優）
胸無點墨　捨本逐末　玩歲愒時　抱殘守缺（以上為劣）

(三)生活態度例

克勤克儉　兢兢業業　書生本色　平易近人　樂觀進取
通權達變　實事求是　恬淡自適　潔身自愛（以上為優）
假公濟私　庸庸碌碌　恃寵而驕　有勇無謀　蕭規曹隨
大而化之　自暴自棄　怨天尤人　好逸惡勞（以上為劣）

四、題廟宇例

神昭海表　神恩廣被　慈航普渡　法海慈航（媽祖廟）
萬世師表　有教無類　道貫古今（孔廟）
至大至剛　文經武緯（武廟）
德侔厚載　護國佑民　保境安民（通用）

第十四章　履歷表與自傳

第一節　履歷表及自傳的意義與用途

　　人要衣裝，佛要金裝，在職場的求職過程，或參加各級學校入學推薦甄試中，除了個人實力十分重要以外，獲得一份好的工作或上進深造機會，第一步就是撰寫一份好的自傳與履歷表。因此，履歷表與自傳，目的無非是為了讓求才者能在最短時間內判斷應徵者是否符合他們需求，故對應徵者而言，履歷表與自傳就是給求才者的第一印象。對一般人事主管或用人單位而言，如何在最短時間內從眾多的應徵者當中挑選出適合的人選來進一步面試，又能節省彼此寶貴的時間，履歷表與自傳就扮演第一道把關的角色。

　　履歷表（Resume or Curriculum Vitae，略稱 C.V.）是讓你從眾多競爭者中脫穎而出，贏得面試機會或錄取的最佳利器。由於審查者經常必須由為數眾多的應徵信函或 E-mail 中，選出符合標準的應試者來面談，如果你的資料不能在前一、二分鐘內就抓住審查者的視線，很可能就會被其他人的履歷表所掩蓋。撰寫一份出色履歷表是有訣竅的，要切中徵才主題，明確呈現應徵者適才適所，能讓審查者在短短內容就掌握到你個人的特質與專長，並瞭解你對這份工作的積極與企圖心，烙下對你深刻好印象，並將你歸於不二人選，這就是成功的履歷表。

　　自傳（Autobiography）是指一個人從出生到現在，所經歷種種事情的描述。除了家庭背景、工作經歷外，舉凡人生觀、個性、嗜好，甚至未來的目標、理想或抱負，都可以在自傳中呈現，因為這些都是構成自我的一部分，直言之，就是寫自己成長的歷史。

　　自傳是求職、求學，特別是面對素昧平生，也是希望短時間內能讓審查者感到心動，認識真我，推銷自己的必備文件，若運用得宜，對申請的學校或新工作，會有相當大的幫助。所以自傳要簡單易懂，不要拖泥帶水，在文詞中要讓審查者注意到你的用心和才華。好的自傳能受到重視，因而很快就會被通知下一階段的面試，甚至錄取；沒有內容的自傳只會淪為「不合密退」的命運。因此，要如何在眾多的應徵信函中脫穎而出，特別是在人浮於事，失業率迢高

不下的今天，撰寫合宜的自傳，做好自我介紹是非常重要的第一件事。

　　無論是履歷表或自傳，主要用途都是在平實的推銷自己，因此縱然您一生豐功偉業，也要把握言簡意賅，積極秀出個人優異特質；強調對工作的企圖心，讓自己更添光彩；尤其要注意，最好不要放入過於情緒化或口語化的字眼；得意處不驕傲，失意處不灰心；談人生觀時不憤世嫉俗，批評謾罵。

第二節　履歷表的構造與作法

　　為了符合徵募公司或是甄才機關、學校的特性與所需專長、職級、工作內容等需求，應徵者就必須準備投其所好的履歷表格式與自傳，提供審查者認識與評鑑應徵者的能力。因此，履歷表與自傳的格式、構造及作法就不能忽視，主要目的即在於方便短時間內溝通，撰寫得宜時，可使對方一看到履歷表就被吸引住，甚至賞識，直覺認為你是這個職缺的適當人選，如再加上面談成功，機會就非你莫屬了。

　　履歷表與自傳，有時候徵募人才機構是要應徵者分別提供成兩份文件，但也有很多是自傳包括在履歷表中，也就是說，將自傳作為履歷表中的項目之一，合成一件，例如公務人員履歷表就是。惟無論分開或合併在履歷表中，都有其各自的構造與作法，必須講究。

　　履歷表與自傳的構造，差別在於履歷表常以表格呈現，而自傳則須附以一篇簡捷短文，但履歷表所列出的項目，則是徵才者評鑑應徵者最公正客觀的條件依據，當然包括任命職務、分派工作地點及敘薪等資料的依據。

壹、一般履歷表

　　一般履歷表的內容項目及撰寫時應注意事項如下：

1、**應徵之工作項目**：含工作名稱及工作內容。若徵才者列有多項的職務或志願可選擇，應列出優先順序，以應徵到符合志願的工作機會。

2、**個人基本資料**：包括性別、出生年月日、電話、通訊處及男性的兵役狀況。若有某些工作特殊需要之資料，如身高、體重等，也應詳細填寫。因有些職務有性別或年齡上的限制，雇主可以很快從這些資料做基本判斷，而地址最好留現居地址，若即將搬遷或有所變動可加以註

明，這也會影響雇主晉用的意願，如有些工作可能需要每天很早抵達公司，或有些工作時常需要加班的話，雇主通常就不會考慮晉用住得太遠的人。而聯絡電話若無個人隱私或其他方面的考量最好多留幾個，如家中電話、行動電話等，最好加註可聯絡時間，若使用答錄機亦應很有禮貌的請對方留下姓名、電話。

3、**學歷**：只列高中以上學校名稱、科系與輔系、就讀時間、畢肄業等即可。若求學期間有自己進修的課程或優異的學科成績皆應填列，以凸顯出個人的好學。

4、**經歷**：應屆畢業生多缺乏工作經歷，然仍不應空白，以免失去競爭條件，宜以在校兼差、打工、社團活動、義務志工、研究助理等各種經歷及男生服兵役的職務內容凸顯自己。

5、**能力與專長**：包括專業認證資格、受獎、作品、興趣等。

6、**希望待遇與工作地點**：社會新鮮人找工作通常最難決定的就是期望待遇的問題，因為不同產業、不同職務，甚至不同地區的薪資水準會不太一樣，一方面怕訂得太高老闆會認為你不自量力，訂得太低又怕被當成廉價勞工，因此可參考104人力銀行的薪資調查網頁（http://www.104.com.tw/changejob/），這是針對一般市場薪資狀況做的調查統計，社會新鮮人可針對個人學歷、工作年資及不同產業、職務、地區別計算出一般行情，除非對自己能力與一般市場行情很有把握，且有充分理由能夠說明，否則不要將期望待遇訂得太高；理想作法是訂一個範圍，如月薪2萬8,000元至3萬2,000元，或可填「面議」或「依公司規定」，讓公司覺得還有商量餘地。至於工作地點就比較靈活，端看自己考慮的角度，但千萬不能有「錢多事少離家近」的現象。

7、**自傳或簡要自述**：附在履歷表內的自傳雖然通常規定在三百字左右，但仍須扼要敘及基本資料、家庭背景、教育背景、工作經歷、專業素養、興趣與特殊技能、人生觀與抱負、應徵動機等，但並非重複履歷表內各個項目，而是要具有互補作用，這正是寫作表達技巧的地方。至於寫作上要掌握之要點，可參考下節。

8、**照片**：最好是三個月內的近照，應以端莊穩重，顯示出懂事成熟為宜，除非如應徵演藝人員有特別規定，否則切勿使用藝術沙龍照片。

9、**其他**：如政府對於雇用原住民、視障或肢障工作者的企業有獎勵，在

履歷表中明確表達自己身分的話，有助於企業的薪資補貼及職務的再設計。

貳、簡歷表與詳細履歷表

有些求職者會要求應徵者寄「簡歷表」，這是比履歷表更簡化的應徵函，應徵者可挑選重要項目並使用簡單的表格列出即可，以下為簡歷表與詳細履歷表所建議具備的項目：

1、**簡歷表建議項目**：姓名、性別、生日、地址、聯絡電話、應徵職務、學歷、經歷、專長。

2、**詳細履歷表建議項目**：姓名、身分證字號、性別、生日、血型、身高、體重、兵役狀況、永久與聯絡地址、家中與行動電話、E-mail、家庭狀況與成員、應徵職務、最高學歷與求學過程、曾取得的證照與專業訓練、經歷與社團經驗、語言能力、專長、興趣或視徵才者與職務需求撰寫簡要的自傳。

第三節　自傳的構造與作法

自傳可以說是書寫自己的歷史，主要是描寫你從小到大的生活背景，以及每一階段包括現況所發生的事，還有自己對未來的期許。與履歷表相較起來，自傳的表達形式更宜自由發揮，且可以較為感性的訴求呈現出個人風格、特色與生活經驗。因此，自傳書寫之語氣，可採以記事感性方式撰寫，內容結構60％為工作相關之事項，其餘介紹個人之家庭、生活、志向抱負、生涯目標等。字數一般以八百字至一千字為度，若是附於履歷表中的自傳，則常以三百至六百字為宜。因此要簡捷通順，甚至徵才者會限定更少的字數要求應徵者用通順的文筆，敘述自己簡要的家庭生活、學歷、經歷、專長、興趣、未來抱負及展望。

壹、自傳的寫作重點與架構

自傳所敘內容雖然常已重複在履歷表重要學經歷等項目中，但迷你的篇幅

中更要與履歷表內容互補，因此在構造與寫作上還要掌握下列各點：

1、基本資料：除了出生年月日、地點外，詳細的聯絡電話及通訊地址要特別注意千萬不能有錯誤。星座血型等與工作無關的資料則無須特別註明。

2、家庭背景：扼要敘述父母親為人、工作、家庭教育、經濟、兄弟姊妹成長與相處感情，必要時對影響您成長的家教方式或感人事蹟可簡要提及，但不要冗長。

3、教育背景：

　(1)**學歷**：列舉學歷可從最高學歷逐次條列，並將最近的學歷列在最前面，目前學歷普遍提升，國中與國小學歷可省略。就讀科系自然也應在履歷中清楚說明，可詳述在校時的主修課程與學業成績，若成績極佳，通常較能令審查者印象深刻。若學歷不是你的優勢，建議可以擺在工作經歷後再寫。

　(2)**求學過程**：此段文字如篇幅允許，特別是刻苦勵學經過可多著墨，主要敘述自己求學情形及讀書態度，受過那位老師啟蒙、肄（畢）業學校有何特色，在校優良事蹟，或曾得過的頭銜、榮譽，參加比賽得獎、主辦過什麼活動、當過什麼幹部，對外的檢定及格等，皆可介紹。主要是自信而誠懇地談談自己人生的歷練，藉此肯定自己，表現自己。

4、工作經歷：

　(1)若為職場新鮮人，工作經驗不多，可具體陳述參與過的社團活動或學校的研究計畫、打工經驗，並充分表達自己的學習心得，這些經歷多少可以凸顯個人的一些特質，如志趣、合群性、領導能力、成熟度等，可作為主考官參考的指標。

　(2)若是已有工作經驗，應翔實列出公司名稱、職務、年資，並簡述工作內容，如能附上優良的工作成績或獲獎紀錄更好。一般來說，徵才者對於你最近的工作經驗較有興趣，可以多加介紹，但仍須控制字數。另外對工作經驗必須絕對誠實，千萬不可造假，因為有些慎重其事的審查人會去查訪驗證。

　(3)許多企業對轉職頻繁者多抱持負面的看法，但其工作經驗豐富，也較具自信心，求職者可以藉此發揮，爭取主考官認同。如果每次轉

職均有明確且積極的目的，做合理的陳述應可順利過關。

5、專業素養：很多行業普遍重視職業證照專長認證資格，政府或學校提供的專業認證，包括學分班或技術類證照，例如電腦相關證照、**TOEIC**或全民英檢等語文類，若能在自傳中對取得證照過程與心得加以敘述，更能令主考官印象深刻，產生加分效果。語文能力，包括第二外語或方言的聽、說、讀、寫，特別是應徵銷售或貿易商，更要列舉；機械操作能力，如電腦、打字、交通工具等，與工作有關的社團活動經驗以及個人特殊興趣專長，如果篇幅許可均可列入。

6、興趣與特殊技能：可簡單交代自己的興趣或特殊技能，譬如球類活動、繪畫、音樂等，而且最好是與工作相關的，這些常會有出乎意料地增加面試者對您的好印象，並可成為面試時的話題。

7、人生觀與生涯抱負：針對自己所要應徵的工作或報考的科系，將你瞭解的專業程度、市場、心得、看法，加以分析或論述，使對方知道你對於日後所要工作或就讀的科系有清楚的瞭解與認識，並有潛力繼續發展自己的志趣，從而建立對你的信心而優先錄取。

8、應徵動機：具體地說明自己的應徵動機、人格特質、工作態度、希望職種、工作地點等。而為何離職來應徵的理由可輕描淡寫，待面試時若被詢問，再清楚說明即可。

貳、自傳的構思與編排

自傳的構思與編排方式有如下三種：

一、平鋪直敘式

最常見的編排方式就是把自己的生平大略加以介紹，包括自己的家庭、求學過程、社團經驗等。此種編排方式通常不能讓人有「驚豔」（指吸引評選委員的目光）的感覺；反而審查委員們可能還會因花了時間看不到重點，而對你印象不佳。

二、畫龍點睛式

最好能挑出一些自己的特殊經驗，輔以具體的例子再加以編排，會是一個不錯的方法。例如，可描述作報告時如何克服蒐集資料的困難；表演時如何吸

引聽眾的目光；如何與師長再三討論而表現優異的報告等；或修了那一門很難的課程，一開始成績並不佳，但自己不放棄地尋找各種可能有幫助的資源，最後獲得老師的肯定；或一件案子，如何構思內容以爭取客戶的信任，以及如何打敗競爭對手而爭取到這筆很重要的生意等；這些都是可以特別強調的重點。

三、整合式

整合式是在自傳的構思與編排方式上，某些項目採平鋪直敘式，如基本資料及過去家庭、教育背景；工作經歷、專業素養或興趣與特殊技能則採畫龍點睛式。但形式上又兼具履歷表、自傳，甚至也有研究、生涯規劃或讀書計畫的性質，把幾種文件綜合在一起稱之。

總之，自傳的潛在目的是為了能投其所好，因此要多蒐集徵才的企業發展資料或報考學校系所的背景，適度讚美，並表達是自己未來理想的就業或就學場所；當然要合乎文章邏輯，也要留意錯別字及正確使用標點符號，以爭取好的第一印象；若一次應徵數個對象亦須逐份用心撰寫，忌用影本應付；所述資料要查證翔實完整，字跡工整，段落分明，避免塗改；應把握重點，不亢不卑，態度積極不誇張，少做時局批評或高談闊論。

第四節 履歷表及自傳的格式與舉例

履歷表及自傳的格式如**附件一**至**附件七**，為了加強學習效果，特再分別針對履歷表與自傳舉例並分析說明如下：

壹、履歷表

儘管履歷表的格式很多，寫作方法也五花八門，例如有所謂依年代順序排列的履歷表、以職務為中心的履歷表及目標式履歷表等說法，但還是以下列格式舉例說明較能兼顧：

一、表格式履歷表舉例

<table>
<tr><td rowspan="7">基本資料</td><td>姓名及身分證統一編號</td><td colspan="2">○○（CHEUNG KEI）</td><td rowspan="8">相片黏貼處
最近三個月內
兩寸半身相片</td></tr>
<tr><td></td><td colspan="1">K 1 2 3 4 5 6 7 8 9</td></tr>
<tr><td>出生年月日</td><td colspan="2">○年○月○日</td></tr>
<tr><td>體型</td><td colspan="2">身高：○公分；體重：○公斤</td></tr>
<tr><td rowspan="2">聯絡電話</td><td colspan="2">02-00000000（家）</td></tr>
<tr><td colspan="2">0900-000000（行動電話）</td></tr>
<tr><td>地址</td><td colspan="2">臺北市○○路○段○號○樓</td></tr>
<tr><td>電郵地址</td><td colspan="3">cheungkei@coolmail.com</td></tr>
</table>

自我總評	1、四年的管理經驗。
	2、於業務推廣、發展、規劃、人員管理及訓練均具基礎。
	3、擅長研究、分析、組織及個人溝通。

工作經驗	
○年○月 至○年○ 月	○○食品股份有限公司行政總裁特別助理 主要職責： ■企劃及執行部門的營運 ■計算經費及擬訂市場策略
○年○月 至○年○ 月	○○食品有限公司助理行政經理 主要職責： ■預計部門各生產年度目標 ■分配各營業單位每月的生產目標及數量 ■籌備各項員工的訓練事宜
主要或最 高學歷	○○○○大學工商管理學士（1991-1994） 主修：工商管理 副修：英國文學
其他技能	語言：英語、普通話良好、略懂日語 電腦技能：MS Word, Excel, Flash, Frontpage 中文打字每分鐘 30字 英文打字每分鐘 55字

註：本例係依徵才者之需求預先設計固定表格式提供應徵者填寫，一般書局也有現成單張表格履歷表，如果徵才簡章只規定附歷照，但又無提供自行設計之表格供應徵者索填，則可自行至書局選用適合的履歷表。

二、條列式簡歷表舉例

姓名

○○○

性別／婚姻狀況

■男　□女／■未婚　□已婚

年齡／出生年月日

25歲／民國○年○月○日

通訊地址／電話／電子信箱

臺北市○○街三段○號五樓／02-00000000；0900-000000（行動電話）／sunshine@hinet.net.tw

應徵工作項目／希望待遇

電腦系統管理師／新台幣40,000至45,000元

經歷

○○會計師事務所（2008.01迄今）

砲兵少尉預官（前進觀測官）

○○大學統計系助教

教育程度

○○大學統計系

臺北市立○○高級中學

專長／語文能力

電腦系統維護、程式設計／英文說寫流利，日文具簡單閱讀基礎

特殊技術訓練技能

Internet 網站建置與維護

註：本例係問項與答案採分子與分母上下條列方式表達，比較適合剛入社會缺乏豐富閱歷的新鮮人。但本例李君甫退役，又任原職未滿一年就想換工作，加上應徵工作項目與希望待遇，填寫時都須考慮雇主立場與看法。

三、條列兼表格式履歷表舉例

姓名：○○○　　　　　　　　　　　性別：男（役畢）

出生年月日：民國○年○月○日　　　出生地：臺灣

身分證統一編號：A123456789

電話：（H）02-00000000　（手機）0900-000000

地址：○○○臺北市○○路○段○○號○樓

電子信箱：holotin@msa.hinet.net

應徵職務：○○大飯店副總經理

學歷	
民國○年9月至○年6月	○○高級中學畢業（第一名）
民國○年9月至○年6月	國立○○大學○○學系畢業（○學士）
民國○年9月至○年6月	○○大學○○研究所○學碩士
工作經歷	
民國○年○月至○年○月	○○大學○○學會秘書 （負責處理會內文件往來及編寫會刊）
民國○年○月至○年○月	國際交換學生代表 （代表臺灣學生往澳洲雪梨作親善交流）
民國○年○月至○年○月	○○老人安養中心志工
民國○年○月至○年○月	○○大學學生會主席（負責綜理會務）
民國○年○月至○年○月	○○○教授研究助理
民國○年○月至○年○月	○○大飯店西餐廳餐服領班
民國○年○月至○年○月	○○酒店西餐部副理
民國○年○月至○年○月	○○科技大學○○餐飲管理兼任講師
民國○年○月迄今	○○酒店西餐部經理
專業證照與其他技能	
民國○年○月	西餐乙級證照
民國○年○月	教育部講師證書
電腦	MS Word, Excel, PowerPoint 網頁設計
語言	英檢二級，閩客語通順
榮譽	
民國○年○月	○○酒店模範服務人員獎 （休假一週補助出國旅費五萬元）
民國○年○月	交通部觀光局全國優良觀光從業人員獎
民國○年○月	中華民國觀光旅館協會○○獎
希望待遇：遵照公司薪俸制度規定	

註：本例是條列兼表格的方式，除基本資料外，可以視自己特殊優越的部分加以填列，
　　特別適合工作經驗豐富又績效優異的應徵者轉換工作之用。如本例何君除工作經歷
　　外，在「專業證照與其他技能」與「榮譽」成就較多，就可以詳細列舉，爭取競爭
　　優勢。

四、便條式簡歷表舉例

一、姓名：○○○

二、性別：女

三、出生年月日：民國○年○○月○○日

四、出生地：高雄市

五、最高學歷：國立○○大學○○○○學系畢業

六、目前工作：○○公司總經理秘書

七、專長：各類應用文書撰寫

八、資格：公務人員普通考試文書行政類科及格

九、應徵工作：○○市政府文書科委任第四職等辦事員

十、聯絡電話：0900-000000（手機）

註：本例係以便條紙簡要條列自己的重要背景、資格等條件，提供用人單位參考之用，屬於臨時性的自薦或方便推薦者推薦人才供用人單位參考用，真正報名或任用時仍須再依規定填寫詳細履歷表供敘薪之用。

五、條列式履歷表舉例

(一)基本資料

　　○○○

　　1、民國○年○月○日生／男性／已婚

　　2、臺北市○○路一段100號7樓

　　3、TEL：(O) 02-00000000　　　(H) 03-0000000

　　4、E-mail：peter@msa.net.tw

(二)應徵項目：研發工程師

(三)工作經歷及專長：

　　1、1991-1994：○○化學股份有限公司／○○縣○○鎮／製造工程師

　　　・與工研院合作規劃進行溶劑回收及共沸蒸餾系統建立。

　　　・負責生產單位降低成本10%專案小組的推動與執行。

　　　・引進及訓練生產單位QCC及5S活動的推行。

　　　・負責生產二部製造組之人員管理及製程改善。

　　　・擔任廠區安全衛生管理委員會委員。

　　　・擔任IS0-9002推動小組成員及SOP審核。

　　　・兼任亞洲化學月刊編輯委員，負責刊物企劃及各部門協調溝通。

　　2、1994-1995：○○化學股份有限公司／○○縣○○鎮／採購部副主任

　　　・負責國內外大宗化工原物料採購及物料需求計畫管制，及與供應商談判議價。

　　　・發展並規劃完成原物料採購ABC庫存管理辦法，有效降低庫存及採購成本。

　　3、1995-1996：○○股份有限公司／○○縣○○鄉／安全衛生環保工程師

・負責所有承攬商及遠東杜邦員工的安全講習及訓練。

・督導及負責營建工程中人員設備及物料的安全衛生管理。

・每週安全會議及稽核的規劃、主持及跟催執行成效。

4、1996-1998：○○股份有限公司／○○市／生產計畫協調主任

・負責生產主排程（MPS）及物料需求規劃（MRP）的規劃執行協調及跟催。

・擔任企業資源規劃ERP（SAP）專案小組成員，負責Production Planning。

・Material Management 和 Product Costing Modules的導入。

・參與全員品管訓練（TQM）並擔任小組講師。

・負責公司電腦化訓練（SAP, MS-Mail, Excel, PowerPoint, Word, Internet）。

・參與ISO推動小組，負責ISO 14001推動及執行。

・擔任公司福利委員會主任委員，負責福委會預算編列執行及會議召集。

5、1998-Present：○○電腦股份有限公司／資材部管理師

・負責PC原物料需求規劃（MRP）及庫存Control。

・負責PC BTO（接單後生產）產銷安排。

・導入JIT降低庫存金額及周轉天數。

・改善ERP-SAP MMModue作業流程，降低物料Check時間，提高作業效率。

・負責SAP人員教育訓練及系統改善。

・PC生產線不停工斷料。

・改善部門之溝通模式，提高作業效率及溝通品質。

(四)學歷：

1、臺北市立○○高級中學（1982-1985）。

2、○○大學化學工程學系工學士（1985-1989）。

3、○○大學工業工程研究所學分班（1994-1995）。

4、○○大學管理研究所EMBA（1999- Present）。

(五)特殊訓練及證書摘要：

1、有機溶濟作業主管（臺灣省勞工安全衛生協會）。

2、零災害推行指導員（勞工委員會）。

3、非醫用游離輻射操作執照（原子能委員會）。

4、勞工安全衛生管理員執照（中國生產力中心）。

5、化工程序自動化人才培訓（經濟部）。

6、Global Logistic專業訓練（BASF China香港總部）。

7、BASF SAP年度研討會（泰國清邁）。

8、BASF Vision 2000 Workshop（圓山飯店）。

9、採購管理與議價技巧實務（中國生產力中心）。

10、物料需求規劃訓練（BASF新加坡總部）。

(六)語文能力：閩南語、國語、英語（英檢中級）。

(七)役別階級：陸軍運輸兵少尉排長。

(八)得過獎項：

1、○○大學五虎崗報導文學獎佳作（1987年）。

2、中國工程師學會青年工程師工程論文比賽佳作（1988年）。
3、服役金門退伍時獲頒陸軍總司令部獎狀（1991年）。
4、亞洲化學年度提案改善金牌獎（1992年）。
5、BASF員工讀書心得發表會第一名（1998年）。

(九)希望待遇：NT$ 52,000／月

註：本例特色是條清縷析，特別是各項「工作經歷及專長」連負責工作任務項目都詳細列舉，「得過獎項」又斐然，加上「陸軍運輸兵少尉排長」另外從基本資料中抽離，更可證明張君不但有專業績效，又有領導能力，這種呈現方法有助於中年轉換跑道，也能讓求才單位的主考伯樂很容易覓得千里馬。

六、折衷式履歷表舉例

姓名：林○○（男性役畢）
聯絡電話：02-00000000（日）　　0900-000000（行動電話）
出生年月日：民國○年○○月○○日
聯絡地址：○○市○○區○○路○○號
學歷：

學校名稱	就讀期間	系所	資格
○○技術學院	1996-1998	廣告設計系	商學士
○○高級中學	1991-1996		畢業

有關工作經驗：

公司名稱	工作期間	職位	薪金
○○廣告有限公司	1/1999-3/2000	助理設計師	$33,000
○○公司廣告部	7/1998-1/1999	設計助理	$26,500

設計專長：卡通人物設計
作品年表：

作品名稱	設計年份	發表媒體	註
熊貓比比	2000	海報	請參考附上的作品簿 p.1-3
粉紅小豬頭	2000	星星精品店網頁主角	請參考附上的作品簿 p.4-5
小狗可可	1999	可可寵物店購物袋	請參考附上的作品簿 p.6-9
蜜蜂小鬥士	1999	貼紙	請參考附上的作品簿 p.9-11

所得獎項：

獎項名稱	得獎年份	頒發機構
○○設計人大獎	2000	○○設計師協會
○○漫畫人物設計比賽優異獎	1999	○○漫畫總會
○○學界設計比賽高級組亞軍	1997	○○市文化局

語言：閩南語流利，英語良好，略諳日語。
其他技能：

1、美術方面：中國畫、裱畫、噴畫及陶瓷製作。
2、電腦方面：Windows 98, Word 97, Excel 97, Photoshop, Corel Draw及Frontpage。
3、其他：中文打字每分鐘35字，英文打字每分鐘45字。
要求待遇：NT$35,000。
到職日期：可即時上班。

註：本例與例二條列兼表格的方式類似，但又更靈活呈現自己、推銷自己。如林君比較
　　傑出的「作品年表」、「所得獎項」及「其他技能」等資料，都可詳列，藉以吸引
　　審查的主考官產生特別好的印象。

貳、自傳

　　自傳由於所需篇幅較長，如要全文轉載別人佳作又想傳神舉例，恐會落入揭人隱私之嫌，更何況自傳就像不能借用別人名片一樣，無法參考或複製別人的自傳來投件。求職者在應徵工作之前通常需要準備一份履歷表或簡歷表，而視公司需求會要求另附上自傳一篇，一般我們建議求職者除了一份完整的履歷資料之外，最好再附上約六百字左右的自傳補充自己的經歷與專長。雖然撰寫自傳不一定要像以下各個段落般截然劃分，甚或標出項目，但最好仍依序撰寫，較能顯出起、承、轉、合的文章邏輯效果來。以下就依自傳基本構造的撰寫技巧提供應徵者參考：

一、基本資料

　　對於個人的姓名、性別、生日、地址、聯絡電話以及家庭狀況等履歷表已列，除非必要，否則不再重複。如有特殊才提出，剛好可補表列之不足而有互補效果，才不至於讓雇主看了履歷表又重複看基本資料而失去耐性。例如：

　　我姓○名○○，男性，已服畢兵役，家住臺北市○○路○段○○號○樓，民國○年○月○日出生在○○縣○○鄉，我的聯絡電話是02-00000000，手機是0900-000000，電子信箱是……

　　如果像這樣了無新義地一再重複敘述履歷表的項目，沒有特殊之處，那就不如在介紹「我姓○名○○」之後，就乾脆直接進入家庭背景的敘述。但如果有可能是這種狀況而改成下述或許要好些：

　　我姓○名○○，出生在○○縣○○鄉，一個貧窮鄉下的小漁村，從小在海邊長大，每天看著汪洋大海，以及過著討海維生的日子，養成了我……

緊接著就敘述家庭背景，或許比較生動又能吸引主考官。

二、家庭背景

撰寫家庭背景的目的，是要讓審查者瞭解影響你成長過程的環境，從家庭背景的描述可以感覺得出應徵者的個性與人生觀，就像古時兩姓聯姻，也要打聽「門方」一樣。以下兩例，頗為通順自然，列供參考：

【例一】

我叫○○○，從小在眷村長大，父親是職業軍人，母親為家管，還有一個弟弟就讀高中，小康之家，和樂融洽。父親雖然是軍人，但由於採取民主管教方式，養成我們兄弟個性上還算獨立自主，與人相處也很隨和容易。平常喜歡跑步及球類運動，常利用假日和好友到郊外踏青，所以人緣還算不錯。

【例二】

我出生於民國○年○○縣○○鎮的一個小村落，家中有四個成員，家父於○○有限公司擔任工程師，母親照料家務，弟弟則就讀於○○大學企管系，全家四口和樂幸福。自幼在關懷、安康的環境下成長，培養我獨立自主、積極主動、負責之生活態度。為人誠懇，做事細心負責，善溝通及團隊合作，喜廣結善緣，樂於接受挑戰，身體健康狀況良好，無不良嗜好。

但是下個例子就嫌冗長，占了將近整篇自傳的一半，且提及生肖、星座、血型與自己個性的關聯，雖讓內容較為生動有趣，但不見得審查者會喜歡或相信那一套，甚至對應徵者有迷信與不切實際的感覺，何況有的自傳有文長的限制，因此建議個人基本資料最好不超過自傳全部的四分之一，或二百字左右，簡單翔實帶過即可。此例不值得學習，僅列供警惕：

我是家中三名子女中最後一個孩子，在虎年出生，是十一月初的天蠍，承繼了媽媽的血型（B）。排行老么的生活教育養成，使得我習於被照料所有的大小事。生肖屬虎的我，在一項人格特質測驗中，竟同為一般老虎型的個性，其分析為：具開創性、競爭性、自動自發的；而星座位於天蠍，則讓我擁有堅持、執著的性格。B型的我，深信著諸般事務的實質意義

重過於外在的形式。在人類的社會中，發展出多種的分類法，區分著人們與生俱來的天賦，但回歸原點，每一個人都是絕對獨特的，而在環境的差異中，發展出無限的可能性，在雨港（基隆）的豐沛水氣中，在父母親皆為生活忙碌時，自由自在的成長著，在上學途中的小型書店中，在聯合報副刊及外國影集中，很自助式的自我啟發。忙碌的父母，並沒有太多心力管教子女，但卻提供了影響更深遠的身教，形成了三名子女迥然不同的人格特質。我雖然是老么，但沒有一般老么驕養習性，永遠抱持著對人但求盡心，對事但求盡力的態度。

三、教育背景

　　一般寫教育背景要與履歷表互補，如果照履歷表的學歷欄羅列就太浪費自傳有限的篇幅。例如履歷表內因為大多自高中學歷寫起，但你如果很得意自己是上天主教小學，在校期間受到天主教義啟發與修女師長們很多薰陶，畢業後又以優異成績榮獲直升國中部及高中部，那麼就可以利用自傳表達。其他如影響您最深遠的師長行誼、參加最得意的社團活動、最喜愛或討厭的功課，參加最傑出的比賽、獲得最高最光榮的獎項，甚至最難堪、最內疚或最傷心的人、事、時、地、物，都可以掌握篇幅，扼要寫出。所謂言為心聲，審查者可以從履歷表學歷欄之外，體會出應徵者的為學與做人，作為錄用與否抉擇的參考。

四、工作經歷

　　詳細說明自己的工作經驗及專長，尤其是與欲應徵的工作職務有密切相關的部分，而剛畢業的社會新鮮人可說明在學時期的社團活動與打工經驗；如服過兵役的也可陳述部隊中的經驗與收穫，這些說明聊勝於無，將是影響審查者是否邀你進一步面試的主要關鍵。

　　下例係缺乏工作經歷的應徵者應徵儲備幹部的自傳，以感恩的心與團隊合作為主軸，對工作經歷的描述：

　　在學期間，雖非名列前茅，但一直保持中上程度。在工作方面，不論是工讀、兼職或全職的工作，所見及所學的，讓我成長了不少，尤其是待人接物之道，也從幾份工作中更清楚自己未來的方向。尤其要感謝前一份工作的主管給予我在公司學習的機會，以及其他同仁們的照顧，使我學習到許多寶貴的經驗，因此我相信今後不論所擔任的職務性質為何，我都能

努力學習，尤其更相信只要團隊合作，一定解決得了任何的問題，並且順利完成任務。

五、專業素養

專業素養的目地是讓審查者從自傳中欣賞你的才華是否符合他們的需求，但敘述時，如果一昧捧自己有多大本事，有時會讓人無法接受，反倒覺得太驕傲或誇大其詞，而收到反效果。如果運用「曖曖內含光」、「欲言又止」的筆法，或許令人覺得這個人有專業素養，又很謙虛。下例是應徵企劃類人員的自傳，從工作經歷中娓娓道來，不必強調自己有多棒的專業素養，但專業素養已躍然紙上矣！

我在大學時主修企業管理，並利用暑假參加過為期兩個月的行銷企劃研習營，充實了不少創意與企劃方面的能力與想法，大四時取得中文打字的證書。畢業後，曾在○○會計師事務所工作，雖僅有四個月，當時深覺本身在校所學的電腦技能並不足夠，因此在閒暇之餘修習電腦課程，以彌補自己的不足。而後進入○○科技公司產品事業處擔任企劃助理的工作，迄今一年餘。期間考取Window 98、Word及電腦繪圖的證照，希望在今後的工作中，能有所幫助。但由於助理的工作主要是資料建檔的機械式工作，少有挑戰性，因此希望能求新求變，尋求轉職。企劃雖是我未曾接觸過的工作，但從目前的職務中深深瞭解到企劃人員須有不斷求新求變且勇於接受挑戰的能力，而我本身即非常嚮往這樣的工作內容，而且希望能在　貴公司企劃的職務上有學習的機會。

六、興趣與特殊技能

興趣與特殊技能可說是自傳中選擇性的部分，如篇幅不夠或並無耀眼的特殊技能，就可省略。但如果可以顯示你是一個除了工作以外，興趣廣泛的人，或多才多藝具有豐富的非專業素養的其他技能，那不妨寫出來，或許趣味相投，正好可拉近與雇主的距離。興趣像是高爾夫球、籃球、桌球、網球等，或信仰、美食、旅行、象棋等，但有時也要避免負面效應，如宗教或政治立場的議題，就應該要避免。

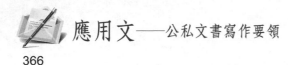

七、人生觀與生涯抱負

　　這個部分都屬於自傳的末了，目的是讓審查人瞭解你未來的發展潛力，也評估公司是否有可以讓你發展的空間。所以不能唱高調，例如寫「我一定要在公司認真負責，將來才可以出人頭地當總統」，或讓雇主直覺得你只是將該公司當跳板而已；也不能顯得不長進，例如寫「公司只要能給我一個安身立命的工作，那應該就是我前世積來的陰德，一定要惜緣惜福，肝腦塗地為公司效命」。下面舉例還算平實，錄供參考：

　　對未來的生涯規劃方面，目前我最渴望的就是接受更大的挑戰，獲得更多元化的實務經驗，因為如果沒有實際的去嘗試、真誠的放手去做，將永遠都只是在紙上談兵，不瞭解市場真正需要的東西。而我最終的職業規劃目標，是成為一個專業的經理人，培養自己專業與能力，提供最具效能且兼顧效率的經營管理，完成公司的經營目標。

附件一　中英並列式履歷表

履歷表

一、應徵工作 JOB APPLIED FOR			
部門 SECTION	職稱 JOB	希望待遇 ACCEPTBALE SALARY	希望工作地點 LOCATION PERFERENCE

二、個人資料 PERSONAL INFO			
姓名 NAME		出生日期 BIRTH DATE	
聯絡電話 PHONE NUMBER	晚上：	白天：	
電子郵件 EMAIL ADDRESS			
現在地址 PRESENT ADDRESS			

三、教育程度 EDUCATION			
等別 GRADE	學校名稱 NAME OF SCHOOL	科系 MAJOR SUBJECT	起迄時間 TIME
初中 SECONDARY			
高中 HIGH			
大學 COLLEGE			

四、工作經驗 EXPERIENCE		
工作地點 LOCATION	職務 JOB DESCRIBTION	起迄時間 TIME

五、語文能力LANGUAGE					六、嗜好及興趣 HOBBIES
語文 LANGUAGE	聽 LISTEN	説 SPEAK	讀 READ	寫 WRITE	

七、家庭狀況 INFO REGRADING FAMILY				
親屬關係 RELATION	姓名 NAME	出生日期 RITHDATE	職業 OCCUPATION	地址 ADDRESS

八、自傳BIOGRAPHY

附件二　半結構式履歷表格式

履歷表

一、基本資料											
姓名	中文		出生 日期	年　月　日	身分證 字　號						照片
	英文										
性別	□男 □女	籍貫	省 市/縣	血型	□A □O □B □AB	婚姻 狀況	□未婚 □已婚 □其它				
戶籍 地址	縣 市	市/鎮 區/鄉	村 里	鄰	路 街	段 巷	弄 號	樓	電話( )		
現在 地址	縣 市	市/鎮 區/鄉	村 里	鄰	路 街	段 巷	弄 號	樓	電話( )		
兵役 狀況	□免役 □已役 □未役 □其他		軍種				退伍日期	年　月　日			

二、教育程度						
		科／系／所	修業期間	年制	日 夜　間	畢 肄　間
高中／工／職			自　年　月至　年　月			
專　　　科			自　年　月至　年　月			
大　　　學			自　年　月至　年　月			
研　究　所			自　年　月至　年　月			
其　　　他			自　年　月至　年　月			

三、工作經歷					
公司名稱／任職部門	職務／稱	月薪	主管姓名／職稱	服務期間	離職原因
				自　年　月至　年　月	
				自　年　月至　年　月	
				自　年　月至　年　月	

四、專長訓練				
訓練名稱	主辦單位	訓練時間	訓練時數	證書
			小時	□有 □無
			小時	□有 □無
			小時	□有 □無
			小時	□有 □無

五、技能類					
1 語文類	語文	聽	說	讀	寫
	英文	□很好 □好 □可	□很好 □好 □可	□很好 □好 □可	□很好 □好 □可
		□很好 □好 □可	□很好 □好 □可	□很好 □好 □可	□很好 □好 □可
		□很好 □好 □可	□很好 □好 □可	□很好 □好 □可	□很好 □好 □可
		□很好 □好 □可	□很好 □好 □可	□很好 □好 □可	□很好 □好 □可

2 電腦類	(1)系　　統：＿＿＿＿＿＿＿＿＿＿＿＿＿＿＿＿＿＿＿＿
	(2)作業環境：＿＿＿＿＿＿＿＿＿＿＿＿＿＿＿＿＿＿＿＿
	(3)程式語言：＿＿＿＿＿＿＿＿＿＿＿＿＿＿＿＿＿＿＿＿
	(4)應用軟體：＿＿＿＿＿＿＿＿＿＿＿＿＿＿＿＿＿＿＿＿

3 其他技能／資格檢定（請說明）

六、嗜好／興趣

七、家庭狀況								
關係	姓　名	年齡	職　　業	關係	姓　名	年齡	職　　業

八、推薦人			
姓　　名	服務機關／職稱	關係	聯絡電話

九、其他資訊

緊急聯絡人		地址		電話	
可到職日期	年　月　日	最低希望待遇：		元／月	

十、在以往的求學過程或工作經驗所參與的活動／競賽／專案中，(1)在那些方面的能力表現較為優秀？
　　(2)那些方面的能力較弱仍有待加強？
　　(1) _____
　　(2) _____

十一、客觀的評估自己的性格，(1)那些方面是優點？(2)那些方面是缺點？
　　　(1) _____
　　　(2) _____

十二、在以往的求學過程或工作經驗中，自認滿意、最有成就感的幾項工作成果？
　　　_____
　　　_____

十三、針對目前所應徵的工作，期望的工作內容為：
　　　_____
　　　_____

十四、希望在這份工作中，得到那些進步或學習的機會？
　　　_____
　　　_____

十五、未來兩年內，期望自己在工作上能達到的目標是：
　　　_____
　　　_____

附件三　表格式履歷表通用格式

履歷表

<table>
<tr><td colspan="2">應徵項目</td><td colspan="6"></td><td colspan="2">填表日期：　年　月　日</td></tr>
<tr><td>姓名</td><td></td><td>性別</td><td>婚姻</td><td>□已婚
□未婚</td><td>出生日期</td><td colspan="3">年 月 日（　歲）</td><td rowspan="4">照片</td></tr>
<tr><td>籍貫</td><td>省市
縣市</td><td>身分字號</td><td colspan="2"></td><td>電話</td><td colspan="3"></td></tr>
<tr><td rowspan="2">通訊處</td><td>戶籍處</td><td>縣市
市</td><td>市/鎮
區/鄉</td><td>村
里</td><td>鄰</td><td>路
街</td><td>段
巷</td><td>弄
號　樓</td></tr>
<tr><td>聯絡處</td><td>縣市
市</td><td>市/鎮
區/鄉</td><td>村
里</td><td>鄰</td><td>路
街</td><td>段
巷</td><td>弄
號　樓</td></tr>
</table>

<table>
<tr><td rowspan="3">學歷</td><td>學校名稱</td><td>科系</td><td colspan="2">畢（肄）業年度</td><td>年制</td><td>證件檢驗人</td></tr>
<tr><td></td><td></td><td colspan="2">年 畢（肄）業 日 夜 間部</td><td>2.3.4.5</td><td></td></tr>
<tr><td></td><td></td><td colspan="2">年 畢（肄）業 日 夜 間部</td><td>2.3.4.5</td><td></td></tr>
</table>

<table>
<tr><td rowspan="6">經歷</td><td>服務機關名稱</td><td>職稱</td><td>擔任工作</td><td>薪額</td><td>起迄日期</td><td>離職原因</td></tr>
<tr><td></td><td></td><td></td><td></td><td>年 月～　年 月</td><td></td></tr>
<tr><td></td><td></td><td></td><td></td><td>年 月～　年 月</td><td></td></tr>
<tr><td></td><td></td><td></td><td></td><td>年 月～　年 月</td><td></td></tr>
<tr><td></td><td></td><td></td><td></td><td>年 月～　年 月</td><td></td></tr>
<tr><td></td><td></td><td></td><td></td><td>年 月～　年 月</td><td></td></tr>
</table>

<table>
<tr><td rowspan="4">技術專長</td><td>項目</td><td>經驗時間</td><td>程度</td><td rowspan="4">語

文</td><td>語別</td><td>讀</td><td>寫</td><td>聽</td><td>說</td></tr>
<tr><td></td><td></td><td></td><td>英語文</td><td></td><td></td><td></td><td></td></tr>
<tr><td></td><td></td><td></td><td>日語文</td><td></td><td></td><td></td><td></td></tr>
<tr><td></td><td></td><td></td><td></td><td></td><td></td><td></td><td></td></tr>
</table>

<table>
<tr><td rowspan="2">兵役</td><td>兵種</td><td>役別</td><td>階級</td><td>起迄日期</td><td>字號</td><td>證件檢驗人</td></tr>
<tr><td></td><td></td><td></td><td>年 月 日～ 年 月 日</td><td></td><td></td></tr>
</table>

<table>
<tr><td rowspan="4">訓練</td><td>訓練機關名稱</td><td colspan="2">訓練項目</td><td>起迄日期</td><td>備註</td></tr>
<tr><td></td><td colspan="2"></td><td>年 月 日～ 年 月 日</td><td></td></tr>
<tr><td></td><td colspan="2"></td><td>年 月 日～ 年 月 日</td><td></td></tr>
<tr><td></td><td colspan="2"></td><td>年 月 日～ 年 月 日</td><td></td></tr>
</table>

<table>
<tr><td rowspan="3">考試</td><td>考試機關名稱</td><td>考試科目</td><td>起迄日期</td><td>錄取等第</td></tr>
<tr><td></td><td></td><td>年 月 日～ 年 月 日</td><td></td></tr>
<tr><td></td><td></td><td>年 月 日～ 年 月 日</td><td></td></tr>
</table>

家庭狀況	稱謂	姓名	年齡	職業	備註	家庭狀況	稱謂	姓名	年齡	職業	備註

身體	身高	體重	視力	血型	狀　況	希　望　待　遇
	——公分	——公斤	左：____ 右：____	型	□強壯 □健康 □尚可	_____ 元／月

說明：以上所填資料，證件影本請參考附件。	填表人：　　　　　（簽章）

附件四　表格式簡歷表

簡歷表

姓　　名				性別		
年　　齡		生日	年　　月　　日			貼相片處
籍　　貫						
通訊地址						
聯絡電話						
電子信箱						
應徵項目			身分證字號			
婚姻狀況		血型	身高　　　公分	體重		公斤
學　　歷	研究所					
	大學及科系					
	高中					
經　　歷						
特殊技術 訓練技能			語言能力			
專　　長						
興　　趣						
希望待遇			備　　註			

附件五　政商界通用履歷表格式

履歷表

應徵日期：　　年　　月　　日

一、基本資料

<table>
<tr><td rowspan="4">照
片</td><td colspan="2">應徵職缺順序</td><td colspan="2">1.</td><td>2.</td><td colspan="2">3.</td></tr>
<tr><td colspan="2">姓　　名</td><td></td><td>性別</td><td></td><td>籍貫</td><td></td></tr>
<tr><td colspan="2">身份證字號</td><td></td><td colspan="2">出生年月日</td><td>年　　月　　日</td><td></td></tr>
<tr><td>身高</td><td>公分</td><td>體重</td><td>公斤</td><td>血型</td><td>婚姻狀況</td><td>□已婚　□未婚</td></tr>
</table>

戶籍地址		電話	
通訊地址		電話	

<table>
<tr><td rowspan="5">學

歷</td><td>學　位</td><td>學校名稱（請圈選日、夜間部）</td><td>科、系、所</td><td>入學年月</td><td>離校年月</td></tr>
<tr><td></td><td></td><td></td><td></td><td></td></tr>
<tr><td></td><td></td><td></td><td></td><td></td></tr>
<tr><td></td><td></td><td></td><td></td><td></td></tr>
<tr><td colspan="5">◎註：請由最高學歷依次填入。</td></tr>
</table>

<table>
<tr><td rowspan="2">經
歷</td><td>服務機關名稱</td><td>職　稱</td><td>職　務</td><td>主管姓名</td><td>待遇</td><td>起迄年月</td><td>離職原因</td></tr>
<tr><td></td><td></td><td></td><td></td><td></td><td></td><td></td></tr>
</table>

<table>
<tr><td rowspan="5">親
屬
狀
況</td><td>稱謂</td><td>姓　名</td><td>年齡</td><td>教育程度</td><td>職業</td><td>服　務　機　構</td><td>職　稱</td></tr>
<tr><td></td><td></td><td></td><td></td><td></td><td></td><td></td></tr>
<tr><td></td><td></td><td></td><td></td><td></td><td></td><td></td></tr>
<tr><td></td><td></td><td></td><td></td><td></td><td></td><td></td></tr>
<tr><td></td><td></td><td></td><td></td><td></td><td></td><td></td></tr>
</table>

<table>
<tr><td rowspan="3">聯
絡
人</td><td>姓　名</td><td>關　係</td><td>住　　　址</td><td>電　話</td></tr>
<tr><td></td><td></td><td></td><td></td></tr>
<tr><td></td><td></td><td></td><td></td></tr>
</table>

◎ 聯絡人係指可協助在白天聯絡之親友。

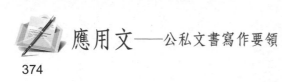

二、訓練及進修（請選最重要的四種訓練填寫）：

機構班別	課程內容概述	時　間
1.＿＿＿＿＿＿＿＿＿＿	＿＿＿＿＿＿＿＿＿＿＿＿＿＿＿＿＿	＿年＿月－＿年＿月
2.＿＿＿＿＿＿＿＿＿＿	＿＿＿＿＿＿＿＿＿＿＿＿＿＿＿＿＿	＿年＿月－＿年＿月
3.＿＿＿＿＿＿＿＿＿＿	＿＿＿＿＿＿＿＿＿＿＿＿＿＿＿＿＿	＿年＿月－＿年＿月
4.＿＿＿＿＿＿＿＿＿＿	＿＿＿＿＿＿＿＿＿＿＿＿＿＿＿＿＿	＿年＿月－＿年＿月

三、語言能力：

語文別	會　話			閱　讀			書　寫			聽寫	速記	打字字/分	其他語文	會　話			閱　讀			書　寫		
	精	可	略	精	可	略	精	可	略					精	可	略	精	可	略	精	可	略
中　文																						
英　語																						

其他說明：

四、專長：

五、專業技術或證照：

六、其他：

駕　　照：□重機車　□汽車　□其他＿＿＿＿＿　□無

兵　　役：□免服　原因＿＿＿＿　□已役　役別＿＿兵種＿＿官階＿＿＿退伍＿＿年＿＿月

有無殘疾：□健全　□其他＿＿＿＿＿＿＿　最近三年（從現在往前推三年）因病請假天數：＿＿＿＿天

七、自傳

附件六　公務人員履歷表（一般）

姓　名		英文姓名 （姓氏在前）			性別		請黏貼最近二寸 半身正面脫帽彩 色光面照片
國民身分證統一編號		出生日期		民國　　年　　月　　日			
護照號碼		外國國籍					
通訊處	戶籍地	□□□□□(郵遞區號) _____縣(市)_____鄉(鎮市區)_____村(里)___鄰 _____路(街)___段___巷___弄___號___樓					
	現居住所	□□□□□(郵遞區號) _____縣(市)_____鄉(鎮市區)_____村(里)___鄰 _____路(街)___段___巷___弄___號___樓				電話號碼	住宅： 手機：
	電子郵件信箱						
緊急通知人	姓名			關係		電話號碼	住宅： 手機： 公：

學　　　歷

學校名稱	院系科別	修業年限		畢業	結業	肄業	教育程度（學位）	證書日期文號
		起（年／月）	迄（年／月）					

考試或晉升官等資位訓練

年度	考試或晉升官等資位訓練	類科別	證書日期文號

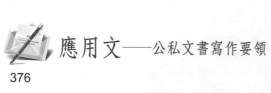

專門職業及技術人員考試						
專門職業及技術人員考試及格證書					專門職業及技術人員證書	
年度	類　科	生效日期			核發機關	證書日期文號
		年	月	日		

檢					覈	
年度	類　　科	生效日期			證書日期文號	
		年	月	日		

甄					審		
資位官等 類別	甄　審　名　稱	生效日期			甄　審　機　關	證件日期文號	
		年	月	日			

外　　國　　語　　文	
語文類別	

訓　　練　　及　　進　　修											
國內		國外		訓練進修 機關（構）	名稱 （程度）	種類	機關 選送		期別	起 （年月日）	迄 （年月日）	訓練時數	（學分數）	證件日期 文號
1. 訓練	2. 進修	1. 訓練	2. 進修				是	否						

專　　　　　　　　　　　　　　長						
專長項目	證照名稱	生效日期			證件日期文號	認證機關	專長描述
		年	月	日			

家　　　　　　　　　　　屬						
稱　謂	姓　　名	國民身分證統一編號	出生日期			職　業
			年	月	日	

兵　　　　　　　　　役							
役別		軍種				官(兵)科	
退伍軍階		服役期間	起：民國　　年　　月　　日			退伍令字號	
			迄：民國　　年　　月　　日				

教　師　資　格								
區　分			資格或類科	送審學校	年月日			證件日期文號
1.檢定	2.登記	3.審查			檢定	登記	審查	

身心障礙註記		原住民族註記	
種類	等級	身分別	族別

本人及配偶曾獲配公教貸款或配購公教住宅註記

□曾獲配公教貸款　　□曾配購公教住宅　　□未曾獲配公教貸款或配購公教住宅

經　歷　及　現　職（任免）												
服務機關	職稱	職務列等	職務編號	職系	主管級別	任職		免職		異動（卸職）原因	不必銓審註記	人員區分
						日期文號	實際到職日	日期文號	實際離職日			

備　　　　　　　　註

經　歷　及　現　職（銓敘審定）											
服務機關	職稱	職務列等	職務編號	職系	銓敘審定						請（免）
					核定日期文號	審查結果	官等職等（官稱官階、官職等階級、級別或資位）	俸級（薪級）	俸點（薪點）	暫支俸點（薪點）	生效日期	核發日期文號

其　他　有　關　銓　敘　事　項

獎		懲	
事　　　由	核定結果	核定機關	核定日期文號

考　績　（成）　或　成　績　考　核										
年別	區分	總分	等次	核定獎懲	官等職等（官稱官階、官職等階級、級別或資位）	俸級（薪級）	俸點（薪點）	暫（減）支俸點（薪點）	核定日期文號	銓敘審定日期文號

簡　　要　　自　　述

填表人	承辦人員	人事主管	機關首長

中　　華　　民　　國　　○　　年　　○　　月　　○　　日

資料來源：銓敘部全球資訊網 http://www.mocs.gov.tw/media/mediatalk.htm。

填表說明

一、本表依公務人員任用法施行細則第29條規定訂定，係屬正式公文書，填表人務必依照規定親自據實填寫，字跡工整；如由他人填寫或由電腦列印者，須由本人親自簽名或蓋章，如有不實情事者，自負全責。

二、本表各項目欄內之數字使用，請依行政院「公文書橫式書寫數字使用原則」填寫。

三、「姓名」、「國民身分證統一編號」、「出生日期」應與戶籍登記相符；出生日期請用阿拉伯數字填寫。

四、「英文姓名」應與護照證件相符。

五、「性別」項，請填男或女。

六、「護照號碼」項，請依護照證件填寫。

七、「外國國籍」項，如有中華民國以外之國籍者，務必據實填寫；如無外國國籍者，請填寫「無」。

八、「通訊處」項，應就「戶籍地」與「現居住所」均予填寫。

九、「電話號碼」項，均予填寫。

十、「緊急通知人」各項目應詳填，以便緊急事件時聯繫。

十一、「學歷」項：

　　　(一)填寫範圍以接受國內外正規學制教育已畢業，或結（肄）業並具有證明文件為限，至少須填一筆最高畢業學歷。惟大學以上畢（結、肄）業學歷有數個時，則依修業順序逐筆填寫。國外學歷並依「國外學歷查證（驗）及認定作業要點」查證認定後登錄。

　　　(二)「畢業」、「結業」、「肄業」，請在適當空格內劃「√」表示。

　　　(三)「教育程度（學位）」欄，請依下列分類選填：

　　　　　10 國小　　　21 國（初）中　　　22 初職　　　23 簡易師範
　　　　　31 高中　　　32 高職　　　　　　33 師範　　　41 二專
　　　　　42 三專　　　43 五專　　　　　　44 六年制醫專（舊制）
　　　　　50 大學（含軍校、警校取得學士學位者）　　　60 碩士
　　　　　70 博士

十二、「考試或晉升官等資位訓練」及「專門職業及技術人員考試」項：

(一)「考試或晉升^{官等}_{資位}訓練」指考選機關舉辦之各類公職考試及格並取得及格
　　證書者，或經晉升官等（資位）訓練合格並取得合格證書者，請按先後順
　　序全部填載，不得遺漏。

(二)「類科別」欄，填寫考試及格之職系類科。

(三)「專門職業及技術人員考試」指參加專門職業及技術人員考試及格並取
　　得及格證書者，請按先後順序全部填載，不得遺漏。無該類考試及格資
　　格者，免填。

十三、「檢覈」項，指經考選機關檢覈及（合）格並取得證書者，公職候選人檢覈
　　　　資格免填。

十四、「甄審」項，指交通事業人員及關務人員具有升資或升任甄審合格證書者填寫。

十五、「外國語文」，「語文類別」欄請註明通曉（指具閱報及會話能力以上者）
　　　　之外國語言名稱。

十六、「訓練及進修」項：

(一)「訓練」係包括國內外舉辦與公務有關之訓練，期間在一星期以上並取
　　得證書者。

(二)「進修」指與公務有關之國內外進修，並可獲得學分者為限，「碩士學
　　分班」於修畢應修學分（含教師在職進修修畢四十學分者），發給結業
　　證書者填入本項，並不得填載於「學歷」欄；另專題研究及研（實）習
　　等資料亦填入本項。

(三)國內國外「區分」欄，請在適當之空格內劃「√」表示。

(四)「機關選送」欄，請在適當之空格內劃「√」表示。

(五)「訓練時數」及「學分數」以該訓練或進修之證書資料為憑。

(六)如曾受過之訓練、進修次數很多者，請浮貼填寫。

十七、「專長」項：

(一)取得民間證照考試合格資料者，請依年度順序逐筆逐項填寫。

(二)專長項目欄，請依下列分類選填：

　　A001：車輛駕駛；A002：汽車維修；A003：電器維修；

　　A004：冷凍空調維修；A005：烹飪廚藝；BA01：英文初級；BA02：英

　　文中級；BA03：英文中高級；BA04：英文高級；

　　BA05：英文優級；BB01：日文一級；BB02：日文二級；

　　BB03：日文三級；BB04：日文四級。

若有其他專長項目僅填專長，不填編號。

十八、「家屬」項：

(一)家屬，請填祖父母、父母、配偶、子女、兄弟姊妹；祖父母及兄弟姊妹得免填。

(二)出生日期請用阿拉伯數字填寫，如係民國前出生者，請加填「前」字。

十九、「兵役」項：

(一)凡已服役者均應填寫。

(二)「役別」、「軍種」、「官（兵）科」、「退伍軍階」、「服役期間」等請依照退伍令記載填寫。

二十、「教師資格」項：

(一)「區分」欄，請在適當之空格內劃「√」表示。

(二)「年月日」欄，請就教師資格檢定、登記或審查之起資日期予以填寫。

二十一、「身心障礙註記」及「原住民族註記」項，請分別註記填寫。「原住民族註記」之「身分別」欄，請填「平地」或「山地」。

二十二、「本人及配偶曾獲配公教貸款或配購公教住宅註記」項，請在適當方格內劃「√」表示。

二十三、「經歷及現職」項（含任免及銓敘審定部分）：

(一)本項初任者請填寫現職；有多筆經歷者，請依序逐筆填寫，現職應為最後一筆。

(二)填寫本表時，一筆經歷如有多筆銓敘審定資料時，請填寫該筆經歷之每一筆銓敘審定資料。

(三)「職稱」欄，指現職職務之稱謂，如「專員」。

(四)「職務列等」欄，指依職務列等表所列之官職等填寫；惟官職等有兩組以上者，例如科員職務列等為「委任第五職等或薦任第六職等至第七職等」，僅填一組當事人所占之官職等。

(五)「職務編號」欄，由人事單位填寫。

(六)「職系」欄，指現職職務所歸之職系，如「一般行政」職系。

(七)「主管級別」欄，「主管」指編制內法定之主管職務，不含任務編組之職務；「級別」指下列級別，請人事單位填入適當之級別及代碼：

1.首長　　　　　　2.副首長　　　　　　3.一級主管

4.二級主管　　　　5.三級主管　　　　　6.四級以下主管

7.一級副主管　　　　8.二級副主管　　　　9.三級副主管

(八)「任職」、「免職」欄,係填寫派令之日期、文號。

(九)「銓敘審定」欄之各子項,請依銓敘部之銓敘審定函填寫。

(十)「不必銓審註記」人員,指凡未納入銓敘範圍者,如國營事業機構等
　　人員,由人事單位在該欄內打「v」表示。

(十一)「人員區分」欄,請各人事單位填入下列適當代號表示:

1 司法人員	2 外交人員	3 警察人員
4 關務人員	5 交通事業人員	6 審計人員
7 主計人員	8 人事人員	9 政風人員
10 教育人員	11 一般人員	12 聘用人員
13 約僱人員	14 醫事人員	71 主辦會計人員
72 主辦統計人員	73 會計佐理人員	74 統計佐理人員

(十二)「備註」欄,係可供填列現職備註及經歷備註,例如兼職情形、其
　　他重要記載事項。

二十四、「其他有關銓敘事項」項指未列入「經歷及現職」項而與銓敘有關之事
　　　　項,例如取得簡任升等存記等。

二十五、「獎懲」項,請照核發之獎懲令依序逐筆填寫,範圍包括平時考核獎懲、
　　　　懲戒處分、刑事裁判、勳(獎)章、模範公務人員及公務人員傑出貢獻獎
　　　　等。

二十六、「考績(成)或成績考核」項:

(一)任公職取得考績(成、核)資料者,請依年度順序照考績(成、核)
　　核定結果逐筆逐項填寫。

(二)「區分」欄,指年終考績(成、核)、另予考績(成、核)、專案考
　　績(成、核)。

(三)「核定獎懲」欄,係填該年度考績(成)或成績考核核定獎懲。「核
　　定日期文號」欄,係填寫主管機關或授權核定機關之核定日期文號;
　　「銓敘審定日期文號」欄,係填寫銓敘部之銓敘審定日期文號。

二十七、本表填表人所填各欄,經各服務機關人事單位查對無訛後,除填表人簽名
　　　　或蓋章外,機關首長、人事主管及承辦人員三欄位,請蓋職章或職名章。

二十八、本表各欄填載資料如有異動,請填表人儘速檢證通知服務機關人事單位更
　　　　正。

附件七　公務人員履歷表（簡式）

<table>
<tr><td>姓　名</td><td></td><td>英文姓名
（姓氏在前）</td><td></td><td>性
別</td><td></td><td rowspan="3" colspan="2">請黏貼最近二寸
半身正面脫帽彩
色光面照片</td></tr>
<tr><td>國民身
分證統
一編號</td><td></td><td colspan="2">出生日期</td><td colspan="2">民國　　年　　月　　日</td></tr>
<tr><td>護　照
號　碼</td><td></td><td colspan="2">外國國籍</td><td colspan="2"></td></tr>
<tr><td rowspan="3">通訊處</td><td>戶籍地</td><td colspan="5">□□□□□(郵遞區號)
＿＿＿縣(市)＿＿＿鄉(鎮市區)＿＿＿村(里)＿＿鄰
＿＿＿路(街)＿＿段＿＿巷＿＿弄＿＿號＿＿樓</td></tr>
<tr><td>現居
住所</td><td colspan="5">□□□□□(郵遞區號)
＿＿＿縣(市)＿＿＿鄉(鎮市區)＿＿＿村(里)＿＿鄰
＿＿＿路(街)＿＿段＿＿巷＿＿弄＿＿號＿＿樓</td><td rowspan="2">電
話
號
碼</td><td rowspan="2">住宅：

手機：</td></tr>
<tr><td>電子郵
件信箱</td><td colspan="4"></td></tr>
<tr><td colspan="2">緊　急
通知人</td><td>姓　名</td><td></td><td>關　係</td><td></td><td>電
話
號
碼</td><td>住宅：
手機：
公：</td></tr>
</table>

<table>
<tr><td colspan="8" align="center">學　　　　　　　　　歷</td></tr>
<tr><td rowspan="2">學校名稱</td><td rowspan="2">院系科別</td><td colspan="2">修業年限</td><td rowspan="2">畢
業</td><td rowspan="2">結
業</td><td rowspan="2">肄
業</td><td rowspan="2">教育
程度
（學位）</td><td rowspan="2">證書日期文號</td></tr>
<tr><td>起（年
／月）</td><td>迄（年
／月）</td></tr>
<tr><td></td><td></td><td></td><td></td><td></td><td></td><td></td><td></td><td></td></tr>
<tr><td></td><td></td><td></td><td></td><td></td><td></td><td></td><td></td><td></td></tr>
</table>

<table>
<tr><td colspan="4" align="center">考　　　　　　　　　試</td></tr>
<tr><td>年度</td><td>考試</td><td>類　科　別</td><td>證書日期文號</td></tr>
<tr><td></td><td></td><td></td><td></td></tr>
<tr><td></td><td></td><td></td><td></td></tr>
</table>

專門職業及技術人員考試或檢覈						
專門職業及技術人員考試或檢覈及格證書					專門職業及技術人員證書	
年度	類　科	生效日期			核發機關	證書日期文號
		年	月	日		

| 外　國　語　文 | | | | | |
| 語文類別 | | | | | |

家　　　　　屬						
稱　謂	姓　名	國民身分證統一編號	出生日期			職　業
			年	月	日	

兵　　　　役					
役　別		軍　種		官（兵）科	
退伍軍階		服役期間	起：民國　年　月　日 迄：民國　年　月　日	退伍令字號	

身心障礙註記		原住民族註記	
種　類	等　級	身　分　別	族　別

本人及配偶曾獲配公教貸款或配購公教住宅註記

□曾獲配公教貸款　　　□曾配購公教住宅　　　□未曾獲配公教貸款或配購公教住宅

簡　要　自　述

填表人	承辦人員	人事主管	機關首長

中　華　民　國　○　年　○　月　○　日

填表說明

一、本表依公務人員任用法施行細則第29條規定訂定，係屬正式公文書，填表人務必依照規定親自據實填寫，字跡工整；如由他人填寫或由電腦列印者，須由本人親自簽名或蓋章，如有不實情事者，自負全責。

二、本（簡式）表適用對象：初次任職公務人員送審時應填具之公務人員履歷表僅須填寫個人之基本資料者。若不敷填寫者，仍請使用一般公務人員履歷表。

三、本表各項目欄內之數字使用，請依行政院「公文書橫式書寫數字使用原則」填寫。

四、「姓名」、「國民身分證統一編號」、「出生日期」應與戶籍登記相符；出生日期請用阿拉伯數字填寫。

五、「英文姓名」應與護照證件相符。

六、「性別」項，請填男或女。

七、「護照號碼」項，請依護照證件填寫。

八、「外國國籍」項，如有中華民國以外之國籍者，務必據實填寫；如無外國國籍者，請填寫「無」。

九、「通訊處」項，應就「戶籍地」與「現居住所」均予填寫。

十、「電話號碼」項，均予填寫。

十一、「緊急通知人」各項目應詳填，以便緊急事件時聯繫。

十二、「學歷」項：

（一）填寫範圍以接受國內外正規學制教育已畢業，或結（肄）業並具有證明文件為限，至少須填一筆最高畢業學歷。惟大學以上畢（結、肄）業學歷有數個時，則依修業順序逐筆填寫。國外學歷並依「國外學歷查證（驗）及認定作業要點」查證認定後登錄。

（二）「畢業」、「結業」、「肄業」，請在適當空格內劃「√」表示。

（三）「教育程度（學位）」欄，請依下列分類選填：

10 國小	21 國（初）中	22 初職	23 簡易師範
31 高中	32 高職	33 師範	41 二專
42 三專	43 五專	44 六年制醫專（舊制）	
50 大學（含軍校、警校取得學士學位者）		60 碩士	
70 博士			

十三、「考試」項：

    (一)「考試」指考選機關舉辦之各類公職考試及格並取得及格證書者，請按先後順序全部填載，不得遺漏。

    (二)「類科別」欄，填寫考試及格之職系類科。

十四、「專門職業及技術人員考試或檢覈」項，指參加專門職業及技術人員考試及格並取得及格證書者，或經考選機關檢覈及（合）格並取得證書者，公職候選人檢覈資格免填。

十五、「外國語文」，「語文類別」欄請註明通曉（指具閱報及會話能力以上者）之外國語言名稱。

十六、「家屬」項：

    (一)家屬，請填祖父母、父母、配偶、子女、兄弟姊妹；祖父母及兄弟姊妹得免填。

    (二)出生日期請用阿拉伯數字填寫，如係民國前出生者，請加填「前」字。

十七、「兵役」項：

    (一)凡已服役者均應填寫。

    (二)「役別」、「軍種」、「官（兵）科」、「退伍軍階」、「服役期間」等請依照退伍令記載填寫。

十八、「身心障礙註記」及「原住民族註記」項，請分別註記填寫。「原住民族註記」之「身分別」欄，請填「平地」或「山地」。

十九、「本人及配偶曾獲配公教貸款或配購公教住宅註記」項，請在適當方格內劃「√」表示。

二十、本表填表人所填各欄，經各服務機關人事單位查對無訛後，除填表人簽名或蓋章外，機關首長、人事主管及承辦人員三欄位，請蓋職章或職名章。

二十一、本表各欄填載資料如有異動，請填表人儘速檢證通知服務機關人事單位更正。

資料來源：銓敘部全球資訊網 http://www.mocs.gov.tw/media/mediatalk.htm。

附　錄

■附錄一　公文重要法律
■附錄二　標點符號用法表
■附錄三　法律統一用字與用語表
■附錄四　公文常用語彙釋例
■附錄五　書信稱謂與常用術語用法一覽表
■附錄六　歷年公務人員考試公文題目
■附錄七　歷年公務人員考試作文題目
■附錄八　歷年公務人員考試國文（應用文部分）測驗題目
■附錄九　高普特考作文準備要領

附錄一　公文重要法律

壹、公文程式條例

總統民國96年3月21日華總一義字第09600034571號令修正公布

第1條　稱公文者，謂處理公務之文書；其程式，除法律別有規定外，依本條例之規定辦理。

第2條　公文程式之類別如下：

一、令：公布法律、任免、獎懲官員，總統、軍事機關、部隊發布命令時用之。

二、呈：對總統有所呈請或報告時用之。

三、咨：總統與立法院、監察院公文往復時用之。

四、函：各機關間公文往復，或人民與機關間之申請與答復時用之。

五、公告：各機關對公眾有所宣布時用之。

六、其他公文。

前項各款之公文，必要時得以電報、電報交換、電傳文件、傳真或其他電子文件行之。

第3條　機關公文，視其性質，分別依照下列各款，蓋用印信或簽署：

一、蓋用機關印信，並由機關首長署名、蓋職章或蓋簽字章。

二、不蓋用機關印信，僅由機關首長署名，蓋職章或蓋簽字章。

三、僅蓋用機關印信。

機關公文依法應副署者，由副署人副署之。

機關內部單位處理公務，基於授權對外行文時，由該單位主管署名、蓋職章；其效力與蓋用該機關印信之公文同。

機關公文蓋用印信或簽署及授權辦法，除總統府及五院自行訂定外，由各機關依其實際業務自行擬訂，函請上級機關核定之。

機關公文以電報、電報交換、電傳文件或其他電子文件行之者，得不蓋用印信或簽署。

第4條　機關首長出缺由代理人代理首長職務時，其機關公文應由首長署名者，由代理人署名。

機關首長因故不能視事，由代理人代行首長職務時，其機關公文，除署首長姓名註明不能視事事由外，應由代行人附署職銜、姓名於後，並加註代行二字。

機關內部單位基於授權行文，得比照前二項之規定辦理。

第5條　人民之申請函，應署名、蓋章，並註明性別、年齡、職業及住址。

第6條　公文應記明國曆年、月、日。

機關公文，應記明發文字號。

第7條　公文得分段敘述，冠以數字，採由左而右之橫行格式。

第8條　公文文字應簡淺明確，並加具標點符號。

第9條　公文，除應分行者外，並得以副本抄送有關機關或人民；收受副本者，應視副本之內容為適當之處理。

第10條　公文之附屬文件為附件，附件在二種以上時，應冠以數字。

第11條　公文在二頁以上時，應於騎縫處加蓋章戳。

第12條　應保守秘密之公文，其制作、傳遞、保管，均應以密件處理之。

第12-1條　機關公文以電報交換、電傳文件、傳真或其他電子文件行之者，其制作、傳遞、保管、防偽及保密辦法，由行政院統一訂定之。但各機關另有規定者，從其規定。

第13條　機關致送人民之公文，除法規另有規定外，依行政程序法有關送達之規定。

第14條　本條例自公布日施行。

本條例修正條文第七條施行日期，由行政院以命令定之。

貳、印信條例

總統民國96年3月21日華總一義字第09600034531號令修正公布

第1條　印信之製發及使用，依本條例行之。

第2條　印信之種類如下：

一、國璽。

二、印。

三、關防。

四、職章。

　　　　　五、圖記。

第3條　印信之質料及形式，規定如下：

　　　　　一、質料：國璽用玉質；總統及五院之印用銀質；總統、副總統及五院
　　　　　　　院長職章，用牙質或銀質；其他之印、關防、職章均用銅質。但得
　　　　　　　適應當地情形，暫用木質或鋁質，並得以角質暫製職章；圖記用木
　　　　　　　質。

　　　　　二、形式：國璽為正方形，國徽鈕；印、職章均為直柄式正方形；關
　　　　　　　防、圖記均為直柄式長方形。但牙質職章為立體式正方形。

　　　　　前條第一款至第五款之印信字體，均用陽文篆字。

第4條　印信之尺度依附表之規定；附表所未規定者，比照相當機關印信之尺
　　　　度。

第5條　國璽及總統之印暨職章，由立法院院長於總統就職時授與之；副總統
　　　　職章之授與，亦同。

第6條　中央及地方機關之印信，其首長為薦任以上者，由總統府製發；為委
　　　　任者，由其所屬主管部、會或省（市）縣（市）政府依定式製發。

　　　　經總統府製發印或關防之機關首、次長，得製發職章，未經總統府製發
　　　　印或關防之特任、特派、簡任、簡派官員有應用職章之必要者，得由
　　　　總統府予以製發。但薦任以下者，得分別由其所屬中央主管部、會或省
　　　　（市）政府依定式製發。

　　　　永久性機關發印，臨時性或特殊性機關發關防。

第7條　邊遠地方機關或職官，或不及呈請總統製發印信者，得暫由直屬上級
　　　　機關依定式製發，層報總統備案，並請補發。

第8條　軍事機關、學校、部隊其主官編階為將級者，由總統府製發印或關防
　　　　及職章；其主官編階為上校以下者，由國防部按軍事權責劃分原則，
　　　　決定其印或關防及職章之製發機關。

　　　　國防部及各高級司令部直屬第一層幕僚機構，經國防部視其業務性
　　　　質，有使用印信之必要者，得依前項之規定辦理。

　　　　依前二項規定，應由總統府製發之印或關防及職章，如因特殊情形不及
　　　　製發時，得由國防部依定式暫為製發，層報總統備案，並請補發。

　　　　依前三項規定，由國防部逕行或暫為製發，或由其決定機關所製發之印
　　　　或關防及職章，其製發及使用規則，由國防部擬訂，層呈總統核准施

行。

第9條　文職簡任以上，武職將級之幕僚長，為辦理公務有使用職章之必要時，得層請總統核准製發職章；其有對外行文之必要者，並得呈請總統核准製發印或關防。

第10條　各級地方民意機關印或關防之製發，適用同級政府機關印信之規定；議長職章之製發亦同。

第11條　公立專科以上學校，及全國性之教育、文化事業機構印信，由總統府製發；國立中等學校印信，由教育部製發；省（市）立中等學校及教育、文化事業機關印信，由省（市）政府製發；國民學校及縣（市）鄉（鎮）立教育、文化事業機關印信，由縣（市）政府製發。

私立專科以上學校，及全國性之教育、文化事業機構印信，由教育部製發，其餘私立學校及教育、文化事業機構印信，比照前項規定辦理。

各級私立學校，及教育、文化事業機構印信之質料、形式及尺度，比照公立者辦理。

第12條　國營事業機構，其業務總主管人之職級，依其組織法所定相當於薦任以上並經總統任命者，由總統府製發印或關防及職章；依組織規程由主管院、部、會聘派者，由各該主管院、部、會製發關防及職章。

省（市）縣（市）公營事業機構，由省（市）政府或縣（市）政府製發關防及職章。

依公司法組織設立之公營事業機構，由其主管機關製發圖記，其質料、形式及尺度依本例之規定，分支機構之圖記，由其總機構自行製發，呈報備案。

第13條　蒙、藏地方特殊性質之機關或官職，必須製發印信者，得比照本條例之規定製發，或依向例辦理。

第14條　全國性人民團體圖記，由內政部製發；省（市）人民團體圖記，由省（市）政府社會行政機關製發；縣（市）鄉（鎮）人民團體圖記，由縣（市）政府製發。

民營公司之圖記，由其自行製用，報請主管機關備案，其質料、形式及尺度，比照本條例規定辦理。

私人事業機構印信，適用圖記，由其自行製用，報請主管機關備案，

其質料、形式及尺度不予限制。

第15條　印信之使用規定如下：

> 一、國璽：中華民國之璽，蓋用於總統所發之各項外交文書；榮典之璽，蓋用於總統所發之各項褒獎書狀。

> 二、印及關防：印蓋用於永久性機關之公文；關防蓋用於臨時性或特殊性機關之公文。

> 三、職章：蓋用於呈文、簽呈各種證券、報表，及其他公務文件。

> 四、圖記：蓋用於公務業務，或各項證明文件上。

第16條　本條例施行前之原有印信，繼續使用。但與本條例規定不合者，應於一年內換發之。

印信之製發、啟用、管理、換發及廢、舊印信之繳銷辦法，以命令定之。

第17條　本條例自公布日施行。

附件　附印信類別尺度表（見第4條）

序別	種類	使用者或使用機構	尺度（以公分為單位）		
			闊	長	邊寬
子	中華民國之璽	總統	13.3	13.3	2.1
丑	榮典之璽	總統	13.6	13.6	2.2
寅	國民大會之印	國民大會	12.0	12.0	2.0
	國民大會主席團章	國民大會主席團	4.0	4.0	0.2
卯	總統之印	總統	8.0	8.0	1.1
	總統之章	總統	3.0	3.0	0.2
	副總統章	副總統	2.9	2.9	0.2
辰	五院之印	五院	7.75	7.75	1.1
	五院院長章	五院院長	2.85	2.85	0.2
巳	特級印	主官為 特任編階之機關 上將編階之機關	7.5	7.5	1.0
	特級關防		6.2	9.1	1.0
	特級職章		2.7	2.7	0.15
午	簡級（甲）印	主官為 簡任編階直屬總統府或 五院之機關中將編階之機關	7.25	7.25	1.0
	簡級（甲）關防		6.0	8.8	1.0
	簡級（甲）職章		2.55	2.55	0.15

未	簡級（乙）印	主官為 簡任編階非直屬總統府或 五院之機關少將編階之機關	7.0	7.0	1.0
	簡級（乙）關防		5.8	8.5	1.0
	簡級（乙）職章		2.4	2.4	0.1
申	簡級（丙）印	主官為上校編階之機關	6.75	6.75	1.0
	簡級（丙）關防		5.6	8.2	1.0
	簡級（丙）職章		2.25	2.25	0.1
酉	薦級印	主官為 薦任編階之機關 中少校上中尉編階之機關	6.5	6.5	1.0
	薦級關防		5.4	7.9	0.8
	薦級職章		2.1	2.1	0.1
戌	委級印	主官為 委任編階之機關 少尉編階之機關	5.75	5.75	0.8
	委級關防		4.8	7.0	0.6
	委級職章		1.65	1.65	0.1
亥	甲式圖記	全國性人民團體及依公司法設立之國營事業機構	5.6	8.2	1.0
	乙式圖記	省（市）屬人民團體及依公司法設立之省（市）營事業機構	5.2	7.6	0.8
	丙式圖記	縣（市）屬人民團體及依公司法設立之縣（市）營事業機構	4.8	7.0	0.6

參、檔案法

總統民國97年7月2日總統華總一義字第09700112211號令修正公布

第一章　總則

第1條　為健全政府機關檔案管理，促進檔案開放與運用，發揮檔案功能，特制定本法。

本法未規定者，適用其他法令規定。

第2條　本法用詞，定義如下：

一、政府機關：指中央及地方各級機關（以下簡稱各機關）。

二、檔案：指各機關依照管理程序，而歸檔管理之文字或非文字資料及其附件。

三、國家檔案：指具有永久保存價值，而移歸檔案中央主管機關管理之檔案。

四、機關檔案：指由各機關自行管理之檔案。

第3條　關於檔案事項，由行政院所設之專責檔案中央主管機關掌理之。檔案中央主管機關未設立前，由行政院指定所屬機關辦理之。

前項檔案中央主管機關，最遲應於本法公布後二年內設立。

檔案中央主管機關之組織，以法律定之。

檔案中央主管機關設立國家檔案管理委員會，負責檔案之判定、分類、保存期限及其他爭議事項之審議。

第4條　各機關管理檔案，應設置或指定專責單位或人員，並編列年度計畫及預算。

第5條　檔案非經該管機關依法核准，不得運往國外。

第二章　管理

第6條　檔案管理以統一規劃、集中管理為原則。

檔案中有可供陳列鑑賞、研究、保存、教化世俗之器物，得交有關機構保管之。

第7條　檔案管理作業，包括下列各款事項：

一、點收。

二、立案。

三、編目。

四、保管。

五、檢調。

六、清理。

七、安全維護。

八、其他檔案管理作業及相關設施事項。

第8條　檔案應依檔案中央主管機關規定之分類系統及編目規則分類編案、編製目錄。

各機關應將機關檔案目錄定期送交檔案中央主管機關。

檔案中央主管機關應彙整國家檔案目錄及機關檔案目錄定期公布之，並附目錄使用說明。

檔案中央主管機關應設置研究部門，加強檔案整理與研究，並編輯出版檔案資料。

第9條　檔案得採微縮或其他方式儲存管理，其實施辦法，由檔案中央主管機
　　　關定之。

　　　依前項辦法儲存之紀錄經管理該檔案之機關確認者，視同原檔案。其複
　　　製品經管理該檔案機關確認者，推定其為真正。

第10條　檔案之保存年限，應依其性質及價值，區分為永久保存或定期保存。

第11條　永久保存之機關檔案，應移轉檔案中央主管機關管理。其移轉辦法，
　　　由檔案中央主管機關擬訂，報請行政院核定之。

第12條　定期保存之檔案未逾法定保存年限或未依法定程序，不得銷毀。

　　　各機關銷毀檔案，應先制定銷毀計畫及銷毀之檔案目錄，送交檔案中
　　　央主管機關審核。

　　　經檔案中央主管機關核准銷毀之檔案，必要時，應先經電子儲存，始
　　　得銷毀。

　　　機關檔案保存年限及銷毀辦法，由檔案中央主管機關擬訂，報請行政
　　　院核定之。

第13條　公務員於職務移交或離職時，應將其職務上掌管之檔案連同辦理移
　　　交，並應保持完整，不得隱匿、銷毀或藉故遺失。

　　　前項規定，於民營事業企業機構移轉公營，或公營移轉民營者，均適
　　　用之。

第14條　私人或團體所有之文件或資料，具有永久保存價值者，檔案中央主管
　　　機關得接受捐贈、受託保管或收購之。

　　　捐贈前項文件或資料者，得予獎勵，獎勵辦法由檔案中央主管機關定
　　　之。

第15條　私人或團體所有之文字或非文字資料，各機關認為有保存之必要者，
　　　得請提供，以微縮或其他複製方式編為檔案。

第16條　機密檔案之管理方法，由檔案中央主管機關報請行政院定之。

第三章　應用

第17條　申請閱覽、抄錄或複製檔案，應以書面敘明理由為之，各機關非有法
　　　律依據不得拒絕。

第18條　檔案有下列情形之一者，各機關得拒絕前條之申請：

　　　一、有關國家機密者。

二、有關犯罪資料者。

三、有關工商秘密者。

四、有關學識技能檢定及資格審查之資料者。

五、有關人事及薪資資料者。

六、依法令或契約有保密之義務者。

七、其他為維護公共利益或第三人之正當權益者。

第19條　各機關對於第十七條申請案件之准駁，應自受理之日起三十日內，以
　　　　書面通知申請人。其駁回申請者，並應敘明理由。

第20條　閱覽或抄錄檔案應於各機關指定之時間、處所為之，並不得有下列行
　　　　為：

一、添註、塗改、更換、抽取、圈點或污損檔案。

二、拆散已裝訂完成之檔案。

三、以其他方法破壞檔案或變更檔案內容。

第21條　申請閱覽、抄錄或複製檔案經核准者，各機關得依檔案中央主管機關
　　　　所定標準收取費用。

第22條　國家檔案至遲應於三十年內開放應用，其有特殊情形者，得經立法院
　　　　同意，延長期限。

第四章　罰則

第23條　違反第五條規定，未經核准將檔案運往國外者，處二年以下有期徒
　　　　刑、拘役或科或併科新臺幣五萬元以下罰金。

　　　　前項未遂犯罰之。

第24條　明知不應銷毀之檔案而銷毀者，處二年以下有期徒刑、拘役或科或併
　　　　科新臺幣五萬元以下罰金。

　　　　違反第十二條之銷毀程序而銷毀檔案者，亦同。

　　　　違反第十三條之規定者，亦同。

第25條　以第九條微縮或其他方式儲存之紀錄及其複製品，關於刑法偽造文書
　　　　印文罪章之罪及該章以外各罪，以文書論。

第26條　違反第二十條規定者，各機關得停止其閱覽或抄錄。其涉及刑事責任
　　　　者，移送該管檢察機關偵辦。

第五章　附則

第27條　本法公布施行後，各機關之檔案管理，與本法及依本法發布之命令規定不相符合者，各機關應於檔案中央主管機關指定期限內調整之。

第28條　公立大專校院及公營事業機構準用本法之規定。受政府委託行使公權力之個人或團體，於其受託事務範圍內，亦同。

第29條　本法施行細則，由檔案中央主管機關定之。

第30條　本法施行日期，由行政院定之。

註：行政院民國97年7月24日院臺秘字第0970030737號令發布定自97年9月1日施行。

附錄二　標點符號用法表

符號	名稱	用法	舉例
。	句號	用在一個意義完整文句的後面。	公告○○商店負責人張三營業地址變更。
，	逗號	用在文句中要讀斷的地方。	本工程起點為仁愛路，終點為……
、	頓號	用在連用的單字、詞語、短句的中間。	1.建、什、田、旱等地目。 2.巴西、俄羅斯、印度、中國、南非等合稱為「金磚五國」。
；	分號	用在下列文句的中間： 1.並列的短句。 2.聯立的複句。	1.知照改為查照；遵辦改為照辦；遵照具報改為辦理見復。 2.出國人員於返國後一個月內撰寫報告，向○○部報備；否則限制申請出國。
：	冒號	用在有下列情形的文句後面： 1.下文有列舉的人、事、物時。 2.下文是引語時。 3.標題。 4.稱呼。	1.使用電話範圍如次： 　(1)…… 　(2)…… 2.接行政院函： 3.主旨： 4.○○部長：
？	問號	用在發問或懷疑文句的後面。	1.本要點何時開始正式實施為宜？ 2.此項計畫的可行性如何？
！	驚歎號	用在表示感歎、命令、請求、勸勉等文句的後面。	1.……又怎能達成這一為民造福的要求！ 2.來努力創造我們共同的事業、共同的榮譽！
「」 『』	引號	用在下列文句的後面（先用單引，後用雙引）： 1.引用他人的詞句。 2.特別著重的詞句。	1.總統說：「天下只有能負責的人，才能有擔當。」 2.機關公文電子交換作業辦法第三條規定：「本辦法所稱電子交換，係指將文件資料透過『電腦』及『電信網路』，予以傳遞收受者。」
──	破折號	表示下文語意有轉折或下文對上文的註釋。	1.各級人員一律停止休假──即使已奉准有案的，也一律撤銷。 2.政府就好比是一部機器──一部為民服務的機器。
……	刪節號	用在文句有省略或表示文意未完的地方。	憲法第五十八條規定，應將提出立法院的法律案、預算案……提出於行政院會議。
（ ）	夾註號	在文句內要補充意思或註釋時用的。	公文結構，採用「主旨」「說明」「辦法」（簽改為「擬辦」）三段式。

附錄三　法律統一用字與用語表

壹、法律統一用字表

用字舉例	統一用字	錯誤用字	說明
公布、分布、頒布	布	佈	「布」字已含「人」在內： 1.布：發布、宣布、布置、布告、布達。 2.佈：佈道、傳佈。
徵兵、徵稅、稽徵	徵	征	徵指國家召集；征指出兵征伐。
部分、身分	分	份	1.不可計數用分，如：身分證、一部分、大部分、本分、情分、過分、充分、水分。 2.可計數用份，如1份、2份、月份、股份、省份。
帳、帳目、帳戶	帳	賬	賬是帳的俗字。
韭菜	韭	韮	韮是韭的俗字。
礦、礦物、礦藏	礦	鑛	礦與鑛自古並用，指銅、鐵、璞石等。
釐訂、釐定	釐	厘	厘是釐的俗字。
使館、領館、圖書館	館	舘	舘是館的俗字。
穀、穀物	穀	谷	1.穀是糧食的禾木植物之總稱，如五穀。 2.谷是兩山間之流水道，如谷底、山谷。
行蹤、失蹤	蹤	踪	踪是蹤的俗字。
妨礙、障礙、阻礙	礙	碍	碍是礙的俗字。
賸餘	賸	剩	剩是賸的俗字，賸是用有餘之意。
占、占有、獨占	占	佔	佔是占的俗字。
牴觸	牴	抵	「牴」是「觸」也；「抵」是「推」也。
雇員、雇主、雇工	雇	僱	名詞用「雇」。
僱、僱用、聘僱	僱	雇	動詞用「僱」。
贓物	贓	臟	1.「贓」指貪污受賄所得的財務。 2.「臟」為內臟器官的統稱。
黏貼	黏	粘	一從黍，一從米；從黏較多。
計畫	畫	劃	名詞用「畫」如：年度計畫、計畫書。
策劃、規劃、擘劃	劃	畫	動詞用「劃」如：規劃辦理、策劃成立。
蒐集	蒐	搜	蒐是聚集；搜是索求，如搜查、搜尋。
菸葉、菸酒	菸	煙	菸由菸草採葉烘烤製成，故用菸。

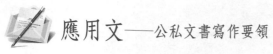

用字舉例	統一用字	錯誤用字	說明
儘先、儘量	儘	盡	1.儘當動詞解作極盡，如儘先、儘量；當副詞解作任憑、不加限制，如儘管。 2.盡當動詞解作全力用出，如盡力、盡責任；當副詞解作都、全，如盡人皆知、盡數收回。
麻類、亞麻	麻	蔴	蔴是麻的俗字。
電表、水表	表	錶	錶是表的俗字。
擦刮	刮	括	1.刮是拭擦、除去，如刮垢、刮目相看。 2.括是包容，如包括、概括；又作搜求，如搜括。
拆除	拆	撤	1.拆是打開、分散，如拆卸、拆除、拆夥、拆散。 2.撤是免除、取回，如撤銷、撤職、撤除、撤換。
磷、硫化磷	磷	燐	磷是化學非金屬元素；燐是化學元素，如燐火。
貫徹	徹	澈	徹是貫通、自始至終，如透徹、徹頭徹尾。
澈底	澈	徹	澈是水清見底，如澈底、清澈。
祇	祇	只	副詞；只為祇之簡體字。
並	並	并	連接詞；並＝同、位置相等（形），一齊、共同、完全（副），和（連）；并＝合（動），并州（名）。
聲請	聲	申	對法院用「聲請」。
申請	申	聲	對行政機關用「申請」。
關於、對於	於	于	于為於的古字，今統一用於字。
給與	與	予	給與實物。
給予、授予	予	與	給予名位、榮譽等抽象事物。
紀錄	紀	記	名詞用「紀錄」。
記錄	記	紀	動詞用「記錄」。
事蹟、史蹟、遺蹟	蹟	跡	蹟指功業、前人或事務的遺痕，如古蹟。
蹤跡	跡	蹟	跡指腳印、痕跡，如足跡、跡象、蹤跡。
糧食	糧	粮	粮是糧的俗字。
覆核	覆	複	覆核係指由上級再審核一遍。
復查	復	複	復查係指由原單位或當事人再審查一遍。
複驗	複	復	複驗係指由不同單位或機關多方審驗。
日據	據	治	維護國家主權和民族尊嚴。
取消	消	銷	取消係指消除已成立的事。

資料來源：行政院《文書處理手冊》。

貳、法律統一用語表

統一用語	說明
「設」機關	如：「教育部組織法」第四條：「教育部設左列各司、處、室：……」。
「置」人員	如：「司法院組織法」第九條：「司法院置秘書長一人，特任；……」。
「第九十八條」	不寫為「第九八條」。
「第一百條」	不寫為「第一〇〇條」。
「第一百十八條」	不寫為「第一百『一』十八條」。
「自公布日施行」	不寫為「自公『佈』『之』日施行」。
「處」五年以下有期徒刑	自由刑之處分，用「處」，不用「科」。
「科」五千元以下罰金	罰金用「科」不用「處」，且不寫為：「科五千元以下『之』罰金」。
「處」五千元以下罰鍰	罰鍰用「處」不用「科」。且不寫為：「處五千元以下『之』罰鍰」。
準用「第〇條」規定	法律條文中，引用本法其他條文時，不寫「『本法』第〇條」，而逕書「第〇條」。又如：「違反第二十條規定者，科五千元以下罰金」。
「第二項」之未遂犯罰之	法律條文中，引用本條其他各項規定時，不寫「『本條』第〇項」，而逕書「第〇項」。如：「刑法」第三十七條第五項「依第二項宣告褫奪公權者，其期間自主刑執行完畢或赦免之日起算。但同時宣告緩刑者，其期間自裁判確定時起算之。」
「制定」與「訂定」	法律之創制，用「制定」；行政命令之制作，用「訂定」。
「製定」、「製作」	書、表、證照、冊、據等，公文書之製成用「製定」或「製作」，即用「製」不用「制」。
「一、二、三、四、五、六、七、八、九、十、百、千」	法律條文中之序數不用大寫，即不寫為：「壹、貳、參、肆、伍、陸、柒、捌、玖、拾、佰、仟」。
「零、萬」	法律條文中之數字「零、萬」不寫為：「〇、万」。

資料來源：行政院《文書處理手冊》。

附錄四　公文常用語彙釋例

常見語彙	語意解釋	撰寫例句
俾	以便，亦可作「俾便」	請貴部切實如期完成該法修正草案，俾提報行政院院會審議。
併	合在一起	併，指兩者合在一起，如：簽稿併陳、併予敘明、併科罰金；並，指位置相等，如：並無不當、並行不悖、並駕齊驅。
甫	剛剛	貴府甫升格為直轄市，請迅將附屬機關組織規程報院核備。
復	1.答覆 2.再次	1.復臺端○年○月○日陳情書。 2.有關人身自由權，憲法第八條定有明文；復依大法官會議……。
迭	經常、履次	民眾迭有反應，警察取締交通不力，致車禍肇事逃匿頻仍。
得	可有可無	1.得，指任意規定，可有可無，如沒有這樣做，亦不違反規定。如：公文得分段敘述，冠以數字，採由左而右之橫行格式。 2.應，指強制規定，一定要這樣做，如沒有這樣做就違反規定。如：公文應記明國曆年、月、日。機關公文應記明發文字號。
殆	幾乎、恐怕	公務員收受賄賂，刑法已定有處罰明文，有關免予處分一案，殆無可議之處。
亟	急切	本案因事涉跨縣市共管事項，亟需貴府鼎力襄助。
遽	突然、立即	迫於我國與菲律賓關係遽然變動，所請引進外勞，礙難照准。
逕	直接	本案屬貴管業務，請查明後逕復陳情人。
迄	到、至今	本府○年○月○日○○字第0000000000號函諒蒙鈞察，惟迄未見復。
頃	不久、剛剛	本案頃獲行政院同意，本府刻已積極規劃中。
悉	1.知曉 2.全部	1.○月○日大函敬悉，承囑關於……案，刻已積極辦理中。 2.各機關至12月底未執行完成之工程剩餘款，應悉數繳回國庫。
咸	皆、都	邇來竊盜案頻傳，民眾咸認與失業率遽增、治安敗壞有關。
旋	隨即、馬上	本案經本縣都市計畫委員會審議通過後，本府旋即報院備查。
之	的	臺端所提之建議，本府已轉稅務局研議並逕復之。
臻	達到	貴府所提興建小巨蛋計畫未臻完備，俟環境影響評估報告通過後再議。
殊	極其、非常	貴屬劉員公爾忘私，英勇救人，殊堪嘉許，特頒發獎金新臺幣1萬元整，用茲嘉勉。

常見語彙	語意解釋	撰寫例句
滋	發生、生出	中輟生流連網咖，易滋事端，各校宜加強中輟生調查與輔導。
嗣	往後、從此	有關公文橫式書寫資訊作業，嗣經行政院函頒「公文書橫式書寫推動方案」，可供參考。
俟	等到	本案因年度預算已用罄，俟辦理追加減預算通過後再予執行。
抑	或	貴屬員工上班遲到抑有早退者，人事單位應加強不定期查勤。
尤	更加	該所人事管理鬆散，員工除上班遲到早退外，尤有甚者既不上班亦未請假。
安	豈可	法官職司審判，安能置法令規定於不顧？
爰	於是	為建構學校營養午餐之管理制度，爰訂定「國中、小學校營養午餐品質暨經費管控辦法」一份。
係	是	主管人員是否實際負領導責任，係由機關依個案實際情況予以審認。
蓋	大概	公務員請假，職務代理人都流於形式，蓋未實際負代理之責。
裨益	有所利益、幫助、補益	實施十二年國教，除解決學生升學壓力外，對減輕家長教育經費負擔亦有所裨益。
短絀	經費不足	本項重劃案，因年度經費短絀，俟明年度預算通過後再議。
略以	大概是，最好以冒號：「」引之	法務部101年10月23日法律字第10103108190號書函略以：「違法行政處分之撤銷，應自原處分機關或其上級機關知有撤銷之原因時起兩年內為之。」
臚列	逐一陳列或表列	有關貴縣各鄉（鎮、市）公所為民服務電話禮貌抽測結果，茲臚列如下：
賡續	繼續、持續不斷	各國小運用社會資源補助低收入戶學生免費使用早餐案，對低收入戶經濟改善裨益甚鉅，本年度請賡續辦理。
更迭	經常變動	貴府一級主管人事更迭頻仍，恐影響行政效率，應檢討改進。
剋日	立即、馬上	臺南大學七股分校籌建案，業已延宕多年，為免一再辦理預算保留，排擠教育預算經費，請貴府剋日查明見復。
或謂	另一說法	或謂為趕上班時間致闖紅燈，惟此皆企圖減輕罰則搪塞之詞。
惠允	懇求同意	為辦理本校50週年校慶暨運動會，請貴府惠允借用體育場。
函囑	來函吩咐	鈞部函囑查復有關本校○教師○○性侵害案，經查該案已係屬地方法院審理中，俟法院判決確定後，旋即奉復。
拮据	經費很不足	經費原本拮据，不肖廠商又藉由得標辦理學童營養午餐之機會，擷取不法暴利。

常見語彙	語意解釋	撰寫例句
擷取	選擇採用	不肖廠商藉由得標辦理學童營養午餐之機會，擷取不法暴利。
前揭（或上揭）	前面（或上面）所提過	前揭（或上揭）「不法暴利」，如全班有30名學生，報銷30支雞腿，卻只有供應20支雞腿。
闕漏	欠缺	臺端申請營利事業登記一案，獨闕漏商店圖記，請剋日補正。
闕如	欠缺	本件性騷擾案，申訴人一再聲稱事發時不在場，惟相關不在場證明闕如，尚難證明非其所為。
盱衡	檢視情況	盱衡我國與菲律賓之緊張關係，本項合作計畫暫緩簽定為宜。
卓見	高明的見解	有關提高勞工最低標準工資案，請惠賜卓見，俾為修正參考。
旨揭	主旨所提過	旨揭「性騷擾」係指性侵害犯罪以外，對他人實施違反其意願而與性或性別有關之行為。
贅述	冗長的說明	滿20歲為成年，民法第十二條規定甚明，至於其身心發展正常與否？並不影響其已為成年之法律事實，本案應毋庸贅述。
轉圜	挽救、通融	臺端駕駛違規超速，有照片可稽，且已逾15日陳述意見之不變期間，所請免予處罰，尚無轉圜空間。
縝密	周詳細密	國家考試評分標準影響考生權益甚鉅，考選部於訂定試評規則時應力求公平縝密。
庶幾	幾乎	有關由員工上班前打掃辦公廳環境一案，本府員工庶幾無人反對，故明年請賡續辦理。
熟稔	澈底明瞭	為期考試周延合法公正，各監試人員務請熟稔考試規則。
甚鉅	非常重大	校園霸凌事件影響受害學生身心甚鉅，各校應嚴加防治。
挹注	注入、補充	茲因教育預算逐年縮減中，有關各校充實圖書、材料及設備等經費，請發動校友樂捐予以挹注。
囿於	受限於	本案囿於本鄉財源窘困，謹請鈞府寬列預算惠予全額補助。
誤植	繕入錯字	有關小巨蛋興建經費，原函誤植為「新臺幣16億39,442,789元」，請更正為「新臺幣6億39,442,789元」。
毋庸	不用、不必	有關國民身分證遺失申請補發，毋庸本人親自到場辦理。
無訛	沒有錯誤	公文發文前應由校對或監印人員校對無訛後，始得用印發文。
罔顧	不予理會	澱粉業者罔顧消費者飲食安全，竟於澱粉中違法滲入「順丁烯二酸」，各縣（市）衛生局應嚴加查緝，並予以加重處分。
邇來	最近、近來	邇來詐騙集團猖狂，嚴重影響社會秩序，各檢調機關應積極查緝，掃蕩不法，有效維護民眾身心、財產之安全。

常見語彙	語意解釋	撰寫例句
合先敘明	概括的先以說明	有關公務人員請求權益救濟，查依公務人員保障法第三條規定，本法所稱公務人員係指法定機關依法任用之有給專任人員及公立學校編制內依法任用之職員，合先敘明。
未敢擅專	不敢擅自定奪	本案擬逕送調查局偵辦，惟恐影響員工士氣及機關聲譽，未敢擅專，特簽請鈞長裁示。
應毋庸議	不必再討論	本案既經行政院審查核定，照案執行應毋庸議。
併予澄清	同時澄清說明	性侵害與性騷擾尚有不同，兩者之處罰尚無參照援用之問題，併予澄清。
昭然若揭	事情真相已大白	本案案情已昭然若揭，請本於職權妥適自處，並將處分結果報府備查。
諒蒙鈞察	指針對前文上級機關應已收悉	本所○年○月○日○○字第0000000000號函諒蒙鈞察。
諒達	指針對前文平行機關應已收悉	本府○年○月○日○○字第0000000000號函諒達。
計達	指針對前文下級機關應已收悉	本院○年○月○日○○字第0000000000號函計達。
礙難照辦 歉難照辦	抱歉無法遵照辦理	依大學法第二十三條規定，入學修讀碩士學位需取得學士學位或具有同等學力。○君僅係國中畢業，申請就讀EMBA一案，礙難（歉難）照辦。
窒礙難行	困難重重，無法執行	貴所所提興建公園化公墓經費補助案，尚未通過環境影響評估，恐窒礙難行，請俟環境影響評估通過後再議。
刻不容緩	不容許拖延	汛期將屆，各縣（市）防洪物資之準備與演練已是刻不容緩。
究其原因	考量其原由	貴縣競爭力評比殿後，究其原因乃一級主管調動頻仍所致。
綜上所述	總結以上所言	綜上所述，主管人員是否實際負領導責任，由各機關依個案實際情況予以審認。
莫衷一是	看法分歧，無法判斷	實際負領導責任之主管人員得支領主管職務加給，惟主管人員是否實際負領導責任莫衷一是，由各機關依個案實際情況予以審認。
莫此為甚	以此最為嚴重	該員上班時間收受賄賂又上酒家，公務員違法亂紀莫此為甚。
惠示卓見	給予高見	有關十二年國教計畫案，請貴協會惠示卓見，俾為實施參考。
俾憑辦理	以便作為辦理依據	請貴所將該案計畫書及經費收支概算表送府，俾憑辦理。
為資周妥	為求得周詳妥善	有關H7N9禽流感之防治，為資周妥，應從境外阻絕開始，凡進入本國之旅客，於機場應接受嚴格檢測，始准予入關。
本於權責 本於職權	本於應有的職權與責任	有關貴校擬辦理戶外教學一案，涉及教學教法、經費、交通及飲食安全等問題，請本於權責（職權）自行核處。

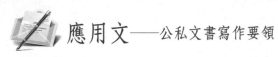
常見語彙	語意解釋	撰寫例句
自行核處	自行決定及處理	有關88水災受災戶住宅積水認定及補助額度，請貴所結合各村里辦公處村里長本於權責（職權）自行核處。
尚無不同	完全相同	鄉（鎮、市）公所與區公所之組織及職能尚無不同，僅區公所係市政府之派出機關，區長官派，屬非法人團體。
前案可稽	以前面的案例作為憑據	有關國中小學因縮編，原擔任組長者，現因縮編致已無擔任主管，可否續領主管加給案？與精省縮編無異，有前案可稽。
兩案併陳	兩個方案文案一同陳閱	核四續建與否？眾說紛紜，意見分歧，茲就續建與停建之利弊兩案併陳，謹陳鈞長核示。
簽稿併陳	將簽與函稿同時陳閱	本項促各縣（市）衛生局檢測澱粉含順丁烯二酸案，因事涉全民飲食安全，須限時辦發不及先行請示之案件，特簽稿併陳。

資料來源：參考整理自國家文官學院《公文製作與習作》，頁44-51。

附錄五　書信稱謂與常用術語用法一覽表

壹、稱謂語

一、家族

稱　　　　　人	自　　　　　稱	對　他　人　稱	對　他　人　自　稱
高祖父母	玄孫孫女	令高祖父母	家高祖父母
高伯祖父母	玄姪孫孫女	令高伯祖父母	家高伯祖父母
高叔祖父母	玄姪孫孫女	令高叔祖父母	家高叔祖父母
曾祖父母	曾孫孫女	令曾祖父母	家曾祖父母
曾伯祖父母	曾姪孫孫女	令曾伯祖父母	家曾伯祖父母
曾叔祖父母	曾姪孫孫女	令曾叔祖父母	家曾叔祖父母
祖父母	孫孫女	令祖父母	家祖父母（或家大父母）
伯祖父母	姪孫孫女	令伯祖父母	家伯祖父母
叔祖父母	姪孫孫女	令叔祖父母	家叔祖父母
父母	男女（或兒）	令尊堂（或尊公尊翁尊萱）	家父母（或家君家嚴家慈）
伯父母	姪姪女	令伯伯母	家伯伯母
叔父母	姪姪女	令叔叔母	家叔叔母
兄嫂（或某哥姊）	弟妹	令兄嫂	家兄嫂
弟弟婦（或某弟妹）	兄姊	令弟弟婦	舍弟弟婦
姊妹	弟、妹兄、姊	令姊妹	家姊舍妹

稱　人	自　稱	對他人稱	對他人自稱
吾夫（或某哥） 某某（單稱名或字）	妻（或妹） 某某	尊夫君 某先生	外子 或 某某
吾妻（賢妻或某妹） 某某（單稱名或字）	夫 或 某某	尊夫人（或閫） 嫂	內人、拙荊、寒荊
吾兒（或幾兒/女 或 女）	父母	令郎（或令公郎） 令嬡（或令千金）	小兒（或小犬） 小女
賢媳（或某某或某女）	愚（或父/母）	令媳	小媳
幾姪/姪女（或賢姪/姪女 或 姪/姪女）	愚伯/伯母 愚叔/叔母（或伯/伯母 叔/叔母）	令姪/姪女	舍姪/姪女
幾孫/孫女（或某孫/孫女）	祖父/母	令孫/孫女	小孫/孫女
賢姪孫/孫女	愚伯祖/祖母（或伯祖/伯祖母）愚叔祖/祖母（或叔祖/叔祖母）	令姪孫/孫女	舍姪孫/孫女
曾孫/孫女	曾祖/祖母	令曾孫/孫女	小曾孫/孫女
賢曾姪孫/孫女	愚曾伯祖/祖母 愚曾叔祖/祖母	令曾姪孫/孫女	舍曾姪孫/孫女
玄孫/孫女	高祖/祖母	令玄孫/孫女	小玄孫/孫女
賢玄姪孫/孫女	愚高伯祖/祖母 愚高叔祖/祖母	令玄姪孫/孫女	舍玄姪孫/孫女
父母親（或君/舅姑）	媳（或兒）	令舅姑	家舅姑
伯翁姑（或伯父/母）	姪媳	令伯翁姑	家伯翁姑
叔翁姑（或伯父/母）	姪媳	令叔翁姑	家叔翁姑

【家族稱謂用語說明】

1、對他人自稱已去世之長輩，「家」字應改為「先」或「顯」字。自稱
　　已過世之祖父母，為「先祖父母」，或「先祖考」、「先祖妣」。稱

已歿之父母，父為「先父」、「先嚴」、「先君」、「先考」；母為「先母」、「先慈」、「先妣」。其他如「家兄」、「家姊」則改為「先兄」、「先姊」。

2、對他人自稱已去世之晚輩，「舍」或「小」字應改為「亡」字，如「亡弟」、「亡妹」、「亡兒」、「亡女」、「亡姪」。但稱已去世之外子為「先夫」，稱已去世之內子為「亡妻」。

3、稱人父子為「賢喬梓」，對人自稱為「愚父子」。稱人兄弟為「賢昆仲」、「賢昆玉」，對人自稱「愚兄弟」。稱人夫婦為「賢伉儷」，對人自稱「愚夫婦」。

4、凡同胞兄弟姊妹，舊例稱謂時都加一「胞」字，如「胞兄」、「胞妹」，現在可以不用，只按行次稱呼，如「大哥」、「三妹」之類，反覺親切。惟對他人自稱又有區別，「家兄（姊）」與「舍弟（妹）」不同。

5、家族間幼輩稱呼，「賢」字大可不用。有人以為媳婦是外姓人，似乎較為客氣，主張賢字對媳婦仍宜適用，事實上此一賢字，反將媳婦視為外人，故仍以稱名呼兒為宜。

6、舅姑對媳婦，本多自稱愚舅愚姑，因和舅父或姑母的自稱有時相混，所以用一「愚」字，其實大可不必，應該自稱父母，或自己寫個字號均屬相宜。

二、親戚

稱　　　　　人	自　　　　　稱	對　他　人　稱	對　他　人　自　稱
曾　祖　姑　丈母	內曾姪孫、內曾姪孫女 曾姪孫、曾姪孫女	令　曾　祖　姑　丈母	家　曾　祖　姑　丈母
祖　　姑　丈母	內姪孫、內姪孫女 姪孫、姪孫女	令　祖　姑　丈母	家　祖　姑　丈母
姑　　　丈母	內姪、內姪女 姪、姪女	令　　姑　丈母	家　　姑　丈母
舅　　祖　父母	甥孫　彌甥 甥孫女（或彌甥女）	令　舅　祖　父母	家　舅　祖　父母
太　外　祖　父母	外　曾　孫 孫女	令　太　外　祖　父母	家　太　外　祖　父母

稱　人	自　稱	對　他　人　稱	對　他　人　自　稱
外　祖　父母	外　孫／孫女	令　外　祖　父母	家　外　祖　父母
外　伯　祖　父母	外　姪　孫／孫女	令　外　伯　祖　父母	家　外　伯　祖　父母
外　叔　祖　父母	外　姪　孫／孫女	令　外　叔　祖　父母	家　外　叔　祖　父母
舅　父母	甥／甥女	令　母舅／舅母	家　母舅／舅母
姨　父母	姨　甥／甥女	令　姨　丈／母	家　姨　丈／母
表　伯　父母	表　姪／姪女	令　表　伯／伯母	家　表　伯／伯母
表　叔　父母	表　姪／姪女	令　表　叔／叔母	家　表　叔／叔母
表　舅　父母	表　甥／甥女	令　表　舅／舅母	家　表　舅／舅母
太　岳　父母	孫　婿	令　太　岳／岳母	家　太　岳／岳母
岳　父母	子婿（或婿）	令　岳／岳母	家　岳／岳母
伯　岳　父母	姪　婿	令　伯　岳／岳母	家　伯　岳／岳母
叔　岳　父母	姪　婿	令　叔　岳／岳母	家　叔　岳／岳母
姻伯（或丈叔）父母	姻　姪／姪女	令　親	舍　親
太姻伯（或丈叔）父母	姻　再　姪／姪女	令　親	舍　親
親家／家太太	姻　愚弟侍／生　姻愚妹生	令　親家／家太太	敝　親家／家太太
姊丈（或姊倩）	內姨　弟妹（或弟／妹）	令姊丈（夫）	家　姊　丈
妹婿（或妹倩）	內姨　兄姊（或兄／姊）	令妹丈（婿、倩）	舍　妹　丈
表　兄嫂	表　弟／妹	令　表　兄嫂	家　表　兄嫂
表　弟／弟婦	表　兄／姊	令　表　弟／弟婦	舍　表　弟／弟婦

稱　人	自　稱	對　他　人　稱	對　他　人　自　稱
內兄弟	姊妹婿	令內兄弟	敝內兄弟
襟兄弟	襟弟兄	令襟兄弟	敝襟兄弟
姻兄嫂	姻弟侍生（或姻愚妹）	令親	舍親
賢內姪姪女	愚（或愚姑）姑丈姑母	令內姪姪女	舍內姪姪女
賢外孫孫女	外祖祖母	令外孫孫女	舍外孫孫女
賢甥甥女	愚舅舅母	令甥甥女	舍甥甥女
賢婿	愚岳岳母	令婿（令坦或貴東床）	小婿
賢表姪姪女	愚（或愚表）伯（叔）叔伯（叔母）	令表姪姪女	舍表姪姪女
賢姻姪姪女	愚	令親	舍親

【親戚稱謂用語說明】

1、親戚中「太姻伯父、母」、「姻伯父、母」，係指姻長中無一定稱呼之人。如姊妹之舅姑，與他（她）之父母兄弟姊妹，兄弟之岳父母，與彼（她）之父母兄弟姊妹，用此稱呼，最具彈性。

2、其他平輩姻親關係，可參考上表所列稱呼，可視年齡，大者稱「姻兄」，小者稱「姻弟」。

3、幼輩稱呼「賢姻姪」三字，祇能用於極親近極要好之人，普通均稱「姻兄」，自稱「姻弟」。

4、姊姊、妹妹的丈夫，互相稱「連襟」，也省稱「襟」，以姊妹不以年齡排序，稱妻之夫為「襟兄」，稱妹之夫為「襟弟」。

三、世交

稱　　　　　人	自　　　　　稱	對　他　人　稱	對　他　人　自　稱
太 夫子 師母	門　下　晚　生		
夫子（或老師、吾師） 師母	生（或受業 或學生） 或學生	令　　業　　師	敝　　業　　師
太世伯（叔）父 母	世　　再　　姪 姪女		
世伯（叔）父 母	世　　　　姪 姪女		
仁（或世）丈	晚		
世兄 學長（或兄、姊）	世弟、學弟 妹（或妹）	貴　同　學　、　令　友	敝　同　學　、　敝　友
同學（或學弟 妹）	小兄（或友生、某某） 愚姊	令　　高　　足	敝　門　人　、　學　生
世講（或世臺、世兄）	愚		

【世交稱謂用語說明】

1、「夫子」二字，因數十年前常為「妻」對「夫」之稱呼，故可通稱「老師」、「吾師」或「業師」為宜。

2、世交中伯、叔字樣，要看對方年齡和自己父親年齡比較如何。較大者稱「世伯」，較小者稱「世叔」。比自己祖父大者稱「太世伯」，小者稱「太世叔」。

3、世交而兼有戚誼者，按尊長年齡比較，稱「太姻世伯、叔」或「姻世伯、叔」。

4、確有世誼關係，年長於己，而行輩不易確定者，稱為「仁丈」或「世丈」較有彈性。

5、世交平輩中，如係交誼深厚，最好稱「吾兄」、「我兄」，一則表示親近，再則可免與通稱晚輩之「世兄」二字相混。

6、稱老師父親為○○老先生、太夫子（○公、○老），稱老師母親為○○老太夫人、太師母，稱老師兄（弟）為師伯（叔），稱老師姊妹

為師姑。稱老師之妻為師母，夫為師丈，老師之公子為○兄、○弟，千金為○○小姐、○姊（妹）。

7、稱工友或基層服務同仁，可稱○（姓）先生、○小姐，工友本人自稱名字，對他人稱「貴工友」或「尊紀」，如工友本人對他人自稱為「小价」或「敝女工友」。

貳、提稱敬語

提稱敬語是由提稱語及敬語兩者組成。

一、提稱語

使用對象	常用詞彙
父母	膝下、膝前、尊前、尊鑒。
長輩	尊前、尊鑒、鈞鑒、賜鑒、崇鑒、尊右、侍右、道鑒、慈鑒、崇照。
平輩	大鑒、台鑒、惠鑒、閣下、足下、雅鑒、偉鑒、左右、朗鑒、霽照、青鑒。
同學	文席、硯右、硯席、惠鑒、如握、如晤、台鑒。
晚輩	青鑒、青晤、青睞、清覽、青閱、英鑒、如晤、如見、入覽、入目、收覽、收閱、收讀、收悉、閱悉、知悉、知之。
政界	勛鑒、鈞鑒、鈞座、台座、台鑒、閣下、左右。
軍界	麾下、鈞座、鈞鑒、麾鑒、勛鑒、幕府。
教育界	講席、座右、塵次、有道、著席、撰席、史席、道鑒。
婦女	懿鑒、懿座、懿覽、閫照（用於長輩婦女）、芳鑒、粧次、奩次、繡次（用於平輩婦女）、慧鑒、淑覽、妝閣。
佛教	方丈、道鑒、有道、法鑒、慧鑒。
道教	法鑒、壇次。
基督教	道鑒。
弔唁	苫次、禮席、禮鑒、禮次、素覽、廬次。
哀	矜鑒、哀鑒。
婚嫁	吉席、喜席、褵席。

二、敬語

使用對象	常用詞彙
祖父母及父母	敬稟者、謹稟者、叩稟者。
長輩及長官	茲肅者、敬肅者、謹肅者、敬啟者、謹啟者、謹覆者。

使用對象	常用詞彙
通用	敬啟者、謹啟者、啟者、茲啟者、逕啟者、茲覆者、敬覆者、逕覆者。
請求	茲懇者、敬懇者、敬託者、茲有懇者、茲有託者。
祝賀	茲肅者、敬肅者、謹肅者。
訃信	哀啟者、泣啟者。
補述	又、再、再啟者、再陳者、又啟者、又陳者、茲再陳者、茲再啟者、茲又陳者、茲又啟者。

參、開頭應酬語（寒暄語）

一、思慕語（敘述自己仰慕之忱，以示敬意）

(一)對人思慕

使用對象	常用詞彙
祖父母及父母	引領慈顏，倍切孺慕。仰望慈暉，良深孺慕。翹首慈雲，倍切依馳。慈雲翹首，孺慕彌殷。
親友長輩	仰望光輝，思慕時深。引領光輝，神馳渴注。遙仰斗山，繫念殊殷。緬懷碩望，倍切依馳。
師長	遙望門牆，輒深思慕。瞻仰斗極，倍切神馳。翹瞻星嶽，殊深馳念。路隔山川，神馳絳帳。仰瞻道範，倍切依馳。何時長立程門，再聆孔鐸，而依依絳帳之思，未嘗不寤寐存之。山川修阻，立雪無從。寸草春暉，未嘗頃刻去懷。程門立雪，何日忘懷，遙企斗山，時深馳慕。
長官	遙企斗山，時深馳慕。仁風德化，仰慕彌殷。斗山之仰，深切私衷。引領福星，彌增仰慕。雲天在望，心切依馳。翹望泰斗，無任瞻依。
親友平輩	望風懷想，時切依依。風雨晦明，時殷企念。瞻企芝標，渴念殊極。每念故人，輒深神往。相思之切，與日俱增，言念故人，形神飛越。神馳左右，夢想為勞。屋梁落月，時念故人。伊人秋水，倍覺黯然。

(二)對景思慕

使用對象	常用詞彙
用於春季	仰對春光，懷深雲樹。暮雲春樹，想念殊殷。春深南國，人佇春風。鶯飛草長，倍切懷思。
用於夏季	薰風披處，時念故人。靜對荷渠，翹瞻倍切。薰風拂拂，楊柳依依。長夏無聊，倍念知己。榴花照眼，夢縠為勞。
用於秋季	每對秋光，彌深葭溯。風清月朗，輒念故人。秋水兼葭，倍切泂溯。白露蒼蒼，殊深馳念。悵望秋風，神馳夢寐。
用於冬季	雪梅霜樹，仰企良殷。寒燈夜雨，殊切依馳。梅影橫窗，懷念倍切。瘦影當窗，懷人倍切。寒梅將放，黯然神馳。

(三)未會思慕

使用對象	常用詞彙
親友長輩	久仰斗山，時深景慕。欠欽碩望，時切神馳。仰企慈仁，無時或釋。每懷德範，輒深神往。久仰芳型，未瞻道範。夙仰典型，未領清誨。
親友平輩	景仰已久，趨謁無從。久仰仁風，未親儀範。欠慕高風，未親雅範。欠欽叔度，謦欬未親。

(四)復信思慕

使用對象	常用詞彙
親友長輩	方殷思慕，忽奉頒函。仰企方殷，忽接翰諭。仰企在切，忽蒙賜函。仰企正殷，蒙頒雲翰。手翰惠頒，如親謦欬。
親友平輩	仰企正殷，奉大札。懷思正切，忽奉瑤章。馳念正殷，忽得手示。方深企念，忽奉瑤章，捧誦之餘，恍親芝宇。

二、闊別語（表達自己上次拜別後思念之忱）

(一)按人敘別

使用對象	常用詞彙
祖父母及父母	叩別尊顏，於茲數載，自違膝下，倏忽一年。拜別慈顏，忽已半載。自違慈顏，業經匝月。
親友長輩	睽違教範，荏苒經年。拜別尊顏，轉瞬數月。不覲芝顏。瞬又半載。自違雅教，倏忽一年。瞪違清誨，裘葛頻更。
師長	不坐春風，倏已匝月。不親教誨，幾度寒暄。自違提訓，屈指經年。拜別尊顏，倏逾旬日。
平輩	不奉清談，又匝月矣。揖別丰儀，蟾圓幾度。不親雅範，倏忽經年。自違雅教，數用於茲。
軍政界	不瞻德曜，倏已經年，自違幕府，幾度蟾圓。不親仁宇，數載於茲。拜別鈞顏，數更寒暑。
婦女	久別芳儀，時深繫念。每企蘭閨，臨風滋念。欠稽芳訊，懸盼正殷。遠睽蓮佩，時切懷思。企慕慈佩，時懷金玉。

(二)按時敘別

使用對象	常用詞彙
春別至夏	春風握別，又到朱明。話別東風，忽驚徂暑。春初言別，不覺暑來。
春別至秋	知己闊別，春復徂秋。別時楊柳依依，今見蒹葭采采。
春別至冬	春初話別，又屆歲冬。別時鳥語春園，今見梅開冬嶺。

使用對象	常用詞彙
夏別至秋	麥天一別，又屆秋風。別時蟬噪青槐，今覩雁飛紫塞。
夏別至冬	不通音問，經夏徂冬。炎日當空，方賦離情，寒風吹沼，忽縈別恨。
秋別至冬	自經判袂，秋去冬來。別時玉露初凝，今覩雪梅將綻。

(三)按地敍別

使用對象	常用詞彙
近處相別	不親叔度，倏忽數月，咫尺相違，如隔百里。
遠處相別	憶隔光儀，又更裘葛，關河修阻，涉涉維艱。
旅中相別	前在旅邸聚談，辱荷殷殷關注，旋以暌違兩地，頓覺歲月推移。
途中相別	某月邂逅相逢，得聆雅教，別後關山遠阻，頓覺節序催人。
異地相別	楚水吳山，江河迢遞，一經隔別，境異情疏。江湖浪跡，同是他鄉，又賦別離，情何能已。

(四)按事敍別

使用對象	常用詞彙
臨別贈詩文者	前者握別，雅荷拳拳，承賜佳章，實壯行色。
臨別賜筵宴者	臨賦驪歌，辱承賜宴，醉心飽德，感愧殊深。
臨別人送己者	辱承走送，笑語良歡，兩地停雲，益增悵觸。
臨別已送人者	憶自行旌遠指，趨送長途，別來物換星移，不覺蟾圓幾度。

三、頌揚語（旨在恭維受信者）

(一)頌揚各界

使用對象	常用詞彙
用於政界	匡時柱石，濟世慈航。兩間俊碩，一代偉人。龍門俊品，鳳閣仙才。
用於軍界	允文允武，如虎如貔。孫吳偉略，韓范雄才。伊周事業，頗牧韜鈐。
用於學界	胸藏萬卷，筆掃千軍。月抱澄清，風儀挺拔。才高八斗，學富五車。雄才倒峽，豪氣凌雲。詞壇祭酒，藝苑名家。
用於商界	市廛傑士，湖海達人。謀猷傑異，志量高超。運籌有策，貨殖多能。居有為之地。吐氣揚眉。展致富之才，業崇財裕。
用於醫界	肱傳九折，方列千金。秘傳金匱，功滿杏林。術妙軒岐，盧望隆扁。素存濟世之心，咸歌德澤。確有回春之手，並仰神通。
用於人品	德潤珪璋，才含錦繡。豐姿嶽峙，雅量淵深。璠璵粹品，岱嶽崇標。恂恂璞茂，抑抑沖謙。

(二)頌揚親友

使用對象	常用詞彙
用於長輩	香山比算，洛社齊名。虛懷若谷，和氣如春。冬煖宜人，春和煦物。譽隆望重，德劭年高。齒德俱尊，才名並重。算衍椿齡，望隆梓里。
用於平輩	矯然之鶴，卓爾飛龍。秀鍾山嶽，志聳雲霄。襟期高曠，吐屬溫和。叔度光儀，元龍氣量。度藹春風，氣和冬日。風流倜儻，意氣騰驤。
用於婦女	月魄精光，冰心慧質。風傳林下，秀占璇閨。韋曹比美，鍾郝播徽。夙閒懿範，咸仰坤儀。

四、疏候祝福語（用於久無通信者，祝福收信人之生活起居）

使用對象	常用詞彙
親友尊長	山川遙阻，稟候多疏，恭維福履增祥，維時納祜，為頌為祝（路遠）。俗務冗繁，致稽稟候，敬維慈躬清泰，德履綏和，定符私頌（事忙）。病魔纏擾，片楮莫呈，敬維杖履沖和，林泉頤養，為祝為慰（因病）。
親友平輩	道途修阻，尺素鮮通。比維眠食如恒。潭祺叶吉，為頌（路遠）。勞人草草，音問常疏。敬維侍祺納福，道履延康，為祝為頌（事忙）。偶嬰小極，尺素未通，辰維起居勝常，諸事順適，為祝（因病）。
師長	雲山修阻，稟候多稽，恭維道履增祥，講壇納福，式符所頌（路遠）。冗瑣紛乘。欠疏稟候，恭維春風藹吉，化雨溫良，為頌（事忙）。微軀久病，稟候稽疏，敬維絳帳春深，杏壇祥集，定符下祝（因病）。
政界	久疏函候，時切馳思。敬維德懋堂蔭，鴻猷風樹，為祝為頌。稟候多稽，徒深瞻慕，恭維勛猷卓越，動定綏和，以欣以慰。
軍界	箋候久疏，下懷殊切，恭維威望遠隆，動定叶吉，至以為頌。瞻慕雖殷，稟候竟缺，敬維戎旃著績，幕府揚威，定符所祝。
學界	函候久疏，時深懷念，敬維硯祉綏和，文祺百祿，為祝為慰。自違雅範，音問多疏，比維文祉增綏，撰祺延吉，以欣以慰。
商界	久疏音問，懷念為勞，辰維駿業日隆，百務順遂，為頌。函候，倏逾多時，比維務亨通，指揮如意，為祝為頌。

五、一般開頭應酬語

寄信語 （意在向收信探問前信是否收到以免隔閡）	1.對親友長輩用：前奉安稟，度呈慈鑒。昨肅寸稟，諒已呈鑒。前肅蕪緘，諒邀霽鑒。前覆安緘，計呈鈞鑒。 2.對親友平輩用：昨上蕪緘，諒達台鑒。前具寸函，度已達鑒。寄遞寸緘，計早呈鑒。日前郵寄蕪函，諒已早邀惠察。 3.對家族卑幼用：昨寄蕪函，諒已收覽。前覆手函，想早收閱。前寄手諭，當早收讀。昨寄手函，想必收悉。

接信語 （接人來信，覆信時順便提及，以釋對方懸念）	1.對親友長輩用：頃奉手諭，敬悉種切。刻奉鈞示，敬悉各節。昨奉賜諭，敬承一一。頃承鈞誨，拜悉一切。 2.對親友平輩用：辱承惠示，敬悉一切。昨奉台函，拜悉種切。昨展華函，就讅一一。展誦瑤函，如親芝宇。惠函獎借，愧不敢當。 3.對家族卑幼用：昨接來信，足慰懸念。前由某君便攜之函已照收悉。
訪謁語 （日前趨訪未遇，寫信時順便提及）	日前走謁崇階，適值公出未遇，臨風翹首，徒切依馳。趨謁尊齋，未值為悵。昨以某事趨談，未能相遇，悵惘如何？昨經尊處，正擬謁談，適聞座有佳賓，遂未遽相驚擾，疏略之罪，尚祈諒之。
會晤語 （用於相識不久，信中提及，藉以增進感情）	1.昨承枉駕，把晤良歡，雞黍未陳，實深簡慢，辱在知己，定邀曲諒。 2.辱降玉趾，備領教言，飢渴之懷，得以消釋，心心快慰，無可言宣。 3.昨謁崇階，多承教益，望風懷想，能不依依？日前晉謁龍間，叨承盛饌，飲和食德，齒頰猶芬。
告幸語 （告知自己近況尚佳，請勿念）	1.對事：幸處事周詳，未貽隕越。幸各事安適，足告雅懷。幸知涅電勉，尚免愆尤。 2.對家庭：幸舉案好，足紓綺注。幸全家平善，乞釋錦懷。 3.對身體：幸賤體粗安，乞紓錦注。幸頑軀麤適，足慰遠懷。
自愧語 （自謙之詞，用之不可太過）	1.學淺：學漸窺豹，業愧囊螢。探囊無智，學冶不能。鞭策雖加，驅馳無效。才疏學淺，刻鵠不成。天賦既薄，學殖尤荒。 2.知薄：鉛刀一割，其效立見。才粗智薄，隕越時虞。任重材輇，時虞竭蹶。汲汲綆短，匱乏堪虞。遼東之豕，徒自懷慚。 3.識短：性類拙鳩，識慚老馬。見類蛙鳴，識同蠡測。井蛙之見，不值一哂。孤陋寡聞，世事未習。一管所窺，寧知全貌？ 4.家貧：家懸四壁，囊乏一文。乞米有書，點金無術。家徒四壁，身乏完衣。家貧志墜，浪跡風塵。 5.謀拙：株守有地，托缽無門。樗櫟庸材，學難問世。久賦閒居，終非善計。蒼茫泛愛，汲引無人。碌碌家居，終非了局。 6.事冗：自攖世網，塵俗益多。塵穢未盡，俗務難清。俗務冗繁，塵囂雜沓。瑣務紛乘，俗塵斗撲。俗事蝟集，瑣務紛紜。 7.困頓：遇事多蹇，近況潦倒。命舛時乖，事多拂逆，事多優蹇，境又迍邅。窘境迫人，飢來驅。命途多乖，時運不濟。 8.老去：一身落落，兩鬢蕭蕭。兩鬢已斑，一身多病。鬢添霜色，面鮮歡容。桑榆晚景，風木堪悲。去日苦多，來時可想。 9.旅愁：一身無寄，四海為家。遠涉山河，靡所棲止，天涯飄泊，旅況艱難。骨瘦如梅，身輕似絮。枝棲動盪，旅食艱辛。 10.通用：擇賈無方，經營乏術。有心營業，無術生財。欲覓蠅頭，還慚鼠目。欲謀微利，自愧薄才。歲月蹉跎，依然故我。栗六如恒，一無善狀。故我依然，毫無善狀。平居碌碌，乏善可陳。

謝贈語 （係感謝他人之餽贈）	1.詩詞：蒙賜瑤章，過承獎譽，迴環諷誦，感愧良深。辱賜佳什，褒獎倍至，展誦之餘，感激無已。 2.禮物：迺承厚惠，錫我多珍。拜領之餘，感激無似。辱荷隆情，下頒厚貺，卻之不恭，受之有愧。
時令語 （書信開頭點綴之應酬語）	正月：日麗風暄，鶯啼燕舞。鳳曆春回，洪鈞氣轉。三陽啟泰，四序履端。歌管迎年，樓臺不夜。三元肇慶，萬象更新。 二月：暖吐花唇，晴舒柳眼。探花穀旦，問柳芳辰。花容正麗，柳葉方新。舞蝶良辰，育蠶令節。桃腮暈赤，柳眼舒青。 三月：嫩綠凝眸，深青橫黛。人逢拾翠，候屆踏青。東風作節，暗雨銷魂。綠楊堤外，紅芍陣中，韶光三月，春色十分。 四月：隴麥辭春，畦田迎夏。梅肥紅樹，麥秀青疇。雨釀黃梅，日蒸綠李。鳥呼布穀，人正分秧。長風扇暑，茂樹連陰。 五月：甘莩曲，薰風解慍。榴火舒丹，槐陰結綠。蘭湯薦浴，蒲酒浮觴。風自南來，日方北至。榴紅噴火，暑氣逼人。 六月：荷風扇暑，麥流膏。蓮渚風情，梅庭月朗。祝融司令，炎帝當權。氣蒸千里，炎煽八荒。炎威可畏，夏景偏長。 七月：涼風消夏，淡月橫秋。水天一色，風月雙清。白露迎秋，澄江如練。爽氣朝來，新涼初透。銀漢風清，星河波淡。 八月：碧天似水，丹桂初芬。蟾光皎潔，桂影婆娑。玉輪光滿，銀漢秋高。梧葉風高，桂枝月滿。滿天月朗，永夜風清。 九月：楓雕江錦，菊綻籬金。白雁書天，黃花匝地。葉正辭青，蘆將颺白。風淒露冷，霜肅秋高。節逢泛菊，序屬佩萸。 十月：橙黃橘綠，蘆白楓丹。時為陽月，景屬小春。日行北陸，春到南枝。景入梅花，香分荔葉。霜凌梅藥，雪冷楓林。 十一月：松風一枕，梅月半窗。長天凍雪，大地飛霜。寒梅欲放，臘柳將舒。春惜三分，陽添一線。月淡梅寒，霜凋楓冷。 十二月：竹葉浮杯，梅花照席。梅信傳春，椒觴開臘。風消宇宙，雪霽乾坤。冬殘臘盡，歲暮春回。畫閣迎春，錦筵守歲。

肆、結尾應酬語（珍衛語）

臨書語 （表示信中所言未能盡情之意）	1.對親友長輩用：謹此奉稟，不盡欲言。謹肅寸稟，不盡下懷。肅此迴達，不盡縷縷。臨稟惶恐，欲言不盡。耑肅奉達，不盡依依。肅此奉陳，不盡所懷。 2.對親友平輩用：臨穎神馳，不盡所懷。臨楮眷念，不盡區區。耑此奉達，不盡欲言。臨書馳切，益用依依。冗次裁候，幸恕草草。爰裁尺素，不盡所懷。紙短情長，莫盡萬一。
請教語（表示願意接受對方指教之意）	1.對親友長輩用：如蒙鴻訓，幸何如之。幸賜清誨，無任銘感。乞賜指示，俾有遵循。敬祈訓示，不勝感禱。 2.對親友平輩用：乞賜教言，以匡不逮。引企金玉，惠我實多。幸賜南針，俾覺迷路。如蒙不棄，乞賜蘭言。

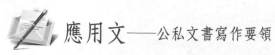

請託語 （託人辦事，不勝感激之意）	1.推薦：倘荷玉成，無任銘感。如蒙噓植，永鐫不忘。倘蒙汲引，感荷無既。 2.關照：倘蒙照拂，永感厚誼。得荷支持，銘感無既。倘蒙青睞，永矢不忘。 3.借貸：如承俯諾，實濟燃眉。倘荷通融，永銘肺腑。倘承挹注，受惠實多。倘荷雅俞，感且不朽。
求恕語 （對受信人表示歉意，請求恕）	不情之請，尚乞見諒。區區下情，統祈鑒察。統希霽照，不勝感禱。瀆瀆清神，不安之至。方命之處，殊深歉仄。
歉遜語 （對受信人表示歉意，有求恕成分）	省度五中，倍增歉疚。心餘力絀，寤寐不安。夙夜撫懷，殊深歉疚。每一念至，倍覺汗顏。
恃愛語 （倚仗交情，以免對方見怪）	恃在愛末，冒昧直陳。辱在夙好，用敢直陳。恃愛妄瀆，幸祈曲諒。
餽贈語 （送禮時所用）	1.贈物：謹具不腆，聊申微意。謹具薄儀，聊申下悃。土產數色，聊申敬意。 2.祝壽：謹具芹獻，藉祝鶴齡。敬具菲儀，用祝椿壽。 3.賀婚：奉上菲儀，敬申賀悃。送嫁：附上微儀，用申奩敬。敬具薄儀，藉申奩敬。 4.喪禮：謹具奠儀，藉申哀悃。附具奠儀，藉作楮敬。附具芻香，聊申弔敬。
請收語 （贈人財物，請人收納，常與餽贈語連用）	伏祈台收。至祈檢收。乞賜莞存。伏望哂納。敬希鑒納。乞賜笑納。敬請詧收。
盼禱語 （有求於人之結束語，可與請託比照使用）	無任禱盼。不勝企禱。是所至禱。至為盼禱。是所至盼。實所企禱。是所企幸。禱企良殷。
求允語 （求人允助之意）	倘荷俞允。務祈慨允。乞賜金諾。至祈慨諾。敬求賜可。伏乞允可。
感謝語 （受人之惠，表示謝意）	私衷銘感，何可言宣。銘感肺腑，永矢不忘。感荷隆情，非言可喻。寸衷感激，沒齒不忘。分陰寸草，大德不忘。腑篆心銘，感荷無已。
保重語 （請人珍衛身體之意）	1.對親友長輩用：寒暖不一，千祈珍重。乍暖猶寒，尚乞珍攝。寒暖不一，順時自保。秋風多厲，幸祈保重。寒風凜冽，伏祈珍衛。 2.對親友平輩用：寸心千里，寄語加餐。春寒料峭，尚乞自珍。暑氣逼人，諸祈自衛。秋風多厲，珍重為佳。寒氣襲人，諸凡自保。 3.對居喪孝子用：伏祈節哀順變。伏乞勉節哀思。還希稍節哀思。伏祈節哀自愛。伏祈勉節哀思。順時自保。

干聽語 （表示出於不得已才干擾對方傾聽之意，可與「求恕語」運用）	不憚煩言。有瀆清聽。冒昧上陳，有瀆清聽。恃在愛末，用敢瀆聽。敢冒崇威，上瀆尊聽。冒觸尊威，有瀆鈞聽。
候覆語 （與「請教語」略似，但語氣較為肯定）	1.對親友長輩用：如遇鴻便，乞賜鈞覆。懇賜鈞覆，無任禱盼。乞賜覆示，不勝感禱。 2.對親友平輩用：佇盼佳音，幸即裁答。幸賜好音，不勝感禱。魚雁多便，幸賜覆音。敬希撥冗賜覆，不勝切盼。乞惠好音，實所企幸。

伍、結尾敬辭語（又稱致函語或請安語）

一、一般敬辭

申悃語 （申訴己意，使對方知之，信中已敘及，以此作結尾）	1.對親友長輩用：肅此敬達。肅此馳稟。耑肅奉稟。肅此。敬此。謹此。 2.對親友平輩用：耑此奉墾。耑此奉達。耑此奉聞。耑此布臆。耑此。草此。 3.申賀用：聊表賀忱。用申賀悃。 4.弔唁用：恭陳唁意。藉表哀忱。藉申哀悃。修函馳慰。肅此上慰。 5.申謝用：肅誌謝忱。肅此敬謝。藉鳴謝悃。用展謝忱。肅此鳴謝。 6.辭謝用：敬抒辭意。用申辭悃。心領肅謝。肅此鳴謝。 7.申覆用：耑肅敬覆。耑此奉覆。肅函奉覆。耑此敬覆。匆此函覆。
請鑒語 （請對方明鑒，可與「申悃語」連用）	伏乞鑒察。伏祈垂鑒。伏伏崇鑒。伏維霽照。伏維亮照。統希垂鑒。統祈愛鑒。諸乞愛照。伏乞朗照。並祈垂鑒。乞維垂察。諸維朗照。諸維垂察。伏乞荃詧。諸希荃照。敬祈亮察。

二、請安用語

使用對象	常用詞彙
用於祖父母及父母	叩請金安。敬請福安。敬請金安。
用於親友長輩	恭請提安。敬請鈞安。恭請崇安。敬頌崇安。敬頌崇祺。祇頌福祉。
用於師長	恭請誨安。敬請教安。敬請講安。祇請道安。叩請絳安。
用於親友平輩	即請大安。敬請台安。順頌台祺。順頌時綏。即頌時祺。即問刻安。順頌起居。此頌台綏。敬候近祉。順頌時祺。藉頌日祉。

使用對象	常用詞彙
用於親友晚輩	順問近祺。即詢近佳。即問刻好。順詢日佳。
用於政界	敬請勛安。恭請鈞安。祗請政安。敬頌勛祺。
用於軍界	敬請戎安。恭請麾安。肅請捷安。敬頌勛祺。
用於學界	敬請學安。祗請文祺。即頌文綏。祗請著安。順請撰安。
用於文士	敬祝吟安。祗頌文祺。敬候文安。藉頌著祺。
用於商界	敬請籌安。順頌籌祺。敬候籌綏。順候財安。
用於婦女	敬祝妝安。順頌閫祺。即祝壼安。敬候繡安。
用於旅客	敬請旅安。順請客安。即頌旅祉。順頌旅祺。
用於家居者	敬請潭安。敬頌潭綏。即頌潭祉。順頌潭祺。
用於有祖父母及父母而在一處者	敬請侍安。敬頌侍祺。敬候侍祉。順頌侍祺。
用於夫婦同居者	敬請儷安。敬請雙安。敬頌儷祉。順頌儷祺。
用於賀婚	恭請燕喜。恭賀喜安。祗賀大禧。
用於賀年	恭賀年禧。恭賀新禧。敬頌新禧。祗賀新釐。
用於弔唁	敬請禮安。順候教履。並頌素履。祗請素安。
用於問疾	恭請痊安。即請衛安。順請痊安。敬祝早痊。
用於按時令	敬請春安。即頌春祺。順候夏祉。此頌暑綏。即請秋安。順頌秋祺。敬頌冬綏。此請爐安。

陸、署名敬辭語

使用對象	常用詞彙
祖父母及父母者	謹稟。敬稟。叩稟。敬叩。謹叩。叩上。叩。
長輩	謹上。敬上。拜上。謹肅。敬啟。謹啟。肅上。
平輩	敬啟。手啟。拜啟。鞠躬。謹上。謹白。上言。頓首。上。
晚輩	手泐。手書。字。白。手諭。手示。手白。字。手啟。
補述	又啟。又及。又陳。補啟。再啟。再及。再陳。

柒、附候語

使用對象	常用詞彙
問候長輩	令尊（或令堂）大人前乞代叱名請安。某伯處煩叱名道候。某伯前祈代請安不另。某姻伯前乞代叩安。

問候平輩	某兄處煩代道候。某兄前乞代道念。令兄處乞代候。某弟處希為道念。某弟處煩為致候。
問候晚輩	某弟處煩為致。嫂夫人均此。順候令郎佳吉。並問令郎等近好。順頌令姪均佳。
代長輩附問	家嚴囑筆問候。某某姻伯囑筆道候。
代平輩附問	某某兄囑筆問好。某某弟筆道候。某妹附筆致候。
代晚輩附問	小兒侍叩。兒輩侍叩。小女侍叩。小孫等隨叩。

捌、信封啟封詞（對受信人開啟信封之敬詞）

類別	對象	啟封詞
對長輩	對直系親屬	福啟、安啟
	對親戚	安啟
	對師長	道啟、鈞啟、賜啟
	對政界	勛啟、鈞啟、賜啟
	對軍界	勳啟、鈞啟
	對商界	鈞啟、賜啟
	對學界	道啟、鈞啟
對平輩	對兄弟	親啟、啟
	對夫妻	親啟、啟
	對親戚	台啟、惠啟、親啟
	對朋友	台啟、惠啟、親啟
	對政界	勛啟、鈞啟、台啟
	對軍界	勳啟、鈞啟、台啟
	對商界	鈞啟、惠啟、台啟
	對學界	台啟、文啟
對晚輩	對直系親屬	收啟、啟
	對親屬	大啟、收啟、啟
	對下屬	大啟、收啟、啟
其他	對方外人士	道啟、惠啟
	對居喪	禮啟、素啟

資料來源：整理自楊正寬《應用文》，2013年5月，第五版，附錄一；國家文官學院《公文製作與習作》，民國104年11月，修訂七版，頁511-530。

附錄六　歷年公務人員考試公文題目

▲試擬臺北市政府產業發展局致大臺北區瓦斯股份有限公司、陽明山瓦斯股份有限公司、欣欣天然氣股份有限公司及欣湖天然氣股份有限公司函：時序已進入寒冬，使用瓦斯熱水器及爐具機會增加，為關心市民居家安全，各公司應派員進行冬季用戶管線及設備安全檢查，並指導用戶正確使用天然瓦斯方法。（100年地方特考三等）

▲試擬行政院致交通部函：為提升我國觀光競爭力，確保遊客安全，請全面檢討改善各國家風景區之安全設施，並於文到兩個月內將相關計畫報院核備。（100年司法官三等特考第二試）

▲試擬內政部函行政院人事行政局轉請考選部於公務人員高等考試三級考試增設戶政（兩岸組）類科，以應用人機關業務需求。（100年公務人員高考二級）

▲試擬行政院致教育部函：針對青少年犯罪事件頻傳，如日前有高二生弒母殺父的逆倫悲劇產生，影響善良社會風氣至鉅。請轉知各級所屬學校，加強輔導行為偏差、性格乖僻的學生，導引其正向思考。（100年民航、外交領事、國際新聞、國際經濟商務、調查局調查人員、國家安全局國家安全情報及社會福利工作人員三等考試）

▲試擬臺中市政府致所屬區公所函：今年以來，觀光人數遽增，請維護轄區內環境衛生，尤應加強風景區、夜市，以及公共廁所之清潔。（100年司法人員三等特考）

▲試擬行政院致經濟部函：針對部分水庫淤積嚴重，出現「淺碟效應」，應依本院核定之「加強河川野溪及水庫疏濬方案」積極辦理水庫清淤作業，以維持既有水庫容量；並須研擬水再生利用、海水淡化、人工湖等新水源多元開發計畫報院。（100年高考三級）

▲試擬行政院致文化建設委員會、客家委員會、原住民族委員會函：加強各地文化館舍活化，有效利用設施，做好經營管理，避免閒置浪費資源，俾提升民眾參觀意願，增進國人多元文化素養。（100年普考）

▲試擬行政院致經濟部函：充分運用閒置之既有工業區，避免因提供產業所需大面積土地開發案而徵收優良農田，以確保農業生產、農民生活及農村生態，並維護未來臺灣發展及生存所需。（100年一般警察人員二等考試）

▲鑒於學生外食情況相當普遍，營養不均衡及肥胖現象日趨嚴重，將影響未來國民健康、國家競爭力及整體醫療資源支出。試擬行政院致衛生署函：請速編製「均衡飲食宣導手冊」，分送各級學校加強宣導，所需經費由行政院預算支應。（100年身心障礙人員特考三等）

▲試擬交通部函所屬公路總局，請就所主管之：「遊覽車檢查維修、駕駛管理、每日工時」等事項，進行檢討，並落實稽查工作，建立縣密之安全管制機制，以維護遊客生命安全。（101年地方三等特考）

▲近年來「全球化」蔚為強勢潮流；不過也出現呼籲「在地特色」的一股清音。試擬行政院原住民族委員會致各地方政府函：請協助辦理發掘、整合各地區原住民族之人文資源，以充實觀光內涵及文化創意產業之推展。（101年原住民族三等特考）

▲針對不肖官員與業者同流合汙，盜採河川砂石，竊取國家資源，破壞水文、環境，影響民眾安全，此等行徑應予遏止。請試擬法務部所屬各級檢察署函復法務部，提出因應方案。（101年司法官三等特考第二試）

▲近來國小學生犯罪率逐年增加，已成為國家社會未來治安之隱憂。據查去年國內六至十一歲兒童、少年之犯罪案件，以妨礙性自主為最多，其次則傷害、恐嚇取財及毒品等。試擬教育部致函各縣市政府教育局，加強教師講習、補足輔導人力，並落實三級輔導（即班級教師發現學生問題，繼而引進輔導人力，最後延請心理師或社會工作師支援），期能及早導正國家幼苗，有效解決社會問題。（101年高考二級）

▲中華民國消費者文教基金會於日前公布大臺北地區20所國民小學校園遊樂設施安全性調查，發現諸多缺失，學童若使用此類設施，恐有陷入危險之虞。試擬臺北市政府教育局致各國民小學函：對於校園遊樂設施，應指派專人負責每日檢視安全無虞，並於採購新設施時，必須符合國家安全標準，以確保學童安全。（101年普考）

▲21世紀是「人才競爭的時代」，重在人才的培育與網羅。試擬行政院致教育部函：為提升國家競爭力，強化國家整體實力，應加強教育革新，培育優質人才，以蔚為國用。（101年外交、國際經濟商務、調查、情報、民航、專利商標審查人員三等考試）

▲近來酒駕肇禍事件頻傳，對於人民之生命財產造成重大威脅，試擬法務部致各直轄市、縣（市）政府函：請持續加強宣導正確之行車觀念，維護民眾之

權益。（101年司法人員三等特考）

▲民國○年○月○日行政院第○○○次院會中，院長鑑於邇來各界對於預定民國103年實施的十二年國教，多所質疑，甚而有反對的聲浪，遂指示教育部應即加強宣導。你是教育部的承辦人，請試擬教育部致各縣市政府函：請配合本部規劃時程，辦理說明會，以釋疑；並廣蒐各界建言，送部參考。（101年高考三級）

▲試擬○○縣政府致所轄各鄉鎮市公所函：為建構傳統市場優質新風貌，應整體規劃改善轄區內各市場購物環境，並積極輔導各攤位提升行銷手法，發揚固有之人情味、地區文化等特色，於三個月內將具體成果報府備查。（102年地方三等特考）

▲試擬行政院致行政院原住民族委員會函：推動原住民族健康部落生活，強化部落嬰幼兒及老人照護功能，並倡導節酒、體育等活動。（102年原住民族三等特考）

▲法務部全國法規資料庫青少年版已建置完成，並掛於網站。試擬該部致教育部函：請轉知各中小學善加利用，多加宣導，以加強法治教育。（102年司法人員三等特考）

▲因應颱風季節即將來臨，為健全災害防救體制，強化災害防救功能，以確保人民生命、身體、財產之安全及國土之保全，試擬內政部致各直轄市政府及各縣市政府函，要求落實「災害防救法」，儘速設置災害防救會報，以擬訂地區災害防救計畫、重要災害防救措施及對策，及轄區內災害之緊急應變措施。各直轄市及縣市政府除增加對於轄下鄉鎮市（區）的援助及各項教育訓練外，並應責成鄉鎮市（區）加強執行「正確的災情查報」、「受災初期的緊急簡易處理」、「災民初期收容」及「引導與協助支援單位救災工作」，尤應針對地處偏遠或災害潛勢較為嚴重之鄉鎮市（區）公所加強督導。必要時得請求國防部運用後備軍人支援災害防救，以提升救災戰力。本公文另以副本發送經濟部、行政院農業委員會、交通部、行政院環境保護署。（102年高考二級）

▲試擬內政部警政署致所屬各直轄市、縣（市）警察局函：請依據本署公告之「全國反詐騙活動日方案」，積極宣導並鼓勵民眾參加活動。（102年外交、調查、國安、民航、專利商標人員三等考試）

▲外交部為推動我國與邦交國及友好國家之青年交流，增進各國青年對我國國

情及文化之認識，訂有「國際青年大使交流計畫」，每年甄選大學校院師
生組成之團體，赴國外參訪及服務。102年度計畫已開始接受申請。為此，
該部特致函教育部，請其轉知所屬大學校院踴躍組團參加，請試擬此函。
（102年司法三等特考）

▲近年來，外交部致力推動與先進國家簽署「青年打工度假協定」，其宗旨在
鼓勵國內十八到三十歲青年走向國際社會，以「度假」為前提，藉由短期
「打工」賺取旅遊生活費，俾能拓展視野，體驗異國文化，並培養語文與獨
立自主能力。試擬行政院致外交部函：國內青年到國外進行打工度假活動，
人身安全至為重要，應會同教育部、本院勞工委員會等有關機關提供完備資
訊，並加強宣導所應注意事項，如在國外打工度假青年遇有急難救助之需
求，亦當掌握時效，儘速提供必要協助。（102年高考三級）

▲行政院於102年5月10日以行環字第10200589483號函致所屬機關及直轄市、
縣市政府略以：函送環境教育法，請轉知所屬依法推動環境教育工作，以期
落實政府節能減碳政策，並請於文到二個月內提出環境教育工作計畫書報院
核備實施。請試擬臺北市政府復行政院之函文。（102年普考）

▲衛生福利部國民健康署（原國民健康局），自民國100年推動健康體重管理
計畫，結合中央各部會及地方政府，跨部門跨領域合作，在職場、社區、學
校及醫院等場域，營造健康的支持性環境，鼓勵民眾實踐「聰明吃、快樂
動、天天量體重」的健康生活型態，為自己找回健康，也節省國家醫療支
出。試擬衛生福利部國民健康署致各直轄市、縣（市）衛生機關函：請持續
推動健康體重管理計畫，提供營造健康的支持性環境，以促進國人的健康及
福祉。（103年地方四等特考）

▲針對季節交替期間，極易造成因蚊蟲叮咬所引發之流行性傳染病，造成民眾
健康之重大威脅。請試擬衛生福利部發函，要求全國各縣市衛生單位提高警
覺，面對可能發生之疫情，預先提出各種有效方案，如清理環境，掃除髒亂
死角，定期噴藥，清理水溝、積水容器，以減少蚊蟲孳生等等。各單位應徹
底執行，防止疫情擴大，以保障民眾之健康及生命安全。（103年地方三等
特考）

▲試擬教育部致各高中函：為端正社會風氣，舉辦「只要青春不要毒」全國高
中徵文比賽，請各高中配合推廣辦理。（103年警察三等特考）

▲司法官一紙判決，往往關係人民生命財產等重大權益。司法官考試錄取人

員，雖經嚴格培訓，然而結業上任，歷練有限，經驗不多，一有偏失，常致民怨沸騰，輿論譁然。試擬法務部致所屬司法官學院函，請針對上述情事，擬具培訓改進辦法。（103年司法官三第二試）

▲試擬行政院函衛生福利部：為維護民眾健康，請就食品及藥品相關管理工作，確實稽查審核，嚴格取締不法，並按月陳報執行情形。本函副本抄送行政院○○○政務委員、法務部、內政部、經濟部、財政部、行政院農業委員會。（103年高考二級）

▲為尊重動物生命及保護動物，依「動物保護法」規定，中央主管機關為行政院農業委員會，地方為各直轄市、縣（市）政府。試擬行政院農業委員會致各直轄市、縣（市）政府函：落實未辦理寵物登記稽查及飼主責任教育工作，以禁絕隨意棄養行為之發生。（103年外交領事、國際經濟、民航、外交及原住民族三等特考）

▲試擬行政院致交通部函：持續加強載客船舶航行、救生與消防等安全設備檢查，並督促業者落實航行前安全檢查、平時救生與消防演練及強化船員緊急應變能力。（103年高考三級）

▲試擬臺北市政府教育局致本市各中小學函：檢送「臺北市國民中小學辦理校外教學實施原則」一份，請配合辦理，並加強校外教學安全。（103年關務、身心障礙、軍官轉任四等）

▲試擬教育部致各直轄市與縣市教育機關函請所屬各級學校：近年來因受「少子化」之衝擊，學校招生班級數銳減，為使校園空間及設備，不至於因閒置而荒廢，請依據本部公告之「活化校園空間及設備方案」，積極宣導，以達「物盡其用」之目的。（103年關務、身心障礙、軍官轉任三等）

▲假設桃園市市民許大維先生於104年10月25日以電子郵件，向行政院院長電子信箱陳情，為其子女就讀桃園市甲乙國民小學，憂心遭禽流感感染及營養午餐蛋類食材安全問題，請行政院確實督促防範。本案經行政院於104年10月26日院長信箱轉桃園市政府後，經該府研究發展考核委員會列管，並於同年月27日轉請該府教育局，請該局就許先生陳情事項，所採行之具體防範措施，以及增設「快樂午餐、吃出健康」學校營養午餐食材登錄網站之訊息，一併逕復陳情人，試擬桃園市政府教育局答復許先生函。（104年地方三等特考）

▲假設臺東縣政府為拓展資訊教育，函請教育部補助104年度資訊教育經費，

案經教育部於104年4月10日教資字第1234567890號函復，同意核定補助經費五十萬八千元，並請於年度內支用後，將執行情形檢附相關資料核銷。嗣經該府依104年度教育計畫分別辦理「資訊教育訓練」、「資訊器材增設汰舊換新」、「提升資訊等級」及「配合影音媒體頻道擴建計畫」等，實支四十八萬三千元。試擬臺東縣政府致函教育部，彙報上開資訊教育補助經費執行情形，檢附補助經費收支結算表、成果報告表等相關資料辦理核銷，並請同意結餘款納入該府教育基金，免予繳回。（104年地方四等特考）

▲行政院○○○政務顧問於104年○月○日「院長與政務顧問座談會」提出建言：政府應持續依據「海峽兩岸共同打擊犯罪及司法互助協議」合作機制，強烈要求陸方積極協助，使逃匿大陸地區尚未歸案之重大罪犯早日緝捕遣返。試擬行政院致法務部函，請針對上述情事，切實檢討、研議，於文到一個月內擬具策進方案報院。（104年司法官三第二試）

▲為解決日益嚴重的電信詐欺問題，內政部警政署自93年成立「165反詐騙諮詢專線」，迄104年7月為止，受理民眾來電632萬9,323通、檢舉221萬784件、報案11萬9,727件。民眾財物損失，以95年財損金額新臺幣185.9億餘元為最高，103年財損金額降至新臺幣33.8億餘元，足見已有成效，惟仍有加強防範的必要。試擬內政部警政署致各直轄市政府及各縣市政府函，繼續加強宣導「165反詐騙諮詢專線」，期能避免民眾受騙而衍生社會問題。（104年高考二級）

▲民國103年，因各級政府共同努力，整體來臺旅客已突破990萬人次，創歷史新高。試擬交通部觀光局致各直轄市政府、縣（市）政府函：請以文化、美景、美食、民俗、樂活、生態等主題，發展社區及地方特色，吸引外國旅客到訪。相關計畫，請於本（104）年12月31日前函送本局，俾便彙整，並代為宣傳。（104年外交、民航、原住民族、稅務三等特考）

▲試擬○○市政府教育局致所屬各國民中、小學函，要求各校於104學年度加強珍惜水資源教育，並限期回報教學成果。（104年外交、民航、原住民族、稅務四等特考）

▲近來部分縣市政府頻傳財政困窘，甚或舉債應急，令國人擔憂。試擬行政院致各直轄市、縣（市）政府函：請嚴守財政規範，妥善規劃年度預算，戮力開源節流，有效因應難關。（104年司法、調查、移民行政人員三等特考）

▲試擬交通部致交通部民用航空局函：自各廉價航空公司開闢臺灣與外國間國

際航線以來，因契約問題與旅客發生紛爭之情事，時有所聞。請重新審核各公司相關契約是否有違反法規或不盡合理處，以保障旅客權益。（104年司法、調查、移民行政人員四等特考）

▲齊柏林先生拍攝的紀錄影片「看見臺灣」，讓國人驚見臺灣國土之美，但也暴露土地濫墾、濫伐及河川污染之嚴重，令人怵目驚心，為免引發更大浩劫，亟待設法導正與杜絕。試擬行政院環境保護署致各直轄市政府、縣市政府函：請加強宣導正確環保觀念，針對轄區內之土地及河川，建置完善的監測、預警、通報及應變系統，對於違反環保法令事件，應依法嚴辦，並於三個月內查處完竣，以提昇國人生活品質。（104年高考三級）

▲行政院為因應高齡化社會需求，推動老人健康與生活照顧之「長期照顧服務法」，業奉總統於本（104）年6月3日明令公布，並自公布後二年實施。依該法規定之長期照顧服務模式，分為居家式、社區式、機構住宿式、家庭照顧者支持服務、其他經中央主管機關公告之服務方式等五種，為因應該法正式實施時之實際需求，實有詳加規劃、預為綢繆之必要。試擬衛生福利部致各直轄市政府、縣市政府、各大專院校相關系所及各從業機構函，為期長期照顧服務體系之規劃更加周妥完善，請貴機關（構）惠予提供辦理長期照顧有關之寶貴經驗、建議及需求，並於文到二十日內惠復，俾供研訂長期照顧服務法施行細則暨相關配套法規之參考，以嘉惠老人。（104年普考）

▲試擬衛生福利部國民健康署致各直轄市、縣（市）政府衛生局函：為推動「104年校園周邊健康飲食輔導示範計畫」，請選擇國中、小學為示範學校（不限示範校區數目），對於校園周邊之超商、早餐店、速食店及飲料店，積極輔導業者開發及提供少油、少鹽、少糖之營養早餐，以維護學生身體健康。（104年警察、鐵路、退除役三等特考）

▲每到秋冬季節，臺灣經常出現「霾害」現象，主要是因空氣中細懸浮微粒（簡稱PM2.5）超標所導致。試擬行政院致行政院環境保護署函：加強宣導工作，持續辦理「淨化空氣小學堂」活動，除依往年透過解說、有獎問答外，可規劃增加讓民眾現場實際檢測、體驗日常生活中如吸菸、焚香、燒紙錢、燃放鞭炮等習慣所產生之細懸浮微粒濃度，進而建立正確防護空氣污染之觀念。（104年警察、鐵路、退除役四等特考）

▲基因改造食品早已在臺灣市面上泛濫成災（如豆類製品95%以基因改造黃豆為原料），飲食非基因改造食物為大勢所趨，請以臺北市政府致函教育局通

令全市國民中小學營養午餐所有飲食禁用基因改造原料製品。（105年地方特考三等）

▲交通部今年9月起，修訂相關規定並加重罰則，凡民眾行駛國道高速公路或快速道路，駛離主線車道若沒有依序排隊且插隊，影響交流道出口匝道的行車秩序，都會開罰3000元至6000元。但雖修法及加重罰則，未能有效遏止民眾開車行經匝道出口插隊行為。試擬交通部致臺灣區國道高速公路局函：為改善高速公路出口匝道違規插隊情形，以維持車行之通暢，並保障民眾行車之安全，請加強宣導並嚴格取締舉發違規插隊的車輛。（105年地方特考四等）

▲巴拿馬文件曝光及恐怖攻擊事件頻傳，使各國反洗錢機制日益嚴格。我國將於明年第四季第二度接受亞太洗錢防制組織（APG）評鑑。由於前次為六十分勉強及格，若此次評鑑結果不佳，臺灣將可能被視為「洗錢黑名單」國家，期間長達十年。一旦被列入黑名單，則影響金融、外貿及國家形象至鉅。試擬行政院致函金融監督管理委員會，針對目前洗錢防制措施之有效性進行深入研究，並限期提出具體應對辦法。（105年司法官三等）

▲現今電腦網路與通訊行動載具普及，霸凌行為得以透過網路媒體傳遞，例如：電子郵件、網路貼文、手機簡訊等方式，在校園中蔓延。這種透過現代網路科技而進化的霸凌行為，即稱為「網路霸凌」（Cyber-bullying），又稱「電子霸凌」、「簡訊霸凌」、「數位霸凌」、「線上霸凌」或「網路暴力」。有別於傳統霸凌恃強凌弱、以大欺小的面對面威嚇，霸凌者以匿名方式寄送，免除面對面的對峙壓力，讓霸凌者更快速、更輕易地傷害他人。這種欺壓行為，常為校園莘莘學子身心帶來極大傷害，其嚴重性有時更勝於傳統校園霸凌。對霸凌者而言，若不加以防範、矯治其行為與態度，最後極有可能惡化成觸法行為。請參考以上資料，試擬教育部致各直轄市、縣市政府教育局（處）函：請轉知所屬，加強「防杜網路霸凌」教育，營造健康友善的校園學習環境，讓學生安心就學。（105年高考二級）

▲試擬行政院致教育部函：為提升學生就業能力與國際移動力，大專校院海外專業實習業已推行多年，為確實掌握施行績效，了解跨國專業實習的機會與困境，請提報近三年海外專業實習之成果報告，分項敘述，具體說明，並研擬後續推動之規劃。（105年外交、民航、國際經濟商務人員三等）

▲試擬外交部致各駐外使館函：請利用國際情資，掌握國內外毒梟勾結串連狀

況，以杜絕毒品走私入境，俾維護全民健康。（105年外交人員四等）

▲公文：（20分）試擬原住民族委員會致各地方政府函：請協助改善原住民族所在地區交通系統，以利原鄉生產作物順利運銷各地，而居民出入城鄉亦能更加便捷。（105年原住民四等）

▲中小學校園因發生霸凌事件而廣受媒體報導者時有所聞。受害學生常致人格扭曲、憤世疾俗，因之或自殘或傷人者並不罕見，甚至衍生重大事件，造成社會不安。試擬臺南市政府教育局致轄下各中小學函，敦促校內行政、教學、輔導人員密切注意，以防範校園霸凌現象。（105年司法、調查、移民三等）

▲我國各地寺廟、書院、傳統建築等古蹟，歷史悠久，文化深厚，若能探討研究其歷史文化，必能提升人文素養，陶冶審美情操，了解先民開墾經營的歷程，激發國人熱愛鄉土的情懷。試擬文化部致各縣市政府文化局函，要求擬具周詳計畫，籌辦「古蹟研習營」，以加強民眾對古蹟的認知與關懷。（105年司法、調查、移民四等）

▲情境敘述：

一、本（105）年6月5日新北市坪林山區發生民眾溯溪時遭瞬間暴雨侵襲，造成重大意外事件，由於現行相關法規尚無有關溯溪活動之明文規範，嚴重影響民眾溯溪遊憩之安全。

二、假設針對上開情事，教育部體育署承辦單位經詳慎檢討結果，為加強宣導民眾參與溯溪活動之安全認知，建置完善之防護機制，認為有函請各地方政府配合辦理之必要，爰於該署105年6月20日第101次署務會議決議，擬函請各直轄市政府及縣（市）政府於公文到達後二十日內，研訂溯溪活動之具體作法及相關規定公告周知，以避免再發生溯溪意外。

三、前項溯溪活動之具體作法及相關規定，教育部體育署建請各地方政府積極研訂溯溪自治條例，並將製作警告標語、設置預警裝置、定期舉辦教育訓練及防災模擬演練、相關禁止措施及罰則等應行注意事項納入規範，俾供參與溯溪活動之相關業者及遊客共同遵循。另各地方政府辦理本項業務，如有經費需求，得專案向該署申請補助，執行成效優良者，將列入爾後補助經費之重要參考。

問題：請依上述情境敘述，試擬教育部體育署函，將該署希望各地方政府辦理之有關事項，以最速件請各直轄市政府及縣（市）政府配合辦理。

（105年高考三級）

▲國立臺灣文學館於105年4月22日至106年2月5日舉辦「純真童心—兒童文學資深作家與作品展」。所謂「兒童文學」係指以十八歲以下讀者為對象之文學作品，該等作品必須站在兒童的立場，以兒童的心理、生理及社會觀點出發，並以兒童理解之語言表達內容，包括故事、童詩及兒歌等形式；而「資深作家」則指民國34年以前出生之作家。該館所有展覽均屬免費參觀，並設有專人導覽，相關資料，均登載於該館網站。為推廣前述展覽，國立臺灣文學館特分函○○市各國民中學及國民小學，呼籲其組團至該館參觀。試擬此函。（105年普考）

▲情境說明：推動文化體驗教育，深化青少年文化內涵，進而培育人才，是近年來文化界所關注的課題，也是106年全國文化會議討論的相關議題之一。爰文化部以106年10月30日綜規字第○○○○號函，請各直轄市及縣（市）政府文化專責機關，於106年12月25日前，研擬107年度加強推動文化體驗教育實施計畫報部備查，並列為年度施政自行列管事項。
　問題：假如你是○○縣政府文化局業務承辦人員，請依上述情境說明，撰擬加強推動實施計畫之局函，陳報文化部備查。（106年地方特考三等）

▲情境說明：茲有財團法人貝俊文教基金會以106年11月30日貝董字第○○○○號函，致○○縣政府謂：為協助政府縮短城鄉教育差距及培育人才，本基金會擬捐贈貴府新臺幣5,000萬元整，作為充實國民中小學圖書資訊設備之用。請於106年12月15日前，將補助實施計畫、經費收據及匯款資料函送本會，俾據以匯款。縣府慎重其事，乃召開專案會議，決議：擇定補助國民中學7校、國民小學15校，每校以新臺幣250萬元為上限，由各校自行招標採購，並於107年4月30日前驗收結案；另組專案小組負責輔導與考核。縣府復依上開決議，研擬○○縣政府106學年度補助國民中小學圖書資訊設備實施計畫」，據以辦理。
　問題：假如你是○○縣政府教育處業務承辦人員，請依上述情境說明，撰擬○○縣政府復該基金會函。（106年地方特考四等）

▲情境說明：和諧、友善的職場環境是機關發展、組織經營、公司興業的重要條件。勞動部為增進行政效率，提升職場動能，滿足民眾需求，特函請所屬各機關依函內所列策略，加強建構和諧、友善的職場環境。

問題：假如你是勞動部承辦人員，請試擬此函。

※備註：

1.勞動部所屬機關有：勞動力發展署、職業安全衛生署、勞工保險局……等。

2.內部單位有：勞動關係司、勞動條件及就業平等司、勞動保險司……等。

　（106年公務人員薦任升等）

▲根據統計，全國平均每天都有學生因安全事故死傷，其中高比率是由於危機意識不夠，自我救護能力不足所致。青少年是國家未來的希望，是建設社會的重要人才資源，也是將來政治、文化建設的積極參與者，青少年的身心安全應受到重視，安全教育應該深化。

學校是安全教育建構的重要場域，學校教育有必要提升國民自我保護與救助的能力。作為人生的必修課，安全教育是一門幫助學生認識生命的學問，通過整合與滲透的方式，使生命的尊嚴和無上價值得到應有的尊重。

當前中小學安全教育理念，還沒有真正落實到實踐活動中；安全教育課程缺乏系統性，在教育階段銜接上存在明顯不足；安全教育形式單一，多為理論課程，缺乏活動實踐；學校、家庭與社會安全教育尚未有效結合，使得中小學社會、健康領域課程已經遠遠不能適應社會環境的發展和學生健康成長的需要。

請參考以上資料，試擬某市教育局致全市所屬學校函，請各校加強生命安全教育，並提出具體的辦法。（106年高考二等）

▲目前我國垃圾清理政策是以「源頭減量、資源回收」為主要方向，全國平均每人每日垃圾清運量至105年已較歷史最高減少64.71%，垃圾回收率達58%，但仍有約4成無法回收的垃圾，必須透過焚化或掩埋方式最終處理。惟全臺24座垃圾焚化廠設備逐年老舊劣化，運轉效能遞減；廚餘未能完全發揮生質能源化等嚴峻垃圾處理問題。環境保護署遵照行政院指示提出「多元化垃圾處理計畫」，建置國內多元化垃圾處理設施，可大幅提升廢棄物資源化效益，逐步邁向循環經濟時代。

試擬行政院環境保護署遵照指示，擬訂「多元化垃圾處理計畫」，復請行政院同意函。（106年外交、民航、稅務三等特考）

▲食安是政府施政重點，行政院於105年6月23日通過「食安五環」改革方案，就「源頭控管」、「重建生產管理」、「加強查驗」、「加重惡意黑心廠商

責任」及「全民監督食安」等五大面向，作為我國食安升級之推動方針。經一年來積極規劃，透過跨部會、跨領域協力治理，建立從農場到餐桌的安全體系，以重新找回國人對食安的信心。

試擬行政院函衛生福利部：應切實執行「食安五環」方案。（106年外交、稅務四等特考）

▲試擬原住民族委員會為促使災區及早復原，檢送「○○年重大天然災害災後重建臨時工作補助計畫（含申請表）」致各直轄市、縣（市）政府函。（106年原住民族四等特考）

▲國立故宮博物院展覽歷代文物和藝術精品，琳瑯滿目，美不勝收。近年來，更精選其典藏，結合數位科技，而為更創新靈動之展出，對於藝術精神的體現，人文素養的提升，實具積極意義。試擬臺北市政府教育局致臺北市各高級中學、國民中學函，要求各校每學年由教師帶領學生前往參觀，以增進青年學子之藝術涵養，藉收潛移默化之效。請擬此函。（106年司法、調查、安全、海巡、移民三等）

▲臺南市政府文化局響應政府推動之新南向政策，並有意向東南亞國家推廣臺灣文學，經委託專家學者執行，即將完成《葉石濤短篇小說》越南文本的翻譯出版工作，訂於民國106年12月2日上午10時，於該市中西區友愛街8-3號「葉石濤文學紀念館」舉辦新書發表會，函請市內各中小學選派越南新住民之子女一名為代表，在師長陪同下出席該新書發表會，試擬此函。（106年司法、調查、安全、海巡、移民四等）

▲情境說明：落實推動生涯與技藝教育，可增進學生自我認識，也能對多元的技藝職群有所了解；透過課程的實作與體驗，可讓學生探索自己的性向、興趣，有助於未來生涯發展。爰新竹縣政府教育處依據教育部國民及學前教育署○○年○○月○○日國字第○○○○號函，研擬「推動國民中學學生生涯與技藝教育方案」，以符應因材施教、多元進路、適性揚才的教育目標，案經縣務會議討論通過。該府復於○○年○○月○○日府教字第○○○○號函，致所屬各公私立國民中學（含高級中學附設國中部），請其依該方案研提實施計畫，據以執行並報府備查。

問題：假如你是新竹縣立中山國民中學承辦人員，請擬此函。（106年高考三級）

▲情境說明：苗栗縣南庄鄉、三義鄉，花蓮縣鳳林鎮及嘉義縣大林鎮，皆獲得

國際慢城認證。其中，花蓮縣政府為呈現慢城的魅力，特責成觀光處研擬建構兼具慢活、慢食、慢遊的地方特色計畫，期吸引國內外觀光客前往觀光體驗。

問題：請依上述情境說明，試擬花蓮縣政府致所屬各鄉鎮市公所函：請其提供辦理慢活、慢食、慢遊之經驗、建議與需求，並協助廣為宣傳慢城獲獎資料。（106年普考）

▲地球暖化日益嚴重，導致氣候多變，生態亦深受影響。據科學家研究指出，最大禍首是碳過度排放所致。有鑑於此，院長在某次院會中指示速謀因應。試擬行政院致環保署函，請儘速研擬具體措施，力謀改善之道，並於文到三個月函復。（106年警察、鐵路、退除役軍人轉任三等考試）

▲近日新聞媒體一再報導蔬果農藥殘留量過高，影響國民健康，造成社會恐慌。試擬行政院農業委員會函各縣市政府農業局：請加強推動農作物安全用藥管理措施，公開相關資訊，以減少國人疑慮，維護國民健康。（106年警察、鐵路、退除役軍人轉任四等考試）

▲醉酒駕車肇禍不僅傷己害人，影響交通，且往往造成許多家庭陷入困境，社會也付出極大的代價。交通部鑑於近年來這類事故頻傳，希望各地區能因地制宜，研擬有效減少酒駕事故方案，報部核定實施。試擬交通部致各直轄市交通局與各縣市交通主管機關函，請針對各自轄區內交通實況，訂定減少酒駕肇事方案，於文到二個月內報部核定、實施。（106年關務三等）

▲去年，韓國、日本與中國大陸的家禽養殖業因禽流感侵襲而受到重創。今年初，行政院農業委員會檢出國內也出現禽流感病例，而使家禽養殖業者大為緊張，消費者人心惶惶。行政院立即成立跨部會管控中心，由行政院農業委員會主導，期使疫情逐漸消弭。試擬行政院農業委員會致衛生福利部、行政院環境保護署、內政部、全國各地方政府函，請立即擬訂有效計畫，強化防疫工作，並定期向行政院農業委員會函報疫情控管情形。（106年關務四等）

▲請參考下列資訊，選擇合用者，試擬市衛生局致轄下各區衛生所函，要求對目前登革熱之疫情進行迅速確實之防治。

一、根據統計資料，某院轄市登革熱病例確診人數已達88人，且近期數目有攀升之勢。出血重症患者達9例之多。

二、市內各區之公立醫院均已收治多名病患，且病患來源不分城郊，分散於

全市各區。

三、議會開議期間，市議員針對登革熱疫情有所質詢，市長於市府例行會議時，對於衛生局長之專案報告作出裁示。

四、市內中小學學生染患登革熱之人數逐漸增多。

五、市府○○月○○日下令，市區住家室外貯水容器未加蓋致病媒蚊滋生者將處以罰鍰。令下十日內為宣導期，逾期開罰。

六、市長責令環保局長督導噴藥滅蚊措施，並加強垃圾減量與清運工作。

七、市府要求各單位恪遵一例一休規定，各項工作務必在符合上項法令規定範圍內進行。

八、○○月○○日行政院院會，院長對於近日登革熱疫情作出裁示，指示衛生福利部全力協助地方縣市，妥善處理。（106年身心障礙三等）

▲近年來，毒品入侵校園情形日趨嚴重，學生一旦吸毒成癮就難以戒除，甚至造成治安問題。根據各項統計，少年犯罪事件增加與毒品問題關聯極大。試擬教育部致各直轄市暨縣市政府教育局轉致所屬各級學校函，請各校加強宣導毒害訊息，並積極推行毒品防治工作，以減少社會問題。（106年身心障礙四等）

▲請詳細閱讀以下假設情境的描述，並依要求，撰擬公文一件：超穩固建設公司員工王大明因該公司未事先以書面或口頭通知即調動其工作，上班一週之後，王大明發覺其體能及技術均無法勝任，曾向公司請求調回原來工作，但公司不同意，於是向新北市政府勞工局申請勞資爭議調解，該局受理此案，組成勞資爭議調解委員會，並排定於107年7月17日上午10時在該局第一會議室召開委員會議。為此，該局於107年7月1日以速件發函超穩固建設公司，請該公司屆時由公司負責人或代理人出席。該函同時副知王大明。試擬此函。（107年警察、鐵路特考）

▲請視需要擷取下列資訊，撰擬衛生福利部疾病管制署致交通部觀光局函。

一、國內近期發生麻疹境外移入及接觸者群聚感染事件。

二、麻疹為傳染力極強之病毒性疾病，可經由空氣、飛沫傳播，或接觸病人鼻咽分泌物而感染。

三、我國之「傳染病防治法」，將麻疹列為第二類傳染病。

四、最近發生麻疹的國家及地區如下：亞洲：印尼、菲律賓、泰國、印度、中國大陸、哈薩克、烏克蘭；非洲：剛果民主共和國、幾內亞、奈及

利亞、獅子山；歐洲：法國、英國、羅馬尼亞、希臘、義大利、塞爾維亞。

五、衛生福利部疾病管制署在「國際間旅遊疫情建議等級表」中，將本次麻疹疫情列為第一級：注意。提醒出國民眾遵守當地的一般預防措施。

六、雖然得過麻疹者可終生免疫，但仍建議民國70年以後出生者，在出國前應注射疫苗一劑。疫苗注射兩週之後，方發生效力。

七、衛生單位建議，平時應注意勤洗手、呼吸道衛生與咳嗽禮節；從麻疹疫區回國後，應自主健康管理二十一天。

八、衛生福利部疾病管制署去函交通部觀光局，請其轉知旅行業提醒出國旅客做好各項防疫措施。（107年高考三級）

▲國立傳統藝術中心將於107年○月○日至○日於宜蘭傳藝文化園區舉辦「臺灣宗教文化表演藝術週」，發函邀請「宋江陣創意大賽」得獎之○○大學宋江陣隊伍至園區表演，每日二場，相關之交通、住宿、膳食等費用，由該中心補助，希該校於文到兩週內復文，並提出預算需求。請擬該中心致○○大學函。（107年普通考試）

▲梅雨和颱風期間，大雨傾盆，沖刷山林，不肖分子伺機盜伐珍貴林木，隨山洪而至下游，欲據為私有，乃強行侵吞。警察人員不畏惡劣天候，不懼邪惡勢力，盡忠職守，維護國家利益，保障全民財產，可堪嘉勉。請試擬某縣（市）政府針對警察單位同仁不畏凶險，勇於任事，維護國家利益，指示相關單位宜論功行賞，並於文到十五日之內呈報受獎名單備核，以激勵士氣。（107司法、調查、國家安全特考）

附錄七　歷年公務人員考試作文題目

▲立身處世若能長期堅持言行一致，可以建立個人信譽；國家治事若能長期堅持政策一貫，則足以樹立施政方針。請以「**行之苟有恆，久久自芬芳**」為題，撰文一篇，申論其旨，文長不拘。（100年地方特考三等）

▲**我所遵行的普世價值。**（100年司法官三等特考第二試）

▲我國文官以「廉正、忠誠、專業、效能、關懷」為核心價值。請以「**論廉正、效能、關懷為建構良好文官制度之基石**」為題，作文一篇，闡發其要義。（100年公務人員高考二級）

▲蔡元培（1868-1940）說：「群者，所以謀各人公共之利益也。然使群而危險，非群中之人出萬死不顧一生之計以保群而群將亡，則不得已而有舍己為群之義務焉。」群體的利益，是大於個人的利益。請以「**舍己為群，關懷公益**」為題，作文一篇，申論其義。（100年民航、外交、國際新聞、國際經濟商務、調查、安全情報及社會福利三等）

▲蘇軾在〈刑賞忠厚之至論〉一文中引《尚書·大禹謨》「罪疑惟輕，功疑惟重」，又言「春秋之義，立法貴嚴，而責人貴寬」，此說在今日是否仍然適當？試以「**刑責之適切性**」為題，作文一篇，文白不拘。（100年司法三等特考）

▲《論語》中曾記載子張問政，孔子回答：「居之無倦，行之以忠。」意即對工作應懷抱熱忱，對職守須敬業盡責。時至今日，孔子的話仍允稱不刊之論。請以「**恪盡職守，主動積極**」為題，作文一篇，申論其義。（100年高考三級）

▲我們一方面享受科技發展帶來的經濟成長與社會進步，另一方面，為了防止過度開發危害到自然環境，避免背負太多生活負擔而引發「過勞死」的憾事，回歸簡約生活成了趨勢。有人從返璞歸真、找回自我的理念倡導簡約生活，也有人從環境保護、理性消費、公平合理等不同的角度來宣揚簡約生活。試以「**簡約生活帶來的好處**」為題，闡述你的看法，並提出實踐簡約生活的方式。（100年普考）

▲在多元化社會中，公務人員的工作，可謂千頭萬緒、錯綜複雜；執行公務時如何審度法理，權衡情勢，拿捏分寸，為所當為，實須深思。試以「**公務人員的應為與不為**」為題，作文一篇。（100年一般警察人員二等）

▲抱持崇高理想，堅忍奮進不懈。（100年身心障礙人員特考）

▲付出愈多心力，愈可加速成長；環境愈是艱困，愈可磨練才能。試以「**在工作中成長、在磨練中發光**」為題，撰文一篇，加以申論。（101年地方三等特考）

▲臺灣原住民族的居處環境、文化傳統、風俗習慣，都與其他族群不同。試以「**我的部落風**」為題，作文一篇，詳加敘寫，並述所思所感。（101年原住民族三等特考）

▲美國太空人阿姆斯壯在登月時曾說：「這是一個人的一小步，卻是人類的一大步。」誠如所言，人類今日的文明發展已經隨著新科技的發明，邁入一個新的世紀。但是，許多的問題卻接踵而來，如人與人、人與自然、國與國、文化與文化之間的衝突，衝擊著我們的生存。請以「**人類的下一步**」為題作文，勾勒一個理想的未來。（101年司法官三等特考第二試）

▲擔任公務員是神聖事業，必須大公無私，勞怨不避。能以無私之心律己，固已不易；欲以大公之智治事，更須兼具才、學、識，始能調停各方，措置妥當，此尤屬難上加難。至於自身長年之辛勞，民眾一時之怨謗，自是意料中事，唯有以勇毅之志承擔，俗謂「公門好修行」，由此可知公務員之難為。試以「**大公無私，任勞任怨**」為題撰寫一文，文白不限，長短不拘。（101年高考二級）

▲曾子說：「十目所視，十手所指，其嚴乎！」（〈大學〉）做人做事，必須光明磊落，清清白白。擔任公職，奉行官箴，尤須如此。請以「**慎獨省思，光明磊落**」為題，作文一篇，申論其義。（101年外交行政、國際經濟商務、調查、情報、民航、專利商標審查人員三等）

▲劉兆玄教授應邀於2012年國立臺灣大學畢業典禮中致詞，他以臺大校園最具代表性之椰子樹：「只顧自己往上長，連一點樹蔭都不給」的生物特色為喻，對即將進入社會工作之畢業生多所期許。請本此概念，以「**卓越與關懷**」為題，作文一篇。文體不拘，字數不限。（101年司法三等特考）

▲身為現代公務人員，必須內外兼修，除廉潔自持、詳悉法規、嫺熟溝通技巧外，並應人情事理練達，方能提供民眾滿意的服務。試以「**衡情酌理，守正修仁**」為題，作文一篇，加以論述。（101年高考三級）

▲「反求諸己」是立身處世的根本立足點，也是自我覺知與自我管理的核心概念。若能將「反求諸己」的功夫落實在日常生活中，時時自我反省、自我

修正、自我改進，超越困境，追求成長，當能逐步實現人之為人的本性與夙願。試以「**反求諸己**」為題，撰寫一篇文章，文長不限。（101年普考）

▲困境能磨鍊人生、助人成功，關鍵在於要善用智慧、善盡努力。請以「**走出困境**」為題，作文一篇，文長不限。（102年地方三等特考）

▲近年來，原住民族傳統的宗教祭儀、音樂、舞蹈、雕塑、編織、圖案、服飾、民俗技藝等文化資產，雖已深受大眾重視，但在現代化的過程中，若未能及時設法保存，將有伴隨時間流逝及部落耆老記憶的消磨而凋零之虞。請以「**保存臺灣原住民族文化資產之我見**」為題，作文一篇。（102年原住民族三等特考）

▲《老子》第三十三章說：「知人者智，自知者明。」知人與自知都是一個君子必要的修為。請以「**知人與自知**」為題，作文一篇，申述其旨。（101年司法人員三等特考）

▲長期以來，GDP（Gross Domestic Product，國內生產總值）被用為衡量一國經濟發展與社會進步的主要指標。然而近年各國已逐漸揚棄經濟掛帥的迷思，轉而展開衡量人民福祉的相關研究，謂之「幸福指數」。此類評量並非依據民眾的主觀感受，而是採取多面向的架構，建立客觀的評量指標，如醫療水準、教育程度、貧富差距、社會福利等。據實考察幸福指數，必有助於一國上下齊心協力，追求共同的幸福前景。試以「**政府當前如何提升國人幸福指數**」為題，寫一篇內容完整的語體文。（102年高考二級）

▲胡適先生論「新思潮的意義」時曾說：「新思潮唯一的目的是什麼呢？是再造文明。」又說：「再造文明的下手工夫，是這個那個問題的研究。再造文明的進行，是這個那個問題的解決。」請試以「**文明再造之道**」為題，作文一篇，闡述己見。（102年外交、調查、國安、民航、專利商標人員三等考試）

▲箴，是古代用來規戒的文體，古人為官常寫「官箴」以自警。民主體制下，從事公職的人被視為「公僕」，言行舉止，備受關注，更應戒慎惕厲。諸君既有志從事公職，請以「**公僕之箴**」為題，作文一篇，闡述己見。（102年司法三等特考）

▲己之所長，未必為人之所短；己之所短，又適為人之所長。人居於世，易見他人不是，而多自負，故孔子說：「三人行，必有我師焉。擇其善者而從之，其不善者而改之。」請以「**慎己戒滿**」為題，作文一篇，申論其意。

（102年高考三級）

▲社會中的分子能否理性溝通、討論，是這個社會是否進步、文明的關鍵。請以「**講理**」為題，作文一篇，闡述相關意旨。（102年普考）

▲世人做事，往往趨易避難；因為趨，所以成功；因為避，所以難者恆難，無法解決。試以「**難易之辨**」為題，作文一篇，闡述個人看法或意見。（103年地方四等特考）

▲主動負責、積極任事的公務人員，能保障人民的健康福祉，有其人矣；因循怠惰、苟且推諉的公務人員，成為危害人民生命安全的幫凶，有其人矣。身在公門，主動積極，非僅止於個人修行，實為全民福祉所賴，請以「**主動負責，積極任事**」為題，作文一篇。（103年地方三等特考）

▲現代社會贊許自我推銷，傳統價值觀卻標榜謙遜為懷。融合實踐兩項看似矛盾的價值觀，成為現代人一生的必修課。請以「**謙虛與進取**」為題撰寫白話散文一篇，闡述你的見解。（103年警察三等特考）

▲《呂氏春秋·有始覽·聽言》：「聽言不可不察，不察則善不善不分，善不善不分，亂莫大焉。」《說苑·尊賢》：「觀其言而察其行。」二者都論及觀聽他人言行的重要。請以「**聽言與觀行**」為題，作文一篇，申論其義。（103年高考律師）

▲胡適在1946年北大開學典禮演說，曾引南宋哲人呂祖謙所說：「善未易明，理未易察」作結語，並且解釋，人們之所以會有「不容忍的態度」，乃是基於「我們的信念不會錯」的心理習慣，因此，容忍「異己」是最難得、最不容易養成的雅量。請以「**善未易明，理未易察**」為題，作文一篇，申論其旨，並抒己見。（103年司法官三等第二試）

▲常言道：「三百六十行，行行出狀元」，「人生以服務為目的」；孟子說士要「尚志」，孔子志在「老者安之，朋友信之，少者懷之」。其實職業與志業是可以密切結合的，端看我們的觀念與做法而定。試以「**如何讓公務員生涯成為高尚志業**」為題，申論己見，撰文一篇。（103年高考二級）

▲孔子一生栖栖皇皇周遊列國，求行道於世，時人視之為「知其不可而為之者」。「知其不可而為之」究屬固執冥頑抑或勇毅堅定？其是否允為今日吾人應具備之理念與精神？請以「**知其不可而為之**」為題，加以論述。（103年外交領事、國際經濟、民航、外交及原住民族三等特考）

▲公務人員上負政策制定，下肩庶務執行，雖位階不同，執掌有異，其於國家

的重要性，則始終如一，略無差別。其任公職之初，為國家基礎磐石；磨練培養之後，將成國家棟樑人材，請以「**公務人員的自我期許**」為題，作文一篇。（103年高考三級）

▲《易經》：「窮則變，變則通，通則久。」指當事物發展到窮盡時，就必須求變通，才能通達、長久。請以「**改變帶來契機**」為題，作文一篇。（103年關務、身心障礙、軍官轉任四等）

▲熱情、理性都是人類所特有的，如果沒有熱情，就無行動的動機；熱情沒有理性的節制，將產生盲動之流弊；過度的理性堅持，亦將促使熱情逐漸銷聲匿跡。熱情、理性如何適度發揮，考驗著我們的智慧。請以「**熱情與理性**」為題，作文一篇，加以申論。（103年關務、身心障礙、軍官轉任三等）

▲報載全球市場研究機構Millward Brown公司表示，搜尋引擎巨擘Google已經超越蘋果，成為全世界最有價值的品牌。企業經營者講究品牌，為強化消費者對於自有品牌的品質信任度，無不想方設法，卯足全力擦亮。何止是企業經營，各行各業都必須努力經營自有品牌的品質。試以「**品牌與品質**」為題，作文一篇，加以論述。（104年地方三等特考）

▲曾被媒體譽為「美國現代舞之母瑪莎・葛蘭姆的傳人」、中央社評為「2006年臺灣十大潛力人物」之一，並獲總統頒贈「五等景星勳章」的許芳宜，在她口述的傳記《不怕我和世界不一樣》中說：「我不怕被笑，我不怕失敗，我害怕的是，面對未來不再有夢想，面對自己失去希望。有句話說，在陽光下跳舞，你會找到光。所以我也相信，在希望下成長，就有機會找到希望。」的確，生命的高度取決於你對人生的態度。請以「**不一樣的人生**」為題，作文一篇，說明你的理想為何，並規劃出一張專屬於你且不一樣的人生藍圖。（104年地方四等特考）

▲《論語・陽貨》有如下的一則記載：

子之武城，聞弦歌之聲。夫子莞爾而笑曰：「割雞焉用牛刀？」子游對曰：「昔者偃也聞諸夫子曰：『君子學道則愛人，小人學道則易使也。』」子曰：「二三子，偃之言是也，前言戲之耳。」

身為一個法律人，對子游的治理之道有何看法？就今日社會追求「法治」而言，人人「學道」，又能發揮何種功能？試就上述問題，作文一篇，加以闡論。（104年司法官三等第二試）

▲「明哲保身」一詞，出自《詩・大雅・烝民》：「既明且哲，以保其身」，

是讚賞周朝卿士仲山甫的德行。明哲是通達天下的事理，先於大眾知天下的事；保身是指順於理而不誤進退。唐朝白居易的文章也有「明哲保身，進退始終，不失其道」。總之，這句話在表示具有優越的智慧而懂道理，能正確判斷，對進路的選擇不會錯誤。但至今日，這四個字反而成為一種因怕連累自己而迴避原則鬥爭的處世態度。未來擔任公務人員的你，如何看待此四字。試以「**明哲保身**」為題，作文一篇，文白不限，長短不拘。（104年高考二級）

▲人們往往因求學、工作、婚姻、遊歷種種原故而離開家鄉，暫居其他城市，有人因認同臨時居住地的環境風習，從此便以他鄉作故鄉，定居下來，過著愜意的生活。試以「**人間處處有樂土，此心安處是吾鄉**」為題，作文一篇，加以闡述。（104年外交、民航、原住民族、稅務三等特考）

▲我們每天或許都會和許多人相處，相處的對象或是父母師長，或是兄弟姐妹，或是子女晚輩，或是同事朋友。和各種不同身分的人相處，怎樣才能彼此尊重，一團和氣呢？請以「**論與人相處之道**」為題，作文一篇，加以論述。（104年外交、民航、原住民族、稅務四等特考）

▲近年網路遊戲流行，導致部分民眾虛幻世界與現實生活混淆不清，往往產生失序行為，甚至造成社會悲劇，這種現象必須喚起注意，共謀改正。請以「**遠離虛擬，回歸實境**」為題，作文一篇，加以論述。（104年司法、調查、移民行政人員三等特考）

▲中央銀行公布今年（104年）第一季本國銀行營運績效，每位行員年化貢獻度總平均196.52萬元，其中半數銀行行員貢獻獲利超過200萬元。事實上，每個人在工作崗位上都有他的責任，也該有他的貢獻，現在你參加國家考試，如果順利上榜任職，自忖能做出什麼貢獻？請以「**貢獻**」為題，作文一篇。（104年司法、調查、移民行政人員四等特考）

▲言論自由是民主社會的基石，所以法律對言論自由給予明文保障，然而針對社會議題的批評，若查證不實，推論失當，則可能誤導群眾，毀人名譽，產生不良的後果。請以「**言論自由與自律**」為題，作文一篇，深入說明你的看法。（104年高考三級）

▲某院士說：「離開你熟悉的環境，接受挑戰。只有面對挑戰和困難時，腦細胞才會增長，智力、技能才會進步。」然而，不清楚問題與困難所在，是談不上面對挑戰的。請以「**看清問題，迎接挑戰**」為題，作文一篇。（104年

普考）

▲同樣的一件事情，從不同的角度往往會有不同的看法。因此我們必須將心比心，尊重、包容每一個觀點不同的人。請以「**雅量**」為題，就自我的認知、經驗、省思，作文一篇，詳加闡述，文長不限。（104年警察、鐵路、退除役三等特考）

▲人的一生，是由許多經驗累積而成的。其中有些經驗對你一定有所啟示，或因此增長了自信，或因此變得更謹慎。無論如何，都可以作為自我調適的殷鑑。試以「**一次經驗的啟示**」為題，作文一篇。（104年警察、鐵路、退除役四等特考）

▲《論語》記載子張問行，孔子回答：「言忠信，行篤敬，雖蠻貊之邦行矣。」意即言語忠誠信實，行為敦厚莊敬，縱使到了文化、體制不同的國家，也是行得通的。時至今日，孔子的話仍允稱不刊之論。請以「**言忠信，行篤敬**」為題，作文一篇，申論其義。（105年地方特考三等）

▲俗語說：「積思成言，積言成行，積行成習，積習成性，積性成命」。西方也有名言：「播下一個行為，收穫一種習慣；播下一種習慣，收穫一種性格；播下一種性格，收穫一種命運」。人可以因想法的改變、心態的改變，培養不一樣的習慣，因而產生不一樣的命運。請以「**習慣、性格、命運**」為題，作文一篇，闡述習慣養成的重要性，及其對人生的影響。（105年地方特考四等）

▲清代錢大昕〈奕喻〉一文提及：曾在朋友家觀棋，見一客人總是輸棋，遂自認客人的棋藝不如自己，並且不斷建議客人改變布局。後來，客人邀他下棋，結果自己反而輸了十三子，錢大昕羞愧之餘，因此悟出人生處世的道理，他說：「人固不能無失，然試易地以處，平心而度之，吾果無一失乎？吾能知人之失，而不能見吾之失；吾能指人之小失，而不能見吾之大失。」請就上引錢大昕原文的意涵，以「**易地以處，平心而度之**」為題，作文一篇，加以闡論。（105年司法官三等）

▲立身處世，最重「敏於事」與「慎於言」。「敏於事」，指做事勤快敏捷；「慎於言」，則指說話謹慎小心。前者能促進事業發展，厚積國家資源；後者則能建立良好人際關係，締造和諧社會。此二者，對公務員的成敗榮辱關係尤大。請以「**敏於事與慎於言**」為題，撰文一篇。（105年高考二級）

▲《管子‧權修》說：「一年之計，莫如樹穀；十年之計，莫如樹木；終身之

計，莫如樹人。」樹穀、樹木、樹人實為民生國計的重大課題，時至今日，更與環境保護、社會永續發展密不可分。請以「**樹穀、樹木、樹人**」為題，作文一篇，闡論其旨，並申己見。（105年外交、民航、國際經濟商務人員三等）

▲設想你有機會擔任國民外交工作，你會如何介紹臺灣這塊土地之美？請以「**臺灣之美**」為題，作文一篇，加以描述。（105年外交人員四等）

▲許多原住民為了就業不得不移居於城市，留守在原鄉部落的多為老人與孩童。如何重建弱勢偏鄉，為原民青年創造更多返鄉機會，乃當今社會發展的重要課題。請以「**歸鄉的路**」為題，作文一篇，抒發己見。（105年原住民四等）

▲**在憂患中鍛鍊**。（105年司法、調查、海巡、移民三等）

▲涵養一詞，指的是身心修養。身心的修養植基於端正的態度、有恆的修持、學養的充實、品格的提升。有涵養的人，嚴以律己，和以處眾；有涵養的人，明辨是非，通情達理。涵養深厚，則待人接物，必然和善可親，使人有如沐春風的感覺；涵養深厚，則處理公務，必然周到圓融，表現出敬業樂群的精神。涵養之於人實在是太重要了。請以「**論公務員的涵養**」為題，撰寫一篇結構完整的文章。（105年司法、調查、海巡、移民四等）

▲勇氣往往與剛強之特性有關，我們稱讚人勇敢堅強、性格勇武，法國思想家蒙田尤其推崇：「在全部的美德之中，最強大、最慷慨、最自豪的，是真正的勇敢」，但老子卻說「慈故能勇」，孔子則說「仁者必有勇」。剛性的「勇」為何會與柔性的「慈」、「仁」相關連？請以「**論慈故能勇**」為題，作文一篇，申述其旨（須舉出具體實例加以論證）。（105年高考三級）

▲人類生存的目的，除了延續自身生命之外，同時也是為下一代創造更理想的生活，因而與社會永續發展密切相關的環保、教育、醫療等議題就備受關注。試以「**這一代和下一代**」為題，結合上述議題，作文一篇，闡述其旨。（105年普考）

▲王大均為民眾辦理一件罕見的特殊事務，由於缺乏明確法條或先例可資依循，以致始終不得要領。在經過仔細思考、查閱書籍和文件資料以及請教各部門相關人員之後，終於找出可行的處理方式，兩天內迅速幫民眾辦好該事務。他如釋重負的回到家中，卻見太太滿臉不悅的拿著他藏在書桌下的菸灰缸質問他：「你明知抽菸有害健康，又規定兒子不許抽菸，但自己戒菸卻斷

斷續續戒了多少次都不成功，最近工作一忙，為何又開始背著我偷抽？」從上文例子看來，究竟是「知易行難」有理，還是「知難行易」正確？請以「**論知易行難與知難行易**」為題，作文一篇，探討「知易行難」與「知難行易」兩種說法的論點與立場，並舉出例證說明你的觀點。（106年地方特考三等）

▲「幸福的獲得，不是你能左右多少而是有多少在你左右」。請以「**幸福的獲得**」為題，作文一篇，闡述其旨。（106年地方特考四等）

▲孟子認為一切不幸與痛苦，都是上天給人的鍛鍊，足以使人心性更堅韌、能力更強大，並堪擔當重責大任，故尼采也說：「痛苦的人沒有悲觀的權利」。試以「**動心忍性，增益己所不能**」為題，作文一篇，申述其義。（106年薦任升等）

▲在這個惶惶不安的崩落世代，奔競爭逐成為許多人生活的最大目標，任何的政策、計畫無不標舉「提升競爭力」為目標。所有的場域，都是人性的競技場。似乎沒有這樣拼個輸贏，便不足以炫耀成效。競爭成為人心的歇斯底里，因為只有不斷競爭，才能在對抗、混亂中，趁機表現，或博取利益。然而在過度競爭下，卻讓很多人活得只有自己，沒有別人。

人與人之間為了競爭，緊張焦慮，凡事相互責怪，以致彼此厭憎。於是，這個社會看似開放，其實是封閉，看似進步，其實是倒退的。人與人之間相互感通，彼此包容，是現代人最匱乏的精神生活，孤獨已成為人人無法免疫的心病。原因無它，是競爭過度，甚至是惡性競爭，使人與人之間，喧囂著曲解的批判，卻吝嗇於瞭解的欣賞，形成了互相苛求彼此挫傷惡性對待。人與人之間，已遺忘了生命存在的本身，人與人之間已漸漸失去了直接感通的能力。

人生的兩難，一個是自我的前進與追求，一個是我與他人的競爭比較所帶來的紛擾。如何在自我追求的過程中，避開人際間的複雜與競爭的煩惱？請以「**競爭與包容**」為題，撰文一篇，申述己見，文白不拘。（106年高考二等）

▲仰觀天象俯察人事，讓人認知到「無動而不變，無時而不移」。前賢以為，人必須明白時勢的變換，並因應時勢為所應為，才能創造新局綿傳久遠。請以「**與時遷移，應物變化**」為題，作文一篇，闡述己見。（106年外交、民航、稅務三等特考）

▲請以「**意志在那裡，路也在那裡**」為題，作文一篇，闡述己見。（106年外交、稅務四等特考）

▲有什麼人、事、物、理念是你願意付出時間、心力恆久照顧或堅持的？請以「**我想守護的對象**」為題，作文一篇。（106年原住民族四等特考）

▲閱讀好書，常可享受不少樂趣，或思想得到啟迪，有心領神會之樂；或眼界得以開展，有耳目一新之樂；或情緒獲得紓解，有怡情悅性之樂；或知能因而增益，有學藝精進之樂。請以「**閱讀好書的樂趣**」為題，作文一篇，加以論述。（106年司法、調查、安全、海巡、移民三等）

▲讀萬卷書、行萬里路，是人們增長知識、拓展見聞的最佳方式。「開澎進士」蔡廷蘭於清道光十五年（1835）被颱風連人帶船吹到越南中南部的廣義省，堅持由陸返閩，走路回家，並且將沿途所見所聞結合所閱覽的歷史文獻撰成《海南雜著》一書，因而名留青史，便是一例。請以「**閱讀與旅行**」為題，作文一篇，陳述自己的相關經驗與心得。（106年司法、調查、安全、海巡、移民四等）

▲愛默生說：「自信是成功的第一祕訣」。成功的人必須自信，使他有勇氣堅持不懈，使他安然度過難關。但自信不等於自負，自信過度尤易流於自負自大，故蘇格拉底說：「驕傲是無知的產物」。事實上，當我們面對難關或新的變局時，需要的是沉著的自信，而非無知的自負。請以「**自信的真諦**」為題，作文一篇，申論己見。（106年高考三級）

▲愛因斯坦說：「人生就像騎腳踏車，為了保持平衡，你必須一直前進。」你認為愛因斯坦的旨意是什麼呢？對你個人又有什麼啟發？請以「**持續前進，保持平衡**」為題，作文一篇，闡述己見。（106年普考）

▲法庭上正進行偷竊案件審理。法官最後詢問：「老婦人！妳為何一再竊取超市的麵包？」老婦哀戚地說：「孫子多日沒吃東西，我身上也沒有錢……。」此後一片沉寂，旁聽席的人都在等待宣判。終於法槌敲下，庭長說：「偷竊屬實，貧窮可憫，依法輕判拘役七日，亦可易科罰金三千。」老婦聞判，低頭不停地哭泣。旁聽席的人都望著庭長。庭長不疾不徐，從身上掏出三千元，請法警帶老婦去結案。從這則故事中，可看到法官既行公義，又富憐憫之心。目前社會上公義與憐憫抉擇兩難的事情也經常發生，請以「**公義與憐憫**」為題，作文一篇，闡述己見。（106年警察、鐵路、退除役軍人轉任三等考試）

▲十七世紀中期，愛爾蘭有一醫生名叫布朗尼（Thomas Browne, 1605-1682），他每天夜裡巡視完病房之後，就搬張椅子坐在病榻旁，自口袋裡掏出一張紙，低聲朗誦，附近的病人也側耳而聽。那不是病人的病危通知書，也不是保險給付的最新規定，而是他給「病人的一封信」，內容感人，用詞優美，一方面安慰病人的憂傷，一方面鼓勵病人懷抱希望。

布朗尼醫生曾經研究雞蛋的胚胎結構，在科學史上被稱為「第一個胚胎學家」，但是他影響後世的是他在夜裡為病人朗誦的信件，日後結集成為《給朋友的一封信》（*A Letter to a Friend*），布朗尼為什麼這麼做？他說，他期待存摺裡最多的不是錢，而是愛。

請以「**我的人生存摺**」為題，作文一篇，申述己見。（106年警察、鐵路、退除役軍人轉任四等考試）

▲家庭生活中，每天所面對的瑣事，都是耗費時間與精力的工作，是一種「責任」的擔當。家務實作中，更隱含著家人默默付出的「關懷」。家是相互照顧及合作親密又甜蜜的組合。試以「**責任與關懷**」為題，作文一篇，請申其義。（106年關務三等）

▲當前的社會已進入網路時代，人們的生活因可透過線上交流而方便許多。但由此滋生的不法事件與不良影響也所在多有；特別是在傳遞訊息與發表意見上，因撰寫人無須具名，可規避責任與懲罰，乃出現不少扭曲事實、汙衊霸凌等言論，不僅造成當事人無可彌補的傷害，也常引發社會的騷動與不安的氛圍。請以「**如何善用網路言論**」為題，作文一篇。（106年關務四等）

▲無論做什麼事情，傾注熱情或淡漠以對，結果必然不同。公務員如果能點燃起奉公的熱情，一定能照亮社會上層層面面的幽暗，為國家帶來光明前景。所以政府當局和社會各界固應努力設法，以鼓舞公務員的熱情；身為公務員，尤其要打定主意，激發自身熱情，黽勉奉公，戮力從事。試以「**點燃熱情，照亮幽暗**」為題，作文一篇，申述其旨。（106年身心障礙三等）

▲「堅持到底，永不放棄」是社會經常勉勵人們奮發努力的話語，「堅持」常常代表某種勇敢、恆心、毅力，是正面向上的象徵。但如果不能審時度勢，衡量是非對錯，只是一昧堅持，有時可能反而會招致負面結果。請以「**堅持**」為題，作文一篇，以申其理。（106年身心障礙四等）

▲有人說人生如戲，也有人說戲如人生，無論我們認同那一種說法，事實上任何一齣戲都要根據擬好的劇本演出，情節如何變化，表達什麼理念，無不需

事先構想妥當。劇本的重要，可想而知。請以「**為人生寫一個精采的劇本**」為題，作文一篇，詳抒己意。（107年警察、鐵路特考）

▲現代人往往以為「舊」傳統是「新」科技的對立面，其實喜歡、欣賞傳統不一定只是懷舊，毋寧也是生存的必要。先進國家經常透過「現代化」的手段保護傳統，像是致力研究環境生態的變化，其實是嚮往回歸傳統的單純素樸。很多科技的研發，最終目的正是希望保有傳統的生命信仰與人的基本價值。請以「**讓現代與傳統對話**」為題，列舉例證，作文一篇，抒發己見。（107年高考三級）

▲徐復觀說：「凡是他人在證據上可以成立的便心安理得地接受，用不著立異；凡是他人在證據上不能成立的便心安理得地拋棄，無所謂權威。」徐氏之言旨在強調：遇事當理性思辨，視有無證據來判斷事情是否合宜確當。試以「**論理性思辨之重要**」為題，作文一篇，闡述己見。（107年普通考試）

▲商鞅命徙木賞金，秦民大服，秦國因而富強，世所共知。強調為政必先立信者，又不止法家，《論語·顏淵篇》：子貢問政，子曰：「足食，足兵，民信之矣。」子貢曰：「必不得已而去，於斯三者何先？」曰：「去兵。」子貢曰：「必不得已而去，於斯二者何先？」曰：「去食。自古皆有死，民無信不立。」足見法家、儒家都強調「民信」的重要。請以「**民無信不立**」為題，作文一篇，申述己見。（107司法、調查、國家安全特考）

附錄八　歷年公務人員考試國文（應用文部分）測驗題目

▲下列四句分屬兩副對聯，請依文意與對聯的一般原則，選出正確的選項：①做事當思利及人　②立身要與古人爭　③行事莫將天理錯　④修身豈為名傳世　(A)「②，③」為一聯；「①，④」為一聯　(B)「③，②」為一聯；「④，①」為一聯　(C)「②，④」為一聯；「①，③」為一聯　(D)「④，②」為一聯；「③，①」為一聯。（100年地方特考三等，參考答案為B）

▲下列有關書信啟封詞的用法，何者正確？　(A)「鈞啟」用於自家尊長　(B)「安啟」用於軍界、宗教界　(C)「道啟」用於師長、學界前輩及宗教界　(D)「大啟」用於親戚長輩、學界前輩、政界前輩。（100年公務人員高考二級，參考答案為C）

▲下列以方位所構成的詞語，不能稱代人物的是：(A)南冠　(B)西席　(C)東廂　(D)北堂。（100年身心障礙人員特考三等，參考答案為C）

▲100年公務人員初等考試，共11題：

40.祝賀診所開業，下列題辭中，最恰當的選項是：(A)懸壺濟世　(B)杏壇之光　(C)業紹陶朱　(D)春風化雨。（參考答案為A）

41.書信結尾的請安語，因收信對象而異，下列敘述正確的選項是：(A)寫信給父母用「大安」　(B)寫信給朋友用「福安」　(C)學生寫信給老師用「台安」　(D)部屬寫信給機關首長用「鈞安」。（參考答案為D）

42.公文的副本收受者，最適當的處置方式是：(A)一律簽辦後存查　(B)視同附件處理　(C)一律應視同正本處理　(D)應視副本之內容為適當之處理。（參考答案為D）

43.下列期望語使用不妥的選項是：(A)請查照　(B)請鑒核　(C)希遵行　(D)希辦理見復。（參考答案為C）

44.臺東縣政府行文池上鄉公所時，稱對方為：(A)鈞公所　(B)大公所　(C)貴公所　(D)尊公所。（參考答案為C）

45.有關「法律統一用字」的運用，下列選項正確的是：(A)律師團向法院「申請」解除禁見　(B)本單位「使用」了兩名「約僱人員」　(C)總務長召集相關單位進行工程「覆驗」　(D)柏楊先生獲學校「授予」榮譽博士學位（參考答案為D）

46.「公文用語」中的「台端」，是用於那一種關係的稱謂語？(A)平行機關

首長相互間的稱呼　(B)機關、學校、社團或首長的自稱　(C)機關或首長對屬員，或機關對人民行文時的稱呼　(D)有隸屬關係的下級機關首長對上級機關首長行文時的稱呼。（參考答案為C）

47.各機關實施分層負責，視其組織大小及業務繁簡，以劃分幾層為原則？(A) 1 層　(B) 2 層　(C) 3 層　(D)4 層。（參考答案為一律給分）

48.「公告」結構中的「公告事項」，必要時可改用下列何者為段名？(A)說明　(B)擬辦　(C)節略　(D)建議。（參考答案為A）

49.臺北市政府與新竹縣政府公文往復時，應使用那一類文書？(A)呈　(B)令　(C)函　(D)咨。（參考答案為C）

50.行政院對經濟部行文時，依《文書處理手冊》規定，應如何用印？(A)蓋院長職銜簽字章　(B)用院長全銜、姓名，蓋職章　(C)行政院印信及院長職銜簽字章　(D)行政院印信及院長全銜、姓名、職章。（參考答案為A及C皆可）

▲下列各組題辭，全部都適用於男壽的是：(A)圖開福壽／鶴籌添壽／寶婺星輝　(B)至德延年／天錫純嘏／瑞靄萱堂　(C)南極星輝／庚星煥彩／日永椿庭　(D)南極騰輝／大德大年／華堂偕老。（101年地方三等特考，參考答案為C）

▲下列四句為「一副對聯」，請依文意與對聯的一般原則，選出正確的排列方式：①苟有恆　②最無益　③何必三更眠五更起　④莫過一日曝十日寒　(A)上聯：①，③；下聯：②，④　(B)上聯：①，④；下聯：②，③　(C)上聯：③，①；下聯：④，②　(D)上聯：③，②；下聯：④，①。（101年高考三級，參考答案為A）

▲101年公務人員初等考試，共9題：

42.下列有關應酬文句「」語詞的使用與說明，正確的是：(A)書局為某位史學權威作家舉辦新書發表會，書迷親手製作「明德流徽」的歡迎海報　(B)十二月二十五日假鴻運大飯店敬治「菲酌」，指粗劣的酒餚，請帖中常見的謙虛說法　(C)某大學國樂社成立三十週年，各校國樂社合贈「徽音遠播」題辭以示慶賀　(D)結婚喜帖「恕邀」是邀請觀禮來賓攜賀禮入席的客套語。（參考答案為B）

43.教育部對國立臺灣大學行文時，下列稱謂何者正確？(A)鈞校　(B)大校　(C)貴校　(D)該校。（參考答案為C）

44.學生寫信給老師時，最適合使用以下那一個「提稱語」？(A)大鑒　(B)惠鑒　(C)雅鑒　(D)道鑒。（參考答案為D）

45.○○科技大學接受行政院衛生署委託進行研究計畫，將行文行政院衛生署函送「○○○研究計畫」之結案報告，下列主旨的寫法最適當的選項是：(A)檢送貴署委託敝校執行「○○○研究計畫」之期末報告乙式○份如附，請查收。　(B)奉陳大署委託本校執行「○○○研究計畫」之期末報告乙式○份如附，請審閱。　(C)檢附尊署委託敝校執行「○○○研究計畫」之期末報告乙式○份如附，請核示。　(D)檢陳大署委託本校執行「○○○研究計畫」之期末報告乙式○份如附，請鑒核。（參考答案為D）

46.依現行公文程式條例，不屬於「其他公文」者為：(A)書函　(B)公告　(C)證明書　(D)公務電話紀錄。（參考答案為B）

47.關於公文類別，以下何者錯誤？(A)同級機關行文用「函」　(B)總統與立法院公文往復時用「咨」　(C)下級機關對上級機關有所請求時用「呈」　(D)「公告」是向公眾或特定對象宣布周知時使用。（參考答案為C）

48.高雄市政府發函給所屬各區公所，依據行政院秘書處《文書處理手冊》規定，「正本」欄應如何填寫最正確？(A)一一列舉各區公所全銜　(B)直接填上「如受文者」即可　(C)只要填寫「本府所屬機關」即可　(D)應寫明「苓雅區公所等」，以市政府所在地列首位為代表。（參考答案為A）

49.下列何者是對上級機關公文所使用的期望語或目的語？(A)請核備　(B)希查照　(C)請查照備案　(D)請查核辦理。（參考答案為A）

50.有關書信「啟封詞」之用法，下列何者正確？(A)對直系親屬，可用「大啟」　(B)對晚輩下屬，可用「惠啟」　(C)對居喪者，可用「禮啟」　(D)對商業界，可用「安啟」。（參考答案為C）

▲下列對聯歌詠的人物，所指不正確的是：(A)道若江河，隨地皆成洙泗；聖如日月，普天猶是春秋／孔子　(B)義膽忠肝，六經以來二表；託孤寄命，三代而後一人／關羽　(C)何處招魂，香草還生三戶地；當年呵壁，湘流應識九歌心／屈原　(D)滿眼河山，大地早非唐季有；一腔君國，草堂猶是杜陵春／杜甫。（102年地方三等特考，參考答案為B）

▲下列祝賀詞與使用場合的配對，何者錯誤？(A)駿業崇隆、鴻猷大展，用於

祝賀畢業 (B)明珠入掌、弄瓦誌喜，用於祝賀生女 (C)于歸之喜、燕燕于飛，用於祝賀女子出嫁 (D)德必有鄰、喬木鶯聲，用於祝賀新居落成。（102年原住民族三等特考，參考答案為A）

▲下列四句為「一副對聯」，請依文意與對聯的一般原則，選出正確的排列方式：①千年桃實 ②八字蟬鳴 ③丹蕊菲菲於漆園 ④和聲嘒嘒於玄圃 (A)上聯：①，③；下聯：②，④ (B)上聯：①，④；下聯：②，③ (C)上聯：②，③；下聯：①，④ (D)上聯：②，④；下聯：①，③。（102年外交、調查、國安、民航、專利商標人員三等考試，參考答案為D）

▲102年公務人員初等考試，共5題：

46.行政院各部會對臺北市政府行文，屬下列那一種？(A)上行函 (B)平行函 (C)下行函 (D)申請函。（參考答案為B）

47.下列關於「公告」的敘述，何者錯誤？(A)公告之結構分為「主旨」、「依據」、「公告事項」（或說明）三段 (B)公告分段數應加以活用，段名之上不冠數字，亦可用「主旨」一段完成 (C)公告有兩項以上「依據」者，每項應冠數字，並分項條列，另列低格書寫 (D)公告登載時，得用較大字體簡明標示公告之目的，並署機關首長職稱、姓名。（參考答案為D）

48.下列對於「簽」、「稿」撰擬之說明，何者錯誤？(A)有關政策性或重大興革案件，宜「先簽後稿」 (B)須限時辦發不及先行請示之案件，可「以稿代簽」 (C)依法准駁，但案情特殊須加說明之案件，應「簽稿並陳」 (D)「擬辦」部分，為「簽」之重點所在，應針對案情，提出具體處理意見，或解決問題之方案。（參考答案為B）

49.公文製作的一般原則，其作業要求，不包含下列那一選項？(A)正確、清晰 (B)簡明、整潔 (C)詳細、委婉 (D)完整、一致。（參考答案為C）

50.下列關於公文使用原則之敘述何者正確？(A)下級對上級之稱謂為表尊敬應統稱「貴」 (B)為避免爭議，應以國字大寫註明承辦月日時分 (C)公文「主旨」為求清楚無誤，應以二至三項加以敘述為佳 (D)行文數機關或單位時，如於文內同時提及，可通稱為「貴機關」或「貴單位」。（參考答案為D）

▲下列題辭之使用，何者錯誤？(A)日月齊輝（夫妻雙壽） (B)椿榮萱茂（新婚） (C)鴻猷丕煥（創業） (D)輝增堂構（新居落成）。（103年警察三等

特考，參考答案為B）

▲下列是一副對聯，按文意與對聯原則，＿＿＿ 內依序應填入的是：有志者，事竟成，＿＿＿＿，＿＿＿ ；苦心人，天不負，＿＿＿ ，＿＿＿＿。　①臥薪嚐膽　②破釜沉舟　③百二秦關終屬楚　④三千越甲可吞吳　(A)①③②④　(B)②③①④　(C)③①④②　(D)④①③②。（103年高考律師，參考答案為B）

▲文華吾師□□：

自從叩別　尊顏以後，轉眼間，倏忽數載，遙仰　道範，想念十分殷切，想必 一切安好。

回憶在校時日，生天資駑鈍，無才無能，多蒙吾 師盡心教誨，如今始能有一技之長，服務社會。

正值溽暑炎熱，乞請吾 師多加珍攝。近日如果北上，定前往拜候。肅此專呈，敬請

教安

愚生千惠□□

以上兩處□□缺空處，分別為信前面的「提稱語」與署名下的「敬辭」，依序應填入下列何者？(A)函丈／敬呈　(B)膝前／謹上　(C)硯席／手書　(D)如握／叩稟。（103年司法官三等第二試，參考答案為A）

▲下列「祝賀用語」的題辭用法完全適切的選項是：(A)賀學妹新婚可用「之子于歸」，賀同事生日可用「天降石麟」　(B)賀長輩生日可用「天賜遐齡」，賀祖父母大壽可用「福壽全歸」　(C)賀人當選民代可用「桑梓福音」，賀學生畢業可用「春風廣被」　(D)賀朋友喬遷可用「德必有鄰」，賀公司大廈落成可用「美奐美輪」。（103年外交領事、國際經濟、民航、外交及原住民族三等特考，參考答案為D）

▲103年關務、身心障礙、軍官轉任五等考試，共8題：

4.下列何者不適合作為年節的吉祥話？(A)馬耳東風　(B)金雞鳴春　(C)龍馬精神　(D)虎虎生風。（參考答案為A）

5.甲教授一生專研法學，成就非凡、無人能及，真可稱得上是法學界的□□□□。空格應填入：(A)泰山可倚　(B)泰山之安　(C)泰山磐石　(D)泰山北斗。（參考答案為D）

6.某立委候選人聲望極高，選前民調遙遙領先，選後卻意外落選。下列詞

語，那一句最適合用來慰勉他？(A)遵時養晦　(B)天理昭彰　(C)山高水長　(D)無適無莫。（參考答案為A）

7.甲先生的同事最近生了女兒，他要包禮金表示祝賀，下列賀詞何者最合適？(A)明珠入掌　(B)飴座歡騰　(C)喜得寧馨　(D)華堂集瑞。（參考答案為A）

8.下列那個稱謂有自謙之意？(A)足下　(B)麾下　(C)閣下　(D)在下。（參考答案為D）

9.學生寫信給老師，為表尊敬，應使用下列那一詞語？(A)函丈　(B)恩公　(C)方丈　(D)塾公。（參考答案為A）

10.下列各選項為甲、乙二人之對話，『　』中的稱謂，何者錯誤？(A)甲：「許久未見，『大兄』近來可好？」／乙：「一切安好，謝謝『大兄』關心。」　(B)甲：「『尊翁』近來還經常去爬山嗎？」／乙：「是的，那是『家嚴』年輕時就養成的習慣。」　(C)甲：「『令郎』大學畢業了，對未來可有規劃？」／乙：「『小犬』現正準備參加公職考試。」　(D)甲：「時候不早了，請代向『尊夫人』問好。」／乙：「是，小弟一定轉告『家母』。再見！」。（參考答案為D）

19.下列那一個選項不是對仗句？(A)竹影松濤皆道韻，花香鳥語盡禪機　(B)山深有雨寒仍在，松老無風韻亦生　(C)白雲本是無心物，卻被清風引出來　(D)溪聲便是廣長舌，山色無非清淨身。（參考答案為C）

▲生活中的祝頌題辭，已有約定俗成，下列題辭使用，正確的是：(A)賀學長畢業，用「卓育菁莪」、「鵬程萬里」　(B)賀友人開業，用「美輪美奐」、「駿業宏開」　(C)賀著作出版，用「名山事業」、「大筆如椽」　(D)賀學校校慶，用「百年樹人」、「道範長存」。（103年關務、身心障礙、軍官轉任三等，參考答案為C）

▲103年公務人員初等考試，共6題：

45.下列關於「公文夾」使用的敘述，何者錯誤？(A)文書之陳核、陳判等過程中，均應使用公文夾　(B)公文夾顏色作為機關內部傳送速度之區分，機密件公文應用特製之機密件袋　(C)公文夾之應用，必須與夾內文書之性質相稱，「最速件」之使用比例不受限制　(D)公文夾正中間標明「（機關）公文夾」，中間下方標示「承辦單位」，左上角預留透明可插式空間，以標示會核單位或視需要加註其他，例如「提前核閱」或「即刻

繕發」等訊息。（參考答案為C）

46.有一公文主旨如下：內政部、外交部會銜函報「跨國境人口販運防制及被
　　害人保護辦法」草案一案，奉交貴機關研提意見，於文到七日內見復，
　　請查照。請問本公文「文別」應為下列何項？(A)行政院令　(B)行政院函
　　（稿）　(C)行政院移文單　(D)行政院交辦（議）案件通知單。（參考答
　　案為D）

47.依公文間接稱謂用語規定，對職員稱：(A)簡銜　(B)職稱　(C)台端
　　(D)○○君。（參考答案為B）

48.依《文書處理手冊》簽稿的撰擬，下列敘述何者正確？(A)簽的「主旨」
　　簡述目的與擬辦，並分項完成　(B)簽的「說明」是重點所在，針對案情
　　提出處理方法　(C)「簽稿併陳」用於文稿內容須另為說明或對以往處理
　　情形須酌加析述之案件　(D)簽的「主旨」、「說明」、「擬辦」可因內
　　容繁多，條列敘述之。（參考答案為C）

49.依「法律統一用字表」，下列何者用字錯誤？(A)復查　(B)規劃　(C)賸餘
　　(D)征稅。（參考答案為D）

50.根據「法律統一用語表」，下列那一選項「」內用語錯誤？(A)「設」機
　　關　(B)「第六十五條」　(C)「訂定」兒童福利法　(D)「處」五千元以下
　　罰鍰。（參考答案為C）

▲柬帖種類繁多，其用語多為專門術語，不宜任意更改。下列柬帖術語的
　　使用，何項錯誤？(A)「嘉禮」、「吉夕」、「福證」用於婚嫁　(B)「稽
　　首」、「賻儀」、「祔敬」用於喪葬　(C)「菲敬」、「彌儀」、「桃儀」
　　用於喜慶送禮　(D)「哂納」、「莞存」、「領謝」用於喜慶送禮請收受。
　　（104年地方三等特考，參考答案為D）

▲下述「楹聯」與「行業」配合完全正確的選項是：甲：無慮風雲多不測，何
　　愁水火太無情／保險業　乙：烹雪應憑陶學士，辨泉好待陸仙人／中藥店
　　丙：從此談心有捷徑，何須握手始言歡／電信業　丁：因知緩急人常有，
　　豈可權衡我獨無／典當業　戊：還我廬山真面目，愛她秋水舊風采／醫美業
　　(A)甲乙丙　(B)甲丙丁　(C)乙丙丁戊　(D)甲丙丁戊。（104年地方四等特
　　考，參考答案為B）

▲有關書信寫作的用法，下列敘述，何者錯誤？(A)寫信給長輩或平輩，如對
　　方有字號，則稱字號，不直呼其名，以示尊敬之意　(B)女學生寫信給師長，

可稱「業師」、「吾師」、「夫子」；對女老師的夫婿可稱為「師父」 (C)部屬寫信給長官，通常稱「鈞長」或「鈞座」，自稱為「職」；如對舊時長官，則自稱為「舊屬」 (D)書信正文末的結尾敬辭，是用以表達自己誠敬問候的詞句。如「敬請 鐸安」可用於教育界；「敬請 戎安」可用於軍界。

（104年外交、民航、原住民族、稅務三等特考，參考答案為B）

▲下列各組題辭，不可於同一場合使用的是：(A)萱堂日永／母儀足式 (B)五世卜昌／宜室宜家 (C)懸壺濟世／扁鵲復生 (D)棟宇連雲／堂構更新。

（104年外交、民航、原住民族、稅務四等特考，參考答案為A）

▲104年原住民族四等特考，共8題：

7.某君參加歌唱比賽，一舉摘下全國冠軍，下列何者不適合作為致賀題辭？(A)金聲玉振 (B)玉潤珠圓 (C)陽春白雪 (D)高山流水。（參考答案為A）

8.（甲）鳥代風光報好音 （乙）爆竹聲中除舊歲 （丙）梅迎春意添新色 （丁）梅花香裡報新春。以上四句為兩副對聯，若依文意與對聯格式重新排列，正確的組合是：(A)甲（上聯）丙（下聯）；丁（上聯）乙（下聯） (B)乙（上聯）丁（下聯）；丙（上聯）甲（下聯） (C)乙（上聯）甲（下聯）；丙（上聯）丁（下聯） (D)丙（上聯）乙（下聯）；甲（上聯）丁（下聯）。（參考答案為B）

9.蜀漢李密有〈陳情表〉，「表」為文體的一種，屬於應用文的：(A)書信 (B)上行公文 (C)平行公文 (D)下行公文。（參考答案為B）

46.下列法律統一用字，何者正確？(A)公佈 (B)僱主 (C)搜集 (D)澈底。（參考答案為D）

47.下列那一稱謂用語不適用於公文？(A)君 (B)鈞 (C)先生 (D)本席。（參考答案為D）

48.關於公文用語的敘述，下列何者錯誤？(A)內政部對考試院稱「大院」 (B)內政部部長稱行政院院長「鈞長」 (C)教育部對大學院校稱「貴校」 (D)大學院校對教育部稱「貴部」。（參考答案為D）

49.關於「公告」的書寫格式，不包含下列何項：(A)主旨 (B)辦法 (C)依據 (D)公告事項。（參考答案為B）

50.有關公文程式之類別，下列選項之敘述，何者正確？(A)對總統有所呈請或報告時使用「呈」 (B)總統與立法院、監察院公文往復時使用「書

函」 (C)上級機關對所屬下級機關有所指示應使用「令」 (D)上級機關對下級機關有所請求或報告應使用「報告」。（參考答案為A）

▲下列題辭何者不適用於賀壽？(A)福壽雙全 (B)福壽康寧 (C)福壽全歸 (D)福壽天齊。（104年司法、調查、移民行政人員四等特考，參考答案為C）

▲104年司法、國家安全情報人員五等特考，共4題：

32.下列何者非上級對下級的公文用語？(A)請鑒核 (B)如擬辦理 (C)希照辦 (D)准予備查。（參考答案為A）

33.臺中市政府刊載於政府公報之公告，下列各項，何者不會出現在此公告中？(A)主旨 (B)依據 (C)請核示 (D)機關印信。（參考答案為C）

34.簽之撰擬，下列那一項目並非其結構所必須？(A)主旨 (B)依據 (C)說明 (D)擬辦。（參考答案為B）

35.下列「引述語」何者用於接獲上級機關或首長公文，於開始引敘完畢時使用？(A)據悉 (B)奉悉 (C)尊悉 (D)已悉。（參考答案為B）

▲104年佐級鐵路人員考試，共7題：

9.寫信給母親，下列格式何者正確？(A)信封中間的姓名、稱謂下要用「大啟」 (B)如果寫明信片，必須用「啟」、「緘」等字樣 (C)信封中間的稱謂是自己對受信人的稱呼，例如「○○○母親」 (D)信末問候語如「敬祝身體健康」的「身體健康」，應換行頂格書寫。（參考答案為D）

10.有關信封的撰寫格式，下列選項何者正確？(A)林志玲學妹安啟 (B)王小明校長敬啟 (C)李大仁先生恭啟 (D)程又青小姐台啟。（參考答案為D）

11.老陳搬新家，阿明當選縣長，大華的餐館開幕，張老師榮膺優良教師，請你送匾額給他們，下列何者正確？(A)送老陳「賓至如歸」 (B)送阿明「為民喉舌」 (C)送大華「鶯遷喬木」 (D)送張老師「百年樹人」。（參考答案為D）

32.關於公文之直接稱謂用語，下列何者錯誤？(A)警政署稱內政部為「貴部」 (B)環境保護署稱監察院為「大院」 (C)衛生福利部稱農業委員會為「貴會」 (D)臺北市立動物園稱臺北市政府教育局為「鈞局」。（參考答案為A）

33.某大學發出一份公文，其主旨的「期望語」是「希辦理見復」，則其行文

對象可能是：(A)教育部　(B)進修推廣部　(C)另一所大學　(D)國家圖書館。（參考答案為B）

34.關於公文之敘述及用語，下列選項何者最恰當？(A)依據「事務管理手冊」第一百八點、第一百二十點　(B)即日起，三個月內不得重複聲請報名本競賽活動　(C)即日起至本年12月30日止，辦理身分證換發作業　(D)不論本次會議決議，其餘案件一併退回原申請單位。（參考答案為C）

35.下列公文數字書寫，何者完全正確？(A)本年度核撥工程款共3億24,406,388元　(B)負責人應於每月第1個星期5前匯報上月統計數據　(C)遵照辦理擴大實施本縣國小5年級、6年級學生體適能檢測　(D)立法院三讀通過民法第一千一百一十八條之一修正草案。（參考答案為A）

▲104年公務人員初等考試，共6題：

4.下列祝賀類題辭與其使用對象的搭配，何者錯誤？(A)祝壽：天賜遐齡　(B)出嫁：宜室宜家　(C)結婚：鴻案相莊　(D)生女：喜叶弄璋。（參考答案為D）

5.美圓的時尚名牌店，即將開張，筱婷打算送花籃祝賀；下列那一選項，是最恰當的賀詞？(A)珠聯璧合　(B)駿業宏興　(C)蓬蓽生輝　(D)甲第星羅。（參考答案為B）

6.以下幾則關於人物逝世的新聞報導，標＿＿＿處使用詞語完全正確的選項是：(A)影星羅賓‧威廉斯於2014年棄世，得年63歲　(B)南非著名人權運動者曼德拉於2013年逝世，享壽96歲　(C)罹患惡性腫瘤的生命鬥士張小弟不幸於日前病逝，享年僅12歲　(D) 1920年出生的文學家張愛玲，於1995年病逝於美國，可謂英年早逝。（參考答案為B）

33.文化部所屬「國立傳統藝術中心」，擬向文化部申請經費辦理活動，行文需附企畫書；應該使用下列那一選項的附送語？(A)檢陳　(B)檢送　(C)檢附　(D)附送。（參考答案為A）

34.下列使用於公文書橫式書寫之數字，何者形式不宜？(A)核四廠　(B)「○○法」草案，計51條　(C)中山路1段2號3樓　(D) 921大地震。（參考答案為B）

35.機關之間的直接稱謂用語，下列選項何者錯誤？(A)機關（或首長）對屬員稱「臺端」　(B)機關首長之間：上級對下級稱「某」；下級對上級稱「貴」　(C)無隸屬關係之機關：上級稱「大」；平行稱「貴」；自稱

「本」　(D)有隸屬關係之機關：上級對下級稱「貴」；下級對上級稱「鈞」；自稱「本」。（參考答案為B）

▲下列書信用語，何者完全正確？(A)「啟」、「緘」是明信片最常用的「啟封詞」　(B)「附呈微儀，用佐卺筵」是祝壽用語，並致贈賀儀　(C)一般稱人夫婦為「賢伉儷」，稱人兄弟為「賢喬梓」　(D)「手書」一詞，通常是用於長輩對晚輩署名下的敬辭。（105年地方特考三等，參考答案為D）

▲105年地方特考五等，共7題：

27.人際之間婚喪喜慶的禮俗，蘊含豐富智慧，下列敘述何者正確？(A)書信用「禮鑒」，是對收件人致敬之意　(B)祝壽稱人「享壽」幾何，藉以表達賀忱　(C)收禮時言明「踵謝」，指親自登門道謝　(D)農曆新年期間喝春酒，稱為「桃觴宴」。（參考答案為C）

28.下列選項書信中的稱謂，何者需要側書？(A)稱收信人的住所時，所加的「貴」字　(B)收信人是晚輩時，自稱所加的「愚」字　(C)稱呼自己的尊親屬時，所加的「家」字　(D)稱呼自己已亡故的卑親屬時，所加的「亡」字。（參考答案為B）

29.公文中「期望及目的語」，如為平行文，下列選項中何者正確？(A)請查核　(B)請查明見復　(C)請辦理見復　(D)請照辦。（參考答案為B或C，或B,C均給分）

30.撰寫公文時應先根據行文事項之性質選用公文類別，下列選項，何者敘述正確？(A)人事命令任免使用「咨」　(B)總統頒布法規使用「呈」　(C)市政府行文區公所使用「上行函」　(D)行政院行文經濟部使用「下行函」。（參考答案為D）

31.公文三段式結構的「辦法」，可因公文內容改用其他名稱。下列選項中，錯誤的是：(A)建議　(B)請求　(C)擬辦　(D)通報。（參考答案為D）

43.下列關於書信用語，敘述正確的是：(A)給師長的問候辭，可寫「敬請道安」　(B)稱呼自己的親人時，可寫作「舍弟」、「家兄」　(C)提到自己已過世的父母時，可寫作「先嚴」、「先慈」　(D)寫信給長輩時，為了表示尊敬，信封啟封詞應該寫「敬啟」　(E)稱呼對方親人可加「令」字，如提到對方兒子時可稱「令小犬」。（參考答案為A,B,C）

44.下列對聯所適用的對象正確的是：(A)細考蟲魚箋爾雅；廣收草木賦離騷／書店　(B)創人間頭等事業；理世上不平東西／當鋪　(C)劉伶借問那處

好；李白還言在此家／酒館　(D)長留桃李春風面；聊解蒹葭秋水思／美容院　(E)笑我如觀雲裡月；憑君能辨霧中花／眼鏡行。（參考答案為C、E）

▲下列各組對聯，行業別前後不同的選項是：(A)圯橋曾進高人履，瀛海爭誇學士鞋／是留侯橋邊拾起，看王令天上飛來　(B)囊中都是延年藥，架上無非不老丹／參芎同功回造化，葫蘆品貴辨君臣　(C)色香古茂留真跡，翰墨因緣壯大觀／收拾破殘妙傳手法，表章古今功在儒林　(D)大塊文章百城富有，名山事業千古長留／滄海月明藍田日暖，懷珠川媚韞玉山輝。（105年高考二級，參考答案為D）

▲下列選項中各組題辭，何者不適用於婚嫁？(A)花開並蒂／鸞鳳和鳴／秦晉之好　(B)燕燕于飛／之子于歸／宜室宜家　(C)舉案齊眉／珠聯璧合／琴瑟和諧　(D)熊夢吉兆／桃夭之喜／德門生輝。（105年高考二級，參考答案為D）

▲①此處風光常綺麗　②人如松柏歲長新　③室有芝蘭春自永　④誰言花事已闌珊　以上四句為兩副對聯，依據一般對聯的形式及用途，下列敘述正確的選項是：(A)①④為一副花店聯，④為上聯，①為下聯；②③為一副賀壽聯，②為上聯，③為下聯　(B)①④為一副花店聯，①為上聯，④為下聯；②③為一副賀壽聯，③為上聯，②為下聯　(C)①③為一副花店聯，①為上聯，③為下聯；②④為一副賀壽聯，②為上聯，④為下聯　(D)①③為一副花店聯，③為上聯，①為下聯；②④為一副賀壽聯，④為上聯，②為下聯（105年外交、民航、國際經濟商務人員三等考試，參考答案為B）

▲下列選項中的稱謂，使用最恰當的是：(A)家妹即將北上求學，還請賢伉儷多多關照　(B)因家父身體不適，敝伉儷無法出席同學會　(C)鄙人拙作已經完稿，專此奉達，敬請指教　(D)明晚五時，特在府上敬備薄酒，恭候光臨。（105年外交人員四等，參考答案為C）

▲語言表達是否得體，主要關鍵在「敬辭」和「謙辭」的使用；「敬辭」用於尊稱對方，而「謙辭」則用於「自稱」；下列那一個選項是屬於謙辭：(A)勞步　(B)過譽　(C)垂問　(D)候教。（105年外交人員四等，參考答案為B）

▲105年原住民五等，共9題：

2.（甲）寒舍簡陋，招待不周，尚祈「　」　（乙）家嚴九旬壽辰敬備「　」，恭請闔第光臨　（丙）學生才疏識淺，論文不妥之處，敬請「　」　上述各

　　組文句中「　」的詞語，依序最適合填入的選項是：(A)不棄／湯餅／惠閱　(B)大駕／素儀／存歿　(C)海涵／桃觴／斧正　(D)惠顧／喜筵／雅正。

（參考答案為C）

3.書信中稱人父子，當作：(A)賢伉儷　(B)賢昆玉　(C)賢君子　(D)賢喬梓。

（參考答案為D）

9.關於年齡的說法，下列那個用法有男、女之別？(A)耄耋之年　(B)黃口之年　(C)總角之年　(D)及笄之年。（參考答案為D）

10.教師節前夕，如果寄信向老師請安，下列信封中路，何者書寫正確？

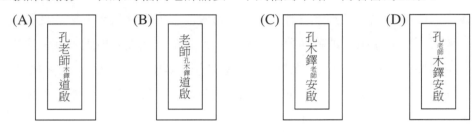

（參考答案為A）

11.當公務尚處未決階段，仍需磋商、徵詢意見或協調、通報時，最適合使用下列那一種公文類別？(A)函　(B)書函　(C)便函　(D)公告。（參考答案為B）

15.文化部無法配合學生社團活動場地申請，回復文書應使用下列何者准駁語較為恰當？(A)未便照准　(B)歉難同意　(C)應從緩議　(D)礙難照准。

（參考答案為B）

17.關於公文格式用語與規範，下列選項何者有誤？(A)機關對團體稱「貴」　(B)「咨」為總統與立法院公文往復時使用　(C)對無隸屬關係之機關而言，上級稱「大」　(D)「說明」為「簽」之重點所在，應針對案情，提出具體處理意見，或解決問題之方案。（參考答案為D）

19.下列有關公文用語的說明，何者正確？(A)向上級機關或首長請示案件時，可用：「請核示」　(B)審核或答復平行機關請求時，可用：「如擬」、「准如所請」　(C)請下級機關知悉辦理之期望目的語，可用：「請查明惠復」　(D)於審核或答復受文者請求時，對下級機關可用：「同意照辦」。（參考答案為A）

25.新北市政府家庭教育中心於民國104年10月發函市內中小學，辦理某某研習活動，於「說明」處的文字如下：「□教育部 104 年 4 月 29 日臺教社

（二）字第999999號函辦理。」請問，□內的用語應為下列何者？(A)依
(B)復　(C)據　(D)查。（參考答案為A）

▲有關禮金封套用語，下列選項的說明何者完全正確？①湯餅之敬　②賻儀
③贄儀　④楮敬　(A)①：子女周歲、②：喪禮、③：送業師、④：送遠行者
(B)①：子女滿月、②：送遠行者、③：送業師、④：喪禮　(C)①：送業
師、②：子女周歲、③：送遠行者、④：喪禮　(D)①：喪禮、②：子女滿
月、③：送遠行者、④：送業師。（105年司法、調查、海巡、移民三等，
參考答案為B）

▲「□□於民國一○五年三月三日（星期四）下午六時□天下第一樓為長男大
德與王小菲小姐訂婚敬備□□　恭候　台光」，上文空格處，宜依序填入的
字詞為：(A)謹訂／借／湯餅　(B)謹詹／假／菲酌　(C)謹訂／借／桃樽　(D)
謹詹／假／桃觴。（105年司法、調查、海巡、移民四等，參考答案為B）

▲105年司法人員五等，共13題：

11.依據「法律統一用字表」，下列選項何者正確？(A)名詞用「僱」，動詞
用「雇」　(B)名詞用「畫」，動詞用「劃」　(C)名詞用「記錄」，動詞
用「紀錄」　(D)對法院用「申請」，對行政機關用「聲請」。（參考答
案為B）

12.若交通部發文給考選部，應用何種期望及目的語？(A)請鑒核　(B)希備查
(C)請查照　(D)請照辦。（參考答案為C）

13.下列公文表達期望及目的用語，何者不宜用於上行文？(A)請惠允見復
(B)請核示　(C)請核備　(D)請鑒核。（參考答案為A）

14.總統對立法院行文時，使用的公文類別是：(A)函　(B)咨　(C)呈　(D)
令。（參考答案為B）

15.某動物保護協會行文給臺北市動物保護處，詢問本年度流浪動物絕育補助
計畫，應用何種公文？(A)令　(B)函　(C)呈　(D)咨。（參考答案為B）

16.「函」的結構分為主旨、說明與辦法三段。其中「辦法」可依內容改為何
種名稱？(A)依據　(B)建議　(C)經過　(D)正本。（參考答案為B）

17.任職縣政府的陳大可回覆王議員來函詢問公事的電子郵件，下列提稱語
何者正確？(A)王議員「鈞鑒」　(B)王議員「禮鑒」　(C)王議員「青
覽」　(D)王議員「收覽」。（參考答案為A）

18.下列選項中，用於「祝壽」的題辭當為：(A)一朝千古　(B)弄璋之喜　(C)

星輝南極　(D)宜室宜家。（參考答案為C）

19.下列文句中的稱謂用法，何者最正確？(A)這對「賢昆玉」相敬如賓，恩愛有加　(B)我們「賢喬梓」一定會好好回報您的大恩大德　(C)「先嚴」常勉勵我們，做人要品性端正、志節高尚　(D)「貴弟」學成歸國後，應該也會到您自家公司任職吧。（參考答案為C）

20.小明張貼完上聯「一簾煙雨詩中畫」後，卻不知下聯。請在下列選項，幫他找出最適合的下聯：(A)半榻琴書醉裡仙　(B)萬仞江山付扁舟　(C)千秋偉業笑談中　(D)百年好合喜並蒂。（參考答案為A）

21.某甲欲寫信給同學，信中適合使用的「提稱語」是：(A)硯右　(B)膝下　(C)青覽　(D)函丈。（參考答案為A）

22.下列選項何者不適合作為祝賀婚禮之辭？(A)琴瑟友之　(B)雀屏中選　(C)鳳凰于飛　(D)宜室宜家。（參考答案為B）

42.題辭在社交場合應用很廣，若為慶賀師長榮獲師鐸獎，可以使用：(A)功著杏林　(B)作育菁莪　(C)志存開濟　(D)洙泗高風　(E)敷教明倫。（參考答案為B, D, E）

▲105年公務人員初等考試，共7題：

4.徐太宇寫信給好友歐陽非凡，信的開頭：「非凡吾兄□□」，其中□□處宜填入：(A)道鑑　(B)鈞鑑　(C)大鑑　(D)賜鑑。（參考答案為C）

5.林律師年近半百膝下猶虛，上星期他太太終於生下一女，助理小吳想送他一份彌月禮，下列題辭，正確的選項是：(A)老蚌生津　(B)雛鳳清聲　(C)明珠在抱　(D)珠聯璧合。（參考答案為C）

6.「詩經·桃夭」篇云：「桃之夭夭，灼灼其華。之子于歸，宜其室家。」此詩與下列祝賀之詞何者相近？(A)弄瓦之喜　(B)關雎之喜　(C)花萼相輝　(D)松柏相輝。（參考答案為B）

33.唐代「諍臣」魏徵作〈諫太宗十思疏〉，勸唐太宗當居安思危，厚積德義，勿因帝業已成而怠忽。若以今日公文來看，較接近下列那一類？(A)令　(B)呈　(C)咨　(D)函。（參考答案為B）

34.下列關於公文製作之原則，何者錯誤？(A)擬稿以一文一事為原則　(B)採用由左至右之橫行格式　(C)字跡若有添註塗改，應於添改處蓋章　(D)公文夾依其用途有紅、白、藍三色之分。（參考答案為D）

35.下列對公文的敘述，何者錯誤？(A)人民對機關有所申請的時候，使用

「申請函」　(B)上行函，期望語通常用「請鑒核」、「請查照」　(C)公務人員辭職轉任，可以使用「報告」，請求長官同意　(D)縣市政府與國立大學之間，公文往來，使用「平行函」。（參考答案為B）

38.下列文句中的謙敬詞語，使用恰當的選項是：(A)總經理派我來這裡學習，請您不吝指教　(B)如果您明天還有時間，歡迎到我府上敘舊　(C)我來幫您填寫任職單位，請問您在那裡高就　(D)感謝主辦單位，讓我有機會撥冗光臨這場盛會　(E)很榮幸能邀請忝列十大發明家的羅先生到校演講。（參考答案為A, C）

▲下列「」中的語詞使用，何者最恰當？(A)貴公司聲譽遠播四海，「潭第康寧」，前途未可限量　(B)足下鵬程聿展，扶搖直上；弟則「廁身杏林」，謬充教席　(C)弟信手塗鴉，今積稿十篇，願效「毛遂自薦」，曲加斧正，曷勝企幸　(D)家姊歸國半年，旋即步入婚姻，「主持中饋」，益形忙碌，略無進修時間。（106年地方特考三等，參考答案為D）

▲下列選項引號中的稱謂，解說正確的是：(A)吾久別「足下」，特來敘舊。「足下」是下對上或同輩相稱的敬辭　(B)快哉此風！「寡人」所與庶人共者耶？「寡人」是有德行之人的謙稱　(C)嫗，先大母婢也，乳二世，「先妣」撫之甚厚。「先妣」是對去世祖母的尊稱　(D)「先君子」嘗言：鄉先輩左忠毅公視學京畿。「先君子」是用來稱呼別人的父親。（106年地方特考四等，參考答案為A）

▲106年地方特考五等，共6題：

6.下列行業楹聯應用錯誤的是：(A)「畫棟前臨楊柳岸，青簾高掛杏花村」──酒店　(B)「萬卷藏古今學術，一廛聚天地精華」──書局　(C)「金碧丹青資色澤，門閭楹角煥光華」──珠寶業　(D)「消息瞬通九萬里，往來無間一須臾」──通訊業。（參考答案為C）

7.下列何者不適合當作新年的「春聯」使用：(A)舍南舍北皆春水；村後村前多好山　(B)百花香擁東皇出；萬里春隨北客還　(C)天增歲月人增壽；春滿乾坤福滿堂　(D)門迎春夏秋冬福；戶納東西南北財。（參考答案為A）

33.關於書信用語，下列說明何者正確？(A)信中稱人父子為「賢昆仲」，稱人夫妻為「賢伉儷」　(B)明信片由於不封口，框內欄不寫啟封詞而以「收」代之　(C)不論收信對象為平輩、晚輩或長輩，都可以用「敬啟」或「親啟」　(D)若請人轉交時，發信人與受信人皆為晚輩，可寫「敬

請　面交」。（參考答案為B）

34.颱風過後，地方學校受災嚴重，經盤點損失，擬出「損失統計表」致函教
育局，其「期望及目的語」可用：(A)請核備　(B)希切實辦理　(C)請查核
辦理　(D)請查照備案。（參考答案為A）

35.對上級機關之公文書有附件時，使用之附送語宜為：(A)附陳　(B)附發
(C)檢附　(D)檢送。（參考答案為A）

45.下列書信「提稱語」，何者應當用於居喪者？(A)有道　(B)侍右　(C)苫次
(D)塵次　(E)禮席。（參考答案為C,E）

▲匾額是傳統建築重要的部分，有的說明建築物名稱、特色，有的歌功頌德。
下列匾額與建築物性質不相符的是：(A)「大丈夫」掛於武廟　(B)「了然
世界」掛於禪寺　(C)「爾來了」掛於城隍廟　(D)「福地洞天」掛於天壇。
（106年外交、稅務四等特考，參考答案為D）

▲106年原住民族五等特考，共8題：

7.若顏回寫信給孔子，身為學生的他，使用的提稱語當為：(A)壇席　(B)麾
下　(C)硯右　(D)足下。（參考答案為A）

8.友人實現「背山面水」的購屋夢想，下列贈聯最符合的是：(A)戶倚丹山龍
起舞，門臨碧水鳳飛鳴　(B)日麗遠山含淑氣，晴烘芳樹藹春暉　(C)雪裡梅
花紅爛漫，霜間竹葉碧玲瓏　(D)風清流水當門轉，春暖飛花隔岸來。（參
考答案為A）

9.請帖內文有「敬備桃觴」的用語，這份請帖的目的為何？(A)嫁女　(B)滿
月　(C)祝壽　(D)娶媳。（參考答案為C）

11.致贈新開幕醫院的題辭，正確的是：(A)杏林春暖　(B)杏花春雨　(C)杏壇
之光　(D)杏雨梨雲。（參考答案為A）

21.西湖某古人墓前有副對聯：「青山有幸埋忠骨，白鐵無辜鑄佞臣。」請
問最可能是指那一位人物？(A)屈原　(B)岳飛　(C)文天祥　(D)史可法。
（參考答案為B）

48.下列公文格式的規範，使用錯誤的是：(A)「臺端」適用於機關對屬員或
機關對人民　(B)總統與立法院、監察院公文往復時應使用「咨」　(C)
「法律統一用字表」中之「聲請」，是用於對行政機關　(D)國家機密文
書區分為「絕對機密」、「極機密」、「機密」三種。（參考答案為C）

49.下列公文的規範，使用正確的是：(A)舉凡公布法律、任免或獎懲官員

時，可用「公告」　(B)下級機關首長對上級機關首長處理公務時表達意見，可用「簽」　(C)上級機關對所屬下級機關有所指示、交辦、批復時，可用「書函」　(D)凡應行政需要，徵求人力物力，或徵求人民意見等，可用「通知單」。（參考答案為B）

50.公文中的「函」的寫作要點敘述，下列何者正確？(A)一般公文「函」的結構，採用「主旨」、「說明」、「辦法」三段式　(B)主旨力求詳盡明晰，故應分項書寫為上　(C)函之內容為求清楚，書寫者應不忌繁瑣　(D)「請核示」等概括之期望語，應列於「說明」段。（參考答案為A）

▲下列題辭正確的用法是：(A)瓜瓞綿綿：祝賀農會開幕　(B)玉燕投懷：祝賀生子得男　(C)弄瓦徵祥：祝賀陶藝開展　(D)喜聽英聲：祝賀音樂展演。（106年司法、調查、安全、海巡、移民四等，參考答案為B）

▲「顧曲有閒情，不礙破曹真事業；飲醇原雅量，偏嫌生亮並英雄。」此副對聯歌頌的人物是：(A)關羽　(B)孔明　(C)孫權　(D)周瑜。（106年司法、調查、安全、海巡、移民四等，參考答案為D）

▲下列對聯何者不適用於美容業？(A)不教雪鬢催人老；更喜春風滿面生　(B)莫怪世途多白眼；由來時俗重紅妝　(C)笑我如觀雲裏月；憑君能辨霧中花　(D)幾人是天生麗質；凡事在自我成全。（106年普考，參考答案為C）

▲下列對聯，何者組合正確？(A)洞悉古今物，暢談中外事　(B)藏古今學術，聚天地精華　(C)門牆多古意，安居德是鄰　(D)擇里仁為美，家世重儒風。（106年警察、鐵路、退除役軍人轉任三等考試，參考答案為B）

▲106年鐵路人員佐級考試，共5題：

5.如果要贈送他人生育之喜的題辭，下列用語何者適宜？(A)日月齊輝　(B)芝蘭新茁　(C)宜室宜家　(D)昌大門楣。（參考答案為B）

6.下列稱謂使用不當的是：(A)「子」平日在家照顧小孩，整理家務　(B)承蒙「閣下」大力幫忙，小弟必定銘記在心　(C)「家慈」管教有方，賢昆仲今日方能有此成就　(D)小女有幸與「令嬡」同臺演出，得以切磋，獲益良多。（參考答案為C）

7.下列公文格式用語，敘述錯誤的是：(A)附送語，對上級附送附件時用「檢送」　(B)簽具意見，應避免未擬意見而僅用「陳核」或「請示」　(C)期望及目的語，對上級機關或首長報核案件時，用「請鑒核」　(D)稱謂語，有隸屬關係之下級機關首長對上級機關首長可用「鈞長」。（參考答案為A）

34.關於「公告」製作原則，何者錯誤？(A)公告內容，應有發文日期與發文字號　(B)公告的文字製作宜避免艱深費解之語　(C)公告的文字敘述，必須加註標點符號　(D)公告的結構，分為「主旨」、「依據」、「辦法」。（參考答案為D）

35.公文函中訂有辦理或復文期限時，應在那一段內敘明？(A)主旨　(B)說明　(C)辦法　(D)附件。（參考答案為A）

▲「提稱語」指書信書寫於「稱謂」之下，表示看信的敬辭。下列敘述何者錯誤？(A)寫給父母，提稱語可用膝前、尊鑒、鈞座　(B)寫給師長，提稱語可用函丈、尊前、道鑒　(C)寫給平輩，提稱語可用台鑒、惠鑒、雅鑒　(D)寫給晚輩，提稱語可用如晤、知悉、知之。（106年關務三等，參考答案為A）

▲106年公務人員初等考試，共7題：

4.下列題辭使用正確的是：(A)祝賀結婚，送「湯餅誌喜」　(B)祝賀書店開業，送「名山事業」　(C)祝賀餐廳開業，送「含英咀華」　(D)祝賀醫院開張，送「杏壇春暖」。（參考答案為B）

6.下列楹聯，不適用於自家書房的是：(A)雨過琴書潤，風來翰墨香　(B)德大千秋祀，名高百世師　(C)研洗春波臨禊帖，香添夜雨讀陶詩　(D)好書悟後三更月，良友來時四座春。（參考答案為B）

33.下級機關在上行公文中，需使用附送語時，下列何者正確？(A)附送　(B)附呈　(C)檢陳　(D)檢送。（參考答案為C）

34.某高中合唱團要向校外文化中心申請活動場地，該校所撰公文，下列用語錯誤的是：(A)自稱為「本校合唱團」　(B)稱呼文化中心為「貴中心」　(C)主旨的期望語用「希辦理見復」　(D)文末蓋校長「職銜簽字章」。（參考答案為C）

35.有關公文書寫，下列何者正確？(A)「咨」：對總統有所呈請或報告時使用　(B)「函」：民眾與機關間之申請或答復時使用　(C)「呈」：總統與立法院、監察院公文往復時使用　(D)「簽」：上級機關首長對下級機關首長有所陳述建議時使用。（參考答案為B）

37.下列題辭，何者用於祝賀女壽？(A)北堂春暖　(B)美輪美奐　(C)壽徵坤德　(D)慈竹風和　(E)椿庭日永。（參考答案為A, C, D）

38.下列書信用語，何者使用不當？(A)子路寫給孔子的提稱語可用「大鑒」　(B)國小女童寫給行政院院長可自稱「小女」　(C)梁啟超寫給

老師的啟封詞可用「惠啟」 (D)諸葛孔明寫給劉備的末啟語可用「謹上」 (E)曹丕寫給曹操的問候語可用「叩請 金安」。（參考答案為A, B, C）

▲107年公務人員初等考試，共6題：

4.下列對聯與商家不相應的是：(A)德必有鄰邀陸羽，園經涉足學盧仝－茶行 (B)風塵小住計殊得，萍水相逢緣最奇－旅館 (C)如用之皆自明也，苟合矣不亦善乎－眼鏡行 (D)椿萱並茂交柯樹，日月同輝瑤島春－家具行。（參考答案為D）

5.下列有關稱謂用語，正確的是：(A)「先考」已離世十年，個人目前與家母共住 (B)我與太太情感深厚，夫唱婦隨，可謂「賢伉儷」 (C)這位同學為本人「授業」，認真向學，表現良好 (D)林先生為我的世交長輩，所以我都尊稱他為「世兄」。（參考答案為A）

6.下列不適用於賀喬遷的選項是：(A)里仁為美 (B)潭第鼎新 (C)良禽擇木 (D)德必有鄰。（參考答案為B）

34.國立臺灣大學函教育部的公文用語，下列選項，錯誤的是：(A)奉悉 (B)檢陳 (C)是否可行 (D)請辦理見復。（參考答案為D）

35.下列選項，與行政機關實施分層負責之目的最無關係者為：(A)免除首長責任 (B)加速文書處理 (C)貫徹權責劃分 (D)落實專業分工。（參考答案為A）

38.下列對聯與行業可相搭配的是：(A)還我盧山真面目／愛他秋水舊丰神：相館 (B)能解丈夫燃眉急／善濟君子束手難：當鋪 (C)往來盡是甜言客／談笑應無苦口人：糖果店 (D)毫末技藝雖然不足為奇／頂上功夫卻能成人之美：理髮店 (E)六禮未成轉眼洞房花燭／五經不讀霎時金榜題名：婚宴會館。（參考答案為A, B, C, D）

▲107年高考三級，共1題：

2.下列題辭的使用，何者正確？(A)「退休」：英風宛在 (B)「結婚」：祥開百世 (C)「祝壽」：高風仰止 (D)「醫院開業」：春風化雨。（參考答案為B）

▲107年普通考試，共1題：

2.「兩表酬三顧，一對足千秋。」這副對聯最適合懸掛的場所是：(A)岳武穆祠 (B)韓文公祠 (C)諸葛武侯祠 (D)程明道先生祠。（參考答案為C）

附錄九　高普特考作文準備要領

鑒於國文「作文與公文」是國家公職考試必考科目之一，為應有意報考的莘莘學子準備需要，因此除蒐集歷年考題外，特別再選錄國學大師成惕軒先生〈國文閱卷經驗談〉大作一文，以饗讀者。

成先生闈場典試，歷四十年，自重慶歌樂山至臺北木柵，每年高普特考或任典試委員、或任典試委員長，玉尺衡文，始終抱著戒慎恐懼心情為國遴才。尤其本文對一般考生撰文缺點，分析列舉甚詳；對應該注意改進之處，更反覆誘導。不僅參加國家考試的考生應該仔細閱讀，即使在校大專學子，看了這篇文章，相信對作文習作也有極大助益。

——作者謹註

國文閱卷經驗談——寫在今年高普考前夕

成惕軒

這篇文字係以國文與考試為內容。不過講考試的部分少，講國文的部分多；同時國文部分不講那些浩博繁複的文學理論，祇就平日閱卷的經驗所得，提出一些在作文上應該注意的問題，這是我要先加表白的。

提到考試，大家都會公認它是一種選拔人才最公平而合理的方法。中國是一個實行考試最早的國家，遠在唐虞時代，所謂「詢事考言」，所謂「敷奏以言，明試以功」，即已開始具有考試用人的觀念。從西漢文帝親策賢良到現在，已經有了二千一百五十年；即退一步從隋煬帝大業二年正式創立進士科說起，到今天也有一千三百七十九年。儘管過去的考試制度，由於種種關係，或科目趨於固定，或方式涉及煩苛，不免予人以抨擊的藉口，但其本身所表現的精神，是絕對無私的，是完全平等的，截至今日為止，還沒有發現任何一種選拔人才的方法，比考試制度更公平、更合理的。　孫中山先生首創五權憲法，將考試列為五權之一，真可說是思深慮密，為國家建立了良法善制，永垂無疆之庥。考試院自成立後，即於民國二十年舉行高等考試，並於二十二年舉行普

通考試，五十多年來，除高普考試外，為了適應現實需要，亦曾舉辦許多特種考試，對考試類科逐年均有增加，對考試技術也作了積極和不斷的改進。其中國文一科，為各種考試普通科目之一，成績和其他科目一樣，採平均計算方法。唯獨司法官特種考試，在若干年前，應司法行政部（今為法務部）之請，將國文定為六十分及格，其理由是寫起訴書和判決書，需要清晰通暢的文字；換句話說，就是國文未達六十分標準，其他各科目的成績，縱然平均超過六十分，亦硬性規定不予及格。國文竟這樣地握有否決權，不僅對應考人平添精神上的威脅，也同樣對閱卷者增加精神上的負擔。固然這是政府法令所規定，閱卷者祇有本其職分，謹慎從事，不敢掉以輕心；但對那些因國文數分之差而告落第的人，卻仍不能不表示惋惜之意。

以上是考試部分，下面我想就一般國文的通病及對作文應該注意的問題，略貢一得之愚，藉供應考人參考。

從我四十年來的閱卷經驗中，發現**一般作文的缺點**，大致如下：

1、**文不對題**：所謂「下筆千言，離題萬里」，東拼西湊，不知所云，甚至有極少數的人，臨場茫然，根本不針對題目，祇默寫一遍　國父遺囑，草草交卷，令人看了啼笑皆非。

2、**誤解詞意**：如將「教然後知困」解釋為「上教室就要睡覺」，並加以發揮。又如將「士大夫要放下虛矯的身段」，「矯」誤作「驕」，專從「驕」字大發議論。

3、**似是而非**：理路不清，模棱兩可。說他對，細按之根本不對；說他完全不對，卻又似乎有一點點對。一知半解，似通非通，這種文字是叫人看了最易生厭的。

4、**詞多意少**：反反覆覆，了無新意，說了一遍又一遍，空話廢話和不必要的話太多，將一份試卷從頭到尾密密麻麻的整個寫滿，正如古人所說：「博士買驢，書券三紙，不見驢字。」

5、**造句不通**：如「古代及現代之先賢先聖」、「唐朝唐太宗時」、「昔者古之聖君」、「住在大都市中，往往容易染著奢侈態度」、「文字是建立國體的大綱」、「再從根本的根基向外延伸」、「取決於人民之民心向背」、「學問是無止境的」、「誠良有以也」……，五花八門，千奇百怪，不一而足。

6、**杜撰故事**：過去所謂「唐代康熙字典」的笑話，現在竟發現了比這還出奇的話。如「漢朝史可法作資治通鑑」、「清朝張飛作正氣歌」、「司馬遷寫臺灣通史」、「諸葛和孔明二人」……，對中國朝代先後如歷史上的著名人物，其觀念之紊亂、印象之迷糊，除令閱者拍案驚奇和掩卷太息外，你看還能說什麼！

7、**亂改成語**：如「稻高一尺，茅高一丈」、「覆巢之下無完蛋」，最怪異的是將「國家興亡，匹夫有責」竟寫成了「國家興亡，皮膚有責」。至於引用古書，如「詩經上說凡事豫則立」、「孟子曰民為邦本」……其訛誤失實，信口開合，那更是司空見慣了。

8、**別字滿紙**：如「即」寫成「既」、「乃」寫成「仍」、「裨益」寫成「俾益」、「健全」寫成「建全」、「強盛」寫成「強勝」、「名言」寫成「銘言」、「捍衛」寫成「悍衛」、「濫竽」寫成「濫竿」、「辭采」寫成「辭菜」，或以形誤，或以音訛，層見迭出，不勝枚舉。

9、**文白夾雜**：從前有人講文章體制，認為駢散可以兼行，但這屬於文言文範圍，不宜應用到文白夾雜這一問題。有許多試卷，都是文白兼用，時而文言，時而白話，不新不舊，不古不今，令人看了殊有頗不自在的感覺。

在這裡要特別一提的，我不獨不反對白話文，還認為有些文章須用白話來寫；但我也愛好文言作品，最好文言白話分途並進，各適其用，各盡其功。我之所謂文言，絕非專指那些殷盤周誥，宋豔班香，祇是希望能寫梁啟超式的文言，有情感、有內容、不蔓不支、易讀易懂而已。

前面祇從缺點中舉例，自然不應以偏概全，將其中的佳卷統統抹殺。但若再追問何以有此缺點，便又牽涉到學制、師資和社會風尚等等問題，那已超越本文範圍，祇好暫置不論了。

這裡，我且談談學文的入手工夫和臨文時應該對那些地方加以注意。我認為**學文的入手工夫**，第一是**要多讀書**。杜甫曾說：「讀書破萬卷，下筆如有神」，這是指廣義的書。書讀得越多越好，不僅僅是古書，就是現代的人文科學、社會科學乃至自然科學的書，能多涉獵一些，對寫作方面都是多多少少有著幫助的。第二是**要多讀古人的好文章**，這就屬於狹義的文學了。楊子雲說：

「讀千賦則善賦矣」，因為能多讀古人的範作，可以明瞭他起承轉合的結構，可以體會他那抑揚高下的音節，可瞭解他對長篇大論和小題短幅的經營，刻意揣摩，並加背誦，等到自己寫作的時候，自能得心應手，運用自如。古人說：「熟能生巧」，又說：「聲入心通」，就是這個道理。第三是**要有良師益友的指導和切磋**，這裡面又包括許多問題，如方法的研究、作品的修改等；同時還要策勵自己，勤於寫作。

其次談到**臨文時應該注意的地方**，說來說去，總不外乎：(1)**相題**；(2)**立意**；(3)**布局**；(4)**修辭**那幾個項目。書經上說：「辭尚體要」，所謂「體要」，就是要立言得體，譬如寫一篇敘述性的遊記，自然不能用議論文的體裁；同樣，寫一篇有關財政或經濟的文章，你又何必侈談文學和哲學。所以相題的工作，非常重要。認清題目之後，便應環繞著題目把自己的意思表達出來。蘇東坡說：「文章以立意為宗」，絕沒有意思貧乏或見解平凡，單靠詞藻的鋪陳，能把文章寫好的。但光有好的意思，而不知道全盤的布置，合理的安排，上下顛倒，前後壅隔，譬如蓋房子儘管材料結實，設備豪華，但廚房與書房併在一起，或有了樓而沒有樓梯，那又如何算得是一棟良好的建築物。故布局在寫作上也是很重要的一環，不可忽視。至於修辭，就是一篇文章內的造句，要做到字字妥帖，絕無瑕疵，將題中應有之義，表現得具體而正確。劉彥和在《文心雕龍》裡說：「因字而生句，積句而成章，積章乃成篇。篇之彪炳，章無疵也。章之明靡，句無玷也。句之清英，字不妄也」。古人有「用字如鑄鼎」之說，我以為這是練習作文的基本工夫，平時應多多致力於此。

關於造句練字的重要，我且舉出一個故事來說明。據宋人筆記所載（如《夢溪筆談》、《捫蝨新話》等）：汴京東華門外，有奔馬踐死一犬，由五人各紀其事：(1)「馬逸，有黃犬遇蹄而斃」（穆修）；(2)「有犬死奔馬之下」（張景）；(3)「逸馬殺犬於道」（歐陽修）；(4)「適有奔馬踐死一犬」（沈存中）；(5)「馬逸，有犬死於其下」（或人）。同樣一件事，計用五種方式描述，我曾仔細加以比較，覺得還是歐陽修的句子最好。為什麼？因為他用的字最少，少到祇有六個字，卻把這件瑣屑的事，寫得清清楚楚，令人一目瞭然，真做到了「增之一分則太長，減之一分則太短」的地步。

文字是人類傳達意念的工具，它的功用也就在能表達你的意思和別人看懂你所表達的意思。孔子說：「辭達而已矣」，辭達二字，看起來很簡單，其實真能做到辭達的境地，便很了不起，也就可以說是極盡為文之能事了。

我願更進一步引些古人作品，來說明**一篇好的文章，必須分別具有：**

一、無不析之理

六朝人中有關名理方面的論著，像嵇康〈無哀樂論〉、范縝〈神滅論〉等，真是研精究極，妙契玄微。其餘歷代許多作家論學論政之作，莫不袪疑解惑，鞭辟入裡；使真理愈辨而愈明。即使寫翻案文章，像柳宗元的〈桐葉封弟辨〉、王安石的〈讀孟嘗君傳〉，也都能振振有辭，自圓其說。

二、無不明之事

知《周禮》〈考工記〉裡所述古代工匠情形，太史公《史記》所寫各種人物列傳以及韓愈雜著中的〈畫記〉等，將許多人的職掌、性格、形態、神情都表現在行間字裡，歷歷如繪，栩栩如生，如用章實齋「傳人適如其人、述事適如其事」那兩句話來讚美他，實可當之無愧。

三、無不達之情

世謂讀武侯〈出師表〉而不感動者，人必不忠；讀李密〈陳情表〉而不感動者，其人必不孝。他的道理，即在作者能以真摯的情感，發為懇切的篇章，每一句話乃至每一個字，都從肺腑中流出，使百世下讀之，如聞其聲，如見其人，因而發生共鳴的作用。

現在，我又要把話題轉到考試方面，希望**每位應考人，都能在作文時注意下列各點：**

(一)戒抄襲

黃山谷說：「文章絕忌隨人後。」「隨人後」尚且不可，何況抄襲。清代科場，曾發生過不少「槍手代作」的舞弊案件，貽譏士林，懸為厲禁。今天如臨場抄襲他人作品，一字不遺，試問與乞靈「槍手」何異！若干年前，也曾偶有這類情事，結果自然是前程自誤，名落孫山。這是一種行險僥倖的心理，投機取巧的行為，應為吾人所深戒。

(二)忌貪多

歐陽永叔曾經說過：「文貴於達而已，繁與少各有當也。」顧亭林在論文章繁簡中，也說明了為文不當篇幅長短定其優劣。像蘇子瞻的〈上神宗皇帝書〉、王介甫的〈上仁宗皇帝言事書〉，均洋洋萬言；而司馬子長的〈孔子世

家贊〉，韓退之在雜說中對龍和馬的描寫，卻都只寥寥百字，兩者各有所長，俱不失為上乘之作。但這是就一般文章來講的，若在風簷角勝之時，縱屬倚馬奇才，亦當注意精心結撰，毋使篇幅過冗，漫無剪裁，致增「瑕瑜雜陳」、「泥沙俱下」之累。前清對應試文章的字數，曾有嚴格規定。順治初年，定為四百五十字；康熙年間，改為五百五十字，後來增為六百字。這種死板板的規定，自然未必合理，但為了防止應試者的遠離題旨，大放厥詞，也實有其不得已的原因在。今天一切情況不同，當然無法採用前清那樣限制作文字數的規定，但一篇論時政或論業務的文章，能寫到一千二百字或一千五百字，也就相當的夠了。

(三)善運用

試場和戰場一樣，運用之妙，存乎一心。我想臨文之時，諸位不妨自揣：(1)凡文思敏捷，下筆如流者，可以多多利用「併意」的辦法。所謂「併意」，就是於許多可以發揮的意思中，擷取其中重點加以發揮，而將次要和不重要的意思悉予摒除，也就是一般所說的「割愛」。「割愛」很難，一定要懂得執簡馭繁的道理，當機立斷。古人每在行文首段以「擇其犖犖大者言之」，或在結尾以「其他各端不具論」等語句，藉資點明，亦是執簡馭繁之一法。(2)若思路艱澀、筆性遲鈍者，則宜著重反正虛實的運用。換言之，就是針對和環繞著題中主旨，由反面側面說到正面，或由正面推及反面側面。「烘托陪襯」，盡是法門；「取譬引喻」，初無拘限。像韓退之所作的〈爭臣論〉，以「或問」與「或曰」方式，展開議論，一層轉進一層，源頭既濬，活水方來，自不患其篇幅之不廣了。

(四)慎稱引

凡引用古書或成語，對書名及作者姓氏，記憶不清，最好用「古人說」或「古人有言」等字樣來代替，千萬不要嚮壁虛造，自作聰明，在上面亂加「子曰」、「詩云」，致使張冠李戴，以訛傳訛，成為一時的笑柄。

(五)具草稿

為文先起草稿，實具若干好處：如清稿時，可將草稿中錯字加以改正；又草稿未臻妥洽的地方，亦可於清稿時作文字上的修飾潤色。現行各種考試所定國文科目，大抵為論文及公文各一，考試時間有的長達三小時，短的也有兩

小時。如以三小時計：用一點四十分鐘起論文稿，二十分鐘起公文稿，留下一點鐘作為謄寫之用，時間綽綽有餘，不會感到窘迫。過去我曾親赴試場巡視，看到有些應考人進場纔過一小時，甚至不到一小時，便即匆匆交卷而去。我很覺奇怪，難道他們真有曹子建、禰正平的本領，能夠七步成章、文不加點嗎？為什麼不利用這些寶貴時間，多多的構思，好好的寫作，把國文作得更理想一點。

(六)練書法

　　一般應考人，對書法多不注意。依試卷字跡所顯示，約可分為下列五型：(1)塗鴉型。黑沉沉的一大堆，壓在紙上，幾乎每行都有塗改，殊欠雅觀；(2)奔馬型。縱橫馳騁，有如天馬行空，不可羈勒。或大或小，或高或低，任意所之，了無格局；(3)橫蟹型。明明試卷上印有方格，他偏要破格橫行，突出格外，不受拘束；(4)浮蟻型。與橫蟹型恰恰相反，他寫的字祇占方格的二分之一及至二分之一，筆劃又特別的細，很不容易看清楚；(5)畫蛇型。此取畫蛇添足之義，除家具寫作傢俱外，對一些習用的字隨便加上一筆，如脅字寫成脅，豫字寫成豫，皆字寫成皆，根本沒有這個字。總而言之，連篇累牘，潦草不堪，大筆一揮，敷衍了事。當然其中並非絕無書法秀美的人，祇是少得直如片羽吉光，鳳毛麟角。這裡所要求的書法，絕不是要做到銀鉤鐵畫，踵美鍾王，祇是希望將試卷寫得乾乾淨淨，整整齊齊，看了令人相當爽目。臺灣目前祇有國立臺灣師範大學，特重書法課程，其他各院校，未聞注意及此。宋賢程明道，作字時甚敬，人問其故，答以「即此是學」。所謂「即此是學」，也就是代表著一種「敬事」的精神。今天雖是科技萬能時代，但一般行政人員，字如果寫得清秀一點，就個人的修養來說，可以培養藝術氣氛；就公處來說（部分的），可以提高工作效率，那又有什麼不好呢？由於書法過分被忽視，不覺「慨乎言之」，並盼望有關方面能予以及時改進。

　　這篇文字，實在寫得太瑣碎，太拉雜，但就真實性來講，卻是我的經驗之談。如果準備應考的人因閱此文而能得到一點點效果，那我就感到收穫已多，歡喜無量了。

（節錄自《聯合報》副刊，民國74年8月12日）

參考文獻

一、書籍、法令條文等

(一)國家文官學院：《公文製作與習作（含文書處理、案例解析與實作）》。
　　台北：國家文官學院，民國104年11月，修訂七版。

(二)黃癸楠：《最新公文作法詳釋》。作者自印，民國76年8月。

(三)楊正寬：《應用文柬釋》。臺北：中華民國公共事務學會，民國79年10
　　月。

(四)楊正寬：《公文製作與處理》。中興新村：臺灣省訓練團，民國83年6月。

(五)楊正寬：《中國官書文學及其流變》。中興新村：人力發展月刊社，民國
　　82年10月。

(六)楊正寬：《公文橫式要領與溝通技巧》。行政院人事行政局地方行政研習
　　中心，一般性管理訓練公務溝通談判研習會教材，民國93年12月。

(七)行政院秘書處：《文書處理手冊》。臺北：民國90年6月。

(八)林紀東、蔡墩銘、鄭玉波、古登美編纂：《新編六法全書》。臺北：五南
　　圖書出版公司。

(九)《尚書、詩經、禮記》。臺北：三民書局。

(十)姚鼐：《古文辭類纂》。臺北：中華書局。

(十一)蕭統：《昭明文選》。臺北：文化圖書公司。

(十二)劉勰：《文心雕龍》。臺南：國學整理社。

(十三)曾國藩：《曾文正公家書》。

(十四)袁枚：《小倉山房尺牘》。

(十五)內政部：會議規範、國民生活須知。

(十六)梁章鉅：《楹聯叢話》。臺北：商務印書館。

(十七)《增廣詩韻集成》。臺北：文化圖書公司。

(十八)公文程式條例。

(十九)印信條例。

(二十)中華法規標準法。

(二十一)民法。

(二十二)刑法。

(二十三)行政程序法。

(二十四)檔案法。

二、網　址

(一)「公文程式條例」檢索自「全國法規資料庫」，網址：http://law.moj.gov.tw/Scripts/Query4A.asp?FullDoc=all&Fcode=A0030018。線上檢索日期：2013年4月1日。

(二)「機關公文傳真作業辦法」檢索自「金門航空站」，網址：http://www.kma.gov.tw/5-8.htm。線上檢索日期：2013年4月1日。

(三)「機關公文電子交換作業辦法」檢索自「行政院主計處」，網址：http://www.dgbas.gov.tw/ct.asp?xItem=10142&ctNode=2287。線上檢索日期：2013年4月1日。

(四)「檔案法」檢索自「檔案管理局（檔管人員）」，網址：http://www.archives.gov.tw/Chinese_archival/Publish.aspx?cnid=247。線上檢索日期：2013年4月1日。

(五)「機密檔案管理辦法」參見「全國法規資料庫」，網址：http://law.moj.gov.tw/Scripts/Query4A.asp?FullDoc=all&Fcode=A0030126。線上檢索日期：2013年4月1日。

(六)「電子簽章法」檢索自「全國法規資料庫」，網址：http://law.moj.gov.tw/Scripts/Query4A.asp?FullDoc=all&Fcode=J0080037。線上檢索日期：2013年4月1日。

(七)「事務管理手冊文書處理」檢索自「行政院全球資訊網事務管理各手術規定」，網址：http://www.ey.gov.tw/lp.asp?ctNode=280&CtUnit=190&BaseDSD=16&mp=1。線上檢索日期：2013年4月1日。

(八)「文書處理手冊」，行政院全球資訊網，網址：https://www.ey.gov.tw.page。線上檢索日期：2018年7月31日。

(九)「政府文書規格參考手冊」，國家發展委員會檔案管理局，網址：https://www.archives.gov.tw。線上檢索日期：2018年8月5日。

揚智叢刊

應用文──公私文書寫作要領

著　　者／楊正寬
出 版 者／揚智文化事業股份有限公司
發 行 人／葉忠賢
總 編 輯／馬琦涵
特約企編／范湘渝
登 記 證／局版北市業字第 1117 號
地　　址／222　新北市深坑區北深路三段 260 號 8 樓
電　　話／(02)8662-6826
傳　　真／(02)2664-7633
　E-mail／service@ycrc.com.tw
　ISBN／978-986-298-299-0
六版一刷／2018 年 10 月
定　　價／新臺幣 550 元

國家圖書館出版品預行編目（CIP）資料

應用文：公私文書寫作要領／楊正寬著. -- 六版. --
新北市：揚智文化, 2018. 10
　面；　公分. --（揚智叢刊）

ISBN　978-986-298-299-0（平裝）

1. 漢語　2. 應用文　3. 公文程式

802.79　　　　　　　　　　　　107015167